MICHAELA GRÜNIG
Palais Heiligendamm – Tage der Entscheidung

AF197222

Weitere Titel der Autorin:

Palais Heiligendamm – Ein neuer Anfang
Palais Heiligendamm – Stürmische Zeiten

Blankenese: Zwei Familien – Licht und Schatten
Blankenese: Zwei Familien – Schwere Entscheidungen

Über die Autorin:

Michaela Grünig, geboren und seelisch beheimatet in Köln, war lange Jahre im Ausland tätig. Dort kam sie nicht nur mit interessanten Menschen und ihren Geschichten zusammen, sie entdeckte auch ihre große Liebe zum Reisen, das sie aber immer wieder zu ihren Lieblingsorten an der Ostseeküste zurückführte. Seit 2010 hat sie ihr Hobby, das Schreiben, zum Beruf gemacht.

MICHAELA GRÜNIG

Palais Heiligendamm

Tage der Entscheidung

ROMAN

Lübbe

Die Bastei Lübbe AG verfolgt eine nachhaltige
Buchproduktion. Wir verwenden Papiere aus nachhaltiger
Forstwirtschaft und verzichten darauf, Bücher einzeln
in Folie zu verpacken. Wir stellen unsere Bücher in
Deutschland und Europa (EU) her und arbeiten mit den
Druckereien kontinuierlich an einer positiven Ökobilanz.

NACHHALTIG
PRODUZIERT

MIX
Papier | Fördert
gute Waldnutzung
FSC® C014496

Vollständige Taschenbuchausgabe
der bei Bastei Lübbe erschienenen Paperbackausgabe

Copyright © 2024 by
Bastei Lübbe AG, Schanzenstraße 6–20, 51063 Köln

Vervielfältigungen dieses Werkes für das Text- und
Data-Mining bleiben vorbehalten.

Textredaktion: Claudia Schlottmann, Berlin
Umschlaggestaltung: Johannes Wiebel | punchdesign, München
Einband-/Umschlagmotiv: © shutterstock.com: Randy Pr |
Digiselector | SCOTTCHAN/vata | ricok/ |
Sina Ettmer Photography; © Arcangel/Abigail Miles
Satz: hanseatenSatz-bremen, Bremen
Gesetzt aus der Adobe Caslon Pro
Druck und Verarbeitung: GGP Media GmbH, Pößneck

Printed in Germany
ISBN 978-3-404-19300-4

2   4   5   3   1

Sie finden uns im Internet unter:
luebbe.de
Bitte beachten Sie auch: lesejury.de

Personenverzeichnis

Elisabeth Falkenhayn, geb. Kuhlmann (*1892), ehemalige Generaldirektorin des Palais Heiligendamm

Paul Kuhlmann (*1888), aktueller Generaldirektor des Palais Heiligendamm und Elisabeths älterer Bruder

Friedrich Kuhlmann, der älteste Bruder

Luise von Herrhausen, geb. Kuhlmann, die jüngere Schwester, verheiratet mit Carl

Johanna Hirsch, geb. Kuhlmann, die ältere Schwester

Dr. Samuel Hirsch, Johannas Ehemann

Julius Falkenhayn, Elisabeths Ehemann, Mitbesitzer des Hotels

Julia Falkenhayn (*1916), Elisabeths und Julius' Tochter

Oskar Falkenhayn (*1933), Elisabeths und Julius' Sohn

Fabian von Schlenzdorf, ein adeliger Jurist

Hugo Lessing, ein Lebemann

Minna Schuhmacher, geb. Pohl, Köchin und Julias Ziehmutter

Ottilie Kuhlmann, Mutter der Kuhlmann-Geschwister, verstorben

Heinrich Kuhlmann, Vater der Kuhlmann-Geschwister, verstorben

Helene Kuhlmann, Pauls Ehefrau, verstorben

Dr. Margot Fischer, Friedrichs Ehefrau

Carl von Herrhausen, NSDAP-Parteifunktionär aus München, Luises Ehemann und Pauls Lebensgefährte

Heinz Brabeck, UFA-Filmstar

Ava Cohen, Julias beste Freundin

Willy Darboven, Unternehmer

Baron Rosenberg, Besitzer der Ostseebad Heiligendamm GmbH

Gabriel Hirsch (*1923), Johannas und Samuels Sohn

Thomas Kuhlmann (*1919), Pauls erster Sohn

Martin Kuhlmann (*1920), Pauls zweiter Sohn

Sophie Kuhlmann (*1921), Pauls Tochter

Robert Breitschneider, Pauls ehemaliger Geliebter

1. Kapitel

Gut Bellhagen, Februar 1933

Starr vor Kälte wartete Julia vor dem schmiedeeisernen Gutstor auf den Bus, der sie nach Bad Doberan zur Schule bringen würde. Jetzt, um sieben Uhr morgens, war es noch stockfinster, und sie blickte sehnsüchtig in die Richtung, aus der der Bus gleich herangerumpelt käme, während sie bibbernd von einem Fuß auf den anderen sprang, um sich aufzuwärmen.

Plötzlich hörte sie ein leises Miauen zu ihren Füßen.

»Nein, Puschel«, sagte sie streng. »Du darfst nicht mitkommen. Das weißt du doch.« Sie bückte sich und nahm den schwarzen Kater auf den Arm. »Sei brav und geh zurück auf den Hof!« Sie versuchte, das geliebte Tier dazu zu bewegen, durch die Gitterstäbe des Tors zu klettern, doch es kuschelte sich nur tiefer in ihre Armbeuge. Erst das Motorgeräusch des herannahenden Busses veranlasste den Kater, mit einem eleganten Sprung in die heimatlichen Gefilde zurückzukehren.

Erleichtert stieg Julia ein und setzte sich auf den nächsten freien Platz. Kurz darauf schlossen sich die Türen mit einem asthmatischen Keuchen, und das eigentümliche Gefährt setzte sich in Bewegung. Obwohl die höhere Mädchenschule nur neun Kilometer von Gut Bellhagen entfernt lag, dauerte die Reise dorthin fast eine Dreiviertelstunde, denn der Fahrer hielt praktisch an jedem Gehöft und jeder Kreuzung, um neue Fahrgäste aufzunehmen. Trotzdem war Julia ihrem Vater dankbar, dass er der Gemeinde vor Wintereinbruch den gebrauchten Sattelschlepperbus geschenkt hatte, damit die arbeitende Bevölkerung und die Schüler aus den umliegenden Orten bei den harschen Temperaturen nicht zu Fuß gehen mussten. Im Frühjahr würde sie dann das Fahrrad nehmen.

Mit einem unterdrückten Gähnen sah sich Julia im Bus um. Weiter hinten erspähte sie Max Langhans, den dunkelhaarigen Sohn der Familie vom Nachbargut. Der achtzehnjährige Oberprimaner war der erklärte Schwarm ihrer Klasse – eigentlich der ganzen höheren Mädchenschule, die unmittelbar neben dem Gymnasium der Jungen lag –, und Julia spürte, wie sie unter seinem unbeteiligten Blick errötete. Verlegen drehte sie den Kopf zur Seite. Das musste sie gleich Ava erzählen. Ihre beste Freundin behauptete nämlich, dass Max sie immer deutlich länger ansah als andere Mädchen. Doch was sollte der allseits beliebte Kapitän der lokalen Fußballmannschaft schon an ihr finden? Mit ihren sechzehn Jahren und den langen blonden Zöpfen war sie in seinen Augen bestimmt nur ein naives Kind. Ganz anders als die zwar gleichaltrige, aber bereits voll entwickelte Anneliese, die weiter vorn im Bus saß und deren schwellende Brust und runde Hüften sie sehr bewunderte.

Während sich der Bus langsam füllte, begutachtete Julia ihr Spiegelbild in der mit Eisblumen verzierten Fensterscheibe. Ihre Mutter war der festen Überzeugung, dass sie eines Tages genauso schön werden würde wie ihre Tante Luise. Aber sie selbst fand sich nicht besonders anziehend. Viel zu mager und vor allem zu groß für ein junges Mädchen. Neulich nach dem Gottesdienst war ihr aufgefallen, dass sie inzwischen sogar einige der anwesenden Männer um ein paar Zentimeter überragte. Seitdem übte sie das Gehen mit gebeugten Knien, um sich kleiner zu mogeln. Als ihr Vater sie gestern dabei auf dem Korridor erwischt hatte, hatte er gefragt: »Machst du dir Sorgen, Sternchen, dass du zu groß wirst für mögliche Verehrer?«

Bei jedem anderen Zaungast hätte Julia wahrscheinlich patzig reagiert und alles abgestritten, aber sie liebte ihren Vater und wusste, dass sie ihm gefahrlos ihre geheimsten Gedanken anvertrauen konnte. Deshalb waren ihr spontan die Worte »Ja, genau!« aus dem Mund gepurzelt.

»Liebes«, hatte ihr Vater mit einem belustigten Stirnrunzeln erwidert. »Ich bin mir sicher, dass dich viele junge Frauen um deine schönen langen Beine beneiden.«

»Aber ich will nicht einen ganzen Kopf größer sein als alle anderen.«

»Weshalb? Erinnerst du dich nicht an die Modenschauen im Hotel? Die Vorführfräuleins waren auch alle recht groß und wurden von den männlichen Zuschauern trotzdem sehr bewundert. Außerdem kommt es – wie du sicher weißt – nicht auf die äußeren, sondern auf die inneren Werte an.« Im nächsten Moment, als ihr erst anderthalb Wochen alter Bruder Oskar im benachbarten Kinderzimmer lautstark loskrähte, hatte sich seine Miene zu einem glücklichen Grinsen verzogen: »Schon wieder Zeit für die Raubtierfütterung?«

Bei der Erwähnung des Hotels hatte Julia plötzlich einen Kloß im Hals gespürt. Ihre Familie lebte erst seit Kurzem auf dem Land. Bis Mitte Januar hatten sie in einer Privatwohnung im Palais Heiligendamm gewohnt, in dem prächtigen Luxushotel, das ihr verstorbener Großvater vor dem Krieg in Bad Doberan eröffnet hatte. Und auch wenn sie es ihrem Vater gegenüber nicht zugeben konnte: Das trubelige Leben inmitten der Gäste und Angestellten fehlte ihr. Doch das war wahrscheinlich das einzige Thema, über das sie weder mit ihrem Vater noch mit ihrer Mutter sprechen konnte. Es würde sie zu sehr verletzen.

»Versprichst du mir, dass du von nun an wieder aufrecht gehst?«, hatte ihr Vater sie aus ihren traurigen Gedanken gerissen.

Mit einem gezwungenen Lächeln hatte sie genickt.

»Gut so.«

Langsam verwandelte sich die Dunkelheit jenseits der Fensterscheibe in graues Tageslicht, und Julia konnte zunächst die Umrisse, wenig später die Details der vorbeiziehenden Landschaft erkennen. Schneebedeckte Felder wechselten sich mit tief verschneiten Wäldern ab. Dazwischen lagen, malerisch eingebettet, einige Höfe. Eigentlich ein schöner Anblick. Doch momentan konnte sie dieser Aussicht wenig abgewinnen. Unruhig zwirbelte sie das spitz zulaufende Ende ihres linken Zopfs. Bald würde der Bus Bad Doberan erreichen. Und dann war es nur noch ein Katzensprung bis zu der weißen neoklassizistischen Fassade des Palais Heiligendamm. Doch diesmal würde nicht sie selbst die Stufen vor dem imposanten Portal hinunterlaufen, um den Bus zu erreichen, sondern ihr Cousin und ihre Cousine. Die elfjährige Sophie und der zwölfjährige Martin, die unter der Woche ebenfalls auf Gut Bellhagen wohnten, hatten das Wochenende bei ihrem Vater verbracht, bei Julias Onkel Paul, der inzwischen das Hotel führte.

Julia wusste, warum ihre Mutter die Leitung des Palais an ihren Bruder abgegeben hatte. Es gab dafür zwei Gründe, die ihr ihre Eltern ausführlich erklärt hatten. Trotzdem vermisste sie ihr altes Leben. Sie konnte ja nachvollziehen, dass ihre nicht mehr ganz junge Mutter sich danach sehnte, Zeit mit ihrem Neugeborenen zu verbringen, aber warum war dann nicht einfach ihr Vater, der vor wenigen Jahren seinen Berliner Konzern verkauft hatte, für einige Monate als Hoteldirektor eingesprungen? Die beiden würden sich sowieso nicht den ganzen Tag lang um Oskar kümmern können. Irgendwann mussten Säuglinge doch auch schlafen!

Das von den Eltern angeführte politische Motiv dagegen überzeugte sie gar nicht: Warum sollte sich etwas für das Hotel ändern, bloß weil dieser Herr Hitler kürzlich zum Reichskanzler ernannt worden war? In den letzten Jahren hatte es viele Regierungswechsel in Deutschland gegeben, und trotzdem war das Leben mit all seinen Höhen und Tiefen weitergegangen. Schon vor dieser neuen Kanzlerschaft hatte ihre Familie mit schweren Schicksalsschlägen zu kämpfen gehabt: Nach einem widerlichen Zwischenfall mit Angehörigen der Sturmabteilung, der sogenannten SA, war ihr Lieblingscousin Gabriel mit seiner jüdischen Familie und der Hotelköchin Minna nach Frankreich ausgewandert. Aber diese SA-Männer waren gewöhnliche Raufbolde gewesen. Männer, die seit Langem im Ort für ihre Gewalttätigkeit bekannt waren. Und selbst damals war der familieneigene Hotelbetrieb von den Ereignissen unberührt geblieben. Da war es doch lächerlich, wegen eines im weit entfernten Berlin regierenden Mannes das Handtuch zu werfen.

Außerdem hatten ihre Eltern bei dieser überstürzten Entscheidung an alles gedacht ... nur nicht an sie, ihre Tochter. Immerhin würde sie bereits im übernächsten Mai ihre Reifeprüfung ablegen, und bislang war sie fest davon ausgegangen, danach eine Lehre im Hotel anfangen zu können. Doch unter Onkel Pauls Leitung würde das wohl nicht mehr möglich sein. Er war mit dem schrecklichen Nationalsozialisten Carl von Herrhausen eng befreundet, den ihre Eltern mit Hausverbot belegt hatten. Später war dieser Mann durch die Hochzeit mit Tante Luise sogar zu ihrem Onkel geworden. Dabei schienen sich die beiden keineswegs so lieb zu haben wie ihre eigenen Eltern. Die seltsame Eheschließung hatte die Wogen des Familienzwists nicht zu glätten vermocht, und so war der inzwischen verwitwete Onkel Paul eine Zeit lang nur noch ins Palais gekommen, um seine zwei jüngsten Kinder zu besuchen, die nach dem Tod ihrer Mutter in Bad Doberan aufwuchsen. Ein weiterer Hinderungsgrund für ihre Mitarbeit im Hotel war Onkel Pauls ältester Sohn Thomas, der in einem Internat lebte, aber in Zukunft wahrscheinlich öfter zu Besuch käme. Vor ihm musste sie sich unter allen Umständen in Acht nehmen. Allein bei dem Gedanken an ihren stämmigen, groben Cousin lief ihr ein Schauer über den Rücken.

Julia wickelte sich das blonde Zopfende noch ein wenig fester um den Finger. Aber was sollte nun aus ihr werden? Sie kannte doch nichts außer dem Hotelgewerbe. Und ehrlich gesagt konnte sie sich auch keinen schöneren Beruf vorstellen. Da kam sie wohl ganz nach ihrer Mutter. Während deren Schwangerschaft hatte Julia sie an den Wochenenden bei allerlei Aufgaben unterstützt und gemerkt, wie leicht es ihr fiel, mit den Gästen zu plaudern, und wie viel Spaß es ihr machte, dem Empfangschef zur Hand zu gehen.

Nachdenklich starrte sie aus dem Fenster. Welchen Broterwerb könnte es denn sonst noch für sie geben? Eine Ausbildung zur Krankenschwester, wovon ihre Tante Johanna angeblich geträumt hatte, bevor sie Gabriels Mutter geworden war, kam für sie jedenfalls nicht infrage. Zu viel Blut. Und Schauspielerin wie

Tante Luise? Auf keinen Fall. Innerlich schüttelte sie sich. Die Vorstellung, für eine Rolle einen wildfremden Mann küssen zu müssen, fand sie eklig.

In diesem Moment hielt der Bus vor dem Palais, und Onkel Pauls hellblonde Kinder stiegen ein.

»Guten Morgen, Julia«, sagte Martin und blieb unmittelbar neben der Tür stehen. Wahrscheinlich war er in Gedanken mit irgendeiner Partitur beschäftigt. Für ihn zählte kaum etwas außer seiner Musik. Trotzdem mochte Julia den blassen, sensiblen Jungen gern. Glücklicherweise schien er das genaue Gegenteil seines ungehobelten Bruders zu sein.

»Morgen, ihr zwei«, erwiderte sie und erlaubte großzügig, dass Sophie sich neben sie auf den ohnehin schon schmalen Sitz quetschte. »Na, wie war euer Wochenende?«

»Langweilig!«, antwortete Sophie atemlos. »Wie geht es Oskar? Hat er heute Nacht durchgeschlafen?«

Julia verzog das Gesicht. Sie liebte ihren winzigen Bruder, aber sein nächtliches Geschrei ging ihr allmählich auf die Nerven. »Leider nein.«

»Ob er sich in seiner Wiege einsam fühlt?«, mutmaßte Sophie mit einem übertrieben besorgten Ausdruck auf dem kleinen, runden Gesicht.

Julia zuckte mit den Schultern. »Weiß nicht ... jedenfalls hat er sich nicht beruhigen lassen.«

»Der Arme.«

Endlich näherten sie sich der letzten Haltestelle, und die Schüler und Schülerinnen wurden von einer kribbeligen Regsamkeit erfasst, gleich würden sich alle aus dem Bus und in die Klassenzimmer drängen. Es war bereits kurz vor Schulbeginn, und die Lehrer reagierten äußerst ungehalten auf zu spät kommende Schüler, selbst wenn diese gar keinen Einfluss auf die Pünktlichkeit des Busses hatten.

Plötzlich tippte ihr jemand auf die Schulter. Als Julia sich überrascht umblickte, sah sie in das schmale Gesicht von Max Langhans.

»Gehört das dir?«, fragte er und hielt ihr weißes Zopfband hoch, das sich beim hektischen Drehen ihrer Haare wohl gelöst haben und auf den Boden gefallen sein musste.

»Ähm … ja. Danke.« Julia fühlte, wie sie errötete. Ihre Wangen glühten förmlich.

Max tat so, als bemerke er es gar nicht. »Keine Ursache.«

Alles wäre perfekt gewesen, wenn Sophie nicht plötzlich losgekichert hätte: »Du siehst aus wie eine Tomate, Julchen.«

Am liebsten hätte sie ihre Cousine erwürgt.

In diesem Augenblick drehte Max sich noch einmal um und lächelte sie lieb an. Julia nahm all ihren Mut zusammen und lächelte zurück. Plötzlich war die Welt wieder in Ordnung.

Als sich kurz darauf die Türen öffneten und sie sich inmitten eines Pulks anderer Mädchen in das rote Backsteingebäude treiben ließ, hätte sie vor Freude singen können.

»Du bist aber heute gut gelaunt«, bemerkte ihre Freundin Ava, als Julia sich strahlend neben sie ans hölzerne Pult setzte und ihren Tornister in das Fach darunter schob. Ava wohnte in der Nähe der Schule, über dem Bekleidungsgeschäft ihrer Eltern im Zentrum von Bad Doberan, und hatte deshalb nichts von den Ereignissen im Bus mitbekommen.

»Stell dir vor …«, begann Julia und verstummte verwundert. Auf dem Stundenplan standen für heute früh zwei Stunden Deutschunterricht. Doch nicht Dr. Kröger, ihr Deutschlehrer, hatte soeben das Klassenzimmer betreten, sondern der verhasste Lateinpauker Beselein. Wie alle anderen Schülerinnen auch, fuhr Julia bei seinem Anblick umgehend von ihrem Sitz hoch.

Unisono riefen sie: »Guten Morgen, Herr Beselein.«

Der untersetzte Lehrer stellte sich schnaufend – das Klassenzimmer lag im zweiten Stock – vor die schwarze Tafel und schaute sie für einige Sekunden wortlos, aber sichtlich verärgert an. Julia verstand nicht, welchen Vergehens sie sich schuldig gemacht haben sollten. Alle ihre Klassenkameradinnen, sie selbst eingeschlossen, waren doch auf die Minute pünktlich gewesen?

Schließlich knurrte Herr Beselein: »Was war das denn für ein Gruß?«

Seine Worte trafen auf verwirrte Stille.

»Wisst ihr denn nicht, wie man sich jetzt anständig begrüßt?«

Zwanzig ratlose Augenpaare blickten ihn an.

»Wirklich? Keine von euch?« Seine Stimme klang aggressiv.

Plötzlich zeigte die dicke Gretel auf.

»Ja, Fräulein Flickstadt?«

»Mit … ähm … Heil Hitler?«, sagte sie zaghaft.

»Ja, genau.« Herrn Beseleins verhärtete Züge lockerten sich. »Und das werden wir jetzt alle miteinander üben. Rechte Hand hoch und dann aus voller Brust: Heil Hitler!«

Sich den Anweisungen eines Lehrers aktiv zu widersetzen hätte sich niemand in der Klasse getraut. Schließlich stand der dünne Stock für die strafenden Schläge gleich neben der Tafel. Also hoben sämtliche Schülerinnen brav die Hand und sprachen den ungewohnten Gruß stockend nach. Auch Julia und Ava streckten den Arm in die Höhe, bewegten jedoch – als hätten sie sich dazu verabredet – nur die Lippen und sagten die Worte nicht laut auf.

Herr Beselein, der ihren stummen Protest offenbar bemerkt hatte, warf ihnen einen strengen Blick zu. Dann marschierte er zu ihrem Pult und baute sich drohend vor Ava auf. Julias Herz schlug schlagartig schneller.

»So, so. Wie interessant. Das kleine Fräulein Cohen weigert sich also, unserem geschätzten Führer und Reichskanzler Respekt zu zollen?«

Ava blickte starr geradeaus und sagte kein Wort.

»Glauben Sie mir, damit kommen so hinterlistige jüdische Elemente wie Sie nicht mehr lange durch. Solche Flausen wird Ihnen der Führer schnell austreiben. Sie sind in dieser Klasse sowieso nur …«

Julia ertrug es nicht mehr. Irgendwie musste sie Herrn Beselein ablenken. Sie konnte ihre Freundin nicht eine Sekunde länger von diesem Widerling beschimpfen lassen. Mit fester Stimme fragte sie: »Entschuldigen Sie bitte, Herr Beselein … ist Dr. Kröger krank? Fällt der Deutschunterricht heute aus?«

Ein Raunen ging durch die Bänke. Eigentlich war es verboten, den Lehrer unaufgefordert anzusprechen. Es galt die Devise: gerade sitzen, Ohren spitzen, Hände falten und Schnabel halten.

Doch anscheinend hatte sie Herrn Beselein durch ihre Frage derart aus dem Konzept gebracht, dass er ihr mit einem verdutzten Blinzeln antwortete: »Dr. Kröger ist verhindert, Fräulein Falkenhayn. Ich werde ihn in dieser ersten Stunde vertreten.«

Dann fiel sein Blick erneut auf Ava. Sein Zorn schien sich verflüchtigt zu haben. Oder er war sich endlich seiner Verantwortung als Vertretungslehrer bewusst geworden. Jedenfalls drehte er sich ohne eine weitere Bemerkung um und kommandierte mit scharfer Stimme: »Hefte raus. Wir schreiben ein Diktat.«

Hinter seinem Rücken drückte Ava rasch ihre Hand. Julia nickte ihr aufmunternd zu. Mit einem unterdrückten Seufzen öffnete sie den Tornister und zog ihre schwarze Kladde hervor. Wie sie Diktate hasste!

In der großen Pause schlenderten Julia und Ava wie immer in die entlegenste Ecke des Hofs. Hier war das Lärmen der jüngeren Mädchen, die Seil sprangen oder Fangen spielten, nicht mehr ganz so laut. Normalerweise ließen sie sich dort auf einer Bank nieder, um ihr mitgebrachtes Butterbrot zu verzehren. Doch heute verspürte keine von ihnen Hunger, und sie gingen untergehakt und leise miteinander flüsternd spazieren.

»Danke«, wisperte Ava erneut. Es war bestimmt das fünfte Mal.

»Bitte hör auf, dich bei mir zu bedanken«, erwiderte Julia beschämt. »Wenn ich wirklich Schneid gehabt hätte, hätte ich ihm sagen müssen, dass ich diesen dummen Gruß ebenfalls verweigert habe.«

»Du warst trotzdem sehr mutig und hast ihn davon abgehalten, noch schlimmere Dinge vor der versammelten Klasse zu mir zu sagen.«

»Wenn man es diesem Pauker nur irgendwie heimzahlen

könnte«, murmelte Julia wütend. »Immerhin bist du die Klassenbeste … da darf er nicht so mit dir umspringen.«

»Das hat nichts mit meinen Noten zu tun. Er verachtet uns Juden. Wie alle Nationalsozialisten.« Ava klang niedergeschlagen.

Julia erinnerte sich zum zweiten Mal an diesem Tag an den schrecklichen Zwischenfall mit Gabriel und seinen Eltern. Auch Gabriels Vater Samuel war nur angegriffen worden, weil die prügelnden SA-Männer ihn als Juden erkannt hatten. Bedeutete das, dass ihre Eltern doch richtig gehandelt hatten, als sie die Leitung des Palais an Onkel Paul abgaben, weil sie »mit dem ganzen Nazi-Pack nichts zu tun haben« wollten? Nachdenklich blickte sie ihre einen Kopf kleinere Freundin an. »Aber warum nur? Was haben die Juden Herrn Beselein und den anderen Nationalsozialisten denn Böses angetan?«

»Persönlich … nichts. Aber …« Avas Stimme brach. »Ich fürchte mich so vor dieser neuen Regierung. Auch mein Vater meint, dass für uns nun alles noch viel schlimmer wird.«

»Noch schlimmer?«, fragte Julia bestürzt. Es war das erste Mal, dass sie mit ihrer Freundin über dieses Thema sprach. Wie hatten ihr Avas Sorgen nur verborgen bleiben können, wenn doch Gabriels Familie aus einem ähnlichen Grund geflüchtet war?

»An dem Tag, an dem der neue Reichskanzler ernannt wurde, hat uns jemand eine tote Möwe vors Geschäft gelegt, mit einem Zettel, auf dem ›Jetzt seid ihr dran!‹ stand«, erklärte Ava traurig. »Außerdem bekommen wir mindestens einmal in der Woche anony…, ach, bitte lass uns von etwas anderem reden. Ich mag jetzt nicht daran denken. Besonders nicht, weil wir heute in den letzten beiden Stunden Latein haben. Wer weiß, was Herr Beselein sich dann wieder alles einfallen lässt, um mich zu beschimpfen.«

Das war allerdings eine fürchterliche Aussicht.

Plötzlich hatte Julia eine Idee. »Und was, wenn wir in den letzten zwei Stunden genauso verhindert sind wie Dr. Kröger?«, hauchte sie Ava ins Ohr.

»Wie meinst du das?«

»Wir schwänzen«, verkündete Julia resolut.

»Aber … wie willst du ungesehen am Pförtnerhaus vorbeikommen? Das gibt doch ein riesiges Donnerwetter, wenn uns Herr Maschke erwischt«, erwiderte Ava skeptisch, doch ihre großen dunklen Augen glänzten.

»Mir fällt schon was ein. Zur Not klettern wir aus einem Kellerfenster und steigen über den Zaun.«

Das Gesicht ihrer Freundin wurde von einem scheuen Lächeln erhellt. »Das würdest du für mich tun?«

»Was für eine Frage! Mit dir gehe ich doch durch dick und dünn.« Julia grinste. »Schade, dass wir Beseleins dämlichen Gesichtsausdruck verpassen, wenn er entdeckt, dass wir getürmt sind.«

»Wenn es uns überhaupt gelingt«, mahnte Ava.

»*Fortes fortuna adiuvat*«, zitierte Julia übermütig und imitierte mit ihrer freien Hand Beseleins theatralisches Herumfuchteln. »Den Mutigen hilft das Glück.«

Nach einer gähnend langweiligen Geschichts- und einer ebensolchen Mathematikstunde gab es eine kurze Pause, in der sich Ava und Julia ihre Tornister und Mäntel schnappten und gemeinsam auf den Ausgang des Klassenzimmers zustrebten.

»He, wo wollt ihr zwei denn hin?«, fragte Gretel, die ein dick mit Leberwurst bestrichenes Butterbrot in der Hand hielt und mit beiden Backen herzhaft kaute.

»Ava fühlt sich nicht gut. Ich bringe sie nach Hause«, log Julia, ohne rot zu werden. Es ging Gretel schließlich nichts an, dass sie beschlossen hatten, die letzten zwei Stunden zu schwänzen.

»Das wird Herrn Beselein aber nicht besonders freuen«, ereiferte sich Gretel nuschelnd. Vor Erregung flogen ihr einige Brotkrumen aus dem Mund.

»Tja, wer freut sich schon, wenn jemand krank wird«, entgegnete Julia mit einem bedauernden Schulterzucken. Innerlich hätte sie der alten Petze das Pausenbrot am liebsten quer in den gierigen Rachen gestopft.

»Das gibt bestimmt einen Klassenbucheintrag«, prophezeite

Gretel, während Julia die langsamer gewordene Ava liebevoll aus der Tür schob.

»Darauf können wir leider keine Rücksicht nehmen. Die Gesundheit geht vor.« Julia folgte ihrer Freundin auf den Korridor.

»Und was nun?«, fragte Ava und schlüpfte in ihren Mantel.

»Nun warten wir, bis Herr Beselein im Klassenzimmer verschwunden ist, und dann machen wir uns auf den Weg«, flüsterte Julia und zog Ava hinter den Schrank, in dem der Erdkundelehrer seine staubigen Landkarten aufbewahrte. Nur gut, dass die Türen der anderen Räume im zweiten Stock bereits geschlossen waren.

Im nächsten Moment legte Julia warnend den Zeigefinger an die Lippen ... der kurzatmige Herr Beselein erklomm keuchend die Treppe.

Eine Minute später hörten sie, wie ihre Klassenkameradinnen den Lehrer mit einem kräftigen »Heil Hitler« begrüßten.

»Jetzt?«, fragte Ava, als sich die Tür schloss.

Julia schüttelte den Kopf. »Nein, warte noch einen Moment«, wisperte sie.

Und tatsächlich öffnete sich das Klassenzimmer erneut – vermutlich streckte Herr Beselein den Kopf zur Tür hinaus. Als er sie nirgendwo erblickte, warf er mit einem verärgerten Rumms die Tür ins Schloss.

»Jetzt«, flüsterte Julia, nahm Avas Hand und zog sie hinter sich zur Treppe.

Auf Zehenspitzen schlichen sie Stufe um Stufe hinab und erreichten das Erdgeschoss ohne Zwischenfälle. Doch leider trafen sie hier auf ein erstes Hindernis: Herr Maschke, der vom Krieg versehrte, einbeinige Pförtner der Schule, plauderte unmittelbar vor dem Ausgang mit einem Handwerker und versperrte ihnen den Fluchtweg.

»Mist«, murmelte Julia. »Also müssen wir doch durch den Keller.« Geduckt schlichen sie zu der nahe gelegenen Eisentür, hinter der eine steile Treppe ins Untergeschoss führte. Als Julia die Klinke betätigte und versuchte, die Tür aufzuziehen, quietschten die verrosteten Scharniere. Eine Schrecksekunde lang verharrten die Mädchen wie erstarrt. War Herr Maschke durch das verdächtige Geräusch auf sie aufmerksam geworden?

Doch sie hatten Glück, der Pförtner war offenbar zu sehr in sein Gespräch vertieft, um auf ungewöhnliche Laute zu achten. Zentimeterweise drückten sie die Tür auf und schlüpften in das unbeleuchtete Treppenhaus.

Im Keller war es dunkel und kalt. Aber sie trauten sich nicht, die Deckenbeleuchtung einzuschalten. Zu groß war die Gefahr, dass jemand das verräterische Licht entdeckte. Als sie sich von der letzten Treppenstufe aus in den finsteren Raum vortasteten, schlug ihnen der charakteristische Geruch der hier unten gelagerten Kohlen entgegen, und Julia hörte, wie Ava ein Husten unterdrückte.

»Gleich haben wir es geschafft«, flüsterte sie aufmunternd über das knisternde Geräusch des Kohleofens hinweg. Mit der ausgestreckten Hand an der Wand fühlte Julia den Weg mehr, als dass sie ihn sah. Vorsichtig kletterten sie über abgestelltes Putzgerät und Schneeschaufeln. »Am besten nehmen wir das Fenster dahinten links, das müsste zur Rückseite des Schulgebäudes führen«, flüsterte sie.

Ava seufzte. »Und wenn es vergittert ist?«

»Keine Sorge, irgendwo muss eine Luke sein. Wie sollte Herr Maschke sonst die Kohlen für die Schule anliefern lassen?«

Als sie am letzten Fenster ankamen – glücklicherweise fiel durch jede der schmalen Öffnungen etwas Tageslicht –, atmete Julia erleichtert auf: Es war unvergittert und ließ sich mithilfe einer seitlich angebrachten Stange problemlos einen Spaltbreit öffnen. »Gut, dass wir so schlank sind. Gretel käme hier niemals durch«, kicherte sie leise. »Komm, mach eine Räuberleiter. Ich gehe vor, und wenn die Luft rein ist, reichst du mir erst die Tornister an, und dann ziehe ich dich hoch. Einverstanden?«

Ava nickte und verschränkte die Hände auf Bauchhöhe, sodass Julias Fuß darauf Halt fand, sie sich mit beiden Händen am Fensterrahmen festhalten und dann hochdrücken konnte.

Eine Sekunde später lag Julia bäuchlings im Fensterspalt und schaute sich um. Als sie niemanden erblickte, kroch sie innerlich triumphierend nach draußen, drehte sich um und streckte Ava die Hände entgegen. Ihre Freundin war so federleicht, dass sie bereits eine Minute später neben ihr und den Schultaschen kauerte ... geschafft!

Der brusthohe Maschendrahtzaun stellte sie vor keinerlei Probleme, ihn hatten sie schnell überwunden. Kurz darauf huschten die beiden Freundinnen eilig über die Straße, um sich so schnell wie möglich außer Sichtweite zu bringen. Atemlos hielten sie erst an, als sie die nächste Kreuzung erreicht hatten.

Lächelnd schüttelte Ava den Kopf: »Du bist verrückt, Julia Falkenhayn, weißt du das?«

»Würdest du doch lieber lateinische Verben konjugieren oder einem begeisterten Vortrag über unseren neuen Reichskanzler lauschen?«, erkundigte sich Julia mit einem Grinsen.

Ihre Freundin, deren blasse Wangen durch das Laufen gerötet waren, schüttelte energisch den Kopf.

»Na, siehst du! Und was machen wir jetzt mit unserer neugewonnenen Freiheit?«

»Sie genießen, solange sie währt?«, schlug Ava vor. »Denn ein Nachspiel wird unser Ausflug auf jeden Fall haben.«

»Soll mein Vater gleich für uns beide eine Entschuldigung schreiben?«, bot Julia großzügig an. Sie wusste, dass sie sich auf ihn verlassen konnte. Ihr Vater verachtete den faschistischen Lateinlehrer mindestens genauso sehr wie sie selbst.

»Keine schlechte Idee. Ich bin mir nicht sicher, wie meine Eltern reagieren werden.« Ava biss sich auf die schmale Unterlippe und schaute unentschlossen die Straße entlang. »Wohin möchtest du gehen?«

»In die Milchbar?«, fragte Julia und forschte in ihren Manteltaschen nach losen Münzen.

»Oh ja. Eine heiße Schokolade wäre jetzt genau das Richtige«, strahlte ihre Freundin und hakte sich bei Julia unter. Gemeinsam bummelten sie los.

»Übrigens hast du mir noch immer nicht erzählt, weshalb du

heute früh so gut gelaunt warst«, sagte Ava, während sie einige Frauen mit vollbepackten Einkaufskörben überholten.

Julia zog eine Grimasse. In Anbetracht von Avas Problemen verblasste die Freude über ihre Begegnung mit Max Langhans. Plötzlich kam es ihr seltsam vor, mit ihrer Freundin über das verlorene Zopfband zu plaudern, das Max für sie aufgehoben hatte.

Doch Ava kannte sie zu gut. »Könnte es sein, dass es etwas mit einem gewissen dunkelhaarigen Oberprimaner zu tun hatte?«

»Ähm … ja«, erwiderte Julia unsicher. »Aber nach der Geschichte mit Herrn Beselein spielt das keine Rolle mehr. Lass uns lieber von etwas anderem …«

»Von wegen … immer raus mit der Sprache! Das interessiert mich brennend. Was hat der schöne Max denn heute gemacht?«

In wenigen Sätzen gab Julia die Geschehnisse im Bus wieder.

»Ha! Hab ich's dir nicht gleich gesagt? Er mag dich!«, rief Ava lebhaft aus, während sie auf die Milchbar zusteuerten.

Julia errötete. »Glaubst du wirklich?«

»Ganz sicher«, meinte ihre Freundin und blieb abrupt stehen. Aus dem Kurzwarengeschäft direkt neben der Milchbar war eine zierliche Dame getreten. Avas Mutter! Ausgerechnet!

»Ava! Julia! Was macht ihr denn hier? Solltet ihr nicht in der Schule sein?«, fragte Frau Cohen pikiert.

»Mama … Julia und ich … also, wir …«, stammelte Ava verlegen. Auf ihrem Gesicht breitete sich eine schuldbewusste Röte aus.

»Dann habt ihr euch tatsächlich unerlaubt vom Unterricht entfernt?«, erkundigte sich Frau Cohen.

Ava senkte den Kopf.

Julia wusste, dass sich ihre Freundin stets bemühte, ihren Eltern eine brave Tochter zu sein. Und eigentlich hatte ja auch sie Ava zum Schwänzen angestiftet. Sie räusperte sich verlegen. »Frau Cohen, bitte entschuldigen Sie … aber wir sind heute nicht zum Lateinunterricht gegangen, weil der Lehrer uns gezwungen hat, ihn mit ›Heil Hitler‹ zu begrüßen. Und danach …«

Ava kniff sie in den Arm, und Julia verstummte. Offenbar

wollte ihre Freundin verhindern, dass ihre Mutter die hässlichen Einzelheiten erfuhr.

Anscheinend hatte sie trotzdem genug gesagt. Frau Cohen war sehr blass geworden.

»Mutter?«, fragte Ava besorgt.

Plötzlich lächelte die feingliedrige Dame. »Im Grunde sollte ich euch fürs Schwänzen bestrafen … doch das bringe ich unter diesen Umständen nicht übers Herz. Wie wäre es also, wenn ich euch stattdessen zum Mittagessen einlade?«

»Das … das wäre wunderbar«, sagte Julia überrascht und stupste die immer noch bange aussehende Ava an. »Vielen Dank, Frau Cohen.«

Das erste Morgenlicht drang durch die Lücke zwischen den nur halb zugezogenen dunkelroten Samtvorhängen, und Luise, die seit jeher einen leichten Schlaf besaß, erwachte aufgrund der ungewohnten Helligkeit. Müde blinzelnd blickte sie auf den nackten Mann neben sich. Heinz schlief auf dem Bauch und schnarchte leise. Ihn schienen die Strahlen der aufgehenden Wintersonne überhaupt nicht zu stören. Sein Gesicht war ihr zugewandt, und sie konnte in aller Ruhe die vertrauten Züge studieren. Ohne die Arroganz, die er üblicherweise zur Schau trug, weil er glaubte, dass sie zur charismatischen Aura eines Filmstars gehörte, wirkte er jünger. Trotz der beginnenden Geheimratsecken. Wie die meisten ihrer Kollegen war Heinz Brabeck privat ein völlig anderer Mensch als auf der Leinwand. In seinen Filmen spielte er zumeist den liebenswert drolligen Mann von nebenan. Er hatte ein unbestritten komisches Talent, das sie sehr bewunderte, doch für Heldenrollen hielt ihn die UFA für ungeeignet. Dafür sei er zu klein und zu schmächtig. Wahrscheinlich trat Heinz deshalb außerhalb seiner Rollen als schneidiger Salonlöwe auf – immer in elegantem Zwirn gekleidet, mit Sonnenbrille und sorgfältig pomadisierten Haaren. Um sein Draufgängertum zu beweisen, fuhr er stets die windschnittigsten Automodelle, und das leider viel zu rasant. Ein paar Mal waren sie nur um Haaresbreite einem Unfall entgangen, und Luise schloss inzwischen die Augen, wenn sie an seiner Seite durch die nächtlich leeren Straßen von Berlin raste. Demnächst wollte Heinz auch noch den Pilotenschein machen. Doch sie hatte ihm bereits mitgeteilt, dass sie sich auf keinen Fall in eine dieser fliegenden Sardinenbüchsen quetschen würde. Sie war schließlich nicht lebensmüde.

Luise richtete sich auf, um die Bettdecke zurückzuschlagen und das Badezimmer aufzusuchen. Unwillkürlich zuckte sie zusammen. Ihr Kopf brummte. Was hatten sie gestern wieder getrunken! Bei der zehnten Flasche Champagner hatte sie aufgehört zu zählen, doch ihr akutes Kopfweh war bestimmt auf die exotischen Cocktails zurückzuführen, die Heinz noch kurz vor dem Nachhausegehen für sie und ihre Gastgeber zusammengebraut hatte. An ihr anschließendes Liebesspiel konnte sie sich nur noch schemenhaft erinnern, doch die im Zimmer verstreuten Kleidungstücke und ihr zerdrücktes Nachthemd zeugten von einer recht leidenschaftlichen Begegnung.

Luise biss die Zähne zusammen und unterdrückte einen Schmerzenslaut, als sie zuerst den einen und dann den anderen Fuß aus dem Bett schwang und aufstand. In dieser aufrechten Position wurde das diffuse Gefühl von Übelkeit schlimmer. Langsam wankte sie Richtung Bad. Nachdem sie sich erleichtert hatte, fiel ihr Blick beim Händewaschen auf ihr Abbild im Spiegel. Merkwürdigerweise sah man ihr den desolaten Zustand nicht an. Zwar waren ihre blonden Haare verstrubbelt und das schwarze Augen-Make-up verlaufen, aber ihr Teint wirkte unverändert frisch.

Spontan schaltete sie die Deckenbeleuchtung ein und unterzog ihr Gesicht einer kritischen Prüfung, wobei sie ihren Kopf vorsichtig mal in diese, mal in jene Richtung drehte. Es war erstaunlich. Auch in diesem harten künstlichen Licht wies ihre Haut kaum Falten auf. Mit siebenunddreißig Jahren! Sie schien nicht nur die hohen Wangenknochen und die großen blauen Augen ihrer verstorbenen Mutter geerbt zu haben, sondern auch deren unverwüstliche Jugendlichkeit. Ein Glücksfall in ihrem eitlen Beruf.

Seufzend schaltete Luise das Licht aus, das für ihre übernächtigten Augen zu grell war, und öffnete den Seitenschrank, in dem verschiedene Medikamente aufbewahrt wurden. Sie entnahm einem Glasröhrchen zwei Aspirintabletten und würgte diese mit etwas Wasser hinunter. Anschließend hielt sie sich kraftlos am Rand des Waschbeckens fest. Wie konnten das äußere Erscheinungsbild und das Gefühlsleben bei ein und derselben Person nur so verschieden sein? Nach außen hin – das wusste sie aus Erfahrung – wirkte sie lebenslustig, schön und erfolgreich. Die Zuschauer ihrer Filme vergötterten sie und schickten ihr täglich Blumen und Pralinen ins Haus. Selbst die Presse, die früher eher rüde mit ihr umgegangen war, nannte sie inzwischen »die deutsche Greta Garbo« und schwärmte von ihrer lasziven und geheimnisvollen Ausstrahlung. Innerlich fühlte sie sich dagegen wie ein Wrack. Leer und ausgebrannt. Eine bloße Hülle. Und das lag nicht an dem Katzenjammer nach der durchzechten letzten Nacht.

Manchmal hatte sie das Gefühl, gar nicht mehr über eine eigene Persönlichkeit mit Wünschen und Träumen zu verfügen. Es war, als hätte sich ihr Charakter – unter dem Druck, stets perfekt und charmant sein zu müssen – in Luft aufgelöst, als funktionierte sie nur noch wie eine menschliche Marionette, deren Fäden von anderen Menschen gezogen wurden. Von diesen »Strippenziehern«, die sie herumkommandierten und manipulierten, gab es leider viele: Ihr Ehemann Carl gehörte gewiss dazu, außerdem die verschiedenen Regisseure, aber irgendwie auch ihre Familie, die nicht zu bemerken schien, wie sehr sie das Leben hinter der glanzvollen Fassade anstrengte und aushöhlte.

Meistens versteckte sie ihr inneres Vakuum, indem sie ihre Filmrollen – nachdem die Lichter der Kameras ausgegangen waren – in ihrem Privatleben weiterverkörperte. Momentan spielte sie in der Komödie *Eiskalte Liebe* eine sinnlich unterkühlte Diva, die sich widerstrebend in einen Jugendfreund verliebt, den sie für eine gescheiterte Existenz hält, der aber in Wahrheit ein Millionär ist. Eine schöne Aufgabe. Heinz, der nicht in diesem Film mitspielte, schien nichtsdestotrotz diese Version von ihr besonders zu schätzen. Wahrscheinlich zog ihn die erotische Unnahbarkeit ihrer Rolle an. Doch an Tagen wie heute fiel es ihr schwer, den Gang und das kapriziöse Benehmen von Marlene von Bernstein zu kopieren.

Während sie den Tiegel mit der Abschminkcreme öffnete und das weiße Zeug großzügig auf ihrem Gesicht verteilte, dachte sie über das unbedarfte Mädchen nach, das sie einmal gewesen war. Als jüngstes Kind der Familie hatte niemand sie jemals ernst genommen. Sogar an ihrer Liebe zu Robert, dem damaligen Chefkellner im Palais Heiligendamm, hatten ihre Eltern und Geschwister gezweifelt.

Keiner hatte verstanden, wie schrecklich sie sich nach der Entdeckung fühlte, dass Robert in Wahrheit der homosexuelle Freund ihres Bruders Paul war und dass sie sich nur deshalb viel zu jung in die Ehe mit Joe, einem jungen amerikanischen Hotelgast, flüchtete. Doch auch dieses Wagnis war gründlich schiefgegangen. Joe, der sich gegenüber seiner reichen Familie als erfolgreicher Geschäftsmann profilieren wollte, war ständig auf Reisen gewesen, sodass Luise nach ein paar Jahren voller Einsamkeit die Scheidung eingereicht hatte und in ihre Heimat zurückgekehrt war. In Bad Doberan war es ihr jedoch auch nicht besser ergangen, da die dortige feine Gesellschaft sie als geschiedene Frau unerbittlich ausgeschlossen hatte. Lediglich ihre eher zufällig begonnene Karriere als Filmschauspielerin hatte sie vor diesem trostlosen, isolierten Dasein gerettet.

Luise griff nach ihrem Waschlappen und feuchtete ihn an. Mit wenigen geübten Griffen wischte sie sich die dicke Schicht Abschminkcreme vom Gesicht. Anschließend tupfte sie eine klärende Essenz auf die gereinigte Haut. Ihre Züge wirkten merkwürdig nackt im Spiegel. Verletzlich.

Luise senkte die Augen, um den Anblick ihres Spiegelbilds nicht länger ertragen zu müssen. Plötzlich fühlte sie Tränen in sich aufsteigen. Im Grunde hatte sie sich immer nur nach Liebe und

Romantik gesehnt. Nach einem anständigen Mann, der sie aufrichtig liebte. Doch auf diesem Gebiet hatte sie gründlich versagt. Nach dem Fiasko mit Robert und Joe hatte sie auf eine glückliche Ehe mit Willy Frisch gehofft, einem berühmten Schauspielerkollegen. Doch seine amourösen Gefühle waren ebenso schnell erloschen, wie sie entflammt worden waren. Nach einer kurzen Affäre hatte er sie sang- und klanglos sitzenlassen. Schließlich gelangte Luise zu der Überzeugung, dass ihr niemals eine glückliche Ehe vergönnt sein würde: Kein anständiger Mann wollte eine Geschiedene zur Frau oder eine Partnerin, die einen so leichtlebigen Beruf ausübte, und einem weiteren flatterhaften Kollegen wollte wiederum sie nicht ihr Vertrauen schenken. Aus diesem Grund hatte sie letztendlich den allergrößten Fehler ihres Lebens begangen und Carl von Herrhausen geheiratet.

»Luise?« Heinz, der noch im Schlafzimmer weilte, hörte sich verschlafen an.

»Ja?«, erwiderte sie und versuchte, ihrer Stimme den verruchten Klang der eigentlich nur im Drehbuch existierenden Marlene zu verleihen. Schließlich war ihr Geliebter mit dieser Frau eingeschlafen, da war es nur gerecht, dass er auch wieder mit ihr erwachte.

»Es ist so einsam hier im Bett«, beklagte Heinz sich. »Du fehlst mir.«

»Tatsächlich?«, meinte sie gedehnt. »Leider wirst du dich noch gedulden müssen.« Als Luise wäre sie sicherlich sofort zu ihm geeilt und hätte sich in seine ausgebreiteten Arme geworfen. Trotz des pochenden Kopfwehs und der anhaltenden Übelkeit. Doch eine Marlene würde das niemals tun. Sie liebte es, mit den Männern zu spielen.

Luise griff nach ihrer Bürste und begann in aller Ruhe, ihr durcheinandergebrachtes Haar zu glätten. Am Anfang schien ihre Ehe mit dem homosexuellen Carl sogar Sinn zu ergeben. Der Geliebte ihres Bruders sollte damals wegen eines Verstoßes gegen den Paragraphen 175 angeklagt werden, und sie hatte es irgendwie romantisch gefunden, ihn vor einer Gefängnisstrafe zu bewahren.

Außerdem war sie als verheiratete Frau vor den Nachstellungen liebestoller Regisseure und Produzenten sicher. Sie bewohnte eine Hälfte von Carls großzügig geschnittener Berliner Wohnung und hatte in ihm einen gut aussehenden und verlässlichen Begleiter für Filmpremieren und andere offizielle Anlässe. Jemanden, der ihr Halt gab, ohne sie in intimen Dingen zu bedrängen oder ihre Karriere einzuschränken. Das war zumindest die Theorie gewesen.

Die Praxis sah leider anders aus: Schon kurz nach der Hochzeit litt sie unter der Entfremdung von einem Teil ihrer Familie, die Carl wegen seiner nationalsozialistischen Überzeugungen ablehnte. Zudem musste sie ständig die Gastgeberin seiner Abendgesellschaften mimen, die manchmal aus recht fragwürdigen Menschen bestand. Besonders die Angehörigen der SA, die für ihre brutalen Angriffe auf politische Gegner und Juden bekannt war, waren ihr zuwider.

Carl hatte sich leider als überaus dominanter Ehemann entpuppt, der von ihr erwartete, dass sie sich dem biederen Frauenbild seiner Partei anpasste. Zum Wohle der »Volksgemeinschaft« sollten Frauen vor allem als tugendhafte Mütter ihre Pflicht tun. Doch diesem Wunsch konnte sie als vielbeschäftigte Schauspielerin nicht gerecht werden. Und wie sollte sie ihm Kinder gebären, wenn er nicht mit ihr, sondern mit ihrem Bruder das Bett teilte? Hoffte Carl darauf, dass sie sich von Heinz schwängern ließ? Gegen ihre dezent ausgelebten Affären schien er jedenfalls keinerlei Bedenken zu haben.

Luise verließ das Badezimmer und begab sich in das benachbarte Ankleidezimmer, in dem auch ihr überdimensionierter Schminktisch untergebracht war. Allmählich ließ der Druck in ihrem Kopf nach. Die Tabletten schienen zu wirken. Sie schlüpfte aus dem zerdrückten Nachthemd und ließ es achtlos auf den Boden fallen. Darum würde sich Frau Müller kümmern, Carls Haushälterin. Sie war ein Ausbund an Diskretion und wurde äußerst großzügig dafür entlohnt, dass sie die seltsamen häuslichen Arrangements nicht ausplauderte.

Aus einer Schublade holte Luise ein frisches Negligé, ein duftiges Nichts aus Seide, und schlüpfte hinein. Anschließend nahm sie auf dem flauschigen Hocker Platz und begann, ein raffiniertes Make-up aufzulegen. Ihre Gedanken wanderten wieder zu ihrer Familie. Ihre älteren Schwestern meisterten das Leben besser als sie. Beide hatten die Liebe ihres Lebens geheiratet und waren mit ihren Ehemännern glücklich, auch wenn selbst für sie der Himmel nicht nur voller Geigen hing. Besonders Elisabeth, die früher als das hässliche Entlein unter den Kuhlmann-Schwestern gegolten hatte, schien mit ihrem Julius das große Los gezogen zu haben. Er war nicht nur vermögend und gut aussehend, sondern auch ein beständiger Fels in stürmischer Brandung. Obwohl Luise tapfer versuchte, nicht neidisch zu sein, wenn sie Zeit mit der Familie ihrer Schwester verbrachte und deren Wärme und Innigkeit erlebte, wurde ihr jedes Mal bewusst, dass ihre eigene sogenannte Ehe eine ganz schreckliche Farce war. Ein verlogener Abklatsch wahren Glücks.

Der Puderpinsel, den sie gerade in der Hand hielt, verharrte in der Luft. Warum hatte sie sich nur mit so wenig zufriedengegeben? Weshalb glaubte sie, nicht das gleiche Glück wie ihre Schwestern zu verdienen? Irgendwie hatte sie sich die vertrackte Situation, in der sie sich befand, noch nie in dieser Deutlichkeit vor Augen geführt. Dabei mochte sie Carl, der sehr aufbrausend und autoritär auftreten konnte, noch nicht einmal. Wieso hielt sie dann an dieser Ehe fest? Weil sie Angst hatte, ihr sicheres Zuhause zu verlieren? War das nicht ein überaus armseliger Grund?

Vorsichtig tupfte Luise sich zusätzliches Rouge auf die Wangenknochen. Ob Heinz sie aufrichtig liebte? Manchmal hatte es fast den Anschein. Jedenfalls schien er ebenso unglücklich verheiratet zu sein wie sie selbst: Er lebte in einer Junggesellenbude in Berlin, während seine Frau in München geblieben war. Sollte sie einmal durchscheinen lassen, dass sie aus ihrer Ehe ausbrechen wollte? Würde Heinz sich dann zu einer Scheidung durchringen und ihr einen Antrag machen?

In diesem Moment öffnete sich die Tür. Im Rahmen stand ihr Geliebter, lediglich mit einer Pyjamahose bekleidet.

»Hier steckst du also, holdes Weib.«

Luise versuchte, ein Lächeln zu unterdrücken. Aber es gelang ihr nicht. Amüsiert erwiderte sie: »Welch scharfsinnige Feststellung.«

Sie beobachtete im Spiegel, wie Heinz sich von hinten anschlich, und hob warnend eine Hand: »Ich bin noch nicht fertig. Du wirst dich …«

In diesem Moment zog er sie ungestüm vom Hocker und schloss sie in die Arme. »Ich habe unbändige Sehnsucht nach meiner Liebsten«, flüsterte er ihr ins Ohr.

Luise versuchte lachend, sich zu befreien. »Die Restaurationsarbeiten dauern aber noch an.«

»Papperlapapp. Für mich wirst du immer die schönste Frau der Welt sein – egal, wie spät die Nacht war.« Mit einem blitzschnellen Manöver packte er sie in den Kniekehlen, hob sie hoch und warf sie sich mit Schwung über die Schulter. Wie einen gewöhnlichen Sack Kartoffeln!

»Heinz! Was soll das!«, kreischte sie und versuchte, das heraufrutschende Negligé festzuhalten, damit ihr Hinterteil bedeckt blieb. Innerlich jubilierte sie trotzdem: Vielleicht konnte aus der leidenschaftlichen Affäre doch noch eine große, wahrhaftige Liebe entstehen.

***

»Herzlich willkommen im Palais Heiligendamm! Mein Name ist Kuhlmann, und als Generaldirektor des Hotels freue ich mich, Sie auch im Namen der gesamten Belegschaft bei uns in Bad Doberan begrüßen zu dürfen.«

Mit einer freundlichen Geste hielt Paul die zwölfköpfige Schar von Gästen auf, die eilig auf den Empfangstresen zusteuerte. »Wenn Sie bitte die Güte hätten, einen Moment Platz nehmen zu wollen?« Mit seinem unversehrten Arm, der andere war vor Jahren wegen einer Kriegsverletzung unterhalb des Ellenbogengelenks amputiert worden, deutete er auf die mit schwarzem und weißem Leder bezogenen Sessel zu seiner Rechten. »Wir werden Ihnen umgehend eine kleine Erfrischung servieren, während wir uns um Ihre Reiseunterlagen kümmern. Anschließend werden Sie von einem Pagen in Ihre Suiten gebracht, wo Ihr Gepäck Sie bereits erwartet.«

Während die meisten Gäste seine Anweisungen befolgten und sich hinsetzten, hob eine ältere Dame im Pelzmantel streitbar die Hand. »Diese Erfrischung ist aber im Reisepreis inbegriffen, oder? Ich möchte nicht am Ende meines Aufenthalts eine böse Überraschung erleben.«

»Aber gnädige Frau … selbstverständlich«, erwiderte Paul höflich und rückte ihr einen Sessel zurecht. »Alle Leistungen innerhalb des Hotels sind in Ihrem Arrangement eingeschlossen. Lediglich die Kuranwendungen und andere externe Vergnügungen müssen noch zusätzlich von Ihnen beglichen werden.«

Mit einem zufriedenen Nicken ließ sich die Dame auf ihrer Sitzgelegenheit nieder. »Gut zu wissen.«

Es war bereits das dritte Mal in dieser Woche, dass eine Gruppe von Pauschalgästen im Palais eintraf. Allmählich hatte Paul Übung darin, die Damen und Herren davon abzuhalten, in einer wilden Aufholjagd zum Empfangstresen zu hetzen, um als Erste die gebuchte Zimmerflucht beziehen zu können. Die Ungeduld der Gäste ließ sich dabei erfahrungsgemäß am besten mit einem alkoholischen Getränk besänftigen. Trotz dieses notwendigen Kunstgriffs stellte Paul erleichtert fest, dass auch diese Neuankömmlinge durchaus distinguiert wirkten und sich – zumindest in Kleidung und Benehmen – nicht von den anderen, individuell anreisenden Hotelgästen unterschieden.

Mit Argusaugen beobachtete er, wie das kleine Heer von Kellnern seiner Aufgabe mit der gebotenen Etikette nachkam und allen Gästen formvollendet ein Glas Champagner einschenkte. Gleichzeitig versuchte er sich vorzustellen, welchen Eindruck das Hotel, das von seiner Schwester nach dem Krieg von Grund auf renoviert worden war, den neuen Gästen vermittelte. An der großzügigen Architektur und dem geschmackvollen Interieur des Palais konnte es wohl kaum etwas auszusetzen geben. Im Gegenteil, besonders das Foyer strahlte eine ungeheure Eleganz aus. Jedes Detail zeugte von wahrem Luxus, nirgendwo auch nur ein Hauch von Blendwerk oder Flitter.

Während die Pauschalgäste an ihrem Champagner nippten, nahmen sie in diesem vornehmen Ambiente unwillkürlich selbst Haltung an. Sichtlich beeindruckt begutachteten sie die kostbaren Möbel und Accessoires: die niedrigen Tische, die mit exotischem Schlangenleder bezogen waren. Die Lampen, die ihr Umfeld in ein warmes Licht tauchten und in einem silbrigen Chrom glänzten, das sich hervorragend von dem saphirblauen und smaragdgrünen Teppich abhob. Das auf Hochglanz polierte Mahagoni des Empfangstresens und die elegante Livree des Empfangschefs dahinter – alles eine Augenweide.

Einen kleinen Wermutstropfen gab es allerdings: Das inzwischen weit über die Landesgrenzen hinaus berühmte Hotel Palais Heiligendamm, das von seinem verstorbenen Vater werbewirksam auf diesen Namen getauft worden war, lag gar nicht in Heiligendamm am Meer, sondern im sechs Kilometer entfernten Bad Doberan. Die Stammkunden schienen das dem Haus nicht zu verübeln. Und die Pauschalgäste waren vielleicht von dem ungewohnten Prunk zu eingeschüchtert, um sich zu beschweren. Jedenfalls hatte noch keiner von ihnen diesen Umstand moniert. Oder hatte sich die Lage des Hotels in den gehobenen Kreisen der Gesellschaft bereits herumgesprochen?

Sein Konzept schien jedenfalls aufzugehen: Die Pauschalreisen, die er in Zusammenarbeit mit ausgewählten Berliner Reisebüros durchführte, waren eine absolute Novität in Deutschland und wurden von den Erholungssuchenden gut angenommen. Sie erwarben dabei vor Reiseantritt Coupons für ein vergünstigtes »Rundum-Paket«, das Fahrt, Unterkunft und Vollverpflegung im Palais beinhaltete. Dies bescherte sowohl den Gästen Vorteile, da sie für mehr Leistung weniger bezahlen mussten, als auch dem Hotel, das sich über größere Planungssicherheit und eine höhere Auslastung freuen konnte. Schon jetzt waren mehr Zimmer im Palais belegt als zuletzt unter der Leitung seiner Schwester. Und das war nur der Anfang. Wenn er dieses Reiseformat erst deutschlandweit oder gar international anbieten würde, müssten sie das Hotelgebäude glatt vergrößern. Ein Gedanke, der ihn mit Stolz erfüllte.

Mit fast fünfundvierzig Jahren war er endlich beruflich erfolgreich. Das war bei Gott nicht immer so gewesen. Als junger Mann, der von seinem Vater zum Juniorchef auserkoren worden war, hatte er sich nicht gerade mit Ruhm bekleckert. Im Grunde hatte er sich zu jener Zeit ausschließlich für seine geliebte Musik interessiert. Im Umgang mit den Gästen war er schüchtern und linkisch gewesen und hatte sich selbst im Weg gestanden. Damals hatte lediglich Elisabeth mit ihrer angeborenen Begabung für das Hotelgeschäft geglänzt, während ihm zumeist unwichtige Aufgaben übertragen worden waren. Jetzt war er allerdings seit einigen Wochen der alleinige Geschäftsführer des Palais, und nicht einmal seine Schwester durfte ihm bei der Arbeit auf die Finger schauen.

In diesem Moment trat ein Page dezent an seine Seite: »Herr Kuhlmann, ein Gespräch für Sie.«

»Im Büro?«, erkundigte sich Paul und vergewisserte sich mit einem letzten Blick auf die Gäste, dass alles seinen geordneten Gang ging und der Empfangschef und sein Kollege bereits im Begriff waren, die Reiseunterlagen einzusammeln.

Der Page nickte ehrerbietig.

»Danke.« Mit gesetzten Schritten machte sich Paul auf den Weg ins Büro, das er nach seinem Geschmack umgestaltet hatte. Statt der kargen Funktionalität, die seine Schwester bevorzugte, strahlte nun auch dieser Raum eine gewisse Behaglichkeit aus. Er hatte kaum hinter seinem imposanten Schreibtisch Platz genommen, als die Zentrale das Gespräch durchstellte.

»Kuhlmann«, meldete er sich.

»Ich bin's!«, schallte es ihm aus dem Hörer entgegen.

»Carl! Wie schön, dass du anrufst. Kommst du dieses Wochenende nach Bad Doberan?«

Die Beziehung zu seinem langjährigen Partner Carl von Herrhausen war gewiss nicht ohne Konflikte. Trotzdem … wann immer er dessen sonore Stimme vernahm, schlug Pauls Herz vor Freude schneller. Es war keine Selbstverständlichkeit für einen homosexuellen Mann wie ihn, in einer erfüllten Partnerschaft zu leben. In Deutschland stand die gleichgeschlechtliche Liebe noch immer unter Strafe.

Carl räusperte sich am anderen Ende der Leitung. »Leider nicht. Wir haben eine wichtige Veranstaltung, und nächstes Wochenende klappt es bei mir auch nicht. Deshalb wollte ich vorschlagen, dass du das Wochenende darauf zu mir nach Berlin kommst.«

Paul schwieg. Er wusste, dass Carl sehr viel für die Partei und seinen obersten Dienstherrn Joseph Goebbels unterwegs war. Dennoch hatte er darauf vertraut, dass Carl sein Versprechen wahr machte und zumindest jedes zweite Wochenende ins Palais kam, um ihn zu besuchen. Immerhin hatte er jetzt eine wichtige Aufgabe im Hotel zu erfüllen und war nicht mehr der kleine Parteiangestellte, der er einmal gewesen war.

»Paul?« Carls Stimme klang sanft.

»Ich hatte eigentlich gehofft, dass wir uns hier …«

»Paul, bitte … du weißt, dass wir seit der Machtübernahme unendlich viel zu tun haben. Ich dachte, es wäre auch dein Ziel, dass Adolf Hitler die Zügel möglichst zügig fest in die Hand nimmt, um den deutschen Karren aus dem Dreck zu ziehen.«

Auch darauf wusste Paul auf die Schnelle keine Antwort. Tatsächlich hatte er bislang geglaubt, dass Deutschland eine stabile und konsequente Regierung benötigte, um die dramatisch hohe Arbeitslosigkeit zu überwinden. Doch seit Kurzem war er sich nicht mehr sicher, ob er der NSDAP die Lösung eines solch schwerwiegenden Problems überhaupt zutraute. Wie sollte die Partei das schaffen, wenn sie noch nicht einmal ihre eigene Kampforganisation unter Kontrolle hatte? Er konnte sich jedenfalls nicht vorstellen, dass die brutalen Aktionen der SA von der Parteispitze abgesegnet worden waren.

»Es geht momentan einfach nicht anders. Bitte komm übernächstes Wochenende nach Berlin.«

Paul gab sich einen Ruck. Wahrscheinlich würde das Hotel ein Wochenende auch ohne seine Anwesenheit überstehen. Oder er bat Julius, in dieser Zeit ein wenig nach dem Rechten zu sehen. »Einverstanden. Aber in Zukunft kommst du bitte zu mir, ja?«

»Natürlich«, erwiderte Carl hörbar erleichtert. »Entschuldige, ich bin in Eile. Am besten melde ich mich morgen.«

»Bis …«, fing er an, aber sein Geliebter hatte die Verbindung bereits gekappt.

Paul starrte auf den plötzlich nutzlosen Hörer in seiner Hand und legte ihn nachdenklich auf. Nicht nur beruflich hatte er schwierige Zeiten durchgemacht. Auch privat hatte es in seinem Leben einige heftige Schicksalsschläge gegeben: Als er damals davon hatte ausgehen müssen, dass seine erste große Liebe Robert im Krieg gefallen war, hatte er aus Gründen, die ihm heute nicht mehr nachvollziehbar waren, die Krankenschwester Helene geheiratet und mit ihr drei Kinder bekommen. Obwohl er sich in dieser Ehe vor Strafverfolgung sicher gefühlt hatte, war er innerlich fast daran zugrunde gegangen. Erst die Beziehung zu Carl hatte ihm die Kraft gegeben, sich aus diesem Gefängnis zu befreien. Trotzdem hatte er sich schuldig gefühlt, als Helene das Ende ihrer Ehe nicht akzeptieren wollte und wenig später – in einer schrecklichen Kurzschlusshandlung – Selbstmord beging. All dies hatte ihm schwer zugesetzt, doch heute war er mit sich im Reinen: Er hatte drei wunderbare Kinder, denen er ein verlässlicher und liebevoller Vater zu sein versuchte, und einen festen Partner.

Denn selbst wenn Carl seine Interessen manchmal recht brüsk durchsetzte, liebte er ihn. Vielleicht hatte sich Carl einfach noch nicht an das veränderte Kräfteverhältnis zwischen ihnen gewöhnt. Früher war er in jeder Hinsicht der Stärkere gewesen und hatte dementsprechend den Ton angegeben, aber inzwischen pochte Paul – als frischgebackener Hoteldirektor – auch auf seine Rechte. Ob sich Carl deswegen herabgesetzt fühlte? Oder war er nur beruflich stark eingespannt?

»Herr Kuhlmann?« Der Empfangschef klopfte an die geschlossene Bürotür.

»Kommen Sie herein.«

Herr Moltke trat mit einem besorgten Gesicht ins Büro. »Einer der Gäste hat angeblich seine Reiseunterlagen in Berlin vergessen. Sollen wir ihm trotzdem ein Zimmer geben?«

Paul stand auf. »Steht sein Name auf der uns vom Reisebüro übermittelten Liste?«

»Ich bin mir nicht sicher, ob wir die finale Gästeaufstellung erhalten haben. In meinen Unterlagen finde ich nur eine vorläufige Übersicht.«

»Keine Sorge. Am besten halte ich kurz Rücksprache mit dem Reisebüro. Vielleicht können Sie dem Gast so lange eine weitere Erfrischung offerieren.«

Herr Moltke nickte. »Gut. Das kann ich machen.« Erleichtert zog er von dannen.

Paul kräuselte die Stirn, während er zum Telefonhörer griff. Schade, dass Herr Schulze, der alte Empfangschef, gekündigt hatte. Er war sich noch nicht sicher, ob Herr Moltke seiner Aufgabe gewachsen war.

***

Luise saß nach einem anstrengenden Drehtag in ihrer Garderobe und wartete auf Heinz, der sie zu einem intimen Abendessen abholen wollte. Leider schien er sich zu verspäten. Eigentlich waren sie bereits vor vierzig Minuten verabredet gewesen.

»Du bist noch hier?« Klaus Jensen, der die männliche Hauptrolle in *Eiskalte Liebe* spielte, steckte den Kopf zur Tür herein.

»Ja, man hat mich offenbar versetzt«, erwiderte Luise und versuchte, ihre Enttäuschung mit einem Lächeln zu kaschieren.

»Das tut mir leid. Nach dem heutigen Tag hättest du wirklich ein wenig Zuspruch verdient.« Klaus zwängte seine stattliche Figur durch die Garderobentür und gesellte sich zu ihr.

Überrascht blickte Luise in sein besorgtes Gesicht. »Ach, du meinst die Kritik unseres verehrten Regisseurs?«

Klaus nickte verlegen.

Sie lächelte. »Es wird mir auf ewig ein Rätsel bleiben … aber selbst erfahrene Regisseure scheinen zu glauben, dass ausgerechnet Kritik uns Schauspieler zu einer besseren Leistung anstachelt. Dabei ist genau das Gegenteil der Fall. Nur Lob bringt uns doch dazu, das letzte Quäntchen Talent aus uns herauszukitzeln.«

»Weil wir als Schauspieler stets um die Anerkennung unseres Publikums buhlen?«

Luise schüttelte den Kopf. »Nein, weil jeder Mensch durch ein Kompliment aufblüht.«

»Da hast du sicher recht«, meinte Klaus, nachdem er kurz über ihre Aussage nachgedacht hatte. »Übrigens … ein paar Freunde und ich gehen jetzt gleich zum Sportpalast. Unser neuer Reichskanzler hält dort heute eine Rede. Wenn du mitkommen magst … ich habe noch eine Karte übrig.«

»Adolf Hitler?«, meinte Luise gelangweilt. Sie war kein politischer Mensch. Abgesehen davon fand sie Carls nationalsozialistische Mitstreiter generell eher provinziell und kleinkariert. Uninteressant. Dasselbe galt auch für diesen Hitler, den sie bei seiner Ernennung zum Reichskanzler flüchtig kennengelernt hatte. Als Carls Ehefrau war sie von dessen Chef Joseph Goebbels dazu eingeladen worden.

»Ja, genau«, meinte Klaus. »Ich wollte ihn endlich einmal persönlich sehen. Er soll unglaublich redegewandt sein.«

»Hm, ich weiß nicht …« Luise blickte auf die zierliche Armbanduhr, die Heinz ihr vor ein paar Monaten geschenkt hatte. Jetzt war er bereits über eine Stunde zu spät! Dachte er tatsächlich, dass sie wie ein kleines Dummchen auf ihn warten würde?

Ihr Kollege räusperte sich. »Wir müssten nur bald los, sonst schaffen wir es nicht mehr rechtzeitig.«

Energisch griff Luise nach ihrer Handtasche. »Danke für das Angebot, Klaus. Da komme ich gern mit.« Mit ihrem Verschwinden würde sie Heinz eine Lektion erteilen: Man versetzte sie nicht ungestraft. Und anstatt zu Hause auf seinen Anruf zu warten, würde sie sich diese Rede anhören. Egal, wie langweilig Hitlers Vortrag sein würde. Alles war besser, als unglücklich das Telefon anzustarren …

Der Sportpalast war bis auf den letzten Platz besetzt, und sie mussten sich an den anderen Zuschauern in ihrer Reihe vorbeidrängeln, um zu ihren reservierten Sitzen zu gelangen. Einige erkannten Luise, obwohl sie den Blick starr auf den Boden gerichtet hielt und ihre asymmetrische Hutkrempe tief ins Gesicht gezogen hatte. Sofort setzte das altbekannte Getuschel ein: »Ist das nicht die …« Doch heute war ihr das Glück hold. Joseph Goebbels, der als Vorredner fungierte, trat just in diesem Moment ans Mikrophon und lenkte die Aufmerksamkeit aller Anwesenden auf sich. Zudem überließen Klaus und seine Freunde ihr einen Platz in ihrer Mitte, sodass sie sich nicht mit einem womöglich neugierigen fremden Sitznachbarn herumschlagen musste. Trotzdem fragte sie sich, ob es nicht ein Fehler gewesen war, sich in eine derart exponierte Lage zu bringen. Und das alles nur wegen Heinz, der sich wahrscheinlich aus einem absolut entschuldbaren Grund verspätet hatte. Warum musste sie nur ständig so unüberlegt und impulsiv handeln? Das hatte sie schon früher öfter in Teufels Küche gebracht.

Während Klaus und das restliche Publikum die aufpeitschenden Worte von Goebbels in sich aufzusaugen schienen, blickte Luise sich im Saal um, der mit Hakenkreuzfahnen und Spruchbändern mit Parolen wie »Für die Nation, gegen die Internationale« geschmückt war. Ob Heinz nur länger gearbeitet hatte? Das kannte sie von ihren eigenen Drehtagen … manchmal dauerte jede Szene ewig!

Plötzlich öffneten sich die Saaltüren, und zu den Klängen des Deutschlandliedes marschierten weitere Fahnen- und Standartenträger ein. Was für ein Spektakel! Das staunende Publikum verrenkte sich die Hälse, um nichts zu verpassen. Das Ganze hat etwas von einer zweitklassigen Theateraufführung, dachte Luise irritiert. Die Zuschauer sollten nicht nur vom Inhalt der Darbietung, sondern vor allem auch von der Atmosphäre, dem ganzen

Drumherum gefesselt werden. Eine fragwürdige Inszenierung, wie sie fand. Obwohl der Hauptakteur, Adolf Hitler, noch nicht einmal auf dem Podest stand, ließen sich einige Zuschauer zu »Heil«- und »Deutschland erwache«-Rufen hinreißen. Unwillkürlich fragte Luise sich, was Heinz wohl dazu sagen würde. Wahrscheinlich hatte er längst versucht, bei ihr anzurufen, um sich zu entschuldigen. Und anstatt in seinen Armen zu liegen, saß sie nun inmitten dieses erwartungsvollen Hexenkessels!

Als Goebbels mit erheblicher Verspätung endlich den Hauptredner Hitler begrüßte, wäre Luise am liebsten nach Hause gegangen. In erster Linie, um herauszufinden, ob Heinz dort schon auf sie wartete. Andererseits aber auch, weil die mächtigen Männer auf der Bühne in ihrer Kleinbürgerlichkeit so schrecklich unattraktiv, ja, geradezu lächerlich wirkten. Manchmal, wenn Carl von der arischen Rasse schwärmte, die seine Partei heranzüchten wolle, musste sie sich regelrecht zusammennehmen, um nicht laut aufzulachen. Der neue Reichskanzler und sein frischgebackener Wahlleiter, beide dunkelhaarig und eher von kleinem Wuchs, sahen ihrem nordischen Idealbild in etwa so ähnlich wie ein Spatz einem Schwan.

Während Hitler darauf wartete, dass sich der Saal beruhigte, fingerte er immer wieder an seinen Notizen und seiner Kleidung herum. War seine Nervosität vorgespielt? Ein cleverer Schachzug, um das Publikum auf seine Seite zu ziehen? Carl betonte doch ständig, was für ein hervorragender Rhetoriker er sei. Plötzlich war Luises Interesse geweckt.

»Deutsche Volksgenossen und -genossinnen!«, begann der Reichskanzler, der sich in seiner Haut noch immer nicht wohlzufühlen schien. Seine Stimme klang verlegen, er sprach stockend. Am liebsten hätte Luise ihm die Atemübungen empfohlen, die sie absolvierte, wenn ihr eine Szene Probleme bereitete.

»Am 30. Januar dieses Jahres wurde die neue Regierung der nationalen Konzentration gebildet. Ich und damit die nationalsozialistische Bewegung traten in sie ein. Ich glaubte, dass nunmehr die Voraussetzungen erreicht sind, um die ich das vergangene Jahr gekämpft habe.« Haltsuchend fasste seine linke Hand an den Gürtel.

Luise schüttelte innerlich den Kopf. Vor einem so großen Auftritt sollte man seine Gestik eigentlich einstudiert haben, oder? Als sie links und rechts neben sich blickte, bemerkte sie zu ihrer Überraschung, dass Klaus und seine Freunde die Rede gebannt verfolgten. Fielen ihnen Hitlers fahrige Bewegungen denn gar nicht auf? Bemerkten sie nicht seine abgehackt knarrende Stimme? Waren sie wie die anderen Zuschauer von dem vorherigen Brimborium schon derart auf etwas Großes, ja, fast schon Sakrales eingestimmt worden, dass sie die ungeschminkte Wahrheit nicht mehr erkannten?

»Und so, wie diese Bewegung heute die Führung des Deutschen Reiches überantwortet bekommen hat, so werden wir einst dieses Deutsche Reich führen wieder zur Größe, zum Leben zurück und sind hier entschlossen, uns durch gar nichts dabei beirren zu lassen!«, dröhnte der Reichskanzler.

Ekstatischer Beifall brandete auf. »Bravo!«, schrien die Menschen. »Bravo!«, schrien auch Klaus und seine Freunde.

Die Zustimmung schien Hitler gutzutun. Seine Sprache wurde zusehends flüssiger und stachelte die Anwesenden zu immer neuen Begeisterungsstürmen auf. Aber wovon genau waren sie alle so angetan? Waren es nicht lediglich leere Worthülsen, die dieser Mann von sich gab? Pathetisches Geschwätz? Sie war sicherlich keine Expertin auf dem Gebiet … aber warum sprach er nicht über seine politische Strategie, um die Arbeitslosigkeit zu verringern und das Land vorwärtszubringen?

Luise versuchte, sich auf die Rede zu konzentrieren. Doch auf konkrete Aussagen hoffte sie auch weiterhin vergeblich. Der Vortrag nahm stattdessen eine fast religiöse Qualität an. Düster, dann wieder ekstatisch kraftvoll. Mit einer Sprache von brutaler Intensität. Würde dieser Mann als Schauspieler die Rolle eines Politikers *spielen*, wäre sie beeindruckt gewesen. Aber so vermisste sie die Ernsthaftigkeit, die einem wahren Lenker des Staates ihrer Meinung nach zu eigen sein sollte.

»… das gemeinsam geschaffene, mühsam erkämpfte, bitter erworbene neue Deutsche Reich der Größe und der Ehre und der

Kraft und der Herrlichkeit und der Gerechtigkeit. Amen!«, beendete Hitler seine Ausführungen.

Hatte er gerade tatsächlich »Amen« gesagt? Luise traute ihren Ohren kaum. Sie waren doch nicht in einem Gottesdienst! Um Zustimmung für ihre Verwunderung über diesen Fehltritt heischend, blickte sie sich zu Klaus um, der jedoch in diesem Moment auf die Füße sprang und jubelnd in die »Heil«-Rufe des Publikums einfiel.

Als sie sich endlich auf den Heimweg machten, war es bereits spät. Trotzdem versuchte Luise, als sie mit Klaus allein im Wagen saß, die in ihren Augen merkwürdig inhaltsleere »Predigt« noch einmal anzusprechen.

»Dir hat Hitlers Rede also gefallen?«, erkundigte sie sich vorsichtig.

»Aber selbstverständlich«, bekräftigte ihr Filmpartner, während er den Wagen sicher durch den Berliner Verkehr lenkte.

»Und was genau hat dir gefallen? Sein Wahlprogramm?«, versuchte sie, ihn aus der Reserve zu locken.

Klaus drehte sich kurz zu ihr um. »Es geht doch gar nicht um konkrete politische Themen. Es geht darum, dass endlich ein starker Mann mit diesem politischen Saustall aufräumt. Im Parlament sitzen doch nur nichtsnutzige Schwätzer! Was haben die in den vielen Jahren, in denen wir jetzt in einer Demokratie leben, schon für uns getan?«

Luises Eindrücke aus dem Sportpalast gerieten kurzfristig ins Wanken. Carl behauptete schließlich dasselbe, während er gleichzeitig betonte, dass sie als Frau *natürlich* nichts davon verstehe. Vielleicht stimmte das. Trotzdem fand sie, dass …

»Der Reichskanzler verkörpert eine bewundernswerte Stärke und Entschlossenheit. Er kann die Massen begeistern und auf diese Weise etwas radikal Neues schaffen. Genau das braucht dieses Land«, unterbrach Klaus ihre Gedanken. »Und kein weiteres intellektuelles Gerede über Reformen, die dann doch nie durchgeführt werden.«

Luise blieb stumm. Ob Hitler wirklich der Mann war, der Deutschland zu neuer Größe führen konnte? Immerhin schien er den Menschen heute im Sportpalast Hoffnung auf ein besseres Morgen gegeben zu haben.

In diesem Moment fuhr Klaus vor ihrem Wohnhaus vor, und ihre Aufmerksamkeit wurde auf ein windschnittiges rotes Fahrzeug vor dem Eingang gelenkt. Heinz! Bestimmt wartete er schon seit Stunden auf sie. Plötzlich tanzte ein Schwarm Schmetterlinge in ihrem Bauch. Als Klaus anhielt und sich anschickte, ihr die Tür zu öffnen, drückte sie diese selbst auf: »Bitte bemüh dich nicht. Vielen Dank für den interessanten Abend! Wir sehen uns dann morgen im Filmatelier.«

Überrumpelt blieb er auf der Fahrerseite sitzen. »Ähm … ja sicher. Gern geschehen. Bis morgen.«

Luise winkte kurz und wartete, bis er abgefahren war. Dann konnte sie nicht mehr an sich halten und eilte zu dem roten Wagen.

Heinz saß nonchalant rauchend auf dem Fahrersitz. »So, so, du hast mich also wegen einer kleinen Verspätung bereits ersetzt?«

Diesmal konnte sie sich nicht dazu durchringen, die Rolle der kühlen Marlene zu spielen. Lachend antwortete sie: »Niemals! Im Gegenteil, du hast mir ganz schrecklich gefehlt heute Abend.«

»Gut«, erwiderte er und drückte die Zigarette aus. »Dann ist es uns ja ähnlich ergangen. Wir sollten das nicht zur Gewohnheit werden lassen.« Mit einem frechen Grinsen stieg aus, und kurz darauf betraten sie gemeinsam das Haus. Nicht zum ersten Mal war Luise froh, dass man ihren Teil der Wohnung über einen separaten Eingang betreten konnte.

Es war zum Mäusemelken. Im Palais wurde jetzt gerade das Abendessen serviert. Für die Pauschalreisenden würde es – wie in den Reiseunterlagen ausgeführt – ein Standardmenü geben, während sich die anderen Gäste die verschiedenen Gänge aus der reichhaltigen Restaurantkarte aussuchen durften. Ein Umstand, der in den vergangenen Wochen bereits einige Male für Verstimmung gesorgt hatte. Paul hatte diesbezüglich mehrfach aufgebrachte Damen und Herren besänftigen müssen. Doch heute würde Julius diese Aufgabe übernehmen. Er selbst hielt sich immer noch in Carls Berliner Wohnung auf – und zwar mutterseelenallein! Das Wochenende war definitiv nicht so verlaufen, wie er es sich erhofft hatte: Unmittelbar nach seiner Ankunft hatte Carl ihm mitgeteilt, dass Dr. Goebbels den Wahlkampf wegen der am 5. März anstehenden Reichstagswahl für drei Tage unterbrochen und stattdessen einige Strategieveranstaltungen angesetzt habe, an denen er ebenfalls teilnehmen müsse. Es tue ihm sehr leid, aber bestimmt würden sie trotzdem wertvolle Zeit miteinander verbringen können.

Doch bis auf die gemeinsamen Abendessen und kurzen Nächte hatte Paul das Wochenende ohne seinen Geliebten verbracht. Carl war morgens nach einem kargen Frühstück verschwunden und erst spät von seinen Besprechungen zurückgekommen. Sogar nach den gemeinsamen Mahlzeiten hatte er noch stundenlang Papiere durcharbeiten müssen. Leider waren auch Luise, Thomas und Friedrich verhindert gewesen. Seine Schwester hatte für Außenaufnahmen vor der Kamera gestanden, sein Sohn war mit seinen Internatskameraden auf Studienfahrt, und sein Bruder hatte nur Zeit für eine schnelle Tasse Kaffee gehabt, weil er in der Charité benötigt wurde. Deswegen war Paul letztlich dazu verdammt gewesen, ohne Begleitung durch das winterlich kalte Berlin zu spazieren.

Obwohl er durchaus Verständnis dafür hatte, dass sein Partner derzeit hart arbeiten musste, war Paul traurig. War es für Carl nicht abzusehen gewesen, dass Dr. Goebbels seine Mithilfe benötigen würde? Hätte er in dem Fall nicht kurz zum Hörer greifen und ihn davor bewahren können, das ganze Wochenende nutzlos und einsam in Berlin zu verbringen?

Am gestrigen Sonntagnachmittag hätte Paul dann eigentlich den Zug zurück nach Bad Doberan nehmen sollen. Doch kurz vor seiner Abreise war Carl mit einem äußerst schuldbewussten Gesichtsausdruck in die Wohnung zurückgekehrt.

»Bitte bleib noch zwei Tage«, hatte er gesagt. »Ich brauche deine Nähe.«

»Das geht leider nicht. Ich muss zurück ins Palais«, hatte Paul ihm schweren Herzens geantwortet.

»Wenn Julius sowieso schon die Vertretung für das Wochenende übernommen hat, kann er sich doch auch morgen und übermorgen um den Laden kümmern.«

»Den Laden?«

Mit einem übermütigen Grinsen hatte Carl seine Aussage korrigiert: »Ich meinte natürlich … das beste Hotel der Welt.«

Es war Paul schon immer schwergefallen, seinem Geliebten einen Wunsch abzuschlagen. »Ich weiß nicht, eigentlich wollte ich mich morgen mit unserem Buchhalter zusammensetzen und …«

»Bitte!« Carls Stimme hatte leidenschaftlich geklungen. Und ein wenig verloren.

Im Stillen hatte Paul über das Ansinnen nachgedacht: Einerseits würde es ihm schwerfallen, Julius um diesen zusätzlichen Gefallen zu bitten. Wahrscheinlich hatte sein Schwager ebenfalls bereits Pläne für den Anfang der Woche geschmiedet. Andererseits musste eine Fernbeziehung sicherlich besonders gehegt und gepflegt werden, sonst wurde sie schnell schal und oberflächlich.

»Also gut. Bis Dienstagnachmittag. Aber nur, wenn du mir versprichst, diese Zeit ausschließlich mit mir zu verbringen«, hatte er schließlich nachgegeben.

»Darauf gebe ich dir mein Ehrenwort.« Mit einem sinnlichen Lächeln hatte Carl ihn an sich gezogen.

Das Ehrenwort hatte leider keine vierundzwanzig Stunden gehalten. Am frühen Nachmittag hatte Carl einen Anruf erhalten und war mit einem hastigen »Ich bin gleich zurück« ins Büro geeilt. Seitdem saß Paul allein in dem vornehmen Salon und wartete. Bis auf eine alte Zeitung hatte er keinerlei Unterhaltung. Und das, was er darin las, stimmte ihn ziemlich nachdenklich: Hermann Göring, seit der Machtübernahme der oberste Dienstherr der gesamten preußischen Polizei, hatte vor Kurzem zehntausend Hilfspolizisten ernannt, die meisten davon ehemalige SA-Männer. Ausgerechnet! Mit den brutalen Methoden dieser paramilitärischen Vereinigung hatte Paul indirekt bereits Bekanntschaft geschlossen, als sein Schwager Samuel ohne ein Gerichtsverfahren monatelang von ihnen festgehalten worden war. Solche Leute hatten sicherlich nichts im Polizeidienst zu suchen. Und ... wozu brauchte die Regierung überhaupt so viele zusätzliche Polizisten?

Mit jeder Stunde, die verging, ohne dass Carl zurückkehrte, wurde Paul ärgerlicher. Warum rief er nicht an und ließ ihn wenigstens wissen, um wie viel Uhr er nach Hause käme? Dann hätte Paul einen Spaziergang machen können, anstatt tatenlos in der Wohnung herumzusitzen. Um sich abzulenken, vertiefte Paul sich in den Kulturteil der Zeitung. Er liebte Musik und überlegte noch beim Lesen, wie er einige der neuen Sterne am Berliner Opernhimmel in das Palais locken könnte. Oder würden seine Gäste einen Konzertabend bevorzugen? Mit den unvergleichlich schönen Kompositionen von Claude Debussy vielleicht? Inzwischen war nach dem Krieg so viel Zeit vergangen, dass wohl niemand mehr an einem französischen Komponisten Anstoß nehmen würde.

In diesem Moment betrat Luise den Salon. »Paul! Wie schön, dass wir uns doch noch sehen.« Sie nahm liebevoll seine Hand in die ihren. »Wie geht es dir?«

»Gut«, erwiderte er mit einem Lächeln.

»Carl ist noch im Büro?« erkundigte sie sich.

Paul nickte. »Ich erwarte ihn jeden Moment«, schwindelte er. Carls Unpünktlichkeit ging seine Schwester schließlich nichts an.

»Das trifft sich gut. Ich habe ebenfalls Pläne für den heutigen Abend. Aber lass uns doch einen Aperitif zusammen trinken.« Sie ließ seine Hand los und trat hinter Carls kleine, aber gut ausgestattete Bar. »Was magst du? Einen Gin Tonic?«

»Gern.«

»Und wie läuft das Hotel?«, erkundigte sich Luise, während sie klirrend Eiswürfel in zwei Gläser füllte.

»Ich kann nicht klagen. Momentan sind wir so gut wie ausgebucht«, antwortete Paul und stellte sich zu ihr an die Bar.

»Das freut mich, Bruderherz. Ich gönne dir diesen Erfolg von Herzen.« Seine Schwester drehte sich um und griff zielsicher nach der Ginflasche.

Paul räusperte sich: »Übrigens wollte ich dich schon länger etwas fragen …«

»Ja?« Luise reichte ihm eines der mit Gin und Eis gefüllten Gläser und stellte die Karaffe mit dem Tonic Water vor ihm ab. »Bitte bedien dich.«

»Könntest du dir vorstellen, etwas von deiner wertvollen drehfreien Zeit zu opfern … und die Gäste des Palais mit einigen Lesungen zu unterhalten? Das wäre bestimmt ein tolles Ereignis.«

»Meinst du wirklich, die Leute wollen mich vorlesen hören?«, erkundigte sie sich skeptisch. »Ich habe so etwas noch nie gemacht.«

»Aber, Luise! Die Leute stürmen die Lichtspielhäuser, um sich deine Filme anzuschauen, und kaufen Zeitschriften mit deinem Konterfei. Natürlich wollen sie dir da auch zuhören oder gar kurz mit dir plaudern.«

Auf dem Gesicht seiner Schwester breitete sich ein Lächeln aus. Spielerisch hob sie ihr Glas: »Na dann … mit dem allergrößten Vergnügen, Herr Generaldirektor. Komm, lass uns gleich darauf anstoßen.«

Die Straßenlaternen vor Carls Fenstern waren bereits vor einiger Zeit angegangen. Unruhig blickte Paul auf die antike Uhr, die auf dem Kaminsims stand. Es war schon fast halb zehn. Sein Magen knurrte, und er hatte noch immer nichts von Carl gehört. Trotzdem war sein Ärger einer schrecklichen Sorge gewichen. Ob seinem Geliebten etwas zugestoßen war? Warum sonst hätte er sich nicht melden sollen? Er wusste doch, dass Paul auf ihn wartete.

In diesem Moment fuhr unten auf der Straße ein Feuerwehrauto mit eingeschalteter Sirene vorbei. Erschreckt sprang Paul aus dem Sessel und rannte zum Fenster. Also hatte es doch ein Unglück gegeben! Irgendwo in der Nähe wütete ein Brand! Als er den Vorhang zur Seite zog, konnte er deutlich den roten Schein am Berliner Nachthimmel erkennen. Kurz darauf kamen drei weitere Feuerwehrfahrzeuge mit lautem Getöse angerast und fuhren in östlicher Richtung weiter … Um Himmels willen! Dort lag doch das Regierungsviertel! War Carl etwa in einem brennenden Gebäude eingeschlossen?

Plötzlich hielt Paul es keine Sekunde länger in der Wohnung aus. Im Flur warf er sich einen Mantel über und stürmte durch das Treppenhaus nach unten. Auf der Straße traf er einige Schaulustige, die weiteren herannahenden Löschfahrzeugen entgegenstarrten und sich anschickten, ihnen zu folgen.

»Was ist passiert? Kann mir jemand sagen, was passiert ist?«, schrie Paul verzweifelt.

Ein Mann mit dünnem Oberlippenbart drehte sich zu ihm um. »Eben ist einer vorbeigekommen und hat gemeint, der Reichstag brennt. Aber …« Er zuckte mit den Schultern. »… am besten geht man selber kieken, wa?«

Unendlich erleichtert atmete Paul auf. Im Reichstagsgebäude war um diese Uhrzeit ganz sicher niemand mehr. Und obwohl er nicht genau wusste, wo Carl sich aufhielt, vermutete er, dass er entweder in der Reichskanzlei oder in der Parteizentrale steckte … und damit in Sicherheit war. Paul beschloss, wieder nach oben zu gehen und dort auf ihn zu warten.

Carl kam erst gegen ein Uhr morgens zurück. Sein Gesicht war vollkommen verrußt, und seine Kleidung stank nach Rauch. Nachdem Paul die Tür hinter ihm geschlossen hatte, fielen sie einander in die Arme.

»Entschuldige bitte«, flüsterte Carl. »Wahrscheinlich hast du es schon gehört … jemand hat das Reichstagsgebäude in Brand gesteckt, und Dr. Goebbels wollte unbedingt noch eine Notverordnung erstellen, die morgen vom Reichspräsidenten in Kraft gesetzt werden soll. Ich bin so schnell gekommen, wie ich konnte.«

»Eine Notverordnung?«, fragte Paul ratlos. Er wollte jetzt

nicht kleinlich sein … aber hätte Carl ihn nicht längst vor dem Brand anrufen müssen?

Carl hob den Kopf von Pauls Schulter. Seine Augen glitzerten merkwürdig, und seine Stimme zitterte vor unterdrückter Erregung, als er sagte: »Ein niederländischer Kommunist hat die Tat bereits gestanden.«

»Wie schrecklich«, erwiderte Paul, der Carls Gefühlslage nicht recht zu deuten wusste. Ein Brandanschlag war doch sicherlich nichts Gutes.

Carl schüttelte den Kopf. »Liebling, du verstehst nicht. Das ist unsere große Chance!«

»Eine Chance?«, wiederholte Paul. »Was denn für eine Chance?«

»Jetzt haben wir endlich die Möglichkeit, scharf gegen unsere Gegner vorzugehen. Die dreckigen Kommunisten werden uns von nun an keine Knüppel mehr zwischen die Beine werfen.«

Möglicherweise hatte Carl einen Schock erlitten und war deswegen verwirrt. Anders konnte Paul sich seine Worte nicht erklären. »Vielleicht nimmst du erst einmal ein Bad, und ich koche dir eine heiße Tasse Tee«, meinte er beschwichtigend.

Carl schüttelte den Kopf. »Von wegen Tee. Wir machen eine Flasche Schampus auf!«

Verständnislos blickte Paul ihn an.

»Der Reichskanzler, Dr. Goebbels und ich sind unmittelbar nach der Meldung an den Tatort geeilt. Da war schon alles zu spät, die Feuerwehr konnte das Feuer nur noch von außen bekämpfen. Die Glaskuppel war bereits geplatzt, und als der darunter gelegene Plenarsaal in Flammen aufgegangen ist, wirkte die entstandene Öffnung wie ein riesiger Schornstein. Weißt du, was Hitler dazu gesagt hat?«

»Nein. Was?«

Carls Stimme wurde feierlich, als er das Pathos des Reichskanzlers imitierte: »»Es gibt jetzt kein Erbarmen; wer sich uns in den Weg stellt, wird niedergemacht. Das deutsche Volk wird für Milde kein Verständnis haben.‹« Beifall heischend blickte er Paul an. »Verstehst du? Jetzt werden endlich Nägel mit Köpfen gemacht. Bald wird es in Deutschland anders zugehen!«

Paul war nach der unendlich langen Zeit des Wartens zu müde und zu hungrig, um mit Carl zu diskutieren. Und im Grunde wollte er auch gar nicht begreifen, wie das deutsche Volk von einer solchen Katastrophe profitieren sollte. Das hörte sich falsch und auch irgendwie unmoralisch an.

Beruhigend legte er seinen gesunden Arm um Carls Rücken: »Statt Champagner zu trinken, sollten wir vielleicht erst einmal etwas essen, meinst du nicht? Komm, lass uns in die Küche gehen.«

2. Kapitel

Ihr kleiner Bruder brüllte schon seit Stunden das ganze Haus zusammen. Julias Mutter, ihr Vater und die eigens engagierte Kinderschwester ließen nichts unversucht, um den kleinen Schreihals zu beruhigen. Er wurde in Decken gewickelt, die Treppe hinauf- und wieder hinuntergetragen, und zu guter Letzt hatte ihre Mama ihm sogar etwas vorgesungen. Was den Tumult nur noch schlimmer gemacht hatte. Oskar schien eine harte Nuss zu sein.

Selbst Fräulein Esser, die Kinderschwester aus Bad Doberan, wirkte überfordert. »In zwanzig Jahren habe ich noch keinen Säugling gesehen, der sich auf diese Weise beträgt«, beschwerte sie sich, nachdem ihre professionellen Kniffe sämtlich fehlgeschlagen waren.

»Ich glaube kaum, dass er *absichtlich* unartig ist«, meinte ihr Vater. »Ich vermute vielmehr, dass ihm etwas wehtut.«

»Oh nein, Julius!« Ihre Mutter wurde vor Schreck ganz blass.

»Bitte mach dir keine Sorgen, Liebling. Der Kinderarzt wird uns bestimmt weiterhelfen können. Ich vereinbare gleich einen Termin.« Tröstend nahm er sie in den Arm und küsste ihre Stirn. Doch Julia konnte er nichts vormachen: Auch er war beunruhigt. Sonst wäre er nicht umgehend zum Telefon geeilt.

»Vielleicht solltet ihr Sophie aus Bad Doberan holen. Sie hat ihn neulich auf den Arm genommen und …«, begann Julia.

»Schatz, das ist eine gute Idee. Aber wir können deine Cousine jetzt nicht stören. Sie braucht die Wochenenden mit ihrem Vater«, meinte ihre Mutter und beugte sich erneut über die Wiege, in der Oskar weinte.

Julia nickte beklommen. Ihr Bruder war doch noch so klein! Hoffentlich täuschte ihr Vater sich. Es wäre schrecklich, wenn dem Winzling tatsächlich etwas fehlen würde. Plötzlich hielt sie das Geschrei nicht länger aus. Sie schnappte sich den Brief, der heute früh für sie eingetroffen war, und meinte: »Ich gehe eine Runde spazieren, einverstanden?«

Ohne aufzusehen, antwortete ihre Mutter: »Sicher, aber bitte zieh dir etwas Warmes an.«

Trotz der Kälte hatte sich Julia in die Scheune verzogen, um Minnas Brief zu lesen. Sie war dabei lieber allein. Während sie sich die Leiter zurechtrückte, um auf den Heuboden zu klettern, musste sie unwillkürlich an ihre eigene Kindheit denken. Ob sie ebenfalls so ein kleiner Schreihals gewesen war? Diese Frage würde ihr Minna beantworten müssen, denn die ersten Jahre ihres Lebens hatte sie von ihren Eltern getrennt gelebt und war, ohne deren Wissen, bei der ehemaligen Köchin des Hotels in Berlin aufgewachsen. Dieses Arrangement verdankte sie ihrer inzwischen verstorbenen Großmutter Ottilie, die Minna – unter der Androhung, Julia andernfalls ins Waisenhaus zu geben – dazu gedrängt hatte. Offenbar war ihre Großmutter der Meinung gewesen, dass die von ihr gewählte Lösung für alle Beteiligten das Beste war, insbesondere für ihre damals unverheiratete und an Kindsbettfieber lebensgefährlich erkrankte Tochter Elisabeth. Julias Interessen – immerhin war sie zu der Zeit das einzige Enkelkind – hatte Ottilie dabei nicht berücksichtigt.

Es war sehr verwirrend gewesen, in so einem Durcheinander aufzuwachsen: Zuerst hatte Julia zu Minna »Mama« gesagt, doch irgendwann war dieser vergötterte Mensch völlig unvermittelt zu ihrem Kindermädchen und später wieder zur Hotelköchin herabgewürdigt worden. Quasi über Nacht hatte Julia ihre unbekannte leibliche Mutter lieb haben sollen, wogegen sie sich anfänglich sehr gesträubt hatte. Es war leichter gewesen, ihren Papa ins Herz zu schließen. Immerhin war er die erste richtige Vaterfigur in ihrem Leben und musste niemand anderen aus dieser Position verdrängen. Außerdem lag ihr seine ruhige und besonnene Art mehr als die hektische Energie ihrer Mutter, die ständig mit irgendwelchen Problemen des Hotels beschäftigt zu sein schien. Es musste erst eine ganze Weile vergehen, bis Julia sie ebenfalls lieb gewinnen konnte.

Mit den neuen Eltern hatte das Chaos jedoch noch längst nicht aufgehört. Auch Julias Wohnort hatte sich fortlaufend geändert. Kaum hatte sie sich irgendwo eingelebt, musste sie auch schon wieder ihre Koffer packen. Zuerst hatte sie bei Minna, dann bei Papa in Berlin und zu guter Letzt bei ihrer Mutter in Bad Doberan gewohnt. Zu allem Überfluss waren die Mädchen in ihrer dortigen Schule gemein zu ihr gewesen und hatten laut darüber getuschelt, dass sie ein »unehelicher Bastard« sei. Nur ihre Freundin Ava und noch ein anderes Mädchen, das inzwischen weggezogen war, hatten sie damals verteidigt. Erst nachdem ihre Eltern geheiratet hatten, war auch dieser Spuk vorbei.

Manchmal ertappte sie sich dabei, wie sie kurz vor dem Einschlafen Fragen an ihre verstorbene Großmutter formulierte: Ob sie sich bewusst sei, wie wurzellos ihre Enkelin sich als Kind gefühlt habe? Wie hin- und hergerissen zwischen den Gefühlen für ihre beiden Mütter. Je mehr sie ihre richtige Mutter lieb gewonnen hatte, desto schäbiger hatte sie sich Minna gegenüber gefühlt. Wie eine Verräterin war sie sich vorgekommen. Doch ihre Oma war gestorben, bevor ihre Eltern sie für alt genug gehalten hatten, ihr die ganzen Umstände zu erklären. Und so erinnerte sie sich lediglich an eine nach kostbarem Parfüm duftende ältere Dame, die ihr heimlich Süßigkeiten zugesteckt hatte, und konnte diese Person nicht mit der manipulativen, herrischen Frau in Einklang bringen, die ihre Großmutter zur Zeit ihrer Geburt gewesen sein musste.

Sprosse für Sprosse kletterte Julia die Leiter hoch und ließ sich, oben angekommen, ins weiche Heu fallen. Es nützte nichts, über die Vergangenheit nachzugrübeln. Das hatte sie schon früh gelernt. Es war besser, nach vorn zu schauen. Sie zog den Brief mit der hübschen französischen Briefmarke aus ihrer Manteltasche und öffnete ihn. Neugierig begann sie zu lesen:

Mein liebes Julia-Kind,

ich hoffe, es geht dir gut, und du strengst dich ordentlich in der Schule an. Wie geht es deinem Brüderchen? Schläft er inzwischen die Nächte durch? Ist es bei euch genauso kalt wie hier in Paris?

Ich habe vor zwei Tagen eine eigene Wohnung in der Nähe des Restaurants bezogen und muss erst noch lernen, wie man diesem altmodischen Ofen etwas Wärme entlockt. Momentan sitze ich im Wintermantel auf meinem Bett und halte den Füllhalter mit behandschuhten Fingern. Aber weißt du, wer morgen vorbeischauen will, um mir mit dem nicht heizenden Scheusal zu helfen? Herr Schulze, der ehemalige Empfangschef aus dem Palais! Er ist vor Kurzem im Restaurant aufgetaucht und hat mir erzählt, dass er ebenfalls der deutschen Heimat den Rücken gekehrt hat. Kein Wunder, die neue Regierung will ihm bestimmt auch an den Kragen, er ist schließlich Sozialdemokrat.

Überhaupt wimmelt es hier in Paris von emigrierten Deutschen. Das Restaurant brummt deswegen regelrecht. In der Fremde hat eben jedermann Sehnsucht nach den altbekannten Speisen. Inzwischen bieten wir auch eine zweite Karte mit nordischen und rheinischen Spezialitäten an. Es ist meiner Chefin Helga zwar eigentlich nicht recht, weil ihr Restaurant doch »Le Relais de Bavière« heißt und auf die bayerische Küche spezialisiert ist. Aber warum sollte ich einem netten Kölner nicht einen Rheinischen Sauerbraten zubereiten oder einem Hamburger das geliebte Labskaus verweigern? Heimisches Essen füllt ja nicht nur den Magen, sondern macht auch die Seele glücklich. Und mit dem zusätzlichen Gewinn können wir endlich einige der alten Kochgeräte erneuern. Das tut auch dringend Not.

Wie eigensüchtig von mir … da schreibe ich nur von meinen Belangen. Dabei interessiert dich doch sicherlich, wie es deiner hiesigen Verwandtschaft ergeht. Nun, es wird dich wundern … dein Cousin Gabriel weigert sich inzwischen, auch nur ein einziges Wort Deutsch zu reden! Er parliert nur noch auf Französisch. Und wenn ich ihn und seine Eltern besuche, muss

ich mich arg anstrengen, um zu verstehen, was er sagt. Aber
dafür hat er nette Freunde gefunden, mit denen er, so oft es geht,
Fußball spielt. Seitdem dein Onkel tagsüber wieder arbeitet, öffnet
deine Tante Johanna ihre Türen für alle Geflohenen, die in Paris
Anschluss und Hilfe suchen. Sie übersetzt notwendige Papiere
und schenkt jedem ein freundliches Lächeln. Deine Tante hatte
eben schon immer ein gutes Herz! Auch Herrn Schulze war sie
bei der Suche nach einem erschwinglichen Zimmer behilflich. Ihre
Schwiegereltern, die anfangs lange Gesichter gezogen haben, sind
jetzt übrigens ganz auf ihrer Seite. An manchen Tagen geht es in
der Wohnung zu wie in einem Kaffeehaus. Alle paar Minuten
kommt jemand Neues zur Tür hereingeschneit!
*   So, jetzt muss ich mir ganz schnell eine Tasse Tee zubereiten,*
damit meine erfrorene Nase wieder auftaut. Aber sobald ich meine
Wohnung anständig beheizen kann, musst du mich besuchen
kommen. Versprochen?
*   Grüß mir deine Eltern und den kleinen Oskar! Pass gut auf*
dich auf. Sei brav und schreib mir bald wieder. Ich freue mich über
jeden deiner Briefe!
*   Es drückt dich ganz fest,*
*   Deine Minna*

Nachdenklich legte Julia den Brief zur Seite. Das Herz tat ihr weh, wenn sie diese Zeilen las. Sie vermisste Minna. Es war so tröstlich, wenn man seine Arme um ihre weiche, runde Taille schlingen konnte. Ganz anders, als wenn sie ihre kleine, zierliche Mutter umarmte. Das war auch schön, aber eben auf andere Art. Sie hätte Minna auch gern von ihrem Alltag erzählt: dass Ava und sie nicht fürs Schwänzen bestraft worden waren, weil Frau Cohen und ihr Vater eine offizielle Entschuldigung geschrieben hatten. Dass sie aber seitdem trotzdem diesen dummen Hitlergruß aufsagen mussten und sie manchmal statt »Heil Hitler« einfach »Heul Hitler« flüsterte. Aber all das konnte sie nicht zu Papier bringen. Sie fand irgendwie nicht die richtigen Worte. Und daran, dass sie Minna bald würde besuchen können, glaubte sie auch nicht so recht. Erst neulich hatten ihre Eltern gesagt, dass man mit einem Kleinkind nicht gut verreisen konnte.

Sie atmete tief durch. Komisch, dass Minna von Herrn Schulze, aber nicht von ihrem Ehemann Albert schrieb. Ob er immer noch in Russland weilte?

Plötzlich hörte sie das knirschende Geräusch von Fahrradreifen auf dem Kies. Dankbar für die Ablenkung streckte sie den Kopf durch die runde Luke des Heubodens.

Als sie denjenigen erkannte, der da sein Fahrrad über den Hof schob, wäre sie vor Schreck fast aus der Luke gefallen. Es war Max Langhans, der hoch aufgeschossene Schwarm der ganzen Mädchenschule. Unwillkürlich zupfte sich Julia ein paar braungrüne Halme aus den Haaren. Himmel, warum hatte sie sich auch unbedingt ins Heu legen müssen!

Eine Weile stand Max unschlüssig da und schaute sich um. Plötzlich stellte er sein Fahrrad ab und steuerte auf den Eingang des Gutshauses zu. Bedeutete das, dass er tatsächlich zu ihr wollte?

Bevor sie es sich anders überlegen konnte, rief sie durch die Luke: »Hallo, Max!«

Überrascht blickte er nach oben. Auf seinem Gesicht breitete sich ein Lächeln aus. »Hilfst du dem Knecht beim Füttern der Pferde?«

»Nein, ich lese nur einen Brief«, erwiderte sie und hoffte inständig, dass Max auf die Entfernung nicht sehen konnte, wie sie errötete.

»Oh«, erwiderte er merkwürdig gedehnt. »Dann will ich nicht stören.«

Verwirrt beobachtete Julia, wie er sich umdrehte und zurück zu seinem Fahrrad ging. Warum war er so kurzangebunden? Eben hatte er doch noch gelächelt. Oder war er etwa ... *eifersüchtig?* Plötzlich schlug ihr Herz schneller. Sie räusperte sich und rief mit fester Stimme: »Mein ehemaliges Kindermädchen hat mir aus Paris geschrieben!«

Es dauerte einen Moment, bis Max auf ihre Worte reagierte und sich zu ihr umwandte. »Dein Kindermädchen?«

»Ja, sie lebt jetzt in Frankreich.«

Max nickte. »Verstehe … ähm … kannst du dann nicht für einen Moment vom Heuboden runterkommen?«

»Sicher! Warte …« Julia beeilte sich, die Leiter hinunterzuklettern. Trotzdem dauerte es länger als vorhin, weil ihre Knie diesmal auf seltsame Art wackelig waren.

Schließlich stand sie vor Max und schaute in sein schmales Gesicht mit den von der Kälte geröteten Wangen. »Ja?«

Er schien ebenfalls verlegen zu sein, denn sein Blick wanderte einige Male zwischen ihrem Gesicht und seinen Schuhspitzen hin und her. »Also … ich wollte dich fragen, ob du vielleicht Lust hättest, morgen mit mir auszureiten.«

»Oje«, stammelte sie beschämt. »Das würde ich theoretisch gern tun, doch … ich kann gar nicht reiten.«

Max' Augen weiteten sich ungläubig. »Aber du lebst doch auf einem Gut«, sagte er, ganz so, als müsste das zwangsläufig bedeuten, dass man als versierte Amazone zur Welt kam.

Julia zuckte mit den Schultern. »Na ja, bis vor Kurzem war ich noch im Palais Heiligendamm zu Hause.« Sie behielt wohl besser für sich, dass sie großen Respekt vor Pferden hatte und sich bislang standhaft geweigert hatte, das Reiten zu erlernen.

Max schien auf die Schnelle keine passende Antwort einzufallen. »Tja … da kann man wohl nichts machen …« Mit der linken Fußspitze malte er einen Kreis in den Kies. »… oder hast du vielleicht Lust, mein nächstes Fußballspiel anzuschauen? Meine Mannschaft spielt übernächsten Samstag in Bad Doberan.«

Ob sie dafür die Genehmigung ihrer Eltern brauchte? Julia überlegte kurz. Aber wenn sie Ava mitnähme, könnte sie die Verabredung ja im Grunde als einen Ausflug mit ihrer Freundin deklarieren und … Sie lächelte: »Sehr gern.«

Max' Wangen nahmen weitere Farbe an. »Oh, das ist toll. Klasse. Ich sag dir noch im Bus Bescheid, um wie viel Uhr es losgeht.«

Julia nickte. Es würde ein ausgesprochen kühles Vergnügen werden, sich bei dieser Kälte die Beine in den Bauch zu stehen. Aber momentan konnte sie sich nichts Schöneres vorstellen.

Max griff nach seinem Fahrradlenker. »Dann bis Montag im Bus.«

»Bis Montag«, wiederholte sie und biss sich in die Wange, um nicht wie ein Honigkuchenpferd zu grinsen.

Max stieg auf seinen Drahtesel und winkte ihr mit einer Hand zum Abschied zu.

Julia winkte zurück und sah ihm hinterher, bis er durch das Tor und damit außer Sicht gefahren war. Dann hüpfte sie übermütig auf den Eingang des Gutshauses zu. Was für eine schöne Samstagsüberraschung!

* * *

»Frau von Herrhausen! Frau von Herrhausen! Bitte noch einmal im Profil! So schenken Sie mir doch ein Lächeln!«, schrien die Zeitungsfotografen durcheinander, während sich Luise, trotz der Kälte nur in ein silbrig schimmerndes Satinkleid gewandet, im Blitzlichtgewitter hin und her drehte. Es war gar nicht so leicht, in diesem immer wieder grell aufflackernden Schein die Augen offen zu halten und nicht über seine eigenen Füße zu stolpern. Aber glücklicherweise hatte sie inzwischen Übung darin.

»Kommst du?«, rief Klaus, der den roten Teppich etwas schneller als sie absolviert hatte. Er stand bereits kurz vor dem Eingang des UFA-Palasts am Zoo.

»Sicher«, antwortete sie, ohne die Lippen zu verziehen, denn wie sie aus leidvoller Erfahrung wusste, verhunzte Mimik das schönste Foto. Ein letztes Mal winkte sie den Fotografen huldvoll zu, dann drehte sie sich um und schloss zu ihrem Filmpartner auf. Arm in Arm betraten sie erst das Foyer des Lichtspielhauses und dann den Vorführsaal, der bereits bis auf den letzten Platz mit geladenen Gästen gefüllt war. Kurz nachdem Klaus und sie sich neben den Regisseur in die erste Reihe gesetzt hatten, begann der Film. Zufrieden bemerkte sie, dass ihr Name – wie vertraglich zugesichert – als erster im Vorspann erschien.

Angespannt umklammerte Luise die hölzernen Armlehnen

ihres rot gepolsterten Sitzes. Unter keinen Umständen durfte ihr Rücken die Sessellehne berühren, sonst bekam das von der Filmgesellschaft geliehene Kleid hässliche Falten. Neidisch blickte sie auf Klaus, der in seinem ebenfalls geliehenen Abendanzug gemütlich neben ihr lümmelte und die ersten Szenen sichtlich genoss. Wie ihm das gelang, war ihr ein Rätsel. Sie selbst hasste es, sich auf der Leinwand zu sehen. Als selbstkritischer Mensch konnte sie sich nie auf die fiktive Handlung des Films einlassen, sondern sah grundsätzlich nur die Fehler in ihrem eigenen Spiel. Warum wirkte alles, was sich bei den Dreharbeiten so richtig und wahrhaftig angefühlt hatte, im abgedunkelten Vorführsaal überdreht und künstlich? Doch bei einer Premiere hatte sie keine andere Wahl, als zuzuschauen und grenzenlose Begeisterung vorzutäuschen. Das gehörte zum Filmgeschäft dazu. Genauso wie die anschließende Pressekonferenz. Nur deshalb war sie hier.

Ihr Ehemann, der sie normalerweise zu allen Premieren begleitete, hatte sich diesmal entschuldigen lassen. Seitdem das Reichstagsgebäude in Schutt und Asche liege, müsse er leider rund um die Uhr arbeiten, hatte er ihr mitgeteilt. Ihr selbst kam seine Abwesenheit allerdings gelegen, denn so konnte sie mit Heinz auf die anschließende Feier gehen. Der einzige Lichtblick am heutigen Abend. Unmittelbar nach der Pressekonferenz wollte er sie persönlich abholen und in seinem Wagen zur Feier kutschieren. »Oder hast du Angst um deinen Ruf, wenn man uns erneut zusammen sieht?«, hatte er gefragt. Luise hatte nur den Kopf geschüttelt. Natürlich würden sie sich wegen Carl und Heinz' Ehefrau in der Öffentlichkeit dezent verhalten müssen, aber in ihrem engsten Umfeld wusste sowieso jeder über ihre Affäre Bescheid. Die anderen Gäste der Premierenfeier, ebenfalls Künstler und Filmleute, nahmen es mit Moral und Anstand auch nicht so genau.

Endlich war die Vorführung von *Eiskalte Liebe* beendet, und das Publikum klatschte begeistert. Klaus stand lächelnd auf, reichte ihr die Hand und begleitete sie auf die Bühne, wo sie sich gemeinsam mit dem Regisseur und dem Produzenten verbeugten. Ein Techniker baute ein Mikrophon vor ihnen auf, doch der tobende Applaus wollte einfach kein Ende nehmen. Schließlich fasste sich der Regisseur ein Herz, trat nach vorn und klopfte ein paar Mal gegen das eingeschaltete Mikrophon. Das dumpfe Geräusch zeigte Wirkung, und er begann: »Ich danke Ihnen. Herzlichen Dank für diesen wunderbaren Beifall! Wir freuen uns sehr, dass Ihnen der Film gefallen hat, und werden Ihnen augenblicklich Rede und Antwort stehen. Lassen Sie mich jedoch zuerst noch ein paar Sätze zu unseren wunderbaren Schauspielern sagen, ohne die mir dieses Werk niemals …«

Während der Regisseur weitersprach und besonders Luise in den höchsten Tönen lobte, erstarrte ihr Lächeln zu einer schmerzhaften Maske. Diese Branche war wirklich die verlogenste der ganzen Welt. Bei den Dreharbeiten hatte derselbe Mann sie täglich kritisiert und vor der versammelten Mannschaft heruntergeputzt. Und nun, da er glaubte, einen Erfolg abgeliefert zu haben, war sie plötzlich seine beste Freundin. Was für ein Heuchler!

Nachdem seine Lobeshymne verklungen war, strömten die Vertreter der Presse vor die Bühne. Zunächst begann ein lockeres Frage-Antwort-Geplänkel, bei dem es hauptsächlich um den Inhalt des Films und die Dreharbeiten ging. Dann wurde es persönlicher.

»Frau von Herrhausen, Sie sind bereits seit Jahren ein gefeierter Star in Deutschland. Werden Sie uns ebenfalls verlassen und wie Frau Dietrich nach Hollywood gehen?«

Luise grinste schelmisch. »Nach Hollywood? Wieso? Finden Sie mich zu kräftig?«

Der ganze Saal lachte. Jeder hatte ihre Anspielung verstanden: Marlene Dietrich, die vor einiger Zeit einen Siebenjahresvertrag mit Paramount Pictures unterschrieben hatte, war kurz darauf – innerhalb weniger Monate – dramatisch erschlankt, und man munkelte, dass eine der strengen Vertragsklauseln dieses Opfer notwendig gemacht hatte.

»Mitnichten«, antwortete der Reporter und errötete. »Unsere Leser wollen lediglich wissen, ob wir Ihr Talent auch an die Amerikaner verlieren.«

»Ich glaube, mein Mann hätte da auch noch ein Wörtchen mitzureden«, neckte Luise. »Ich schätze, er würde mich vermissen, wenn ich meine Koffer packen und nach Amerika gehen würde.«

Erneut hatte sie die Lacher auf ihrer Seite. Die aufrichtige Antwort auf diese Frage hätte gelautet, dass sie schlichtweg zu alt war, um nach Hollywood zu gehen. Mit Mitte dreißig würde man sie dort schnell aufs Abstellgleis verfrachten.

»Haben Sie bereits ein neues Projekt ins Auge gefasst?«, wollte ein stark schwitzender Mann mit Stirnglatze von ihr wissen.

Sie schüttelte den Kopf. »Nein, ich möchte mir Zeit lassen, die richtige Rolle für mich zu finden.« Tatsächlich waren – laut Carl, der seit der Eheschließung als ihr Agent fungierte – bislang keine neuen Angebote eingegangen, aber auch das musste sie der neugierigen Presse nicht auf die Nase binden.

»Und was für ein Genre schwebt Ihnen diesmal vor?«, fragte ein junger Reporter, der sich im Pulk unmittelbar vor sie gedrängelt hatte.

»Ich weiß nicht, das hängt davon ab, wie gut das jeweilige Drehbuch ist. Vielleicht zur Abwechslung ein Kriminalfilm oder ein Drama?«

Ein Mann mit militärisch kurzen grauen Haaren hob selbstsicher die Hand. Luise kannte ihn vom Sehen. Es war Fritz Gerling, der für das *Berliner Tageblatt* viel beachtete Leitartikel verfasste. Was hatte er auf einer einfachen Filmpremiere zu suchen?

»Ja, Herr Gerling?« Luise zeigte auf den bekannten Journalisten.

»Im *Film-Kurier* stand gestern, unter der neuen Regierung werde das deutsche Filmwesen im gerade gegründeten Reichsministerium für Volksaufklärung und Propaganda angesiedelt. Dessen frisch ernannter Minister, Dr. Joseph Goebbels, kündigte am Tag seiner Ernennung an, dass die Regierung sich in weit stärkerem Maße als ihre Vorgänger um den Film kümmern will, vor allem um dessen künstlerischen und geistigen Gehalt. Bereitet Ihnen diese mögliche Zensur Sorge?«

»Ähm … dazu kann ich Ihnen momentan gar nichts sagen.« Luise blickte hilfesuchend zu ihrem Regisseur, doch der zuckte nur mit den Schultern.

Nach einer verlegenen Pause bemächtigte sich Klaus des Mikrophons. »Selbstverständlich bereitet uns dies keine Sorge. Wenn die neue Regierung sich um das Wohl des deutschen Volkes kümmert, finde ich das jedenfalls sehr begrüßenswert. Beantwortet das Ihre Frage?«

Herr Gerling nickte und notierte etwas auf seinem Block. Luise beobachtete ihn, während sie auf weitere Zwischenrufe der Reporter einging. Carl arbeitete unmittelbar mit Dr. Goebbels zusammen – bedeutete dies, dass er nun ebenfalls ins Propagandaministerium wechselte? Kurz darauf machte sie dem Produzenten der UFA ein Zeichen.

»Und damit ist die Pressekonferenz beendet. Vielen Dank für Ihr zahlreiches Erscheinen und einen schönen Abend«, erklärte er und ignorierte die Protestrufe der Reporter, die noch keine Frage hatten stellen können.

»Frau von Herrhausen, soeben hat ein Bote eine Nachricht für Sie abgegeben«, sagte die Garderobenfrau hinter der Bühne und reichte ihr ihren Nerzmantel und einen dünnen Umschlag.

Mit einem unguten Gefühl schlüpfte Luise in ihren Pelz und öffnete das Schreiben. Auf dem einfachen Blatt Papier erkannte sie die Handschrift von Heinz. Oje! Hoffentlich war ihm nichts dazwischengekommen. Neugierig las sie seine Zeilen: »Liebste Luise, bitte verzeih mir. Ich kann dich heute Abend leider nicht begleiten, da mich eine üble Erkältung ans Bett fesselt. Hoffentlich geht es mir morgen besser, damit ich meine Herzensdame endlich wieder in die Arme schließen kann.«

Luise fühlte, wie eine Welle der Enttäuschung sie erfasste. Warum musste Heinz ausgerechnet heute krank werden? Sie hatte sich so auf den gemeinsamen Abend gefreut. Im nächsten Augenblick meldete sich ihr Gewissen: Wie konnte sie nur so egoistisch sein! Hoffentlich ging es Heinz inzwischen schon ein wenig besser. Sie konnte ihre eigene Premierenfeier zwar nicht schwänzen, aber vielleicht würde sie ihm hinterher noch eine Hühnersuppe vorbeibringen?

Heute schien sich alles gegen Luise verschworen zu haben. Als sie verspätet auf der Feier eintraf, war die Stimmung trotz Champagnerbar und der schmissigen Musik einer Band gedrückt. Lediglich Klaus amüsierte sich mit seinen Freunden und einigen blonden Komparsinnen ausgelassen auf der Tanzfläche. Eines der Mädchen tanzte mit entblößter Brust Charleston. Aber selbst dieses hüpfende Spektakel vermochte die restlichen Gäste nicht zu fesseln. Mit angespannten Mienen standen sie an der Bar und unterhielten sich.

»Was ist denn mit euch los?«, fragte Luise, als sie dazustieß. »Ist jemand gestorben?«

»Nein. Wir fragen uns nur, wie es demnächst mit der deutschen Kultur weitergehen soll«, erklärte Heinrich Barder, der rothaarige Drehbuchautor von *Eiskalte Liebe*.

Luise blickte ihn ratlos an.

»Hast du nicht verstanden, was Fritz Gerling angedeutet hat? Demnächst kommt nur noch das ins Kino, was den Nationalsozialisten genehm ist.«

»Ach, meinst du wirklich?«, fragte Luise und richtete ihr Kleid.

»Sei doch nicht so naiv, Luise«, wies Barder sie zurecht. »So viele bekannte Kollegen, Schauspieler und Schriftsteller, sind bereits emigriert. Das ist doch auch schon eine Art von Zensur, wenn Künstler aus Angst vor Repressalien fliehen müssen. Wo soll das nur enden?«

Keiner sagte etwas. Auch Luise nicht. Sie hätte sich gern gegen diesen Vorwurf verteidigt ... aber hatte Barder nicht sogar recht, wenn er sie naiv schalt? Tatsächlich dachte sie die meiste Zeit nur über ihre privaten Probleme nach.

Plötzlich räusperte sich der Produzent des Films. »Dein Mann arbeitet doch auch für diesen Nazi-Verein. Auf welcher Seite stehst du eigentlich?«

»Ich …«, setzte Luise zögerlich an. »Ich bin ein zutiefst unpolitischer Mensch, aber … natürlich finde ich es schrecklich, dass sich all diese wunderbaren Künstler in Deutschland nicht mehr wohlfühlen.«

»Wohlfühlen?«, fuhr der Produzent sie wütend an. »Lies mal, was diese Parteiheinis über Juden schreiben oder über Menschen, die anderer Meinung sind als sie, und dann …« Ihr Gegenüber sprach nicht weiter. Offenbar wollte er einen ernsthaften Streit vermeiden. Stattdessen seufzte er tief. »Meine liebe Luise, ich glaube kaum, dass du dir den Luxus, unpolitisch zu sein, noch lange leisten kannst. Irgendwann müssen wir alle Farbe bekennen.«

Sie nickte und nahm sich fest vor, ab morgen nicht mehr nur den Kulturteil der Zeitungen zu lesen. Offenbar gab es gerade große politische Veränderungen im Land. Da reichte es wohl nicht, Carls Kommentaren zum Zeitgeschehen zu lauschen … Zum ersten Mal in ihrem Leben würde sie sich eine eigene Meinung dazu bilden müssen. Oder vielleicht sollte sie auch einmal Paul und Julius zu diesen Themen befragen.

Wie nicht anders zu erwarten gewesen war, löste sich die Party bereits kurz nach Mitternacht auf, worüber Luise nicht weiter traurig war. Ohne Heinz hatte sie sich sowieso irgendwie verloren gefühlt. Ob auf dem Kurfürstendamm noch das eine oder andere Restaurant aufhatte, sodass sie etwas Stärkendes für ihn organisieren konnte? Spontan schloss sie sich einer kleinen Gruppe rund um Barder an, die noch in ein Nachtlokal in der Nähe des Prachtboulevards einkehren wollte. Nachdem sie sich von zwei Taxis zum Kurfürstendamm hatten kutschieren lassen, gingen sie gemeinsam zu Fuß weiter.

»Ich schaue schnell bei Gustav vorbei«, sagte sie. »Vielleicht kann man mir dort eine Hühnersuppe machen.« Mit erhobener

Hand verabschiedete sie sich und steuerte auf das hell erleuchtete Restaurant zu, das noch voller Gäste zu sein schien.

Plötzlich stockte sie. Ein Herr, der an einem Zweiertisch unmittelbar am Fenster saß und mit einer blutjungen Blondine flirtete, hatte irgendwie die gleiche Frisur wie … In diesem Moment drehte er sich um, und sie sah sein Profil.

Es war Heinz. Heinz, der angeblich krank im Bett lag und zu geschwächt war, um sie auf ihre Premierenfeier zu begleiten. Derselbe Mann, für den sie gerade etwas zu essen organisieren wollte …

Tränen schossen ihr in die Augen.

⁂

»Tja, Herr Kuhlmann, das ist wirklich eine schöne Bestellung«, sagte Herr Wagner hochzufrieden und steckte den von Paul unterschriebenen ellenlangen Auftragsbogen ein. Wagner, der älteste Sohn des vor einigen Jahren verstorbenen örtlichen Weinhändlers, organisierte seit Neuestem absatzfördernde Weinproben bei seinen Großkunden. Gemeinsam mit seinem Sommelier Fritz hatte Paul sich in der letzten Stunde im hoteleigenen Weinkeller – schluckweise – durch das von Wagner offerierte Sortiment an Rot- und Weißweinen getrunken.

Nachdem einer von Wagners Angestellten auch die letzte Kiste mit den halb geleerten Flaschen geschultert hatte und sich auf den Weg zum Lieferanteneingang machte, verabschiedete sich der Weinhändler: »Ich melde mich morgen wegen des Liefertermins. Auf Wiedersehen.«

»Bis morgen«, erwiderte Paul jovial. Als der Weinhändler den Raum verlassen hatte, drehte er sich zu Fritz um, der gerade die Kladde mit der Inventarliste studierte. »Wieso brauchen wir eigentlich schon wieder so viele Flaschen? Meine Schwester hat doch erst Anfang Januar eine größere Order getätigt.«

Der Sommelier, dessen tiefliegende Augen ihm trotz seiner Jugend ein schwermütiges Aussehen verliehen, nickte. »Ich weiß. Aber die Menge an getrunkenem Wein hat sich im letzten Mo-

nat fast verdoppelt. Und falls sich diese Entwicklung fortsetzt …
wollte ich vorbereitet sein.«

»Verdoppelt?«, wiederholte Paul überrascht. »Ja, aber, das kann
doch nicht mit rechten Dingen zugehen.«

»Doch, Herr Kuhlmann. Unter meiner Aufsicht gibt es keinen
Schmu!« Fritz, der sichtlich in seiner beruflichen Ehre gekränkt
war, schlug mit einem dramatischen Knall die Inventarkladde zu
und reichte sie ihm. »Da, sehen Sie selbst. Ich habe alles nachge-
halten. Es sind diese neuen Gäste, die nicht für ihren Konsum bezahlen müssen. Die bestellen so viel Wein!«

»Bitte, Fritz, das kann doch gar nicht sein. Wahrscheinlich hat
sich eher jemand vom Personal einige Kisten …«

Der Sommelier schüttelte entrüstet den Kopf. »Nein, Herr
Kuhlmann. Der Weinkeller ist zu jeder Zeit abgesperrt. Nur wir
beide haben einen Schlüssel. Aber wenn Sie denken, dass ich
mich …«

Paul hob die Hand, um Fritz' Redefluss zu unterbrechen: »Beruhigen Sie sich! Natürlich vertraue ich Ihnen, aber es fällt mir
schwer zu glauben, dass ausgerechnet unsere Pauschalgäste solche
Schluckspechte sein sollen.«

Fritz zeigte auf die Kladde in seiner Hand. »Da steht alles drin.
Sie können es gern nachprüfen.«

Um des lieben Friedens willen nickte Paul. »Gut. Das werde
ich machen.«

»Dann kümmere ich mich jetzt um die Vorbereitungen für das
Abendessen«, erwiderte Fritz verschnupft.

»Tun Sie das«, sagte Paul und schaute dem davonstürmenden
Sommelier hinterher. Diese Jungspunde! Kopfschüttelnd schloss
er die Tür ab. Der kühle, dunkle Raum, in dem der Wein gelagert
wurde, lag in unmittelbarer Nähe der Hotelküche und der anderen Abteilungen, die das vor den Gästen verborgene Herzstück
des Hotels ausmachten.

Als Paul auf den breiten Gang trat, wäre er um ein Haar mit einer der Bügelfrauen kollidiert, die einen großen Korb mit frisch
gewaschener Wäsche trug.

»Entschuldigung«, murmelte sie und senkte ehrerbietig den Kopf.

»Keine Ursache«, erwiderte Paul und ging an ihr vorbei. In der hoteleigenen Wäscherei hatte es einige Veränderungen gegeben. Früher hatte man die Bettwäsche in riesigen offenen Bottichen mit kochender Lauge gewaschen. Das war recht umständlich und leider wohl auch gesundheitsschädigend für die Wäscherinnen gewesen, die ständig die aufsteigenden Dämpfe hatten einatmen müssen. Vor einigen Jahren hatte seine Schwester deshalb mehrere große metallene Waschmaschinen gekauft, die mit einer Holzlasche verschlossen wurden und in denen man die Wäsche mittels einer Muskelkraft sparenden Kurbel drehen konnte, ganz ohne chemische Stoffe hinzuzufügen.

Paul machte sich auf den Weg ins Büro. Er ging an den Vorratsräumen, der Backstube und dem zu dieser Zeit leeren Personalraum vorbei. Immer wieder nickte er geschäftig umhereilenden Angestellten zu, die ihm alle ein freundliches »Guten Abend, Herr Generaldirektor« zuriefen. Unwillkürlich musste er schmunzeln. Es war noch ungewohnt, aber irgendwie auch sehr angenehm, so tituliert zu werden. Besonders, weil er selbst die Bezeichnung »Generaldirektor« noch immer mit seinem verstorbenen Vater verband.

Als er an der Küche vorbeikam, blieb er einen Moment stehen und warf einen Blick auf das emsige Treiben dort. Da das Abendessen unmittelbar bevorstand, wurden bereits Braten aufgeschnitten, Schüsseln mit Gemüse befüllt und tausend andere für den reibungslosen Ablauf notwendige Handgriffe ausgeführt. Das Ganze erinnerte ihn an den straff durchorganisierten, akkurat arbeitenden Militärbetrieb: Herr Sollich, der erst kürzlich zum Chefkoch befördert worden war, fungierte dabei als Kommandeur, dessen laut gebellten Anordnungen unbedingt Folge zu leisten war. Keiner der Angestellten hätte sich je getraut, ihm zu widersprechen.

Nachdenklich ging er weiter, doch dann hörte er hinter sich plötzlich schnelle Schritte. »Herr Kuhlmann?«, schallte es durch den Gang.

Paul drehte sich um und sah zu seiner Überraschung ausgerechnet Herrn Sollich in weißer Kochjacke und mit hoher Mütze auf sich zueilen.

»Stimmt es, dass Sie einen neuen Souschef engagiert haben?«, fragte der Koch, als er vor ihm stand. Er war ein großer, schwerer Mann mit wettergegerbter Haut, der mehr wie ein Seemann wirkte als wie ein eleganter Sternekoch. In letzter Zeit – seit er nicht mehr unter Minnas strenger Fuchtel stand – schien er sich jedoch freigeschwommen zu haben. Seine Kochkünste hatten sich definitiv verbessert.

»Ja, wir haben jemanden aus dem Grand Hotel Heiligendamm angestellt. Ein ganz famoser Mann. Er wird Ihnen bestimmt gefallen«, bestätigte Paul. Es war ihm ein Dorn im Auge gewesen, dass Elisabeth diese Position so lange unbesetzt gelassen hatte. Früher hatte es gleich mehrere Souschefs in der Küche gegeben. Da musste es jetzt doch zumindest einer sein.

»Und das haben Sie gemacht … ohne mein Einverständnis einzuholen?« Herr Sollich hatte seine Stirn in anklagende Falten gelegt.

»Nun ja, bei solch ausgezeichneten Referenzen habe ich natürlich nicht lange gezögert.«

»Also, ich habe leider gehört, dass man den Kerl aus der dortigen Küche weggelobt hat. Offenbar ein vollkommen unfähiger Nichtsnutz!«

»So, haben Sie das?« Obwohl Paul sich stoisch gab, war er verunsichert. Sollte gleich seine erste Personalentscheidung ein Fehlgriff gewesen sein? Aber er wollte sich seine Sorge nicht anmerken lassen. »Wir werden sehen. Jetzt sollten Sie sich allerdings um ihre regulären Aufgaben kümmern.«

Der Koch nickte und rauschte sichtlich verärgert zurück an seine Wirkungsstätte.

Was sind das nur alles für Mimosen, dachte Paul und setzte seinen Weg fort. Wahrscheinlich würde er sich angesichts derartiger Empfindlichkeiten ein dickeres Fell zulegen müssen. Als Chef eines großen Hauses konnte man es gewiss nicht jedem Angestellten recht machen. In seinem Innersten nagte Sollichs Kritik trotzdem an seinem Selbstbewusstsein.

Endlich hatte er die Treppe erreicht, die in den Vorraum des Restaurants führte. Deutlich hörte er schon das Stimmengewirr aus dem ebenerdig gelegenen Speisesaal. Der Service schien bereits angefangen zu haben. Da würde es sich nicht vermeiden lassen, dass er die Gäste an ihren Tischen begrüßte. Paul warf einen prüfenden Blick an sich hinab. Saßen seine Krawatte und das Einstecktuch in der Brusttasche korrekt?

Im Vorraum wimmelte es bereits von schwarz befrackten Kellnern. Da die Pauschalgäste ihr Menü nicht frei wählen konnten, wurden ihnen die Vorspeisen unmittelbar nach ihrem Eintreffen serviert. Die angerichteten Speisen, heute schien es sich um eine Art Terrine mit Salat zu handeln, wurden dabei mithilfe eines Aufzugs aus der Küche in den Vorraum transportiert, von wo aus die Kellner sie an die Tische tragen konnten. Paul musste aufpassen, dass er in diesem Ballett aus Tellern, Armen und Beinen nirgendwo anstieß.

Endlich gelangte er durch die Schwingtür in den Speisesaal, der jedoch noch relativ spärlich besetzt war. Trotzdem machte er den wenigen Anwesenden seine Aufwartung.

»Guten Abend, Frau Glaser. Guten Abend, Herr Glaser«, begrüßte Paul ein älteres Ehepaar aus Berlin. »Wie geht es Ihnen heute? Hatten Sie einen schönen Tag?«

Während die Ehefrau ihm freundlich zunickte, hob ihr Mann zackig den rechten Arm: »Heil Hitler, Herr Kuhlmann. Wir hatten einen ganz famosen Tag. Danke der Nachfrage.«

»Das freut mich. Ich wünsche Ihnen einen guten Appetit.«

Verwundert ging Paul zum nächsten Tisch, wo sich das merkwürdige Spektakel wiederholte. Dieser Hitlergruß schien sich allmählich im Hotel durchzusetzen. Immer mehr Gäste grüßten einander und auch ihn auf diese Weise, was in seinen Augen ein Unding war. Kultivierte Menschen sollten ihre politischen Ansichten nicht derart öffentlich zur Schau stellen. Aber offenbar stand er mit dieser Ansicht auf verlorenem Posten.

Als Paul endlich sein Büro erreichte, fiel sein Blick auf den getrockneten Rosenstrauß auf seinem Schreibtisch. Die Blumen stammten von Carl. Anfang März hatten sie während eines Telefonats miteinander gestritten. Dabei war es gar nicht um ein privates Problem gegangen, sondern um die Reichstagswahl vom Vortag, die nicht so ausgegangen war, wie Carl es sich gewünscht hatte.

»Das kann gar nicht sein! Irgendjemand muss die Wahl manipuliert haben!«, hatte sein Geliebter in den Telefonhörer geschrien. »Die Deutschen sehnen sich nach Recht und Ordnung. Wie konnten wir da – besonders nach dem Reichstagsbrand – die absolute Mehrheit verfehlen?«

Paul hatte versucht, ihn zu besänftigen: »Liebster, die NSDAP ist immerhin gestärkt aus der Wahl hervorgegangen. Und zusammen mit der rechtsnationalistischen DNVP könnt ihr doch nach Herzenslust regieren …«

»Du verstehst nicht, Paul«, hatte Carl geschimpft. »Wir wollen nicht diese lächerliche Demokratie fortführen, bei der man sich erst mit Hinz und Kunz einigen muss, bevor man etwas zuwege bringt. Hitler soll … nein, er muss sogar das deutsche Volk allein regieren können! Und um das geplante Ermächtigungsgesetz durchzusetzen, brauchen wir eine Zweidrittelmehrheit im Reichstag.«

»Tja, das tut mir leid«, hatte Paul verschnupft geantwortet. »Aber ich habe mich hier in Bad Doberan auch um Wichtiges zu kümmern.« Und zum ersten Mal, seit sie sich kannten, hatte er ein Gespräch ohne Verabschiedung beendet.

Carl war deshalb vollkommen aus dem Häuschen gewesen und hatte ihm umgehend den riesigen Strauß roter Rosen und eine Entschuldigungskarte geschickt.

Paul setzte sich an seinen Schreibtisch und starrte gedankenverloren die vertrockneten Blumen an. Gestern hatte Carl ihn erneut gedrängt, nach Berlin zu kommen und sich nächsten Donnerstag mit ihm die Abstimmung über das Ermächtigungsgesetz anzusehen. Davon hänge schließlich seine ganze weitere

Karriere ab. Als Paul sich geweigert hatte, hatte Carl die Nerven verloren. »Aber wieso denn nicht?«, hatte er aufgebracht gerufen. Paul war stumm geblieben. Carl hätte seine plötzlichen Bedenken sowieso nicht verstanden. In Wahrheit konnte er sich für die politischen Ziele seines Lebensgefährten immer weniger begeistern. Ob es daran lag, dass er inzwischen seine eigene Aufgabe hatte? Unwillkürlich seufzte er. Ob er dieser Abstimmung doch beiwohnen sollte, um Carl zu besänftigen? Mit einem weiteren Seufzer vertiefte er sich in die Abrechnung der letzten Woche.

»Frierst du auch ganz sicher nicht?«, fragte Julia ihre Freundin. Sie standen seit über einer Stunde am Spielfeldrand und schauten zu, wie Max und seine Mannschaft gegen eine andere Elf kämpften. Das Fußballspiel, zu dem er sie ursprünglich eingeladen hatte, war wegen eines Schneesturms abgesagt worden. Doch heute war das Wetter keineswegs angenehmer.

Ava schüttelte den Kopf.

»Aber deine Lippen sind schon ganz blau.«

»Mir geht es gut. Bitte lass uns nur von etwas anderem reden. Je mehr ich über diese Eiseskälte nachdenke, desto mehr fröstele ich«, erwiderte Ava bibbernd und zog sich den Wintermantel noch ein wenig fester um ihre schmale Gestalt.

»Einverstanden, aber kann ich dir nicht …« Julia verstummte. Auf dem Spielfeld hatte Max gerade den Ball erobert und rannte in einem blitzschnellen Konterangriff zum gegnerischen Tor. Mitten im Lauf zielte er und schoss das runde Leder ins lange Eck.

»Tor! Tor! Tor!«, schrie Julia und umarmte Ava ausgelassen.

Max, dem die sportliche Anstrengung kaum anzusehen war, drehte sich zu ihr um und hob jubelnd die Hand.

Aufgeregt winkte sie zurück. »Er ist wirklich ein wunderbarer Fußballspieler, findest du nicht?«

»Das ist er«, bestätigte ihre Freundin. »War das jetzt sein drittes oder viertes Tor?«

»Das vierte!«, erklärte Julia begeistert. Im Grunde fand sie Fußball entsetzlich langweilig. Wenn ihr Vater sie früher zu einem Spiel des Hertha BSC auf die Ehrentribüne hatte mitnehmen wollen, hatte sie immer dankend abgelehnt. Doch jetzt, da Max mitspielte, wurde ihr die Zeit nicht lang. Sie konnte sich nicht sattsehen an seiner athletischen Art zu laufen, dem Flattern seiner dunklen Haare im Wind und den lässigen Handbewegungen, mit denen er als Kapitän seine Mitspieler an die richtige Position beorderte. Außerdem war er bestimmt einen Kopf größer als sie. Kein Wunder, dass alle Mädchen ihn anhimmelten.

Als der Schiedsrichter das Spiel abpfiff, lautete der Endstand fünf zu drei. Max und seine Mannschaft hatten gewonnen! Während seine Mannschaftskollegen sich vor Freude gegenseitig in die Seite boxten, lief Max zu ihr.

»Und, hat es dir gefallen?«, fragte er mit blitzenden Augen.

Sie nickte. »Du warst echt klasse!«

»Danke. Die andere Mannschaft hat es uns heute leicht gemacht.« Er schob sich eine feuchte Haarsträhne aus dem Gesicht. »Hast du jetzt schon etwas vor? Wenn nicht, würde ich dich gern noch in die Milchbar in der Goethestraße einladen. Ich müsste vorher nur schnell duschen«, meinte er außer Atem.

Julia, irritiert darüber, dass Max Ava nicht mit in die Einladung einbezog, meinte unentschlossen: »Ich weiß nicht … eigentlich wollten Ava und ich …«

»Deine Freundin ist selbstverständlich auch eingeladen«, fügte Max eilig hinzu. Doch er blickte Ava dabei nicht an. Ob ihn die Erschöpfung unhöflich werden ließ?

»Was meinst du, Ava?« Julia warf ihrer Freundin einen bittenden Blick zu. »Hast du Lust auf eine heiße Schokolade?«

»Von heißer Schokolade kann man doch niemals genug bekommen«, antwortete Ava mit einem Lächeln.

Sie ist wirklich die beste Freundin der Welt, dachte Julia dankbar. Bestimmt würde sie zum Aufwärmen lieber nach Hause gehen, als neben Max und ihr in der Milchbar zu sitzen.

»Dann wäre das geritzt. Bis gleich«, sagte Max und trabte Richtung Umkleidekabinen davon.

Wenig später saßen Max und sie sich hinter einer dampfenden Tasse Schokolade gegenüber. Glücklicherweise hatte er noch zwei Mannschaftsfreunde namens Hans und Günther mitgebracht, die sich mit Ava unterhielten.

»Herzlichen Glückwunsch«, prostete Julia ihm zu.

Er grinste breit. »Danke!«

Sie nippten beide an ihrem heißen Getränk. Als Julia ihre Tasse wieder abstellte und Max' attraktives Gesicht betrachtete – ihr war noch nie aufgefallen, dass seine Augen von dichten schwarzen Wimpern umrandet waren –, entstand eine peinliche Gesprächspause. Plötzlich fühlte sie sich schüchtern. Ihr Gehirn war wie leergefegt. Und je länger sie über ein geeignetes Gesprächsthema nachsann, desto weniger kam ihr in den Sinn. Max schien es ähnlich zu gehen. Was merkwürdig war, denn seit einiger Zeit setzte er sich jeden Morgen im Bus neben sie und erzählte ihr die lustigsten Geschichten: Wie seine Klasse einmal einen Schwamm mit flüssiger Butter eingerieben hatte und man auf der damit gereinigten Tafel kein einziges Wort mehr schreiben konnte. Oder er sprach über Ausflüge mit Wotan, seinem Pferd. Doch gerade jetzt war er genauso sprachlos wie sie.

Verlegen fingen sie beide gleichzeitig an zu reden. »Warum schießt eigentlich immer nur du die Tore für deine Mannschaft?«, wisperte Julia, während Max murmelte: »Möchtest du, dass ich dir das Reiten beibringe?«

»Also, ich …«, stotterte Julia.

Gleichzeitig setzte Max an: »Das ist ganz …«

Sie verstummten und lächelten sich an.

»Bitte antworte du zuerst«, sagte Max galant.

»Nein, du«, grinste sie und griff haltsuchend nach ihrer Tasse.

Max schluckte. »Einverstanden. Also … bei einer Fußballelf hat jeder seine eigene Aufgabe. Manche schützen das Tor vor den gegnerischen Spielern, und ich bin der Stürmer – in der Rolle schießt man die Tore.«

»Ach so«, erwiderte Julia gedehnt. Oje. Jetzt musste sie wohl oder übel auf seine Frage antworten. »Ehrlich gesagt, ich weiß nicht. Du wärst bestimmt ein guter Reitlehrer. Aber ich habe ein bisschen Angst vor Pferden. Mein Vater ist ein begnadeter Reiter. Deshalb stehen bei uns nur riesengroße Exemplare im Stall. Armagnac, sein Lieblingspferd, ist ein richtiger Wildfang. Selbst der alte Petersen, unser Pferdeknecht, hat Respekt vor ihm. Allein die Vorstellung, dass ich mich in seinen Sattel schwingen müsste ...« Sie sprach nicht weiter.

Max lächelte. »Aber du kannst doch zu uns kommen. Wir haben auch ein paar kleinere Stuten im Stall. Millie, das Pferd meiner Mutter, ist zum Beispiel sehr gutmütig und das perfekte Anfängerpferd.«

Himmel, da hatte sie sich in eine schöne Sackgasse manövriert! Wie sollte sie da nur wieder rauskommen? Es wäre ihr nicht recht, wenn ausgerechnet Max sie beim ungeschickten Runterpurzeln von einem dieser bockigen Vierbeiner beobachten würde. »Ich überlege es mir«, sagte sie zögerlich.

»Und wann kann ich dich wiedersehen?«, fragte Max forsch.

Das intensive Leuchten seiner Augen machte irgendetwas mit ihrem Magen. Auf einmal kribbelte es in ihrem Bauch, als ob sie Ameisen verschluckt hätte. Seltsam, aber nicht wirklich unangenehm. »Ähm, ich weiß nicht«, stammelte sie.

»Darf ich dich vielleicht ins Lichtspieltheater einladen?«, insistierte Max. »Der neue Film mit Heinz Brabeck läuft bald an. Er soll recht lustig sein.«

Julia fühlte sich von seinem Elan regelrecht überrumpelt. »Also, ähm ... wenn ich Ava mitbringen kann, geht das bestimmt«, erwiderte sie.

Max zog ein langes Gesicht. »Muss das sein?«, flüsterte er, damit die anderen drei am Tisch ihn nicht hören konnten.

Sie nickte. Ohne Ava würden ihre Eltern sicherlich niemals

ihre Zustimmung geben. Außerdem ... auch sie selbst würde sich sicherer fühlen, wenn ihre beste Freundin mit von der Partie war.

»Na gut«, meinte er mit einem schiefen Lächeln. »Dann frage ich eben Günther, ob er auch mitkommt. Soll ich uns Eintrittskarten für übernächsten Freitag besorgen?«

»Ich sage dir am Montag Bescheid. Ich muss erst noch meine Eltern fragen.«

»Einverstanden.« Max zwinkerte ihr zu. »Habe ich dir schon erzählt, was wir gestern im Chemieunterricht gemacht haben?«

»Nein, was denn?« Interessiert beugte sich Julia über den Tisch und lauschte einem weiteren Klassenstreich. Dass Max' Hand dabei wie zufällig die ihre berührte, sorgte für zusätzliches Flattern in ihrem Bauch.

Auf dem Rückweg zu Avas Eltern, wo ihr Vater sie mit dem Wagen abholen würde, berichtete Julia ihrer Freundin von Max' Einladung. Den Umstand, dass er Ava zunächst nicht hatte dabeihaben wollen, ließ sie allerdings unter den Tisch fallen. Sie wollte ihrer Freundin nicht wehtun. »Kommst du mit? Max hat Günther als deinen Kavalier vorgeschlagen.«

»Er scheint ja ganz nett zu sein.«

»Magst du ihn?«

Ava lächelte. »Ich finde ihn nicht ganz so faszinierend wie du Max. Aber ich gehe gern mit euch aus.«

War ihre Schwärmerei für Max so offensichtlich? Julia seufzte. »Glaubst du, er mag mich auch?«, fragte sie leise.

»Wer? Max?«, kicherte Ava. »Allerdings. Er hat ja kaum Augen für irgendjemand anderen. Ich zum Beispiel scheine für ihn gar nicht zu existieren.«

»Ach nein, da täuschst du dich. Er mag dich bestimmt auch«, schwindelte Julia.

»So, so. Dann kann er seine Gefühle gut verbergen.« Ava strich kurz über Julias behandschuhte Finger. »Aber schließlich ist er ja auch dein Verehrer. Und weißt du was? Am besten schläfst du nach dem Besuch im Lichtspieltheater bei mir, dann musst du in der Nacht nicht mehr bis zum Gut raus.«

»Meinst du, deine Mutter hätte nichts dagegen?«

»Natürlich nicht! Für sie bist du wie eine zweite Tochter. Und je mehr Essen und Liebe sie austeilen kann, desto glücklicher ist sie.«

Julia strahlte. »Wie schön. Dann muss ich nur noch meine Eltern um Erlaubnis fragen.«

»Und dann hat sich dieser Kerl erdreistet, eigenmächtig das Menü zu ändern! Hat die bereits angerichteten Prinzessinnenkartoffeln vom Teller nehmen und durch Reis ersetzen lassen. Durch Reis! Dabei passt Reis gar nicht zu Wild«, echauffierte sich Herr Sollich und zeigte anklagend auf den neuen Souschef. Herr Jensen, der gerade erst im Palais angefangen hatte, war ein feingliedriger, kleiner Mann. Mit seinen weit aufgerissenen runden Augen und der spitzen Nase erinnerte er Paul an ein verängstigtes Vögelchen.

»Und ... warum haben Sie das getan?«, erkundigte sich Paul vorsichtig.

»Herr Kuhlmann ...«, begann der neue Souschef leise. »... die Prinzessinnenkartoffeln waren vollkommen versalzen.«

»Blödsinn«, schimpfte Herr Sollich. »Wir machen diese Kartoffeln schon seit Jahren nach dem gleichen Rezept.«

Herr Jensen zuckte ratlos mit den Schultern. »Das kann gut sein. Heute waren sie trotzdem versalzen.«

Herrn Sollichs Wangen färbten sich rot vor Wut. »Jetzt geben Sie es schon zu ... Sie wollten sich mit dieser Aktion nur wichtigmachen. Aber ich warne Sie, ein solches Verhalten dulde ich nicht in meiner Küche!«

Paul hob beschwichtigend die Hand. Es war schon kurz vor Mitternacht, und eigentlich hätte er längst im Bett sein sollen. Morgen früh ging sein Zug nach Berlin. Da Carl ihn jeden Tag aufs Neue bekniet hatte, hatte er sich nun doch dazu durchgerungen, ihn zu dieser Abstimmung im Reichstag zu begleiten. Aber anstatt sich vor der anstrengenden Reise auszuruhen, stand er mit den beiden Herren in der ansonsten verwaisten Hotelküche und musste diesen lächerlichen Streit schlichten.

»Ähm … und wie kamen Sie zu der Überzeugung, dass die Kartoffeln versalzen waren?«, fragte er den Souschef.

»Ich habe sie probiert«, erwiderte Herr Jensen wie aus der Pistole geschossen. »Im Grand Hotel lassen wir nie etwas aus der Küche ins Restaurant gehen, ohne es vorher gekostet zu haben.«

Paul nickte. »Und Sie, Herr Sollich? Hatten Sie die Prinzessinnenkartoffeln ebenfalls versucht?«

Mürrisch schüttelte der Chefkoch den Kopf. »Das brauche ich nicht … wie gesagt, wir verwenden seit Jahren dasselbe Rezept.«

»Aber jeder kann einmal einen Fehler machen«, flüsterte Herr Jensen.

Paul tendierte dazu, ihm recht zu geben. Trotzdem musste er seine Worte vorsichtig abwägen, denn einen gekränkten Chefkoch konnte er sich nicht leisten. »Ähm … und wo sind diese angeblich versalzenen Kartoffeln jetzt abgeblieben?«

»Na, wo wohl, im Kehricht«, knurrte Herr Sollich.

»Nein, das stimmt nicht. Ich habe sie aufgehoben, um sie später in den Bottich mit dem Schweinefutter zu werfen«, widersprach Herr Jensen und erntete einen bösen Blick vom Chefkoch.

»Dann können wir sie also noch probieren, ohne uns zu vergiften?«, erkundigte sich Paul.

Herr Jensen nickte und eilte zu seinem Arbeitsplatz.

»Sie werden jetzt nicht diese kalte Pampe essen wollen?«, ereiferte sich Herr Sollich.

»Wenn es der Wahrheitsfindung dient …?«, antwortete Paul schlicht.

»Aber dieser Unruhestifter kann die Kartoffeln schließlich genauso gut selbst mit Salz bestreut haben«, brummte der Chefkoch.

»Wenn jemand im Nachhinein Salz auf eine Speise schüttet, sieht man das doch«, verteidigte sich Herr Jensen und brachte ein Tablett mit kleinen Häufchen von gebackenem Kartoffelpüree, den sogenannten Prinzessinnenkartoffeln. Er reichte jedem in der

Runde einen Löffel, doch Herr Sollich lehnte den ihm zugedachten mit einem beleidigten Gesichtsausdruck ab.

Paul nahm den offerierten Löffel und hob eines der kleinen Häufchen unmittelbar vor seine Augen. »Also, äußerlich kann ich keine Salzkörner entdecken.« Er führte den Löffel zum Mund, kostete und spuckte die Speise umgehend in den nächstbesten Kehrichteimer. »Um Gottes willen … das Zeug ist absolut ungenießbar!«

»Quatsch«, rief Herr Sollich, riss Herrn Jensen rüde den übrig gebliebenen Löffel aus der Hand und kostete selbst. »Das ist doch völlig einwandfrei …« Plötzlich wurden seine Wangen eine Schattierung dunkler. Anscheinend hatte jetzt auch er das Übermaß an Salz geschmeckt. Trotzdem gab er sich nicht die Blöße, den Kartoffelhaufen auszuspucken. Tapfer schluckte er ihn hinunter.

Paul räusperte sich. Wie konnte er jetzt Herrn Jensen beipflichten, ohne den Chefkoch zu verprellen?

»Nun gut«, knurrte Herr Sollich in diesem Moment. »Es sieht so aus, als hätten Sie heute die richtige Entscheidung getroffen … aber machen Sie so etwas nie wieder im Alleingang, hören Sie? Das nächste Mal informieren Sie mich, bevor Sie die Zusammenstellung der Speisen ändern.«

Herr Jensen senkte den Kopf. »Selbstverständlich.«

Erleichtert atmete Paul auf. »Wie schön, dass wir die Sache nun geklärt haben. Ich wünsche Ihnen beiden noch einen geruhsamen Feierabend.« Als er kurz darauf die Küche verließ, nahm er sich vor, Herrn Sollich in der nächsten Woche – wenn sich die Wogen wieder geglättet hatten – zur Seite zu nehmen und ihn zu bitten, ab sofort ebenfalls alle Speisen vor dem Servieren zu kosten. Es wäre eine Katastrophe, wenn der Ruf des Hotelrestaurants unter so einer vermeidbaren Unachtsamkeit leiden würde.

Paul durchquerte gerade das um diese Uhrzeit spärlich besetzte Foyer, als er hinter sich eine Stimme vernahm.

»He, Sie da! Sind Sie nicht der Direktor von diesem Eta…, Etabli…, Etablissement?«

Mit einer bösen Vorahnung drehte Paul sich um. Tatsächlich … einer der kürzlich angereisten Pauschalgäste, ein gewisser Herr Hundgeburth aus Potsdam, torkelte aus der Hotelbar kommend auf ihn zu.

»Was kann ich für Sie tun, Herr Hundgeburth?«, fragte Paul förmlich und machte dem Nachtportier Zeichen, ihm zu Hilfe zu kommen.

»Ich ha-habe … alles im Voraus beee-zahlt, und jetzt saagt der Barmann … gibt nüscht mehr«, lallte der Gast und baute sich bedenklich schwankend vor ihm auf. »Das iss gegen die Abmachung …« Hinter ihm stand der Nachtportier und schüttelte vielsagend den Kopf.

»Meinen Sie nicht, dass Sie dem Alkohol für heute genug zugesprochen haben?«, meinte Paul ruhig.

»Neeein!« Der Betrunkene reckte die geballte Faust in die Höhe, verlor dabei das Gleichgewicht, strauchelte und wäre um ein Haar zu Boden gegangen. Erst in letzter Sekunde griff der Nachtportier nach seinem Arm und stabilisierte ihn.

»Ich glaube schon. Kommen Sie, der Herr hier wird Sie jetzt zu Ihrem Zimmer begleiten.«

»Ich will aaaber nich«, grölte der Gast und riss sich los. Durch die wilden Bewegungen geriet er erneut aus der Balance. Diesmal kam ihm niemand zu Hilfe, und er landete mit einem lauten Platsch auf dem Boden.

Zwei Stammgäste, die sich in einiger Entfernung an einem Tisch unterhalten hatten, starrten ihn mit offenen Mündern an, als er vergeblich versuchte, sich aufzurappeln, und dabei obszöne Flüche ausstieß.

»So, das reicht jetzt«, sagte Paul entschieden. Gemeinsam mit dem Nachtportier half er dem Besoffenen auf. »Wir bringen Sie jetzt auf Ihr Zimmer.«

Diesmal gab es keinen Widerspruch vonseiten des sichtlich angeschlagenen Herrn Hundgeburth. Nach einigen Schritten flüsterte der Nachtportier: »Ich schaffe das schon allein, Herr Kuhlmann.«

Schwer atmend beobachtete Paul, wie die beiden vorsichtig eine Treppenstufe nach der anderen erklommen.

»Auf ein Wort, Herr Kuhlmann«, erscholl plötzlich die Stimme von Herrn Braunius, einem der beiden in Hörweite sitzenden Stammgäste.

Paul schloss für einen kurzen Moment die Augen und sammelte sich. Würde er heute Nacht wohl jemals sein Schlafzimmer erreichen? Dann drehte er sich um und eilte mit einem beflissenen Lächeln auf Herrn Braunius zu. »Ja?«

Der grauhaarige Philosophieprofessor aus München wirkte pikiert. »Also, ich möchte mich nicht in Ihre Angelegenheiten mischen, Herr Kuhlmann. Aber meine Frau und ich machen uns ernsthaft Sorgen um das Ambiente des Palais. Wie Sie wissen, haben wir uns bei Ihnen bislang immer sehr wohlgefühlt, aber in den letzten Tagen mussten wir so einiges an unerträglichem Benehmen miterleben. Sind diese neuen Gäste eigentlich alles Trunkenbolde? Wissen Sie, warum wir uns heute ins Foyer verzogen haben und nicht wie sonst gemütlich in der Bar sitzen? Weil dieser …« Er zeigte mit einer angewiderten Geste auf die Treppe, wo der besoffene Hundgeburth am Arm des Nachtportiers gerade aus dem Blickfeld verschwand. »… *Herr* und seine Saufkumpane sich vollkommen vulgär aufgeführt haben. So etwas sind wir nicht von Ihnen gewöhnt.«

Paul versuchte, sich seine Bestürzung nicht anmerken zu lassen. »Herr Braunius, das tut mir aufrichtig leid, und ich entschuldige mich in aller Form für den verdorbenen Abend. Ich werde mich umgehend darum kümmern, dass so etwas nie wieder geschieht. Würden Sie mir erlauben, Ihnen eine Flasche Champagner als Entschädigung auf Ihr Zimmer bringen zu lassen?«

Der Philosophieprofessor lächelte gnädig. »Wenn Sie mögen. Mir wäre es allerdings wichtiger, dass wir in Ihrem Haus nie wieder von solch angetrunkenen Kreaturen belästigt werden.«

»Absolut«, sagte Paul und verabschiedete sich mit einer angedeuteten Verbeugung. Auf dem Weg in seine Wohnung entschied er spontan, mit einem späteren Zug nach Berlin zu fahren. Als

Erstes musste er morgen früh das Personal anweisen, entschiedener gegenüber Gästen wie Herrn Hundgeburth durchzugreifen, selbstverständlich mit dem gebotenen Fingerspitzengefühl. Vielleicht konnte man, solange diese Pauschalgäste noch einigermaßen nüchtern waren, an ihr Ehrgefühl appellieren oder sie mit der Aussicht auf weitere kostenlose alkoholische Getränke frühzeitig zu ihren Zimmern lotsen.

Als Paul abgekämpft und müde gegen neunzehn Uhr in Berlin eintraf, freute er sich auf einen ruhigen Abend mit Carl. Sie hatten sich seit dem Streit am Telefon und der ebenfalls telefonischen Versöhnung nicht mehr gesehen, und er sehnte sich danach, die alte Vertrautheit zwischen ihnen aufleben zu lassen. Gerade heute, nach den beruflichen Herausforderungen des gestrigen Tages, wünschte er sich eine anheimelnde Atmosphäre und die Unterstützung seines Lebensgefährten. Doch als er nach der Taxifahrt vom Bahnhof die Treppen zu Carls Wohnung erklomm, schallte ihm eine unverkennbare Geräuschkulisse entgegen.

Tatsächlich! In der geöffneten Tür stehend, erfasste er die Situation mit einem Blick: Die Diele, der Gang zum Salon … alles war voller Männer in SA-Uniform. Jeder hielt ein Getränk in der Hand. Man unterhielt sich angeregt.

»Immer rin in die jute Stube«, sagte ein junger Mann mit kurz geschorenen blonden Haaren und lächelte ihn an.

»Wissen Sie, wo ich Carl von Herrhausen finde?«

»Wen?«

Sein Lebensgefährte hatte ausgerechnet am heutigen Tag Leute eingeladen, die er noch nicht einmal persönlich kannte? Warum nur?

»Ich suche den Gastgeber«, erklärte er mit wachsender Irritation.

Unbeeindruckt deutete der junge Kerl in Richtung Salon. »Ich glaub, den finden Sie da drin.«

Nachdem Paul seinen Koffer im Schlafzimmer abgestellt hatte, offenbar der einzige menschenleere Raum in der ganzen Wohnung, machte er sich auf die Suche nach seinem Geliebten. Erneut grübelte er darüber nach, warum der ihn unbedingt bei dieser Abstimmung dabeihaben wollte, wenn er doch augenscheinlich über genügend Bekanntschaften verfügte, um sich die Zeit zu vertreiben.

Im Salon war Carl unschwer auszumachen. Er stand – eine dicke Zigarre rauchend – inmitten einer größeren Menschentraube und schien große Reden zu schwingen. Als er Paul erblickte, musterte er ihn für mehrere Sekunden merkwürdig starr. Was hatte all das nur zu bedeuten? War er böse … auf ihn? Sollte es nicht eher umgekehrt sein?

Im nächsten Moment rief er ungewohnt überschwänglich: »Da ist sie ja, die Liebe meines Lebens!« Er bahnte sich einen Weg durch die sich amüsiert umschauenden Männer und schloss Paul fest in seine Arme. Was wollte er ihm mit diesem Wechselbad von einer Begrüßung sagen?

»Ich freue mich auch, dich zu sehen, aber sollten wir uns vor all diesen Menschen nicht etwas dezenter verhalten?«, flüsterte Paul in Carls Ohr.

»Ja, aber wieso denn? Hier sind wir doch unter uns.« Sein Lebensgefährte küsste ihn ungeniert. »Bei meinen Brüdern von der SA fühle ich mich wie zu Hause.«

Seinen Brüdern von der SA? Hatte Carl getrunken? Paul befreite sich aus der Umklammerung.

»Wo willst du hin?«

»Ich bin durstig und werde mir ein Glas Wein organisieren«, meinte Paul. In diesem Tohuwabohu würden sie sich sowieso nicht anständig unterhalten können. »Ihr scheint mir ja in puncto Alkohol um einige Gläser voraus zu sein.«

Wieder blickte Carl ihn seltsam stechend an. »Du irrst dich, lieber Paul. Ich bin stocknüchtern.«

»Wirklich?« Für einen Moment überlegte Paul, seinen Partner zu fragen, weshalb er dieses Fest organisiert hatte. Aber dann kam er sich in der Rolle des Spaßverderbers lächerlich vor. Vielleicht hatte Carl die Leute ja auch aus beruflichen Gründen einladen müssen.

»Allerdings. Ich möchte am morgigen Tag, wenn all meine Wünsche und Träume in Erfüllung gehen werden, einen klaren Kopf haben. Freust du dich nicht auch schon auf den Augenblick, in dem Hitler endgültig die Macht übernimmt?«

Paul blieb ihm eine Antwort auf diese Frage schuldig. Stattdessen fragte er: »Steht das Ergebnis der Abstimmung denn bereits fest?«

Carl lächelte mysteriös. »Wer weiß ... lassen wir uns überraschen. Aber hol dir ruhig ein Glas Wein, der Abend kann lang werden.«

Die Abstimmung über das Ermächtigungsgesetz fand in der Krolloper statt, die dem abgebrannten Reichstagsgebäude unmittelbar gegenüberlag. Als Paul sich an Carls Seite dem provisorischen Sitzungsort des Parlaments näherte, sah er, dass das ganze Gebäude von der SS hermetisch abgeriegelt worden war und alle Abgeordneten und Zuschauer einzeln kontrolliert wurden. Warum gab es diese zusätzlichen Sicherheitsmaßnahmen? Ging man von der Möglichkeit eines weiteren Brandanschlags aus? Ob er Carl danach fragen sollte? Er zögerte. Sein Lebensgefährte kam ihm seit gestern vollkommen verändert vor. Die Zärtlichkeit, die er früher in seinen Augen hatte lesen können, schien erloschen. Auch während der nächtlichen Feier hatte er sich lediglich um seine Gäste gekümmert und ihn selbst kaum beachtet. Nachdem schließlich der letzte SA-Mann morgens um drei die Wohnung verlassen hatte, hatte Carl ihn wortlos zum Bett gezerrt. Wahrscheinlich hatte diese Geste leidenschaftlich wirken sollen. Doch mit Liebe schien der darauffolgende Akt nicht viel zu tun zu haben. Auf Paul hatte es eher wie eine Besitzergreifung gewirkt. Was war nur mit Carl los?

Im Inneren der Krolloper lungerten ganze Kolonnen von bewaffneten SA-Männern herum. Viele der Uniformierten grüßten Carl ehrerbietig. Überrascht erkannte Paul unter ihnen einige der Gäste von gestern Abend. Plötzlich verstärkte sich das ungute

Gefühl, das er schon beim Betreten der Krolloper verspürt hatte. Als er Carl in eine der Zuschauerreihen folgte, fiel ihm auf, dass hinter dem Sprecherpodium eine riesige Hakenkreuzfahne hing. War das alles ein abgekartetes Spiel? Sollten die oppositionellen oder unentschlossenen Abgeordneten durch die massive Präsenz der NSDAP-Kampforganisationen und deren Symbolen eingeschüchtert werden?

Carl, der sich quer über die Sitzreihen mit einem Bekannten unterhalten hatte, wandte sich plötzlich ihm zu und zischte verheißungsvoll: »Gleich geht's los!«

Paul nickte.

In diesem Moment erschien der Reichskanzler unten auf dem Podium. Paul zuckte unwillkürlich zusammen. Hitler, der angeblich überparteiliche Chef der Regierung, war in der Braunhemden-Uniform der SA erschienen. Warum beschwerte sich niemand über diese Ungeheuerlichkeit? War diese Drohkulisse tatsächlich mit geltendem Recht in Einklang zu bringen? Obwohl auch er selbst das Land von der lähmenden Arbeitslosigkeit befreit sehen wollte, durfte man doch nicht auf diese brachiale Weise vorgehen. Oder?

Pauls Gedanken kreisten. Er konnte sich kaum auf die Rede des Reichskanzlers konzentrieren. Nur ein Satz drang durch den diffusen Nebel seiner Empörung: »Es würde dem Sinn der nationalen Erhebung widersprechen und dem beabsichtigten Zweck nicht genügen, wollte die Regierung sich für ihre Maßnahmen von Fall zu Fall die Genehmigung des Reichstags erhandeln und erbitten.«

Wie bitte? Aber wozu saßen die gewählten Volksvertreter dann hier, wenn sie nicht mitregieren sollten? Hatte Carl seine kühnen Reden von *absoluter* Macht wirklich ernst gemeint?

Nachdem Hitlers Rede geendet hatte, schmetterten die Abgeordneten der NSDAP ekstatisch das Deutschlandlied. Carl sang aus voller Kehle mit und starrte seinen ›Führer‹ mit einem fanatischen Glanz in den Augen an. Paul betrachtete seinen Lebensgefährten mit wachsendem Befremden. Er verstand Carls unreflektierte Begeisterung für diese Partei schlichtweg nicht mehr.

Wahrscheinlich hätte er längst auf seinen eigenen Standpunkten beharren sollen. In einer gleichberechtigten Partnerschaft sollte es doch möglich sein, solche Kontroversen auszudiskutieren. Die Krux war nur ... seine Beziehung zu Carl war niemals gleichberechtigt gewesen. Damals, als er den selbstsicheren, attraktiven Carl in einer Berliner Bar für Homosexuelle kennengelernt hatte, hatte er sich in einer existenziellen Krise befunden, und Carl hatte ihm Halt gegeben. Doch jetzt, wo sich seine Lebensverhältnisse stabilisiert hatten, musste er plötzlich feststellen, dass sie – besonders in politischer Hinsicht – nicht viel gemeinsam hatten. War vielleicht jetzt der Moment gekommen, in dem er Farbe bekennen musste? Er war kein Antisemit wie Carl, und selbst wenn er eine starke, stabile Regierung bevorzugt hätte, erschien ihm die totale Demontage der Demokratie ein zu hoher Preis dafür zu sein.

Auf einmal musste Paul an seinen Schwager Samuel denken, den er Anfang des Jahres durch eine List aus den brutalen Fängen der SA befreit hatte. Damals hatte er die Aktion vor Carl verheimlicht, weil er wusste, dass der sie nicht gutgeheißen hätte. Und inzwischen war er mehr denn je überzeugt, gut daran getan zu haben. Die Partei schien Carl einer regelrechten Gehirnwäsche unterzogen zu haben, sodass er wahrscheinlich sogar ihn, seinen langjährigen Lebenspartner, für einen Feind halten würde, wenn er je davon erführe. Und der Unterschied, den er selbst bislang zwischen der gewalttätigen SA und der taktisch agierenden Partei gesehen hatte, schien leider ebenfalls nicht zu existieren. Seit heute war ihm bewusst, dass beide Organisationen Hand in Hand arbeiteten.

Angespannt verfolgte Paul die weitere Diskussion. Plötzlich schien alles Schlag auf Schlag zu gehen: Der Vorsitzende der katholischen Zentrumspartei erläuterte, warum seine Partei – trotz ihrer Bedenken – für das Ermächtigungsgesetz stimmen würde. Otto Wels, der Vorsitzende der SPD, erklärte seine strikte Ablehnung. Unter dem schenkelklopfenden Gelächter der Nationalsozialisten sagte er: »Freiheit und Leben kann man uns nehmen, aber die Ehre nicht.« Bei diesen Worten bekam Paul eine Gänsehaut. War das eine Prophezeiung für das, was ihnen allen zukünftig blühen würde?

Schließlich begann der Abstimmungsvorgang, den Paul mit angehaltenem Atem verfolgte. Würden sich doch noch einige Abgeordnete ihrer politischen Verantwortung entsinnen? Gegen jede Vernunft versuchte er, sich ein Quäntchen Hoffnung zu bewahren.

Doch seine Zuversicht verwandelte sich in Enttäuschung, als Hermann Göring das endgültige Ergebnis verkündete. Nur die SPD hatte gegen das Ermächtigungsgesetz gestimmt. Carl jubelte mit seinen Parteigenossen. In diesem Augenblick begriff Paul, dass seine Bedenken zu spät kamen. Hitler und seine NSDAP hatten sang- und klanglos die deutsche Demokratie abgeschafft. Schlagartig wurde ihm schlecht.

Später konnte er sich kaum erinnern, wie er wieder in Carls Wohnung gekommen war. Hatten sie ein Taxi genommen? Er wusste es nicht. Am nächsten Morgen, während Carl und seine Kumpane, die wie selbstverständlich mit ihnen in die Wohnung zurückgekehrt waren, den Rausch ihrer Siegesfeier ausschliefen, flüchtete Paul mit einer Lüge zurück nach Bad Doberan. In einer kurzen Nachricht teilte er Carl mit, dass die Ankunft einer größeren Reisegruppe seine Anwesenheit im Hotel dringend erforderlich mache. Als er endlich im fahrenden Zug saß, atmete er auf. Noch nie war er so erleichtert gewesen, in die heile Welt von Bad Doberan zurückzukehren.

Julia saß in ihrem Zimmer über den Hausaufgaben. Es fiel ihr schwer, sich auf ihren Aufsatz über das Römische Reich zu konzentrieren. Ihre Gedanken schweiften immer wieder zu Max ab. Sie freute sich darauf, mit ihm, Ava und Günther morgen Abend ins Lichtspieltheater zu gehen, obwohl sie leise Gewissensbisse quälten, weil sie ihren Eltern nicht die ganze Wahrheit gesagt hatte. Ihnen gegenüber hatte sie nur eine Übernachtung bei Avas Eltern erwähnt ...

»Julia, kommst du bitte zum Abendessen«, hörte sie die Stimme ihrer Mutter.

Himmel, war es schon so spät? Gut, dass sie den Aufsatz erst nächsten Montag abgeben musste. Mit einem Seufzer der Erleichterung sprang sie auf und eilte die Treppen hinunter.

Wenig später saß sie mit ihren Eltern am Tisch und tauchte ihren Löffel zerstreut in den Suppenteller. Gerade hatte sie eine hanebüchene Geschichte aus der Schule erzählt, aber ihr Vater hatte kaum reagiert. Er wirkte merkwürdig ernst und in sich gekehrt.

»Was hast du, Paps?«, fragte sie leise.

Er sah auf und lächelte sie an. »Nichts, Sternchen.«

Instinktiv wusste sie, dass er nicht die Wahrheit sagte. »Bitte, Papa. Ich bin doch schon erwachsen. Du brauchst mich nicht mehr wie ein Kind zu behandeln.«

Ihre Eltern wechselten einen vielsagenden Blick, was bedeutete, dass sie auf der richtigen Spur war. Irgendetwas belastete ihren geliebten Vater.

Er atmete laut hörbar ein und wieder aus. »Also gut. Objektiv betrachtet ist es gar nicht so dramatisch. Ich habe lediglich eine Einladung vom Gemeinderat erhalten, an der Pflanzung einer Hitler-Eiche teilzunehmen. Damit ist wohl auch eine Spendenerwartung verbunden.«

»Aber, Papa, du hast doch gesagt, dass wir mit den Nazis nichts zu tun haben wollen«, rief Julia aufgeregt.

»Das stimmt, Sternchen«, sagte er und seufzte. »Aber inzwischen bin ich mir nicht mehr sicher, ob wir da überhaupt noch eine Wahl haben.«

»Wie meinst du das?« Julia legte ihren Suppenlöffel zur Seite. Auf einmal war ihr Magen wie zugeschnürt.

»Liebes, seitdem Hitler es geschafft hat, dieses unsägliche Ermächtigungsgesetz zu verabschieden, leben wir de facto in einer Diktatur. Und das bedeutet ... entweder man wandert aus ...« Er blickte zu ihrer Mutter.

Deren Wangen liefen tiefrot an. »Julius«, begann sie zögerlich. »Ich teile deine politischen Ansichten. Das weißt du. Aber wir haben einen neugeborenen Sohn und eine Tochter, die in zwei Jahren ihre Reifeprüfung ablegen wird. Auch das Palais, das Erbe meines Vaters, ist hier. Da können wir doch nicht einfach alles stehen und liegen lassen und nach Amerika reisen.«

Ihr Vater zuckte mit den Schultern. »Jede Veränderung fordert ihren Preis. Aber manchmal hat man keine andere Wahl. Und ich für meinen Teil könnte mir durchaus eine Zukunft in Amerika vorstellen. Wir sprechen alle drei gut Englisch und sind noch jung genug, um uns auf neue Verhältnisse einstellen zu können.«

Ihre Mutter blickte resigniert auf ihren Teller. »Julius, bitte … du musst das verstehen … ich kann einfach nicht. Bitte akzeptiere das. Meine Heimat ist hier in Deutschland. Außerdem ist es ja noch nicht einmal sicher, dass es wirklich so schlimm kommt, wie du vermutest.«

Ihr Vater schüttelte mit einem liebevoll-traurigen Lächeln den Kopf. »Du warst schon immer eine unerschütterliche Optimistin, Elisabeth. Aber leider befürchte ich, dass ich recht behalten werde.«

Julia überlegte fieberhaft. Doch ganz gleich, wie sie die Worte ihres Vaters drehte und wendete … diesmal musste sie sich auf die Seite ihrer Mutter schlagen. Ihre Familie konnte sich nicht einfach auf und davon machen. Und sie selbst wollte weder Ava noch das Hotel oder Max hinter sich lassen. »Aber, Papa, was ist denn überhaupt so schlimm an diesem Ermächtigungsgesetz? Ein einziges Gesetz kann doch sicher nicht *alles* in Deutschland verändern?«

»Doch … leider ist es genau so«, erwiderte ihr Vater und wirkte plötzlich um Jahre gealtert. »Hitler kann seitdem ohne jede Kontrolle durch das Parlament im Alleingang Gesetze erlassen. Sogar wenn deren Inhalt unserer Verfassung entgegensteht. Damit wird die bisherige Gewaltenteilung vollkommen ausgehebelt.«

»Gewaltenteilung?«, erkundigte sich Julia ratlos. Sie hatte dieses Wort noch nie gehört.

»Bislang war die staatliche Gewalt gemäß unserer Verfassung auf mehrere Staatsorgane aufgeteilt. Dadurch sollten Gerechtigkeit, Freiheit und Gleichheit für jeden einzelnen Bürger garantiert werden. Doch damit ist es nun vorbei. Hitler kann tun und lassen, was er will.«

»Aber …« Julia versuchte, das Gehörte zu verarbeiten. »Aber was, wenn der Reichskanzler gar nichts Schlimmes tut … ich meine, bloß weil er diese Machtbefugnisse hat, bedeutet das doch nicht, dass er sie auch …«

Ihr Vater schüttelte den Kopf. »Nein, mein Schatz. Diese Überlegung kannst du dir sparen. Unser Reichskanzler hat schon jetzt Unsägliches in die Wege geleitet. Er hat beispielsweise alle Beamten entlassen, die gegen sein Regime sind oder jüdische Großeltern haben.«

Ihre Mutter sah ihn erschrocken an, und auch Julia spürte, wie sich ihre Nackenhaare aufstellten.

»Und ich werde euch noch ein anderes Beispiel nennen«, fuhr ihr Vater fort. »Letzte Woche hat ein bekannter Journalist namens Fritz Gerling einen kritischen Artikel über das neue Propagandaministerium geschrieben. Zwei Tage später wurde er deswegen verhaftet und eingesperrt. Früher hätte man dazu einen von einem Richter ausgestellten Haftbefehl benötigt … aber inzwischen kann die Polizei auch ohne richterliche Kontrolle jeden einsperren, der der Partei nicht in den Kram passt. Selbst einen so bekannten Mann wie Fritz Gerling. Und seine Familie hat keine Ahnung, wohin man ihn verschleppt hat oder wie es ihm geht.«

»Wie furchtbar«, stammelte Julia.

Ihr Vater nickte. »Mit der Pressefreiheit ist es also auch bereits vorbei. Bald werden wir nur noch das in der Zeitung lesen, was diesen Nationalsozialisten genehm ist.«

»Und wie lange gilt das Ermächtigungsgesetz?«, fragte ihre Mutter, deren Stimme merkwürdig heiser klang.

Ihr Vater seufzte: »Offiziell ist es auf vier Jahre begrenzt. Aber das ist reine Augenwischerei. Hitler sitzt jetzt fest im Sattel und wird diese Macht freiwillig sicherlich niemals wieder abgeben.«

»Und diese Einladung vom Gemeinderat …«, meinte Julia hilflos.

»… ist wohl ein kruder Versuch herauszufinden, ob ich mich als lokaler Geschäftsmann ebenfalls vor Hitlers Karren spannen lassen werde.«

»Aber du wirst doch nicht …« Ihre Mutter blickte beunruhigt zu ihrem Ehemann. Julia war zu irritiert, um auch nur ein Wort zu sagen.

»Selbstverständlich nicht. Aber eines muss euch beiden bewusst sein … mit den Nationalsozialisten ist es wie mit dem Kinderkriegen: Entweder man ist schwanger oder nicht. Entweder man ist für sie oder gegen sie.« Trotz des eher harmlosen Vergleichs musterte er sie mit todernster Miene. »Wenn wir uns diesem Regime nicht durch Emigration entziehen … müssen wir mit den aktuellen Verhältnissen leben und wahrscheinlich sämtliche Prinzipien, die uns früher heilig waren, über Bord werfen.«

In diesem unheilvollen Moment wurde die Tür aufgestoßen, und das Kindermädchen stürzte kreidebleich ins Esszimmer. »Sie müssen sofort kommen! Ich glaube, Oskar hat einen epileptischen Anfall. Er hat Schaum vor dem Mund und atmet …«

Ihre Eltern waren bereits aufgesprungen und hinausgerannt. Das Kindermädchen und Julia folgten ihnen, so schnell sie konnten.

3. Kapitel

April 1933

»Und wie geht es dem Kleinen jetzt, Elisabeth?«, fragte Paul, der am Schreibtisch in seinem Büro saß, voller Mitgefühl.

»Die Ärzte im Rostocker Krankenhaus haben gesagt, wir hätten alles richtig gemacht, als wir ihn umgehend nach Bad Doberan zum Kinderarzt gefahren haben. Die Reise nach Rostock wäre in dieser akuten Notsituation zu weit gewesen.«

Seine Schwester klang unglaublich müde. Kein Wunder, sie hatte in den letzten vierundzwanzig Stunden wahrscheinlich keine Sekunde geschlafen.

Paul räusperte sich. »Und … und wie ist die Prognose? Wissen die Ärzte schon, weshalb er diesen Anfall hatte?«

»Leider nein. Deshalb können sie auch nicht sagen, wie es mit ihm weitergeht.« Durch die Leitung hörte Paul, wie Elisabeth leise aufschluchzte.

»Bitte mach dir keine Sorgen, Lisbeth. Jetzt ist Oskar in den besten Händen. Und der Rest liegt ohnehin in Gottes Hand.«

»Du hast recht. Ich rufe dich auch nur an, weil ich dich bitten wollte, dass Sophie und Martin bis auf Weiteres bei dir wohnen. Julia, die mit uns nach Rostock gekommen ist, wird diese Woche ebenfalls nicht in die Schule gehen. Ich hätte keine ruhige Minute, wenn die Dienstboten, so zuverlässig sie auch sind, ganz allein auf deine Kinder aufpassen.«

»Das ist doch selbstverständlich. Ich wollte dir das sowieso vorschlagen. Meine Lebensumstände sind jetzt, seitdem ich das Palais übernommen habe, doch wesentlich günstiger, und ich würde mich freuen, wenn die Kinder wieder ständig bei mir leben. Obwohl Sophie untröstlich sein wird, wenn ich ihr die Neuigkeiten von Oskar überbringe. Sie hängt an deinem Kind, als wäre sie selbst seine Mutter.«

»Ich weiß«, sagte Elisabeth mit Rührung in der Stimme. »Sophie ist ein so liebes Mädchen.«

»Das ist sie. Die beiden Jungen aber auch«, ergänzte Paul voller Vaterstolz.

»Natürlich«, erwiderte seine Schwester, doch es hörte sich nicht so an, als ob es von Herzen käme. Seit dem Vorfall zwischen Julia und Thomas sprach sie nicht mehr von ihrem ältesten Neffen. Dabei hatte Paul mehrfach versucht, ihr zu erklären, dass Thomas heute ein anderer, reiferer junger Mann war.

»Wo wohnt ihr in Rostock?«, fragte er, um das Thema zu wechseln.

»In einer einfachen Pension unmittelbar neben dem Krankenhaus.«

»Braucht ihr etwas? Soll ich einen Fahrer schicken?«, fragte Paul. Er hätte gern etwas für seine Schwester getan.

»Nein danke. Julius wird sich morgen früh um alles kümmern.«

»Gut. Aber gib mir bitte Bescheid, wenn irgendwo Not am Mann ist.«

»Das mache ich. Vielen Dank.«

»Und alles, alles Gute für den kleinen Oskar.«

»Hhmm«, erwiderte seine Schwester mit tränenerstickter Stimme und legte auf.

Die Arme. Sie hatte sich so auf dieses zweite Kind gefreut. Und nun schien der Kleine ernsthaft krank zu sein. Ihm selbst war gar nicht bewusst gewesen, was für ein Geschenk Gottes gesunde Kinder waren. Das Schlimmste, woran Thomas, Martin und Sophie jemals erkrankt waren, war eine leichte Erkältung. Aber man hörte immer wieder, dass Säuglinge trotz aller Fortschritte in der Medizin auf unerklärliche Weise verstarben. Hoffentlich wurde der kleine Oskar wieder ganz gesund.

Unvermittelt starrte Paul auf den Telefonhörer, den er noch immer in der Hand hielt. Ob er Carl anrufen sollte, um ihm von

Oskars Einweisung ins Krankenhaus zu erzählen? Nachdenklich verharrte er und legte dann den Hörer auf die Gabel. Er vermutete, dass sein Lebensgefährte nicht besonders mitfühlend reagieren würde. Carl war früher schließlich öfter mit seiner Schwester aneinandergeraten und irgendwann von Julius und ihr des Hauses verwiesen worden. Paul seufzte. Seit der merkwürdigen Feier und der darauffolgenden Abstimmung in der Berliner Krolloper rief Carl ihn wieder jeden Abend im Hotel an und plauderte mit ihm. Ganz so, als wäre niemals etwas zwischen ihnen vorgefallen … was ja auch – zumindest oberflächlich betrachtet – stimmte. Hatte er sich Carls kühle Ablehnung nur eingebildet?

In dem Moment klopfte jemand an seine geschlossene Bürotür.

»Herein«, sagte Paul und beseitigte schnell die Unordnung auf seinem Schreibtisch.

Herr Sollich trat ein. »Morgen, Herr Kuhlmann«, grüßte er knapp.

»Morgen, Herr Sollich. Haben Sie die Menüs für die nächste Woche zusammengestellt?«

»Genau.« Der Koch, kein Mann vieler Worte, reichte ihm eine abgetippte, zweiseitige Aufstellung.

Paul überflog die wenigen Zeilen. »Ähm … Hummersalat? Ist das nicht zu teuer für die Pauschalkalkulation?«

»Nein, Herr Kuhlmann. Ich habe ein gutes Angebot bekommen, und das Schalentier liegt nur als Beilage auf einem herkömmlichen Salat.«

»Einverstanden. Auch die restlichen Menüs erscheinen mir abwechslungsreich genug.« Paul blickte auf. »Und wie macht sich der neue Souschef?«

Herr Sollich zog eine Grimasse. »Na ja, ein Ausbund an Effizienz und Können ist der nicht gerade. Aber wahrscheinlich können wir ihn uns noch zurechtbiegen. Momentan ist er jedenfalls noch viel zu detailverliebt und kommt nicht mit unserem Tempo zurecht. Aber wie gesagt … das werden wir ihm schon abgewöhnen.«

»Gut. Aber bitte mit dem nötigen Respekt, Herr Sollich«,

mahnte Paul. »Immerhin kommt der Mann vom Grand Hotel, und wir wollen kein Gerede im Ort, dass bei uns das Betriebsklima nicht stimmt.«

»Keine Sorge, Chef. Wir werden ihn mit Samthandschuhen anfassen. Ich bin ja seit Kurzem der lokale Vertreter der Gewerkschaft für Hotel-, Restaurant- und Caféangestellte. Da kann ich mir so ein Geschwätz auch nicht leisten.«

»Ach so?«, erwiderte Paul erstaunt. Hätte Herr Sollich ihn nicht darüber informieren müssen? Hoffentlich wirkte sich dieser zusätzliche Posten nicht negativ auf seine Arbeitsmoral aus.

Der Koch schien ihm die Sorge vom Gesicht abzulesen. »Selbstverständlich werde ich mich dieser Aufgabe nur in meiner Freizeit widmen.«

Ein erneutes Klopfen enthob Paul einer Antwort. »Ja?«

Der Empfangschef steckte den Kopf zur Tür herein. »Herr Mommsen ist da.«

»Sehr gut«, meinte Paul und fragte Herrn Sollich, ob er noch etwas auf dem Herzen habe.

Der Koch blickte auf die Wanduhr. »Nein. Außerdem wird es ohnehin Zeit für mich, den Mittagsdienst zu überwachen.«

»Dann mit frischer Kraft an die Arbeit!« Zum Empfangschef gewandt, sagte Paul: »Bitte schicken Sie den Buchhalter herein.«

»Ich verstehe nicht, Herr Mommsen«, meinte Paul verwirrt. »Wir hatten das Konzept der Pauschalreisen doch im Detail besprochen. Damals haben Sie meine Idee über den grünen Klee gelobt. Da sollte es knapp drei Monate später nichts zu beanstanden geben.«

Der Buchhalter nahm umständlich seine kreisrunde Nickelbrille ab und rieb sich die Nasenwurzel. Nachdem er sie wieder aufgesetzt hatte, antwortete er: »Herr Kuhlmann, es stimmt, dass Ihre Idee mit den Pauschalreisen hervorragend ist ...«

Paul atmete auf. Doch offenbar war seine Erleichterung verfrüht.

Ein sichtbar besorgter Herr Mommsen fuhr fort: »... aber

der Teufel liegt wie so oft im Detail. Die laufenden Kosten pro Pauschalgast sind leider höher als angenommen. Und das liegt vor allem daran, dass diese Kategorie von Reisenden in der Bar und im Café deutlich mehr konsumiert, als wir veranschlagt haben. Sie müssen das Pauschalangebot unbedingt dahingehend ändern, dass nur die drei Hauptmahlzeiten inbegriffen sind. Sonstige Leistungen wie alkoholische Getränke, Kaffee und Kuchen müssen zusätzlich bezahlt werden, sonst machen Sie ein Minusgeschäft.«

»Aber die Kataloge sind bereits gedruckt und an die Reisebüros ausgeliefert. Für die ganze Sommersaison sind wir ausgebucht. Da können wir doch nicht nachträglich die Regeln ändern«, jammerte Paul. »Jedenfalls nicht, bevor alle bereits geschlossenen Verträge abgewickelt sind.«

Der Buchhalter hob die Hände, und seine lose sitzenden Ärmelschoner rutschten auf die Ellenbogen. »Das müssen natürlich Sie entscheiden, aber unter diesen Umständen sehe ich leider schwarz für den von Ihnen angestrebten Gewinn. Wahrscheinlich müssen Sie dankbar sein, wenn unter dem Strich eine Null herauskommt.«

»Kann es nicht sein, dass wir in der letzten Zeit einfach besonders viele Schluckspechte im Hotel hatten und sich der Alkoholkonsum der Gäste auf die Saison gerechnet wieder nivelliert?«

»Herr Kuhlmann, ich bin Buchhalter und kein Wahrsager. Deshalb kann ich Ihre Frage nicht eindeutig beantworten, sondern Sie nur anhand der bislang vorliegenden – zugegebenermaßen dürftigen – Erfahrungswerte warnen: Sobald sich Ihr Konzept der sogenannten offenen Bar erst einmal in Berlin und Hamburg herumgesprochen hat, werden die Pauschalangebote wahrscheinlich eher mehr als weniger Gäste anziehen, die dem Alkohol besonders zugetan sind.«

»Nun ja, wir werden sehen.« Paul, dessen Lider plötzlich nervös zuckten, wollte sich seine Besorgnis über die Einschätzung des Buchhalters nicht anmerken lassen. Er versuchte, sich an den Gedanken zu klammern, dass es schließlich Schlimmeres gab. Oskars Krankheit kam ihm in den Sinn. Trotzdem spürte er, wie die fatale Prognose an seinem neugewonnenen Selbstbewusstsein nagte.

Herr Mommsen nickte und schlug mit einem Seufzen die Rechnungsbücher zu. »Ja, das werden wir.«

Ihr Brüderchen war vor einer Woche aus dem Krankenhaus entlassen worden. Es schien ihm gut zu gehen, doch die Ärzte hatten immer noch nicht herausgefunden, was den epileptischen Anfall ausgelöst hatte. Das bedeutete leider, dass so etwas jederzeit wieder passieren konnte. Seitdem ließen ihre Eltern den Kleinen nicht mehr aus den Augen. Einer von ihnen war immer in seiner Nähe. Auch Julia versuchte, so viel Zeit wie möglich mit dem Kleinen zu verbringen. Die Angst, dass er einen erneuten Anfall erleiden könnte, schwebte über allem und ließ sie beim kleinsten Geräusch zusammenfahren.

Oskars Krankheit war nicht das Einzige, was sie beunruhigte. Ihr Vater war der Einladung des Gemeinderats zur Pflanzung der Hitler-Eiche nicht gefolgt und hatte eine höflich formulierte, aber deutliche Absage geschickt. Die Quittung für seine Weigerung bekam er bereits eine Woche später, als alle von ihm beantragten Bauvorhaben – er hatte in Bad Doberan die Errichtung von erschwinglichen Wohneinheiten für Arbeiter geplant – von den Behörden abschlägig beschieden wurden. Außer seinen Investitionen in den Vereinigten Staaten und der Aufsicht über das Gut hatte er nun keine Aufgaben mehr. Und selbst wenn er äußerlich so wirkte wie immer, schienen ihn diese negativen Bescheide sehr mitzunehmen. Immer wieder kam er auf das Thema zurück und sagte, wie leid ihm die Arbeiter täten, die nun weiterhin in ihren armselig zurechtgezimmerten Hütten ohne fließendes Wasser leben müssten. Aber auch die Bauleute und Architekten bedauerte er, die alle bereits mehrere Monate an diesen Vorhaben gearbeitet hatten.

Doch das plötzliche Übermaß an Freizeit hatte auch seine guten Seiten. Nachdem Julia bei einem Abendessen fallen gelassen hatte, dass sie gern auf einem *braven* Pferd das Reiten erlernen würde, war ihr Vater sofort Feuer und Flamme gewesen. Bereits am nächsten Tag hatte er nicht nur ein Reitdress und ein Paar Stiefel für sie in Auftrag gegeben, sondern sogar ein neues Pferd gekauft! Arco, ein fünfzehnjähriger Warmblutwallach, war klein, rund und gemütlich. Nichts schien diesen Braunen aus der Ruhe zu bringen. Und als Julia ihm mit der flachen Hand ein Zuckerstück anbot, nahm er es artig mit seinen samtigen Lippen. Ganz ohne nach ihren Fingern zu schnappen, wie Armagnac es immer tat.

Die offenkundige Begeisterung ihres Vaters bereitete Julia ein schlechtes Gewissen, und sie versuchte, sich einzureden, dass sie den Reitunterricht nicht nur wegen Max angeregt hatte. Dass es bestimmt genauso schön wäre, gemeinsam mit ihrem Vater auszureiten. Aber tief in ihrem Inneren wusste sie, dass es eine Lüge war. Ohne Max hätte sie dieses Abenteuer nicht auf sich genommen. Und darüber hinaus plante sie eine Überraschung: Am Ende der bald beginnenden Schulferien, in denen sie täglich mit ihrem Vater üben wollte, würde sie Max hoch zu Ross besuchen.

Leider war der geplante Ausflug ins Lichtspieltheater wegen Oskars Krankheit ausgefallen. Julia hatte Ava deswegen extra aus Rostock angerufen und sie gebeten, Max Bescheid zu geben. Doch irgendetwas musste er dabei in den falschen Hals bekommen haben. Jedenfalls hatte Ava berichtet, er habe sehr kühl auf die übermittelte Absage reagiert. Julia hatte sich nicht vorstellen können, dass Max für ihre familiären Probleme kein Verständnis haben könnte. Bestimmt hatte es da ein Missverständnis zwischen den beiden gegeben.

Und tatsächlich war bei ihrem ersten Aufeinandertreffen alles genauso gewesen wie immer. Als Max sich im Bus neben sie gesetzt hatte, hatten seine Augen aufgeleuchtet: »Endlich bist du wieder da, Julia!« Auch seine Hand hatte erneut wie zufällig die ihre berührt und für das schon bekannte Flattern in ihrem Bauch gesorgt. Danach hatte er sich lieb nach Oskars Wohlergehen erkundigt. Und selbst die Nachricht, dass sie wegen ihres Brüderchens in der nächsten Zeit wohl nicht mit ihm ausgehen könne, hatte nichts an seinem Verhalten verändert. Im Gegenteil. »Auch wenn mir das Warten schwerfällt, Julia, finde ich es wunderbar, dass du dich so aufopfernd um deine Familie kümmerst«, hatte er geflüstert. Seine dunkle Stimme hatte tief in ihrem Innern eine kleine Flamme entzündet, deren funkelnde Wärme sich bis in ihre Fingerspitzen ausgebreitet hatte. Plötzlich war ihr die großartige Idee mit dem Reitunterricht gekommen. Hoffentlich würde Max begreifen, wie viel er ihr bedeutete, wenn sie seinetwegen ihre Angst vor Pferden besiegte.

Tatsächlich hatte ihr Herz dann nur beim Aufsteigen ängstlich geklopft. Sobald sie im Sattel gesessen hatte, war alles nur halb so schlimm gewesen. Das sanfte Schwingen, wenn Arco sich vorwärtsbewegte, hatte ihr – nach einigen Runden, in denen ihr Vater das Pferd am Zügel geführt hatte – sogar gefallen. Doch obwohl sie in ihrer ersten Reitstunde nur im Schritt gegangen war, hatten ihr am nächsten Tag sämtliche Muskeln wehgetan.

»Das gehört nun mal dazu. Es ist noch kein Meister vom Himmel gefallen«, hatte ihr Vater mit einem Lächeln gemeint und darauf bestanden, dass sie trotzdem ihren Unterricht fortsetzten. Einige Tage später hatte Julia dann, gesichert durch eine Longe, den ersten Trab gewagt. Wenngleich Arco brav und nicht besonders schnell im Kreis gelaufen war, hatte es eine ganze Weile gedauert, bis sie sich an den Rhythmus gewöhnt und verstanden hatte, dass sie jedes Mal, wenn Arcos äußere Schulter nach vorn ging, aus dem Sattel aufstehen musste.

Jetzt in den Ferien ritt sie sogar zweimal am Tag. Plötzlich hatte sie der Ehrgeiz gepackt. Und seit Kurzem fiel sie beim Traben, wenn Arcos Schulter zurückschwang, nicht mehr wie ein nasser Sack in den Sattel und brauchte sich auch nicht mehr haltsuchend an seiner Mähne festzuklammern. Stattdessen hielt sie ganz von allein das Gleichgewicht und bewegte sich aus eigener Kraft auf und ab. Ein wunderbares, irgendwie schwereloses Gefühl.

Inzwischen freute sie sich regelrecht auf jede Reitstunde. Und selbst wenn sie in der restlichen Zeit viel an Max dachte, lauschte sie – sobald sie auf Arco saß – hochkonzentriert auf jede Anweisung, die ihr Vater ihr gab. Nach einem besonders gelungenen Trab, diesmal sogar ohne Longe, meinte er schließlich: »Für heute machen wir Schluss, Sternchen. Aber ich glaube, du bist inzwischen so weit, dass wir morgen den ersten Galopp wagen können.«

Am nächsten Tag, auf dem Weg zum Stall, war Julia mulmig zumute. Gleich würde sie auf den von Herrn Petersen gesattelten Arco steigen und zu dem sandigen Dressurviereck reiten, das ihr Vater auf einer nahe gelegenen Wiese angelegt hatte. Und dann, nach ein wenig Schritt und Trab, würden sie und Arco losgaloppieren! Himmel! Hoffentlich blamierte sie sich nicht und fiel runter. Doch in ihre Angst mischte sich eine gute Portion Vorfreude. Wenn sie erst den Galopp meisterte, würde sie auch im Gelände reiten können, hatte ihr Vater gesagt. Und das bedeutete, dass ihr eigentliches Ziel, mit Max ausreiten zu können, immer näher rückte.

Zu ihrer Überraschung wartete nicht der Pferdeknecht in der Gasse vor den Pferdeboxen auf sie, sondern ihr Vater. »Ist Herr Petersen krank?«, fragte sie und streichelte Arcos Nase, die er ihr über die Boxentür entgegenstreckte.

Ihr Vater lächelte: »Nein, Herrn Petersen geht es gut. Aber heute striegelst und sattelst du dein Pferd selbst, Julia. Eine richtige Amazone muss auch das können.«

Gemeinsam gingen sie in die nach würziger Lederseife riechende Kammer, in der die mit Namensschildern versehenen Trensen und Sättel der Pferde aufbewahrt wurden, und holten das Putzzeug aus einem der Schränke. Anschließend legten sie Arco ein Halfter um und führten ihn in die Stallgasse.

»Siehst du, und mit einem solchen, im Ernstfall schnell zu lösenden Knoten bindest du Arco an«, sagte er, steckte die Führleine des Halfters durch einen an der Wand angebrachten Eisenring und band das Pferd daran fest.

Anschließend zeigte er ihr, wie man zunächst mit dem harten Striegel den Schmutz aus Arcos Fell entfernte und es dann mit einer weichen Kardätsche zum Glänzen brachte. Für Mähne und Schweif benutzten sie eine Wurzelbürste.

»Jetzt ans Satteln«, meinte ihr Vater, als Arco blitzblank war.

Nachdem sie Arcos Trense und seinen Sattel aus der Kammer geholt hatten, weihte ihr Vater sie – während er den Sattel hochhob und langsam auf den Pferderücken gleiten ließ – in die Geheimnisse des richtigen Aufsattelns ein: »Du musst unbedingt darauf achten, dass die Satteldecke keine Wellen schlägt und Arcos Widerrist nicht eingeklemmt ist.«

»Sein Widerrist?«, fragte Julia verwirrt.

»Der Übergang vom Hals zum Rücken«, erklärte ihr Vater geduldig und zog den Sattelgurt unter Arcos Bauch durch. Nachdem er ihn locker festgeschnallt hatte, griff er nach der Trense. »Zuerst schiebst du vorsichtig das Gebiss in sein Maul, und dann ziehst du ihm das Genickstück über.« Mit wenigen geübten Griffen ließ er seinen Worten Taten folgen.

Wenig später führte Julia den gesattelten Arco zum Viereck, gurtete nach und schwang sich ganz allein in den Sattel. »Und jetzt?«, fragte sie, als sie am langen Zügel den Hufschlag der Reitbahn ansteuerte.

Ihr Vater lehnte an der Barriere. »Jetzt reite dein Pferd eigenständig warm. Erst im Schritt ein paar Volten, um es zu dehnen, und dann – nach zehn Minuten – trabst du an.«

Julia befolgte seine Anweisungen und war so konzentriert bei der Sache, dass sie zusammenzuckte, als ihr Vater schließlich sagte: »Bitte pariere dein Pferd durch und komm zu mir.«

Julia zupfte sanft am Zügel, und Arco blieb tatsächlich unmittelbar vor ihrem Vater stehen.

»Das machst du gut, Liebes«, lobte er. »Jetzt hast du die Wahl, soll ich dich für deinen ersten Galopp wieder an die Longe nehmen, oder willst du es ohne probieren?«

»Hm. Und was müsste ich tun, damit Arco angaloppiert?«, fragte sie unsicher.

»Nicht viel. Du brauchst nur den äußeren Schenkel hinter den Sattelgurt zu legen und die Zügel ein wenig aufzunehmen ... den Rest macht Arco von ganz allein. Ich habe es gestern selbst mit ihm ausprobiert. Er ist wirklich ein ganz Braver.«

Zögernd blickte Julia ihren aufmunternd lächelnden Vater an. Sie selbst hätte wahrscheinlich eher die sichere Longe gewählt, aber es war offensichtlich, dass er ihr das eigenständige Galoppieren zutraute.

»Wenn du alle drei Gangarten beherrschst, können wir auch endlich ausreiten«, lockte er sie. »Das war doch dein erklärtes Ziel, nicht wahr?«

Sein letzter Satz gab den Ausschlag. Die Ferien gingen in einer Woche zu Ende. Wenn sie Max tatsächlich besuchen wollte, musste sie ihre Angst über Bord werfen und darauf vertrauen, dass wenigstens Arco wusste, was er zu tun hatte.

»Einverstanden«, sagte sie leise. »Soll ich aus dem Trab oder aus dem Schritt angaloppieren?«

»Wie du möchtest, aber ich schätze, dass es einfacher wird, wenn du bereits im Trab bist.«

Ohne ein weiteres Wort wendete sie Arco und drückte ihre Schenkel in seine Seiten, um ihn zum Traben zu bringen. Zuckelnd setzte sich Arco in Bewegung. Ihr Herz klopfte vor Aufregung wie wild, als sie die Zügel verkürzte und ...

»Setz dich nach hinten und galoppiere in der nächsten Ecke an«, rief ihr Vater. Auch seine Stimme klang plötzlich etwas besorgt. Doch sie hatte jetzt keine Zeit, darüber nachzudenken ... die dumme Ecke kam immer näher ... unwillkürlich hielt sie den Atem an, als sie ihren Schenkel schwungvoll nach hinten schob und mit der Zunge schnalzte. Da! Mit einem riesigen Sprung setzte Arco zum Galopp an. Unwillkürlich wurde ihr Körper nach vorn geschleudert. Erschreckt packte sie mit einer Hand in seine Mähne ... doch plötzlich geschah ein kleines Wunder: Arcos Bewegungen wurden runder und ... auf einmal hatte sie das Gefühl zu fliegen. Es war überwältigend! Das schönste Gefühl auf der ganzen Welt!

Während sie eine Runde nach der anderen über die Reitbahn galoppierte, konnte sie sich nach und nach auch wieder auf die anderen Dinge konzentrieren, die ihr Vater ihr zurief: »Beine lang und atmen ... vergiss nicht zu atmen!«

Mit einem Lächeln parierte sie nach einer kleinen Ewigkeit ihr Pferd durch. »Das ... war ... umwerfend!«, keuchte sie vor Anstrengung.

Ihr Vater grinste stolz. »Wusste ich es doch, du bist die geborene Amazone, Sternchen. Ganz meine Tochter eben.«

»Angeber«, antwortete sie frech. Doch sie strahlte vor Glück.

»Und?«, fragte ihr Vater. »Bereit für einen kleinen Ausritt?«

Julia nickte. »Wollen wir zum Hof der Familie Langhans reiten?«, schlug sie vor. »Max fährt meistens bei mir im Bus mit und ...«

Über das Gesicht ihres Vaters flog ein Schatten. Oder hatte sie sich das nur eingebildet? Jetzt lächelte er jedenfalls schon wieder. »Vielleicht ein anderes Mal«, meinte er gut gelaunt. »Heute machen wir nur eine kleine Runde. Einverstanden?«

Sie nickte wieder. Schließlich hatte sie noch jede Menge Zeit, Max zu besuchen.

»Wunderbar. Dann warte hier auf mich, während ich schnell Armagnac sattle«, meinte ihr Vater und stiefelte mit seinen langen Beinen Richtung Stall.

Julia klopfte dankbar Arcos Hals, während sie ihm hinterhersah. »Gut gemacht, kleiner Mann«, lobte sie ihr Pferd.

***

Heinz ist eine Ratte, dachte Luise wütend und traurig zugleich. Er hat meine Tränen nicht verdient. Trotzdem musste sie andauernd an ihn denken. Erneut war der Traum von einer erfüllten Liebe wie eine Seifenblase zerplatzt. Erneut hatte sie ein Mann betrogen und enttäuscht. Warum war es ihr nicht vergönnt, glücklich zu sein? Was hatte sie nur verbrochen, dass sich jeder strahlende Prinz, den sie küsste, als hässlicher Frosch entpuppte? Hatte sich das ganze Universum gegen sie verschworen? Sie schlief kaum noch. Jede Nacht sehnte sie sich nach zwei starken Armen, die sie zärtlich umfingen und ihre Einsamkeit vertrieben. Vor lauter Kummer war sie schon ganz abgemagert. Schlaff und müde lag sie die meiste Zeit im Negligé auf dem Diwan und ertränkte ihr Leid in schwerem Rotwein.

Trotzdem war Luise stolz, dass sie neulich, als sie Heinz mit der anderen Frau im Restaurant gesehen hatte, nicht die Fassung verloren und sich womöglich wie eine Furie auf ihn gestürzt hatte. Das hätte schöne Schlagzeilen gegeben: »Filmstar verprügelt Liebhaber in Sternerestaurant« oder Schlimmeres. Stattdessen hatte sie sich von ihren Freunden verabschiedet und war mit einem Taxi nach Hause gefahren. Dort hatte sie allerdings alles, was sie an Heinz erinnerte, im Kamin verbrannt. Selbst seiner Zahnbürste hatte sie sich auf diese Weise entledigt. Doch den Schmerz über seinen Betrug hatte sie damit nur kurzfristig betäuben können.

Am nächsten Morgen, als Heinz – auf wundersame Weise von seiner Erkältung geheilt – vor ihrer Tür stand und dauerklingelte, hatte sie es geschafft, ihn zu ignorieren. Seine Anrufe hatte sie unbeantwortet gelassen. Schließlich schien dem heimtückischen Casanova aufzugehen, dass sie ihn in flagranti ertappt haben musste. Eine ganze Woche lang trafen täglich rote Rosen für sie ein. Sie ließ die Sträuße von Frau Müller auspacken und in Vasen stellen, bedankte sich jedoch nicht bei Heinz. Dazu war sie zu verletzt.

Wenn sie wenigstens zur Ablenkung eine neue Filmrolle gehabt hätte, wäre ihre Trauer noch irgendwie zu ertragen gewesen. Aber ausgerechnet jetzt gab es laut Carl keinerlei neue Angebote für sie. Nur deshalb hatte sie sich heute Abend ordentlich angezogen und war unangekündigt in seiner Hälfte der Wohnung erschienen, obwohl sie wusste, dass ihr Ehemann solche »Überfälle« – wie er es nannte – überhaupt nicht schätzte. Glücklicherweise traf sie ihn allein an.

»Wie siehst du denn aus?«, begrüßte Carl sie unwirsch.

»Wieso?«, fragte Luise und goss sich ungefragt ein Glas Whiskey ein. Nicht etwa, weil sie Lust darauf hatte, sondern weil sie Carl damit zur Weißglut treiben konnte.

»In deinem Alter sollte man keine Abmagerungskuren mehr machen«, sagte er gehässig.

Luise drapierte sich elegant auf seinem Sofa und nippte an dem Whiskey. »Dünn sieht auf der Leinwand besser aus.«

Ärgerlich fuhr er sich mit einer Hand über das mit Pomade streng nach hinten gekämmte Haar. »Wenn man denn eine Filmrolle hat. Du hast ja momentan leider keine.«

»Genau deswegen bin ich hier«, erwiderte sie betont gelangweilt. »Wo klemmt es diesmal? Hast du mal wieder keine Zeit, dich um meine Karriere zu kümmern? Ich dachte, du stehst dich so gut mit der UFA-Führung?«

»Vielleicht bist du inzwischen einfach zu alt, um die naive Schönheit zu spielen«, knurrte Carl.

Das war definitiv ein Schlag unter die Gürtellinie, weshalb Luise sich umgehend revanchierte: »Oder ist dein Stern bei der NS-DAP schon wieder im Sinken begriffen? Verfügst du gar nicht mehr über die Kontakte, um deinen Teil unserer Abmachung zu erfüllen?«

Seine Augen verengten sich zu Schlitzen. »Wenn du dich da mal nicht täuschst. Bald werden die Spatzen von den Dächern pfeifen, dass ich die Karriereleiter ein ganzes Stück hinauffalle …«

»So? Als Kofferträger von Dr. Goebbels? Darfst du ihm zukünftig auch die Pantoffeln anreichen?« Luise wusste selbst nicht, welcher Dämon sie auf einmal ritt. Vielleicht war es ihre Wut auf die gesamte Männerwelt. Aber es tat gut, ein wenig Dampf abzulassen.

»Du solltest nie wieder so mit mir sprechen, wenn dir deine Karriere lieb ist«, zischte er und ging erregt vor ihr auf und ab. »Eigentlich ist es noch geheim, aber ich werde demnächst einen sehr hohen Posten bei der SA bekommen.«

Luise fühlte, wie ihr die aufgesetzte Maske aus Blasiertheit und Arroganz entglitt. »Das … ist nicht dein Ernst«, stammelte sie.

»Durchaus«, erwiderte er mit einem kalten Lächeln. »Am nächsten Ersten wechsle ich in die oberste Etage der SA.«

»Um Gottes willen, Carl! Was willst du bei dieser Schlägertruppe?«

Ihr hartes Urteil focht ihn offenbar nicht an. Selbst ihm schien bewusst zu sein, dass es sich bei der Sturmabteilung um eine Verbrecherbande handelte. »Geht dich zwar nichts an, aber die SA wird künftig eine wichtige Rolle in unserem Land spielen und ...«

»Aber, Carl! Du kannst doch unmöglich dieselben Leute unterstützen, die damals meine Schwester und ihre Familie auf dem Kurfürstendamm bedroht und verletzt haben. Außerdem haben sie letztes Jahr meinen Schwager monatelang ohne einen Gerichtstermin gefangen gehalten und misshandelt.« Erst kürzlich hatte Johanna ihr am Telefon berichtet, dass Samuel noch immer unter den gesundheitlichen Folgen der damals erlittenen Folter litt.

Carl wurde plötzlich kreidebleich. »Erinnere mich ja nicht an die unerfreuliche Verwandtschaft mit diesem Judenpack! Das tut schon dein Bruder zur Genüge!«

»Ich habe dir tausend Mal gesagt, dass du Johanna und ihre Familie nicht so nennen darfst!« Luise stellte ihr Glas ab und fuhr vom Sofa auf. Mit erhobenem Zeigefinger stellte sie sich vor ihren Ehemann. »Außerdem haben die Juden weder dir noch mir je etwas getan.«

Er packte ihre Handgelenke. »Ach, was nützt es, mit einem Hohlkopf wie dir über Politik zu reden ... du verstehst ja sowieso nichts davon.«

Sein Griff war so fest, dass es wehtat. Trotzdem versuchte Luise, sich den Schmerz nicht anmerken zu lassen. Wenn sie jetzt klein beigab, hatte sie verloren. »Vielleicht verstehe ich nichts von Politik. Dafür aber umso mehr von Betrügern ... schließlich bin ich mit einem verheiratet.«

Er packte noch ein weniger fester zu. »Betrüger? Das Wort scheint mir doch mehr auf deine wankelmütigen Liebhaber zuzutreffen. Immerhin ist mir zu Ohren gekommen, dass Heinz sich neuerdings mit ...«

»Du hast mich betrogen«, unterbrach sie ihn mit einer Bestimmtheit, die sie nicht fühlte. »Du hast mir versprochen, dich um meine Karriere zu kümmern, wenn ich dir ein Alibi für dein Liebesleben mit meinem Bruder gebe, aber stattdessen ...« Mit aller Kraft riss sie sich von ihm los. »Stattdessen führst du dich auf wie ein kontrollsüchtiger Despot.«

Carls Atem ging schwer. Mit den plötzlich leeren Händen richtete er sich die Krawatte. »Ich glaube, diese Unterhaltung ist etwas aus dem Ruder gelaufen.«

»Ach, findest du?«, meinte sie ironisch. Trotzdem hielt sie sich mit weiteren Kommentaren zurück. Stattdessen würde sie morgen Paul anrufen. Ihre Ehe war eine Farce. Auch ohne einen neuen Mann an ihrer Seite musste sie diese beenden. Besonders, wenn Carl zur Sturmabteilung wechselte. Das konnte sie einfach nicht mehr mit ihrem Gewissen vereinbaren. Hoffentlich würde ihr Bruder ihre Entscheidung verstehen. Da er inzwischen selbst nach Bad Doberan übergesiedelt war, konnte er eigentlich nicht von ihr verlangen, dass sie nun mutterseelenallein bei Carl blieb.

»Übrigens ...« Ihr Noch-Ehemann räusperte sich. »... sind wir nächsten Samstag bei Dr. Goebbels auf einen Empfang eingeladen. Dort werden auch viele Kulturschaffende anwesend sein, wahrscheinlich sogar die oberste Riege der UFA. Wenn du mich begleitest, kannst du dich selbst bei ihnen in Erinnerung rufen und eine Rolle abstauben.«

Unschlüssig schwieg Luise für einen Moment. Als geschiedene Frau würde sie ganz allein für ihren Unterhalt sorgen müssen, trotzdem sträubte sich alles in ihr, weiterhin als Carls Ehefrau aufzutreten.

»Und? Soll ich für dich zusagen oder nicht?«

Sie schüttelte den Kopf. »Danke für das Angebot, aber ... nein danke.« Irgendwie würde sie schon Arbeit finden.

»Wie du willst, meine Liebe.« Bereits auf dem Weg zur Tür drehte Carl sich noch einmal um. »Dann ... ähm ... wünsche ich dir noch einen schönen Abend. Du findest ja bestimmt allein zurück.«

»Ja, sicher«, erwiderte Luise. Sie griff nach ihrem Whiskeyglas und leerte es in einem Zug. »Ich wünsche dir auch einen schönen Abend.«

Endlich war der Frühling da! Die Sonne schien von einem hellblauen, wolkenlosen Himmel, und überall sprießten Löwenzahn, Gänseblümchen und sattgelbe Narzissen. Heute, kurz vor Ende der Osterferien, ritt Julia nicht wie sonst mit ihrem Vater aus, sondern begleitete ihre Eltern und Oskar nach Bad Doberan. Zwar hatte ihr kleiner Bruder glücklicherweise keinen weiteren epileptischen Anfall erlitten, aber er schlief nach wie vor schlecht, und ihre Eltern wollten weitere Ratschläge ihres behandelnden Kinderarztes einholen. Damit die kleine Arztpraxis nicht von ihrer Familie überfüllt wurde, war ausgemacht, dass Julia unterdessen ihre Freundin Ava besuchte. Sie freute sich auf das Wiedersehen. Normalerweise hätte sie Ava schon viel früher eine Stippvisite abgestattet, aber diesmal war sie wegen der Reiterei einfach zu beschäftigt gewesen. Gleichwohl brannte Julia darauf, sich mit ihrer Freundin über den für morgen geplanten Besuch bei Max Langhans auszutauschen. Sollte sie ihm gegenüber durchscheinen lassen, dass sie ihn ebenfalls gernhatte? Oder war das zu forsch? Jetzt, da sich Oskars Zustand stabilisiert hatte, könnten sie vielleicht auch endlich gemeinsam ins Lichtspieltheater gehen.

Während Julia mit schnellen Schritten durch den Ort eilte, fiel ihr Blick auf die neuen Schilder, die an den Geschäften hingen. Neugierig blieb sie stehen und las mit wachsender Irritation, was darauf geschrieben stand: »Volksgenosse, trittst Du ein, soll Dein Gruß ›Heil Hitler‹ sein!«, und: »Deutsche! Wehrt Euch! Kauft nicht bei Juden!« Um Gottes willen! War es jetzt schon so weit, dass die Leute ihren Hass auf die Juden ganz unverhohlen auslebten? Und niemand protestierte dagegen? Mit einem mulmigen Gefühl im Bauch setzte sie sich wieder in Bewegung. Wie mochte es nur ihrer armen Freundin in diesem feindseligen Umfeld ergehen?

Kurz darauf erreichte sie das Kleidungsgeschäft von Avas Eltern. Als sie zügig auf den Eingang zusteuerte, bemerkte sie zwei SA-Männer, die links und rechts davor postiert waren.

»Wohin des Weges, junges Fräulein?«, fragte der Größere der beiden und verstellte ihr den Zugang. Merkwürdigerweise kam ihr der dunkelhaarige junge Mann irgendwie bekannt vor. Hatte sie ihn schon einmal getroffen?

»Lassen Sie mich durch. Ich möchte zum Geschäft der Cohens«, sagte Julia und trat einen Schritt näher.

Der SA-Mann grinste. »Tja … das tut mir außerordentlich leid, aber ein braves deutsches Mädel wie du sollte sich nicht bei diesen jüdischen Volksparasiten einkleiden. Die Straße runter gibt es ein Modegeschäft, das einen anständigen Besitzer hat.«

»Hören Sie sofort auf mit diesen widerlichen Beleidigungen«, erwiderte Julia erbost. Am liebsten hätte sie mit dem Fuß aufgestampft, aber das hätte ihr in dieser Situation sicherlich nicht weitergeholfen. Hinter der Schaufensterscheibe erblickte sie plötzlich Avas blasses Gesicht. Ihre Freundin wirkte besorgt und gab ihr ein Zeichen, dass sie lieber fortgehen solle.

Doch so leicht ließ sich Julia nicht einschüchtern. »Machen Sie den Weg frei, oder ich rufe die Polizei.«

Die beiden Männer lachten.

»Tu, was du nicht lassen kannst, schönes Kind. Aber ich glaube kaum, dass du damit Erfolg haben wirst«, sagte der kleinere SA-Mann.

Julia kochte vor Wut. Plötzlich hatte sie einen Geistesblitz. »Sie sollten sich schämen! Sehen Sie nicht? Ich bin selbst Jüdin und will nur meine Verwandte besuchen.«

Der kleine SA-Mann glotzte sie dumm an. »Aber du bist blond.«

»Ja, und?«, erwiderte Julia keck. »Es ist eine Religion und keine Haarfarbe.«

Irritiert blickte der SA-Mann zu seinem größeren Kollegen. »Und jetzt?«

»Lass dich nicht von ihr veräppeln! Sie ist mit meinem Bruder befreundet und durch und durch Arierin«, antwortete der Dunkelhaarige.

»Ha! Sie verwechseln mich eindeutig mit jemand anderem. Ich kenne ganz bestimmt nicht den Bruder eines SA-Angehö…« Julia verstummte erschrocken, denn auf einmal wusste sie, an wen sie ihr Gegenüber erinnerte. Er hatte das gleiche schmale Gesicht wie …

»Und ob du meinen Bruder Max kennst! Er hat mir erst neulich wieder von dir vorgeschwärmt«, bestätigte er ihren verwirrenden Verdacht.

Julia war wie vor den Kopf gestoßen. Tausend Dinge schossen ihr gleichzeitig durchs Hirn. Alle liefen auf dieselbe Frage hinaus: Konnte sie mit Max befreundet bleiben, wenn sein Bruder ein widerlicher Antisemit und SA-Mann war?

Plötzlich sah sie auch Max' kühles Benehmen gegenüber Ava in einem neuen Licht. Hatte er ebenfalls etwas gegen Juden? Julia fühlte, wie ihr die Tränen in die Augen stiegen.

Da sie den beiden SA-Fritzen auf keinen Fall die Genugtuung verschaffen wollte, sie zum Weinen gebracht zu haben, drehte sie sich auf dem Absatz um und marschierte mit schnellen Schritten davon. Hoffentlich schaffte sie es bis zur nächsten Ecke, ohne loszuheulen.

»Soll ich meinem Bruder Grüße ausrichten, Fräulein Falkenhayn?«, rief der Dunkelhaarige ihr höhnisch hinterher.

»Ist Carl inzwischen im Hotel eingetroffen?«, fragte Luise, mit der Paul bereits seit einer knappen Viertelstunde telefonierte.

»Nein, noch nicht«, antwortete er. Irgendwie konnte er einfach nicht glauben, was seine Schwester ihm da gerade erzählt hatte: Carl wechselte zur Sturmabteilung? Niemals! Doch während Luise weiterredete, fiel ihm plötzlich ein, dass Carl sich nicht nur auf der Berliner Feier mit SA-Männern umgeben hatte, sondern seit Längerem mit dem ebenfalls homosexuellen Ernst Röhm befreundet war. Hatte ihm der Stabschef der SA vielleicht zu diesem katastrophalen Karriereschritt geraten?

»Und deswegen glaube ich, dass eine Scheidung das Beste wäre«, beendete Luise gerade eine längere Tirade.

Paul fuhr erschreckt auf. »Wie bitte?«

»Ich werde mich von Carl scheiden lassen«, wiederholte sie. Ihre Stimme klang entschieden.

»Oh, nein. Luise, bitte überleg dir das gut«, erwiderte er besorgt.

»Weshalb? Du lebst doch sowieso in Bad Doberan. Was also sollte ausgerechnet dich diese Entscheidung angehen?«

Es fiel ihm schwer, die Wahrheit auszusprechen. Aber diesmal würde er wohl nicht darum herumkommen. »Luise, Carl würde einen Scheidungsantrag als frontalen Angriff auf seine Person werten.«

»Aber ich will doch gar nichts von ihm ... also ... außer der Scheidung.« Seine Schwester klang verwirrt.

Gerade weil er wusste, wie rüde sein Partner manchmal reagieren konnte, musste er seine Befürchtungen in Worte kleiden: »Das reicht schon. Carl braucht eure Ehe, um sich vor übler Nachrede zu schützen. Wenn du sie einseitig aufkündigst, wird er dafür sorgen, dass du keine Arbeit mehr findest.«

»Ich weiß, er wird es versuchen. Aber irgendwie geht's schon weiter für mich. Hoffe ich zumindest«, sagte sie leise.

Er seufzte. »Carl könnte sich sogar an anderen Familienmitgliedern rächen.«

Luise sog hörbar Luft ein. »Soll ich etwa bis an mein Lebensende in dieser Ehe gefangen bleiben?«

»Aber, Luise ... du hast doch alle Freiheiten der Welt«, versuchte er, sie zu beruhigen.

»Das glaubst aber auch nur du«, erklärte sie wütend.

In diesem Moment öffnete sich die Tür, und Carl betrat das Wohnzimmer.

»Wir reden nach dem Wochenende weiter, Luise. Ich muss

Schluss machen.« Paul hörte nicht mehr, was seine Schwester antwortete, denn Carl war von hinten an ihn herangetreten, nahm ihm den Hörer aus der Hand und legte auf.

»Und, worüber hat sich die Diva heute wieder beschwert?«, fragte er spöttisch.

»Über nichts«, schwindelte Paul. »Sie hat mir nur erzählt, dass du zur SA wechseln willst. Stimmt das?« Irgendwie hoffte er immer noch, dass Luise etwas falsch verstanden hatte.

»Dem ist tatsächlich so«, bestätigte Carl. Er breitete die Arme aus: »Bekomme ich einen Kuss?«

»Natürlich«, erwiderte Paul und trat in seine Umarmung. Er hätte gern mit ihm über seinen aberwitzigen Karriereschritt gesprochen, aber jetzt war nicht die richtige Zeit dafür. Schließlich war Carl erst in dieser Minute in der Wohnung angekommen. »Wie war deine Reise?«

»Gut«, erwiderte Carl, küsste ihn und ließ ihn umgehend wieder los. »Wir müssen etwas Wichtiges besprechen.«

»Deinen Wechsel?« Vielleicht würde er seine Bedenken ja doch noch vorsichtig anbringen können.

»Etwas, das unmittelbar damit zusammenhängt«, erwiderte Carl kryptisch. »Aber bitte erzähl mir erst alle deine Neuigkeiten aus dem Palais.«

»Bist du sicher? Willst du nicht lieber erst etwas essen?«

»Nein danke.« Carl setzte sich und schaute ihn erwartungsvoll an.

Was sollte er ihm jetzt auf die Schnelle berichten? »Ähm, ja … also, das Problem mit der Kalkulation des Pauschalangebots – du erinnerst dich – ist leider immer noch nicht gelöst. Die Kosten für den erhöhten Alkoholkonsum übersteigen inzwischen fast den gesamten zusätzlichen Gewinn. Eigentlich müsste ich …« Er musterte Carl unsicher. Seine Probleme schienen ihm nicht besonders nahezugehen. Warum hatte er dann gefragt? Unwillkürlich kam Paul seine erste große Liebe in den Sinn. Wie lieb hatte Robert sich damals um ihn gekümmert, immer hatte er ein offenes Ohr für seine Nöte und Sorgen gehabt.

»Eigentlich müsstest du was?«, fragte Carl erneut seltsam unbeteiligt.

»Elisabeth und Julius von dieser Fehlkalkulation berichten. Sie denken doch, alles würde tipptopp laufen.« Allein beim Gedanken an ein solches Gespräch bekam Paul Bauchschmerzen, und er unterdrückte ein Seufzen.

»Hm«, meinte Carl. »Vielleicht bist du hier ja auch schlicht und ergreifend fehl am Platz.«

»Was … was meinst du damit?« Paul traute seinen Ohren nicht.

»Wolltest du nicht dein Leben lang mit Musik und Kultur zu tun haben?«

»Das stimmt … aber im Hotel werde ich in der näheren Zukunft ebenfalls wieder kulturelle Ereignisse planen. Luise hat bereits für eine Lesung zugesagt.«

Mit einer Handbewegung wischte Carl seinen Einwand zur Seite. »Ich meine keineswegs solchen … Kleinkram, sondern einen großen, einen bedeutenden Einfluss auf das deutsche Musikgeschehen.«

Paul starrte ihn mit offenem Mund an.

»Ich möchte, dass du wieder zu mir nach Berlin kommst«, sagte Carl mit fester Stimme.

Was? Er räusperte sich. »Und wie soll ich von dort aus die Geschicke des Hotels leiten?«

»Gar nicht«, erwiderte Carl mit einem eindringlichen Blick. »Du wirst die Leitung des Palais wieder an deine Schwester abgeben und in Dr. Goebbels' neuem Ministerium für Volksaufklärung und Propaganda anfangen.«

War sein Partner verrückt geworden? »Also … ich will dir nicht wehtun, aber … das werde ich garantiert nicht tun«, antwortete Paul bestimmt.

Carl sprach weiter, als hätte er seine Antwort nicht gehört: »Weißt du, was Dr. Goebbels neulich in einem offenen Brief geschrieben hat? ›Lediglich eine Kunst, die aus dem vollen Volkstum selbst schöpft, kann am Ende gut sein und dem Volke, für das sie geschaffen wird, etwas bedeuten. Gut muss die Kunst sein; darüber hinaus aber auch verantwortungsbewusst, gekonnt, volksnahe und kämpferisch.‹ Und du ... als stellvertretender Leiter der neu geschaffenen Musikabteilung im Ministerium ... könntest dies bewerkstelligen.«

Paul blinzelte verwirrt. Carl hatte ihm dort sogar schon eine Stelle besorgt?

Sein Lebensgefährte schien sein Schweigen fälschlicherweise als Zustimmung zu interpretieren. »Siehst du, es gibt auch innerhalb der Partei einige Konflikte ... Wenn ich jetzt zur SA unter der Führung von Ernst Röhm gehe, muss ich sicherstellen, dass ich nicht vom Informationsfluss der anderen Seite abgeschnitten werde«, erklärte er. »Und hier kommst du ins Spiel. Dir kann ich wohl ... zumindest in dieser Hinsicht ... absolut vertrauen. Du würdest mich sicherlich warnen, wenn uns von irgendeiner Seite Unheil droht, außerdem würde dir die Arbeit bestimmt mehr Spaß machen als die im Hotel.«

Der lange Monolog hatte Paul die Zeit gegeben, sich eine Antwort zurechtzulegen: »Mein lieber Carl, ich weiß nicht, was gerade in dir vorgeht, aber ich kann dir versichern, dass ich niemals in dieses Ministerium wechseln werde. Ich liebe meine Arbeit im Palais und werde hier gebraucht. Außerdem sind meine Kinder eben erst wieder bei mir eingezogen. Ich werde sie deshalb gewiss nicht schon wieder entwurzeln und nach Berlin verpflanzen. Wenn du kurz darüber nachdenkst, wirst du mich sicher verstehen.«

Carls Augen verengten sich, was niemals ein gutes Zeichen war. »Ich habe in der Tat sehr lange über alles nachgedacht«, sagte er leise. »... und bin zu dem Entschluss gekommen, dass es keine Alternative gibt. Du musst im Ministerium anfangen.«

Paul wusste nicht, was er darauf erwidern sollte. Doch zum ersten Mal verspürte er tief in seinem Innern eine seltsame Kraft. Diesmal würde er stark bleiben und seinen eigenen Willen durchsetzen.

Heute fing der Unterricht wieder an. Um nicht Gefahr zu laufen, aus Versehen Max zu begegnen, fuhr Julia mit dem Fahrrad in die Schule. Leider regnete es in Strömen, weshalb sie einen recht unkleidsamen Regenmantel und ein Kopftuch tragen musste. Trotzdem wäre sie für kein Geld der Welt in den Bus gestiegen. Nicht, nachdem ihr Vater sie über die Familie Langhans aufgeklärt hatte.

Kürzlich, als sie mit verheultem Gesicht in der Kinderarztpraxis eingetrudelt war, hatten ihre Eltern sie besorgt zur Rede gestellt. Zunächst hatte Julia ihnen nur von den zwei SA-Männern erzählt, die sie daran gehindert hatten, Ava zu besuchen. Doch später, als sie wieder zu Hause waren, hatte ihr Vater die ganze Wahrheit aus ihr herausgekitzelt. »Du bist mit Max Langhans richtig befreundet?«, hatte er mit einem betroffenen Gesichtsausdruck wiederholt. Als sie dies bestätigte, hatte er ihr erklärt, warum er bei ihren Ausritten jedes Mal einen großen Bogen um den Gutshof der Familie Langhans machte: Langhans senior war ein glühender Nazi der ersten Stunde und gleichzeitig der zuständige Baurat, der jedes Projekt ihres Vaters abgelehnt hatte. Zwei seiner Söhne waren bereits bei der SA, und bestimmt würde auch Max bald dazugehören. »Ich würde dir nie vorschreiben, mit wem du Umgang pflegen solltest und mit wem nicht«, hatte er gemeint. »Aber von der Familie Langhans müssen wir uns unbedingt fernhalten.«

Julia stellte gerade ihr Rad vor dem Pausenhof ab, als Ava zu ihr stieß. »Alles in Ordnung?«, flüsterte sie leise. Ihre Freundin wusste Bescheid, weil ihr Vater sie gleich am nächsten Tag erneut nach Bad Doberan gefahren hatte. In seiner Gegenwart hatten zwei andere SA-Leute sich nicht getraut, Julia daran zu hindern, das Geschäft von Avas Eltern zu betreten.

»Bis auf, dass ich mich wie eine Wasserleiche fühle, geht's mir gut«, scherzte Julia. Unter dem Vordach der Schule nahm sie das klitschnasse Kopftuch ab und wrang ihre Zöpfe aus.

»Das ist schön. Dann lass uns rauf ins Klassenzimmer gehen. Hier draußen holst du dir mit deinen nassen Haaren noch den Tod«, erwiderte Ava mitfühlend. Sie ahnte wahrscheinlich, dass

Julias gute Laune nur vorgetäuscht war. Tatsächlich war sie noch immer traurig wegen Max. Es war so verwirrend, jemanden zu mögen und gleichzeitig zu wissen, dass er der Spross einer Nazi-Familie war. Ihr Herz schien noch nicht so weit zu sein wie ihr Verstand; es sehnte sich nach Max' eindringlichem Blick und der knisternden Spannung, wenn sich ihre Hände berührten.

Julia und Ava kamen nicht bis ins Klassenzimmer, denn die Treppe war mit einer Sperrholzwand versperrt. Ein daran befestigter Zettel verkündete, dass alle Schülerinnen sich umgehend in die Sporthalle zu begeben hätten. Verdutzt folgten Julia und Ava den anderen Mädchen. Was konnte es am ersten Schultag so Wichtiges geben, dass gleich die erste Stunde ausfiel?

In der Sporthalle war eine Art Tribüne aufgebaut, vor der sich alle mit neugieriger Miene versammelten. Kurz darauf gellte ein Pfiff durch den Raum, und umgehend wurde es still. Frau Norderstedt, die drahtige Lehrerin für Leibesertüchtigung, erklomm die Bühne. »Liebe Schülerinnen, über die Ferien hat es eine Veränderung in der Schulleitung gegeben, mit der ich euch vertraut machen möchte.«

Gemurmel erhob sich. Dr. Gustav Hildebrand, der bisherige Direktor, war bei jungen wie älteren Mädchen äußerst beliebt. Er unterrichtete schon länger nicht mehr selbst, war aber die gute Seele im Hintergrund. Niemand brauchte sich vor einer Unterredung mit ihm zu fürchten, selbst wenn man etwas Dummes angestellt hatte.

Frau Norderstedt wartete, bis das Getuschel wieder verklungen war. »Unser bisheriger Direktor ist überraschend in den Ruhestand versetzt ... ähm ... gegangen«, korrigierte sie sich in der letzten Sekunde. »Und an seine Stelle tritt nun ein allseits beliebter Lehrer unserer Schule. Bitte begrüßt ganz herzlich unseren neuen Direktor, Herrn Josef Beselein.«

Es herrschte eine geradezu unnatürliche Stille, als der behäbige Lateinlehrer asthmatisch schnaufend die wenigen Stufen zur Bühne hinaufkletterte. Nur die dicke Gretel und zwei andere Mädchen schrien: »Hurra!« und »Heil Hitler!«

Starr vor Schreck hörte Julia, wie Ava versuchte, einen Entsetzensschrei zu ersticken. Das durfte doch nicht wahr sein!

»Liebe Schülerinnen«, begann Beselein mit einem schleimigen Grinsen. »Von heute an weht hier ein anderer Wind! Ordnung und Anstand werden in diesen ehrwürdigen Mauern Einzug halten. Sämtliche Lehrkräfte mit fragwürdigem Hintergrund sind höchstpersönlich von mir entfernt worden. Und den wenigen Volksschädlingen, die sich jetzt noch unter euch befinden, werden wir ganz genau auf die Finger schauen, um sicherzustellen, dass sie die anderen Mädchen nicht mit ihren liederlichen Manieren verderben. Außerdem wird es ab morgen das doppelte Pensum an Leibesertüchtigung geben. Wir haben deswegen sogar einige zusätzliche Lehrerinnen eingestellt. *Mens sana in corpore sano!* Ein gesunder Geist in einem gesunden Körper, wie schon der römische Dichter Juvenal zu sagen pflegte. Schließlich sollen aus euch allen einmal gesunde, kräftige Mütter werden, die ihren Ehemännern und dem Führer reichlich Nachwuchs schenken. Nicht wahr?«

Julia fühlte den kaum zu unterdrückenden Impuls, laut aufzulachen. Nachwuchs? War der Mann verrückt? Wie konnte er vor zwölf- bis achtzehnjährigen unverheirateten Mädchen von Nachwuchs sprechen? Außerdem waren sie hier in einer Schule! Viele von ihren Klassenkameradinnen hatten vor, ihre Reifeprüfung zu bestehen und anschließend zu studieren.

»… und deshalb ohne weiteren Aufschub … husch, husch … zurück in eure Klassenzimmer und fleißig gelernt. Ich habe alle Lehrkräfte angewiesen, mir jede Woche die Schülerinnen zu melden, die im Unterricht unliebsam aufgefallen sind. Diese dreisten Elemente können sich schon jetzt auf eine gehörige Strafe einstellen. In diesem Sinne wünsche ich euch noch einen schönen, arbeitsreichen Tag!« Mit einer theatralischen Geste entließ Beselein seine jungen Zuhörerinnen.

»Warte«, sagte Julia und ergriff Avas Arm. Sie hatte die Tränen in den Augen ihrer Freundin bemerkt. Im Pulk der zu den Klassenräumen eilenden Schülerinnen ließen sie sich bewusst zurückfallen.

»Jetzt sind meine Tage an dieser Schule gezählt«, flüsterte Ava, als die anderen außer Hörweite waren.

»Nein, das lasse ich nicht zu!«, widersprach Julia leidenschaftlich. »Irgendwo muss man doch Beschwerde gegen Beselein einreichen können. Oder ich organisiere einen öffentlichen Protest. Auf keinen Fall werde ich tatenlos zusehen, wie er dich aus der Schule ekelt. Niemals!«

»Bitte tu das nicht, Julia, sonst riskierst du selbst eine Prügelstrafe«, jammerte Ava. »Und du weißt doch, wie gemein Beselein mit dem Stock zuschlagen kann. Wenn Dr. Hildebrand ihn nicht des Öfteren zur Ordnung gerufen hätte, hätte er in jeder Stunde jemanden gezüchtigt.«

In Julia brannte eine heilige Wut. »Trotzdem … irgendjemand muss diesem Ekel Kontra geben«, sagte sie mit bebender Stimme.

»Was steht ihr hier noch rum? Los jetzt, zurück in eure Klassenzimmer«, hörten sie plötzlich die energische Stimme von Frau Norderstedt hinter sich.

Während sie sich in Bewegung setzten, tuschelte Julia kämpferisch: »Wir dürfen uns nicht geschlagen geben.«

4. Kapitel

Mai 1933

Paul saß mit seinen beiden jüngsten Kindern am reich gedeckten Frühstückstisch. Eigentlich hätten die beiden in der Schule sein sollen. Doch auf Weisung der neuen Reichsregierung fand am heutigen 1. Mai ein »Feiertag der nationalen Arbeit« statt.

»Papa, darf ich mir nachher den Umzug ansehen?«, fragte Martin und biss in sein Rosinenbrötchen.

»Ich weiß nicht«, erwiderte Paul zögerlich. »Nicht dass es dabei zu Ausschreitungen kommt.«

»Aber wieso denn, Papa? Ein Feiertag ist doch etwas Schönes. Ganz Bad Doberan ist mit Flaggen und Blumen geschmückt. Und sogar Herr Sollich wird mitmarschieren. Er hat gesagt, er findet es gut, dass die Regierung endlich etwas für die Arbeiter unternimmt.«

»So, so«, murmelte Paul, der grundsätzlich der Meinung war, dass ein Koch sich eher in der Küche als auf politischen Veranstaltungen herumtreiben sollte.

»Auf einem Plakat vor dem Gewerkschaftshaus steht: ›Ehret die Arbeit und achtet den Arbeiter‹«, erklärte Sophie neunmalklug.

»Trotzdem«, meinte Paul. »Vielleicht machen wir lieber einen Ausflug nach Heiligendamm. Das Wetter ist so schön, da könnten wir uns doch mit einem Picknickkorb an den Strand setzen.«

»Oh ja!«, riefen die beiden.

»Nehmen wir auch Kuchen mit?«, piepste Sophie, deren magerem kleinen Körper man nicht ansah, dass sie jeden Nachmittag zwei bis drei Stücke Gebäck verputzte.

»Aber natürlich«, sagte Paul lächelnd. Wie einfach es doch war, seine Kinder glücklich zu machen. Ganz im Gegensatz zu Carl, der niemals zufrieden zu sein schien. »In einer Stunde geht's los. Ich muss nur noch unten nach dem Rechten sehen.«

Nachdem Paul dem Personal Anweisungen gegeben hatte, was alles einzupacken war, machte er sich auf den Weg in die Hotelküche. Er wollte sichergehen, dass Herrn Sollichs Abwesenheit dort keine Probleme verursachte. Der Koch hatte gestern – in seiner Eigenschaft als Ortsvertreter der zuständigen Gewerkschaft – protestiert, dass am heutigen Tag überhaupt gearbeitet werden sollte. Schließlich sei der 1. Mai auch für die restliche Belegschaft ein Feiertag. Doch Paul hatte ihn in seine Schranken gewiesen: »Wie stellen Sie sich das vor? Soll ich meine Gäste für vierundzwanzig Stunden auf ihren Zimmern einsperren und hungern lassen?« Zu guter Letzt hatte man sich darauf geeinigt, mit einer reduzierten Belegschaft unter der Leitung von Herrn Jensen über die Runden zu kommen.

Während er die Treppe hinunterging, musste Paul an Carl denken, der mit seinen überzogenen Wünschen ihr gemeinsames Wochenende ruiniert hatte. Egal, wie sehr sich Paul auch bemüht hatte, die Stimmung aufzuhellen … immer wieder war sein Lebensgefährte auf das leidige Thema zu sprechen gekommen. »Ich verstehe nicht, wie du so kurzsichtig sein kannst«, hatte er beim Abschied gesagt. »Es ist doch offensichtlich, dass du im Ministerium besser aufgehoben wärst als hier. Was glaubst du denn, wie lange unsere national*sozialistische* Regierung noch Luxushotels für die oberen Zehntausend dulden wird? Bald steigen im Palais ganz gewöhnliche Volksgenossen ab. Und dann bist du letztlich auch nur ein gewöhnlicher Pensionsbetreiber.« Carl musste Paul angesehen haben, wie sehr ihn seine Worte erschreckt hatten. Leidenschaftlich hatte er hinzugefügt: »Als stellvertretender Leiter der ministerialen Musikabteilung kannst du dagegen eine glänzende Karriere machen. Da wirst du zum ersten Mal wahre Macht kennenlernen, mein Lieber! Ganz allein wirst du entscheiden können, welche Musiker beziehungsweise welche Komponisten im deutschen Radio oder in deutschen Konzerthallen gespielt werden. Außerdem kannst du endlich wiedergutmachen, was du mir angetan ...« Über Carls Gesicht war bei diesen letzten Worten ein dunkler Schatten geglitten, doch er hatte den Satz nicht beendet. Um das Ministeriumsthema ein für alle Mal abzuhaken, hatte Paul nicht nachgefragt, welches Vergehen Carl ihm vorwarf.

In der Küche lief glücklicherweise alles bestens. Herr Jensen schien sich in allen Punkten an die von Herrn Sollich gemachten Vorgaben zu halten. Erleichtert fuhr Paul mit den Kindern an den Strand, der wegen der Feierlichkeiten gar nicht so leicht zu erreichen war. Überall wurden sie von Absperrungen aufgehalten. Mit einigen Umwegen kamen sie schließlich in Heiligendamm an.

Sobald er den Wagen abgestellt hatte, liefen Martin und Sophie dem Meer entgegen, zogen ihre Schuhe aus und hüpften barfuß durch die schäumende Gischt. Mit einem Lächeln wuchtete Paul den enormen Picknickkorb aus dem Kofferraum und folgte ihnen. Die frische, salzige Brise auf dem Gesicht tat ihm gut. Plötzlich fühlte er sich um Jahre jünger.

Nachdem er ein windstilles Plätzchen unterhalb der Promenade gefunden hatte, breitete er die mitgebrachte Decke aus. Über ihm kreischten einige weiß-graue Möwen, die sich wahrscheinlich Hoffnung auf ein paar Brotkrümel machten. Aber vor dem Essen wollte er noch ein wenig am Strand spazieren gehen.

»Papa, schau mal, ist diese Muschel auch schön genug?« Sophie, deren Wangen von Wind und Sonne gerötet waren, hielt ihm ein weiteres Exemplar unmittelbar unter die Nase.

»Prächtig, mein Schatz«, erwiderte Paul und sah zu, wie seine Tochter mit der elfenbeinfarbenen Schale ihre gemeinsam gebaute Sandburg verschönerte. Martin bemühte sich unterdessen, einen Drachen fliegen zu lassen, doch es wollte ihm einfach nicht gelingen. Der Wind drückte die Nase des Fluggeräts jedes Mal wieder nach unten.

Paul stand auf, rieb sich den Sand von der Hand und ging zu ihm: »Lass mich den Drachen halten, während du mit der Leine losläufst.«

Martin ging freudig auf den Vorschlag ein, und als der Drachen endlich flatternd am Himmel stand, schenkte er ihm ein dermaßen glückliches Lächeln, dass Paul das Herz aufging.

Plötzlich musste er an Helene denken. Wie hatte sie nur freiwillig auf all dies verzichten können? Trotz allem, was zwischen ihnen vorgefallen war, war er ihr unendlich dankbar, dass sie ihm diese Kinder geschenkt hatte. Jetzt, wo Martin und Sophie in einem Alter waren, in dem man mit ihnen Ausflüge machen und Unterhaltungen führen konnte, genoss er ihre Gegenwart doppelt. Da konnte ihm die »wahre Macht«, von der Carl gesprochen hatte, gestohlen bleiben. Scheußlich wäre es allerdings, wenn die Regierung ihn tatsächlich zwingen würde, einfache Arbeiter in den Luxussuiten des Hotels unterzubringen. Nicht, weil er diese Menschen nicht respektierte. Er hatte im Krieg einige trotz ihrer Einfachheit wunderbare Kameraden gehabt. Sondern, weil sein Vater immer von einer Nobelherberge geträumt hatte und sein Erbe darunter leiden würde. Aber selbst so ein gravierender Einschnitt könnte kein Grund für ihn sein, seine Kinder und das Hotel im Stich zu lassen und nach Berlin zu ziehen.

»Haben Sie gehört, was der Reichskanzler heute verkündet hat?«, fragte Herr Sollich, als Paul ihn bei einem Kontrollgang am späten Abend in der Küche antraf. »Die Rede wurde sogar im Radio übertragen.«

Paul schüttelte den Kopf. Er war müde von dem langen Tag am Strand. Am liebsten wäre er wie die Kinder umgehend ins Bett gefallen, aber leider wartete noch jede Menge Arbeit auf ihn.

Der Koch stellte sich in Positur und deklamierte: »*Der Kopfarbeiter muss einsehen, dass keiner das Recht hat, auf den anderen hinabzusehen, sich selbst als was Besseres zu dünken, sondern dass Kopf- und Handarbeiter einig sein müssen in einer einzigen Gemeinschaft.*« Nachdem er geendet hatte, blickte er Paul wie um Beifall heischend an.

Paul tat ihm den Gefallen und nickte.

»Beindruckend, nicht wahr?«, schwärmte Herr Sollich. »Als

Gewerkschaftler stand ich ja immer der Sozialdemokratie näher, aber der heutige Tag hat mich eines Besseren belehrt.«

Paul nickte erneut. Doch insgeheim fragte er sich, ob Herr Sollich da nicht einem weiteren geschickten Manöver der Nationalsozialisten aufgesessen war. Carl hatte in einem ihrer früheren Gespräche angedeutet, dass die Gewerkschaften Dr. Goebbels ein Dorn im Auge waren. Wahrscheinlich war dieser Feiertag auch nur Teil einer hintergründigen Strategie.

»Wäre es Ihnen recht, wenn ich morgen vor dem Mittagsdurchlauf kurz im Büro der Gewerkschaft vorbeischaue?«, erkundigte sich der Koch. »Die Abrechnung für den April muss noch fertig gemacht werden.«

»Wenn Sie rechtzeitig wieder zurück sind, habe ich damit kein Problem«, meinte Paul. »Guten Abend. Ich muss jetzt auch wieder an die Arbeit.«

»Sicher. Guten Abend.«

»Am Wochenende hat Onkel Carl mich im Internat besucht«, erzählte Thomas, Pauls ältester Sohn, von dem er am nächsten Morgen überraschend einen Anruf erhielt.

»Bitte, was?«, fragte Paul. Es war das erste Mal, dass sein Lebensgefährte seinem Sohn einen Besuch abgestattet hatte.

»Ja, er hat mich sogar in ein richtig nobles Restaurant eingeladen. Da hat er mir dann von den neu gegründeten Napolas erzählt. Würdest du mir erlauben, mich dort zu bewerben?« Thomas' Stimme kiekste vor Begeisterung.

»Und was soll das bitte schön sein … eine Napola?« Paul hatte das Wort nie zuvor gehört.

»Eine Nationalpolitische Lehranstalt«, erklärte Thomas. »Eine Internatsschule wie meine jetzige, nur dass dort der nationalsozialistische Führungsnachwuchs ausgebildet wird. Man muss sogar eine sauschwere Aufnahmeprüfung bestehen, um dort zugelassen zu werden.«

Paul schüttelte den Kopf. Was hatte Carl dem Jungen da nur für Flausen in den Kopf gesetzt? Doch er wollte ihm seine Bitte auch nicht rundheraus abschlagen. »Und warum willst du die Schule wechseln? Du warst doch bislang sehr zufrieden?«

»Vater, es ist eine Eliteschule! Dorthin kommen nur die Besten der Besten«, entrüstete sich Thomas. »Auf meine Schule kann jeder gehen.«

Jeder, der sich das Schulgeld leisten kann, dachte Paul, der sich vom Enthusiasmus seines Sohnes regelrecht überrumpelt fühlte. »Sind denn deine Noten gut genug für diese Aufnahmeprüfung?«

Thomas lachte. »Du machst Witze, Vater. Bei der Prüfung geht es um Mut, Durchhaltevermögen und die Eignung für Führungsaufgaben. Die Schule untersteht immerhin der SA.«

Auf einmal verstand Paul, warum sich Carl plötzlich in Thomas' Erziehung einmischte: Sein Lebensgefährte wollte seinen neuen Status als führendes Mitglied der SA herausstreichen. Doch ihm selbst als Thomas' leiblichem Vater gefiel es nicht, dass sein Sohn eine Einrichtung der Sturmabteilung besuchen sollte. Und warum hatte Carl nicht vorher seine Zustimmung eingeholt? »Hm, Thomas. Ich weiß nicht ... vielleicht sollten wir erst abwarten, wie sich eine solche Einrichtung bewährt.«

»Aber, Vater«, protestierte Thomas. »Ich will unbedingt ...«

In diesem Moment öffnete sich die Tür, und der Empfangschef stürmte in Pauls Büro. Herr Moltke wirkte, als hätte er einen Geist gesehen. »Herr Kuhlmann«, rief er verstört. »Sie müssen unbedingt zum Gewerkschaftshaus kommen. Man hat dort gerade ... Herrn Sollich verhaftet.«

Mit dem Hörer in der Hand sprang Paul auf die Füße. »Thomas, wir müssen leider ein anderes Mal weitersprechen. Hier gibt es ein Problem. Bis später!« Er legte auf und wandte sich an den leichenblassen Herrn Moltke. »Jetzt noch einmal in aller Ruhe. Was ist geschehen?«

»Dazu ist keine Zeit«, sagte Herr Moltke atemlos. »Es ist schrecklich. Bitte, Herr Kuhlmann, kommen Sie! Sofort!«

Widerwillig folgte Paul ihm. Auch wenn er sich nicht vorstellen konnte, warum die Polizei ausgerechnet seinen braven Koch verhaften sollte. Sicher lag da eine Verwechslung vor.

Als sie vor dem Gebäude eintrafen, in dem mehrere Gewerkschaften Büros angemietet hatten, traute Paul seinen Augen kaum: Sämtliche Fensterscheiben waren eingeschlagen. Auch die Eingangstür hatte man aus den Angeln getreten, und gerade wurde das gesamte Mobiliar auf die Straße geworfen. Auf dem Kopfsteinpflaster lagen zerborstene Holzstühle, Lampen, Aktenordner und andere Gegenstände. Lose Blätter Papier flatterten wie überdimensionierte Schneeflocken durch die Luft. In diesem Chaos lagen einige Verletzte in ihrem Blut.

Das Ganze schien kein zufälliger Überfall, sondern vielmehr eine verabredete Aktion zu sein. Es wimmelte von uniformierten SA-Männern, die bis an die Zähne bewaffnet waren und auf die bereits am Boden liegenden Gewerkschaftler eintraten oder -schlugen. Entsetzt erkannte Paul auch einen jungen Kellner aus dem Palais unter den Opfern. Herr Moltke, der bislang wie angewurzelt neben ihm gestanden hatte, schien den Angestellten ebenfalls zu erkennen und wollte ihm offenbar zu Hilfe eilen.

In letzter Sekunde erwischte Paul seinen Empfangschef am Schlafittchen. »Sind Sie des Wahnsinns?«, flüsterte er. »Ich bin kein Feigling, aber gegen eine solche Überzahl an Gegnern sind wir machtlos!«

Herr Moltke versuchte, sich zu befreien. Doch dann hörte er plötzlich auf zu zappeln. »Sie haben ja recht, Herr Kuhlmann.«

»Ich will nicht auch noch meinen Empfangschef verlieren. Und je mehr Widerstand wir leisten, desto gemeiner werden sie die armen Burschen zurichten«, murmelte Paul. »Die SA ist ein unberechen…« Er unterbrach sich selbst. Schließlich wusste er nicht, wie sein Empfangschef zu dieser Vereinigung stand.

Herr Moltke nickte, und Paul ließ ihn unvermittelt los. Mit einem akuten Anflug von Übelkeit musterte er die Männer, die gerade von der SA verprügelt wurden. »Woher wussten Sie von diesen Vorfällen?«, fragte er.

»Einer der Pagen war auf dem Weg zur Post und …«

Paul winkte ab. »Und wo steckt jetzt Herr Sollich? Ich kann ihn nirgendwo ausmachen.«

»Entweder ist er noch im Gebäude oder …« Der Empfangschef zeigte auf einen blau gestrichenen, hohen Transportwagen,
in dem wohl die Verhafteten saßen. Davor stand eine weitere
Gruppe von SA-Männern.

»Herr Moltke, bitte gehen Sie zurück ins Hotel und verständigen Sie die Polizei. Ich kann mir nicht vorstellen, dass dieses
Gemet…, diese Aktion von den örtlichen Gendarmen abgesegnet worden ist.«

»Und was haben Sie vor?«, fragte der Empfangschef.

»Ich suche Herrn Sollich«, antwortete Paul und machte sich
auf, um den Gefangenentransporter unter die Lupe zu nehmen.
Er wunderte sich über sich selbst, dass er dabei keinerlei Angst
verspürte. Oder stand er unter Schock?

Als er näher kam, legte einer der SA-Männer seine Waffe auf
ihn an. »Gehen Sie weiter. Hier gibt's nichts zu glotzen.«

Doch Paul hatte bereits einen Blick ins Wageninnere geworfen
und unter den eingesperrten Männern tatsächlich seinen Koch
erkannt. Offenbar hatte man Herrn Sollich die Nase gebrochen,
denn ein dünnes Rinnsal Blut sickerte daraus hervor. Sein ganzes
Gesicht war grotesk angeschwollen.

»Wohin bringen Sie diese Männer?«, fragte Paul so ruhig wie
möglich.

»Das geht Sie nichts an. Ziehen Sie Leine. Los, wird's bald!«
Der Kerl stocherte mit seinem Gewehrlauf in Pauls Richtung.

»Einer Ihrer Gefangenen arbeitet für mich. Da werde ich doch
wohl erfahren dürfen, wohin Sie ihn bringen«, beharrte Paul, dem
inzwischen doch etwas mulmig zumute war. Hoffentlich war die
Waffe, mit der auf ihn gezielt wurde, gesichert.

Ein weiterer SA-Mann, offenbar der Vorgesetzte des Bewaffneten, wurde auf ihn aufmerksam. »Ja? Sie wünschen?«, mischte
er sich ein.

»Paul Kuhlmann«, stellte er sich vor. »Ich bin der Geschäftsführer des Palais Heiligendamm.« Es schien absurd, in diesem
Moment auf Höflichkeitsfloskeln zu achten, doch es hatte den gewünschten Effekt.

»Guten Tag«, grüßte der Mann ihn und hob das Gespräch damit auf ein zivilisiertes Niveau.

»Sie haben leider gerade meinen Chefkoch verhaftet. Der wird allerdings dringend bei mir in der Küche gebraucht«, sagte Paul mit einem schiefen Lächeln. »Können wir das nicht irgendwie anders regeln? Ich würde auch dafür bürgen, dass er keinen weiteren Blödsinn anstellt.«

Der Vorgesetzte schüttelte bedauernd den Kopf. »Nein, das ist leider nicht möglich. Wir haben diese Männer in Schutzhaft genommen.«

»In *Schutz*haft?«, wiederholte Paul die beschönigende Umschreibung. Im Grunde wären alle diese Männer besser in einem Krankenhaus aufgehoben gewesen. »Und wo darf mein Koch diesen Schutz genießen?«

Der SA-Mann lächelte. »Das ist leider geheim. Und wenn Sie nicht ebenfalls im Wagen Platz nehmen wollen, gehen Sie jetzt besser. Geschäftsführer hin oder her ... Sie widersetzen sich gerade der Staatsgewalt.«

Paul wusste, dass er auf verlorenem Posten stand. Er hob entschuldigend beide Hände und beobachtete mit stiller Fassungslosigkeit, wie der Vorgesetzte zweimal mit der flachen Hand auf das Dach des Gefangenentransporters schlug. Der Fahrer gab Gas, und das Gefährt setzte sich rumpelnd in Bewegung. Ohnmächtig sah Paul dem Wagen hinterher. Und jetzt?

———

Julia, noch völlig aus der Puste von der raschen Fahrt mit dem Fahrrad, stürmte durch die Eingangstür Richtung Stube, wo sie ihre Eltern vermutete. Mal sehen, was sie von ihrer heutigen Mathematikstunde hielten!

Als sie die Stube betrat, sah sie, dass ihre Eltern mit ernsten Mienen telefonierten. Etwas Schlimmes musste passiert sein. Ihr Vater hielt den zweiten Hörer so fest umklammert, dass die Knöchel seiner Hand weiß hervortraten. Offenbar sprachen sie mit

Onkel Paul, denn es ging um das Hotel. Um Atem und Geduld ringend lauschte Julia den Worten ihrer Mutter.

»Paul, das ist wirklich schrecklich«, sagte diese gerade. »Und Carl hat sich ernsthaft geweigert, dir zu helfen, Herrn Sollich freizubekommen?«

Eine kurze Stille zeigte an, dass Onkel Paul etwas erwiderte.

»Ist der Mann nicht mehr ganz dicht im Kopf?«, echauffierte sich ihr Vater plötzlich. »Was hast denn ausgerechnet du in dem Ministerium verloren? Wenn dieser Posten so wichtig ist, warum tritt Carl ihn dann nicht selbst an?«

Erneut schien Onkel Paul zu antworten. Mit jedem seiner Worte nahm das Gesicht ihres Vaters mehr Farbe an. Beschwichtigend legte ihre Mutter die Hand auf seine. »Bitte, Julius«, flüsterte sie. »Reg dich nicht auf, es nützt ja nichts.«

»Paul«, meinte ihr Vater schließlich, als ihr Onkel geendet hatte. »Du musst Herrn Sollich aus zwei Gründen aus dieser fürchterlichen Lage befreien: Erstens gebietet das die Menschlichkeit, und zweitens braucht das Hotel einen erfahrenen Koch. Besonders für die Veranstaltung am Wochenende. Ich würde dir deshalb raten, umgehend nach Berlin zu fahren und das Problem unter vier Augen mit Carl zu besprechen. Wenn er dir deine Bitte dann immer noch abschlägt, werde ich einen befreundeten Richter anrufen, damit er Herrn Sollich hilft. Aber davon verspreche ich mir nicht allzu viel, denn gegen diese Verbrecherbande scheinen all meine Kontakte nutzlos zu sein. Das haben wir ja bereits im letzten Jahr bei der Geschichte mit Samuel festgestellt. Und inzwischen hat sich die Situation in unserem Land noch wesentlich verschärft.«

Ihr Onkel schien auf diesen Vorschlag einzugehen.

»Bitte sei vorsichtig«, erwiderte ihre Mutter. »Wir wünschen dir eine gute Reise und viel Erfolg. Wenn du etwas brauchst, melde dich. Und mach dir keine Sorgen, Julius und ich werden in deiner Abwesenheit im Hotel nach dem Rechten sehen. Für ein paar Tage kommen wir zur Not auch mit Herrn Jensen aus, und bis zum Wochenende ist dann hoffentlich Herr Sollich wieder da.« Mit einem Seufzen legte sie auf. Ihr Vater trat von hinten an sie heran und küsste sanft ihren Hinterkopf.

Julia räusperte sich energisch, um die beiden auf ihre Anwesenheit aufmerksam zu machen. Nichts war peinlicher, als ihre Eltern beim Schmusen zu erwischen!

Ihr Vater blickte auf und sagte: »Hallo, Sternchen.«

»Schon von der Schule zurück?«, fragte ihre Mutter.

»Gibt es Probleme im Hotel?«, erkundigte sich Julia pflichtschuldig. Am liebsten wäre sie sofort mit ihren Neuigkeiten herausgeplatzt.

»Leider ja«, gab ihr Vater unumwunden zu. »Man hat den Koch des Palais verhaftet. Offenbar, weil er für die Gewerkschaft arbeitet.«

»Man hat Herrn Sollich verhaftet?«, wiederholte Julia entgeistert.

Ihre Mutter nickte. »Bitte sorge dich nicht deswegen, Julia. Onkel Paul wird sich um alles kümmern. Sag mir lieber, was dir auf der Seele liegt. Du siehst auch nicht besonders glücklich aus.«

»Allerdings! Heute im Unterricht … mussten wir die Profilwinkel unserer Klassenkameraden vermessen. Der Mathematiklehrer hat uns erklärt, dass dies für die rassische Einordnung eines Menschen wichtig sei. Könnt ihr diesen Unfug glauben?« Sie schnaubte durch die Nase. Es fiel ihr zunehmend schwer, die Fassung zu bewahren.

Ihre Eltern machten konsternierte Gesichter. »Ein Profilwinkel? Was zum Teufel soll das denn sein?«, erkundigte sich ihr Vater.

»Der Profilwinkel wird von der sogenannten ›deutschen Horizontale‹, also der Ohr-Augen-Ebene, und der Profillinie, die von der Nasenwurzel bis zum Oberkieferrand reicht, gebildet«, flüsterte Julia auswendig gelernt und schluckte gegen die Tränen an.

Ihr Vater schüttelte den Kopf. »Die Repressalien werden immer schlimmer. Jetzt hat das Grauen also auch deine Schule erreicht …«

Plötzlich konnte Julia die Tränen nicht mehr zurückhalten. »Papa, du weißt gar nicht, wie schlimm es heute war. Weil ich mich geweigert habe … hat unser Mathematiklehrer eigenhändig den

Profilwinkel in Avas Gesicht ausgemessen und sie ein … ein undeutsches Element genannt.« Unvermittelt schluchzte sie auf. »Dabei stimmt das gar nicht! Avas Winkel ist genauso groß wie meiner! Und … und heute nach der Schule hat sie mir gesagt, dass sie diese ständigen Beleidigungen nicht mehr aushält …« Inzwischen liefen ihr die Tränen unaufhaltsam über die Wangen. »… und … dass sie deshalb … von der Schule abgeht und … eine Lehre … bei ihren Eltern anfängt. Dabei ist sie … die … die Klassenbeste.«

Ihr Vater schloss sie fest in seine Arme. »Das ist in der Tat schauderhaft. Dass ein Lehrer einen seiner Schützlinge auf diese Weise demütigt, macht mich sprachlos. Aber weißt du, mein Schatz, vielleicht ist es kurzfristig gesehen sogar das Beste für Ava, wenn sie von der Schule abgeht. Du weißt ja selbst, dass deine Tante Johanna mit ihrer Familie aus dem gleichen Grund nach Paris ausgewandert ist: Die Juden sind in Deutschland leider nicht mehr sicher. Ich werde gleich morgen mit Avas Eltern reden, ob ich ihnen irgendwie behilflich sein kann.«

»Aber … aber sie ist doch … meine beste Freundin!« Julia weinte wie ein Schlosshund. Erst letzte Woche hatte Ava sie getröstet, als sie einen Brief von Max erhalten hatte, in dem er ihr vorwarf, »aus Eitelkeit ein böses Spiel mit ihm getrieben zu haben«.

Ihre Mutter schloss sich der Umarmung an. »Ich weiß, mein armer Schatz. Aber Avas Sicherheit geht vor. Hoffentlich könnt ihr euch trotzdem noch regelmäßig sehen.«

Ihre Worte waren lieb gemeint, doch sie spendeten Julia keinen Trost. Ohne Ava würde ihr Leben nicht mehr dasselbe sein. Und die Hilflosigkeit, die auch aus den Worten ihrer Eltern sprach, brachte sie zur Weißglut. Gab es denn gar keine Möglichkeit, sich zu wehren? Doch noch während sie diese Worte dachte, wusste sie, dass es gegen Beselein, der sich sogar auf dem Schulgelände mit seinen SA-Freunden traf, zumindest im Augenblick keine Handhabe gab.

Es war eines dieser sterbenslangweiligen Feste ihrer Branche, bei denen der Champagner in Strömen floss und man sich mit anderen Schauspielern, Film- und Theaterleuten über die neuesten Produktionen und Gerüchte austauschte. Diesmal fand die Feier in der luxuriösen Wohnung eines Regisseurs statt, mit dem Luise vor Jahren einmal zusammengearbeitet hatte. Eigentlich wäre sie lieber zu Hause geblieben. Aber sie hatte noch immer keine neue Rolle ergattert, und wenn sie tatsächlich eines Tages die Scheidung von Carl einreichen wollte, musste sie vorsorgen. Luise war sich zwar nicht sicher, ob sie Pauls Schwarzmalerei in Bezug auf Carls mögliche Rachegelüste ernst nehmen sollte, aber wie schon der Volksmund sagte: »Aus den Augen, aus dem Sinn«. Und auf niemanden traf das mehr zu als auf eine in die Jahre gekommene Schauspielerin. Um im Geschäft zu bleiben, musste man seine Kontakte pflegen und darauf vertrauen, dass irgendjemand gerade an einem Drehbuch arbeitete, für das man die perfekte Besetzung war. Doch am heutigen Abend wurden der Salon und die Korridore hauptsächlich von anderen Schauspielern bevölkert. Es war verstörend zu sehen, dass einige von ihnen demonstrativ das NS-DAP-Parteiabzeichen am Revers trugen. Was für eine Schande, Politik und Kultur auf diese Weise miteinander zu verquicken, dachte Luise traurig. Und leider schien zu stimmen, was man sich hinter vorgehaltener Hand zuflüsterte: Fast alle jüdischen Kulturschaffenden hatten das Land bereits verlassen. Wie sollten der deutsche Film und die anderen kreativen Disziplinen diesen Verlust nur verkraften?

Kurz darauf plauderte sie mit Nina Grundmann, einer ihrer liebsten Kolleginnen, die sie schon längere Zeit nicht mehr gesehen hatte.

»Warum bewirbst du dich nicht einfach für eine Rolle am Theater?«, schlug Nina vor, nachdem Luise ihr ihr Leid geklagt hatte. »Dort nehmen sie eine bekannte Filmschauspielerin wie dich bestimmt mit Kusshand. Du lockst gewiss mehr Leute ins Schauspielhaus als eine unbekannte Elevin.«

»Ach, ich weiß nicht«, meinte Luise. »Ob ich überhaupt gut

genug für das Theater bin? Schließlich habe ich niemals eine richtige Schauspielausbildung absolviert und …«

Nina winkte ab. »Ich bitte dich, du arbeitest seit Jahren mit den besten Regisseuren und Produzenten Deutschlands zusammen, natürlich bist du gut genug für diese Bretter, die angeblich die Welt bedeuten.«

Luise war nicht überzeugt. »Ich bin es nicht gewöhnt, die Reaktionen auf mein Spiel so hautnah mitzuerleben. Was, wenn man mich ausbuht? Vor lauter Scham würde ich im Boden versinken.«

Nina hob vorwurfsvoll ihre zu zwei dünnen Strichen gezupften Augenbrauen. »Also wirklich, Luise, so unsicher kenne ich dich gar nicht.« Sie senkte ihre Stimme zu einem Flüstern und deutete unauffällig auf eine stattliche Blondine, die ebenfalls stramm auf die vierzig zuzugehen schien oder diese magische Zahl bereits überschritten hatte: »Du solltest dir mal ein Beispiel an der da nehmen.«

»Wieso? Wer ist das?«, erkundigte sich Luise.

»Das, mein Schatz, ist Emmy Sonnemann. Hast du wirklich noch nie von ihr gehört? Dabei verkehrst du doch in denselben Kreisen wie die Goebbels, nicht wahr?«

»Carl und ich gehen kaum noch gemeinsam aus«, antwortete Luise ihrer Freundin, die wusste, dass die Ehe mit Carl keine Liebesheirat gewesen war.

»Ah, deswegen. Nun … Emmy Sonnenberg ist eine geschiedene Provinzschauspielerin, die jahrelang in kleinen Rollen auf einer Weimarer Bühne versauerte, bis …« Nina machte eine bedeutungsschwangere Pause. »… bis sie am ehrwürdigen Preußischen Staatstheater für eine Hauptrolle engagiert wurde.«

»Und wie hat sie diesen erstaunlichen Karrieresprung bewerkstelligt?«

Nina lächelte süffisant. »Indem sie sich das Bett mit einem der neuerdings wichtigsten Männer Deutschlands teilt.«

»Sie ist Hitlers Geliebte?«, fragte Luise ungläubig.

Nina schüttelte den Kopf. »Nein, sie schläft mit der Nummer

zwei der Partei. Mit dem Reichstagspräsidenten Hermann Göring. Doch trotz ihres Aufstiegs in der Theaterwelt ist sie zu bedauern.«

»Wieso? Spielt Göring ein falsches Spiel mit ihr?« Luise blickte mitleidig zu der blonden Frau, deren stämmige Figur von ihrem zu klein geratenen Kleid ungünstig betont wurde.

Nina zuckte mit ihren schmalen Schultern. »Wahrscheinlich mag er sie. Aber lieben? Nein. Göring liebt nur seine verstorbene Frau Carin. In seiner Wohnung soll es ein ganzes Zimmer geben, das er ihrem Andenken gewidmet hat und das nur von ihm selbst betreten werden darf.«

»Ach, ich wusste gar nicht, dass er verwitwet ist«, erwiderte Luise überrascht.

Nina blickte sie mit großen Augen an. »Da hast du aber etwas verpasst. Die Geschichte seiner Ehe gleicht einem Groschenroman!«

Unwillkürlich musste Luise lächeln. Der dicke Göring wirkte nicht gerade wie ein romantischer Rosenkavalier.

Nina, die ihr Lächeln richtig deutete, schüttelte den Kopf. »Hermann Göring war nicht immer der kleine Fettwanst, der er jetzt ist. Im Krieg war er ein tollkühner und gut aussehender Fliegerheld, dem die Frauen scharenweise hinterhergelaufen sind.«

Luise kräuselte die Lippen. »Wirklich?«

»Und ob«, setzte Nina zu einem kleinen Vortrag an. »Als die Luftwaffe später wegen des Versailler Vertrags abgeschafft wurde, ist Göring nach Schweden ausgewandert und hat dort unter anderem ein Flugtaxi betrieben. Eines Tages, während eines fürchterlichen Sturms, wurde er von einem schwedischen Aristokraten angeheuert, ihn zu seinem Schloss zu fliegen, weil sein eigener Pilot sich weigerte, bei diesem Wetter in die Lüfte aufzusteigen. Nach einem hochdramatischen Flug legt Göring eine sichere Landung hin, betritt kurz darauf an der Seite seines Passagiers dessen Schloss und ...« Nina hob theatralisch die Hände. »... trifft die Liebe seines Lebens: Carin Freifrau von Kantzow, eine blonde, germanisch aussehende Göttin.«

»Eine germanische Göttin«, wiederholte Luise amüsiert. »Nun, die meisten Leute verlieben sich irgendwann einmal.«

»Tja, nur dass diese Schwedin, die Schwägerin des todesmutigen Fluggasts, zu dem Zeitpunkt leider schon verheiratet war und sogar einen kleinen Sohn hatte. Das hat Göring und seine Carin aber nicht weiter gestört. Die beiden sind kurz darauf zusammen durchgebrannt.«

Luise nickte. »Das meinst du also mit Groschenroman.«

»Ja, aber das ist noch nicht alles. Nachdem der gehörnte Ehemann in die Scheidung eingewilligt hat, heiraten die beiden und wandern nach Deutschland aus. Dort treffen sie auf Adolf Hitler und werden seine größten Bewunderer. Schließlich nimmt Göring sogar an dem Münchner Putschversuch von 1923 teil und wird angeschossen. In die Hüfte oder so. Göring und die schöne Schwedin, inzwischen seine Ehefrau, müssen fliehen, aber sie kämpfen im Exil weiter für den Nationalsozialismus. Doch gerade als es mit der Partei bergauf geht, stirbt Carin an Tuberkulose …«

Luise nickte. »Kein Wunder, dass er noch an ihr hängt. Da tut mir diese … wie heißt sie noch mal?«

»Emmy Sonnenberg«, soufflierte Nina.

»Da tut mir Emmy Sonnenberg tatsächlich leid. Gegen eine tote germanische Göttin hat man einen schweren Stand.«

»Psst«, sagte Nina in diesem Moment.

Luise drehte sich um und sah, dass der Gegenstand ihrer Unterhaltung auf sie zusteuerte.

»Guten Abend, Nina«, begrüßte Emmy Sonnenberg Luises Freundin. »Und? Wer hat mit wem eine Affäre? Oder redet ihr gar nicht über den neuesten Tratsch?«

»Für wen hältst du mich, Emmy? Ich bin doch keine Klatschbase«, empörte sich Nina und zwinkerte Luise belustigt zu.

Nachdem Nina sie einander vorgestellt und Luise höflich ein paar Minuten Konversation betrieben hatte, verabschiedete sie sich mit einem vorgetäuschten Gähnen: »Bitte entschuldigt, aber ich bin müde. Wahrscheinlich ist es besser, wenn ich heute ausnahmsweise früher ins Bett gehe.«

Kurz darauf hatte Luise ihren Mantel aufgetrieben und stand gerade an der Eingangstür, als sich diese öffnete und ausgerechnet Heinz, ihr untreuer Casanova, die Wohnung des Regisseurs betrat. Erschrocken prallte Luise zurück. Sie hatte ein Zusammentreffen mit ihm bislang peinlich vermieden. Und auch der heutige Gastgeber hatte ihr glaubhaft versichert, dass Heinz Brabeck nicht auf der Gästeliste stand.

»Meine Schönste!«, rief ihr Verflossener.

Glücklicherweise war er nicht in Begleitung, was es Luise einfacher machte, ihn wie Luft zu behandeln, obwohl ihr Herz wie wild pochte.

»Warum gibst du dich so kühl?« Seine Stimme klang verletzt.

»Bitte entschuldige, aber ich war gerade im Begriff zu gehen«, antwortete sie hoheitsvoll.

»Liebling, bitte! Gib mir doch die Gelegenheit, mich zu erklären. Es ist nicht so, wie du denkst. Ich war an dem Abend wirklich krank, und dann hat Evi bei mir angerufen und mich gebeten, mit ihr den Text unseres neuen Films durchzugehen. Nur deshalb saßen wir gemeinsam bei Gustav.«

Luise schüttelte widerwillig den Kopf. »Sag mal, für wie blöd hältst du mich eigentlich? Erzähl deine Märchen jemand anderem. Ich glaube dir jedenfalls kein Wort.«

Heinz hob die Hand wie zum Schwur. »Aber es ist die Wahrheit, nichts als die Wahrheit!«

Sie verdrehte die Augen und griff nach der Klinke.

»Hast du mich denn gar nicht vermisst? Unsere Nächte voller Liebe und Leidenschaft?«, murmelte Heinz und legte seine Hand auf ihren nackten Arm. »Du fehlst mir jedenfalls mehr, als ich in Worte fassen kann.«

Oh Gott. Sie wollte ihm so gern glauben. Seit sie den Kontakt zu ihm abgebrochen hatte, fühlte sie sich einsam und ungeliebt. Doch eine innere Stimme warnte sie, ihm erneut zu vertrauen. Hatte sie sich nicht geschworen, Heinz ein für alle Mal aus ihrem Leben zu verbannen?

»Nimm mich mit zu dir, Luise. Komm schon. Du weißt doch,

wie lieb ich dich habe«, schmeichelte er ihr. Seine warme Hand fuhr so gefühlvoll ihren Arm auf und ab, dass sie eine Gänsehaut bekam.

Trotzdem zögerte sie. »Lieb haben« war schließlich nicht dasselbe wie »lieben«.

Heinz trat einen Schritt näher. Der männliche Duft seines Colognes stieg ihr in die Nase. Unwillkürlich schloss sie die Augen.

»Mein Liebling«, flüsterte er verführerisch.

Plötzlich spürte sie seine Lippen an ihrer Kehle. Langsam und unendlich zärtlich wanderten sie zu ihrem Mund. Luise seufzte erstickt.

Und dann küsste er sie. Himmel, sie hatte ganz vergessen, wie gut er küssen konnte. Im nächsten Moment fiel ihr Mantel zu Boden, und sie schlang beide Arme um seinen Hals.

»Du, wenn wir nicht für die Unterhaltung des Abends sorgen wollen, sollten wir jetzt lieber gehen«, flüsterte Heinz ihr ins Ohr. »Zu dir oder zu mir?«

Luise nickte. Sie war Wachs in seinen überaus erfahrenen Händen und hatte nicht mehr die Kraft, seinen Avancen zu widerstehen.

Heinz hob ihren Mantel auf und legte ihn ihr behutsam über die Schultern. Dann nahm er ihre Hand und zog sie mit einem sinnlichen Lächeln hinter sich her.

Als Luise am nächsten Morgen neben Heinz aufwachte, wusste sie, dass diese Nacht ein Fehler gewesen war: Er war ein Luftikus, und sie suchte eine ernsthafte, aufrichtige Liebe. Das konnte auf Dauer nicht gut gehen. Selbst der Liebesakt war nicht so gut wie früher gewesen. Jetzt, da sie wusste, zu welchen Lügen und Betrügereien er fähig war, konnte sie seine Zärtlichkeiten nicht mehr so ungehemmt genießen wie früher. Zwar hatten sie sich gegenseitig zum Höhepunkt gebracht, doch das innige Gefühl, das sie vormals verspürt hatte, wenn ihre Körper miteinander verschmolzen, schien unwiederbringlich verloren zu sein. Statt körperliche und seelische Befriedigung empfand sie heute früh nur Scham. Warum war sie schwach geworden?

Heinz schlug in diesem Moment die Augen auf. »Guten Morgen, Prinzessin! Wie geht es dir?«

»Ganz gut.« Luise schwang die Beine aus dem Bett, um ins Bad zu gehen.

Doch Heinz war schneller. Er streckte seine Hand aus und hielt sie fest: »Was meinst du mit ›Ganz gut‹, mein Liebling? Hängt der Himmel heute nicht voller Geigen?«

Sollte sie ihm die Wahrheit sagen? Luise zögerte.

»Jetzt spuck schon aus, was dir auf der Seele brennt.«

Mit einem Seufzer ließ sie sich gegen das Kopfteil ihres Bettes sinken. »Es hat keinen Sinn, Heinz. Wir sind einfach zu verschieden. Du suchst lediglich sinnliche Zerstreuung, und ich sehne mich nach der wahren Liebe. Nach einem Partner, der mich versteht und für den ich genauso wichtig bin wie er für mich.«

»Aha«, meinte er und ließ unvermittelt ihre Hand los. »Dich plagt also der böse, böse Weltschmerz?« Heinz griff nach seinen Zigaretten.

»Bitte mach dich nicht über mich lustig. Ich versuche dir nur zu erklären, warum wir uns nach der heutigen Nacht besser nicht wiedersehen sollten.«

»Also, das finde ich, ehrlich gesagt, sehr schade.« Er zündete sich fachmännisch eine Zigarette an. »Weißt du, Luise, mal ganz davon abgesehen, dass wir beide bereits mit anderen Leuten verheiratet sind … glaube ich nicht an diese eine wahre Beziehung mit Herzschmerz und sämtlichem Pipapo. Wir sind alle nur für einen flüchtigen Moment auf dieser Erde. Anstatt uns mit großen Gefühlen zu quälen, sollten wir lieber versuchen, das Leben, so gut es geht, zu genießen. Meinst du nicht?«

Sie schüttelte den Kopf. »Ich brauche eine Liebe, an der ich mich festhalten kann. Besonders jetzt, in diesen schwierigen Zeiten, in denen sich alles zu ändern scheint. Außerdem weißt du, dass ich mit Carl keine Liebesheirat eingegangen bin.«

Er nickte eifrig. »Ja, genau. Das ist einer der spannendsten Punkte in deiner Vita. Damals hast du noch keine himmelsstürmende Romanze erwartet.«

Nachdenklich biss sie sich auf die Unterlippe. Sie hatte Heinz nie erzählt, weshalb sie Carl geheiratet hatte. Bestimmt vermutete er, dass es ihr um ihre Karriere gegangen war. »Du hast recht. Damals, nach einer Enttäuschung, dachte ich, dass ich abgebrüht genug wäre, um auf diese lieblose Weise an Carls Seite leben zu können. Aber das war ein Irrtum. Ich wünsche mir nach wie vor ...«

»... einen Märchenprinzen?«, vervollständigte Heinz und stieß einen perfekten Rauchkringel aus.

»Einen Ritter in glänzender Rüstung«, ging Luise auf seinen leichten Ton ein. Heinz würde sie sowieso niemals verstehen.

»Tja, schade. Wir hätten noch viele schöne Stunden miteinander verbringen können, Zauberfee.« Er fuhr sich mit einer Hand über die morgendlichen Bartstoppeln. »Aber wenn wir heute tatsächlich das letzte Mal zusammen sind ... darf ich dich dann um einen Gefallen bitten?« Er sah sie mit seinem berühmten Dackelblick an.

»Sicher«, antwortete sie neugierig.

Bevor er weitersprach, zog er so fest an seiner Zigarette, dass sich in seinen Wangen Kuhlen bildeten. »Also, meine Frau ...«

Luise hatte mit allem gerechnet. Dass er sich noch eine letzte Liebesnacht mit ihr wünschte. Stattdessen ging es um seine Ehefrau. »Ja?«, ermunterte sie ihn weiterzusprechen.

»Also, meine Elsie ist Jüdin. Und ich frage mich ... weil doch dein Ehemann der neuen Regierung so nahe steht, ob du dich bei ihm erkundigen könntest, inwiefern dieser Umstand meiner Schauspielkarriere schaden könnte?«

Luise blinzelte verwirrt. »Und wenn Carl dies bestätigt ... reichst du die Scheidung ein, oder wie?«

Er presste die Lippen zu einer dünnen Linie zusammen und nickte. »Ich kann es mir nicht leisten, meine Arbeit zu verlieren. Aber natürlich würde ich trotzdem für Elsie sorgen. Das versteht sich doch von selbst.«

Luise wusste nicht, was sie von seiner Antwort halten sollte. Einerseits war Heinz sicherlich ein Schurke, aber wenn er sich trotzdem um seine geschiedene Ehefrau kümmern wollte ... Sie seufzte. Dieselbe Frau, die er – unter anderem mit ihr – nach Strich und Faden betrog. Doch was sollte sie Heinz' unmoralisches Leben verurteilen, sie selbst hatte schließlich auch keine weiße Weste.

»Und? Wirst du das für mich tun?«

Sie nickte.

»Du bist ein feiner Kerl, Luise.« Heinz lächelte und drückte seine Zigarette aus. »Dann komm … um der alten Zeiten willen, bringen wir das Bett noch einmal zum Glühen.« Einladend schlug er die Decke zurück.

»Du bist wirklich unverbesserlich«, sagte Luise kopfschüttelnd. »Das Einzige, was du von mir heute Morgen noch bekommen kannst, ist ein Frühstück.«

Er zog eine übertrieben enttäuschte Grimasse. Dann grinste er. »Na gut … besser als nichts.«

Auf der Reise ging Paul in Gedanken immer wieder durch, weshalb Carl ihm einfach helfen *musste*, Herrn Sollich freizubekommen. Am Wochenende fand im Hotel ein wichtiges Führungsseminar der IG Farben statt, einem der größten deutschen Unternehmen. Ohne einen erfahrenen Chefkoch würden sie den wichtigen Herren nur Häppchen anbieten können.

Aber je länger die Bahnfahrt dauerte, desto mehr ahnte er, dass es nur eine einzige Sache gab, mit der er Carl umstimmen könnte: Sein Einlenken in Bezug auf die Stelle im Ministerium. Doch dazu war er nicht bereit. Er wollte nicht nach Berlin ziehen, und er hatte auch keine Lust, erneut für die NSDAP tätig zu werden. Selbst wenn die Arbeit im Hotel anstrengend war und er wohl bei den Pauschalreisen einen Fehler gemacht hatte, war er glücklich in Bad Doberan. Und irgendwie würde er seine beruflichen Probleme auch wieder in den Griff bekommen.

Am Bahnhof angekommen nahm Paul sich ein Taxi und nannte dem Fahrer Carls Adresse. Während das Fahrzeug sich in den abendlichen Berliner Verkehr einfädelte, verspürte er ein leises Grummeln im Bauch. Irgendwie graute ihm vor der Konfrontation. Sein Lebensgefährte reagierte in letzter Zeit schrecklich aufbrausend, wenn man sich ihm widersetzte. Paul vermutete, dass das an dem Druck lag, dem er an seiner neuen Arbeitsstelle bei der SA ausgesetzt war.

Als sie am Opernplatz vorbeifuhren, blickte Paul erschrocken aus dem Fenster. Brannte dort tatsächlich ein Feuer? Unzählige Menschen schienen sich in einem Halbkreis um die Flammen zu scharen. »Was ist da los?«, fragte er den Fahrer besorgt.

»Die Studenten verbrennen irgendwelche Bücher«, murmelte der kahlköpfige Mann und überholte hupend eine Droschke.

»Was denn für Bücher?«, hakte Paul nach.

»Ja, wat weeß denn icke«, erwiderte der Fahrer ärgerlich und verfiel unwillkürlich ins Berlinerische. Er tastete mit einer Hand blind auf dem Beifahrersitz herum und reichte ihm dann eine aufgeschlagene Tageszeitung nach hinten.

Trotz der ruckelnden Fahrt versuchte Paul, die rote Frakturschrift zu entziffern: »*12 Thesen wider den undeutschen Geist*« lautete die Schlagzeile. Er überflog den Text und seufzte. Das Ganze war eine weitere antisemitische Hetzaktion, und er konnte sich denken, welche Bücher dort verbrannt wurden. All jene, die den Nationalsozialisten nicht ins Konzept passten. Resigniert legte er die Zeitung beiseite. Niemals hätte er sich vorstellen können, dass die Partei, die er bis vor Kurzem selbst unterstützt hatte, einmal unbescholtene Bürger wie Herrn Sollich verhaften lassen oder unliebsame Bücher verbrennen würde. Nicht zuletzt deshalb wollte er auf keinen Fall in diesem Propagandaministerium arbeiten.

Als sie vor Carls Wohnhaus ankamen, entlohnte Paul den Fahrer und stieg aus. Er stellte seine Reisetasche neben dem Eingang ab und kramte in seiner Manteltasche nach dem Schlüssel. Er wusste, dass ihm niemand die Tür öffnen würde. Carl hatte ihn vorgewarnt, dass er erst gegen zwanzig Uhr nach Hause käme.

Plötzlich hörte er, wie ein Fahrzeug mit halsbrecherischem Tempo heranraste. Unwillkürlich drehte er sich um und beobachtete verdutzt, wie das Gefährt mit laut quietschenden Reifen genau dort zu stehen kam, wo das Taxi gerade abgefahren war. Die Türen des Wagens wurden aufgerissen, und vier Männer in SA-Uniformen sprangen heraus. Wem galt dieses Überfallkommando? Doch unmöglich ihm selbst? Noch bevor er diesen Gedanken zu Ende denken konnte, stürmten die Uniformierten auf ihn zu und kesselten ihn ein.

»Was wollen Sie von …?«, setzte Paul an, der davon ausging, dass es sich um ein Missverständnis handelte.

»Halten Sie die Klappe!«, fuhr ihn der Anführer der Truppe an. »Sie reden nur, wenn Sie gefragt werden, verstanden?«

Paul nickte eingeschüchtert.

»Sind Sie Paul Kuhlmann?« Sein Gegenüber fixierte ihn drohend mit blassblauen Augen.

»Ja, aber ich will gerade …«

In diesem Moment nickte der Anführer den anderen Männern zu. Es schien das vereinbarte Kommando zu sein, Paul festzunehmen, denn plötzlich ging alles rasend schnell: Zwei Männer packten seinen gesunden Arm und fesselten ihn mit einem Strick hinter seinem Rücken. Bevor Paul protestieren konnte, zog ihm ein weiterer SA-Mann eine Haube über den Kopf.

Von nun an war er ihnen blind und wehrlos ausgeliefert. Auf einmal verspürte er eine nie gekannte Angst. »Sie … Sie machen einen Fehler«, stammelte er, während die Männer ihn brutal Richtung Auto stießen.

»Klappe!«, knurrte die Stimme des Vorgesetzten hinter ihm.

Als die Männer ihn auf den Rücksitz drängten, stieß sich Paul den Kopf. Doch der Schmerz war nichts im Vergleich zu seiner Panik. Sein Herz pochte so laut, als wollte es aus seiner Brust springen. Unter der übel riechenden Haube bekam er kaum Luft.

Paul spürte, wie sich rechts und links von ihm jemand auf die Sitzbank drängte, und kurz darauf raste der Wagen los. Großer Gott, er war tatsächlich verhaftet worden! Und anders als bei Herrn Sollich waren diesmal keine Zuschauer zugegen gewesen. Warum hatte er nicht einfach laut um Hilfe geschrien? Dann hätte vielleicht einer von Carls und Luises Nachbarn den Kopf zum Fenster herausgestreckt und alles mitangesehen. Stattdessen wusste jetzt keine Menschenseele, dass die SA ihn verschleppt hatte.

In jeder Kurve wurde er unsanft gegen einen seiner Sitznachbarn gedrückt. Was sollte jetzt mit seinen Kindern geschehen? Und mit dem Hotel? Würde Carl nach ihm suchen? Während Pauls Körper vor Angst immer noch wie gelähmt war, versuchte er, seine wild durcheinanderwirbelnden Gedanken unter Kontrolle zu bekommen. Die zentrale Frage war doch: *Warum* hatte man ihn entführt? Er konnte sich einfach keinen Reim darauf machen. Doch eine Verwechslung war ausgeschlossen. Schließlich hatten die Männer seinen Namen genannt.

Plötzlich durchfuhr es ihn siedend heiß! Samuels Rettung! Konnte die SA ihm auf die Spur gekommen sein? Eigentlich hatte er geglaubt, sämtliche Beweise für die unorthodoxe Befreiung seines Schwagers vernichtet zu haben. Doch so fieberhaft er auch nachdachte, ein anderer Grund wollte ihm einfach nicht einfallen.

Seine Grübelei kreiste nun um das nächste Thema: Was hatten diese Männer mit ihm vor? Würde man ihn in eine Gefängniszelle sperren? Ihn foltern, wie damals Samuel? Er war kein besonders tapferer Mann. Sicherlich würde er den Schmerzen nicht lange standhalten. Doch was sollte er ihnen beichten, damit sie von ihm abließen? Er hatte damals allein gehandelt und konnte folglich keinen Komplizen verraten. Paul schickte ein Stoßgebet gen Himmel: Wenigstens waren Samuel, Johanna und Gabriel in Sicherheit!

Sie fuhren immer weiter durch die Nacht. Inzwischen mussten sie Berlin längst verlassen haben. Die Straßen wurden holpriger. Paul versuchte, die gefesselte Hand möglichst unauffällig hinter seinem Rücken hin und her zu bewegen, um zu testen, ob er sich möglicherweise befreien konnte. Es war gar nicht so einfach, einen Einhändigen zu fesseln. Handschellen nützten da nichts. Aber auch auf diese körperliche Besonderheit waren die SA-Schergen vorbereitet gewesen.

Auf einmal durchzuckte ihn ein schrecklicher Gedanke: Ob Carl mit diesen Leuten unter einer Decke steckte? Hatten seine Vorgesetzten diesen ultimativen Vertrauensbeweis von ihm gefordert? Immerhin wusste der ebenfalls homosexuelle Röhm, dass er Carls Lebensgefährte war. Nein, das wollte … das konnte er nicht glauben!

Der Wagen hielt abrupt an. Pauls Nackenhaare stellten sich auf. Gleich würde er erfahren, was diese Männer ihm vorwarfen.

Die Türen wurden geöffnet, und kalte Luft strömte unter seine Haube. Sekunden später griffen mehrere Hände nach ihm und zerrten ihn aus dem Fahrzeug. Auf dem unebenen Kiesweg wäre er um ein Haar gestolpert und zu Boden gegangen, doch in letzter Sekunde fing ihn jemand auf. Erneut packten zwei Männer ihn rechts und links an den Oberarmen. An Flucht war nicht zu denken!

Seine Entführer grüßten militärisch zackig einige Kollegen, dann wurde eine offenbar schwere Eisentür aufgezogen.

Jetzt war der Boden unter seinen Füßen nackter Beton. Paul hörte es an dem Geräusch, das seine Schuhe und die Stiefel der SA-Männer darauf machten: ein hartes, lang nachhallendes Knallen.

Eine weitere Tür wurde aufgezogen. Jemand schrie: »Achtung!« Der Griff der Männer lockerte sich, dann ließen sie ihn ganz los. Wenig später verstand Paul, warum: Es ging eine ziemlich steile Treppe hinab. Vorsichtig ertastete er mit dem Fuß eine Stufe nach der anderen.

Unvermittelt blieb er stehen. Was war das? Da! Ein hoher, durchdringender Schrei drang an sein Ohr. Zuerst dachte er, der Laut stamme von einem Tier. Waren dies die Räumlichkeiten eines Schlachthofs? Doch plötzlich verstand er. Es war kein Tier, das irgendwo in seiner Nähe gequält wurde, sondern ein Mensch. Ihm wurde schlecht.

»Vorwärts!«, schrie jemand hinter ihm.

Mit weichen Knien tastete er nach der nächsten Stufe, dann war der Boden wieder eben. Sie waren im Kellergeschoss angekommen.

Erneut vernahm er einen Wehlaut, der in einem verzweifelten Gurgeln endete. Am liebsten hätte er sich die Ohren zugehalten.

Kurz darauf schienen sie seine Zelle erreicht zu haben. Er hörte, wie jemand eine Tür öffnete, und stolperte – halb ohnmächtig vor Angst – über die Schwelle. In Erwartung eines ersten Schlags duckte er sich ...

... doch stattdessen riss ihm jemand von hinten die Haube vom Gesicht. Gegen das grelle Licht einer nackten Glühbirne anblinzelnd, blickte Paul ...

... in das amüsierte Gesicht seines Lebensgefährten!

»Na, ist mein kleiner Scherz gelungen?«, fragte Carl lächelnd, während dieselben SA-Männer, die Paul vor einer guten halben Stunde entführt hatten, seine Handfessel lösten. Auch sie grinsten so breit, als hätte jemand einen köstlichen Witz gerissen.

Der »Vorgesetzte« reichte ihm die Hand. »Bitte entschuldigen Sie die rüden Methoden, Herr Kuhlmann. Aber Herr von Herrhausen hatte darum gebeten, Ihnen ein möglichst authentisches Erlebnis zu verschaffen.«

Paul war sprachlos. Das alles sollte ein Jux gewesen sein? Sein Herz wäre fast stehen geblieben, wegen ... eines fragwürdigen Streichs? Ihm fielen die Schmerzensschreie ein, die er gehört hatte. Nichts davon war auch nur im Entferntesten spaßig. Es war bitterer Ernst. Vielleicht sogar tödlicher Ernst. Im selben Moment wurde ihm bewusst, dass es gefährlich sein könnte, seiner Wut und Angst ungefiltert Ausdruck zu verleihen.

»Ähm ... und wo sind wir hier?« Seine Stimme hörte sich vor unterdrückter Emotion ganz rau an.

»An meinem neuen Arbeitsplatz«, antwortete Carl. Mit einem Kopfnicken entließ er die grinsende SA-Truppe: »Vielen Dank, meine Herren. Sie haben ganz hervorragende Arbeit geleistet!«

Als die Männer die Zelle verlassen hatten, beugte Carl sich vor, offenbar in der Absicht, ihm einen Kuss zu geben.

Instinktiv wich Paul zurück. »Was hast du dir bloß dabei gedacht?«, sagte er leise. »Ich bin fast gestorben vor Angst.«

»Aber wieso?«, erkundigte sich Carl mit einer merkwürdig

samtenen Stimme. »Wenn du dir nichts vorwerfen musst, hast du doch nichts zu befürchten.«

Er wusste es! Paul war sich auf einmal sicher, dass Carl über die Geschichte mit Samuel im Bilde war. Der »Scherz« war in Wahrheit eine kaum verhüllte Drohung! Wahrscheinlich wollte er auf diese Weise seiner Forderung, dass Paul ins Ministerium wechselte, Nachdruck verleihen. Erneut pulsierte panische Angst durch seine Adern. Paul musste die kürzlich befreite Hand hinter seinem Rücken verstecken, um ihr Zittern zu verbergen.

»Und? Wie gefällt dir unser neuestes Schutzhaftlager?«, fragte Carl. »Weißt du, dass ich inzwischen höchstpersönlich und deutschlandweit für diese Einrichtungen verantwortlich bin?«

Verunsichert durch dessen demonstrative Lässigkeit, forschte Paul in Carls Zügen nach weiteren Hinweisen auf seine Beweggründe. Hatte er ihn tatsächlich verhaften lassen, um ihn gefügig zu machen? Doch sosehr er auch nach der Wahrheit suchte … das Gesicht seines Lebensgefährten war eine undurchdringbare Maske. Carl wirkte unbeteiligt. Eher amüsiert als verärgert. Ihm schienen weder Pauls offensichtliche Panik noch der Umstand, dass wenige Meter von ihnen entfernt offenbar Menschen gefoltert wurden, etwas auszumachen.

Wie hatte Carl in kürzester Zeit zu einer solchen Bestie mutieren können? Stimmte der Spruch, den Julius neulich zitiert hatte: »Macht korrumpiert, und absolute Macht korrumpiert absolut«? Waren seine neuen Befugnisse Carl zu Kopf gestiegen? Oder irrte sich Paul, und alles war doch nur ein fehlgeleiteter Spaß? Gab es vielleicht sogar für die Schmerzensschreie eine harmlose Erklärung?

»Hat es dir die Stimme verschlagen?« Carl musterte ihn unaufgeregt. »Oder gefällt dir meine Art von Humor nicht?«

»Mach so etwas niemals wieder«, flüsterte Paul heiser.

Carls Lächeln wurde breiter. »Natürlich nicht … jetzt, wo du über meine Arbeit Bescheid weißt, wäre das Überraschungsmoment sowieso verloren.«

Erneut empfand Paul seine Worte als Drohung, selbst wenn sie sanft ausgesprochen worden waren. Sollte er ihn auf die Sache mit Samuel ansprechen? Es war ein zweischneidiges Schwert, mit offenen Karten zu spielen: Falls Carl nicht Bescheid wusste, hatte Paul ihm ein Geheimnis verraten, das sein Lebensgefährte im Ernstfall gegen ihn verwenden könnte. Falls Carl jedoch im Bilde war, wurde die gerade durchlebte Episode grauenhaft real, quasi wie ein Vorgeschmack auf das, was Paul blühte, wenn er sich weiterhin seinen Anweisungen widersetzte. Obwohl ... bislang hatte Carl das Ministerium mit keinem Wort erwähnt.

»Weißt du, dass wir inzwischen vierzigtausend Gegner der Regierung in solchen Lagern umerziehen?« Carl strich sich beiläufig übers Kinn.

»Vierzigtausend?«, wiederholte Paul ungläubig. Die Nationalsozialisten hatten inzwischen die Einwohnerzahl einer mittelgroßen Kleinstadt eingesperrt? Alles unbescholtene Männer wie Herr Sollich, deren einziges Vergehen es war, eine andere politische Meinung zu haben?

Carl nickte.

»Und ... und wie sieht eine solche Umerziehung aus?«, erkundigte sich Paul mit klopfendem Herzen.

»Eine Art Gesprächstherapie«, grinste Carl. »Alles Einzelsitzungen, also viel Arbeit.«

Paul lief ein Schauer über den Rücken.

»Manchmal müssen wir aber auch andere Experten hinzuziehen. Je nachdem, wie kooperativ der jeweilige Patient ist.«

Paul versuchte, das Grauen, das er empfand, mit einem ausgiebigen Räuspern zu überspielen. »Ähm ... und wann gehen wir jetzt in deine Wohnung? Ich bin müde von der langen Fahrt und ... deinem Scherz.«

Carl nickte. »Mein Fahrer wartet schon.«

Frau Müller, Carls Haushälterin, hatte nach dem Abendessen die Wohnung für die Nacht verlassen. Jetzt war er mit Carl allein. Und zum ersten Mal bereitete ihm diese Zweisamkeit Sorgen. Irgendwie hatte er sich sicherer gefühlt, als sich Frau Müller noch in Rufweite befunden hatte.

»Einen Cognac?«, fragte Carl auf dem Weg in den Salon.

»Warum nicht?«, antwortete Paul aus alter Gewohnheit, dabei hatte er sich fest vorgenommen, heute Abend einen klaren Kopf zu bewahren.

Kurz darauf reichte Carl ihm einen Cognacschwenker mit einer großzügig bemessenen Menge der braungoldenen Flüssigkeit. »Auf uns!«

»Auf uns«, wiederholte Paul und hob sein Glas an die Lippen. Er nippte jedoch nur an dem Alkohol, obwohl er das Glas – um seine immer noch angespannten Nerven zu beruhigen – am liebsten in einem Zug geleert hätte.

»Komm, setz dich zu mir«, sagte Carl und klopfte auf den Platz neben sich.

Fügsam ging Paul zu dem mit grünem Leder bespannten Sofa und ließ sich darauf nieder.

»Du siehst nicht besonders glücklich aus«, bemerkte Carl und nahm einen weiteren Schluck Cognac.

»Mir steckt eben immer noch meine Verhaftung in den Knochen.« Paul reagierte nicht, als Carl ihm seine Hand aufs Bein legte.

»Ist das so …«, erwiderte Carl unergründlich. »Oder bist du nicht vielmehr mit der Leitung des Palais überfordert?«

»Selbstverständlich nicht!«, rief er entrüstet.

»Aber du hast mir erst neulich dein Leid mit den Pauschalreisen geklagt … da verstehe ich nicht, warum du dich immer noch weigerst, an einen Ort zu wechseln, an dem deine Karriere praktisch wie von selbst laufen würde. Als stellvertredender Leiter der Musikabteilung hättest du täglich mit Beethoven, Wagner, Bach, Brahms, Haydn und Mozart zu tun. Du könntest deinen Lieblingen zu dem Glanz in unserem neuen Deutschland verhelfen, den sie verdienen.« Carl blickte ihn durchdringend an. »Oder bist du seit Neuestem Masochist?«

»Mir gefällt meine Arbeit im Hotel«, sagte Paul mit Nachdruck. »Und die Probleme mit den Pauschalreisen werde ich lösen, sobald ich im Herbst die Konditionen mit den Reisebüros neu verhandeln kann.«

Carl schüttelte den Kopf. »Liebling, du bist auf dem falschen Weg. Wie soll ich dir das nur begreiflich machen?«

»Am besten gibst du sämtliche Bemühungen in diese Richtung auf. Ich benötige deine Hilfe nicht.« Paul stellte seinen Cognacschwenker mit einem klirrenden Geräusch auf dem Beistelltisch ab.

»So, so, du brauchst meine Hilfe also nicht?« Carls hellblaue Augen glitzerten kühl. »Dann hast du meine heutige Demonstration anscheinend nicht verstanden, Paul. Denn du benötigst meine Hilfe nicht nur ... du bist davon abhängig. Wenn nämlich jemand anderes von deinen Eskapaden mit diesem Samuel erfährt, bist du geliefert.«

Also doch: Carl war ihm auf die Schliche gekommen und erpresste ihn mit Samuels Rettung! Plötzlich machten auch seine merkwürdigen Andeutungen und sein wechselhaftes Verhalten Sinn. Sein Partner hatte diese Entdeckung für sich behalten und insgeheim sicherlich vor Wut geschäumt. Doch ein hasserfüllter Carl war ein gefährlicher Gegner. Schlagartig wurde es Paul eiskalt. »Warum ...«, stotterte er. »Warum lässt du mich nicht einfach ziehen, wenn du mich nicht mehr liebst? Warum bestehst du darauf, diese Scharade fortzuführen?«

»Ausgerechnet du wagst es, von Liebe zu reden?« Aus Carls Gesicht wich jede Ironie. »Wenn du mich derart heimtückisch hintergehst? Weißt du eigentlich, wie ich mich fühle? Du bist der einzige Mensch, den ich jemals an mich herangelassen habe. Dem ich mich – trotz meines ansonsten gesunden Misstrauens – geöffnet habe. Und nun muss ich vor wenigen Wochen herausfinden, dass du mich genauso hintergehst wie alle anderen?«

»Aber ...« Paul war völlig überrumpelt von diesem leidenschaftlichen Ausbruch und spürte dem Wahrheitsgehalt von Carls Worten nach. Sie schienen tatsächlich mehr von einer rohen Kränkung und von Verbitterung zu zeugen als von selbstgerechter Wut. Wie konnte das sein? Carl trat stets so überlegen auf, und er hatte ihn … »Warum hast du mich dann vor zwei Jahren mit diesem Rudi Schwarze betrogen?«, schleuderte er ihm ins Gesicht. »Warum wimmelt es auf deinen Feiern von jungen SA-Bürschchen?«

Carl wischte die Frage mit einer Handbewegung weg. »Solche körperlichen Dinge haben doch nichts zu bedeuten. Mit dir wollte ich mein Leben verbringen.«

Während Paul noch über seine letzten Worte nachdachte, wurde er gewahr, dass sich der Riss in Carls stählerner Fassade, der ihm für einen kurzen Moment tiefe Einblicke in dessen Innenleben erlaubt hatte, bereits wieder schloss. Auf einmal wirkte Carl genauso unbeteiligt und kühl wie in seinem Folterkeller. Und damit kehrte Pauls Furcht zurück. Er musste vorsichtig sein und konnte es sich nicht leisten, Carl die ungeschminkte Wahrheit zu sagen … ansonsten stünde er mit einem Bein bereits in einem Schutzhaftlager.

»Also … wer sagt, dass ich dich nicht mehr liebe?«, kehrte Carl zum Ursprung ihres hitzigen Austauschs zurück. »Natürlich liebe ich dich. Gerade weil ich dich liebe, möchte ich dich auf dem rechten Weg sehen.«

»Und ich dachte, du möchtest, dass ich glücklich bin«, flüsterte Paul.

»Das auch. Aber momentan bist du verblendet. Du hast dich da in etwas verrannt, und allein findest du aus dem Labyrinth nicht mehr heraus. Deshalb muss ich dich an die Hand nehmen und …«

Pauls Herzschlag beschleunigte sich. »… und mir mit Folter und Gefängnis drohen?«

Carl zuckte mit den Schultern. »Immerhin lasse ich dir die Wahl und decke deine Entgleisung.«

»Und wenn ich mich trotzdem für das Hotel entscheide, wirfst du mich der SA zum Fraß vor?«

»Wenn du es darauf ankommen lassen willst?« Carls Ton wurde ungehalten.

Das geht alles in die falsche Richtung, dachte Paul verzweifelt. Er musste sich irgendwie aus dieser Sackgasse befreien. »Und was, wenn meine Schwester und ihr Mann das Hotel gar nicht führen wollen? Immerhin haben sie ein krankes Kind und …«

»Mach dich doch nicht lächerlich. Ich kenne deine Schwester. Trotz ihrer zierlichen Gestalt ist sie ein richtiges Mannweib. Bestimmt scharrt sie schon mit den Hufen, um endlich wieder die Geschäftsführung an sich zu reißen«, erwiderte Carl.

Fieberhaft grübelte Paul nach weiteren Argumenten: »Wenn ich jetzt die Geschäftsleitung abgebe, bekommen meine Söhne nie eine Chance, das Palais zu übernehmen.«

Carl grinste. Offenbar schien ihm aufzugehen, dass Paul am Ende der Fahnenstange angekommen war und ihm keine weiteren Gründe mehr einfielen, um seine »Arbeitsofferte« abzulehnen. »Paul, darüber brauchst du dir nun wirklich keine Gedanken zu machen. Thomas hat mir gesagt, dass er auf die Napola in Potsdam wechseln will, in unsere neugegründete Nachwuchsschmiede. Sicherlich wird er sich später einmal eine großartige Karriere in der Partei aufbauen. Und Martin …« Er zuckte mit den Schultern. »… nun ja, für dieses Muttersöhnchen werden wir etwas finden müssen. Aber wenn du erst in der Musikabteilung des Ministeriums arbeitest, stehen dir ganz andere Möglichkeiten zur Verfügung, um ihm auf die Beine zu helfen.«

Paul hatte plötzlich das Gefühl, keine Luft mehr zu bekommen. Es war, als hätte sich ein riesiger Amboss auf seine Brust gesenkt. »Wie … wie hast du die Sache mit Samuel herausgefunden?«

Carls Gesichtsausdruck verdüsterte sich: »Ich hatte mich gleich gewundert, wie diese kleine Ratte aus unseren Fängen entwischen konnte. Doch erst ein heimlich belauschtes Telefonat zwischen meiner Ehefrau und ihrer Schwester hat mir klargemacht, dass ausgerechnet mein geliebter Paul mich und unsere Sache verraten hat. Wie konntest du nur?«

»Carl, ich wollte dich nicht hintergehen … wirklich nicht … aber Samuel ist mein Schwager. Außerdem hat er mir damals im Krieg das Leben gerettet. Da blieb mir doch gar keine andere Wahl!«, beteuerte Paul inständig. Gleichzeitig gingen ihm zwei Dinge auf: Erstens, dass Carl Luises Telefongespräche abhörte und er seine Schwester unbedingt warnen musste. Und zweitens – in seiner jetzigen Situation noch wichtiger –, dass Carl offenbar keine Beweise für seine Tat hatte.

Carls nächster Satz beflügelte seine Hoffnung zusätzlich: »Ich habe mir natürlich umgehend den Schriftverkehr über die Freilassung der jüdischen Ratte schicken lassen … und eines muss ich dir lassen, die unleserliche Unterschrift unter diesem Wisch gleicht deiner in keinster Weise …« Er grinste, und dann kam doch der Todesstoß: »Aber der Gefängniswärter konnte sich noch gut an den einarmigen Herrn erinnern, der Samuel bei seiner Freilassung abgeholt hat. Auf einer Fotografie hat er dich eindeutig identifiziert. Und wenn man eins und eins zusammenzählt, kommt man schnell darauf, dass niemand in der Berliner NSDAP-Zentrale ein Interesse an Dr. Samuel Hirschs Freiheit hatte … niemand außer dir!«

Er saß in der Falle. Carl hatte ihn in der Hand.

»Schau, ich will dir ja vergeben«, sagte Carl sanft. »Aber du musst mir auch entgegenkommen. Bitte tu mir den Gefallen und nimm den Posten an, den ich dir im Ministerium besorgt habe. Das ist nicht nur wichtig für mich, weil ich dich brauche, um mich über die neuesten politischen Entwicklungen und Strategien auf dem Laufenden zu halten, sondern letztlich auch für dich … und deine Familie.«

Carls letzte Sätze drangen in sein Bewusstsein wie vergiftete Pfeile. Nur ganz langsam breitete sich das tödliche Serum in seinem Inneren aus, trotzdem stand ihm die lebensbedrohliche Lage überdeutlich vor Augen: Wenn er sich weigerte, dieser Erpressung nachzugeben, war nicht nur sein eigenes Schicksal besiegelt, sondern auch das seiner Familie! Er durfte nicht zulassen, dass ihnen seelisches oder gar körperliches Leid angetan wurde. Unwillkürlich musste er an den in Schutzhaft sitzenden Herrn Sollich denken. »Ich … ich muss erst mit Elisabeth sprechen«, murmelte er.

»Natürlich … ich erwarte gar nicht, dass du gleich morgen dort anfängst. Regle deine Dinge im Palais, aber schiebe den Wechsel auch nicht auf die allzu lange Bank.«

Paul blieb eine ganze Weile stumm und dachte über seine Optionen nach. Wie er es auch drehte und wendete: Carl hatte gewonnen. Bei der Vorstellung, dass seine Karriere als Direktor des Palais bereits wieder Geschichte war, brach ihm das Herz. Er fühlte sich vollkommen hohl vor Enttäuschung und Angst. Carl nahm ihm nicht nur die geliebte Arbeit, sondern auch jegliche Autonomie und Ehre! Was würde ihn in diesem neuen Ministerium erwarten? Würde man ihn dort zu unsäglichen Taten zwingen? Ihn genauso bedrohen und niederringen wie die Abgeordneten, die an der Abstimmung über das Ermächtigungsgesetz teilgenommen hatten? Was würde mit seinen Kindern geschehen? Und wie zum Teufel sollte er weiterhin mit Carl verkehren? Jedes zärtliche Gefühl, das er für ihn empfunden hatte, war seit heute endgültig erloschen. Der Gedanke an weitere Berührungen erfüllte ihn mit Abscheu.

»Übrigens … sobald du deinen Arbeitsvertrag unterschrieben hast, wird der Koch aus der Haft entlassen«, sagte Carl in diesem Moment.

Zusätzlich zu der Erpressung kam jetzt auch noch dieses entwürdigende Tauschgeschäft. »Wir brauchen Herrn Sollich am Wochenende«, erwiderte Paul heiser. »Da kommt eine Delegation der IG Farben und …«

Carl schnalzte entschuldigend mit der Zunge. »Also, das tut mir sehr leid … aber so schnell kann nicht einmal ich den Koch nach Bad Doberan zaubern. Da wirst du dir wohl oder übel eine andere Lösung überlegen müssen.«

⁂

Eigentlich hatte Julia nach der Schule nur ein Buch für Sophie vorbeibringen wollen. Doch als sie das Foyer des Palais betrat, lief sie überraschend Onkel Paul in die Arme, der mit bleichem Gesicht die Treppe heruntergeeilt kam. Er schien so tief in seine Gedanken versunken zu sein, dass er sie erst gar nicht bemerkte.

»Du bist schon wieder aus Berlin zurück?«, erkundigte sich Julia neugierig. »Hast du Herrn Sollich ausfindig gemacht?«

Onkel Paul blickte sie so zerstreut an, als würde er gerade aus einem Traum erwachen: »Ach ... Julia ... leider nein. Der Koch kommt erst in ein paar Tagen wieder. Bitte entschuldige, aber ich muss sofort in die Küche und schauen, wie wir das Seminar der IG Farben hinter uns bringen, ohne uns bis auf die Knochen zu blamieren.«

»Kann ich mitkommen und helfen?« Julia war selbst verblüfft über ihr spontanes Angebot. Die Worte waren ihr einfach so herausgerutscht.

Für einen Moment schien ihre Frage Onkel Paul gar nicht zu erreichen. Doch dann murmelte er: »Danke für dein Angebot, Julia. Warum nicht? Je mehr schlaue Köpfe, desto besser.«

Julia steckte das Buch für Sophie zurück in ihren Tornister und folgte Onkel Paul durch den leeren Speisesaal in den Keller. Obwohl das Abendessen erst in einigen Stunden serviert werden würde, zogen bereits die köstlichsten Gerüche durch den Gang. Sie schnupperte. Hm, roch das gut. Unwillkürlich musste sie an Minna denken. Wie schön war es früher gewesen, sie in der Küche zu besuchen. Ihre liebe Ziehmutter hatte stets einen ganz besonderen Leckerbissen für sie bereitgehalten.

»Herr Jensen? Haben Sie einen Moment Zeit für uns?«, fragte ihr Onkel, als sie hintereinander das Herzstück des Hotels betraten, in dem wie immer rege Betriebsamkeit herrschte. Überall wurde gehackt, gebraten und glasiert. Im hinteren Teil der Küche stapelten sich die benutzten Töpfe, Schüsseln und anderen Gerätschaften. Obwohl die vom Wasserdampf rotgesichtigen Spülfräulein sich beeilten, schienen sie mit der Arbeit kaum hinterherzukommen.

»Natürlich.« Ein kleiner, zierlicher Mann wischte sich die Hände an einem um seine Hüfte gebundenen Küchentuch ab und spazierte auf ihren Onkel zu. Das sollte der neue Koch sein? Herr

Jensen sah überhaupt nicht so aus, als würde er gern und gut speisen.

Ohne ein weiteres Wort lotste Onkel Paul sie in das kleine Büro des Chefkochs und nahm hinter dessen imposantem Schreibtisch Platz. »Schließen Sie die Tür«, sagte er zu Herrn Jensen und wartete, bis dieser seiner Bitte nachgekommen war. Julia setzte sich auf einen der Stühle.

»Wir sollten bald mit den Vorbereitungen für das Wochenende anfangen. Wann kommt Herr Sollich mit den Einkäufen?«, erkundigte sich Herr Jensen und lehnte sich erwartungsvoll mit dem Rücken gegen die Tür.

»Gar nicht. Er wird leider erst in einigen Tagen freigelassen«, antwortete Onkel Paul.

»Aber … aber das ist eine Katastrophe, Herr Kuhlmann«, erwiderte der Koch. »Die Vorratskammern sind so gut wie leer, und ich habe fest darauf gezählt, dass Herr Sollich den Einkauf erledigt … ich habe doch gar keine Erfahrung damit. Was sollen wir denn den feinen Herrschaften jetzt nur servieren?«

Onkel Paul seufzte tief. »Wir müssen improvisieren.«

»Aber womit?«, rief Herr Jensen. »Wir haben weder Hummer noch Fisch, weder Austern, Kaviar noch andere Delikatessen vorrätig.«

»Mal andersherum gefragt … was ist denn überhaupt noch da?«, erkundigte sich Onkel Paul. Er klang so resigniert, dass Julia ihm am liebsten den Arm um die Schultern gelegt hätte. Aber eine solch intime Geste schickte sich wahrscheinlich nicht vor dem Personal.

»Nur das Übliche, das ich selbst auf dem Markt besorgen konnte: Obst, Gemüse, Rind- und Schweinefleisch. Wahrscheinlich noch einige Portionen Räucheraal.«

»Gott steh uns bei! Wir können der obersten Riege der IG Farben doch keinen Allerweltseintopf servieren«, stöhnte Onkel Paul. »Von einem Haus wie dem unsrigen erwarten die Herren gewiss lukullische Höchstleistungen.«

»Ähm …«, entfuhr es Julia.

Ihr Onkel blickte sie an. »Ja?«

»Woher kommen denn diese Herren?«

»Die IG Farben ist ein Zusammenschluss von mehreren großen chemischen und pharmazeutischen Unternehmen. Der Hauptsitz ist in Frankfurt am Main, aber die Vorstandsmitglieder und kaufmännischen Leiter kommen wahrscheinlich aus ganz Deutschland. Warum?«

Julia bat ihn mit aufgestelltem Zeigefinger um Geduld: »Auch aus Mecklenburg?«

»Nein, ich glaube, nicht. Wieso willst du das wissen?«, erkundigte sich ihr Onkel.

»Weil … ich könnte mir vorstellen, dass solche Geschäftsleute bei ihren Besprechungen und Reisen fast täglich Gänseleber und Kaviar vorgesetzt bekommen und das ganze Zeug …« Sie blickte entschuldigend zu Herrn Jensen. »… eigentlich gar nicht mehr sehen können. Wie wäre es da, wenn wir mit landestypischen Spezialitäten aufwarten? Ich meine, wenn sie schon nach Mecklenburg kommen, um den ganzen Tag in einem verrauchten Tagungsraum zu verbringen, sollten sie sich doch wenigstens mit lokalen Speisen stärken. Oder etwa nicht?«

»Das ist eine ganz hervorragende Idee, Julia«, lobte Onkel Paul. »Wenn ich mich recht erinnere, hat Minna auch früher schon auf heimische Gerichte gesetzt, und zumindest damals ist das bei den Gästen wunderbar angekommen. Was meinen Sie, Herr Jensen?«

Der Koch zuckte mit den Schultern. »Ich bin leider in Hannover aufgewachsen, Herr Kuhlmann. Im Grand Hotel gab es auch vorwiegend französische Küche. Was … was isst man hier denn so?«

Julia lachte befreit auf. »Mit Mecklenburger Rippenbraten, meinem Lieblingsgericht, können Sie nichts falsch machen.«

»Und … was braucht man dazu?«

»Nur Zutaten, die Sie garantiert in der Vorratskammer finden: Schweinefleisch, Backpflaumen und Äpfel. Ich kann Ihnen gern bei der Zubereitung helfen. Dazu reicht man dann Salzkartoffeln und Gemüse.«

»Woher weißt du das alles?«, fragte Onkel Paul und blickte sie mit einer Mischung aus Erstaunen und Bewunderung an.

»Dreimal darfst du raten«, grinste Julia. »Natürlich habe ich das von Minna gelernt. Ich habe sie so lange bekniet, bis sie mir beigebracht hat, wie man alle meine Leibgerichte kocht.«

»Aber … das Schweinefleisch ist doch eher süßlich und das Obst eher säuerlich …«, meinte Herr Jensen nachdenklich. »Schmeckt das wirklich?«

Onkel Paul nickte. »Es passt ganz ausgezeichnet zusammen.«

»Und was reichen wir davor und danach?«

»Eine Suppe oder einen Salat mit Räucheraal und zum Nachtisch eine schöne Sanddorntorte«, antwortete Julia wie aus der Pistole geschossen.

Am Samstagmorgen fuhr ihr Vater sie in aller Herrgottsfrühe ins Hotel. Er und ihre Mutter hatten sich aufrichtig darüber gefreut, dass ausgerechnet sie Onkel Paul mit ihrer Idee aus der Patsche geholfen hatte. »Wie schön, mein Schatz«, hatte ihre Mutter gesagt. »Du musst unbedingt Minna wissen lassen, dass eure gemeinsamen Kochstunden Früchte tragen.« Anschließend hatte sie ihr noch ein altes, handgeschriebenes Rezept in die Hand gedrückt und leise »Für alle Fälle« geflüstert.

Mit klopfendem Herzen stieg Julia vor dem Palais aus und huschte, an der morgendlichen Putzkolonne vorbei, durch den Speisesaal in die Küche, wo sie schon erwartet wurde.

»Guten Morgen, Fräulein Falkenhayn«, begrüßte sie Herr Jensen, während die anderen Köche das Frühstück vorbereiteten.

»Guten Morgen«, erwiderte Julia, im Angesicht der blitzblanken Küche plötzlich ein wenig eingeschüchtert. War es nicht vollkommen vermessen, dass ausgerechnet sie dem erfahrenen Koch etwas beibringen wollte?

Herr Jensen lächelte. Er schien ihre Unsicherheit zu spüren. »Keine Sorge. Ich beiße schon nicht. Gibt es denn ein Rezept für diesen hochgelobten Braten?«

Mit feuchten Händen zog Julia den Zettel aus ihrer Strickjackentasche. Sie war ihrer Mutter sehr dankbar für die weise Voraussicht. In ihrer momentanen Verfassung hätte sie vielleicht aus Versehen etwas Falsches gesagt.

»Ah, sehr gut. Damit können wir etwas anfangen. Hm, siebeneinhalb Kilo Schweinefleisch, ein Rippenstück, ein Kilo Backpflaumen und zehn Äpfel … für wie viele Personen soll das sein?«

Julia räusperte sich. »Für zwanzig.«

»Gut. Dann müssen wir es als Erstes hochrechnen … insgesamt haben wir heute zweiundachtzig Gäste plus die Reserveportionen für die Laufkundschaft …«

Nachdem Herr Jensen ihr eine weiße Kochjacke und ein Haarnetz gereicht hatte, gingen sie gemeinsam ins Vorratslager, um alle Zutaten in den erforderlichen Mengen herauszusuchen und von einem der Jungen in die Küche tragen zu lassen. Julia staunte, wie voll die angeblich »fast leeren« Regale in Wirklichkeit waren. Sie bogen sich geradezu vor Lebensmitteln. Solche Mengen an fein säuberlich verstauten Vorräten von Mehl, Zucker, Marmelade, Keksen, Eiern, Linsen, Obst, Gemüse und – in der Kühlkammer – Fleisch hatte sie noch nirgendwo gesehen. Als Kind war dieser Bereich für sie leider strengstens tabu gewesen. Noch nicht einmal Minna hatte je ein Auge zugedrückt.

Als Julia schließlich an der Arbeitsplatte vor einem Stück Fleisch stand, waren ihr die mit Minna eingeübten Handgriffe sofort wieder vertraut. Sie wusch das Rippenstück, tupfte es ab und rieb es mit Salz ein. Genauso, wie ihre Ziehmutter es ihr erklärt hatte. Anschließend schnitt sie am Knochen entlang eine Tasche in das Fleisch und füllte diese mit den Backpflaumen und den geschälten und klein geschnittenen Äpfeln. Sie verschloss die Taschen mit etwas Küchengarn und briet den Braten von allen Seiten in etwas Butter an.

»Jetzt muss er nur noch im Rohr bei mittlerer Hitze anderthalb bis zwei Stunden goldgelb braten«, erklärte sie Herrn Jensen. »Von Zeit zu Zeit gießt man etwas heißes Wasser zu, damit man später genügend Flüssigkeit für die Soße hat.«

Herr Jensen nickte und wies einige der Jungköche an, unter Julias Aufsicht mit dem restlichen Fleisch ebenso zu verfahren. Er selbst kümmerte sich um die Vorspeisen und die anderen À-la-carte-Gerichte für die restlichen Hotelgäste, während die Sanddorntorten in der Patisserie zubereitet wurden.

Die Zeit verging wie im Nu, und ehe sich Julia versah, wurden die Salzkartoffeln und das Gemüse aufgesetzt. Sie goss die Bratflüssigkeit in einen Topf und verdickte sie mit etwas Stärke und weiteren Gewürzen zu einer sämigen Soße. Dann wurden die Rippenbraten aufgeschnitten und mit den Beilagen angerichtet. Mit einem mulmigen Gefühl sah Julia den Tellern nach, als sie schließlich im Aufzug nach oben fuhren.

»Gleich werden uns die Kellner berichten, wie die lokale Küche bei den Herren von der IG Farben angekommen ist«, sagte Herr Jensen lächelnd. »Ich mache mir da allerdings keine Sorgen. Das, was ich eben gekostet habe, war hervorragend.«

Ihre innere Unruhe verstärkte sich. Nervös trat Julia von einem Fuß auf den anderen.

Plötzlich flitzte einer der Küchenjungen herein und rief: »Ich soll vom Restaurant fragen, ob es noch Rippenbraten und Soße gibt … alle Herren verlangen Nachschlag!«

»Sag ich's doch! Vielen Dank, Fräulein Falkenhayn«, meinte Herr Jensen mit einem Lächeln.

Zutiefst erleichtert half Julia ihm, den restlichen Braten auf Platten anzurichten und die Soßenreste auf mehrere Saucieren zu verteilen. Anschließend sank sie glücklich und völlig erschöpft im benachbarten Personalraum auf einen Stuhl. Was für ein Tag!

5. Kapitel

Juni 1933

Seit Ava im Klassenzimmer nicht mehr neben ihr saß, war der Platz an ihrer Seite frei. Julia war das nur recht. Sie vermisste Ava und hätte sich wie eine Verräterin gefühlt, wenn ein neues Mädchen sich dort niedergelassen hätte. Außerdem wusste sie nicht, wem in ihrer Klasse sie überhaupt noch trauen konnte. Plötzlich schienen alle Schülerinnen Direktor Beseleins Aufgaben und Methoden gutzuheißen. Hatten sie Angst vor Strafe, wenn sie ihre wahren Ansichten durchscheinen lassen würden? Oder war es ihre aufrichtige Meinung? Julia war sich nicht sicher. Sie versuchte jeden Tag, den Schulalltag so schnell wie möglich hinter sich zu lassen. Ihr größter Verbündeter dabei war Arco, ihr geliebtes Pferd. Sobald sie nach Hause kam, sattelte sie ihn und ritt los. Stundenlang. Sie kehrte erst wieder zurück, wenn es dunkel wurde. Diese Freiheit, die ihre Eltern glücklicherweise tolerierten, war der Ausgleich für die Zeit, die sie – körperlich und seelisch gefangen – in der Schule verbringen musste. Das Einzige, was ihr jede Woche mehr fehlte, war eine gleichaltrige Freundin, mit der sie sich über ihre Sorgen austauschen konnte: Ihr kleiner Bruder hatte in der letzten Zeit leider wieder epileptische Anfälle erlitten. Zwar nicht ganz so schlimm wie beim ersten Mal, aber immerhin noch dramatisch genug, dass ihre Eltern mitten in der Nacht zum Kinderarzt nach Bad Doberan gefahren waren. Da Ava bereits ihre Lehre im elterlichen Geschäft absolvierte, konnten sie sich leider nur an Sonntagen sehen. Und bei diesen seltenen Besuchen wollte Julia ihre Freundin nicht mit Oskars angeschlagener Gesundheit belasten.

»Hallo, Julia.«

Als Julia von ihrer Pausenlektüre aufblickte, sah sie Hilde Albrecht vor sich stehen. Das dunkelhaarige, sportliche Mädchen ging erst seit Anfang des letzten Schuljahrs in ihre Klasse, da sie freiwillig ein Jahr wiederholte, um bessere Noten zu erzielen. Angeblich wollte sie studieren, um wie ihr Vater Zahnarzt zu werden. Ein Berufswunsch, der sie wohl umgehend zur natürlichen Feindin von Direktor Beselein werden ließ, schließlich sah er sie alle als zukünftige Hausfrauen und Mütter. Normalerweise hätte Julia trotzdem eher kühl auf die Kontaktaufnahme reagiert: Hilde teilte sich eine Schulbank mit der dicken Gretel! Doch heute rang sie sich zu einem halbwegs freundlichen »Hallo« durch. Erstens war das Buch, das sie sich eingepackt hatte, um der Langeweile in den Schulpausen zu entfliehen, nicht besonders gut, und zweitens fühlte sie sich einsam. Das Wetter wurde jeden Tag sommerlicher, und sie saß mutterseelenallein inmitten der miteinander plaudernden Schülerinnen.

»Was liest du da?«, wollte Hilde wissen.

»Ach, nur irgendeinen Roman«, meinte Julia und legte das Buch zur Seite. »Kann ich etwas für dich tun?«

Hilde errötete. »Nein, ich habe mich nur gefragt, warum du nie mit deinen Klassenkameradinnen sprichst. Magst du uns nicht?«

»Doch, doch. Natürlich«, meinte Julia verlegen. Hielt man sie für arrogant? »Ich bin nur traurig, weil meine beste Freundin die Schule verlassen hat.«

»Ava, richtig?«

»Richtig.« Julia musterte Hilde interessiert. Alle anderen Klassenkameradinnen nannten Ava inzwischen nur noch abfällig »die Jüdin«.

»Ist es nicht langweilig, so ganz ohne Freundin?«

Julia nickte. »Manchmal.«

»Und nach der Schule? Was machst du da?«

»Nicht viel«, erwiderte Julia. Sie erwähnte Arco absichtlich nicht, damit Hilde die Tatsache, dass sie ein eigenes Pferd besaß, nicht auch noch unter »hochnäsig« oder »eingebildet« verbuchte.

»Dann komm doch morgen zum Schnuppertag des Bundes Deutscher Mädel in Heiligendamm. Wir haben ein tolles Programm vorbereitet.« Hilde strich sich begeistert eine braune Strähne aus dem Gesicht.

Julia hob abwehrend die Hand. »Das ist eine der Jugendorganisationen der Nationalsozialisten, oder? Sei mir nicht böse, aber ich glaube nicht, dass das was für mich ist.«

»Ach, i wo, nur auf dem Papier. Da gehen auch ganz normale Mädchen hin. Ich zum Beispiel. Früher war ich in einem kirchlichen Verein, aber seit der Reichsjugendführer Baldur von Schirach alle konkurrierenden Jugendverbände verboten hat, bin ich jetzt halt beim BDM. Da geht es ganz ungezwungen zu.« Hildes braune Augen blickten sie aufmunternd an.

Julia zögerte. »Ich kann es mir ja mal überlegen«, erwiderte sie schließlich. »Wann und wo trefft ihr euch?«

»Unmittelbar nach der Schule, am Strand vor dem Grand Hotel. Es gibt auch was zu essen. Als Erstes wollen wir eine große Aufräumaktion durchführen. Als gute Tat ... bevor die Saisongäste eintreffen. Du wirst sehen, das macht riesigen Spaß.«

Julia nickte. »Einverstanden. Dann vielleicht bis morgen.«

»Ich zähl auf dich!« Mit einem Grinsen drehte Hilde sich um und marschierte davon.

Julia hatte lange mit sich gerungen, ob sie überhaupt zu dem Treffen gehen sollte. Doch letztlich hatte ihre Neugierde überwogen: Worüber unterhielten sich die Mädchen in diesem Bund? Trugen sie die gleiche Uniform wie ihr Cousin Thomas, der schon recht früh dem Deutschen Jungvolk beigetreten war?

Die Antwort auf diese letzte Frage erhielt sie bereits, als sie sich nach der Schule an der Haltestation des Molli anstellte, um nach Heiligendamm zu fahren. Dort standen ganze Scharen von Mädchen in dunkelblauen Röcken, weißen Blusen und schwarzen Halstüchern. Sie selbst dagegen trug ein hellblaues Kittelkleid mit Strickjacke. Unentschlossen blickte sie sich um. Sollte sie umkehren?

In diesem Moment kam Hilde, ebenfalls in der Standardkleidung, freudestrahlend auf sie zu: »Schön, dich hier zu sehen, Julia!«

»Ja, aber … ich bin gar nicht richtig angezogen, oder?«, erwiderte sie zweifelnd.

»Schon vergessen? Heute ist Schnuppertag! Da kann jede kommen, wie sie mag«, zerstreute Hilde ihre Bedenken.

Gemeinsam stiegen sie in den gerade einfahrenden Molli und unterhielten sich während der Fahrt über neutrale Themen: Hilde, die ein Einzelkind war, sprach über den Hund ihrer Familie, dem sie in ihrer Freizeit Kunststücke beibrachte. Und Julia berichtete über das Leben auf dem Gutshof, wo gestern ein neues Kälbchen zur Welt gekommen war.

Als sie an der Küste eintrafen und auf der Strandpromenade an den wunderschönen schneeweißen Gebäuden vorbeispazierten, die sich von dem satten Grün des dahinterliegenden Buchenwalds besonders strahlend abhoben, musste Julia an die vielen Nachmittage denken, die sie als Kind mit ihren Eltern hier verbracht hatte. Auch damals war der wolkenlose Himmel am Ende des Horizonts nahtlos in das türkisfarbene Meer übergegangen. Die salzig-frische Brise hatte genauso an ihren Haaren gezerrt und ihre Kleidung aufgebläht. Und die Möwen hatten sich mit dem gleichen spitzen Schrei ins Meer gestürzt, um Fische zu fangen. Es war ein bittersüßes Gefühl, sich an all das zu erinnern. Warum waren sie nur so lange nicht mehr hier gewesen?

Am Strand hatte jemand einen Tisch mit Erfrischungen aufgebaut: für jede von ihnen ein Stück Marmorkuchen und ein Glas Limonade. Hilde und auch sie selbst aßen mit gutem Appetit. Anschließend wurden braune Säcke und einige Mistgabeln verteilt. Damit sollten sie das Strandgut zusammensammeln, das das Meer in den letzten Monaten angeschwemmt hatte.

»Es geht um unsere Ehre!«, rief die uniformierte Anführerin. »Wollen wir, dass sich die Reisegäste aus ganz Deutschland bei uns wohlfühlen?«

»Ja!«, antworteten die rund vierzig versammelten Mädchen,

von denen einige – unschwer an der Kleidung zu erkennen – wie Julia zu »schnuppern« schienen.

»Dann macht euch an die Arbeit!«

Das Aufsammeln von losen Holzstücken, zerrissenen Fischernetzen und allerhand merkwürdigem Unrat wie Schuhen machte Julia Spaß. Es war erstaunlich, wie viel Arbeit vierzig Paar Hände innerhalb kürzester Zeit bewerkstelligen konnten. Keine anderthalb Stunden später war der Strand blitzblank. Nachdem sie die nun gefüllten Säcke auf die Strandpromenade getragen hatten, wo sie abgeholt werden würden, fing der gemütliche Teil des Nachmittags an.

Zunächst hatten sie an einer windgeschützten Stelle ein Lagerfeuer entzündet. Die Mädchen setzten sich im Kreis darum herum und lauschten dem Meeresrauschen. Leider dauerte dieser besinnliche Moment keine fünf Minuten, und die anschließenden Reden waren abscheulich: Die dicke Gretel stand auf und sprach voller Pathos davon, dass sie alle »die Pflicht hätten, die völkische Revolution zu vollenden«. Ein anderes Mädchen erzählte, dass ihre Eltern leider zu den »Ewiggestrigen« gehörten, die sich Hitler in den Weg stellten, aber dass sie – sobald sich die Chance dazu böte – nach Berlin gehen würde, um ihre Arbeitskraft in den Dienst des »neuen Deutschlands« zu stellen. Die daraufhin folgenden Lieder, deren Texte auf losen Blättern herumgereicht wurden, gaben Julia den Rest. Als vielstimmig über die »krummbeinigen Judensöhne« gesungen wurde, vor denen man sich zu hüten habe, sprang sie auf, wischte sich den Sand von den Beinen und marschierte wortlos davon.

Sie war noch keine zwanzig Meter entfernt, als Hilde sie einholte und ihr die Hand auf den Arm legte.

»Was soll das?«, fragte sie atemlos. »Warum gehst du?«

Julia riss sich los. »Du hast mich angelogen. Das hier ist genau der gleiche Mist wie in der Schule.«

»Dann wirst du dich uns nicht anschließen?«, fragte Hilde.

»Auf keinen Fall!«

»Das wird aber jemanden sehr traurig machen.«

»Wen denn?«, fragte Julia perplex.

Hilde lächelte geheimnisvoll. »Denjenigen, der mich gebeten hat, dich für den Bund anzuwerben.«

»Und wer soll das sein?« Für einen kurzen Moment hatte Julia Angst, dass Direktor Beselein ihr eine Falle gestellt haben könnte.

»Max natürlich. Er kann immer noch nicht glauben, dass du ein Judenmädchen ihm vorziehst. Solltet ihr euch nicht doch noch einmal treffen, um euch auszusprechen?«

Julia kniff die Augen zusammen. »Du bist also sein Laufbursche? Dann sag ihm, dass er dahin gehen kann, wo der Pfeffer wächst! Ich werde meine kluge, schöne Freundin ein Leben lang ihm und seinen widerlichen SA-Brüdern vorziehen!« Wütend drehte sie sich um und stampfte davon.

»Ich glaube, das wird dir noch einmal leidtun!«, schrie Hilde ihr hinterher.

Am nächsten Morgen verstand Julia, was sie damit gemeint hatte. Als sie der Handarbeitslehrerin ihr aufwändig besticktes Kissen zur Benotung vorzeigen wollte, fand sie es zerschnitten und mit schwarzer Tinte besudelt in ihrem Beutel vor. Während Julia, um Fassung ringend, der Lehrerin zu erklären versuchte, dass sie das Kissen keineswegs selbst zerstört hatte, war im Hintergrund deutlich das gehässige Kichern der anderen Mädchen zu vernehmen. Doch die Lehrerin ließ sich nicht beirren und erteilte ihr ein Ungenügend.

Offenbar hatte nicht nur Hilde, sondern die gesamte restliche Klasse Julia den Krieg erklärt. Und obgleich sie sich schon vorher als Außenseiterin gefühlt hatte, war dieser Zustand deutlich schlimmer. Jetzt wurde sie nicht nur von den Lehrern, sondern auch noch von ihren Klassenkameradinnen schikaniert. Keines ihrer Besitztümer war mehr vor ihnen sicher: Ihre Hefte und Bücher wurden zerfleddert, ihr Stuhl mit klebrigem Leim beschmiert. Es kostete sie unendlich viel Kraft, sich nicht unterkriegen zu lassen oder gar loszuheulen. Als sie jedoch einige Tage später ihr Fahrrad nach

Hause schieben musste, weil jemand die Reifen aufgeschlitzt hatte, fasste sie – zitternd vor Wut – einen folgenschweren Entschluss. Jetzt würde sie nur noch ihre Eltern davon überzeugen müssen, dass dies der einzig richtige Weg für ihre Zukunft war.

In der Hotelbar würde gleich der neu eingeführte allabendliche Aperitif mit musikalischer Untermalung beginnen. Es war eine von Pauls Strategien, um den Konsum an Wein und Spirituosen zu drosseln. Er hoffte, dass die Gäste, wenn sie bereits vor dem Abendessen – also nüchtern – Alkohol konsumierten, sich später – entsprechend angeheitert – einschränken würden. Bislang waren seine Erfahrungen mit diesem Kalkül allerdings durchwachsen. Bei manchen, meist rotgesichtigen Herren schien sich der Aperitif sogar gegenteilig auszuwirken: Sie betrachteten ihn lediglich als eine Art Aufwärmübung für größere alkoholische Aufgaben.

Paul durchquerte die mit Gästen bevölkerte Lobby und begrüßte im Vorbeigehen einige von ihnen mit einem Kopfnicken. Unter normalen Umständen wäre er an jedem Tisch stehen geblieben und hätte ein paar freundliche Worte mit den Anwesenden getauscht. Doch am heutigen Abend steuerte er stur auf den Ausgang zu. Er war auf einer Mission, einem traurigen und schmachvollen Gang nach Canossa: Auf dem Gutshof seiner Schwester würde sein zukünftiges Schicksal endgültig besiegelt.

Seit Carls »Scherz« waren einige Wochen vergangen, doch seine Angst, tatsächlich im Propagandaministerium anfangen zu müssen, steigerte sich von Tag zu Tag. Nächtelang hatte er über einen Ausweg aus dieser hoffnungslosen Situation gebrütet. Doch ihm war nichts eingefallen. Es gab keine staatliche Instanz, an die er sich wegen der Erpressung wenden konnte. Die Polizei hatte bei Herrn Sollichs unrechtmäßiger Verhaftung schließlich auch nichts unternommen. Als Herr Moltke auf sein Geheiß bei der örtlichen Dienststelle angerufen hatte, hatte man ihm lediglich mitgeteilt, dass man für »so etwas« nicht zuständig sei.

Paul schloss den Wagen auf, setzte sich hinters Steuer und starrte für einen Moment in die dunkle Nacht. Er war in dieser kurzen Zeit als Generaldirektor des Palais glücklich gewesen. Ein Außenstehender würde sicherlich die Ironie des Ganzen belächeln, denn ursprünglich hatte sein Vater tatsächlich ihn und nicht Elisabeth zu seinem Nachfolger auserkoren. Damals hatte er mit seiner Rolle als Juniorchef gehadert, war sich im Umgang mit den Gästen schrecklich linkisch und unzulänglich vorgekommen. Heute vermutete er, dass diese frühere Unsicherheit damit zusammengehangen hatte, dass er sich selbst nicht als homosexuellen Mann akzeptieren konnte. Doch ausgerechnet heute, wo er sich zum ersten Mal wohl in seiner Haut fühlte, konnte er die ihm zugedachte Rolle nicht länger einnehmen, sondern musste sich als Carls Marionette in ein Ministerium der Nationalsozialisten versetzen lassen. Ihm graute vor dem bevorstehenden Gespräch mit seiner Schwester und seinem Schwager. Sicherlich würden sie kein Verständnis für seine Entscheidung aufbringen, denn natürlich musste er den wahren Beweggrund für seinen Wechsel verschweigen. Mit einem abgrundtiefen Seufzen ließ er den Wagen an.

Elisabeth sah blass aus, als sie neben Julius Platz nahm, dessen dunkelblondes Haar neuerdings von grauen Strähnen durchzogen war. Unwillkürlich regte sich Pauls schlechtes Gewissen. Warum hatte er sich so lange nicht nach Oskars Befinden erkundigt? Aber er wollte nicht gleich mit der Tür ins Haus fallen, weshalb er sich zunächst anerkennend in der gemütlichen Stube des Guthauses umschaute: »Schön habt ihr es hier. Wenn ich daran denke, wie primitiv das alles früher einmal war …«

»Wie du weißt, haben wir viel Arbeit in die Renovierung gesteckt.« Elisabeth lächelte und wirkte dadurch sofort jünger. »Kann ich dir etwas zu trinken anbieten?«

Paul schüttelte den Kopf. »Nein, ich werde später noch im Hotel gebraucht. Trotzdem muss ich etwas Wichtiges mit euch besprechen.«

»Wir sind ganz Ohr«, erwiderte Julius aufgeräumt.

Als Paul in wenigen Worten sein Anliegen umriss, starrte seine Schwester ihn fassungslos an: »Du willst ... was genau?«

»Ich möchte gern von meinem Geschäftsführervertrag freigestellt werden, um nach Berlin zu gehen und ...«

»Den Teil haben wir verstanden«, unterbrach Julius ihn. »Was wir dagegen nicht begreifen, ist, warum du – nachdem du noch im Januar sehr glücklich warst, deine Arbeit für die Parteizentrale aufgeben zu können – jetzt erneut für diese menschenverachtende Regierung arbeiten willst, die kürzlich deinen Koch entführt hat?«

Paul hatte mit dieser Frage gerechnet. Lächelnd sagte er sein zurechtgelegtes Sprüchlein auf: »Weißt du ... ich habe an der Verhaftung von Samuel und Herrn Sollich gesehen, wie viel Schaden der derzeitige Übereifer der SA anrichten kann, und da habe ich mir gedacht, dass ich im Ministerium von Dr. Goebbels, quasi im Zentrum der Macht, vielleicht andere Menschen vor ähnlichem Unheil beschützen kann.«

Julius kniff ungläubig die Augen zusammen. »Willst du mir tatsächlich weismachen, dass dieser Wechsel auf deinem eigenen Mist gewachsen ist?«

Elisabeth hieb in dieselbe Kerbe. »Aber, Paul, du liebst doch die Arbeit im Palais. In den letzten Monaten bist du regelrecht aufgeblüht.«

Paul schluckte. »Das stimmt, aber ... wie ihr wisst, hat Thomas die Aufnahmeprüfung für die Napola in Potsdam bestanden und ...«

Julius blickte ihn scharf an. »All das hört sich in meinen Ohren mehr nach Carl an als nach dir.«

»Paul? Stimmt das? Setzt er dich irgendwie unter Druck?«, erkundigte sich seine Schwester voller Mitgefühl.

Was sollte er darauf nur erwidern? Am besten gab er zunächst das zu, was ihm sowieso seit Wochen auf der Seele brannte: »Ich muss euch etwas gestehen«, begann er zögerlich. »Die Pauschalreisen ... also, mir ist da eine Fehlkalkulation unterlaufen und ...«

Julius hob abwehrend die Hand. »Geschenkt! Mach dir deswegen bloß keine Gedanken. Deine Idee mit den Pauschalreisen war goldrichtig, und natürlich passieren bei einer solch grundlegenden Umstellung anfänglich Fehler. Das kann man doch später wieder ausbügeln.«

»Du weißt ... darüber Bescheid?«, stammelte Paul verblüfft. Er hatte wochenlang mit sich gekämpft, seiner Familie diese in seinen Augen unerträgliche Niederlage einzugestehen.

Julius nickte. »Selbstverständlich. Die Gewinn- und Verlustrechnung des Hotels, das sich immer noch mehrheitlich in meinem Besitz befindet, wird in meiner Vermögensbilanz konsolidiert. Da muss mich unser Buchhalter natürlich über alles informieren. Aber du willst doch nicht etwa wegen dieser kleinen Anlaufschwierigkeiten ins Ministerium wechseln?«

Plötzlich fühlte Paul sich grenzenlos erleichtert. Sein Prestige als Hoteldirektor war intakt. Seine Familie hielt ihn nicht für einen Versager!

»Paul?«, fragte Elisabeth irritiert. »Bitte sag mir, dass du nicht deswegen nach Berlin gehen willst.«

Er schüttelte den Kopf. Jetzt blieb ihm wohl nichts anderes übrig, als die Wahrheit zu sagen. Mit bebender Stimme flüsterte er: »Carl weiß über meine Rolle bei Samuels Rettung Bescheid. Er hat Luises Telefongespräche abgehört.«

Julius' Gesicht verdunkelte sich. »Dachte ich es mir doch ... und nun erpresst er dich mit diesem Wissen?«

Paul nickte. »Er will, dass ich im Ministerium für ihn spioniere. Es ... es tut mir so leid, dass ich ihm Einlass in unser Leben gewährt habe. Ich habe nicht geahnt, was für ein Ungeheuer in ihm steckt.«

»Großer Gott«, flüsterte seine Schwester. »Und wie geht es dir damit?«

»Ehrlich gesagt? Nicht gut. Wegen ihm muss ich nun alle meine eigenen Wünsche und Träume begraben und auch euch dazu zwingen, an meiner Stelle das Hotel wieder zu übernehmen.«

Julius sog laut hörbar Luft ein. »Gibt es denn wirklich keine andere Lösung?«

»Glaub mir … ich habe nächtelang gegrübelt, aber ich wüsste nicht, wie oder womit ich mich gegen ihn wehren sollte.«

Sein Schwager nickte grimmig. »Es ist diese NSDAP. Die Partei macht uns alle zu Mittätern!«

»Was meinst du damit, Julius?«, fragte seine Schwester mit gerunzelter Stirn.

»Nun, Carl ist durch die Nazis vom Liebenden zum Erpresser geworden. Paul wird demnächst für Carl spionieren und alle Anweisungen des Ministeriums ausführen … und wir müssen – sofern wir weiterhin in Deutschland bleiben – wieder Nazis beherbergen. Das stimmt doch, Paul, nicht wahr?«

Er nickte. »Wir haben leider momentan jede Menge Gäste, die ihr NSDAP-Parteiabzeichen wie einen Orden zur Schau stellen.«

»Siehst du, Liebling … man kann diesen Leuten nicht entkommen.« Julius klang vollkommen resigniert. »Es sei denn … man wandert aus.«

Elisabeth wechselte einen raschen Blick mit ihm. Offenbar hatte es zwischen den beiden bereits längere Diskussionen über die politische Entwicklung des Landes gegeben. Mit einem Seufzen antwortete sie: »Selbst unser Kinderarzt trägt inzwischen eine NSDAP-Anstecknadel an seinem Kittel. Das macht ihn doch nicht gleich zu einem schlechten Menschen.«

»Trotzdem … ich will mit diesen Leuten nichts zu tun haben und bin dafür, dass wir einen externen Hoteldirektor engagieren«, erwiderte Julius steif.

»Aber ein Angestellter kann niemals die Sorgfalt und die Hingabe eines Eigentümers ersetzen«, sagte Elisabeth.

Paul nickte. »Das war einer der unumstößlichen Leitsätze unseres Vaters.«

»Habt ihr schon vergessen, dass auch ich einmal als Angestellter im Hotel angefangen habe?«, gab Julius zu bedenken.

Seine Schwester schüttelte den Kopf. »Das kann man doch gar nicht vergleichen.«

Paul, der sich ebenfalls keinen bezahlten, weitgehend unbeaufsichtigten Geschäftsführer als seinen Nachfolger vorstellen konnte, versuchte, das Gespräch wieder in die richtige Richtung zu lenken: »Wenn du nicht willst, Julius … dann kann Elisabeth das Hotel vielleicht für einige Zeit allein führen?«

»Ich … ich muss mich um Oskar kümmern, Paul«, antwortete Elisabeth traurig. »Aber Julius …«

Bevor sie den Satz zu Ende sprechen konnte, flog die Stubentür auf, und seine hochbeinige Nichte stürmte mit wehenden Zöpfen und in einem nicht mehr ganz sauberen Reitdress ins Zimmer. »Mein Entschluss steht fest«, verkündete sie kämpferisch. »Ich gehe nicht einen Tag länger in diese schreckliche Schule!«

Paul musste unwillkürlich schmunzeln. Niemals hatte Julia ihn mehr an ihre Mutter erinnert, die in ihrer Jugend genauso aufsässig und draufgängerisch gewesen war.

In diesem Moment bemerkte sie seine Anwesenheit und errötete: »Guten Abend, Onkel Paul.«

»Guten Abend, Julia«, erwiderte er lächelnd. »Lass dich von mir bitte nicht stören … ich bin sehr gespannt, in welche Richtung es dich beruflich zieht.«

»Beruflich? Aber du willst doch sicher auf eine andere Schule wechseln, um die Matura zu machen?«, meinte Julius überrumpelt.

»Nein!« Julias Wangen färbten sich noch eine Schattierung dunkler. »Also, vorausgesetzt, du bist damit einverstanden, Onkel Paul … dann … würde ich gern eine Ausbildung im Palais Heiligendamm beginnen.«

Für einen Moment herrschte angespanntes Schweigen im Zimmer.

Schließlich räusperte sich seine Schwester. In Elisabeths Augen standen Tränen, als sie sagte: »Mein Liebling, das würde bedeuten, dass bereits die dritte Generation unserer Familie im Palais nach dem Rechten sieht. Ich glaube … in diesen schweren Zeiten könnte mich nichts glücklicher machen.«

Luise saß in ihrer Garderobe im Palais und wartete auf ihren Auftritt. Gleich würde sie im provisorisch zum Theater umgebauten großen Ballsaal Ausschnitte aus *Don Karlos* von Friedrich Schiller szenisch vorlesen. Es war bereits ihre fünfte Vorstellung diese Woche, und sie freute sich darauf. Nachdem sie das bei den Proben aufgekommene Lampenfieber niedergekämpft hatte, genoss sie jetzt die vertraute Umgebung und den zumeist begeisterten Applaus der Hotelgäste. Ursprünglich hatte sie nicht Schiller, sondern etwas Modernes aufführen wollen. Doch dann hatte Carl sie belehrt, dass viele Autoren inzwischen auf eine Schwarze Liste gesetzt und verboten worden seien und die neue Regierung die Klassiker bevorzuge. *Don Karlos* war in ihren Augen eine exzellente Wahl, da sie sich jedes Mal, wenn sie leidenschaftlich die Textzeile »Sire, geben Sie Gedankenfreiheit!« vortrug, wie eine Rebellin vorkam.

Sie hatte sich kurzfristig zu dieser Flucht nach Bad Doberan entschieden, nachdem Paul ihr Ende Juni von Angesicht zu Angesicht mitgeteilt hatte, dass Carl ihre Telefongespräche abhörte. Luise hatte sich schrecklich schuldig gefühlt, dass Paul nun ausgerechnet ihretwegen erpresst wurde. Ihr Bruder schien ihr dies allerdings nicht zu verübeln. »Du hast Carl die Geschichte mit Samuel ja nicht absichtlich verraten«, hatte er auf ihre Selbstvorwürfe geantwortet. »Wie hättest du wissen können, dass dein Gespräch mit Johanna belauscht wird?« Das stimmte zwar, machte die Sache aber auch nicht besser. Weder für ihn noch für sie, denn Paul hatte hinzugefügt: »Siehst du jetzt ein, dass du dich auf keinen Fall von ihm scheiden lassen kannst? Wenn Carl sogar mir, seinem langjährigen Partner, die Daumenschrauben ansetzt ... was meinst du, was er dann erst mit dir machen würde?«

Natürlich hatte Paul recht. Außerdem war sie nach wie vor arbeitslos. Zwar hatte ihr die UFA inzwischen einige Rollen angeboten, aber sie hatte alle Offerten abgelehnt: Weder wollte sie einen aufgewärmten Abklatsch der eiskalten Liebesgöttin aus ihrem letzten Film verkörpern noch irgendwelche aufopferungswütigen Mütter einer vielköpfigen Kinderschar. Die weibliche Hauptrolle in einer Arztkomödie hätte ihr dagegen schon zugesagt, doch als der Produzent durchscheinen ließ, dass man mit Heinz über den männlichen Part verhandele, hatte sie schweren Herzens verzichtet. Auch wenn sie sich nicht mehr jede Nacht nach ihm sehnte, wäre eine solche Zusammenarbeit schwierig geworden.

Als Heinz nach ihrem letzten gemeinsamen Frühstück ihre Wohnung verlassen hatte, hatte sie sich unendlich einsam gefühlt. Besonders, weil auch das Berliner Nachtleben von der neuen Regierung zunehmend eingeschränkt wurde. Ständig hörte man von Razzien und Festnahmen. Noch vor wenigen Monaten hatten sie und ihre Freunde in den für ihre ausgelassene Frivolität bekannten Nachtclubs und Bars getanzt und gefeiert. Jetzt mussten sie alle vor den biederen und engstirnigen Ansichten der Nationalsozialisten kuschen. Sogar die Maskenbildnerinnen der UFA waren angewiesen worden, die Schauspielerinnen so zu schminken, dass sie natürlicher aussahen. Was bildeten sich diese Möchtegern-Wächter des »wahren« Deutschtums nur ein, wenn sie riefen: »Gegen Dekadenz und moralischen Verfall! Für Zucht und Sitte in Familie und Staat!«

Plötzlich verstand Luise, warum Heinz sich um seine Frau und seine Karriere Sorgen machte. Deshalb war sie seiner Bitte nachgekommen und hatte sich bei einem von Dr. Goebbels' Mitarbeitern, den sie noch von früher kannte, erkundigt. Er hatte ihr bestätigt, was sie leider schon vermutet hatte: Demnächst sollten alle Schauspieler auf ihre »Rassentauglichkeit« geprüft werden. Jüdische Ehepartner waren unerwünscht. Am nächsten Tag hatte sie Heinz von einer Telefonzelle aus angerufen und ihm die unerfreulichen Nachrichten übermittelt. Als er ihr dankte und sie fragte, ob sie es nicht doch noch einmal miteinander versuchen sollten, hatte sie ohne ein weiteres Wort aufgelegt und gleich am nächsten Tag eine Fahrkarte nach Bad Doberan gelöst.

Jemand klopfte an ihre Garderobentür. »Frau von Herrhausen. Noch fünf Minuten!«

Wie sie diesen Namen hasste. Es war eine Qual für sie, weiterhin mit Carl verheiratet zu sein. Wie gern hätte sie sich scheiden lassen, aber Paul hatte recht, es war einfach zu gefährlich. Und dass Carl irgendwann selbst die Scheidung verlangte, darauf brauchte sie gar nicht erst zu hoffen – eine perfektere Tarnung gab es für ihn als Homosexuellen nun mal nicht.

Luise versuchte, sich wieder auf ihre Darbietung zu konzentrieren. Doch ihre Gedanken schweiften erneut ab. Bei ihrer Ankunft hatte sie eine Überraschung erlebt: Ihre hübsche Nichte Julia hatte im Hotel als Lehrling angefangen und ihr mit einem freundlichen Lächeln die Zimmerschlüssel überreicht, bevor sie hinter dem Empfangstresen hervorgekommen war, um sie zu umarmen. Erst in den Tagen darauf hatte sie erfahren, dass der Anstellung ihrer Nichte ein heftiger Streit vorausgegangen war. Julius hatte sich standhaft geweigert, seine Zustimmung zu erteilen, und darauf bestanden, dass seine Tochter zuerst die Matura machte, bevor sie ins Hotelfach wechselte. Elisabeths sanfte Fürsprache hatte nichts an seiner Einstellung geändert. Erst Julias Tränen und ihre heißen Beteuerungen, dass sie *niemals* freiwillig in eine Schule zurückkehren werde, hatten ihn schließlich umgestimmt.

»Es ist so weit!«, rief dieselbe männliche Stimme wie eben. Paul hatte für die Veranstaltungen im Hotel eine ganze Mannschaft aus Künstlerbetreuern, Beleuchtern, Bühnen- und Maskenbildnern eingestellt.

»Ich komme.« Luise erhob sich und griff nach ihrem Manuskript. Ein letzter Blick in den Spiegel, und sie trat aus der Tür.

»Hier entlang, bitte«, wies ihr der Betreuer den Weg.

Sie lächelte. »Ich weiß.« Luise stieg die wenigen Stufen zur Bühne hinauf, straffte die Schultern, atmete tief ein und machte das Zeichen, dass der Vorhang geöffnet werden konnte.

Nach der Lesung prickelte ihre Haut angenehm. Noch immer hatte sie den begeisterten Applaus der Zuschauer im Ohr und fühlte das Adrenalin durch ihre Adern rauschen. An Schlaf war unter diesen Umständen nicht zu denken, obwohl es bereits weit nach Mitternacht war. Ob sie noch auf einen Sprung in die Bar gehen sollte? Paul zog sich zwar meist zeitig zurück, aber vielleicht nahmen Friedrich und Margot, die am heutigen Nachmittag für einen Kurzurlaub im Palais angekommen waren, noch einen Schlummertrunk. Es war wirklich eine Schande! Obgleich ihr ältester Bruder und seine Frau in Berlin lebten, hatte sie die beiden schon seit ewigen Zeiten nicht mehr gesehen. Beide arbeiteten als Ärzte in der Charité und waren sehr beschäftigt.

Luise hatte sich nicht die Mühe gemacht, sich umzuziehen, und trug immer noch das tief dekolletierte schwarze Abendkleid, das sie auf der Bühne getragen hatte. Als sie die gut besuchte Bar betrat und dicht neben dem Eingang stehen blieb, fing das Getuschel an. Aber daran war sie bereits gewöhnt. Ohne sich davon irritieren zu lassen, blickte sie sich um. Gedämpftes Licht beleuchtete den Raum, der trotz seiner eleganten Einrichtung äußerst behaglich wirkte. Hinter der Bar glitzerte das geschliffene Glas der Karaffen und Gläser, unmittelbar daneben stand eine ganze Batterie von Flaschen, die mit den edelsten Tropfen der Welt gefüllt waren. Barmann Charlie, im schwarzen Smoking, mischte daraus die köstlichsten Cocktails. Weiter hinten klimperte der Pianospieler den neuesten Schlager von Anny Ondra: *Ich lieb' dich, I love you, je t'aime.* Es klang schmissig, und Luises linker Fuß wippte unwillkürlich den Takt mit, doch ihren Bruder und seine Frau konnte sie an keinem der Tische ausmachen. Enttäuscht wollte sie gerade auf ihr Zimmer gehen, als eine dunkle Stimme unmittelbar hinter ihr sagte: »Sehr geehrte gnädige Frau ... würden Sie mir eine Freude machen und sich von mir auf ein Glas Prickellimonade einladen lassen?«

Luise drehte sich um. Sie erkannte den großen, attraktiven Mann im weißen Smoking sofort. Es war Henry von Walden. Sie hatte sein Bild oft genug in den Klatschspalten der lokalen Zeitungen gesehen, und wie wahrscheinlich jeder Berliner wusste sie alles über ihn: Seine Mutter, die aus einer alteingesessenen Reedereifamilie stammte, hatte ihm ein Vermögen vererbt, sein Vater den Adelstitel. Von Walden selbst war allerdings hauptsächlich für seinen ausschweifenden Lebensstil berüchtigt. Er schien ein unverbesserlicher Frauenheld zu sein. Mit seinen hellblauen

Augen, dem verwegenen Wolfsgesicht und den grau melierten Schläfen hatte er ganze Armeen von Jungschauspielerinnen, Tänzerinnen und Vorführfräuleins verführt. Dieser Lebemann war sicher kein angemessener Umgang für eine verheiratete Frau. Luise zögerte.

»Och, bitte«, sagte er und fasste sich theatralisch ans Herz. »Ich habe mir schon eben eine Abfuhr eingehandelt. Zwei an einem Abend sind zu viel für mich.«

Seine Unverschämtheit amüsierte sie, und sie unterdrückte ein Grinsen. »Das klingt tragisch, aber ich war gerade auf dem Weg zu meiner Suite.«

»Das stört mich nicht, wir können gerne auch in Ihren Gemächern eine Flasche Champagner genießen«, erwiderte er, ohne eine Miene zu verziehen. »Vielleicht wird das sogar noch schöner.«

Luise hob spöttisch eine Augenbraue. »Meinen Sie nicht, dass Sie den Mund etwas zu voll nehmen?«

»Wenn ich das tue, dann nur, weil mir Ihre Schönheit die Sinne vernebelt.«

Normalerweise hätte sie ihn längst stehen gelassen und sich kommentarlos aus dem Staub gemacht. Doch nun spukte ihr plötzlich eine wahnwitzige Idee durch den Kopf: Bislang hatte sie sich aus Rücksicht auf Carl immer äußerst dezent verhalten. Außerhalb der UFA hatte niemand etwas von ihren Affären geahnt … aber was würde Carl tun, wenn sie ihr Benehmen änderte und öffentlich mit einem stadtbekannten Schürzenjäger poussierte? Würde er sich vielleicht dadurch zu einer Scheidung bewegen lassen? Wahrscheinlich käme es auf einen Versuch an.

Mit einem wohlkalkulierten Augenaufschlag sagte sie: »Mein Gott, ziehen solche Sprüche bei den jungen Frauen von heute? Um mich zu becircen, müssen Sie schon mehr Originalität an den Tag legen.«

Er verzog den Mund zu einem charmanten Lächeln. »Für Sie, gnädige Frau … würde ich mich tatsächlich bemühen, ein besserer Mensch zu werden.«

»Nicht schlecht«, erwiderte Luise mit einem Lächeln. »Nun gut. Unter diesen Umständen dürfen Sie mich gern auf ein Glas Champagner einladen.«

Galant reichte er ihr den Arm: »Darf ich bitten?«

»Siehst du, so geht das!« Geschickt hatte Käthe das Plumeau im Bettbezug versenkt, aufgeschüttelt und in Rekordzeit die vielen kleinen Knöpfe geschlossen. Ehe Julia sich versah, lag die frisch bezogene und glatt gestrichene Bettdecke wieder akkurat an ihrem Platz. Das dunkle Haar von einer weißen Haube verdeckt, lächelte das Zimmermädchen sie an. Kunststück, ihr gelang das Bettenbeziehen ja auch scheinbar mühelos. Sie hatte nicht mit zwei linken Händen zu kämpfen.

Julia, die wie Käthe eine Schürze über dem grauen Dienstkleid trug, schob beide Hände in den auf links gekehrten Bettbezug und versuchte, damit die oberen Zipfel des Plumeaus zu erreichen. Doch wie bei den ersten beiden Malen rutschten ihre Finger an dem seidigen Stoff ab.

»Verdammt und zugenäht«, schimpfte sie.

»Psst!«, rief Käthe erschrocken. »Lass das bloß nicht die Hausdame hören. Sonst bekommst du umgehend eine Ermahnung.« Sie nahm Julia den Bettbezug aus der Hand. »Wir müssen das nach dem Dienst weiter üben, sonst schaffen wir die restlichen Zimmer nicht.«

»Es tut mir so leid«, sagte Julia zerknirscht. »Statt dir zu helfen, halte ich dich nur auf.«

Käthe zuckte leidenschaftslos mit den kräftigen Schultern. »Übung macht den Meister. Du kannst ja schon mal die Aschenbecher und Kehrichteimer ausleeren.«

Julia nickte. Das kannte sie schon. Sie wollte gerade nach dem ersten vollen Aschenbecher greifen, als Käthe, resolut ein Kissen aufschüttelnd, sagte: »Die Asche wird erst mit dem Pinsel in die Blechtonne gestrichen und …«

»… und anschließend wird der Marmor mit einem feuchten Lappen ausgewischt«, vervollständigte Julia den Satz. Es war verrückt, wie Käthe all die vielen kleinen Handgriffe in Fleisch und Blut übergegangen waren. Sie selbst musste bei jedem Zimmer aufs Neue auf den Merkzettel mit dem festgelegten Arbeitsablauf schauen, sonst würde sie garantiert die Hälfte vergessen.

Da Julia baldmöglichst zur rechten Hand des zukünftigen Hoteldirektors aufsteigen sollte, hatten Onkel Paul und ihre Eltern eine ganz besondere Form der Ausbildung mit ihr vereinbart: Nach und nach sollte sie sämtliche Abteilungen des Palais durchlaufen und dort jeweils mehrere Wochen bleiben. »Man kann Mitarbeiter nur dann effizient führen, wenn man deren Aufgaben mit all ihren Herausforderungen von Grund auf versteht«, hatte ihre Mutter gesagt. Ihr Vater, der ihr glücklicherweise nicht mehr wegen der abgebrochenen Schullaufbahn grollte und sich mit ihrer Wahl abgefunden zu haben schien, hatte zustimmend genickt: »Das Geheimnis des Erfolgs liegt darin, dass man nachvollziehen kann, wie die einzelnen Abteilungen die Gewinn- und Profitrechnung beeinflussen. Und das kann nur gelingen, wenn du dir selbst einen detaillierten Überblick verschaffst.«

Dass ausgerechnet die jungen Zimmermädchen eine solch anspruchsvolle Arbeit verrichteten, wäre Julia nicht im Traum eingefallen. Dagegen war der Monat, in dem sie am Empfang gelernt hatte, wie man die Ankunfts- und Rechnungsformalitäten erledigte und telefonisch neue Buchungen entgegennahm, ein Klacks gewesen. Vor über einer Woche hatte sie zum ersten Mal eine Suite des Palais betreten – bislang hatte man ihr das verwehrt, genauso wie den Zutritt in die Vorratskammer –, und obwohl Julia an Luxus und Komfort gewöhnt war, war sie von der eleganten Einrichtung regelrecht überwältigt gewesen. Allerdings hatte es sie schockiert zu hören, welch kurze Zeit den zwei Zimmermädchen für die Reinigung der Räumlichkeiten zugestanden wurde. In ihren Augen war diese knappe Vorgabe nur mit Zauberei zu schaffen. Allein das Saubermachen der Badewanne dauerte – zumindest mit ihren im Scheuern und Polieren unerfahrenen Händen – ewig.

Bevor sie die Lehre angetreten hatte, hatte sie Onkel Paul gebeten, allen ihren Ausbildern zu sagen, dass sie auch als Tochter und Nichte der Hotelbesitzer keine Extrawurst gebraten haben wolle. Man solle mit ihr genauso streng verfahren wie mit einem gewöhnlichen Lehrling. Doch Anfang letzter Woche hatte sie diese vollmundige Ansage beinahe bereut: Bis auf Käthe hatte kein Zimmermädchen aufgezeigt, als die Hausdame vor versammelter Mannschaft gefragt hatte, wer mit Julia arbeiten wolle. Mit hochrotem Kopf hatte sie zu Boden geschaut und sich gegrämt. Dabei war diese Zurückhaltung wahrscheinlich gar nicht gegen sie persönlich gerichtet gewesen. Jeder Neuling streute schlichtweg zu viel Sand ins Getriebe, störte die penibel aufeinander abgestimmte Zusammenarbeit der qualifizierten Angestellten. Niemand wollte wegen ihr Überstunden machen oder die ganze Arbeit allein schultern.

Käthe hingegen war von Natur aus ein eher fürsorglich-pragmatischer Mensch. Sie hatte sieben kleine Geschwister, und nachdem sie Julia zunächst noch respektvoll gesiezt hatte, hatte sie irgendwann einfach begonnen, sie wie ein achtes Geschwisterchen hinter sich herzuschleppen und die Arbeit mehr oder weniger allein zu erledigen. Dass Käthe ihr nicht wie einem unerzogenen Fratz bei jedem Fehler auf die Finger haute, war alles. Trotzdem hatte sie sich bereit erklärt, auch noch nach ihrem regulären Dienst die kniffeligen Arbeitsschritte mit ihr einzustudieren, wofür Julia ihr unendlich dankbar war. Über diese vielen gemeinsam verbrachten Stunden waren sie fast so etwas wie Freundinnen geworden.

Jeden Abend fiel Julia todmüde von der ungewohnten körperlichen Anstrengung ins Bett, um am nächsten Morgen erneut um fünf Uhr aufzustehen. Für die Zeit der Lehre hatte sie entschieden, nicht in der leer stehenden Wohnung ihrer Eltern unterzuschlüpfen, sondern eine schmucklose Kammer im Trakt der Angestellten zu beziehen. Doch selbst wenn diese inzwischen über elektrisches Licht und fließend kaltes Wasser verfügten, war es schwierig, in der niemals ganz stillen Umgebung Ruhe zu finden und durchzuschlafen. Mehrmals in der Nacht schreckte sie hoch, weil eine Tür ging oder auf dem Gang gestritten oder gelacht wurde. Die anderen Mitarbeiter behandelten sie höflich, hielten sich aber – bis auf Käthe – von ihr fern und bezogen sie nicht in ihre meist konspirativ geflüsterten Gespräche mit ein. An Käthes freiem Tag musste sie deshalb als nur geduldetes »drittes Rad« zwei anderen Zimmermädchen hinterherrennen und entweder mutterseelenallein im Personalraum essen oder warten, bis Herr Jensen Mittagspause machte. Der schmächtige Souschef behandelte sie nach ihrem gemeinsamen Kochabenteuer wie eine junge Kollegin, und sie war dankbar, ein freundliches Gesicht zu sehen.

Ihre eigenen freien Tage verbrachte sie auf dem Gutshof. Dort spielte sie mit ihrem kleinen Bruder, dem es endlich besser zu gehen schien, obwohl er laut Kinderarzt nicht genügend zunahm, oder sie ging reiten. Arco, der inzwischen regelmäßig von Herrn Petersen bewegt wurde, damit er in ihrer Abwesenheit nicht zu fett wurde, wieherte jedes Mal stürmisch, wenn sie den Stall betrat. Und auch sie genoss die langen Ausritte auf seinem Rücken. Meistens wurden sie von ihrem Vater auf Armagnac begleitet, der zugestimmt hatte, in Onkel Pauls Fußstapfen zu treten, falls und wenn dieser tatsächlich nach Berlin gehen musste. Julia hatte schrecklich unter dem Zwist mit ihm wegen der abgebrochenen Schullaufbahn gelitten und war heilfroh, dass sich ihr Umgang wieder normalisiert hatte. »Vielleicht holst du die Matura einfach zu einem späteren Zeitpunkt nach«, hatte ihr Vater bei ihrem letzten Ausritt gemeint. Doch sie bezweifelte es. Solange dieser Hitler an der Macht war und die Schulen und Jugendorganisationen nach seinem Gutdünken beeinflusste, verzichtete sie lieber auf höhere Bildungsweihen.

Leider machte die neue Zeit nicht vor dem Eingangsportal des Palais halt: Selbst einige der Angestellten begrüßten sich inzwischen mit ruckartig hochgezogenem Arm und einem lärmenden »Heil Hitler«-Ruf, wofür sie von ihren Kollegen – je nach deren politischer Meinung – schief angeguckt, gerügt oder gelobt wurden. Das Personal unterteilte sich in Anhänger und Gegner der Nazis sowie Unpolitische. Das sorgte für Missstimmung und sogar offene Konflikte, obwohl Onkel Paul erst vor Kurzem ein

Machtwort gesprochen hatte: Jeder solle seine politischen Überzeugungen in seiner Freizeit ausleben. Auf den Zimmern der Gäste entdeckte Julia zuweilen unliebsame Gegenstände: achtlos abgelegte Anstecknadeln mit dem NSDAP-Parteiabzeichen und zerlesene Exemplare von »Mein Kampf«. Beim Aufräumen war aus einem dieser Bücher sogar einmal eine Fotografie von Hitler mit dessen Unterschrift gerutscht. Mit spitzen Fingern hatte Julia sie zurück an ihren Platz geschoben.

Seit einigen Wochen war endlich Herr Sollich aus der sogenannten Schutzhaft zurück. Doch er sah schlecht aus: dramatisch abgemagert und gesundheitlich angeschlagen. Beim Gehen zog er das linke Bein nach. Die Küchenjungen raunten einander hinter vorgehaltener Hand zu, dass die SA es ihm mit einem Gewehrkolben gebrochen habe. Absichtlich! Selbstverständlich arbeitete der Chefkoch nicht mehr für die lokale Gewerkschaft des Gaststättengewerbes. Während seiner Abwesenheit waren deutschlandweit alle Gewerkschaften abgeschafft worden. Es gab nur noch die Deutsche Arbeitsfront, in der sowohl Arbeitgeber als auch Arbeitnehmer vereint waren. Dadurch würden reguläre Streiks unmöglich gemacht, hatte ihr Vater ihr erklärt.

Ihre Eltern, die den langjährigen Mitarbeiter bei seiner Rückkehr willkommen hießen, waren sichtlich schockiert bei seinem Anblick. Später im Wagen sagte ihr Vater, dass Herr Sollich ein »gebrochener Mann« sei. Obgleich der Chefkoch kein Wort über seine Zeit in Haft verlor, versetzte sein Schicksal die unpolitischen Angestellten des Hotels in Angst und Schrecken. Sogar Käthe bat sie, nicht mehr über »diese Dinge« zu sprechen. Sie wolle nichts damit zu tun haben. Die plötzliche Stille der vormaligen Gegner und die selbstbewussten Reden der Unterstützer der Regierung erinnerten Julia an ihre alte Klasse. Abends, allein in ihrer dunklen Kammer, fragte sie sich seufzend, wie lange dieser Hitler sich denn noch an der Spitze Deutschlands halten würde. Sechs Monate waren eindeutig genug!

Das Wetter war herrlich. Keine einzige Wolke stand am hohen, weiten Himmel. Das gleißende Sonnenlicht spiegelte sich in den heranrollenden Wellen und brachte das grünblaue Meerwasser zum Glitzern. Man musste die Augen zusammenkneifen oder wie Luise eine Sonnenbrille aufsetzen, um in diesem Gefunkel die Umrisse der Badenden zu erkennen. Im seichten Wasser frohlockten vorwiegend die Damen, weiter hinten die Herren. Je nach sportlichem Können standen sie breitbeinig in der Brandung oder durchteilten mit kräftigen Schwimmstößen die Wellen. In der weiß schäumenden Gischt davor spielten Kinder und suchten nach angeschwemmten Muscheln oder Stöckchen. Über alldem kreisten die Möwen und durchstießen von Zeit zu Zeit mit spitzem Schrei die Wasseroberfläche, um nach einem Fisch zu tauchen. Obwohl sie weiß Gott nicht allein am Strand von Heiligendamm war, fühlte sich Luise merkwürdig entspannt, ja, fast glücklich. Durch das Sonnenlaken – ihr Begleiter und sie hatten spontan auf die Nutzung eines Strandkorbs verzichtet – spürte sie die wohltuende Wärme des Sandes, während sie Henry von Walden beobachtete, der sich, nur mit einer knappen Badehose bekleidet, plötzlich in den Fluten aufrichtete und zu ihr zurücklief. Wassertropfen glänzten auf seiner braun gebrannten, muskulösen Brust, und nicht zum ersten Mal dachte Luise, dass ihr Versuch, Carl zu einer Scheidung zu bewegen, nicht so unangenehm war, wie zunächst befürchtet.

»Und? Sehe ich aus wie Johnny Weißmüller in *Tarzan, der Affenmensch?*«, fragte Henry, beugte sich über sie und ließ einige Wassertropfen aus seinen Haaren auf ihre warme Haut rinnen.

Sie hob amüsiert ihre Sonnenbrille. Dann zeigte sie auf sich und sagte: »Ich bin JANE! Und du?«

Mit beiden Fäusten trommelte er sich auf die Brust, stieß einen ohrenbetäubenden Schrei aus und rief: »Tarzan! Tarzan!«

»Bist du sofort still«, schimpfte Luise. »Die Leute starren uns schon an.«

Er grinste. »Du hast angefangen. Außerdem starren dich die Leute ständig an.«

Energisch klopfte sie auf sein Sonnenlaken, das unmittelbar neben ihrem lag. »Trotzdem … man muss es nicht auf die Spitze treiben. Jetzt leg dich schon hin.«

»Spielverderber«, murmelte Henry, aber er gehorchte. »Reibst du mir dafür, dass ich so folgsam bin, die Schultern mit Tiroler Nussöl ein?«

»Ganz sicher nicht«, sagte Luise und schüttelte den Kopf. Wenn man ihm den kleinen Finger reichte, wollte er immer gleich den ganzen Arm.

Der erste Abend mit Henry war wider Erwarten überaus lustig gewesen. Bis vier Uhr früh hatten sie in der Bar des Palais Champagner getrunken und sich unterhalten. Sie gab sich keinerlei Illusionen hin. Er war ein Luftikus, ein noch schlimmerer Hallodri als Heinz, gleichwohl schrecklich amüsant und für ihre Zwecke wie gemacht: berühmt und berüchtigt genug, dass Carl an ihrer öffentlichen Tändelei geradezu Anstoß nehmen *musste*.

Dennoch verbrachte sie gern Zeit in Henrys Gesellschaft, selbst wenn ihre Beziehung – entgegen allem Anschein – rein platonischer Natur war und nicht über unschuldige Abendessen und Ausflüge hinausging. Sie verhielt sich nicht aus moralischen Erwägungen so keusch, sondern weil sie Angst hatte, dass der Reiz, den sie auf ihn auszuüben schien, genauso wie bei Heinz verfliegen könnte, wenn sie erst einmal mit ihm geschlafen hätte, und sie dann ohne einen Verehrer dastand, mit dem sie Carl provozieren konnte.

Auch gestern Abend war sie dankbar gewesen, ihn an ihrer Seite zu haben. Das Essen mit Friedrich und Margot war zunächst überaus steif verlaufen und hatte dann gedroht, in einem handfesten Streit zu enden. Offenbar hing auch in der Ehe ihres ältesten Bruders der Haussegen schief: Am Revers von Margots Abendkleid prangte unübersehbar das Parteiabzeichen der NSDAP, bei Friedrich klang in der Unterhaltung sogar leichte Kritik an der Regierung durch.

Als Margot schließlich bei Seeteufel in Senfsoße anfing, von einem Gesetz zu schwärmen, das erst vor einigen Tagen verabschiedet worden war und an dessen Ausarbeitung sie maßgeblich mitgewirkt habe, kippte die Stimmung am Tisch vollends. Julius und Elisabeth schauten aus, als wollten sie jeden Moment aufstehen und den Raum verlassen.

»Ihr wollt jetzt tatsächlich kranke und pflegebedürftige Menschen gegen ihren Willen sterilisieren lassen?«, fragte ihre Schwester fassungslos. Luise fühlte dieselbe Entrüstung, war aber zu perplex, um etwas zu sagen.

»Wenn ein Amtsarzt dies beantragt und ein Erbgesundheitsgericht ein positives Gutachten abgibt ... selbstverständlich!«, ereiferte sich Margot. »Biologisch minderwertiges Erbgut muss unschädlich gemacht werden, sonst wird der deutsche Volkskörper mehr und mehr entarten.«

Elisabeth öffnete den Mund, um etwas zu entgegnen, aber Julius legte besänftigend seine Hand auf ihre. »Wir sehen uns so selten, da sollten wir uns nicht über etwas streiten, das momentan sowieso nicht zu ändern ist. Außerdem wussten wir doch, woran Margot seit Jahren forscht«, raunte er ihr zu.

Friedrich spießte ein Stück Kartoffel auf und sagte mit gesenktem Blick: »Nein, Elisabeth hat schon recht ... auch in meinen Augen ist dieses Erbgesundheitsgesetz ein Unding. Absolut inhuman.«

»Wie kannst ausgerechnet du als Arzt so etwas sagen?«, keifte Margot. »Gerade dir sollte die Gesundung des deutschen Volkes doch am Herzen liegen!«

»Das tut es auch. Deshalb heile ich Menschen und verstümmele sie nicht«, erwiderte ihr Bruder. »Wusstet ihr, dass nach diesem Gesetz sogar Alkoholiker sterilisiert werden können?«

Mitten in die betretene Stille, die seinen Worten folgte, sagte Henry unbekümmert: »Ja, aber glücklicherweise nur die armen Schluckspechte, die sich dagegen behandeln lassen. Ansonsten ginge es wohl mir und meinen Freunden ebenfalls an den Kragen.« Er grinste. »Oder vielmehr an die Hose. Obwohl ... vielleicht sollte ich mich freiwillig unters Messer legen, damit meine Eltern mir noch posthum grollen können, wenn ich keinen hochwohlgeborenen Erben zeuge.«

Seine Bemerkung war so ungeheuerlich deplatziert, taktlos und jenseits von jedem guten Geschmack, dass alle am Tisch ihn mit offenem Mund anstarrten, sie selbst inbegriffen. Doch das schien Henry nicht im Geringsten zu stören. In aller Seelenruhe aß er weiter.

Nichtsahnend trat Paul an ihren Tisch. »Und? Alles in Ordnung bei meinen verehrten Gästen?«, fragte er.

Julius räusperte sich. »Alles bestens, Paul. Kannst du dich nicht wenigstens für den Nachtisch zu uns gesellen?«

»Ich schaue mal, wie es zeitlich hinkommt«, antwortete ihr Bruder und ging mit einem zufriedenen Lächeln weiter.

Danach war das Tischgespräch glücklicherweise auf weniger verfängliche Themen umgeschwenkt. Insgeheim hatte Friedrich ihr leidgetan. Wie sich wohl sein tägliches Familienleben mit einer solchen Frau gestaltete? Nur gut, dass die beiden keine Kinder hatten, die unter diesem Unfrieden gewiss sehr leiden würden.

Als Henry sie später zu ihrem Zimmer begleitete, hatte sie ihm einen Kuss auf die Wange gehaucht und gesagt: »Danke, dass du uns mit deiner unvergleichlichen Art vor einem Familienzwist bewahrt hast.«

Er zwinkerte ihr zu: »Gern geschehen. Aber ein Kuss ist mir als Bezahlung eigentlich zu wenig.«

Luise verdrehte die Augen: »Du bist wirklich unverbesserlich, mein Lieber.«

Auch jetzt auf dem Rückweg von ihrem Ausflug nach Heiligendamm trug Henry ihr die schwere Strandtasche bis vor die Zimmertür. »Bekomme ich noch eine kleine Streicheleinheit vor dem Abendessen? Ich bin so brav. So brav kenne ich mich gar nicht. Du machst mich wirklich zu einem besseren Menschen, Luise.«

Sie schüttelte lächelnd den Kopf. »Bis später, Tarzan. Ich freue mich!« Luise blickte ihm nach, wie er sich mit einem verdrossenen Gesichtsausdruck umdrehte und zu seinem eigenen Zimmer ging, das ein Stockwerk unter ihrem lag. Dann schloss sie die Tür auf, trat ein … und erschrak.

Mitten in ihrer Suite stand Carl in brauner SA-Uniform.

»Was machst du hier?«, sagte sie verblüfft.

»Dasselbe könnte ich dich fragen«, flüsterte er grimmig. »Du hast Glück, dass dein Gigolo draußen geblieben ist.« Er zeigte auf die Pistole in seinem Koppel. »Sonst hätte ich ihn gleich hier und jetzt wie einen räudigen Hund abgeknallt!«

»Spinnst du jetzt vollkommen?«, erwiderte sie, obwohl ihr die Knie weich geworden waren. »Gigolo? Ich habe noch nicht einmal eine Affäre mit Henry, aber selbst wenn es so wäre … was zum Teufel geht dich das an?«

»Es ist mir scheißegal, für wen du die Beine breitmachst«, knurrte er und machte einen bedrohlichen Schritt auf sie zu. »Mir wäre es sogar recht, wenn du dir von einem dieser blutleeren Idioten einen Bastard andrehen lassen würdest. Aber wenn du mich noch einmal in aller Öffentlichkeit bloßstellst und mit Abschaum wie Henry von Walden meinen Ruf gefährdest … dann wirst du mich kennenlernen!«

»Wie redest du denn mit mir?«, wehrte sich Luise mit klopfendem Herzen.

»Na, wie wohl … so, wie es sich für eine gewöhnliche Dirne gehört!«

Seine vulgäre Beschimpfung explodierte in ihrem Kopf, und ihr sorgfältig geschmiedeter Plan ging zum Teufel. Plötzlich konnte sie sich nicht länger zusammenreißen: »Du … du widerst mich an, Carl! Ich ertrage dich nicht länger! Morgen reiche ich die Scheidung ein!«

Carl holte aus und verpasste ihr eine schallende Ohrfeige. »Oh nein. Das wirst du nicht tun.«

Der Schmerz trieb ihr Tränen in die Augen. »Selbst wenn du mich schlägst … du kannst mich nicht zwingen, mit dir verheiratet zu bleiben!«, schrie sie.

Er verzog sein Gesicht zu einem kalten Lächeln. »Und ob ich das kann. Du hast gar keine Ahnung, liebe Luise, welches Repertoire an Mitteln mir dabei zur Verfügung steht.«

Schwer atmend schwieg Luise, weil sie nicht wusste, wie sie

darauf reagieren sollte. Carl erpresste schließlich auch Paul. Ob er ihn ebenfalls geschlagen hatte?

»So ist es recht. Immer erst denken und dann handeln«, machte er sich über sie lustig. »Ich sage dir, was als Nächstes passieren wird: Du packst deinen Koffer und reist umgehend mit mir ab.«

Störrisch schüttelte sie den Kopf. »Das geht nicht. Ich muss hier noch fünf Lesungen absolvieren.«

Carl sprach weiter, ohne auf ihren Einwand einzugehen. »Die UFA hat dir die Hauptrolle in einem historischen Drama angeboten. Ich habe bereits zugesagt. Und in der Zeit, in der dein Veilchen abschwillt, kannst du deinen Text lernen.«

Erschrocken blickte sie in den Spiegel. Tatsächlich! Die empfindliche Haut rund um ihr rechtes Auge begann bereits, bläulich zu schimmern.

»Los, mach jetzt. Ich habe schon genug Ärger wegen Paul. Er hat seinen Antrittstermin im Ministerium so lange hinausgezögert, bis man den Posten des stellvertretenden Abteilungsleiters Musik jemand anderem gegeben hat. Jetzt muss ich mich erneut um eine Position für ihn bemühen.«

»Und ... und wenn ich mich weigere?« Ihre Stimme zitterte verräterisch.

Carl richtete seine hellblauen Augen auf sie. »Wenn du nicht den Komfort unserer Schutzhaftlager testen möchtest ... rate ich dir, noch in dieser Sekunde mit dem Packen zu beginnen.«

Obwohl er leise, fast tonlos, gesprochen hatte, zweifelte sie nicht an der Ernsthaftigkeit seiner Drohung. Ohne ein weiteres Wort drehte sie sich um und öffnete den Schrank, um ihren leeren Koffer hervorzuziehen.

6. Kapitel

Januar 1934, Reichsministerium für
Volksaufklärung und Propaganda, Berlin

»Um Ihnen die Wichtigkeit der gezielten Verwendung von Sprache zu verdeutlichen, Herr Kuhlmann, werde ich einmal diese zwei Gegenstände benutzen«, sagte Heidemann, der hinter einem wuchtigen Schreibtisch thronte. Er schob zwei leere Gläser nebeneinander und befüllte sie mithilfe einer Wasserkaraffe. Dann lächelte er Paul mit nikotingelben Zähnen an. »Und? Wie voll sind diese Gläser?«

Paul zuckte ratlos mit den Schultern. »Beide sind ungefähr zur Hälfte gefüllt.«

Das Lächeln seines neuen Vorgesetzten wurde breiter. »Sie irren sich. Dieses hier …« Er zeigte auf das linke. »… ist halb *leer*, und das andere ist halb *voll*.«

»Aber …«, begann Paul.

»Sie denken, dass es kein Unterschied ist, ob man ein Glas als halb voll oder halb leer bezeichnet? Dass beides faktisch korrekt ist?«

»Ja … ja, genau«, erwiderte Paul.

»Tja, aber der Effekt auf unsere Psyche ist ein ganz anderer. Oder was hätten Sie lieber, wenn man Ihnen ein Glas Champagner reicht? Bei einem halb leeren Glas denkt man doch automatisch, dass es ruckzuck ganz leer ist, oder nicht?«

Paul nickte. »Ich verstehe.«

»Gut. Denn genau um solche Finessen bei den zukünftig zu verwendenden Sprachregelungen und Inhalten kümmern wir uns hier in der Presseabteilung.« Herr Heidemann lehnte sich zufrieden in seinem Sessel zurück. »Wie der Herr Minister zu sagen pflegt: Wir müssen durch die Lenkung der Presse erreichen, dass das Volk einheitlich denkt. Dass es die Ziele unserer Bewegung nicht nur versteht, sondern auch begreift, dass es die einzig richtigen sind.« Er blickte auf seine Armbanduhr. »Ah, schon kurz vor zwölf … am besten nehme ich Sie jetzt gleich mit zur Reichspressekonferenz, dann werden Sie noch besser verstehen, was ich meine.« Er stand hinter seinem Schreibtisch auf. »Wollen wir uns auf den Weg machen?«

Während Paul seinem Vorgesetzten durch die langen Gänge des Ministeriums folgte und mit einem Anflug von Ekel die schütteren, fettglänzenden Haarsträhnen betrachtete, die sich der Mittfünfziger über das ansonsten kahle Haupt gekämmt hatte, konnte er immer noch nicht fassen, dass er heute tatsächlich diese Stelle antrat. Bis zuletzt hatte er gehofft, dass Carl noch einlenken würde.

»Carl, ich verstehe doch überhaupt nichts von der Arbeit eines Journalisten«, hatte er ihn umzustimmen versucht. »Als es um die Besetzung des Postens in der Musikabteilung ging, da habe ich mich noch halbwegs sachverständig gefühlt … aber als gewöhnlicher Mitarbeiter in der Presseabteilung … was soll ich da? Da kann ich dir nicht einmal privilegierte Nachrichten über Dr. Goebbels zukommen lassen. Den Minister bekomme ich in dieser niederen Stellung doch überhaupt nicht zu Gesicht!«

Wie ein Tiger war Carl in seiner SA-Uniform vor ihm auf und ab marschiert. »Und wessen Schuld ist das? Meine vielleicht? Habe *ich* den Antritt der Stelle so lange hinausgezögert? Nein, es ist deine Schuld, und jetzt wirst du diesen Fehler eben in der Presseabteilung ausbaden.« Er hatte sich wütend über die Stirn gestrichen, als wollte er böse Geister vertreiben. »Aber keine Sorge … ich werde schon dafür sorgen, dass du auch in der Presseabteilung einen rasanten Aufstieg hinlegst. Bald schon wirst du an allen wichtigen Besprechungen teilnehmen können.«

Einen weiteren Streit hatte es gegeben, als Paul eine eigene Wohnung in Berlin angemietet hatte. »Das ist reine Geldverschwendung«, hatte Carl ihm vorgeworfen. »Du wirst doch sowieso jeden Abend bei mir verbringen.« Aber diesmal war Paul hart geblieben: »Die Kinder ziehen selbstverständlich mit mir nach Berlin und werden tagsüber von einem Kinderfräulein betreut. Wie wir bereits früher festgestellt haben, geht das nicht in deiner Wohnung.« Die Tatsache, dass er keineswegs plante, seine Freizeit mit Carl zu verbringen, hatte er geflissentlich unter den Tisch fallen lassen. Kurz nach Weihnachten waren Martin, Sophie und er – seine Tochter unter Tränen – in die Wohnung übergesiedelt, die fußläufig zum Prinz-Karl-Palais lag, in der das Ministerium untergebracht war. Auch die neue Schule der Kinder lag in unmittelbarer Nähe.

»Was wissen Sie über das Schriftleitergesetz, das gestern in Kraft getreten ist?«, unterbrach Heidemann seine Gedanken und hielt Paul die Tür zu einem großen Saal auf.

»Leider nicht viel«, gab Paul zu und trat ein. In dem großen Raum warteten bereits rund hundert Männer und eine Handvoll Frauen, wahrscheinlich alles Journalisten. Zumindest ließen ihre Notizblöcke und Stifte darauf schließen. Sie sprachen leise miteinander und beachteten ihn nicht.

Gönnerhaft klopfte Heidemann ihm auf die Schulter. »Na, dann schließen wir Ihre eklatanten Wissenslücken besser mal ...« Er zeigte auf die zwei Stühle neben dem Rednerpult und zündete sich in aller Ruhe eine Zigarette an. »Das Wichtigste ist, dass sich von nun an nicht mehr Hinz und Kunz Journalist schimpfen kann. Dazu braucht man jetzt einen ordentlichen Arierausweis, einen Ausbildungsnachweis und den Eintrag in die Berufsliste der Reichspressekammer.« Er grinste und blies Paul einen Schwall Zigarettenrauch ins Gesicht. »Verstehen Sie? Ein geschickter Schachzug, mit dem wir uns auf einen Schlag alle Juden unter diesen Schmierfinken vom Leibe geschafft haben.« Heidemann gab sich keine Mühe zu flüstern, und einige der Reporter musterten sie irritiert.

Paul schauderte. Es wurde immer schlimmer. Bald würden die deutschen Juden gar keinen Beruf mehr ausüben dürfen.

»Diese Schreiberlinge, fortan Schriftführer genannt, werden

von uns in der täglichen Konferenz genauestens instruiert, welche Meldungen in welcher Form zu veröffentlichen sind. Aber natürlich darf die Tagespresse auf die Leser nicht zu einheitlich wirken. Deswegen geben wir keine vorformulierten Texte heraus, sondern lassen uns das Geschreibsel der Schriftführer vor der Veröffentlichung vorlegen. Wenn uns etwas nicht passt, wird es eben korrigiert ... demnächst auch von Ihnen.« Heidemann warf ihm einen kritischen Seitenblick zu, als bezweifelte er, dass Paul dazu in der Lage war. »So, und jetzt hübsch still sein, da kommt auch schon der Konferenzleiter.«

Ein hagerer Mann stellte sich hinter das Rednerpult und schaltete das Mikrophon ein. Sofort breitete sich gespannte Stille im Raum aus. »Heil Hitler, meine Damen und Herren.«

»Heil Hitler, Herr Wagner«, schallte es zurück.

»Die heutigen Themen sind wie folgt ...«, schnarrte der Dürre los. »Beim Neujahrsempfang der Reichsregierung hat Reichspräsident von Hindenburg Reichskanzler Hitler für den politischen Wendepunkt gedankt, mit dem er die Geschichte des Deutschen Reiches wieder in geordnete Bahnen lenkt.« Wagner blickte kurz auf, wie um sich zu vergewissern, dass niemand eine Frage hatte. Doch keiner der »Schriftführer« rührte sich, alle schrieben fleißig mit.

Er sprach weiter: »Cesare Orsenigo – das schreibt man O-R-S-E-N-I-G-O-, der päpstliche Nuntius in Berlin, überbringt als Vertreter des diplomatischen Korps dem deutschen Reichspräsidenten die Neujahrswünsche des Auslands.« Wieder blickte er auf, wieder stellte niemand eine Frage.

»Der Luftdruck auf den Wetterkarten der deutschen Wetterdienststellen wird ab sofort in Millibar statt in Millimetern angegeben ...«

Während Wagner weitere Meldungen verlas, die seines Erachtens veröffentlicht werden sollten, wunderte sich Paul über die scheinbar zufällige Auswahl der Inhalte. Es ging um neu ernannte Gauleiter, Erfolge deutscher Sportler, Musikaufführungen und dann wieder um politische Entwicklungen in Amerika und

England. Für ihn selbst am interessantesten war, dass die Länder Mecklenburg-Schwerin und Mecklenburg-Strelitz zum Land Mecklenburg vereinigt werden würden. Unterdessen rauchte Heidemann Kette, die abgerauchten Zigarettenstummel trat er auf dem edlen Parkett aus, und vor seinem Stuhl türmten sich kleine Häufchen aus Asche. Was für ein ungehobelter Mensch!

Die Stimme von Wagner schwoll plötzlich an: »Und denken Sie daran, ab heute müssen Ihre Zeitungen täglich die Auflagenziffer des Vormonats veröffentlichen, damit zukünftig der Auflagenschwindel einiger Pappenheimer verhindert wird. Das war's. Noch Fragen?« Er wartete eine Minute, doch niemand meldete sich. »Gut. Dann bis morgen. Heil Hitler!«

Auf dem Rückweg zu Heidemanns Büro fühlte Paul sich elend. Er hatte schon mehreren Pressekonferenzen beigewohnt. Bei der Eröffnung des Palais hatte sein Vater eine abgehalten. Luise gab nach jeder Premiere eine Pressekonferenz. Aber so etwas wie heute hatte er noch nie erlebt. Die Journalisten hatten keine einzige Frage gestellt. Hatte das überhaupt noch etwas mit echter Berichterstattung zu tun?

»Na? So still, Herr Kuhlmann«, meinte Heidemann. »Keine Sorge, Sie werden sich schnell eingewöhnen und eigene Artikel kommentieren. Ich habe Ihnen eine Auswahl meiner Korrekturen der letzten Monate zur Durchsicht auf den Schreibtisch gelegt. In den nächsten Wochen werde ich mir Ihre Anmerkungen erst ansehen, bevor sie an die Schriftführer geschickt werden.«

Paul räusperte sich. »Ähm, was passiert eigentlich, wenn die Zeitungen unsere Kommentare mitveröffentlichen? Dann erkennen doch die Leser, dass wir … also, dass wir an den Texten herumgedoktert haben.«

Heidemann lachte. »Ja, was reden Sie denn da! Die ergangenen Anweisungen müssen selbstverständlich nach erfolgter Umsetzung sofort von den Schriftführern vernichtet werden. Verstöße gegen dieses Gebot werden mit bis zu zehn Jahren Zuchthaus bestraft.«

»Ach so«, stammelte Paul und versuchte, sein Grauen zu verbergen. Zuchthaus wegen ein paar Notizen? Allmächtiger!

»Und das ist Ihr Büro.« Schwungvoll öffnete Heidemann eine Tür. Der dahinterliegende Raum war klein, aber es stand nur ein einziger Schreibtisch darin, was wahrscheinlich bedeutete, dass er sich das Zimmer nicht mit jemand anderem teilen musste.

»Ah, vielen Dank«, erwiderte Paul.

»Lesen Sie sich nur in aller Ruhe die Korrekturen durch, und wenn Sie Fragen haben, wissen Sie ja, wo Sie mich finden. Frohes Schaffen und natürlich ... Heil Hitler!«

Jetzt kam er wohl nicht mehr darum herum, diese profane Huldigung des Reichskanzlers ebenfalls aussprechen zu müssen. Aber so sehr er sich auch bemühte, er brachte die Worte einfach nicht über die Lippen.

Heidemann blickte ihn erwartungsvoll an.

»Ja, vielen Dank ... ähm ... Heil Hitler.« Paul fühlte sich wie ein Verräter. Nachdem Heidemann die Tür von außen geschlossen hatte, sank er kraftlos auf den Stuhl hinter seinem Schreibtisch. Er legte den Kopf auf die hölzerne Tischplatte und wünschte sich nichts sehnlicher, als nach Bad Doberan zurückkehren zu dürfen.

Julia konnte nicht glauben, wie schnell die Zeit verflogen war. Jetzt arbeitete sie schon sieben Monate im Palais! Zunächst unter Onkel Pauls Fittichen und nun unter der Direktion ihres Vaters, der zeitweilig von ihrer Mutter entlastet wurde. Nach dem Empfangstresen und der anstrengenden Zeit als Zimmermädchen hatte sie einige Wochen in der Küche mitgeholfen. Allerdings unter der Anleitung von Herrn Jensen, da Herr Sollich sich immer noch nicht von seiner Gefangenschaft erholt hatte. Im Grunde hatte der Chefkoch alle seine Aufgaben, mit Ausnahme des Einkaufs, an den Souschef delegiert, doch alle taten so, als würden sie es nicht bemerken. Als Julia eines Tages versucht hatte, mit Onkel Paul über die in ihren Augen ungerechte Verteilung der Pflichten zu sprechen, hatte dieser abgewinkt. »Liebes, Herr Sollich ist ein stolzer Mann. Wenn wir ihm jetzt auch noch seinen Titel als Chefkoch wegnehmen, geht er vor die Hunde. Ich bin mir sicher, dass Herr Jensen das versteht. Bislang hat er jedenfalls keinerlei Forderungen gestellt. Er ist noch jung, seine Beförderung kann warten.«

Onkel Pauls Weggang machte sie traurig. Er hatte sie immer mit Respekt behandelt, sie für voll genommen – fast wie eine ebenbürtige Erwachsene. Nur einmal hatte er sich quergestellt: Als sie ihre Ausbildung um das Mixen von Cocktails hatte erweitern wollen. »Julia, du kannst doch unmöglich als Siebzehnjährige in der Hotelbar arbeiten«, hatte er gesagt. »Wie sieht denn das aus?«

»Aber manche Pagen und Zimmermädchen sind doch auch erst fünfzehn Jahre alt«, hatte Julia argumentiert.

»Das stimmt. Aber erstens hantieren sie nicht mit Alkohol, und zweitens sind es keine jungen Damen aus gutem Hause wie du.«

Julia hatte einen Flunsch gezogen, manchmal kam ihr Onkel Paul unglaublich altmodisch vor. Doch er hatte sich nicht erweichen lassen.

Kurz vor seiner Rückkehr nach Berlin, quasi als letzte Amtshandlung, erlaubte er ihr allerdings, als erste Frau überhaupt im Restaurant zu arbeiten. Zwar durfte sie nicht wie die Kellner servieren – auch das fand er unschicklich –, stattdessen wurde sie dem Maitre d' unterstellt. Fortan brachte sie den bereits an ihren Tischen sitzenden Gästen die Speisekarte und stellte die Spezialitäten des Tages vor. Ganz zu Anfang hatte sie diese noch *spécialités du jour* genannt. Doch seit sie von mehreren Gästen deswegen gerügt worden war – »Gibt es dafür nicht auch ein schönes deutsches Wort, Fräulein?« –, verzichtete sie darauf. Sie war sowieso verwirrt, weil plötzlich viele der Herren den gleichen Bart wie Hitler trugen. Das ließ sie einander sehr ähnlich aussehen, und sie musste wie ein Schießhund aufpassen, dass sie jeden Tisch nur einmal ansteuerte und nicht den auf ihr Essen wartenden Gästen die in feinstes Kalbsleder gebundene Menükarte erneut reichte.

»Wie? Du bringst ihnen die Speisekarten tatsächlich in diesem wunderschönen Abendkleid?«, staunte Käthe, als sie sich nach der Arbeit auf dem Gang des Personaltrakts trafen.

»Ja, natürlich. Die Kellner tragen schließlich auch alle einen Smoking«, lachte Julia. »Und schau mal …« Sie klimperte mit den Wimpern und deutete einen Kussmund an. »… meine Mutter hat mich vorhin sogar ein klein wenig geschminkt.«

»Verrückt! Ach, ich würde auch so gern einmal ein solches Kleid tragen«, erwiderte Käthe sehnsüchtig und strich andächtig über den samtigen Stoff.

»Komm mit in meine Kammer, dann leihe ich es dir«, meinte Julia.

»Da passe ich doch nie im Leben rein«, jammerte Käthe.

»Natürlich tust du das. Ich bin einen ganzen Kopf größer als du … da wird dir das Kleid schon passen.«

»Meinst du?« Käthe klang skeptisch.

Julia zuckte mit den Schultern. »Lass es uns probieren.«

»Jetzt noch?«

»Na klar!«

Der Reißverschluss ging zwar nicht ganz zu, und die Ärmel spannten ein wenig über ihren kräftigen Oberarmen. Aber Käthe war trotzdem glücklich, als sie sich wenige Minuten später in Julias Spiegel betrachtete.

»Hach, macht das eine schöne Figur«, schwärmte sie.

»Soll ich dich noch ein wenig anmalen?«, fragte Julia, da sie darauf brannte, die von ihrer Mutter ausgeliehenen Schminksachen auszuprobieren.

»Ich weiß nicht … wozu soll das gut sein?«

»Hm … vielleicht damit Hermann dich so sehen kann?«, neckte Julia. Sie wusste, dass Käthe ein Auge auf den jungen Zimmermann geworfen hatte, der zusammen mit seinem Meister die Möbel des Palais reparierte und ausbesserte. Es kam leider immer wieder vor, dass eine Schublade klemmte oder ein Gast einen Kratzer in dem teuren Mahagoniholz der Stühle hinterließ.

Käthe lief knallrot an. »Du glaubst doch nicht im Ernst, dass ich ihm ausgerechnet in einem Abendkleid gegenübertreten würde!«

»Das vielleicht nicht, aber ein wenig Schminke kann nicht schaden.«

»Na gut.«

Während Julia mit einer Quaste vorsichtig Puder auf den Wangen ihrer Freundin verteilte, fragte diese: »Ziehen deine Eltern eigentlich jetzt wieder ins Hotel?«

Sie schüttelte den Kopf. »Vorerst nicht. Mein Vater will versuchen, das Palais wie einen ganz normalen Betrieb von acht bis zwanzig Uhr zu führen und dann auf dem Gutshof zu übernachten. Meine Mutter möchte meinem Bruder die ungewohnte Umgebung ersparen ... aber wenn du mich fragst, wird das nicht lange gut gehen. Ein Hoteldirektor muss Tag und Nacht im Dienst sein, hat Onkel Paul mir gesagt. Viele Probleme treten leider außerhalb der regulären Arbeitszeiten auf.«

»Hhmm«, machte Käthe. »Huch, bitte nicht zu viel Rot auf die Wangen.«

»Du mit deinen dunklen Haaren kannst das vertragen«, meinte Julia und kam sich ungeheuer erwachsen vor. »Jetzt noch etwas Lippenstift und ... voilà!« Sie trat einen Schritt zurück und musterte erfreut das Ergebnis ihrer Schminkkunst. »Du siehst toll aus, Käthe!«

Ihre Freundin lächelte. »Danke. Hoffentlich fällt Hermann das auch mal auf.«

»Bestimmt. Am besten schminken wir dich morgen erneut und statten ihm dann gemeinsam einen Besuch in der Werkstatt ab«, schlug Julia vor.

»Keine schlechte Idee«, meinte Käthe und kicherte ausgelassen.

Wie recht ihr Onkel Paul gehabt hatte, wurde Julia gleich am nächsten Abend bewusst. Nachdem sie ihre Arbeit im Restaurant verrichtet hatte, wollte sie noch auf einen Sprung in die Wohnung ihrer Eltern gehen, um sich ein Buch aus deren gut bestückter Bibliothek auszuleihen, als sie durch einen Tumult am Empfangstresen aufgeschreckt wurde.

»Gibt es ein Problem, Herr Moltke?«, fragte sie den Empfangschef in dem gleichen ruhigen Tonfall, den ihr Vater stets gegenüber Gästen und Personal anschlug.

»Allerdings!«, rief der elegant gekleidete Herr, der gerade angekommen zu sein schien, wie man aus dem neben ihm abgestellten Gepäck unschwer schließen konnte. »Ich habe bereits vor Monaten ein Zimmer reserviert, und jetzt behauptet dieser ... dieser Angestellte da, das Hotel wäre ausgebucht.«

Ohne ein weiteres Wort huschte Julia hinter den Empfangstresen. Herr Moltke wirkte zunächst irritiert, flüsterte dann aber: »Offenbar hat es eine Verwechslung gegeben, und jetzt ist Zimmer 221 doppelt belegt.«

»Einen Moment, Herr ...?« Sie lächelte den Gast an, der sich wütend ein Monokel vors rechte Auge geklemmt hatte.

»Hoffmann«, erwiderte er ungehalten.

»Wir finden auf jeden Fall eine Lösung«, sagte Julia. »Am besten nehmen Sie kurz im Foyer Platz.« Erleichtert sah sie dem Gast nach, der halbwegs besänftigt von dannen zog.

»Eine Lösung?«, raunte Herr Moltke. »Aber wie?«

»Zur Not überlasse ich ihm für eine Nacht die Wohnung meiner Eltern. Wir können einen Gast nicht um diese Uhrzeit vor die Tür setzen ... besonders, wenn wir selbst einen Fehler gemacht haben«, zischte sie und fuhr mit dem Zeigefinger über den mit Bleistift ausgefüllten Belegungsplan. »Hier«, meinte sie leise. »Der Gast aus der 305 ist vor einer Stunde ausgezogen. Warum bringen wir Herrn Hoffmann nicht dort unter?«

»Wir können ihn dort nicht beherbergen, weil die Suite nicht gereinigt ist. Die Zimmermädchen haben schon vor Stunden Feierabend gemacht«, erklärte Herr Moltke mit einem Gesichtsausdruck, als hätte er auf etwas Ungenießbares gebissen.

»Aber ... das ist doch kein Problem. Das mache ich schnell«, erwiderte Julia, kam wieder hinter dem Tresen hervor und durchquerte, dicht gefolgt von dem Portier, das Foyer. Als sie gemeinsam vor dem Gast standen, sagte sie: »Ihr Zimmer ist in fünfzehn Minuten bezugsbereit, Herr Hoffmann. Wenn Sie so lange noch etwas in der Bar trinken wollen, zeigt Ihnen der Empfangschef gern den Weg. Selbstverständlich geht ein solches Getränk auf unsere Rechnung.«

»Aber … Sie können doch nicht im Abendkleid …«, murmelte Herr Moltke verstört.

Unterdessen war Julia bereits an ihm vorbei in Richtung Diensttreppe galoppiert. Wenig später hatte sie den dritten Stock erreicht und eilte in den Lagerraum mit den notwendigen Utensilien. Und ob sie das konnte! Inzwischen hätte sie mit geschlossenen Augen und auf Rollschuhen die Zimmer gastfertig machen können. Wie Käthe waren auch ihr die einzelnen Arbeitsschritte geradezu ins Gedächtnis eingebrannt. Nur gut, dass sie die Lehre absolvierte! Selbst ihre Eltern hätten dieses Zimmerproblem nicht auf dieselbe Weise lösen können wie sie, frohlockte sie, während sie einen der rollbaren Zimmermädchen-Wagen mit frischer Bettwäsche bestückte.

Anfang Februar wurde Ava achtzehn Jahre alt. Als Julia in der Woche davor mit ihrer Freundin telefonierte, lud diese sie zu einem kleinen Geburtstagsumtrunk bei sich zu Hause ein.

»Feierst du diesmal nicht bei Petersen?«, fragte Julia verblüfft. Normalerweise organisierten Avas Eltern jedes Jahr ein großes Fest in dem gutbürgerlichen Restaurant, das unmittelbar neben ihrem Geschäft lag. Im Gegensatz zur Familie ihrer Tante Johanna hielten sie sich nicht strikt an die Regeln ihrer Religion in Bezug auf koscheres Essen.

»Ähm … nein«, antwortete Ava zögerlich.

»Aber warum denn nicht?«, erkundigte sich Julia und bereute die Frage im selben Augenblick, in dem sie sie ausgesprochen hatte. Wahrscheinlich fehlte das Geld dazu, denn die Geschäfte von Avas Eltern gingen bestimmt schlechter unter der neuen Regierung. Von Zeit zu Zeit standen immer noch SA-Männer vor dem Eingang und pöbelten die Kundschaft der Cohens an.

»Tja … Herr Petersen hat anscheinend abgelehnt, eine Feier für mich auszurichten«, sagte Ava. Julia hörte an der Stimme ihrer Freundin, wie verletzt sie darüber war. »Er meinte, wir müssten das verstehen … schließlich wolle er keine Scherereien mit der SA.«

»So ein Feigling!«, erregte sich Julia. »Ich werde sein Restaurant nie wieder betreten.« Sie überlegte kurz. »Und wenn ich mit meinem Vater spreche? Vielleicht könnten wir ja im Café des Hotels einen Teil absperren, um dich an deinem Geburtstag hochleben zu lassen.«

»Das würdest du für mich tun?«, fragte Ava gerührt. Und fügte im selben Atemzug hinzu: »Aber würde das nicht sehr teuer werden?«

»Nein, ich spreche mal mit meinem Vater, ich glaube nicht.«

»Ach, wäre das herrlich! Aber warte mal, ich frage besser erst meine Eltern, ob sie damit einverstanden sind.« Kurz darauf hörte Julia, wie sich ihre Freundin im Flüsterton mit ihrer Familie beriet.

Als Ava sich räusperte, wusste Julia bereits, dass sie ihr Angebot nicht annehmen würde. »Julia, schau, das wäre wirklich wunderbar. Aber meine Eltern haben bereits alles für eine Feier bei uns zu Hause organisiert, und ich will sie nicht enttäuschen.«

»Natürlich«, beeilte sich Julia zu versichern.

»Aber du kommst trotzdem, nicht wahr?«, erkundigte sich Ava unsicher.

Julia grinste, obwohl ihre Freundin sie gar nicht sehen konnte. »Keine zehn Pferde könnten mich davon abhalten!«

Erleichtert stellte Julia eine Woche später fest, dass die Cohens eine schöne Geburtstagsfeier für ihre Tochter ausgerichtet hatten. Es gab zuerst Kaffee und Kuchen für die erfreulich zahlreich erschienenen Gäste und später mit Fleisch oder Kartoffeln gefüllte Knishes, spezielle Teigtaschen, die Julia schon von früheren Besuchen her kannte und die absolut köstlich schmeckten. Dazu gab es alkoholfreie Bowle. Ava, die in ihrem hellblauen Kleid ganz entzückend aussah, bekam viele Geschenke und strahlte zum ersten Mal wieder so sorgenfrei wie früher.

»Habe ich dir schon Herrn Bader vorgestellt?«, fragte sie Julia und zog ihre Freundin zu einem baumlangen jungen Mann mit dunklen Haaren.

»Nein, ich glaube, ich hatte noch nicht das Vergnügen. Guten Tag, Herr Bader.« Sie reichte ihm die Hand und bemerkte, dass die Ärmel seines Jacketts deutlich zu kurz waren. Trug er seinen Konfirmationsanzug auf?

»Ach, sagen Sie doch bitte Karl zu mir«, erwiderte der junge Mann höflich. »Ich kenne Fräulein Ava schon seit ewigen Zeiten. Ich trage in diesem Viertel die Post aus. Außerdem glaube ich, dass wir alle im gleichen Alter sind.«

Julia nickte. »Gern … ähm … Karl. Ich heiße Julia. Es freut mich, Sie kennenzulernen.« Insgeheim wunderte sie sich, dass Ava ihr ausgerechnet den Postboten der Familie vorstellte. Aber dann bemerkte sie überrascht, dass ihre Freundin den ganzen Nachmittag um Karl herumscharwenzelte und ihm immer wieder Bowle nachschenkte und Knishes anbot. Hatte sich ihre Freundin etwa in diesen langen Lulatsch verknallt? Doch sie wollte ihr an ihrem Geburtstag nicht mit dummen Fragen den Spaß verderben. Die Wahrheit würde sie schon noch früh genug herausfinden.

Luise seufzte. Der Film *Christina, Königin von Schweden* war abgedreht, und bereits morgen fingen die Vorbereitungen für eine neue Produktion an. In *Tage im September* würde sie eine todkranke Frau spielen, die für ihren verzweifelten Ehemann eine neue Gefährtin suchte, damit er nach ihrem Tod nicht allein blieb. Der junge Regisseur hatte darauf bestanden, dass sich alle beteiligten Schauspieler bereits vor Beginn der Dreharbeiten trafen, um die Szenen schon einmal durchzugehen. Das war ihr nur recht. Je weniger Zeit sie in ihrer Wohnung verbrachte, desto besser. Seit der Rückkehr aus Bad Doberan hatte Carl ihr Zuhause in ein Gefängnis verwandelt. Nicht nur, dass er ihr Telefon überwachte und darauf bestand, dass ein Fahrer sie zu all ihren Terminen und Verabredungen begleitete, er hatte auch vor den beiden Eingängen der Wohnung SA-Männer postiert. Ihre eigenen Freunde wurden nicht mehr zu ihr durchgelassen. Dabei hatte wohl sogar Henry versucht, Kontakt mit ihr aufzunehmen. Offiziell begründete ihr Ehemann diese zusätzlichen Sicherheitsmaßnahmen mit seiner neuerdings sehr exponierten Stellung bei der SA. Aber insgeheim war Luise überzeugt, dass er damit nur weitere Versuche ihrerseits unterbinden wollte, die Scheidung zu forcieren.

Sie hatte sich bei einem Besuch in Pauls neuer Wohnung bitterlich über Carl beschwert. Dabei saßen sie und ihr Bruder letztlich im selben Boot: Sie musste in der Öffentlichkeit die brave Ehefrau spielen und er im Privaten den liebenden Partner. Wahrscheinlich hatte ihn also sogar das schwerere Los ereilt. Im Flüsterton, damit die Kinder sie nicht hören konnten, hatten sie versucht, einander Mut zuzusprechen und Fluchtpläne zu schmieden. Aber am Ende hatte keiner von ihnen eine Idee gehabt, die sich tatsächlich umsetzen ließ. »Wir haben Rattengift im Vorratsschrank …«, hatte Luise angefangen. Doch Paul hatte nur entschieden den Kopf geschüttelt: »Bitte, Luise, mach keine Dummheiten! Wenn das ans Licht kommt, wirst du auf dem Schafott enden.« Es war tröstlich gewesen, dass Paul sich mehr um sie als um Carl zu sorgen schien, aber selbst das hatte sie nur kurzfristig aufgeheitert.

Inzwischen bekam sie Rollenangebote in Hülle und Fülle. Es war schrecklich, sich die Gründe für diese vermeintlich erfreuliche Entwicklung vor Augen zu führen: Erstens wurden viele begnadete Schauspielerinnen nicht mehr von der UFA engagiert, weil sie jüdische Wurzeln hatten oder ins Ausland geflohen waren, und zweitens wurde sie als offizielle Ehefrau eines SA-Obergruppenführers anderen Kolleginnen sicherlich vorgezogen. Ihr grauste es deswegen, aber was sollte sie tun? Wenn sie die Rollen ablehnte, müsste sie ihre Zeit allein zu Hause fristen. Da ging sie lieber arbeiten. Mehrfach – besonders nachts, wenn sie schlaflos im Bett lag und über ihre ausweglose Situation nachgrübelte – waren ihre Gedanken um Selbstmord gekreist. Doch im Grunde wusste sie, dass sie einerseits zu feige und andererseits wegen ihrer Arbeit nicht verzweifelt genug war, um sich das Leben zu nehmen.

Wenn Carl ihr in der Wohnung begegnete, grüßte er sie höflich. Sie selbst sprach aus Protest privat kein Wort mit ihm. Nur wenn er absolut darauf bestand, begleitete sie ihn noch zu Feierlichkeiten. In den letzten Monaten war dies zweimal vorgekommen: Bei der Eröffnungsfeier der Reichskulturkammer im letzten November und bei der Premiere des Films *Der Sieg des Glaubens* von Leni Riefenstahl im Dezember. Bei beiden Anlässen hatte es von berühmten Nationalsozialisten nur so gewimmelt, und Luise hatte sich äußerst unwohl gefühlt. Die Gespräche und Standpunkte der anwesenden Honoratioren hatten alle so einstudiert und künstlich auf sie gewirkt. Fast, als unterhielten sich nicht echte Menschen aus Fleisch und Blut miteinander, sondern genormte Automaten.

Als sich Luise am nächsten Morgen in einem Büro der UFA einfand, um mit den Proben für *Tage im September* zu beginnen, erlebte sie eine Überraschung: Heinz, ihr treuloser Ex-Liebhaber, saß bereits am Tisch und war in ein Gespräch mit dem Regisseur vertieft.

»Was machst du denn hier?«, fragte sie verwirrt.

»Es hat eine Umbesetzung gegeben«, erklärte er lächelnd. »Dreesen hat sich das Bein gebrochen, also bin ich kurzerhand für ihn eingesprungen. Freust du dich?«

»Ähm … darüber muss ich erst noch nachdenken«, sagte sie wahrheitsgemäß.

Der Regisseur, der an einen Witz glaubte, lachte auf: »Na, das fängt ja gut an.«

Doch als sie wenig später die Schlüsselszenen des Drehbuchs durchgingen und sich die junge Naive, die gegen Ende des Films den Ehemann heiraten sollte, beim Lesen ihres Textes immer wieder verhaspelte, war sie froh, wenigstens mit Heinz einen erfahrenen Kollegen an ihrer Seite zu haben.

Beim anschließenden Mittagessen setzte er sich ungefragt neben sie und deutete mit dem Kopf auf ihren »Begleiter«, der in Sichtweite – mit über die Schulter geschlagener Krawatte – seine Gulaschsuppe löffelte. »Was ist das denn für eine Schießbudenfigur, die dir nicht von der Seite weicht?«

»Mein Bewacher. Carl passt auf, dass ich ihm nicht abhandenkomme.«

Heinz riss die Augen auf. »Du scherzt?«

Langsam schüttelte sie den Kopf. »Nein, mein Leben ist die Hölle, seit Carl bei der SA ist.«

Bestürzt musterte er sie. »Kann ich irgendetwas für dich tun?«

»Ich wüsste nicht, was …«, erwiderte sie, und plötzlich kamen ihr die Tränen. Verlegen versuchte Heinz, ihre Hand zu ergreifen, doch sie ließ es nicht zu. »Was ist denn mit deiner Ehe?«, fragte sie stattdessen, obwohl sie in der Zeitung gelesen hatte, dass er inzwischen geschieden war.

»Wir haben deinen Ratschlag befolgt«, erwiderte Heinz leise. »Elsie lebt jetzt in England. Glücklicherweise habe ich dort einen guten Freund, bei dem sie Unterschlupf gefunden hat.«

Luise nickte. »Das freut mich.«

»Ja, mich auch.« Heinz rührte mit dem Löffel in seiner Suppe. »Luise, ich bin nicht so einflussreich wie dein Ehemann. Aber wenn ich dir irgendwie helfen kann, sag mir bitte Bescheid.«

»Das mache ich«, erwiderte sie, ohne es zu meinen. »Aber jetzt lass uns besser von etwas anderem reden.«

»Zum Beispiel, wie wir am besten mit dieser vollkommen untalentierten Blondine fertigwerden?«, fragte Heinz grinsend.

Sie zwang sich zu einem Lächeln. »Genau.«

***

»Wie geht es den Kindern?«, erkundigte sich Carl und nahm einen Schluck aus seinem Weinglas.

»Den Umständen entsprechend gut«, antwortete Paul. Carl hatte ihn zu einem »romantischen Abend« eingeladen, und er hatte sich nicht getraut, erneut abzusagen. Alles fühlte sich falsch an. Er empfand nichts als Abscheu für Carl. Die Vorstellung, ihn gleich berühren zu müssen ... mit ihm zu schlafen, war irgendwie grotesk. Er ekelte sich allein bei dem Gedanken. Doch anstatt ihm dies unverblümt ins Gesicht zu sagen, plauderte er mit ihm über Sophie und Martin! Im Grunde war er auch nicht besser als jeder gewöhnliche Stricher. Nur dass er seinen Körper nicht aus Geldnot verkaufte, sondern aus Angst. Hektisch nippte er an seinem Glas. Vielleicht wurde das Ganze ja mit Alkohol erträglicher.

»Dann haben sie sich gut in der neuen Schule eingelebt?«

Paul nickte. Sein Mund war trotz des Weins wie ausgetrocknet. Die Zunge schien an seinem Gaumen festzukleben. Himmel! Was hatte er nur je an diesem Mann gefunden. Als er merkte, dass Carl ihn nachdenklich musterte, versuchte er, eine Antwort zu formulieren: »Ja, Sophie hat sogar schon eine kleine Freundin gefunden. Sie und diese Anna haben heute bei uns Hausaufgaben gemacht. Sie sollten Bilder aus Zeitschriften ausschneiden und auf ein Stück Pappe kleben. Alles zum Thema ›Der Führer liebt die deutschen Kinder‹.«

Carl lächelte. »Schön, wenn sie das schon von klein auf lernen. Das gibt ihnen Sicherheit und spendet Trost.«

Meinte er das ernst? »Na ja, ich glaube, jedes Kind braucht zunächst die Liebe seiner Eltern und Geschwister. Der Führer kann sie ja schlecht alle zu Bett bringen und ihnen einen Gute-Nacht-Kuss geben.«

Carl runzelte die Stirn. »Aber nicht alle Kinder haben solch fürsorgliche Eltern.«

»Wahrscheinlich nicht«, pflichtete Paul ihm bei, um ihn nicht zu verstimmen.

»Als ich ein kleiner Junge war ... haben meine Eltern vor allem Wert auf Ordnung und Sauberkeit gelegt«, sagte Carl mit Bitterkeit in der Stimme.

Das wundert mich nicht, dachte Paul. Carls menschliche Defizite, sein Mangel an Empathie und die rücksichtslose Art, mit der er seine Interessen durchsetzte, notfalls mit Erpressung und Gewalt, mussten ja irgendwoher stammen. Trotzdem versuchte er zu beschwichtigen: »Bestimmt wären deine Eltern stolz, wenn sie dich jetzt sehen könnten.«

Carl warf ihm einen skeptischen Blick zu. »Auf meine beruflichen Erfolge vielleicht, aber auf mich als Mensch ... als Mann, der einen anderen Mann liebt, sicherlich nicht. Sie hätten mich dafür verabscheut, wahrscheinlich sogar enterbt und verstoßen.«

Paul wusste nicht, was er darauf sagen sollte. Obwohl seine verstorbenen Eltern geahnt haben mussten, wie es in dieser Hinsicht um ihn selbst bestellt war, hatten sie ihn nicht aus dem Familienkreis ausgeschlossen.

Carl lächelte grimmig. »Aber das ist jetzt sowieso egal. Scheißegal sogar! Weißt du, wie viele Mitglieder die SA inzwischen hat?«

»Nein«, sagte Paul, verwirrt über den abrupten Themenwechsel.

»Viereinhalb Millionen«, erwiderte Carl mit stolzgeschwellter Brust. »Vor einem halben Jahr waren es keine fünfhunderttausend.«

»Interessant«, murmelte Paul. Aber es wunderte ihn überhaupt nicht. Im Land gab es so viele verzweifelte Arbeitslose und vormalige Soldaten, die darauf brannten, endlich wieder irgendwo dazuzugehören und etwas vermeintlich Sinnvolles zu tun.

»Röhm plant deshalb, die Reichswehr zu beerben, die SA zu einer Volksmiliz umzubauen und selbst Kriegsminister zu werden.«

»Glaubst du, dass Hitler das befürworten wird?« Paul versuchte, nicht allzu zynisch zu klingen. Die SA, dieser militärisch unqualifizierte, chaotische Haufen aus Machthungrigen, vom Leben Frustrierten und Raufbolden als Reichswehr? Das war doch lachhaft.

Carl schnitt eine Grimasse. »Ich hatte ja gehofft, dass du mir das sagen könntest ... Dr. Goebbels kennt sicherlich die Meinung des Führers dazu.«

Paul zuckte mit den Schultern. »In der Presseabteilung habe ich leider nichts darüber gehört.« Was nicht stimmte. Er war sehr wohl von Heidemann darüber informiert worden, dass Hitler eine Aufrüstung der Reichswehr plante, erst kürzlich intern deren Waffenmonopol bestätigt hatte und eine allgemeine Wehrpflicht einführen wollte. Dagegen sollte die SA nach dem Willen des Führers nur »politische Erziehungsarbeit« leisten. Aber Paul hielt diese Informationen zurück, weil er ahnte, dass Carl darauf im besten Fall mit Unglauben, im schlimmsten Fall mit Aggression reagiert hätte.

»Mach dir keine Sorgen, ich werde dich rasch in Goebbels' Nähe unterbringen«, brummte Carl. »Selbst wenn der Herr Minister mir grollt, weil ich zur SA gewechselt bin, sind meine Kontakte zur Personalabteilung noch gut genug.«

Um von diesen grässlichen Aussichten abzulenken, fragte Paul: »Und was soll eurer Meinung nach mit der Reichswehr geschehen?«

»Sie soll zum reinen Ausbildungsheer umfunktioniert werden«, meinte Carl abschätzig. »Die verfolgen doch sowieso keine politischen Ziele, so wie wir.«

»Und wenn Ernst Röhm Kriegsminister wird … was wird dann aus dir?«

»Ist noch nicht entschieden … aber Röhm hält große Stücke auf mich.« Carl grinste breit. »Da wird er schon etwas Schönes für mich in petto haben.«

Ein Schauer lief über Pauls Rücken. »Bestimmt«, pflichtete er ihm bei.

In diesem Moment klopfte jemand an die Tür des Salons. Ohne den Raum zu betreten, rief Frau Müller: »Es ist aufgetragen.«

Gut gelaunt stellte Carl sein Glas ab. »Dann stärken wir uns mal, um Kraft und Ausdauer für den Nachtisch zu haben.« Er zwinkerte ihm zu.

Paul war sich nicht sicher, ob er überhaupt einen Bissen hinunterbekommen würde.

Glücklicherweise waren diese für ihn nur schwer zu ertragenden intimen Abende rar. Carl reiste viel im Auftrag von Ernst Röhm und arbeitete wie ein Berserker. Paul wollte gar nicht wissen, was genau er da in ganz Deutschland tat. Er konnte es sich auch so denken.

Bestimmt klebte das Blut unschuldiger Menschen an seinen Händen. Die Erinnerung an den Folterkeller des Schutzhaftlagers verfolgte Paul bis in den Schlaf. Tagsüber gelang es ihm meist, sie zu verdrängen, doch nachts schreckte er oft schweißgebadet und mit klopfendem Herzen aus qualvollen Alpträumen auf.

Auch ihm selbst wurde von Tag zu Tag mehr Arbeit übertragen. Nachdem er sich bei der »Korrektur« von Zeitungsartikeln absichtlich dumm angestellt hatte, hatte Heidemann ihn davon freigestellt und ihn stattdessen mit organisatorischen Aufgaben und der Kooperation mit anderen Institutionen beauftragt. Besonders mit dem Reichsaußenministerium gab es immer wieder heftiges Gerangel um Zuständigkeiten; beide Ministerien wollten unbedingt federführend die Propaganda im Ausland leiten. Paul versuchte, die Wogen zwischen den involvierten Mitarbeitern zu glätten und Kompromisse zu finden, was ihm mit dem Fingerspitzengefühl eines Hoteliers zumeist gelang. Auch mit dem Deutschen Nachrichtenbüro, der zentralen Presseagentur, lag das Propagandaministerium öfter im Clinch, obwohl die Agentur dem Ministerium eigentlich unterstellt war. Regelmäßig wurden dort Kompetenzen überschritten und Anweisungen ignoriert. Paul kümmerte sich um die beschädigten Empfindlichkeiten und machte Vorschläge, um Ordnung in die sich überschneidenden Arbeitsbereiche zu bringen. Ihm selbst kam diese neue Funktion sehr entgegen: Auch wenn er sich jeden einzelnen Tag zurück an die Spitze des Palais sehnte, erschien ihm diese Art von Arbeit weniger problematisch, als sich an der systematischen Überwachung der Presse zu beteiligen.

Eines Tages stand Dr. Goebbels höchstpersönlich in seinem kleinen Büro. »Kuhlmann!«, rief er in seinem rheinischen Singsang. »Von allen Seiten wird mir berichtet, was für eine Bereicherung Sie für unser Haus sind.«

Paul, der respektvoll aufgestanden war, murmelte: »Danke, Herr Minister. Zu großzügig.«

Dr. Goebbels lächelte. »Aber in Heidemanns Abteilung scheinen mir Ihre Fähigkeiten und Talente gar nicht richtig zur Geltung zu kommen. Wollen Sie nicht lieber in mein Büro wechseln? Ich könnte einen ausgefuchsten Vermittler gut gebrauchen. Was meinen Sie?«

»Ich … ähm … ich weiß gar nicht …«, stotterte Paul.

»Kommen Sie schon … diese falsche Bescheidenheit steht Ihnen nicht!«

Paul sah keinen anderen Ausweg, als einzulenken. »Mit dem größten Vergnügen, Herr Minister.«

Das »Büro« des Ministers stellte sich als ganze Etage heraus, und an seinem ersten Arbeitstag atmete Paul erleichtert auf. Auch hier war er nur einer von vielen Mitarbeitern und würde hoffentlich nicht sonderlich hervorstechen. Schließlich war der Minister nicht nur für die Presse, sondern auch für das gesamte künstlerische Geschehen in Deutschland zuständig. Vom Rundfunk über das Filmwesen bis zur Musik und der bildenden Kunst unterstand ihm alles. Da gab es jeden Tag unzählige Entscheidungen zu treffen.

Als Erstes wurde Paul die Organisation einer Veranstaltung übertragen: Propagandaminister Goebbels wollte sich mit ausländischen Pressevertretern treffen, um für die Ziele der nationalsozialistischen Regierung zu werben. Da Paul davon ausging, dass das »neue Deutschland« zumindest im Ausland auf wenig Gegenliebe stoßen würde, machte er sich mit Feuereifer an die Arbeit und lud Pressevertreter aus aller Herren Länder ein. In der Heimat dieser Journalisten gab es keine staatliche Zensur, und er hoffte, dass deren ungeschönte Berichte hohe Wellen schlagen würden.

Dr. Goebbels schien mit der riesigen Schar von Korrespondenten zufrieden zu sein, die schließlich Ende Februar seinen Ausführungen lauschte. Auch die teilweise kritischen Fragen beantwortete er ungerührt mit einem Lächeln.

»Jules Sauerwein von *Paris-Soir*«, meldete sich ein Reporter gegen Ende der Veranstaltung. Er sprach mit starkem französischen Akzent: »Wäre es möglich, eines dieser Schutzlager zu sehen?«

Paul hielt unwillkürlich die Luft an.

Doch der Minister ließ sich nicht aus der Ruhe bringen: »Aber warum denn nicht?« Er gab einem seiner Sekretäre ein Zeichen. »Müller, organisieren Sie das bitte.«

Kurz darauf war die Pressekonferenz vorbei, und Paul konnte es kaum erwarten, die in der Presseschau gesammelten Artikel zu lesen.

Die Berichte der Korrespondenten stellten sich größtenteils als herbe Enttäuschung heraus. Offenbar gab es auch einige amerikanische, britische und französische Journalisten, denen der Antisemitismus und die politischen Ansichten der Nationalsozialisten zusagten. Und Jules Sauerwein, der tatsächlich das KZ Sonnenburg besucht hatte, schilderte lediglich die »preußische Korrektheit«, mit der dort »politisch Verirrte« wieder auf den rechten Weg geführt wurden. Die Autoren einiger kritischer Artikel wurden fortan nicht mehr zu offiziellen Terminen eingeladen.

Resigniert versuchte Paul, sich mehr auf sein Privatleben zu konzentrieren und ansonsten Dienst nach Vorschrift zu machen. Jedes zweite Wochenende besuchte er Thomas in Potsdam, dem es in seiner Napola gut zu gefallen schien, obwohl sogar im Unterricht Uniform getragen werden musste. Sein ältester Sohn, der in wenigen Wochen fünfzehn Jahre alt werden würde, schien fast über Nacht die breiten Schultern und das kantigere Gesicht eines Erwachsenen bekommen zu haben. Oder lag das an dem vielen Sport, den er dort täglich absolvieren musste?

Auch der Alltag der kleineren Kinder war nicht ohne Härten: Martin war von seinem Lehrer mit einem Rohrstock geschlagen worden, weil er die Hand beim morgendlichen Hitlergruß nicht schnell genug hochgerissen hatte. Und Sophie hasste das Turnen, das inzwischen an allen sechs Schultagen auf dem Lehrplan stand. Das Einzige, was sie alle drei aufmunterte, war die Aussicht auf die Sommerferien, die sie ab Ende Juni in Bad Doberan verbringen würden. Paul bedauerte sehr, dass Thomas sich ihnen nicht anschließen konnte. Er musste an einem Zeltlager seiner Schule teilnehmen.

7. Kapitel

Juli 1934

Luise blickte verschlafen auf ihren Wecker. Zehn Uhr. Ihr blieb noch jede Menge Zeit. Obwohl Sonntag war, hatte sie eingewilligt, am Nachmittag eine zu dunkel ausgeleuchtete Szene nachzudrehen, ansonsten hatte sie aber frei. Unter der Bettdecke wackelte sie wohlig mit den Zehen. Ob sie trotzdem aufstehen und einen kleinen Bummel über den Kurfürstendamm machen sollte? Selbst ihr »Begleiter« würde sie heute nicht stören, denn er konnte Carl nichts von ihrem Ausflug berichten: Ihr Ehemann weilte – weit, weit weg – in Bayern. Sein Vorgesetzter Ernst Röhm machte eine Kur im Hotel Hanselbauer in Bad Wiessee und hatte seine engsten Vertrauten gebeten, ihm dorthin zu folgen. Auch der restliche SA-Kader war ab heute für vier Wochen in Urlaub geschickt worden.

Unschlüssig streckte und dehnte Luise sich. Oder sollte sie lieber noch etwas schlummern? Probeweise schloss sie die Augen. Aber der Schlaf wollte sich einfach nicht mehr einstellen. Gähnend streckte sie die Hand aus und stellte das Radio an.

»*… offenbar eine Revolte durch Ernst Röhm im Gange. Der Führer ist nach München gereist, um sich selbst einen Überblick zu verschaffen.*«

Luise setzte sich im Bett auf. Hatte sie richtig gehört? Eine Revolte? Ausgerechnet durch Ernst Röhm, Hitlers Duzfreund? Das konnte nicht stimmen! Carl und seine Männer vergötterten den Führer doch. Der arme Nachrichtensprecher! Wenn er einer Falschmeldung aufgesessen war, konnte er sich aber auf etwas gefasst machen. So einen Schnitzer würde Röhm ihm bestimmt nicht durchgehen lassen. Mit einem mitleidigen Achselzucken stand sie auf und ging ins Bad.

Sie bereitete sich in der Küche gerade ein kleines Frühstück zu – es war Frau Müllers freier Tag –, als das Telefon klingelte.

»Hallöchen«, meldete sie sich gut gelaunt, in der festen Erwartung, Pauls Stimme zu hören. Manchmal unternahmen sie sonntags etwas gemeinsam mit den Kindern … doch im selben Moment fiel ihr ein, dass ihr Bruder vor gut einer Woche nach Bad Doberan in den Urlaub gefahren war. Oder rief er aus dem Palais an?

»San Sie d' Frau von Herrhausen?«, sagte jemand am anderen Ende der Leitung.

»Ähm … ja«, erwiderte Luise überrascht. Der Fremde hatte einen recht zackigen Ton angeschlagen und sprach mit bayerischem Dialekt.

»Schmidhuber, G'fängnis München-Stadelheim«, stellte er sich vor.

Plötzlich hatte Luise das Gefühl, einen Eisklumpen verschluckt zu haben. Gab es doch eine Revolte? Hatte man ausgerechnet Carl festgenommen? Herrschaftszeiten! Das würde schreckliche Schlagzeilen geben! Die Chefriege der UFA und der Regisseur ihres derzeitigen Films würden toben.

Der Mann räusperte sich. »Wos solln mia mit der Leich macha? Ham S' irgendwelche Wünsch?«

»Mit was für einer Leiche?«, fragte Luise verdutzt. Unwillkürlich kam ihr Heinz in den Sinn. Hatte er einen Freund angestiftet, sie zu veräppeln?

»Mia frogn wegn die Leich von Ihrem Ehemann, gnädige Frau. Solln mia 'n einäschern, oder ham S' sonst irgendwelche Wünsch fürs Begräbnis?«

Jetzt war sie sich sicher. Heinz hatte ebenfalls die Falschmeldung gehört, und der Anruf war ein geschmackloser Schabernack. »Sie sollten sich schämen«, rief Luise. »Mit dem Tod macht man keine Scherze!« Erbost knallte sie den Hörer auf die Gabel. Was fiel Heinz nur ein! Das ging eindeutig zu weit.

Das Telefon klingelte erneut. Luise zögerte, ehe sie abnahm. »Ja?«

Diesmal bemühte sich der Anrufer, langsam zu sprechen, so als wäre sie schwer von Begriff. »Frau von Herrhausen, hier is no amal Schmidhuber. Ich mach koane Scherze net. Ihr Mann is heut in der Nacht um …« Sie hörte im Hintergrund Papier rascheln. »… um dreiundzwanzig Uhr fünf exekutiert worn.«

»Jetzt ist aber Schluss!«, schimpfte Luise. Doch ihr Herz raste. Wie sollte Heinz auf die Schnelle an einen Freund gekommen sein, der in bayerischer Mundart solche Ungeheuerlichkeiten von sich gab?

»Frau von Herrhausen!«, empörte sich der Mann. »Wann S' mer net glaum, dann ruafn S' doch bittschön bei mir an. Schmidhuber in München-Stadelheim.«

»Mein Mann ist tatsächlich … tot?«, presste sie hervor.

»Ja. Und mia wolln wissen, ob Sie d' Leich einäschern oder …«

Luise legte auf, schob mit einer resoluten Handbewegung das vorbereitete Frühstück zur Seite und setzte sich. Man hatte Carl … exekutiert?

Das Telefon klingelte schon wieder, aber diesmal hob sie nicht ab. Ihr war schwindelig. Konnte das wirklich wahr sein? Mit weichen Knien stand sie auf, ging ins Schlafzimmer und schaltete das Radio ein.

Erneut las der Nachrichtensprecher eine Sondermeldung vor: *»Der Putschversuch von Ernst Röhm scheint niedergeschlagen worden zu sein, allerdings nicht ohne Blutvergießen. Einige seiner engsten Mitarbeiter …«*

Mit zittrigen Fingern drehte Luise den Ton ab. Sie ertrug die sachlich vorgetragenen Worte nicht länger. Carl war tot! Ausgerechnet ihr Ehemann, ein geradezu fanatischer Anhänger der Regierung, sollte an einem Putsch gegen Hitler beteiligt gewesen sein? Was war da geschehen? Konnte das stimmen?

In ihrem Kopf herrschte Chaos, widerstrebende Gefühle drängten gleichzeitig an die Oberfläche. Entsetzen, aber auch Erleichterung. Bedeutete das alles, dass sie jetzt frei war? Dem Gefängnis ihrer Ehe endgültig entkommen? Sie hatte es nicht auf seinen Tod angelegt gehabt, eine Scheidung hätte ihr genügt, aber … Plötzlich durchzuckte sie ein beängstigender Gedanke. Würde die Regierung sie – als Carls Ehefrau – nun ebenfalls als Staatsfeindin ansehen? Würde sie bald in einem richtigen Gefängnis aus Stein und Mörtel sitzen?

Luise hastete zum Telefon und wählte die Nummer des Palais. Sie musste unbedingt mit Paul sprechen. Hatte ihn die Nachricht bereits erreicht? Doch sie war derart durcheinander, dass sie sich mehrfach verwählte. Schließlich gelang es ihr, und sie hörte, wie jemand abnahm.

»Von Herrhausen hier. Ich hätte gern Herrn Kuhlmann gesprochen«, rief sie atemlos in den Hörer, als Herr Moltke sich meldete.

»Einen wunderschönen guten Tag, Frau von Herrhausen«, erwiderte der Empfangschef. »Es tut mir sehr leid, aber Herr Kuhlmann ist gerade auf dem Weg nach Heiligendamm.«

»Ähm … und mein Schwager oder meine Schwester?« Sie hatte jetzt keine Zeit für höfliche Floskeln.

»Ich bedaure. Herr Falkenhayn ist in einer wichtigen Besprechung, und Frau Falkenhayn ist mit Ihrem Herrn Bruder ans Meer gefahren.«

»Das kann doch nicht wahr sein«, entfuhr es Luise. Niemand aus ihrer Familie war erreichbar?

»Darf ich etwas ausrichten?«, fragte Herr Moltke.

»Nein, dürfen Sie nicht!«, sagte sie grob und legte auf. Was sollte sie jetzt nur tun? Wie ein kleines Mädchen steckte sie den Daumen in den Mund und knabberte verängstigt daran. Unwillkürlich fiel ihr ein Zeitungsartikel ein, den sie letztes Jahr gelesen hatte: Philipp Scheidemann, der ehemalige Reichskanzler, hatte in der *New York Times* einen sogenannten Schmähartikel gegen die neue deutsche Führungsriege veröffentlicht. Da die Gestapo und die SS ihn nicht persönlich in die Finger bekommen hatten, um sich an ihm zu rächen, hatten sie kurzerhand seine engsten Angehörigen in ein Konzentrationslager gesperrt. Obwohl diese Familienmitglieder sich gar nichts hatten zuschulden kommen lassen. Drohte ihr nun das gleiche Schicksal? Sollte sie besser fliehen? Aber wohin? Und wie sollte sie ihren Bewacher abschütteln?

In diesem Augenblick klingelte es an der Wohnungstür. Um Gottes willen! War das etwa schon die Gestapo, um sie abzuholen? Wen sonst sollten ihre »Türsteher« zu ihr durchlassen? Voller Panik überlegte Luise, aus dem Fenster zu springen. Doch den Aufprall aus dem dritten Stock würde sie nicht überleben. Beim nächsten Klingeln erstarrte sie vollends. Was zum Teufel sollte sie tun?

Paul legte sachte den Telefonhörer auf die Gabel. Nach der Unterhaltung mit Heidemann, seinem ehemaligen Vorgesetzten, fühlte er sich wie vor den Kopf geschlagen.

»Sind Sie nicht selbst mit einem hohen Tier in der SA verwandt?«, hatte dieser nach der Begrüßung unvermittelt das Gespräch begonnen.

»Carl von Herrhausen ist mein Schwager. Wieso?«

»Tja … in dem Fall muss man wohl die Vergangenheitsform bemühen … er *war* Ihr Schwager. Seit gestern Nacht weilt er nicht mehr unter den Lebenden.«

»Was … was ist geschehen?«, hatte Paul gefragt, während sein ganzer Körper anfing zu zittern. Carl war tot?

In groben Zügen hatte Heidemann den Putschversuch umrissen und schließlich gesagt: »Der Name Ihres Schwagers steht leider auch auf der Liste der exekutierten Putschisten. Allerdings wundert mich das, denn eigentlich hatte ich angenommen, dass das alles … Päderasten sind.«

»Wie bitte?« Paul hatte Mühe, die Fassung zu bewahren.

»Nun, Homosexuelle eben … wie Röhm. War Ihr Schwager etwa auch …?«

»Davon weiß ich nichts«, hatte Paul ihn steif unterbrochen.

Heidemann war sofort zurückgerudert: »Nichts für ungut … ich wollte da nichts reinspekulieren. Allerdings muss ich Sie bitten, sich umgehend nach Berlin zu begeben. Wir haben ein Sonderkommando gebildet, um die verunsicherte Bevölkerung über diese notwendige Säuberung aufzuklären. Da kann ich leider nicht auf Sie verzichten. Auch der Herr Minister hat Ihrer Abordnung zugestimmt.«

»Hhmm.«

»Dann kann ich auf Ihre sofortige Rückreise zählen?«

»Ja, ich muss nur noch jemanden finden, der sich um meine Kinder kümmert.«

»Gewiss. Alles Weitere besprechen wir in Berlin. Heil Hitler!«

»Heil Hitler.«

Elsa, das Dienstmädchen, deckte gerade den Abendbrottisch, als Paul auf dem Weg zur Wohnungstür an ihr vorbeiging. »Bitte sagen Sie meiner Schwester und meinen Kindern, dass ich gleich wieder da bin, ich will nur noch … ähm … kurz nach etwas sehen.«

»Gern, Herr Kuhlmann«, antwortete sie mit einem angedeuteten Knicks.

In Wahrheit musste Paul für einen Moment allein sein, um sich zu sammeln. Carl war von der SS *exekutiert* worden. Wie konnte das sein? Das konnte doch nicht sein! Doch als er jetzt die breite, elegante Treppe des Palais ins Foyer hinuntereilte, schien ihm jede Stufe das Wort »Tot! Tot! Tot!« zuzurufen. Ausgerechnet den virilen Carl gab es nicht mehr?

Aus alter Gewohnheit lenkte er seine Schritte in Richtung seines Büros. Doch dann hielt er plötzlich inne. Dort saß ja jetzt Julius an seinem Schreibtisch. Und momentan wollte, nein, konnte er mit niemandem über Carls Ableben reden. Alles war noch zu frisch, er selbst zu durcheinander. Aber wohin sollte er sonst gehen? Auf einmal verspürte er ein unbezähmbares Verlangen nach einem Glas Whiskey. Hoffentlich war die Bar nicht allzu voll.

Er hatte Glück. Als er den schummerig beleuchteten Raum betrat, saß lediglich ein älteres Ehepaar an einem der vorderen Tische.

»Was darf es sein, Herr Kuhlmann?«, fragte Charlie, der Barmann.

»Jack Daniel's, bitte«, sagte Paul und entdeckte zu seiner Überraschung seine Nichte hinter dem Tresen, die sich gerade an zwei Gläsern und einem Mixer zu schaffen machte. »Julia? Was tust du denn da?«

Schuldbewusst fuhr seine Nichte herum. »Es ist nicht das, wonach es aussieht, Onkel Paul. Ich arbeite gar nicht in der Bar, Charlie bringt mir lediglich das Mixen von Cocktails bei.«

»So, so«, bemerkte er spröde. Doch er hatte momentan weiß Gott größere Probleme, als sich um eine cocktailmixende Minderjährige zu sorgen. Um Julia sollten sich ihre Eltern kümmern.

Als Charlie ihm das zweifingerhoch gefüllte Whiskeyglas reichte, nahm er es und verzog sich damit in die Nische hinter dem Klavier.

Der Whiskey tat ihm gut. Wie flüssiges Feuer brannte er in Schlund und Magen und wärmte sein kaltes Herz. Schnell nahm er noch einen Schluck. Der Alkohol half ihm, den ersten Schock zu überwinden. Plötzlich durchzuckte ihn ein Gedanke: Er war frei! Carls Drohungen, die die ganze Zeit wie ein Damoklesschwert über ihm gehangen hatten, waren Geschichte! Niemand konnte ihn jetzt wegen Samuels illegaler Befreiung hinter Gitter bringen. Endlich würde er das Ministerium verlassen können! Auch Luise durfte nun tun und lassen, was sie wollte. Und er selbst würde nie wieder mit seinem Erpresser ins Bett gehen müssen.

Doch schon im nächsten Moment durchflutete ihn Mitleid: Carl, mit dem er so viele Jahre verbracht hatte, war einen gewaltsamen, einsamen Tod gestorben. Ob er Angst gehabt hatte, als man ihn mitten in der Nacht an die Wand gestellt hatte? Hatte er den oder die Schützen um Gnade angewinselt oder seiner Hinrichtung stoisch entgegengesehen? All das würde Paul nie erfahren. Nur eine Erkenntnis drängte sich ihm auf: Carl war auf Geheiß desselben Führers umgebracht worden, in dessen Namen er selbst unzählige Menschen gefoltert hatte. Welch grausame Ironie des

Schicksals! Paul spürte, wie ihm eine Träne über die Wange rann. Obwohl er Carl zuletzt nicht mehr geliebt hatte, musste er an die schönen Stunden denken, die er früher mit ihm verbracht hatte. Ihre leidenschaftlichen Nächte und rauschenden Feste. Und jetzt lag Carls schöner Körper, sein blondes Haupt, leblos und blutbefleckt an einem fernen Ort. Er schluchzte auf.

»Onkel Paul? Ist alles in Ordnung mit dir?«, fragte Julia unmittelbar hinter ihm. Auf dem weichen Teppich hatte er sie gar nicht kommen hören.

Er räusperte sich und wischte sich mit dem Handrücken die Tränen aus dem Gesicht. »Dein ... dein Onkel Carl ist gestorben.«

»Oh«, sagte seine Nichte betroffen. Sie blickte auf sein leeres Glas. »Magst du noch einen Whiskey?«

»Ja, danke.«

Einen Tag später nahm Paul – blass und übernächtigt – an einem Treffen des Sonderkommandos teil. Er war allein nach Berlin gereist. Sophie und Martin hatte er auf Elisabeths Vorschlag hin in Bad Doberan gelassen. In den Stunden nach seiner Ankunft hatte er vergeblich versucht, Luise zu beruhigen. Seine Schwester war das reinste Nervenbündel, doch hoffentlich stellten sich ihre Ängste als unbegründet heraus. Obwohl er lieber bei ihr geblieben wäre, hatte er sich schließlich zum Ministerium begeben müssen. Dort traf sich das Sonderkommando in einem der großen Konferenzräume.

»Wie viele Tote hat es denn bei dieser ... ähm ... Säuberungsaktion gegeben?«, wollte ein schnauzbärtiger Mitarbeiter aus der Presseabteilung wissen.

»Siebenundsiebzig«, murmelte Heidemann, der dem Sonderkommando offensichtlich vorstand. »Darunter auch einige Prominente: der ehemalige Reichskanzler General Kurt von Schleicher und seine Frau, der frühere NSDAP-Organisationsleiter Gregor Strasser und Erich Klausener, der Vorsitzende der Katholischen Aktion im Bistum Berlin.«

Alle zehn Anwesenden sahen ihn überrascht an. Das waren

nicht nur bekannte Namen, sondern teilweise sogar bedeutende Unterstützer der Partei gewesen.

»Und die haben alle unter einer Decke gesteckt?«, fragte der Schnauzbart.

»Was weiß ich. Darum geht es doch gar nicht!« Heidemann presste unwillig die Lippen zusammen. Sein fast kahles Haupt sah jetzt aus wie eine glatt polierte Billardkugel. »In der Presse dürfen selbstverständlich nur die sieben Putschisten, die gemeinsam mit Röhm in Bayern festgenommen und exekutiert worden sind, namentlich genannt werden.«

»Weshalb?«, erkundigte sich Paul, woraufhin er von Heidemann mit einem tadelnden Blick bedacht wurde.

»Das versteht sich doch von selbst, Kuhlmann! Der Umstand, dass die Toten aus so unterschiedlichen gesellschaftlichen und politischen Kreisen stammen, würde die Öffentlichkeit zu sehr verwirren.«

»Aber gab es jetzt einen Putsch oder nicht?«, hakte der Schnauzbart nach.

Heidemanns Augenbrauen zogen sich zusammen. »Diese Frage stellt sich mir nicht!«, sagte er finster. »Und Sie sollten ebenfalls nicht darüber spekulieren. Der Minister will, dass wir unsere Kommunikation auf eine leicht verständliche Wahrheit zuspitzen, sodass bei der Bevölkerung erst gar kein Verlangen nach weiteren Informationen aufkommt. Deshalb schlage ich vor, dass wir auf maximale moralische Entrüstung setzen.«

»Moralische Entrüstung?« Der Kollege, der neben Paul saß, rieb sich über das schlecht rasierte Kinn. »Wie das?«

»Nun … zunächst schlage ich vor, wir lassen durchscheinen, dass Röhms unglückliche Veranlagung – die der Öffentlichkeit ja nicht unbekannt ist – dem Führer seit jeher ein Dorn im Auge war, er aus alter Freundschaft aber geflissentlich darüber hinweggesehen hat. Und wie dankt ihm dieses homosexuelle Schwein die barmherzige Großzügigkeit? Indem er einen hinterhältigen Putschversuch organisiert!« Heidemanns Stimme war zum Ende des Satzes aus dramaturgischen Gründen lauter geworden. Jetzt sprach er in normaler Lautstärke weiter: »Und wenn das immer noch nicht reicht, können wir die frevelhaften Umstände anführen, in denen die Männer verhaftet worden sind ... einige der SA-Führer hat man sogar mit Lustknaben in ihren Betten erwischt.«

Unwillkürlich fragte sich Paul, ob Carl ebenfalls einen Stricher bei sich gehabt hatte. Im nächsten Moment dachte er, wie verrückt es war, dass er aus alter Gewohnheit einen letzten Rest Eifersucht verspürte.

»Mal was ganz anderes«, fragte ein grobschlächtiger Mann aus der Reichspressekammer. »Waren diese Exekutionen überhaupt rechtens ... so ohne irgendein Gerichtsverfahren?«

Für einen Augenblick senkte sich nachdenkliche Stille über den Raum. Dann klopfte Heidemann energisch auf den Konferenztisch. »Soweit ich weiß, wird da gerade ein Gesetz vorbereitet, durch das die Maßnahmen als Staatsnotwehr legalisiert werden.«

»Wie? Nachträglich?«, entfuhr es Paul.

»Ja, verdammt noch mal ... warum denn nicht?« Heidemanns Stimme war plötzlich schneidend.

Der grobschlächtige Mann nickte bedächtig. »Verstehe.«

Als Paul eine Stunde später vollkommen niedergeschlagen zu seinem Büro trottete, glaubte er, die »Säuberungsaktion« – wie er diese Beschönigungen hasste – durchschaut zu haben: Hitler hatte die Ermordung dieser Männer mit einem angeblich in letzter Minute vereitelten Putsch gegen ihn begründet, den es in Wahrheit niemals gegeben hatte. Denn eines war sicher: Carl und Ernst Röhm hätten niemals versucht, gegen Hitler zu putschen. Sie waren zwar ehrgeizig, aber von den Zielen der NSDAP viel zu überzeugt gewesen, als dass sie sie durch eine Revolte gefährdet hätten. Nein, der Führer hatte Röhm und seine Leute zweifelsohne aus politischem Kalkül aus dem Weg geräumt. Über die Motive für diese Tat konnte Paul nur spekulieren: War ihm die SA zu mächtig geworden? Hatten ihn Röhms Pläne gestört, die SA auf Kosten der Wehrmacht zu einer Volksmiliz aufzuwerten?

Paul öffnete die Tür zu seinem Büro und ließ sich resigniert hinter seinem Schreibtisch nieder. Leider hatte sich das Sonderkommando in bemerkenswert kurzer Zeit auf einen Sündenbock für den »Putsch« geeinigt: Homosexuelle wie Röhm und Carl. Von nun an, da war er sich sicher, würden schwule Männer wieder unter der verschärften Anwendung des Paragraphen 175 zu leiden haben. Dafür würde das Propagandaministerium schon sorgen.

Eigentlich war er mit der festen Absicht nach Berlin gefahren, gleich nach der Sitzung seine Stellung zu kündigen. Jede weitere Minute, die er den braunen Mief des Ministeriums einatmete, war eine zu viel. Und Carls Tod hatte eben nicht nur Luise aus ihrer Ehe, sondern auch ihn von seinen beruflichen Verpflichtungen befreit. Er hatte bereits kurz mit Julius und Elisabeth darüber gesprochen, dass er wieder als Geschäftsführer ins Palais einsteigen wollte. Doch plötzlich verließ ihn der Mut. Was, wenn Goebbels oder Heidemann Lunte rochen und sein sofortiges Ausscheiden irgendwie mit Carls Ableben in Verbindung brachten? Ihn ebenfalls für einen Anhänger der Putschisten oder … der Wahrheit entsprechend … für einen Homosexuellen hielten?

Es gab so viele Leute, die wussten, dass Carl und er ein Paar gewesen waren. Frau Müller, Carls Haushälterin, zum Beispiel. Bislang hatte sie gegen Zahlung eines fürstlichen Gehaltes dichtgehalten, aber auch sie war eine treue Parteisoldatin, und Paul bezweifelte, dass sie sich weiterhin an ihr Versprechen gebunden fühlte. Sie würde sich zwar nicht trauen, einen höheren Angestellten des Ministeriums anzuschwärzen, aber einen in der Ferne lebenden Hoteldirektor vielleicht schon. Und dann wäre er dran. Er war sich absolut sicher, dass Heidemann keine Sekunde zögern würde, ein öffentlichkeitswirksames Exempel an ihm zu statuieren. Um sicherzugehen, dass ihm keine Gefahr drohte, würde er diesen Zirkus wohl oder übel noch ein paar Wochen länger aushalten müssen. Hoffentlich war die Arbeit, die Heidemann ihm als Mitglied des Sonderkommandos zuteilte, nicht allzu abstoßend.

Verstohlen blickte sich Luise in den herrschaftlichen Räumen der Villa Wahnfried um. Irgendwie konnte sie es noch immer nicht fassen, dass sie mit ihrer Freundin Nina Grundmann tatsächlich zu den Festspielen nach Bayreuth gefahren war. Quasi in die Höhle des Löwen, denn Hitler würde auf Einladung der jungen britischen Witwe von Siegfried Wagner ebenfalls anwesend sein. Er war bereits seit Jahren eng mit Winifred Wagner befreundet und ein großer Bewunderer des berühmten Komponisten. Obwohl sie sich nicht vorstellen konnte, dass man sie ausgerechnet in diesem vornehmen Ambiente festnehmen würde, um sie für die Sünden ihres toten Ehemanns büßen zu lassen, graute ihr vor einer Begegnung mit dem Führer und dessen Gefolge. Immer noch saß ihr die blanke Angst im Nacken, auch wenn Nina sie inzwischen deswegen auslachte.

Am Tag nach Carls Exekution hatte nicht die Gestapo, sondern ihre Freundin bei ihr geklingelt. Die SA-Männer, die von Carl abgestellt worden waren, um die beiden Eingänge ihrer Wohnung zu bewachen, hatten bei der Nachricht über den Putsch Fersengeld gegeben, und so hatte Nina gänzlich ungehindert zu ihr vordringen können. Als Luise ihr, hysterisch schluchzend, ihre Angst vor einer möglichen Verhaftung gebeichtet hatte, war diese sofort zum Telefon geeilt und hatte Emma Sonnemann angerufen. Emma, inzwischen die Verlobte von Hermann Göring, hatte sie beruhigt und ihnen versichert, dass Luise keinerlei Gefahr drohe. Hitler habe lediglich in den eigenen Reihen aufgeräumt. Die SA habe sich in der letzten Zeit zu viel herausgenommen, und da habe er mit harter Hand gegen die drohende Revolte durchgreifen müssen.

Trotzdem hatte Luise in den darauffolgenden Nächten vor Angst kein Auge zugetan. Im Gegensatz zu Paul traute sie Carl durchaus die Teilnahme an einem solchen Putschversuch zu. Schließlich war er von jeher ein rücksichtsloser Opportunist und Tyrann gewesen. Ausführlich hatte sie mit ihrem viel zu sentimentalen Bruder darüber gestritten, was mit dem Leichnam ihres Ehemanns geschehen sollte. Paul hatte Carl unbedingt überführen und in Berlin bestatten lassen wollen, aber das hätte in ihren Augen nur für unnötige Aufmerksamkeit gesorgt. »Du stehst ja nicht wie ich in der direkten Schusslinie«, hatte sie gesagt. »Dir droht kein Unheil, wenn man die nächsten Angehörigen der Putschisten verhaftet.« Paul hatte widersprochen und argumentiert, dass die meisten Menschen in ihrer Umgebung wüssten, dass in Wahrheit *er* Carls Partner gewesen sei. Aber schließlich hatten sie sich doch darauf geeinigt, dass Carl in aller Stille eingeäschert und ohne ihre Anwesenheit in München begraben werden sollte.

Die UFA hatte erstaunlich entspannt auf die Nachricht von Carls gewaltsamem Ableben reagiert. »Ich würde Ihnen empfehlen, umgehend wieder ihren Mädchennamen anzunehmen«, hatte der Produzent lediglich gemeint. »Die Premiere Ihres aktuellen Films verschieben wir, bis etwas Gras über die Sache gewachsen ist. Am besten zeigen Sie sich ganz selbstverständlich bei einigen hochkarätigen Kulturveranstaltungen … dann gerät die Sache schnell in Vergessenheit.« Als Luise Nina davon berichtet hatte, war diese gleich Feuer und Flamme gewesen. »Oh fein, dann fahren wir beide nach Bayreuth. Da wollte ich sowieso schon immer hin. Einverstanden?«

Doch jetzt überlegte Luise, ob ihre Teilnahme am Festival nicht doch ein Fehler war. Die gestrige Wagneraufführung war schauerlich gewesen. Die Musik von Hitlers Lieblingskomponisten erschien ihr viel zu dramatisch. Ohne jegliche Finesse erzeugte sie eine aufgepeitschte, fast aggressive Stimmung im Publikum. Auch die Einladung zum heutigen Empfang hätte Luise wahrscheinlich besser ausgeschlagen. Während Nina gleich am Eingang von einigen Berliner Freunden in Beschlag genommen worden war, stand sie mutterseelenallein am Fenster und blickte auf den schönen Park, der die Villa umgab. Ob die anderen Gäste sie absichtlich mieden? War sie, so wie damals nach ihrer Scheidung von Joe, durch den Tod ihres zweiten Ehemanns erneut zum gesellschaftlichen Paria geworden?

In diesem Moment hörte sie behutsame Schritte hinter sich.

»Darf ich Ihnen ein Glas Wein bringen, Frau Kuhlmann?«, fragte eine sonore Stimme.

Als Luise sich umdrehte, stand ein Herr in edlem grauen Zwirn vor ihr. Obwohl sie sich sicher war, ihn niemals vorher gesehen zu haben, kam er ihr mit seinem seidenen Einstecktuch und dem akkurat gestutzten Schnauzer merkwürdig bekannt vor. Im Gegensatz zu Henry von Walden war der Mann dabei keineswegs gut aussehend zu nennen. Zwar war er groß und stattlich, doch er schien die fünfzig bereits überschritten zu haben, und sein kurzgeschnittenes Haar war silbergrau. Trotzdem machte sein Gesicht mit der markanten Nase und der hohen Stirn einen kultivierten, vertrauenerweckenden Eindruck. Und glücklicherweise wirkte er überhaupt nicht wie jemand, der für die Gestapo arbeitete.

»Ähm … kennen wir uns?«, fragte sie verwirrt.

Er lächelte und deutete eine kleine Verbeugung an. »Bislang leider nur von der Leinwand. Aber ich bin ein großer Bewunderer Ihrer Schauspielkunst und habe alle Ihre Filme gesehen.« Ihr Gegenüber deutete eine Verbeugung an. »Wenn Sie gestatten … mein Name ist Darboven. Willy Darboven.«

Luise nickte und reichte ihm die Hand. »Angenehm. Sind Sie auch in der Kulturbranche tätig?«

Um die blauen Augen von Herrn Darboven bildete sich ein sympathischer Halbmond von Lachfältchen. »Leider nein. Ich habe in dieser Hinsicht keinerlei Talent. Ich bin in der Wirtschaft tätig.«

»Ach ja? Hier in Bayern?«, erkundigte sich Luise, obwohl sie ihm keine lokale Mundart anhören konnte.

Er schüttelte den Kopf. »Erneut muss ich Ihre Frage verneinen. Ich komme gebürtig aus Hannover und lebe seit vielen Jahren in Berlin.«

»Wie ich auch«, sagte Luise und fragte sich wieder, an wen sie dieser Mann erinnerte. Es war weniger sein Aussehen, als vielmehr seine Art und der warme Klang seiner Stimme, die ihr vertraut vorkamen. »Gefällt es Ihnen dort?«

»Ehrlich gesagt, habe ich mich das noch nie gefragt«, gab er unumwunden zu. »Meine Arbeit nimmt einen großen Teil meines Lebens ein, und diese findet nun mal in Berlin statt. Aber ich liebe das vielfältige kulturelle Angebot und … was haben Sie denn, Frau Kuhlmann?«, fragte er besorgt.

Mitten in seinen Worten war Luise aufgegangen, an wen Herr Darboven sie erinnerte. Unwillkürlich hatte sie einen Überraschungslaut ausgestoßen, denn ihr Gegenüber hatte die gleiche konservativ-warmherzige Ausstrahlung wie der einzige Mann in ihrem Leben, der sie wirklich um ihrer selbst willen geliebt hatte: ihr verstorbener Vater.

»Frau Kuhlmann? Geht es Ihnen gut?«, erkundigte er sich erneut. »Darf ich Ihnen nicht doch ein Glas Wein bringen? Weiß oder Rot?«

»Weiß, bitte«, erwiderte Luise beschämt und sah zu, wie er zu einem der livrierten Kellner eilte, um seine Bestellung aufzugeben. Sie hatte schon länger nicht mehr an ihren Vater gedacht, doch jedes Mal, wenn sie es tat, war es, als führe ihr ein Dolch ins Herz. Wie sehr sie ihn vermisste! Seine tröstenden Umarmungen und seinen »Alles wird gut, mein Kleines«-Blick. Damals, kurz vor dem Krieg, als sie völlig überstürzt Joe geheiratet hatte und mit ihm nach Amerika gegangen war, hatte sie sich nicht vorstellen können, dass sie ihren Vater niemals wiedersehen würde. Doch kurz darauf war er an einem zweiten Herzinfarkt verstorben. Als sie Tage später – sein Begräbnis hatte bereits stattgefunden – davon erfuhr, war sie zusammengebrochen. Wochenlang hatte sie das Bett gehütet und sich mit Selbstvorwürfen gequält. Trug sie eine Mitschuld an seinem Tod? Hatten ihre viel zu früh geschlossene Ehe und ihr Weggang seiner Gesundheit geschadet? Und nun traf sie diesen ihr gänzlich unbekannten Mann, der ihr auf eigenartige Weise das gleiche Gefühl von … Sicherheit vermittelte. Oder bildete sie sich das alles nur ein? Sehnte sie sich unbewusst so sehr nach ihrem Vater und der Geborgenheit, die er ihr geschenkt hatte, dass sie schon anfing, Dinge in wildfremde Männer hineinzuinterpretieren?

»Frau Kuhlmann?« Herr Darboven reichte ihr das versprochene Glas Wein.

»Herzlichen Dank«, erwiderte sie und musterte ihn eindringlich. Tatsächlich. Sie empfand bei seinem Anblick das gleiche seltsam vertraute Gefühl wie eben. Ihr war, als könnte sie plötzlich freier atmen.

Herr Darboven räusperte sich. »Wenn Sie lieber allein wären … werde ich mich gern entfernen.«

Seine Worte schreckten sie aus ihren wirren Gedanken auf. »Ach, nein. Bitte gehen Sie nicht. Lassen Sie uns ruhig noch etwas plaudern«, sagte sie schnell.

Er blickte sie prüfend an, fast so, als ob er am Wahrheitsgehalt ihrer Worte zweifelte. »Sind Sie sicher?«

Luise schenkte ihm ihr schönstes Lächeln. »Absolut.«

Die nächsten zwei Tage wich Willy Darboven nicht von ihrer Seite, worüber Luise ausgesprochen froh war. Nina gefiel es, sich mit den anwesenden Nazi-Größen anzufreunden und sich in deren Glanz zu sonnen. Doch sie selbst fühlte sich in dieser Gesellschaft unwohl. Kurzerhand tauschten Nina und Willy Darboven ihre Eintrittskarten, und nun saß er in den abendlichen Vorstellungen neben ihr. Darboven war gebildet und verstand viel von Musik. Es war eine Freude, ihm zuzuhören, als er ihr den Inhalt und seine Interpretation der *Tannhäuser*-Oper erklärte. Tagsüber machten sie lange Spaziergänge, auf denen er ihren Erzählungen über Bad Doberan, ihre Kindheit und die Anfänge ihrer Karriere lauschte. Sein aufmerksames Interesse war Balsam für ihre verletzte und verängstigte Seele. Von Zeit zu Zeit erfuhr sie auch etwas über ihn. Er war unverheiratet und Besitzer einer großen Möbelfabrik in Berlin. Da er vor seiner eigenen unternehmerischen Karriere lange einer Bank vorgestanden hatte, beriet er zusätzlich die neue Regierung in Wirtschaftsfragen und arbeitete in dieser Funktion eng mit dem Reichswirtschaftsministerium zusammen. Trotzdem war er zu ihrer Überraschung kein Parteimitglied. »Ich mache diese Arbeit nicht aus politischer Überzeugung, sondern um meinem Land zu helfen, wirtschaftlich voranzukommen«, antwortete er, als sie ihn darauf ansprach. Deshalb wunderte es sie auch nicht mehr, dass er während des Empfangs nicht wie die anderen Gäste die Nähe des schwadronierenden Hitler gesucht hatte, sondern bei ihr am Fenster geblieben war.

Am Tag ihrer Abreise fiel es Luise schwer, sich von ihm zu verabschieden. »Wir müssen uns bald in Berlin wiedersehen, Herr Darboven«, sagte sie mit einem Seufzen und reichte ihm die Hand.

»Das wäre … wirklich wundervoll, liebe Frau Kuhlmann«, sagte er und beugte sich galant vor, um einen Kuss auf ihre Finger zu hauchen.

»Dann auf ein baldiges Wiedersehen«, sagte Luise und stieg in das Taxi, das Nina und sie zum Bahnhof fahren würde.

»Ich melde mich, sobald ich nächste Woche zurück in Berlin bin«, erwiderte Darboven, der noch zu einer geschäftlichen Besprechung nach München fahren musste.

Luise winkte kurz, dann fuhr das Taxi los.

Nina schüttelte amüsiert den Kopf. »Was willst du denn nur mit diesem langweiligen Bürohengst?«

Wütend kniff Luise die Augen zusammen. »Er ist anständig, nicht langweilig, das ist ein riesengroßer Unterschied, liebe Nina. Ich finde Herrn Darboven jedenfalls ungeheuer sympathisch.«

Nina riss entschuldigend beide Hände hoch, und ihre goldenen Armreifen klimperten: »Nichts für ungut, meine Liebe. Ich dachte ja nur, dass er rein optisch nicht an deine früheren Eroberungen heranreicht. Und so geistreich wie Heinz scheint er mir auch nicht zu sein. Aber wenn du ihn magst, reicht mir das.«

»Ganz genau«, knurrte Luise, nur halb besänftigt. »Hauptsache, er gefällt mir. Und das tut er. Sehr sogar.«

Als Luise nach ihrer langen Reise endlich zu Hause ankam, lagen auf dem Esstisch drei Briefe. Müde riss sie den obersten Umschlag auf, zog das Schreiben heraus und staunte nicht schlecht, als sie den Inhalt entziffert hatte: In dürren Worten teilte man ihr mit, dass ihr als Carls Witwe ab sofort monatlich 1.200 Mark aus einem von SS-General Franz Breithaupt verwalteten Sonderfonds zustünden. Sie müsse nur postwendend ihre Bankverbindung angeben, dann werde ihr der Betrag erstmals ausgezahlt. Kopfschüttelnd öffnete sie den zweiten Brief, der die fristlose Kündigung ihrer Haushälterin enthielt: Frau Müller schrieb, dass sie es nicht länger mit ihrem Gewissen vereinbaren könne, in den vier Wänden eines feigen und niederträchtigen Putschisten zu arbeiten.

Luise setzte sich und versuchte, die beiden Neuigkeiten so gut wie möglich einzuordnen. Wenn die Regierung ihr tatsächlich eine Versorgungsrente zahlte, war es sicher höchst unwahrscheinlich, dass man sie in naher Zukunft verhaften würde. Das war eine große Erleichterung. Auch der Weggang von Frau Müller, deren sauertöpfischer Gesichtsausdruck ihr seit eh und je auf die Nerven ging, war eine schöne Überraschung. Luise hatte sich bislang schlichtweg nicht getraut, ihr selbst zu kündigen. Sie hatte viel zu viel Angst gehabt, Frau Müller könnte aus Rache ausplaudern, dass Paul mit Carl in einer homosexuellen Gemeinschaft gelebt hatte. Doch da Frau Müller mit keinem Wort darauf einging, schien auch diese Gefahr gebannt zu sein. War der Haushälterin vielleicht bewusst geworden, dass man ihr – als jahrelanger Mitwisserin – ebenfalls am Zeug flicken konnte?

Interessiert griff Luise nach dem letzten Schreiben. Hoffentlich enthielt auch dieses keine Hiobsbotschaft. Mit klopfendem Herzen entnahm sie dem Umschlag ein einzelnes Blatt Papier. Es war eine Rechnung. Carls Einäscherung und Begräbnis hatten 579 Mark und 63 Pfennige gekostet. Unwillkürlich atmete sie aus. Dann schalt sie sich herzlos und versuchte, zumindest einen Hauch von Mitgefühl in ihrem Inneren aufzuspüren. Doch es gelang ihr nicht. Wie sie es auch drehte und wendete, sie war froh, Carl los zu sein. Vielleicht konnte sie jetzt, als ungebundene Frau, endlich in Ruhe leben. Auch sie hatte schließlich ein Recht auf ein kleines bisschen Glück. Und ehrlich gesagt konnte sie es kaum erwarten, Willy Darboven wiederzusehen.

»In forciertem Tempo geht es in die letzte Gerade! Oleander liegt vor Herold, Ticino und Marengo, aber … da! Herold holt langsam, aber stetig auf! Der große Braune greift mit weit ausholenden Galoppsprüngen den scheinbar uneinholbaren Vorsprung des Schimmels an! Jetzt schiebt er sich neben ihn! Was für eine Sensation! Nase an Nase geht es Richtung Ziellinie!« Die Stimme des Sprechers überschlug sich fast vor Erregung, und die Lautsprecheranlage knarrte.

Auf der nach dem Krieg in alter Schönheit wiederaufgebauten Bad Doberaner Rennbahn wurde gerade der Wettkampf um die »Goldene Peitsche« ausgetragen. Doch Julia hatte keine Zeit, ihn sich anzusehen. Unter der Aufsicht ihrer Mutter befüllten sie und andere Mitarbeiter Champagnergläser, die sie gleich den Gästen in den vom Palais angemieteten Logen reichen wollten, um den Sieg des neuen Champions zu feiern.

»Herold! Herold! HEROLD! Der Hengst schafft es tatsächlich, auf dem letzten Meter an Oleander vorbeizuziehen! Mit einer Halslänge gewinnt Herold aus der Zucht von …«

Ihre Mutter gab ihnen ein Zeichen, dass sie die Tabletts aufnehmen und die schlanken, vom eisgekühlten Champagner beschlagenen Gläser austeilen sollten. Auch Julia schnappte sich eines der Tabletts. Mit den einstudierten Worten: »Darf ich Ihnen eine kleine Erfrischung anbieten?«, bahnte sie sich einen Weg durch die vom Renngeschehen erhitzten Zuschauer.

Den Umstand, dass sie jetzt ebenfalls alkoholische Getränke servieren durfte, verdankte sie überraschenderweise ihrem Vater. Er hatte sehr wohlwollend reagiert, als sie ihm vor einigen Wochen ihre Notizen gezeigt hatte. »Weißt du, Vater«, hatte sie gesagt. »Charlie hat mir hinter der Bar so viel beigebracht, dass ich mir jetzt sogar eigene Cocktailrezepte ausgedacht habe. Natürlich habe ich an den Mixturen nur genippt, aber Charlie meint, dass die Getränke bei den Gästen sehr gut ankommen, und da habe ich gedacht, dass ich … ähm …?«

»Ja?«, hatte ihr Vater sie lächelnd zum Weitersprechen ermuntert.

»Und da habe ich mir gedacht, dass wir vielleicht ein kleines Büchlein mit den Cocktailrezepten des Hotels herausgeben könnten. Ich habe gelesen, dass das Londoner Savoy-Hotel vor einigen Jahren ebenfalls ein *Cocktail Book* in Umlauf gebracht hat, und das soll ein großer Erfolg gewesen sein. Aber wenn du meinst, dass das keine gute Idee ist …«

Ihr Vater hatte sie liebevoll in seine Arme gezogen. »Ich halte das nicht nur für eine gute, sondern sogar für eine ausgezeichnete Idee! Es freut mich, dass du dich für Innovationen begeistern kannst und selbst die Initiative ergreifst. Außerdem würde ich sehr gern selbst einmal diese Köstlichkeiten probieren. Was ist denn deine liebste Kreation?«

Freudestrahlend hatte sie geantwortet, »Gin à la Sanddorn« sei ihr Paraderezept. Dabei kamen ein extra von Herrn Jensen zubereiteter Sanddornsirup, Gin, Limettensaft und Eis zum Einsatz. Glücklicherweise hatte ihm der Cocktail, den er gleich am nächsten Abend probiert hatte, hervorragend gemundet.

Tatsächlich war das Buch mit den rund hundert Rezepten, das man inzwischen im Hotel am Empfangstresen erwerben konnte, ein Verkaufsschlager. Fast jeder Gast nahm als Erinnerung ein Exemplar mit nach Hause, und die Druckkosten waren schnell gedeckt. Um sie für diesen Erfolg zu belohnen, hatte ihr Vater zugestimmt, dass sie künftig – bei feierlichen Anlässen wie heute – mit den anderen Kellnern Wein und Champagner servieren durfte.

Gerade wollte sich Julia an einer sehr kräftigen Dame in einem altmodischen, mit Rüschen besetzten Sommerkleid vorbeischlängeln, als diese sie am Arm packte und festhielt.

»Ja, wen haben wir denn da!«, rief sie. »Ist dieses schöne Kind etwa die kleine Julia Falkenhayn?«

Peinlich berührt, nickte sie und versuchte angestrengt, das Tablett mit den Gläsern gerade zu halten.

»Guten Tag, Frau Diepenbruck«, begrüßte sie die vormalige Stammgästin, die ihr als Kind immer Schokolade aus der eigenen

Fabrik mitgebracht hatte. »Bitte entschuldigen Sie, ich habe Sie im Eifer des Gefechts gar nicht gesehen.«

»Albert!«, schrie die Endsechzigerin nach ihrem Mann, ohne auf Julias Worte einzugehen. Als dieser sich zu ihnen umdrehte, fragte sie atemlos: »Erkennst du diese bezaubernde junge Frau?«

»Kindchen, du bist ja zu einer wahren Schönheit herangewachsen!«, rief Herr Diepenbruck mit der gleichen peinlichen Lautstärke wie seine Frau. »Wie alt bist du denn jetzt? Wir mussten ja leider aus familiären Gründen für einige Jahre auf den alljährlichen Urlaub im Palais verzichten!«

Julia war vor lauter Verlegenheit rot angelaufen und stammelte: »Vielen Dank. In einem Monat werde ich achtzehn Jahre alt.«

»Was sagt man dazu! Aus Kindern werden Leute«, meinte Frau Diepenbruck und ließ endlich ihren Arm los. »Wo kann ich deine Mutti finden?«

Erleichtert zeigte Julia hinter sich. »Dort drüben steht sie.«

»Na, da werde ich gleich mal bei ihr vorbeischauen. Wir sind erst heute Morgen angekommen, und ich habe sie noch gar nicht begrüßen können«, verkündete die Ehefrau des Schokoladenfabrikanten. Wie ein Schlachtschiff segelte sie davon. Ihre arme Mutter! Sie war sowieso schon traurig, dass sie Oskar so lange mit dem Kindermädchen allein lassen musste. Aber da ihr Vater zurzeit in Amerika weilte, um nach seinen Investitionen zu sehen, blieb ihr gar nichts anderes übrig, als ihn als Geschäftsführer zu vertreten.

»Du bist ja wirklich eine Augenweide, mein Kind«, sagte Herr Diepenbruck in diesem Augenblick. »Ich sollte dir jetzt, wo du erwachsen bist, unbedingt noch einmal unseren Sohn Franz-Heinrich vorstellen.«

Himmel, sie konnte sich lebhaft an Franz-Heinrich erinnern. Er war bestimmt zwanzig Jahre älter als sie und genauso korpulent wie seine Eltern. Trotzdem säuselte sie höflich: »Aber mit dem größten Vergnügen, Herr Diepenbruck. Jetzt muss ich mich allerdings sputen, meine Gläser unter die Herrschaften zu bringen, sonst wird der Champagner warm.«

»Geh nur, schönes Kind. Wir sehen uns sicherlich später erneut«, meinte Herr Diepenbruck und zwirbelte die Enden seines Kaiser-Wilhelm-Schnurrbarts.

Nur, wenn es sich gar nicht verhindern lässt, dachte Julia und entfernte sich, so schnell sie konnte.

Während sie die restlichen Gläser anreichte, ließ es sich nicht vermeiden, dass sie den Gesprächen der Gäste lauschte. Außer über das Renngeschehen unterhielten sich viele der Anwesenden über die Ereignisse der letzten Wochen: Reichspräsident Paul von Hindenburg war Anfang August gestorben, woraufhin seine vormaligen Befugnisse auf Hitler übergegangen waren, der sich nun »Führer und Reichskanzler« nannte. Sogar die Soldaten der Wehrmacht wurden seitdem nicht mehr auf die Verfassung, sondern auf den neuen Oberbefehlshaber Hitler vereidigt. Während man bei ihr zu Hause diese Entwicklung, die demnächst mit einer Volksabstimmung bestätigt werden sollte, fassungslos zur Kenntnis genommen hatte, schien die Mehrheit der Gäste diese »neue Stärke« des Reichskanzlers zu begrüßen. Julia unterdrückte ein Seufzen. Sie wollte die Hoffnung nicht aufgeben, dass die Nationalsozialisten doch eines Tages wieder in der Versenkung verschwinden würden.

Als sie gegen elf Uhr abends hundemüde die Wohnung ihrer Eltern betrat, versuchte sie, so wenig Lärm wie möglich zu machen, um Oskar nicht aufzuwecken. Nach Vaters Abreise war ihre Mutter mit ihrem kleinen Bruder wieder ins Hotel gezogen, damit sie nicht jedes Mal nach getaner Arbeit zum Gutshof hinausfahren musste. Oskar hatte den Umzug gut verkraftet. Er war ein goldiges Kind. Jedes Mal, wenn er sie sah, rief er begeistert: »Deida!«, da ihr Name für ihn noch zu schwer auszusprechen war. Auch sie selbst war erleichtert, den Diensttrakt verlassen und wieder in ihrem alten Kinderzimmer schlafen zu können. Dort war es einfach gemütlicher.

Auf Zehenspitzen huschte sie an der Stube vorbei, als sie plötzlich die Stimme ihrer Mutter hörte: »Ich freue mich sehr, Friedrich, dass du so spontan hergekommen bist. Konnte Margot dich wegen ihrer Arbeit nicht begleiten?«

Julia hatte bereits die Hand auf die Klinke gelegt, um die Tür zu öffnen und ihren Onkel zu begrüßen. Doch in diesem Moment sagte er deutlich vernehmbar: »Ich habe Margot angelogen. Ich habe gesagt, dass ich zu einem Kongress nach Hamburg fahre, Elisabeth. Aber ich muss unbedingt mit dir sprechen. Ehrlich gesagt, denke ich darüber nach, mich von meiner Frau zu trennen.«

Erschreckt ließ Julia die Klinke los. Diese Unterhaltung war eindeutig nicht für ihre Ohren bestimmt. Aber sie konnte sich trotzdem nicht durchringen weiterzugehen. Dazu war das alles zu spannend. Auch ihr selbst war Tante Margot nie ganz geheuer gewesen. Sie hatte so eine schrecklich schrille Stimme. Insgeheim hatte sie sie immer an eine Hexe aus Grimms Märchen erinnert.

»Es tut mir leid, sagen zu müssen, dass mich das kein bisschen überrascht, Friedrich«, erwiderte ihre Mutter leise. »Margots Arbeit ...« Sie legte eine bedeutungsschwere Pause ein. »... macht mir Angst.«

»Ja, mir auch«, antwortete ihr Onkel. »Und das ist noch nicht alles. Jetzt will sie auch noch Leiterin eines ...«

Julia hörte plötzlich Schritte auf dem Korridor. War das das Kindermädchen? Sie wollte auf keinen Fall beim Lauschen erwischt werden. Mit schlechtem Gewissen huschte sie in ihr Zimmer. Armer Onkel Friedrich!

8. Kapitel

Oktober 1934

Seit Willy Darboven in ihr Leben getreten war, fühlte sich Luise rundum geachtet und behütet. Er kümmerte sich um alles und las ihr jeden Wunsch von den Augen ab. Als sie ihm beispielsweise mitteilte, dass sie aus ihrer viel zu großen alten Wohnung ausziehen und sich eine kleinere Bleibe suchen wolle, ließ er seine Beziehungen spielen und kam bereits zwei Tage später mit mehreren Vorschlägen zu ihr. Gemeinsam besichtigten sie die Wohnungen und entschieden sich für eine lichtdurchflutete Vier-Zimmer-Behausung in unmittelbarer Nähe ihrer früheren Adresse. Ohne dass sie auch nur einen Finger rühren musste, organisierte er den Umzug, quartierte sie für zwei Tage in ein Luxushotel ein und hieß sie mit einer eisgekühlten Champagnerflasche in ihrem neuen, vollständig eingerichteten Zuhause willkommen. Dabei wurde er niemals aufdringlich oder anzüglich. Im Gegenteil, selbst nach drei Monaten, in denen sie fast täglich Zeit miteinander verbracht hatten, siezten sie sich noch. Obwohl er ihr bei jedem Aufeinandertreffen galant die Hand küsste und bei Spaziergängen seinen Arm anbot, machte er keinerlei Anstalten, sich ihr körperlich zu nähern. Stattdessen besuchten sie Galerien, Konzerte und – seine größte Leidenschaft – das Theater. Sie speisten in vornehmen Restaurants und unternahmen an den Wochenenden Ausflüge ins Grüne, wobei sie wie selbstverständlich in getrennten Zimmern übernachteten.

Mit ihm konnte sich Luise über alles, was sie beschäftigte, austauschen. Stets hörte er ihr aufmerksam zu und antwortete mit intelligenten Vorschlägen und Bemerkungen. Humorvoll berichtete er ihr von seiner Arbeit. Vom teilweise chaotischen Durcheinander im Reichswirtschaftsministerium und den Problemen mit seiner Möbelfabrik, die unter der zunehmenden wirtschaftlichen Isolation Deutschlands litt. Es wunderte sie, dass er ihr das alles anvertraute. Denn Kritik an der Regierung wurde immer schärfer geahndet. Erst neulich war eine Schauspielerin, die sich über das fehlende Talent von Hermann Görings Verlobter lustig gemacht hatte, von der Gestapo verhaftet und in ein KZ gesperrt worden. Andererseits schien Darboven der Spagat zwischen Kritik und pragmatischer Zusammenarbeit gut zu gelingen. Offenbar ohne sich anzubiedern, beriet er den neuen Reichswirtschaftsminister Hjalmar Schacht und wurde sogar zu Empfängen auf Görings gerade fertiggestelltem Landsitz Carinhall eingeladen. Als Luise ihn darauf ansprach, zuckte er mit den Schultern: »Liebe Frau Kuhlmann, man sucht sich seine beruflichen Mitstreiter leider nicht aus. Aber es stimmt schon … in dieser politisch eher schwierigen Zeit fühle ich mich mehr meinem Land verpflichtet als den regierenden Politikern.«

Darboven behandelte sie mit ausgesuchter Höflichkeit. Auch alles administrativ Unangenehme nahm er ihr ab. Als sie für ihren neuen Film einen »Ariernachweis« benötigte, erledigte er dies im Handumdrehen. Überhaupt zeigte er sich bei allem fürsorglich und großzügig, aber keineswegs bevormundend. Er war vom Scheitel bis zur Sohle ein Gentleman. Manchmal musste sie regelrecht aufpassen, dass er sie nicht zu sehr verwöhnte. Nachdem sie gemeinsam die Auslagen eines Juweliers bewundert hatten, brachte ihr am nächsten Tag ein Bote genau jene Kette, die ihr am besten gefallen hatte. Als sie telefonisch protestierte, erwiderte Darboven: »Bitte, Frau Kuhlmann, schlagen Sie mein Geschenk nicht aus. Es bereitet mir eine unbändige Freude, Ihnen etwas Gutes zu tun.«

Inzwischen war sie sich darüber im Klaren, dass sie sich in ihn verliebt hatte; in sein ruhiges, besonnenes Wesen, seine Klugheit und seinen Humor. Aber auch optisch gefiel er ihr immer besser. Sicher … er war kein Adonis im klassischen Sinne, trotzdem mochte sie seine schlanken, feingliedrigen Hände, das charaktervolle Kinn und den steten Blick seiner grünblauen Augen. Demgegenüber verblasste die oberflächliche männliche Schönheit eines Henry von Walden. Es war auch keine wild aufflackernde Leidenschaft, die sie für Darboven empfand, kein hell leuchtendes Strohfeuer, das bald wieder erlöschen würde. Sondern ein ernstes, ja, fast heiliges Gefühl, das ganz langsam in ihr gewachsen war. Doch wie sollte sie ihm ihre Gefühle gestehen? Darboven hatte sie bislang ja noch nicht einmal in seine Wohnung eingeladen.

Am heutigen Abend saßen sie sich nach einer Theateraufführung im Restaurant des Adlon gegenüber. Aufgrund der späten Uhrzeit hatten sie lediglich Austern und Champagner bestellt. Während er ihr seine kundige Einschätzung der Leistung von Schauspielern und Regie schilderte, dachte sie darüber nach, wie sie ihn aus der Reserve locken könnte. Es war schließlich das erste Mal, dass ein Mann, dem sie augenscheinlich gefiel, ihr keine Avancen machte.

»Und wie kommen die Dreharbeiten voran?«, fragte Darboven höflich, als er seine Kritik an der Theateraufführung beendet hatte. Mit einem Lächeln fügte er hinzu: »Ich würde Sie zu gern auch einmal auf einer der großen Bühnen sehen.«

Eigentlich hatte Luise das diffizile Thema behutsam anschneiden wollen, aber dann platzte sie völlig unvermittelt damit heraus: »Sollen wir uns nicht endlich duzen?«

Er warf ihr einen Blick zu, aus dem sie nicht ganz schlau wurde. »Halten Sie das wirklich für eine gute Idee?«

Luise sah ihn direkt an. »Ja. Ja, das tue ich.«

»Also, dann ... wäre es mir eine große Ehre, wenn ich Sie ... ich meine ... wenn wir uns ...«, stammelte er verlegen.

»Ich heiße Luise«, sagte sie und hob ihr Glas.

»Und ich Willy«, murmelte er.

»Auf dich, Willy!« Sie stieß mit ihm an.

»Auf dich, Luise!« Seine Stimme klang plötzlich heiser, und Luise wertete das als gutes Zeichen. Sie beschloss, gleich noch weiter vorzupreschen.

»Im Übrigen finde ich es an der Zeit, dass ich mir auch einmal deine Wohnung anschaue«, erwiderte sie forsch. Scherzhaft fügte sie hinzu: »Oder hast du Angst, mir deine verruchte Junggesellenbude zu zeigen?«

Langsam schüttelte er den Kopf. »Nein, das habe ich nicht.«

»Na dann, worauf warten wir?«

Zögernd sagte er: »Wie? Du meinst, jetzt sofort? Ist es nicht schon zu spät für dich … immerhin musst du morgen drehen?«

Sie lächelte. »Ich bin doch ein großes Mädchen, Willy. Das schaffe ich schon.«

Eine halbe Stunde später schloss er die Tür zu seinem Zuhause auf. Luise trat über die Schwelle und sah sich interessiert um. Wie der Hausherr selbst war seine geräumige Wohnung eine Offenbarung. Mit viel Geschmack und erlesenen Antiquitäten eingerichtet, wirkte Willys Heim gleichzeitig luxuriös und schlicht. Ein Gemälde, das neben dem Kamin hing und eine zartgliedrige junge Tänzerin zeigte, fiel Luise trotzdem sofort ins Auge. »Sag mal, ist das etwa ein echter Renoir?«

Willy, der ihr und sich gerade einen Cognac einschenkte, nickte. »Hhmm.«

»Du scheinst ja sehr gut situiert zu sein, wenn du dir solche Kostbarkeiten leisten kannst«, neckte sie ihn. »Wenn es mit der Möbelfabrik tatsächlich einmal bergab gehen sollte, könntest du immer noch dieses Bild verkaufen und hättest für den Rest deines Lebens ausgesorgt.«

»Das ist ein Geschenk meiner Mutter«, erwiderte Willy und reichte ihr das Glas. »Das würde ich niemals weggeben. Nur über meine Leiche.« Er lächelte. »Wenn du es irgendwann woanders siehst, weißt du, dass es mich nicht mehr gibt.«

Sie schüttelte den Kopf. »Was für ein schrecklicher Gedanke. Da genießen wir den Anblick doch lieber zu zweit. Prost, Willy!«

»Prost, Luise.«

Sie machte einen kleinen Schritt auf ihn zu, um sich zärtlich an seine Seite zu schmiegen. Doch Willy drehte sich abrupt um. »Willst du dir auch einmal den Ausblick vom Balkon ansehen?«

Enttäuscht erwiderte sie: »Sicher, warum nicht?«

Eine knappe Stunde später brachte er sie in seinem Wagen nach Hause. Sie hatten sich – wie immer – gut unterhalten. Diesmal sogar über seine Familie und wie sehr er es bedauerte, das einzige Kind seiner verstorbenen Eltern zu sein. Er hatte über seine kulturbeflissene Mutter und seinen preußisch strengen Vater gesprochen. Aber sonst war nichts passiert, obwohl sich Luise wirklich alle Mühe gegeben hatte. Immer wieder hatte sie die Lippen gespitzt und sich an ihn gekuschelt, doch er war nicht darauf eingegangen. Vollkommen frustriert ließ sie sich von ihm bis zu ihrer Wohnungstür begleiten. Doch selbst dort küsste er sie nicht zum Abschied. Was hatte das zu bedeuten? Hatte sie ihn so falsch eingeschätzt? War er doch nicht an ihr interessiert?

Als sie in ihrem Nachthemd im Bett lag, kam ihr ein beunruhigender Gedanke: Konnte es sein, dass Willy nur eine schwesterliche, platonische Freundin suchte? Eine amüsante und repräsentative weibliche Begleitung, um davon abzulenken, dass auch er … homosexuell war? Mit einem Stöhnen biss sie ins Kopfkissen. Konnte irgendjemand mehr Pech haben als sie?

⁓

Eines Morgens Anfang Dezember wurde Julia, die mitten in den Reinigungsarbeiten von Suite 412 steckte, von einem Pagen in das Büro ihrer Eltern beordert.

»Bitte richte ihnen aus, dass wir nur noch drei Zimmer fertig machen müssen, dann komme ich gleich«, antwortete Julia ihm mit einem Stirnrunzeln.

»Was hat das denn zu bedeuten?«, fragte Käthe, als der junge Page wieder weg war.

»Keine Ahnung«, erwiderte Julia, die eigentlich seit zwei Monaten Herrn Sollich im Lebensmitteleinkauf assistierte, aber heute ausnahmsweise für ein krank gewordenes Zimmermädchen eingesprungen war. Sie schüttete etwas Scheuerpulver in die emaillierte Badewanne und fing an, diese kraftvoll zu schrubben. »Eigentlich habe ich mir nichts zuschulden kommen lassen.«

»Ob sie dich vielleicht zum Mittagessen einladen wollen?«, fragte Käthe genießerisch. »Mit Schokoladentorte zum Nachtisch?«

Julia lachte. »Ich weiß es nicht. Aber wenn ich Schokoladenkuchen vorgesetzt bekomme, versuche ich, für dich ein Stück abzustauben.« Sie wusste, dass ihre Freundin von dieser Köstlichkeit nicht genug bekommen konnte.

»Untersteh dich«, warnte Käthe. »Du weißt doch, dass ich momentan streng Diät halte.«

Nach einem Spaziergang auf dem Kamp war Käthe seit einigen Wochen die offizielle Freundin von Zimmermann Hermann und wollte für ihn so schön wie möglich aussehen. Doch in Julias Augen übertrieb sie dabei maßlos. »Du solltest dich nicht so aushungern. Hermann wird enttäuscht sein, wenn plötzlich nur noch die Hälfte von dir da ist.«

»Meinst du?«, fragte Käthe, die von der Diät schon schwarze Ringe unter den Augen hatte.

»Absolut«, bekräftigte Julia

Ihre Freundin grinste. »Also gut, wenn das so ist, darfst du mir ruhig etwas Schokoladenkuchen mitbringen.«

»Mach ich.«

Als Julia wenig später – noch in ihrem Zimmermädchenkleid – an der Bürotür hinter dem Empfangstresen klopfte, hörte sie die Stimme ihres Vaters »Herein« rufen. Es war so schön, dass er endlich wieder in Deutschland war. Sie trat ein – und erschrak. Ihre Mutter saß weinend auf dem Stuhl vor dem Schreibtisch.

»Was hast du, Mama?«, fragte Julia, während sie zu ihr eilte und tröstend den Arm um ihre Schultern legte. »Ist etwas mit Oskar?«

»Nein, nein«, antwortete sie schluchzend. »Glücklicherweise nicht. Überhaupt … es geht schon wieder.«

Überrascht blickte Julia ihren Vater an. Normalerweise konnte er ihre Mutter nicht weinen sehen und ließ nichts unversucht, um sie zu trösten. Doch diesmal blieb er mit verschränkten Armen und verbissenem Gesichtsausdruck an die Wand gelehnt stehen. Hatten sich ihre Eltern gestritten? »Was ist hier los? Worüber habt ihr geredet?«, fragte sie.

Ihre Mutter wischte sich über die Augen und versuchte krampfhaft, zu lächeln. Der Versuch misslang gründlich. »Liebes, eigentlich wollten wir dir etwas Wunderschönes sagen, aber während wir auf dich gewartet haben, haben wir noch etwas anderes besprochen und … das hat mich ein klein wenig traurig gemacht.«

»Was?«, fragte Julia ratlos.

»Nichts … es ist nicht so wichtig. Lass uns lieber die frohe Botschaft verkünden und uns …«

»Du kannst es ihr nicht vorenthalten«, sagte ihr Vater in diesem Moment. Seine Stimme klang ungewöhnlich scharf. »Es geht schließlich auch um Julias Zukunft.«

»Bitte, Julius!«, stieß ihre Mutter hervor. »Nicht heute. Lass uns das verschieben.«

Ihr Vater schüttelte den Kopf: »Es ist nicht gut, solche Sachen unausgesprochen im Raum stehen zu lassen. Wenn du zustimmst, Elisabeth, werde ich auch Julia davon erzählen.«

Ihre sonst so kampfeslustige, selbstbewusste Mutter senkte den Kopf. »Dann tu, was du nicht lassen kannst.«

Angespannt blickte Julia von einem Elternteil zum anderen. »Also?«

Ihr Vater drückte sich von der Wand ab und trat auf sie zu. »Julia, ich mache mir große Sorgen. Die Nationalsozialisten gehen im wahrsten Sinne des Wortes über Leichen. Viele der Menschen, die man in Konzentrationslager gesperrt hat, sind plötzlich spurlos verschwunden, und die deutschen Emigranten in Amerika erzählen sich die schlimmsten Dinge …«

»Du brauchst nicht ins Detail zu gehen«, murmelte ihre Mutter.

»Ich musste trotzdem handeln und habe deshalb für uns ein Haus gekauft«, erwiderte ihr Vater.

»Ein Haus?«, fragte Julia verblüfft. »Was für ein Haus?«

»In Amerika. Ein wunderschönes weißes Haus auf Long Island. Bestimmt wird es dir gefallen.«

Julia schwieg. Deutete ihr Vater gerade an, dass sie alle nach Long Island auswandern sollten? Weinte ihre Mutter deswegen?

»Möchtest du Amerika nicht kennenlernen?«, fragte ihr Vater. »Es ist ein aufregendes Land, und wenn es dir gefällt, könnten wir dort ebenfalls ein Hotel eröffnen und …«

»Aber warum, Papa?«, unterbrach sie ihn. »Momentan ist doch alles ruhig in Bad Doberan. Sogar Ava meint, dass die Bosheiten gegenüber ihrer Familie seit dem niedergeschlagenen Putsch nachgelassen haben. Die SA spielt doch kaum noch eine Rolle.«

»Ich fürchte, dass dies nur die Ruhe vor dem Sturm ist«, sagte ihr Vater ernst. »Und jetzt könnten wir noch ohne allzu große wirtschaftliche Einbußen Deutschland verlassen. Obwohl die Regierung im Mai die Vorschriften der Reichsfluchtsteuer noch einmal verschärft hat. Glücklicherweise verfüge ich ja bereits über meine amerikanischen Investitionen. Diese könnte ich zur Not verkaufen und …«

»Aber was wird dann aus dem Palais?«, fragte Julia irritiert. Sie konnte nicht glauben, was sie da hörte. »Was aus Tante Luise, Onkel Paul, Martin, Sophie, Ava, Käthe und allen Angestellten? Was wird aus dem Gutshof, Puschel und unseren Pferden und …« Sie spürte, wie ihr Tränen in die Augen stiegen.

»Die gleichen Fragen habe ich auch gestellt«, sagte ihre Mutter.

Ihr Vater zuckte mit den Schultern. »Ich kann euch nicht versprechen, dass wir sie alle mitnehmen können. Mir geht es in erster Linie um euch. Ich würde es nicht ertragen, wenn meiner Familie unter diesem Regime etwas zustoßen würde. Und machen wir uns nichts vor, es ist nur noch eine Frage der Zeit, bis der hiesige Ortsgruppenleiter es schafft, die Spitzen der Partei werbewirksam nach

Bad Doberan zu holen. Dreimal dürft ihr raten, wo die dann unterkommen werden … ganz sicher nicht im Grand Hotel, das im Hintergrund immer noch dem jüdischen Baron Rosenberg gehört.«

»Aber wir haben doch sowieso schon nationalsozialistische Gäste«, meinte Julia. »Und wenn Hitler tatsächlich käme, wäre es doch nur für ein paar Tage.«

»Und wenn ihm ein Kellner Suppe auf die Hose schüttet, wird er dann auch gleich eingesperrt? Wir scheinen momentan in einem rechtsfreien Raum zu leben. Das darf man nicht auf die leichte Schulter nehmen. Außerdem ist die Zukunft des Palais sowieso offen. Ich habe gerade gehört, dass die ›Kraft durch Freude‹-Organisation der Deutschen Arbeitsfront mehrere Pensionen in Heiligendamm für den nächsten Sommer angemietet hat. Sie wollen Arbeiter aus ganz Deutschland mit Sonderzügen hier ankarren. Die Konditionen wurden den Pensionsbetreibern mehr oder weniger diktiert. Auch uns könnte man jederzeit zwingen, die Zimmer des Palais zu einem Spottpreis herzugeben. Und was machen wir dann?«

Plötzlich stand ihre Mutter auf und legte eine Hand auf seinen Arm. »Julius, ich bin mir sicher, dass deine Sorgen berechtigt sind. Aber du übertreibst. Julia hat vollkommen recht, die politische Situation scheint sich eher zu bessern als zu verschlechtern. Das Hotel jetzt zu verkaufen …«

Julia konnte einen Entsetzenslaut nicht unterdrücken: »Du willst unser Palais verkaufen? Bitte, Papa, das darfst du nicht!«

»… oder an Paul abzutreten, ergibt einfach keinen Sinn. Damit würden wir das Kind mit dem Bade ausschütten«, sprach ihre Mutter zu Ende. »Stattdessen sollten wir die Lage im Auge behalten und, wenn nötig, schnell reagieren. Das Haus in Amerika läuft uns schließlich nicht weg.«

»Das nicht, aber …«, setzte ihr Vater an.

»Außerdem sollten wir jetzt Julia nicht länger auf die Folter spannen und endlich ihre Beförderung zur … Assistentin der Geschäftsleitung verkünden.« Bei den letzten Worten hatte die Stimme ihrer Mutter vor Stolz vibriert.

Ihr Vater hob die Hände und schien sich geschlagen zu geben. »Herzlichen Glückwunsch, liebe Julia. Ich freue mich auf unsere Zusammenarbeit, obwohl ich gehofft hatte, dass wir diese in Amerika fortsetzen könnten.«

»Was?«, fragte Julia vollkommen verdattert. »Aber ich bin doch noch mitten in der Lehre.«

Ihre Mutter lächelte. »Nun ja, im Palais hast du alle praktischen Abteilungen durchlaufen, und deine Ausbilder und Vorgesetzten haben sich alle äußerst anerkennend über dich geäußert. Eigentlich solltest du jetzt zu einem Konkurrenten nach Berlin gehen, um weitere Erfahrungen zu sammeln, aber weder dein Vater noch ich wollen in diesen ohnehin schwierigen Zeiten auf deine Anwesenheit verzichten. Und deshalb haben wir beschlossen, dir stattdessen die geschäftliche Seite des Hotelgewerbes nahezubringen.«

»Ich … bin völlig sprachlos«, sagte Julia und spürte, wie sich eine unbändige Freude in ihrem Inneren ausbreitete. Assistentin der Geschäftsleitung! Das war schon ein Titel, der sich sehen lassen konnte.

»Nun, deinem Honigkuchenpferdgrinsen nach zu schließen, scheinst du dich trotzdem zu freuen«, meinte ihr Vater, über dessen Gesicht ebenfalls ein Lächeln huschte.

»Freuen?! Ich bin völlig aus dem Häuschen! Das ist eine wundervolle Nachricht!«, rief Julia und schlang beide Arme zunächst um ihre Mutter und dann um ihren Vater. Anschließend tanzte sie ausgelassen durchs Zimmer. Obwohl ihr der Schreck über die vorherige Unterhaltung noch in den Knochen steckte, konnte sie einfach nicht anders. Wie wundervoll würde es sein, von ihrem Vater in die Bücher und die Preiskalkulation des Palais eingeweiht zu werden. Selbst errechnen zu können, welche Anschaffungen oder welche Strategie wirtschaftlich sinnvoll waren. Zwar wusste sie, dass ihr Vater letzten Herbst das Pauschalangebot von Onkel Paul angepasst hatte und das Hotel seitdem nicht nur fast ganzjährig ausgebucht war, sondern auch einen ansehnlichen Gewinn erwirtschaftete … aber es war doch etwas vollkommen anderes, selbst jede Einzelheit nachvollziehen und lenken zu können.

»Um diesen Ehrentag gebührend zu feiern, würde ich dir gern etwas schenken, mein Schatz«, sagte ihre Mutter. »Gibt es irgendetwas, das du dir besonders wünschst?«

»Ja!«, sagte Julia wie aus der Pistole geschossen.

»Und das wäre?«

»Ich würde gern ein richtig großes Weihnachtsfest mit der ganzen Familie feiern und auch Gabriel, Tante Johanna, Onkel Samuel und Minna einladen.«

Das Lächeln ihrer Mutter wurde melancholisch. »Das ist eine ganz wunderbare Idee, Julia, aber ich bin mir nicht sicher, ob sich meine Schwester traut, mit ihrer Familie nach Deutschland zu reisen …«

»Dann ist die Lage wohl doch nicht so harmlos, wie du vorhin behauptet hast?«, fragte ihr Vater spöttisch. Doch das Lächeln in seinen Augen nahm seinen Worten den Stachel.

Ihre Mutter betrachtete ihn mit vorwurfsvoll hochgezogener Augenbraue. »Aber vielleicht könnten wir tatsächlich Minna einladen. Immerhin ist über diese andere Sache genügend Gras gewachsen.«

»Über was für eine Sache?«, fragte Julia neugierig.

Ihre Mutter wirkte auf einmal, als hätte man sie mit den Fingern in der Keksdose ertappt. »Ach, nichts …«, stammelte sie verlegen.

»Für heute waren das wahrhaftig genügend Neuigkeiten, Julia«, wiegelte ihr Vater ab. »Mach dich lieber an die Arbeit und schreib Minna einen Brief!«

Während Julia die Arbeit mit ihrem Vater großen Spaß machte und sie bald von Belegungsraten und anderen betriebswirtschaftlichen Kennzahlen träumte, ging ihr Wunsch nach einem großen Weihnachtsfest mit der ganzen Familie nicht in Erfüllung: Weder Gabriel und seine Eltern noch Minna konnten nach Bad Doberan kommen. Die Familie ihres Cousins traute den Nationalsozialisten nicht über den Weg, und Minna hatte über die Festtage zu viel Arbeit im Restaurant. In ihrem Absagebrief versprach sie jedoch hoch und heilig, den Besuch bei nächster Gelegenheit nachzuholen. Auch Onkel Friedrich und Tante Margot sagten ab. Angeblich hatten sie bereits Skiferien gebucht. Julia vermutete aber, dass Onkel Friedrich ihnen nicht schon wieder die Streitigkeiten mit seiner Ehefrau zumuten wollte. Nur Tante Luise und Onkel Paul würden mit ihnen feiern. Und Letzterer wollte leider alle seine Kinder mitbringen.

»Bist du sicher, dass das für dich kein Problem ist?«, fragte ihre Mutter, als sie davon erfuhr. Sie wusste, dass Thomas, Onkel Pauls ältester Sohn, Julia vor Jahren einmal unsittlich berührt hatte. Seitdem hatte sie sich geweigert, ihn zu sehen, weshalb ihre Familien Weihnachten stets getrennt gefeiert hatten. Aber jetzt, als fast erwachsene Assistentin der Geschäftsleitung, fühlte sie sich stark.

»Ach, Mama. Ich glaub, schon. Ich werde einfach versuchen, niemals mit ihm allein zu sein, und glücklicherweise bewohnen wir ja auch getrennte Wohnungen im Palais.«

»Trotzdem. Dieser Junge ist mir nicht ganz geheuer.«

»Aber willst du nicht Sophie und Martin an Weihnachten um dich haben? Die beiden freuen sich bestimmt sehr über ein Wiedersehen. Und Oskar liebt doch seine ›Sasa‹.«

Ihre Mutter lächelte. »Das stimmt. Sophie bringt ihn immer zum Kichern und singt ihm stundenlang Kinderlieder vor.«

»Dann machen wir es so. Ich sage Onkel Paul zu und kümmere mich darum, dass seine Wohnung auf Hochglanz poliert und weihnachtlich geschmückt wird.«

Ihre Mutter nickte. »Hat dein Vater eigentlich noch einmal das Thema Amerika angeschnitten?«

Julia seufzte. »Leider ja. Gestern hat ein gerade angekommener Gast einen Pagen, der seinen Koffer fallen gelassen hatte, als ›dreckiger Jud‹ beschimpft. Als Vater das gehört hat, hat er ihn des Hauses verwiesen – woraufhin eine ganze Reisegruppe aus Protest ebenfalls abgereist ist. Als wir wieder im Büro waren, hat Papa gemeint, dass uns so etwas in Amerika niemals passiert wäre.«

Ihre Mutter schüttelte traurig den Kopf. »Ich weiß ja auch nicht mehr, was richtig und was falsch ist. Vielleicht hat Julius sogar recht mit seiner Einschätzung. Aber ich kann doch trotzdem nicht einfach das Lebenswerk meines Vaters im Stich lassen.«

Julia umarmte sie. »Nein, Mama. Das kannst du nicht. Das Palais ist es wert, dass wir diese Zeit durchstehen.«

Nachdenklich betrachtete Paul die mit silbernen und grünen Christbaumkugeln und viel Lametta geschmückte Tanne. Seine Nichte hatte ein schönes, familiäres Fest organisiert. Alles war harmonisch abgelaufen. Gemeinsam war man in die Kirche gegangen, hatte Geschenke getauscht, Lieder gesungen und Gänsebraten gegessen. Jetzt, um ein Uhr morgens, waren alle zu Bett gegangen. Doch er wusste bereits, dass er heute Nacht keinen Schlaf finden würde. Vorhin hatte ihn sein Schwager gefragt, warum er denn immer noch im Ministerium arbeite und nicht endlich nach Bad Doberan zurückkehre, wo sein alter Posten ihn erwarte. Um Julius nicht den Abend zu verderben, hatte Paul lediglich mit den Schultern gezuckt und gemurmelt, dass er der Kinder wegen wahrscheinlich erst zum Ende des Schuljahres zurückkomme. Aber das war eine Lüge. Denn im Grunde saß er fest in Berlin. Schon wieder war er zu einem unfreiwilligen Gefangenen geworden, nur dass diesmal nicht Carl sein Gefängniswärter war, sondern das neue Regime.

Paul ließ sich in einem tiefen, lederbezogenen Fauteuil vor dem Kamin nieder und griff gedankenverloren in die bunte Keramikschale mit den Heidesandplätzchen, die auf dem Tischchen neben ihm stand. Bevor die Nationalsozialisten an die Macht gekommen waren, war Berlin – wie einige andere Großstädte – ein richtiges Eldorado für Männer wie ihn gewesen. Es hatte Kneipen, Nachtklubs, Kabaretts und Travestie-Bars gegeben, in denen man feiern und sich vollkommen unbehelligt von der Gerichtsbarkeit amüsieren konnte. Es hatte sogar eine aussichtsreiche Bewegung gegeben, die den Paragraphen 175 ganz abschaffen wollte. Doch all das wurde jetzt zunichtegemacht. Seit der Ermordung von Ernst Röhm und seinem engsten Zirkel wurden homosexuelle Männer in einem nie gekannten Ausmaß verfolgt. Von Heidemann hatte Paul erfahren, dass die treibende Kraft dahinter der SS- und Gestapo-Chef Heinrich Himmler war, der – warum auch immer – Homosexualität als eine Bedrohung für den Staat und die öffentliche Ordnung auffasste.

Bei der Gestapo war deshalb bereits im Juli ein Sonderdezernat eingerichtet worden, das sich um die »Nachbearbeitung des Röhm-Putsches« kümmern sollte und sich fast ausschließlich auf homosexuelle Männer eingeschossen hatte. Um nicht wie die Kollegen des Sonderkommandos selbst Schmähartikel gegen seine früheren Freunde verfassen zu müssen – Carl und er hatten schließlich jahrelang in genau diesen Kreisen verkehrt –, hatte er wichtigere Aufgaben im Büro von Dr. Goebbels vorgeschoben und sich von der Teilnahme entbinden lassen. Trotzdem gingen die Aktennotizen über die schrecklichen Vorgänge auch über seinen Schreibtisch: Lokalitäten wurden geschlossen, Wirte verhaftet, und in Zeitungen wurde gegen stadtbekannte Schwule gehetzt.

Doch was seit Anfang Dezember geschah, stellte all das noch in den Schatten. Seither gab es gezielte Razzien der Gestapo nicht nur gegen erwiesenermaßen homosexuelle Männer, sondern auch gegen diejenigen, denen man solche Neigungen lediglich nachsagte. Schankstuben, aber auch Kirchen und private Wohnungen wurden aufgebrochen und durchkämmt, Hunderte Männer festgenommen und in KZs verschleppt. Die bloße Vorstellung, was man dort mit ihnen anstellte, ließ Paul das Blut in den Adern gefrieren. Die Sorge um seine Freunde, aber auch die Angst, dass die Gestapo-Schergen in den Verhören auf seinen Namen stoßen und ihn verhaften lassen könnten, raubten ihm nachts den Schlaf. Vor lauter Panik traute er sich kaum noch auf die Straße. Immer wieder fuhr er hoch, weil er glaubte, das Donnern einer Faust gegen seine Wohnungstür zu hören.

Unter diesen Umständen war es eine Wohltat gewesen, mit den Kindern nach Bad Doberan zu fahren. Hier ging die konservative örtliche Polizei nicht mit der gleichen Vehemenz gegen Homosexuelle vor. Doch selbst in seiner alten Heimat war die Furcht sein ständiger Begleiter. Auch hier gab es schließlich Weihnachtsdekorationen mit Hakenkreuzfahnen. Auch bis hierher konnte der lange Arm der Gestapo reichen, wenn man durch seine vormaligen Berliner Kreise auf ihn aufmerksam werden würde. Lange hatte er darüber nachgegrübelt, wie er sich und die Seinen in dieser grauenhaften Situation am besten schützen könnte. Und die Antwort lautete immer gleich: Er musste seine Arbeit im Ministerium fortsetzen. Wenn es den Anschein hatte, dass er die gleichen Ziele wie die Nazis verfolgte, kam hoffentlich niemand auf die Idee, dass ihn die täglichen Mitteilungen über die festgenommenen Homosexuellen erschaudern ließen.

Paul blickte auf das nicht angerührte Plätzchen in seiner Hand und legte es zurück in die Schale. Bei diesen Gedanken verging ihm der Appetit. Außerdem gab es noch ein weiteres Problem: Sein Sohn Thomas entwickelte sich in der Napola immer mehr zu einem fanatischen Nationalsozialisten. Auf der Reise nach Bad Doberan hatte er die antisemitischen Parolen wiedergegeben, die die Nazis der deutschen Jugend einbläuten: Arier seien das Größte und Juden »dreckige, faule Schweine«. Als Sophie, um ihn zu necken, »Heil Hitler« in »Heul Hitler« abgewandelt hatte, hatte er ihr eine schallende Ohrfeige verpasst. Obwohl Paul ihn dafür gerügt und die weinende Sophie getröstet hatte, war es ihm heiß und kalt über den Rücken gelaufen. Wie viel wusste Thomas über seine Beziehung zu Carl? War ihm klar, dass sein Vater und sein geliebter »Onkel«, den er übrigens seit dem Putsch kein einziges Mal mehr erwähnt hatte, ein Paar gewesen waren? Dann drohte ihm wohl auch von dieser Seite Gefahr, denn wenn sein ältester Sohn zwischen der Loyalität zu den Nazis und der zu seinem Vater wählen müsste … Paul ahnte, zu wessen Gunsten sein Sohn sich entscheiden würde.

Neben der Angst, von seinem eigenen Sohn verraten zu werden, plagte ihn die Sorge, dass Thomas so wie Carl enden könnte. Letzterer war schließlich auch nicht von Natur aus ein schlechter Mensch gewesen, sondern hatte irgendwann angefangen, die fehlende Liebe seiner Eltern mit der Treue zu seiner Partei auszugleichen. Der Hass, den er Juden und Andersdenkenden entgegengebracht hatte, hatte sich irgendwann vollständig durch seine Seele gefressen und sämtliche Empathie ausgelöscht. Paul nahm sich fest vor, sich noch mehr um Thomas zu kümmern. Vielleicht könnte er dann ganz behutsam sein Interesse an anderen Dingen stärken. Aber auch dafür musste er in Berlin bleiben.

Paul lehnte sich in seinem Sessel zurück und schloss die Augen. Wenn nur seine Arbeit im Ministerium nicht gar so abstoßend wäre. Ausgerechnet er war nun daran beteiligt, die von Dr. Goebbels vorangetriebene verbindliche Parteisprache durchzusetzen. Sogar in den Schulen hatte man die schönrednerische, wahrheitsverzerrende Sprache der NSDAP eingeführt. Sie sollte den Bürgern, Klein wie Groß, in Fleisch und Blut übergehen und ihr Denken vereinheitlichen. Deshalb betreute Paul seit Neuestem – in widerwilliger Zusammenarbeit mit einer »Parteiamtlichen Prüfungskommission« – die Neuauflage von Büchern mit Titeln wie *Politisches ABC des neuen Reichs. Schlag- und Stichwörterbuch für den deutschen Volksgenossen*, aber auch die Erweiterung von Enzyklopädien und von Wörterbüchern wie dem Duden. Alles wurde an die Ideologie der Regierung angepasst. Begriffe wie »Arbeitsfront«, »aufnorden«, »Deutscher Gruß« und »Drittes Reich« wurden in solche Werke aufgenommen. Tagtäglich musste er sich in endlosen Konferenzen mit der von Superlativen durchzogenen Sprache der Nazis auseinandersetzen. Alles war immer gleich »historisch«, »gigantisch« oder »total«. Außerdem …

In diesem Moment hörte er leise tippelnde Schritte auf dem Korridor, und kurz darauf öffnete sich die Tür. Sophie stand barfüßig und im Nachthemd auf der Schwelle.

»Aber, Papa, warum bist du nicht im Bett? Fehlt dir etwas?«, fragte sie besorgt. Seine Dreizehnjährige war ein so feinfühliges und fürsorgliches Kind, bestimmt sah sie ihm an, dass er sich nicht wohl fühlte.

»Nein, mein Schatz«, antwortete Paul mit einem bemüht sorglosen Lächeln. »Alles ist gut. Ich … ich habe nur noch von den Plätzchen genascht.«

Sophie strahlte ihn an. »Kann ich auch eins haben?«

Er legte verschwörerisch den Zeigefinger an die Lippen. »Aber nur, wenn du es deinen Brüdern nicht verrätst.«

Sie hob ihre Hand wie zum Schwur. »Indianerehrenwort, Papa!«

9. Kapitel

März 1935

Es war ein herrlicher Tag. Zwar noch etwas kühl, aber die Sonne schien, und auf den Wiesen blühten die ersten Gänseblümchen. Diesmal hatte Julia es geschafft, ihren freien Tag so zu legen, dass sie mit Ava an deren freiem Tag zum Gutshof fahren konnte. Arco hatte Julia mit einem leisen Wiehern begrüßt, obwohl sie nur noch so wenig Zeit mit ihm verbringen konnte, und dann hatten sie ihn gemeinsam gestriegelt und gesattelt. Als sie ihn jetzt ins Freie führten, mussten sie nach dem Dunkel des Stalls gegen das helle Licht anblinzeln.

»Und du bist dir sicher, dass ausgerechnet ich mich in seinen Sattel setzen soll?«, fragte Ava. »Soll ich nicht lieber neben dir herspazieren?«

»Nein, trau dich ruhig. Ich werde dich ganz sicher am Zügel führen«, ermutigte Julia sie. »Du musst nur deinen Fuß in den Bügel stellen, dich hochschwingen und vorsichtig absetzen. Ein Kinderspiel!«

»Na, wenn du meinst«, erwiderte Ava unsicher. »Hoffentlich macht meine Hose das mit.« Sie trug tatsächlich eine zum Reiten gänzlich ungeeignete Tweedhose.

»Wird schon schiefgehen. Jetzt komm!«

Etwas ungelenk kletterte Ava auf Arcos Rücken. »Huch, ist das hoch«, rief sie aus, als sie endlich im Sattel saß.

Julia lächelte. »Ach, daran gewöhnst du dich. Halt dich einfach an seiner Mähne fest, dann können wir los.«

Wenig später gingen sie auf sandigen Wegen durch die umliegenden Wiesen und Felder. Ava war schnell mit dem gemächlichen

Tempo von Arcos Schritten vertraut, sodass sie wie gewohnt miteinander plaudern konnten.

»Und wie geht es meiner liebsten Assistentin der Geschäftsleitung?«, fragte sie.

Julia grinste. »Sehr gut. Ich war gestern das erste Mal bei einer Bankbesprechung dabei. Mein Vater will einen Kredit aufnehmen, um neben den Stallungen eine Garage zu bauen. Immer mehr Gäste kommen mit dem eigenen Wagen, und vor dem Hotel haben wir nicht genügend Platz, um sie alle abzustellen.«

»Aufregend. Hat alles gut geklappt?«

»Es war erst das erste Treffen. Mein Vater und ich müssen jetzt einige Unterlagen, unter anderem die Baupläne, unsere Eigenmittel und eine Kostenaufstellung einreichen, und dann geht es weiter«, erwiderte Julia. »Aber sie haben wenigstens nicht rundheraus Nein gesagt. Obwohl auch der Bankdirektor in der Partei ist.«

»Das freut mich«, meinte Ava, die über die abgelehnten Baugenehmigungen Bescheid wusste.

»Und wie geht es dir, liebste stellvertretende Geschäftsführerin von Cohens Bekleidungsgeschäft?«

»Mir geht es ganz wunderbar.« Avas Stimme klang enthusiastisch.

Julia machte einen großen Schritt über eine Pfütze. »Aha. Und weshalb geht es dir so gut?« Als Ava nicht sofort antwortete, sah sie zu ihrer Freundin hoch. Deren Augen leuchteten. Das dunkle Haar flatterte im Wind. Nie hatte sie hübscher ausgesehen. »Also?«

»Weil ich verliebt bin«, verkündete Ava leise.

Vor Schreck wäre Julia fast gestolpert. »Wirklich? In wen?«

»Na, in Karl. Karl Bader.«

»Den langen Lulatsch von einem Postboten?«

Ava lächelte verknallt. »Genau den.«

Julia war froh, dass sie in diesem Moment eine kleine Holzbrücke überqueren, und Arcos Hufgetrappel zu laut war, um sofort zu antworten. War dieser Postbote wirklich gut genug für ihre intelligente Freundin? Sie hatte Ava immer an der Seite eines zukünftigen Arztes oder Rechtsanwalts gesehen. Jemanden, mit dem sie sich auf Augenhöhe austauschen konnte. »Und er? Ist er auch in dich verliebt?«, fragte sie, als sie auf der anderen Seite ankamen.

Ihre Freundin lächelte. »Ich glaube, schon. Jedenfalls sagt er mir das drei bis vier Mal am Tag.«

»Oh, das freut mich.«

»Wirklich? Du klingst gar nicht so.«

Julia gab sich einen Ruck. In wen sich Ava verliebte, war allein ihre Angelegenheit. Da hatte sie ihr nicht reinzureden. Und vielleicht konnte sie sich ja mit ihrem Karl gut unterhalten? »Wenn du mit ihm glücklich bist, freue ich mich riesig. Niemand hat das mehr verdient als du.«

Ava strahlte. »Danke, Julia. Deine Worte bedeuten mir viel. Besonders weil …« Sie machte eine Pause. »… weil meine Eltern nicht gerade entzückt sind.«

»Ist ihnen ein Postbote nicht gut genug für dich?«, fragte Julia, plötzlich beschämt, dass sie das Gleiche gedacht hatte.

»Nein, das ist es nicht«, beeilte sich Ava zu sagen. »Meine Eltern haben sich vielmehr einen jüdischen Schwiegersohn gewünscht … und Karl ist Protestant.«

»Ich wusste gar nicht, dass deine Eltern in dieser Hinsicht so streng sind … aber es ist kein unüberwindliches Hindernis. Meine Tante Johanna ist schließlich auch zum Judentum übergetreten.«

»Nein, ich glaube, in einer anderen Zeit hätten sie damit auch keine Probleme. Aber dieses ewige Geschwätz der Partei über ›Blutschande‹ macht ihnen große Angst.«

Julia ließ überrascht Arcos Zügel los: »»Blutschande‹?«

Der Wallach nutzte die unverhoffte Freiheit dazu, seine Nase umgehend im saftigen Gras zu versenken, und Ava, die auf einmal eine steile Pferdehalsrutsche vor sich sah, gab einen Schreckenslaut von sich.

Julia ergriff die Zügel und rupfte energisch daran. »He, du Frechdachs. Hör sofort auf zu fressen.« Entschuldigend sah sie zu ihrer blass gewordenen Freundin auf: »Ist das auch wieder so eine Schikane gegen die Juden?«

Ava nickte. »Der Führer und seine Partei wollen keine Beziehungen zwischen Juden und Deutschen. Das deutsche Blut soll rein bleiben.«

»Aber das ist doch vollkommener Blödsinn. Schließlich bist du auch Deutsche!«

»Nicht in den Augen der Nationalsozialisten«, flüsterte Ava.

»Aber ... die können sich doch nicht einfach in das Privatleben der Leute einmischen. Ich meine, dass ihr euch liebt, geht doch nur Karl und dich etwas an«, sagte Julia empört, obwohl sie genau wusste, dass die Nazis genau das taten. Wie ihr Vater gesagt hatte: Sie kontrollierten längst alles und jeden.

»Lass uns bitte von etwas anderem sprechen«, bat Ava. »Ich möchte jetzt nicht darüber nachdenken.«

Eine ganze Weile gingen sie schweigend weiter und hingen ihren eigenen Gedanken nach. So schrecklich Julia es fand, dass sich Ava mit solchen Sorgen herumschlagen musste, war sie auch ein klitzekleines bisschen neidisch auf deren Liebesglück. Seit dem verunglückten Flirt mit Max Langhans hatte sie selbst keinerlei Herzflattern mehr verspürt. Zwar machten ihr einige männliche Gäste des Palais übertrieben nette Komplimente. Aber meistens waren diese Herren weit über sechzig Jahre alt und runzlig. Und mit den männlichen Angestellten, selbst mit den gut aussehenden, kam eine Liebelei nicht infrage. Das hatte sie schon gewusst, bevor ihr Vater sie darauf hingewiesen hatte. »Das verbietet nicht nur die Etikette, sondern verbreitet auch Unruhe unter dem Personal«, hatte er erklärt. »Jede Beförderung, jede Versetzung würde mit Argusaugen betrachtet und von vornherein unter Vetternwirtschaft verbucht. Und wenn du dich eines Tages von deinem Liebsten trennen wolltest, würde er seine Stelle gleich mit verlieren.« Und so blieb Julia ungeküsst und allein, wobei ihre Arbeit sie über vieles hinwegtröstete.

Als Ava und sie sich einem kleinen Wäldchen näherten, sagte ihre Freundin: »Und wie geht es deinem Bruder?«

Julia seufzte. »Eigentlich besser. In den letzten Monaten hat er zugenommen und keine epileptischen Anfälle mehr gehabt. Er schläft besser und sieht zu putzig aus, wenn er auf seinen kleinen Füßchen durch die Wohnung tapst. Aber es gibt trotzdem etwas Neues, das meine Eltern beunruhigt.«

»Oh nein, was ist es jetzt?«

»Oskar hat vor Kurzem zu sprechen begonnen, und am Anfang haben wir uns noch nichts dabei gedacht, wenn er ›Ma-a-a-a-am-a‹ statt ›Mama‹ gesagt hat. Aber jetzt müssen wir uns wohl eingestehen, dass er stottert.«

»Wie traurig. Was sagt denn der Kinderarzt dazu?«

»Er kann sich das alles auch nicht erklären. Die Kombination von Oskars Symptomen passt irgendwie zu keiner ihm bekannten Krankheit.«

»Vielleicht verwächst es sich ja noch. Die Anfälle haben schließlich auch wieder aufgehört.«

»Ich bete jeden Tag dafür. Er hätte es so verdient. Oskar ist ein wirklich tapferes Kerlchen.«

»Das ist er«, bestätigte Ava, obwohl sie ihn schon längere Zeit nicht gesehen hatte.

Plötzlich hatte Julia eine Idee. »Warum kommt ihr nicht einmal auf ein Abendessen zu uns?«

»Ihr? Du meinst, ich mit meinen Eltern?«

»Sie sind selbstverständlich auch herzlich eingeladen. Aber eigentlich hatte ich an Karl und dich gedacht. Dann kann ich deinen Herzensmann besser kennenlernen, und du siehst Oskar endlich einmal wieder.«

»Ich weiß nicht. Meinst du, das wäre deinen Eltern recht?«, fragte Ava unschlüssig. »Sie kennen Karl doch gar nicht.«

»Aber natürlich! In unser privates Zuhause darf ich einladen, wen ich will«, versicherte Julia.

»Na, dann … sehr gern. Ich bin mir sicher, dass ich auch in Karls Namen zusagen kann.«

»Herrlich. Passt es euch gleich nächste Woche? Am Mittwoch, so gegen halb acht?«

Ava nickte. »Das würde gehen. Wir schließen das Geschäft um neunzehn Uhr, und Karl arbeitet ja sowieso frühmorgens.«

»Hurra. Dann ist das abgemacht. Ich freue mich.«

»Ich mich auch.«

Julia strahlte. »Willst du zur Feier des Tages ein bisschen traben? Ich laufe auch neben dir her.«

»Um Himmels willen!«, rief Ava erschrocken. »Ich möchte unser Abendessen lieber ohne gebrochenes Bein erleben.«

Julia lachte. »Was bist du nur für ein kleiner Angsthase.«

Am heutigen Mittwoch fand die Hochzeit des Jahres statt: Hermann Göring und Emmy Sonnemann vermählten sich im Berliner Dom. Die Straßen in der unmittelbaren Umgebung waren bereits seit den frühen Morgenstunden von Abertausenden Schaulustigen gesäumt, die von fast ebenso vielen Soldaten und SA-Männern im Zaum gehalten wurden. Die geladenen Gäste hatten bereits zwei Stunden vor der eigentlichen Trauung in dem mit einem Meer kostbarer Blumen geschmückten Dom Platz nehmen müssen, um sicherzustellen, dass nicht eventuelle Nachzügler die Ankunft der Brautleute verdarben. Das pompöse Ambiente erinnerte an längst vergangene Zeiten, wobei wahrscheinlich selbst die Sprösslinge des abgedankten Kaisers nicht in einem solchen Prunk vermählt worden waren. Über die Treppe vor dem Domportal war ein roter Läufer gespannt worden. Rechts und links vom Eingang wehte eine lange Reihe von Hakenkreuzfahnen, die von einem Trupp Soldaten in Uniform bewacht wurden. Als endlich der offene Wagen mit den Brautleuten und dem Trauzeugen Adolf Hitler unter Glockengeläut vorfuhr, jubelten die Leute, als hätten sie den Heiland höchstpersönlich gesehen.

Willy, der aufgrund seiner Beratertätigkeit für das Reichswirtschaftsministerium zu diesem Ereignis eingeladen war, hatte Luise gebeten, seine Begleitung für diesen Tag zu sein. Und wie immer hatte sie Ja gesagt, obwohl ihr auch rund neun Monate nach

Carls Exekution nicht wohl war, wenn sie auf die Spitzen der Regierung traf. Doch für Willy hätte sie auch barfuß die Antarktis durchquert. Er war der Mann ihres Lebens. Noch nie hatte sie sich in der Nähe eines anderen Menschen so wohlgefühlt. Luise verbrachte so viel Zeit wie möglich mit ihm. Gemeinsam besuchten sie Premieren und rauschende Feste. Aber sie erlebten auch sehr intime Momente. Als Luise sich Ende Februar eine schreckliche Erkältung eingefangen hatte, hatte ausgerechnet Willy ihr Medikamente und Essen gebracht. Dabei hatte sie ihm mit ihrer roten Nase und ausgezehrt vom Fieber zunächst gar nicht die Tür öffnen wollen. Doch er hatte ihre Bedenken einfach beiseitegeschoben und sich als Krankenpfleger betätigt, wobei er ihr das Gefühl gab, trotz allem die schönste Frau der Welt zu sein.

Es hatte sie große Überwindung gekostet, ihn über Weihnachten allein zu lassen und nach Bad Doberan zu fahren. Letztlich hatte sie ihn mit der Ankündigung auch nur aus der Reserve locken wollen. Insgeheim hatte sie gehofft, dass er sie bitten würde, die Reise abzusagen und das erste Weihnachtsfest gemeinsam mit ihm zu verbringen. Gegen jede Vernunft hatte sie darauf vertraut, dass die romantische Stimmung unter dem Weihnachtsbaum vielleicht doch noch zu einer körperlichen Annäherung zwischen ihnen führen würde. Doch nichts davon hatte sich bewahrheitet. Willy hatte sie – fürsorglich wie immer – zum Bahnhof gebracht, gewartet, bis der Zug abfuhr, und ihr in der letzten Minute ein kleines Päckchen durchs geöffnete Fenster gereicht. Es war eine kostbare Brosche mit einem in Diamanten gefassten Saphir gewesen. Auf der beigefügten Karte hatte gestanden: »Die Farbe des Edelsteins hat mich an Deine Augen erinnert, nur dass diese noch schöner und strahlender sind. Ich werde die Sekunden zählen, bis Du wieder bei mir bist. Pass gut auf Dich auf! Ich wünsche Dir ein frohes Fest im Kreis Deiner Lieben, Willy.«

Ihre platonische Beziehung verwirrte sie. War Willy vielleicht wirklich homosexuell? Manchmal, wenn er sie zum Abschied kurz an sich drückte, meinte sie, eine Erektion zu spüren. Aber sie kannte sich nicht genügend mit schwulen Männern aus. Vielleicht war das eine rein physische Reaktion, die gar nichts zu bedeuten hatte. Paul hatte schließlich auch drei Kinder mit Helene gezeugt. Oder wollte Willy einfach nicht auf *diese* Weise mit ihr zusammen sein? An der Tatsache, dass er sie mochte, bestand jedenfalls kein Zweifel. Das sah sie an jedem seiner Blicke, sie spürte es an seinen Berührungen und an dem Umstand, dass er sie jederzeit und überall bei sich haben wollte. Luise, die neben Willy in der dritten Sitzreihe vor dem Altar saß, musste plötzlich heftig gegen die Tränen anblinzeln. Sie liebte ihn. Mit jeder Faser ihres Herzens, und sie wollte bis ans Ende ihrer Tage mit ihm zusammenbleiben. Doch sie sehnte sich auch nach seinen Küssen und Umarmungen. Wollte ihre Liebe durch die Vereinigung ihrer Körper besiegeln. Warum blieb ihnen dieses Glück verwehrt? Was stand zwischen ihnen, wenn sogar ein aufgeblasener Hanswurst wie Hermann Göring die wahre Liebe finden konnte?

In diesem Moment schritt die ganz in Weiß gekleidete Braut durch das Kirchenschiff zum Altar. Willy, der Luises aufgewühlte Stimmung zu bemerken schien, legte liebevoll seine Hand auf ihre. »Keine Sorge, es wird eine kurze Zeremonie werden. Die Nationalsozialisten wollen dem Geistlichen nicht zu viel Raum fürs Schwadronieren geben.«

Luise nickte, doch sie blickte ihn nicht an, weil sie Angst hatte, sonst wie ein Schlosshund loszuheulen. Dabei wusste sie, dass sein letzter Satz eine leise Kritik an der Partei gewesen war: Willy war ein gläubiger Mann, der fast jeden Sonntag in die Kirche ging. Nachdenklich senkte sie den Kopf. Ob seine Enthaltsamkeit etwas mit seiner Religion zu tun hatte? Sparte er sich für etwas oder jemanden auf? Um von ihren überbordenden Gefühlen abzulenken, öffnete Luise ihre Handtasche und zog ein seidenes Taschentuch hervor. Zur Not konnte sie ihre Tränen als Rührung ausgeben.

Kurz darauf marschierte zunächst Hitler Richtung Altar und dann Göring. Während der Führer relativ bescheiden auftrat, trug der Bräutigam Uniform und so viele Orden, dass Luise meinte, ein leises Scheppern zu hören, als er an ihnen vorbeiging. Unwillkürlich musste sie an die Worte ihrer kleinen Nichte Sophie denken, die während des Weihnachtsfests – in einem vermeintlich unbeobachteten Moment – vor sich hin geflüstert hatte: »Lieber Gott, mach mich blind, dass ich Hitler arisch find.« Wahrscheinlich hatte sie das auf dem Schulhof aufgeschnappt, aber Luise fand den Spruch unglaublich amüsant. Wie sie auch schon selbst bemerkt hatte, kamen weder der stark übergewichtige Göring noch der kleine dunkelhaarige Hitler dem Idealbild eines blonden, blauäugigen Recken nahe.

Willy sollte recht behalten. Die Trauung ging zügig vonstatten. Anschließend ließ sich das vermählte Paar vor dem Eingang des Doms bejubeln. Es hatte fast schon Volksfestcharakter, wie die beiden – huldvoll winkend – durch ein Spalier von gezogenen Säbeln die Stufen hinabstiegen. Das Publikum war außer Rand und Band.

»Der erste Teil wäre geschafft«, meinte Willy und bot ihr den Arm an. »Jetzt müssen wir nur noch das Festbankett hinter uns bringen.« Gemeinsam fuhren sie in das Hotel Kaiserhof und zogen sich in den extra zu diesem Zweck gebuchten Einzelzimmern um.

Als sie in ihrem silbernen Abendkleid auf den Korridor trat, wartete Willy bereits auf sie. Er wirkte stattlich und elegant in seinem Smoking, und Luise ging bei seinem Anblick das Herz auf. Willy schien es ähnlich zu gehen.

»Luise!«, rief er. »Du bist ja eine Erscheinung – fast zu schön, um wahr zu sein.«

Normalerweise versuchte sie, seine Komplimente bescheiden abzutun, aber diesmal sagte sie: »Danke, Willy. Du siehst ebenfalls ganz wunderbar aus.«

Als sie Arm in Arm die Treppe hinabschritten, fragte Luise sich erneut, weshalb sie ihn nicht kurzerhand auf seine Gefühle ansprach. Warum sagte sie Willy nicht rundheraus, dass sie sich eine wahre Beziehung mit ihm wünschte? Dass sie mit ihm wie Mann und Frau zusammenleben wollte? Die Antwort darauf war kompliziert. Einerseits klangen ihr – obwohl sie inzwischen eine gestandene Schauspielerin war – noch immer die Worte ihrer Mutter in den Ohren, dass eine Dame niemals den ersten Schritt machte. Andererseits hatte sie große Angst, ihre spezielle Freundschaft könnte Schaden nehmen. Eine platonische Verbindung war ihr immer noch lieber als gar keine Beziehung zu Willy. Denn falls er sich durch ihre Avancen bedrängt fühlte, würde er den Kontakt zu ihr vielleicht verringern oder sogar ganz abbrechen. Das wäre eine Tragödie.

Behutsam rückte Willy ihr den Stuhl zurecht. Sie hatten einen schönen Platz an einer Tafel, die der des Brautpaares unmittelbar gegenüberlag. Göring, nun ebenfalls im Smoking, thronte neben seiner frisch Angetrauten und hielt eine Rede nach der anderen. Rechts neben seiner Ehefrau saß Adolf Hitler und unterhielt sich mit einer blonden, hochgewachsenen Frau.

»Wer ist eigentlich Hitlers Tischdame?«, erkundigte sich Luise, während der erste Gang serviert wurde.

»Das ist Mary von Rosen, die Schwester von Görings erster Frau«, flüsterte Willy. »Irgendwie makaber, findest du nicht?«

Sie nickte. Offenbar würden die Görings eine Ehe zu dritt führen. Die tote Carin, nach der auch Görings Landsitz benannt war, schien allgegenwärtig zu sein.

Als Hauptgericht gab es Rehbraten, der angeblich eigenhändig vom Bräutigam erlegt worden war, was sich Luise bei dessen Leibesfülle nur schwer vorstellen konnte.

Während sich Luise höflichkeitshalber zwang, mit dem Tischnachbarn zu ihrer Linken, einem Ingenieur aus Dessau, zu plaudern, lauschte sie mit einem Ohr Willys Unterhaltung mit der Dame, die zu seiner Rechten saß.

»Und welche Rolle spielen Sie momentan?«, wollte der Ingenieur wissen, nachdem er sich als Bewunderer ihrer Kunst zu erkennen gegeben hatte.

»Die Hauptrolle in einem Kriminalfilm«, antwortete Luise geistesabwesend. Willy erzählte seiner blonden Nachbarin gerade eine Geschichte über einen Hund, die sie noch nicht kannte. Silberhell lachte die junge Blondine bei der Pointe auf: »Wie drollig, Herr Darboven!« Luise hätte ihr das affektierte Lächeln vom Gesicht kratzen können. Flirtete diese Pute etwa mit *ihrem* Mann?

»Sind Sie das Opfer oder die Mörderin?«

»Wie bitte?« Luise versuchte, sich auf den Ingenieur zu konzentrieren, aber es wollte ihr einfach nicht gelingen. Sie hatte sogar seinen Namen vergessen. Kurzerhand stand sie auf. »Wenn Sie mich bitte für einen Moment entschuldigen würden?«

Auf der Damentoilette erlitt sie einen Weinanfall. Was war nur mit ihr los? Wieso war sie jetzt schon eifersüchtig auf eine reine Zufallsbekanntschaft von Willy? Hatte sie tatsächlich Angst, dass er sie für diese Frau verlassen könnte? Das war doch lächerlich. Aber sie konnte sich trotzdem nicht beruhigen. Erst eine halbe Stunde später war sie gefasst genug, um vor dem Spiegel die Spuren ihrer Tränen zu beseitigen. Doch selbst eine zweite Schicht Puder vermochte die geschwollene Haut rund um ihre Augen nicht zu verdecken. Sie sah zum Fürchten aus. Am besten, sie ging sofort auf ihr Zimmer. Falls ihr Begleiter sie vermissen würde, konnte sie ihm morgen früh immer noch sagen, dass ihr der schwere Braten nicht bekommen war. Traurig öffnete sie die Tür der Damentoilette … und erblickte Willy, der unmittelbar davor auf sie zu warten schien.

»Bist du krank?«, fragte er bekümmert.

Luise wusste nicht, was sie darauf antworten sollte.

Mit ausgestreckten Armen machte er einen Schritt auf sie zu. »So sag doch bitte, was mit dir nicht stimmt.«

Sie fühlte erneut Tränen in sich aufsteigen. »Ich …«

»Hat dich dieser Kerl neben dir irgendwie beleidigt?«, stieß er hervor.

Seine Besorgtheit gab ihr den Rest. Sie konnte die Tränen nicht länger zurückhalten. »Nein! Es ist nur …«

Er nahm sie umsichtig in den Arm. »Was ist, mein Engel?«

»Ich liebe dich, Willy«, flüsterte sie und versteckte ihr Gesicht an seiner Brust. So, jetzt war es raus.

Als er nichts auf ihre Worte erwiderte, blickte sie auf. In Willys Gesicht spiegelten sich widerstrebende Emotionen, aber nichts deutete auf ein unmittelbar bevorstehendes leidenschaftliches Liebesgeständnis hin. Plötzlich war ihr schlecht vor Angst. Würde er ihr jetzt sagen, dass er sie niemals lieben konnte, weil er homosexuell war?

Willy räusperte sich. »Ich liebe dich auch. Du bist schon seit längerer Zeit der wichtigste Mensch in meinem Leben«, sagte er ruhig. Viel zu besonnen für Luises Geschmack.

Obwohl sie wusste, dass sie es bereuen würde, konnte sie seine Worte nicht unkommentiert lassen: »... aber du willst keine richtige Beziehung, weil du mich körperlich nicht anziehend findest«, flüsterte sie mit bebender Stimme.

Willys Gesicht verdunkelte sich. »Das ist doch lächerlich! Du bist die schönste Frau, ich je gesehen habe.«

»Aber?« Luise hielt die Luft an. Jetzt würde sie die Wahrheit erfahren. Sie fühlte sich wie eine Angeklagte, die auf ihr Urteil wartet. Ihr ganzes weiteres Leben stand auf dem Spiel.

»Aber ... es würde nicht gut gehen zwischen uns. Du bist eine gefeierte Diva, Luise ... und ich ein langweiliger Möbelproduzent. Als Geliebten hättest du mich schnell satt ... da bin ich mir ganz sicher. Ich bin weder attraktiv noch interessant genug, um mit deinen anderen Verehrern konkurrieren zu können. Und für einige Nächte – so schön diese auch wären – unsere Freundschaft aufzugeben, die mir mehr bedeutet als alles andere auf der Welt ... das bringe ich nicht übers Herz.«

Schwer atmend lehnte sie ihren Kopf an seine Brust. Ein tiefes Glücksgefühl durchströmte sie. Jetzt würde alles gut werden!

»Verstehst du das?«, fragte er vorsichtig.

Sie schüttelte den Kopf. »Willy ... du verstehst nicht. Ich werde nie wieder einen anderen Verehrer auch nur ansehen. Ich *liebe* dich.«

Doch anstatt sie fester in die Arme zu schließen und sie zu küssen, rückte er von ihr ab. Plötzlich ahnte Luise, dass es nicht einfach werden würde, ihn von der Aufrichtigkeit ihrer Gefühle zu überzeugen. Willy konnte manchmal ein rechter Dickkopf sein.

Wenn er sich einmal eine Meinung über etwas gebildet hatte, war es schwer, ja, fast unmöglich, ihn wieder davon abzubringen. Sie seufzte. Aber jetzt, wo sie die Wahrheit kannte, würde sie nicht lockerlassen, bis sein Widerstand dahingeschmolzen war.

Paul ließ den Brief seiner Schwester sinken. Johanna schrieb, dass sie in Paris ein Hilfswerk für deutsche Emigranten gegründet hatte. Es sah ihr ähnlich, sich auf diese Weise für ihre geflüchteten Landsleute einzusetzen. Schon immer hatte sie eine ausgeprägte soziale Ader gehabt. Er konnte seine Schwester förmlich vor sich sehen, wie sie sich bei den französischen Behörden für Menschen starkmachte, die des Französischen nicht mächtig waren, wie sie warme Decken verteilte und für jeden ein tröstendes Wort fand. Plötzlich sehnte er sich ebenfalls danach, seine Koffer zu packen und in den nächsten Zug nach Paris zu steigen. Doch das war ein Ding der Unmöglichkeit. Erstens waren seine Kinder während der Osterferien in einem Zeltlager der HJ, und er würde niemals ohne sie fahren. Und zweitens war es inzwischen eine teure und aufwändige Angelegenheit, Deutschland den Rücken zu kehren. Man musste zunächst sein gesamtes Vermögen taxieren lassen, und – sofern es fünfzigtausend Reichsmark überstieg – eine Reichsfluchtsteuer von fünfundzwanzig Prozent zahlen, egal, ob das Vermögen aus Bargeld oder Immobilien bestand. In seinem Fall würde dies bedeuten, dass er seine Anteile am Palais veräußern müsste. Und er wusste nicht, ob Julius, der als einziger Käufer infrage kam, im Moment flüssig genug war, um ihm seine Aktien in bar abzunehmen. Was sollte er außerdem in Paris tun? Er sprach zwar halbwegs die Sprache, aber er glaubte kaum, dass man dort ausgerechnet auf einen abgehalfterten Hoteldirektor wie ihn wartete. Sofern man ihn aufgrund seiner Tätigkeit im Ministerium überhaupt irgendwo einzustellen bereit wäre.

Paul, der in seinem Berliner Wohnzimmer saß, griff nach seinem Whiskeyglas und nahm einen ordentlichen Schluck. Inzwischen bekämpfte er seine Angst und seine Einsamkeit immer öfter mit Alkohol. Jetzt, wo die Kinder nicht zu Hause waren, schien ihm das kein allzu großes Problem zu sein. Aber er würde aufpassen müssen, dass er ihnen kein schlechtes Vorbild war, wenn sie zurückkamen. Manchmal war es verdammt anstrengend, für die Kleinen stark zu sein. Als Hitler im März – den Versailler Vertrag komplett ignorierend – die Wehrpflicht wieder einführte, den Ausbau der Wehrmacht verkündete und kurz darauf eine Luftschutzübung mit simuliertem Fliegeralarm und Verdunklung hatte durchführen lassen, hätte er sich am liebsten ins Bett gelegt und sich die Decke über den Kopf gezogen. Das durfte doch alles nicht wahr sein! Hatten die Deutschen den schrecklichen Krieg etwa schon wieder vergessen? Und warum reagierten weder Frankreich noch England auf diese Provokation?

In solchen Momenten fiel Paul auf, wie allein er inzwischen auf der Welt war. Er hatte niemanden mehr, mit dem er sich über solche Dinge austauschen konnte: Von seinen Schwestern lebten zwei zu weit weg, und die andere, Luise, arbeitete viel und ging ansonsten mit ihrem neuen Bekannten aus. Friedrich war mit seinen eigenen Problemen beschäftigt, Carl tot, und zu Robert hatte er keinen Kontakt mehr. Aus Angst, dass jemand seine Homosexualität entdecken oder verraten könnte, hatte er sich aus allen gesellschaftlichen Kreisen zurückgezogen. Er verkehrte weder mit den Eltern der Spielkameraden seiner Kinder noch mit seinen Kollegen aus dem Ministerium. Da er seit der schlechten Erfahrung mit Carl auch Telefongesprächen misstraute, hatte er wirklich niemanden, mit dem er seine besorgniserregenden Zukunftsvisionen erörtern konnte. Wurde er langsam verrückt, oder zielte Hitlers Politik tatsächlich auf einen erneuten Krieg ab? Würden Martin und Thomas bald genauso schreckliche Dinge in den Schützengräben erleiden wie er damals?

Paul sprang auf. Er hielt es in der Einsamkeit seiner vier Wände nicht mehr aus. Vielleicht konnte er in irgendeiner Bar noch etwas trinken. Er nahm Geldbörse, Mantel und Schlüssel und eilte durch das Treppenhaus ins Freie. Als er auf der Straße stand, atmete er tief durch. Die frische Luft tat ihm gut. Im Schein der Straßenlampen blickte er sich unentschlossen um. Am besten suchte er sich eine Kneipe fernab von seiner Wohnung. Irgendetwas würde er schon finden. Hauptsache, er saß nicht mehr mutterseelenallein bei sich zu Hause und grübelte. Mit einem Gefühl der Erleichterung ging er los.

Nachdem er eine halbe Stunde ziellos durch die Stadt geirrt war, hielt er plötzlich inne. Auf einmal schlug sein Herz schneller. Auf der anderen Straßenseite erkannte er den kleinen dunklen Park, der früher ein bekannter Treffpunkt für Schwule und Stricher gewesen war. Um Gottes willen! Was machte er nur? Wenn man ihn ausgerechnet hier erwischen würde, wäre seine Tarnung aufgeflogen. Trotzdem zog ihn dieser Ort fast magisch an. Dabei hatte er noch niemals zuvor etwas mit einem Liebesjungen angefangen. Die Vorstellung, für einen solch intimen Akt Geld zu bezahlen, fand er entwürdigend. Aber Carl hatte das offenbar anders gesehen. Und er fühlte sich so schrecklich einsam.

Unschlüssig blieb er unmittelbar vor dem von zwei Büschen flankierten Eingang stehen. Ob er einfach mal – ohne nach links und rechts zu schauen – durch den Park spazieren sollte? Das war ja im Grunde nicht strafbar und … In diesem Moment raschelte es, und hinter einem der Büsche trat ein junger Mann hervor.

Nonchalant streifte er sich einige Blätter aus dem dunklen Haar. »Hast du vielleicht eine Zigarette für mich?«, fragte er und grinste ihn an.

Ohne ein Wort zog Paul seine Zigarettenschachtel aus der Manteltasche und hielt sie ihm hin. Der Junge schien Anfang oder Mitte zwanzig zu sein. Schlank und etwas größer als er selbst. Eine Haarsträhne fiel ihm in die Stirn, was ihm ein leicht verwegenes Aussehen verlieh. Er trug weder Mantel noch Jackett, sondern hatte sich lediglich einen Pullunder über das gestreifte Hemd gezogen.

»Feuer?«, fragte er jetzt.

Paul kramte sein silbernes Feuerzeug hervor und ließ es aufschnappen. Die Flamme hielt er dem jungen Mann hin, der sich, die Zigarette zwischen die Lippen gepresst, zu ihr hinunterbeugte. Ob er einer dieser verkleideten Polizisten war? Ein sogenannter Lockvogel? Er hatte gehört, dass die Gestapo auch vor solch manipulativen Methoden nicht zurückschreckte, um homosexuelle Männer dingfest zu machen.

»Bist du auf einem Abendspaziergang?«, fragte sein Gegenüber und zog genießerisch an der brennenden Zigarette.

Paul nickte. Am besten ging er einfach weiter. Das war sicherer.

»Ich heiße übrigens Anton … und du?«

Geh weiter, rief ihm seine innere Stimme zu. *Antworte ihm nicht. Das ist viel zu gefährlich.* Doch zu seiner eigenen Überraschung blieb er stehen und sagte: »Paul.«

Der junge Mann reichte ihm die Hand, und nach kurzem Zögern ergriff er sie. Antons Finger fühlten sich warm und trocken an. »Sollen wir gemeinsam weiterspazieren?«

Er wollte seine Hand zurückziehen, doch Anton hielt sie fest. Sein Daumen strich sachte, ja, fast liebevoll über Pauls Haut. Auf einmal wurde sein Mund trocken. Er hätte nicht sagen können, was in diesem Augenblick überwog: seine Angst oder seine Erregung.

»Komm schon«, flüsterte Anton leise. »Lass uns gemeinsam in den Park gehen. Du brauchst keine Angst zu haben.«

»Ich weiß nicht«, murmelte Paul.

»Aber ich. Komm einfach mit.« Mit einem Ruck zog Anton ihn ins Gebüsch. Äste kratzten ihm übers Gesicht, doch Paul spürte keinen Schmerz, nur ein fast übermächtiges Verlangen in seinen Lenden.

Nachdem sie ein paar Schritte gegangen waren, drehte sich Anton, immer noch im Schutz der Büsche, zu ihm um: »Wonach steht dir der Sinn, Paul? Meine Preise sind …«

Erschrocken unterbrach er ihn. »Ich … will gar nichts. Ich gebe dir zwanzig Reichsmark, wenn du mich einfach nur umarmst.«

Selbst in der Dunkelheit konnte Paul die Ungläubigkeit in Antons braunen Augen erkennen. »Du willst nicht ficken? Aber ich spür doch deinen …«

Paul schüttelte vehement den Kopf. »Nein! Ich ... ich will einfach nur gehalten werden.«

Anton zuckte mit den Schultern und streckte eine Hand aus. »Na, mir soll's recht sein. Gib her.«

Mit zitternden Fingern holte Paul seine Geldbörse hervor und gab ihm den versprochenen Schein.

Anton steckte ihn sich in die Hosentasche und öffnete übertrieben weit seine Arme. »Dann komm her.«

Paul trat in seine Umarmung und legte den Kopf an seine Schulter. Obwohl er Anton nicht kannte, fühlte es sich richtig an.

»Gut so? Oder willst du doch ein wenig fummeln?« Antons Stimme klang amüsiert.

»Nein, genau so ist es schön. Danke.« Paul atmete Antons männlichen, nach Seife und billigem Cologne duftenden Geruch ein und schloss für einen Moment die Augen. Ob er jemals wieder eine Liebe wie die mit Robert erleben würde? Ihm fehlten diese glückselige Vertrautheit, die langen Nachmittage, an denen sie sich bis zur Erschöpfung geliebt hatten, und die tiefsinnigen Gespräche.

Anton schien jetzt besser zu verstehen, wonach Paul suchte: Zärtlichkeit. Sanft strich er ihm übers Haar und drückte ihn fester an seine Brust. Unwillkürlich entwich Paul ein Seufzen. War er doch bereit, mehr Nähe zuzulassen? Er drängte sich an Antons Körper, als ...

... ein Wagen heranpreschte und mit quietschenden Reifen unmittelbar vor dem Eingang des Parks bremste. Woran erinnerte ihn dieses hässliche Geräusch nur? Bevor er es begriff, hatte Anton bereits die Umarmung gelöst und seine Hand ergriffen: »Komm schnell, das sind die Bullen!«

10. Kapitel

Juli 1935

Jetzt war es also tatsächlich geschehen! Julia atmete tief ein und aus und starrte auf die beiden Namen, die sie gerade ins Anmeldungsbuch eingetragen hatte: *Dr. Joseph Goebbels* und *Adolf Hitler*. Unwillkürlich lief ihr ein Schauer über den Rücken. Wie gut, dass ihr Vater gerade wieder in Amerika weilte. Die Anwesenheit dieser beiden Parteispitzen im Palais hätte ihn zutiefst unglücklich gemacht, obwohl kurz nach der offiziellen Ankündigung des hohen Besuchs endlich der beantragte Kredit für den Garagenbau bewilligt worden war. Trotzdem war auch ihre Mutter nicht gerade begeistert gewesen, als der NSDAP-Ortsgruppenleiter die beiden besten Suiten sowie eine ganze Etage für das mitreisende Gefolge reserviert hatte. »Aber wir sind für diesen Zeitraum komplett ausgebucht«, hatte sie ihm kühl mitgeteilt. Als der frühere Metzgermeister geantwortet hatte, dass es sicherlich für jeden deutschen Bürger eine Ehre wäre, sein Zimmer an den Führer abzutreten, hatte sie nur gelacht und »Meinen Sie?« gesagt. Doch tatsächlich hatten die meisten Gäste erstaunlich verständnisvoll reagiert, als sie ihnen telefonisch den Grund für die Annullierung mitgeteilt hatten. Einen Teil von ihnen hatten sie ins Grand Hotel umbuchen können, und der Rest hatte sich mit einem Gutschein für einen späteren Termin zufriedengegeben.

Jetzt wimmelte es vor dem Hotel von Angehörigen der SS, die offenbar für die Sicherheit des Führers sorgen sollten. Doch glücklicherweise waren diese rangniederen Begleiter in den umliegenden Pensionen untergebracht. Nur die mitreisenden Geschäftsleute, Parteifreunde und hohen Ministerialbeamten waren gemeinsam mit dem Reichskanzler im Palais abgestiegen.

Ihre Mutter hatte sich gewundert, dass man die Organisation der Reise ausgerechnet in die Hände des Gauleiters und des zuständigen Ortsgruppenführers gelegt hatte. »Warum haben sie die Aufgabe nicht Paul übertragen? Er arbeitet schließlich für diesen Goebbels und hätte als Mitbesitzer des Hotels ein ganz anderes Ansehen bei der hiesigen Bevölkerung gehabt. Ich werde gleich mal bei ihm anrufen!« Doch bevor sie zum Telefonhörer hatte greifen können, hatte Julia eingeworfen, dass Onkel Paul im Ministerialgefüge vielleicht einfach nicht hochgestellt genug sei und ihre Mutter ihn mit ihrem Anruf verletzen könnte. Mit einem bekümmerten Nicken hatte sie zugestimmt: »Was diese Zeit nur aus uns allen macht! Niemals hätte ich mir vorstellen können, dass einmal unser gesamtes gesellschaftliches Gefüge auf den Kopf gestellt wird. Dass plötzlich dieser kleingeistige Metzgermeister das große Sagen hat und ein kultivierter Hotelbesitzer das Nachsehen. Wenn deine Großmutter Ottilie noch leben würde, sie würde die Welt nicht mehr verstehen.«

Die Vorbereitungen auf den Besuch hatten sich äußerst merkwürdig gestaltet. Ein Sekretär war vorher angereist und hatte mit Herrn Jensen, ihrer Mutter und ihr das Protokoll inklusive aller Vorlieben und Termine des hohen Gastes besprochen. Erstaunt hatten sie vernommen, dass der Reichskanzler kein Fleisch aß und bereits zum Frühstück Kuchen bevorzugte. »Wie ein Kleinkind«, hatte ihre Mutter ihr zugeraunt, glücklicherweise außer Hörweite des Gesandten. Hitler wollte auch nicht von »drallen Frauenzimmern« bedient und keinesfalls vom Personal angesprochen werden. »Es tut mir sehr leid«, hatte der Sekretär mit Leichenbittermiene verkündet, »aber nach der offiziellen Begrüßung werden Sie den Führer wohl kaum noch einmal zu Gesicht bekommen, Frau Falkenhayn.« Ihre Mutter hatte würdevoll genickt und geantwortet: »Da kann man wohl nichts machen.« Julia, die bei diesen Worten rot angelaufen war, hatte inständig gehofft, dass dem offiziellen Mann die beißende Ironie nicht auffiel.

»Sind jetzt alle Mitreisenden auf ihren Zimmern?«, fragte Herr Moltke, der ihr heute den Vortritt am Empfangstresen gelassen und sich im Hintergrund um das Gepäck der Gäste gekümmert hatte.

Julia runzelte die Stirn. »Nein, einer fehlt noch. Ein Herr Hugo Lessing. Laut Ortsgruppenführer kommt er mit seinem eigenen Automobil nach Bad Doberan.«

»Und wie war der Umgang mit den Herren? Waren sie freundlich zu Ihnen?«

Sie zuckte mit den Schultern. »›Korrekt‹ ist wahrscheinlich das passendere Wort. Der Führer hat mich kaum beachtet und sich hauptsächlich um das mitreisende Kind der Goebbels gekümmert. Helga heißt die Kleine. Eine sehr aufgeweckte Dreijährige im weißen Kleidchen. Goldig.«

»Und die Goebbels?«

»Frau Goebbels ist schwanger. Bestimmt schon im sechsten Monat. Aber sie war trotzdem todschick angezogen. Sie hat uns jedoch ein wenig in Verlegenheit gebracht, als sie auf einem Einzelzimmer bestand.«

»Einem Einzelzimmer?«, wiederholte Herr Moltke mit gerunzelter Stirn. »Aber das Kleinkind schläft doch sowieso schon beim Kinderfräulein. Da wären die Eheleute ganz ungestört gewesen.«

Julia zuckte die Schultern. »Keine Ahnung, was diesen Sinneswandel bewirkt hat. Ich bin nur froh, dass sich die Zimmerverteilung in letzter Minute dahingehend ändern ließ, dass ich ihr diesen Wunsch erfüllen konnte. Die Dame sieht nicht so aus, als ob mit ihr gut Kirschen essen wäre.«

»Und was hat ihr Ehemann dazu gesagt?«

»Ganz ehrlich? Ich würde meinen, es hat ihn keinen Deut geschert.«

»So, so«, erwiderte Herr Moltke nachdenklich.

In diesem Moment ging ein erstauntes Raunen durch das bis auf den letzten Platz besetzte Foyer. Die in den lokalen Zeitungen angekündigte Reise des Führers nach Bad Doberan hatte hohe Wellen geschlagen, und kaum einer der Gäste hatte sich dieses Spektakel entgehen lassen wollen. Bei seiner Ankunft im Palais waren dann alle versammelten Damen und Herren aufgestanden und hatten den Reichskanzler mit erhobenem Arm und einem unisono geschmetterten »Heil Hitler« willkommen geheißen. Doch niemand hatte so wie eben überrascht geraunt. Wer oder was konnte dieses ungläubige Staunen hervorgerufen haben? Neugierig lugte Julia, die sich mit Herrn Moltke in den hinteren Teil der Empfangsloge zurückgezogen hatte, über den Tresen … und plötzlich verstand sie. Sie hatte das Raunen falsch interpretiert. Es war wohl eher ein Laut des Entzückens gewesen, der den anwesenden Damen entschlüpft sein musste.

Mit langen, unaufgeregten Schritten näherte sich ein junger Mann dem Empfangstresen. Er war groß, dunkelblond und sah umwerfend aus. Entfernt erinnerte er Julia an diesen amerikanischen Filmschauspieler. Wie hieß der gleich noch mal? Irgendetwas mit Gary?

In diesem Moment war er bei ihr angekommen und sagte mit einem entwaffnenden Lächeln: »Einen wunderschönen guten Tag, gnädiges Fräulein. Mein Name ist Hugo Lessing, und ich glaube, es ist ein Zimmer für mich gebucht.«

Julia musste sich alle Mühe geben, ihn nicht anzustarren. Trotzdem fiel ihr das Grübchen in seinem Kinn auf. »Ähm … Herr Lessing … ja sicher. Alle anderen Herrschaften im Gefolge des Reichskanzlers sind bereits eingetroffen. Wir haben schon auf Sie gewartet.« Sie reichte ihm ein Formular. »Wenn Sie das bitte ausfüllen wollen?«

Er stützte sich mit einem Arm auf dem Tresen ab und schrieb seine Personalien auf. Anschließend gab er ihr den ausgefüllten Vordruck zurück und musterte sie ausgiebig. Julia spürte, wie ihre Wangen zu glühen begannen.

»Ich hatte einen platten Reifen, deswegen die Verspätung.« Seine ozeanblauen Augen glitzerten übermütig. »Aber wenn ich gewusst hätte, dass in diesem Hotel eine so schöne Frau wie Sie auf mich wartet, wäre ich glatt zu Fuß weitergegangen.«

Sie musste sich unbedingt zusammenreißen. Als Repräsentantin des Hotels konnte sie es sich nicht leisten, wie ein dummes Schulmädchen auf seine flapsige Bemerkung einzugehen. »Herzlichen Dank für das Kompliment«, erwiderte sie steif. »Wir haben für Sie eine Suite im vierten Stock vorgesehen, ich hoffe, das sagt Ihnen zu. Werden Sie am heutigen Empfang im kleinen Bankettsaal teilnehmen?«

Um seine Lippen spielte ein ironisches Lächeln. »Der vierte Stock passt mir wunderbar. Meine Teilnahme am Empfang hängt allerdings stark davon ab, ob Sie ebenfalls mit von der Partie sind.«

Julia glaubte, sich verhört zu haben: »Wie bitte?«

»Na, ich würde Sie gern näher kennenlernen, und wenn Sie nicht zu dem langweiligen Empfang gehen, werde ich diesen ebenfalls schwänzen und mich lieber mit Ihnen zum Bummeln verabreden.«

Sein Ton war … ungehörig. Frech. Was glaubte er denn, wer er war? Bloß weil er aussah wie Gary Cooper, würde sie nicht auf seine überhebliche Einladung eingehen. Meinte er wirklich, dass sie alles stehen und liegen ließ, nur weil er sie mit seinem weißen Zahnpastareklame-Lächeln bedachte?

»Als Assistentin der Geschäftsleitung werde ich auf der Veranstaltung heute Abend sicherlich nach dem Rechten sehen, Herr Lessing«, erwiderte sie kühl. »Aber wenn Ihnen Empfänge zu langweilig sind, kann ich Ihnen gern einen Ausflug nach Heiligendamm organisieren.«

»Und was macht die Assistentin der Geschäftsleitung nach dem Empfang?«, fragte er dreist.

Julia presste die Lippen aufeinander und musste an sich halten, ihn nicht zu beleidigen. Schließlich war jeder Gast, so unerträglich er auch sein mochte, König im Palais. Das hatte ihr noch Onkel Paul eingeschärft. »Darf ich jetzt nach dem Pagen klingeln?«, sagte sie deswegen. »Er wird Sie zu Ihrem Zimmer geleiten.«

»Mit dem allergrößten Vergnügen«, ging Herr Lessing auf ihre gestelzten Worte ein. »Wir zwei sehen uns ja dann später noch. Ich freue mich darauf.«

Hinter dem Tresen, unsichtbar für ihn, ballte Julia ihre Hand zu einer Faust. »Ich wünsche Ihnen einen angenehmen Aufenthalt, Herr Lessing«, flötete sie mit falscher Liebenswürdigkeit.

Beim Gedanken an den frechen Kerl stellten sich ihr immer noch die Nackenhaare auf, doch Julia hatte heute schlichtweg zu viel zu tun, um sich diesem Thema länger zu widmen. Hitler und Goebbels würden insgesamt vier Tage im Palais verbringen, und obwohl sich der Gauleiter höchstpersönlich um das Unterhaltungsprogramm gekümmert hatte, oblag es ihnen sicherzustellen, dass alle im Hotel geplanten Veranstaltungen glattliefen. Aus Rücksicht auf seine Zeit in sogenannter Schutzhaft hatte ihre Mutter Herrn Sollich Urlaub erteilt. Auch einige andere bekannte Gegner der NSDAP waren vorsichtshalber für die Zeit des Besuchs freigestellt worden. Laut Gauleiter hatte es in der Vergangenheit bereits Attentatspläne auf den Reichkanzler gegeben, weswegen sie auch das restliche Personal ins Gebet hatten nehmen müssen. Sämtliche Abläufe wurden außerdem nicht nur von ihnen, sondern auch von besonders geschultem Sicherheitspersonal überwacht.

Als Julia die Küche betrat, eilte Herr Jensen auf sie zu. »Fräulein Falkenhayn, Sie müssen mir diese Leute aus der Küche schaffen, sonst kann ich nicht garantieren, dass das Büfett für den Empfang rechtzeitig fertig wird. Die Männer stehen uns permanent im Weg.«

Sie schaute sich die finster dreinblickenden SS-Männer an und schüttelte umgehend den Kopf. »Ich fürchte, daraus wird nichts, Herr Jensen. Aber vielleicht kann ich sie bitten, sich an der Stirnseite der Küche zu postieren? Dann können sie alles sehen, ohne Ihnen die Eingänge zu versperren.«

Herr Jensen nickte. »Gute Idee.«

Tatsächlich kooperierten die Männer, und Julia konnte sich kurz darauf erleichtert zurückziehen.

Wo nur ihre Mutter steckte? Am besten sah sie auch noch einmal bei der Hausdame nach dem Rechten. Gemeinsam hatten sie entschieden, für die vier Tage einen Vierundzwanzig-Stunden-Service anzubieten, und die Zimmermädchen hatten sich bereit erklärt, ihre Schichten dementsprechend anzupassen. Als sie jetzt das Büro der Hausdame betrat, fand sie ausgerechnet Käthe dort vor.

»Hallo, Käthe, weißt du, wo meine Mutter und Frau Bruhns stecken?«

»Und ob ich das weiß«, erwiderte ihre Freundin aufgeregt. »Sie verhandeln gerade mit Frau Dr. Goebbels. Die Dame will unbedingt einen Tresor für ihr Zimmer, um ihre Juwelen darin unterzubringen.«

»Aber wir haben doch gar keinen tragbaren Tresor«, sagte Julia erstaunt. »Warum händigt sie den Schmuck nicht einfach meiner Mutter aus, damit sie ihn im Büro in den Panzerschrank einschließt?«

»Das hat deine Mutter auch schon vorgeschlagen, aber Frau Dr. Goebbels hat abgelehnt. Also, wenn du mich fragst ...« Käthe senkte die Stimme. »... dann ist die gute Frau nicht ganz richtig im Oberstübchen. Was die für ein Theater macht! Eben musste ich schon ihr ganzes Bett frisch beziehen, weil sie angeblich ein Haar darauf gefunden hatte. Dabei stammte das kurze blonde Härchen ganz sicher nicht von mir, sondern von ihrem eigenen Kopf«, meinte Käthe und fuhr sich mit einer Hand über die langen dunklen Haare, die unter ihrer Haube zu einem Dutt aufgesteckt waren.

Julia seufzte. »Das tut mir leid.«

Käthe rollte mit den Augen. »Na ja, schon irgendwie interessant, dass die Frau eines so wichtigen Mannes eine solch überspannte Ziege ist. Überhaupt scheinen sich die Männer in der Partei nicht gerade an ihrem häuslichen Idealbild einer Frau zu orientieren. Göring hat eine geschiedene Schauspielerin geheiratet, die mit über vierzig Jahren schon fast zu alt für den gewünschten Kindersegen ist. Goebbels diese ebenfalls geschiedene Xanthippe, die sich nicht um ihre Kinder kümmert. Wenn man seine Brut quasi im Galopp verliert und dann sofort an irgendwelche Angestellte abgibt, hat das doch auch nichts Mütterliches! Hast du gewusst, dass sie ihre einjährige Tochter gleich ganz zu Hause in Berlin gelassen haben? Angeblich schreit sie zu viel, das hat mir jedenfalls das Kinderfräulein erzählt.«

Die Rückkehr ihrer Mutter enthob Julia einer Antwort. »Und, Mama, habt ihr das Problem mit den Juwelen gelöst?«

Ihre Mutter wirkte blass und abgekämpft, wie leider so oft in der letzten Zeit. »Leider nein. Frau Goebbels besteht darauf, den Schmuck jederzeit in ihrer Nähe zu haben. Hoffentlich geht das gut. Ich glaube, ich werde erst wieder ruhig schlafen, wenn endlich alle abgereist sind. Und heute früh hat sich auch noch Luise mit ihrem neuen Freund angesagt!«

»Bitte, Mama, mach dir keine Sorgen. Unten in der Küche und vor dem Hotel halten sich so viele Sicherheitskräfte auf. Da müsste ein Dieb schon lebensmüde sein, um ausgerechnet in diesen Tagen bei uns einzubrechen«, erwiderte Julia. »Am besten gehst du jetzt zu Oskar und bereitest Luises Ankunft vor. Den Empfang schaffe ich schon allein.«

»Danke, mein Liebes. Willst du dich davor noch umziehen?«

»Ähm … ich glaube, nicht. Wahrscheinlich halte ich mich sowieso nur im Hintergrund auf.« Eigentlich hatte Julia vorgehabt, ihr dunkelgraues Kostüm gegen ein Abendkleid zu tauschen, aber als ihr der vorlaute Herr Lessing eingefallen war, hatte sie diesen Plan wieder verworfen. Es wäre ihr nicht recht gewesen, wenn er sich einbilden würde, sie hätte sich extra für ihn schön gemacht.

Ihre Mutter nickte. »Dann wünsche ich dir viel Glück und gutes Gelingen für den heutigen Abend!«

»Danke, Mama. Wird schon schiefgehen.« Sie zwinkerte Käthe zu. »Ich werde einen Kellner einzig und allein dazu abstellen, sich um Frau Dr. Goebbels' Wünsche zu kümmern.«

Der Rest des Tages verging wie im Flug. Und bevor Julia es sich versah, stand sie am Eingang des kleinen Bankettsaals und begrüßte die Gäste. Hugo Lessing traf als einer der Letzten ein. Er hatte sich – im Gegensatz zu ihr – in Schale geworfen und sah umwerfend aus in seinem Smoking. Wie ein lässiger dunkelblonder Filmstar schlenderte er in ihre Richtung, einen Arm hinter dem Rücken versteckt.

»Guten Abend, Fräulein Falkenhayn«, begrüßte er sie höflich, als er schließlich vor ihr stand.

Julias Augenbrauen wanderten in die Höhe. »Sie kennen meinen Namen?«

»Ich habe ein paar Erkundigungen eingezogen«, meinte er lächelnd. Dann zog er eine einzelne rosafarbene Rose hinter seinem Rücken hervor und überreichte sie ihr. »Würden Sie mir bitte meine dummen Sprüche von heute Nachmittag nachsehen? Ich würde gern einen neuen Anfang machen.« Er verbeugte sich galant. »Ich heiße Hugo Lessing und komme aus Berlin.«

Obwohl er die Rose garantiert nicht gekauft, sondern aus dem Park hinter dem Hotel geklaut hatte, nahm Julia sie an und erwiderte sein Lächeln. »Angenehm. Julia Falkenhayn.«

»Sehen Sie, schon sind wir Freunde«, strahlte er sie an.

»Also, ich glaube, dass zu einer Freundschaft schon noch etwas mehr gehört«, sagte Julia kopfschüttelnd. Dieser Mann hatte es tatsächlich faustdick hinter den Ohren. Aber irgendwie fühlte sie sich auch geschmeichelt, dass er ausgerechnet ihr den Hof machte. Dabei gab es im Gefolge des Führers sicherlich schönere und vor allem interessantere Frauen. Zudem war sie neugierig, wie es ein junger Mann – Herr Lessing war garantiert noch keine dreißig Jahre alt – in diese illustre Gesellschaft geschafft hatte.

»Warum ziehen Sie Ihre entzückende Stirn kraus?«, fragte er in diesem Moment. »Wenn Sie etwas über mich wissen wollen oder Ihnen sonst etwas auf der Seele brennt, schießen Sie einfach los.«

Julia grinste. »Vielen Dank für das Angebot, aber da brennt nichts. Übrigens beginnt gleich die Rede des Führers. Sie wollen sich diesen Höhepunkt der Veranstaltung doch sicher nicht entgehen lassen?«

»Ach, solange ich rechtzeitig zur Eröffnung des Büfetts komme, verpasse ich nichts Wichtiges«, erwiderte er mit einem Achselzucken.

Seine Worte verwunderten sie. Redete so jemand, der im Geleit von Adolf Hitler reiste? Sie konnte sich nicht verkneifen zu fragen: »Dann sind Sie gar nicht Mitglied der NSDAP?«

»Aber natürlich bin ich Parteimitglied«, erwiderte er zackig und mit vermeintlich ernster Miene, doch seine Mundwinkel zuckten, als ob er sich einen Spaß erlauben würde.

»Arbeiten Sie für die Partei?«, versuchte sie, der Wahrheit auf die Spur zu kommen.

Diesmal schüttelte er den Kopf. »Nein, ich arbeite nur für mich selbst.«

»Und ... wenn ich fragen darf ... was machen Sie da genau?«, erkundigte sie sich zögernd. Eigentlich gehörte es sich nicht, einen Gast derart auszufragen.

Bevor Herr Lessing antworten konnte, segelte eine großgewachsene platinblonde Frau auf sie zu. Die Dame – bestimmt ein paar Jahre älter als Herr Lessing – trug ein Abendkleid, dem man seinen stolzen Preis ansah. Sie strahlte eine kühle, überlegene Eleganz aus. Ohne auf Julia zu achten, sagte sie zu ihm: »Ach, hier steckst du, Hugo-Schatz! Ich stehe mir schon seit zwanzig Minuten auf der anderen Seite des Saals die Beine in den Bauch und warte auf dich. Komm jetzt bitte, Angelika, Franz und Sonja warten auch schon.« Sie griff nach seinem Arm und zog ihn mit sich fort.

Herr Lessing zwinkerte Julia zum Abschied entschuldigend zu, und sein Mund formte lautlos die Worte: »Bin gleich wieder da.«

Doch obwohl er sich gerade eben deutlich liebenswerter als heute Mittag verhalten hatte, wollte Julia sich nicht die Blöße geben, auf diesen offenbar heiß begehrten Schönling zu warten, und verzog sich in die Küche, wo gerade die Tabletts mit den Büfettspeisen vorgekostet und dann nach oben getragen wurden.

※

»Oh Gott, Elisabeth. Ich wusste gar nicht, dass ihr derart hohen Besuch im Hotel habt. Bitte entschuldige, dass wir dich so überfallen. Aber ich hatte zufällig ein paar Tage frei, und da wollte ich Willy mein geliebtes Palais zeigen.« Hektisch fuhr sich Luise mit einer Hand durch die Haare. Es war schrecklich, ihre eigene Schwester anzuschwindeln. Selbstverständlich hatte sie in der

Zeitung gelesen, dass Hitler in Heiligendamm weilen würde, aber im Grunde war diese Reise eine reine Verzweiflungstat. Willy hatte sich immer noch nicht durchringen können, seiner Liebe auch körperlich Ausdruck zu verleihen. Und irgendwie hatte sie gedacht, dass sie ihn in ihrer vertrauten Umgebung doch noch von ihrem wahren Ich würde überzeugen können. Dass er endlich begreifen würde, dass sie tief in ihrem Inneren nicht der verwöhnte Filmstar war, den er in ihr zu sehen schien, sondern eine verletzliche Frau, die sich einfach nur nach seiner Liebe verzehrte.

»Aber, Lulu, das ist doch nicht schlimm«, antwortete ihre Schwester, großzügig wie immer. »Du weißt, wie sehr ich mich freue, Herrn Darboven endlich kennenzulernen, und du bist uns sowieso jederzeit willkommen. Das einzige Problem ist, dass ich euch zwei Zimmer in Pauls Wohnung zurechtmachen lassen musste, da das Hotel bis auf die letzte Suite ausgebucht ist. Ich hoffe, das ist so in Ordnung.«

Nervös schaute Luise sich zu Willy um. »Was meinst du? Hältst du es mit mir in einer gemeinsamen Vier-Zimmer-Wohnung aus?«

Er lächelte. »Ich glaube, das schaffen wir schon.« An Elisabeth gewandt fügte er hinzu: »Darf ich mich Luises Entschuldigung anschließen? Den Führer und seine Begleitung zu beherbergen ist bestimmt kein Pappenstiel. Bitte lassen Sie uns wissen, wenn wir Ihnen zu sehr zur Last fallen, dann können wir für ein paar Tage in einer Pension absteigen.«

»So weit kommt es noch!«, entrüstete sich Elisabeth. »Meine Schwester wird doch nicht von der Konkurrenz beherbergt. Da würden sich unsere Eltern im Grabe herumdrehen. Außerdem ist es doch so viel schöner. Wir können zusammen zu Abend essen, und ihr braucht nur eine Tür weiter zu gehen und seid schon bei euch zu Hause.«

»Und wir stören Sie auch wirklich nicht bei der Arbeit?«, meinte Willy skeptisch. Hoffentlich ging ihm Elisabeths burschikose Formulierung »bei euch zu Hause« nicht gegen den Strich.

»Wissen Sie, Herr Darboven, ich habe den großen Luxus, eine

fast neunzehnjährige Tochter zu haben, die sich im Hotel inzwischen genauso gut auskennt wie ich. Da kann ich beruhigt die Hände in den Schoß legen und mich um euch und meinen Jüngsten kümmern.«

Während Luises Herz vor Unsicherheit flatterte – ob es wirklich die richtige Entscheidung gewesen war, Willy nach Bad Doberan zu schleppen? –, wunderte sie sich über ihre sonst so ehrgeizige Schwester. »Und es fällt dir nicht schwer, die Verantwortung an Julia abzugeben?«

Elisabeth seufzte. »Wenn ich ganz ehrlich bin, hat es mich am Anfang schon ein wenig Überwindung gekostet, aber Julia ist so verlässlich und umsichtig, dass ich ihr inzwischen blind vertraue.«

»Das ist ein schönes Kompliment«, kommentierte Willy. »Und hübsch ist sie noch obendrein. Wir haben sie gerade am Empfang kennengelernt.«

»Ganz deine Tochter eben«, meinte Luise. »Sie muss dein geschäftliches Können mit der Muttermilch aufgesogen haben.«

Elisabeth schmunzelte. »Ich glaube, da hat Julius auch noch etwas beigesteuert.«

Luise neigte den Kopf zur Seite. »Übrigens, wo ist mein kleiner Neffe? Bevor ich mit Willy spazieren gehe, wollte ich ihm noch den Kleinen vorstellen.«

Plötzlich war Elisabeths Schmunzeln wie weggewischt. »Ja, Lulu. Dürfte ich dich davor noch etwas Geschäftliches fragen?«

Verwirrt sah Luise sie an. »Etwas … *Geschäftliches?*«

Ihre Schwester hüstelte gekünstelt. »Wegen deiner Aktien.«

Sie verstand noch immer nicht, worum es ging. Ihre Anteile am Palais wurden von Julius verwaltet, was sollte es da zu besprechen geben? Doch Willy reagierte verständnisvoll. »Ich wollte mich sowieso kurz frisch machen, liebe Frau Falkenhayn. Wenn Sie also so liebenswürdig wären, mir mein Zimmer zu zeigen, können Sie sich ganz in Ruhe unterhalten.«

»Aber selbstverständlich«, erwiderte Elisabeth. »Kommen Sie bitte mit.«

Als ihre Schwester zurückkam, konnte Luise nicht an sich halten: »Und? Wie gefällt dir Willy?«

»Ein sehr netter und feiner Herr«, bestätigte ihre Schwester. »Aber das ist natürlich nur ein erster Eindruck. Bist du denn immer noch glücklich mit ihm?«

»Ja, das bin ich, aber ich wäre sogar noch glücklicher, wenn … wenn wir endlich ein richtiges Paar wären.« Sie hatte Elisabeth gegenüber ihr Leid durchscheinen lassen. Doch ihre Schwester schien ihre Bedenken nicht zu teilen. »Gib ihm einfach Zeit, dann wird er schon verstehen, dass es dir ernst ist«, hatte sie erst neulich am Telefon zu ihr gesagt. Aber Luise wollte nicht mehr warten. Jetzt, wo sie endlich den Mann gefunden hatte, mit dem sie alt werden wollte, sollte ihr gemeinsames Leben so schnell wie möglich anfangen. Sie wollte keine Minute mehr verschwenden.

»Was wolltest du denn Geschäftliches mit mir besprechen?«, fragte sie, als ihre Schwester nicht auf ihre Bemerkung einging.

»Das war nur ein Vorwand, eigentlich geht es um … Oskar«, erwiderte Elisabeth zu ihrer Überraschung.

»Was ist mit ihm?«

Das schmale Gesicht ihrer Schwester wirkte plötzlich zutiefst besorgt. »Wie du weißt, stottert er ziemlich stark, und der Kinderarzt hat bei unserem letzten Besuch gesagt, dass man das näher untersuchen muss. Eventuell sei Oskar … schwachsinnig, und dann müsse er das dem Ortsgruppenleiter melden.«

Luise sah ihr an, dass sie mit den Tränen kämpfte. »Um Himmels willen, aber wie kann das sein? Und warum sollte er das melden müssen?«

Elisabeth presste die Lippen zusammen. Schließlich sagte sie: »Wir wissen einfach nicht, was dem Kleinen fehlt und warum er stottert. Aber die angebliche Meldepflicht hat mit diesem grausamen Erbgesundheitsgesetz zu tun. Seit es verabschiedet wurde, herrscht in der Partei ein regelrechter Erbgesundheitswahn. In Berlin gab es bereits eine Ausstellung zu dem Thema, und in dem Film *Die Sünden unserer Väter* werden kranke und behinderte

Menschen als nutzlose Esser dargestellt. Deshalb will der Ortsgruppenleiter über alle lokalen Fälle Bescheid wissen.«

Luise schlug die Hand vor den Mund. »Aber was sagt Julius dazu?«, stammelte sie leise.

»Er hat mir verboten, diesen Quacksalber noch einmal mit Oskar aufzusuchen, aber was mache ich jetzt, wenn er erneut einen epileptischen Anfall erleidet?«

Luise nickte erschüttert. »Und du dachtest, dass ich dir vielleicht einen vernünftigen Kinderarzt in Berlin empfehlen kann?«

»Ja, das auch. Aber in erster Linie geht es mir um deinen Herrn Darboven. Meinst du, dass auch er gleich zum Ortsgruppenleiter rennt, wenn er Oskar sieht? Immerhin arbeitet er für diese Nationalsozialisten und …«

Luise hob die Hand, um den besorgten Redefluss ihrer Schwester zu stoppen. »Lisbeth, du brauchst dir in dieser Hinsicht wirklich keine Sorgen zu machen. Willy ist ein herzensguter Mensch. Niemals würde er ein pflegebedürftiges Kind als eine gesellschaftliche Belastung ansehen.«

»Bist du dir da sicher?«, hakte ihre Schwester nach.

Sie nickte. »Absolut. Für Willy lege ich meine Hand ins Feuer. Er mag zwar ein riesengroßer Dickkopf sein, aber er beurteilt die Welt anhand seiner humanistischen Bildung und nicht nach den fragwürdigen Anschauungen der Nazis.«

»Dann brauche ich Oskar nicht vor ihm zu verstecken?« In Elisabeths Stimme schwang unterschwellig Angst mit.

Luise nickte. »Du kannst Willy und mir vertrauen.«

Ihre Schwester nickte, aber ihr Blick blieb zweifelnd.

Während des Abendessens beobachteten Elisabeth, aber auch sie selbst Willy mit Argusaugen. Schließlich war es eine große Verantwortung, die ihr ihre Schwester da aufgebürdet hatte. Doch ihrer beider Vorsicht war unbegründet. Wie vorhergesehen, ging Willy mit dem blonden kleinen Racker äußerst liebevoll um. Er schnitt lustige Grimassen für ihn und wartete geduldig, bis Oskar seine Worte ausgesprochen hatte. Als nach dem Nachtisch schließlich das Kindermädchen kam, um Oskar ins Bett zu bringen, wollte der Kleine nicht nur seiner Mutter und ihr einen Gute-Nacht-Kuss geben, sondern auch »Onkel Willy«, was diesen sichtlich freute. »Schlaf gut, du kleiner Bengel«, sagte er gerührt und winkte Oskar zum Abschied zu. Wenn Luise nicht sowieso schon bis über beide Ohren in ihn verliebt gewesen wäre, wäre es spätestens jetzt um sie geschehen gewesen.

»Vielen Dank, Herr Darboven, dass Sie so viel Geduld mit dem Kleinen hatten«, sagte Elisabeth, als sich die Tür hinter Oskar und dem Kindermädchen geschlossen hatte.

»Aber das ist doch selbstverständlich. Oskar ist ein ganz reizendes Kind«, erwiderte Willy. »Der Sohn eines Kunden von mir hat auch als Kleinkind gestottert und spricht jetzt vollkommen normal. Wenn ich mich richtig erinnere, war er bei einem Dr. Öttinger in Charlottenburg in Behandlung. Soll ich mich einmal nach der Adresse dieses Spezialisten erkundigen?«

»Das würden Sie wirklich tun?«, fragte ihre Schwester sichtlich bewegt.

»Aber natürlich. Ich kümmere mich gleich morgen darum.«

Elisabeth nickte. »Haben Sie herzlichen Dank.«

Sie unterhielten sich noch eine ganze Weile über Gott und die Welt und leerten dabei gemeinsam den Rest der Rotweinflasche. Schließlich sah Luise, wie ihre Schwester mühsam ein Gähnen unterdrückte, und wandte sich an Willy: »Bist du auch so geschafft von der langen Reise? Ich glaube, es ist besser, wenn wir heute nicht allzu spät ins Bett gehen. Dann sind wir morgen ausgeruht für unseren Ausflug ans Meer.«

Willy nickte und erhob sich. »Vielen Dank für den herzlichen Empfang und den schönen Abend, Frau Falkenhayn.« Er küsste Elisabeth galant die Hand.

»Oskar wird übrigens morgens immer recht früh wach«, erklärte ihre Schwester und umarmte sie. »Wenn ihr aufsteht, haben wir bestimmt schon gefrühstückt. Bitte lasst euch einfach etwas in die Wohnung bringen, wenn ihr ausgeschlafen habt.

Die restlichen Mahlzeiten können wir dann zusammen einnehmen. Gute Nacht!«

Auf dem kurzen Weg in Pauls Wohnung wurde Luise bewusst, dass es das erste Mal war, dass sie mit Willy in denselben vier Wänden übernachtete. Sonst schliefen sie stets weit voneinander entfernt. Auf einmal schlug ihr Herz schneller.

»Magst du noch einen Schlummertrunk?«, fragte sie ihn, als sie sich schließlich in Pauls Wohnzimmer gegenüberstanden.

Er lächelte und wirkte fast schüchtern, als er erwiderte: »Besser nicht. Ich spüre schon den Rotwein. Gute Nacht, mein Liebes. Schlaf schön! Ich freue mich auf morgen.« Wie immer, seitdem sie ihm ihre Liebe gestanden hatte, nahm er sie zum Abschied in den Arm und drückte ihr einen keuschen Kuss auf die Lippen. Kam es ihr nur so vor, oder hielt er sie heute etwas länger als sonst in den Armen? Doch schließlich entließ er sie sanft aus der Umarmung und verschwand in seinem Zimmer.

»Gute Nacht, Willy«, flüsterte Luise ihm leise hinterher.

Sie ging in Sophies Zimmer, wo ihr Koffer stand, und kleidete sich aus. Als sie in ihrem Nachthemd im Bett lag, grübelte sie erneut über seine Umarmung nach. Irgendetwas war heute Abend anders gewesen. Sein Blick? Seine Hände auf ihrem Rücken? Oder war es nur die ungewohnte Umgebung?

Auf ihrem Nachttisch tickte ein Wecker. Hellwach verfolgte Luise, wie der Zeiger von Strich zu Strich weiterwanderte. Fünf, zehn, zwanzig Minuten … Wie sinnlos und langsam die Zeit verging. Auf einmal hielt sie es nicht länger aus. Sie schlug die Bettdecke zurück, stand auf und tippelte auf Zehenspitzen – um nur ja kein Geräusch zu machen – zur Tür. Langsam drückte sie die Klinke hinunter und huschte über den Flur zu Willys Zimmer. Als sie ihr Ohr lauschend an seine Tür legte, hörte sie … nichts. Keine gleichmäßigen Atemgeräusche, kein Schnarchen. Ob Willy, genau wie sie, keinen Schlaf fand?

Was nun? Unentschlossen hielt sie inne. Konnte sie es riskieren, sein Zimmer zu betreten?

Im nächsten Moment wäre sie vor Schreck fast in Ohnmacht gefallen ... die Tür vor ihr hatte sich wie von Geisterhand geöffnet. Im Türrahmen stand Willy. Wortlos starrte er sie an.

»Kannst du auch nicht ...«, setzte sie an und hielt überrascht inne, als er ihre Hand ergriff. Plötzlich schöpfte sie Hoffnung. Die Härchen auf ihren Armen stellten sich auf, und in ihrem Bauch schien ein ganzer Schwarm Schmetterlinge zu tanzen.

»Luise ... ich bin auch nur ein Mann.« Willys Stimme zitterte. »Bitte verzeih mir ... aber ich kann dir nicht länger widerstehen«, hauchte er und zog sie leidenschaftlich in seine Arme.

Bebend vor Glück schmiegte sie sich an ihn und schloss die Augen, während er ihr Gesicht mit Küssen bedeckte.

Gott sei Dank ist heute bereits der dritte Tag des hohen Besuchs, morgen ist der ganze Spuk wieder vorbei, dachte Julia, als sie kurz vor sieben Uhr die Frühstückstische im Restaurant überprüfte.

»Lorenz, an Tisch einundzwanzig fehlt die Zuckerdose«, rief sie dem Chefkellner zu.

»Wird sofort behoben«, antwortete er und eilte umgehend los.

Während sie zwischen den Tischen hindurchschritt, atmete sie innerlich auf. Dann würde auch dieser verrückte Hugo Lessing endlich abreisen. Gestern war er ihr den ganzen Tag auf Schritt und Tritt gefolgt. Hatte sie am Empfangstresen und im Restaurant von der Arbeit abgehalten und immer wieder zu einem Rendezvous eingeladen. Er hatte sogar versucht, sie bis in die Küche zu begleiten. Doch das hatte sie sich entschieden verbeten.

Überhaupt ... was wollte er von ihr? Er selbst konnte sich doch vor Verehrerinnen kaum retten. Lag es an seinem großspurigen, selbstbewussten Auftreten oder dem blendenden Aussehen, dass er von Frauen jeden Alters umschwärmt wurde? Sie wusste es nicht, und es war ihr auch herzlich egal. Jedenfalls war er definitiv kein Verehrer für sie. Erstens war er ganze sieben Jahre älter als sie, und zweitens hatte er keinerlei Prinzipien. Das hatte sie bereits in einer der zwischen Tür und Angel geführten Konversationen mit ihm herausgefunden: Lessing hatte unumwunden zugegeben, dass er nicht viel von der Politik der Nationalsozialisten hielt, aber trotzdem mit ihnen Geschäfte machte, solange dabei ein hübscher Gewinn für ihn heraussprang. Er produzierte noch nicht einmal sinnvolle Güter wie Tante Luises Freund, sondern handelte lediglich mit billigen Hakenkreuzfähnchen aus bedrucktem Papier und anderem Schund. All das kam ihr äußerst halbseiden vor.

Als sie ihm dies mitgeteilt hatte, hatte er die Frechheit besessen, laut aufzulachen. »Aber, Fräulein Falkenhayn, Ihrer Familie gehört das Hotel, in dem Hitler und seine Mannen gerade abgestiegen sind. Auch Sie machen also Geschäfte mit den Nazis.«

Seine Worte hatten sie nur noch wütender werden lassen. »Wir sind quasi vom Ortsgruppenleiter dazu gezwungen worden«, hatte sie unvorsichtigerweise gezischt. »Aber Sie machen das mit voller Absicht! Aus schnöder Profitgier!«

Lächelnd hatte er den Zeigefinger an die Lippen gelegt. »Psst, Sie reden sich ja um Kopf und Kragen.«

»Und wessen Schuld ist das?«, hatte sie ihn zornig angeknurrt.

»Meine! Weil es mir zehnmal lieber ist, Ihre schönen Augen vor Wut funkeln zu sehen, als diese unbeteiligte Höflichkeit zu ertragen.« Plötzlich hatte seine Stimme ganz dunkel und schmeichelnd geklungen. Schrecklich!

»Oh … Sie … Sie …!« Bevor Sie ihm eine Beleidigung an den Kopf werfen konnte, hatte sie sich umgedreht und war, so schnell sie ihre Beine trugen, im Büro verschwunden. Doch sein amüsiertes Lachen hatte sie den ganzen Weg begleitet.

Als Julia aus dem Restaurant trat und freundlich grüßend die Tür öffnete, um die Frühaufsteher unter den Gästen einzulassen, winkte Herr Moltke ihr vom anderen Ende des Gangs zu. Schon während sie auf ihn zueilte, wusste sie, dass etwas Schlimmes passiert sein musste: Das Gesicht des Empfangschefs war weiß wie die Wand.

»Ja?«, fragte sie atemlos.

»Jetzt sind wir geliefert«, stöhnte er. »Jemand hat die Juwelen aus Frau Dr. Goebbels' Zimmer gestohlen.«

Julias Herz setzte für eine Sekunde aus, und alles um sie herum schien sich plötzlich zu drehen. »Nein!«

»Doch! Ihre Assistentin hat gerade bei mir angerufen und verlangt, dass ich umgehend die Polizei alarmiere. Sie hätten schon das ganze Zimmer abgesucht, und Herr Dr. Goebbels sei außer sich vor Wut! Was machen wir jetzt? Soll ich Ihre Frau Mutter informieren?«

»Nein, auf keinen Fall!« Julias Kopfhaut prickelte. »Und wir rufen auch noch nicht die Polizei. Ich möchte mir erst selbst ein Bild machen.«

»Aber, Fräulein Falkenhayn«, sagte Herr Moltke vorwurfsvoll. »Jede Verzögerung spielt doch dem Dieb in die Hände!«

Obwohl Julia sich ihrer Sache bei Weitem nicht so sicher war, wie sie vorgab, zuckte sie mit den Schultern. »Der Dieb ist sowieso schon über alle Berge, da kommt es auf …« Abrupt hielt sie mitten im Satz inne. Ihr war plötzlich ein irrwitziger Gedanke gekommen. Konnte es sein, dass Hugo Lessing der gesuchte Verbrecher war? Erst gestern hatte er sich im Foyer – direkt vor ihren Augen – lange mit Frau Dr. Goebbels unterhalten. Die beiden hatten gescherzt und gelacht, aber konnte man nicht immer wieder in der Zeitung lesen, dass Juwelendiebe ihre Opfer vor der Tat gründlich ausspionierten? Und welche Tarnung könnte besser sein als die eines charmanten, gut aussehenden jungen Mannes, der sich im Dunstkreis des Führers bewegte.

»Fräulein Falkenhayn?«, rief Herr Moltke, irritiert von ihrer Tatenlosigkeit. »Sollten wir nicht doch …«

Eine Handbewegung von ihr ließ ihn verstummen. »Haben Sie heute früh schon Herrn Lessing gesehen?«

Der Empfangschef sah sie ratlos an. »Ja, er …«

»Wo und wann haben Sie ihn gesehen?«, fragte Julia ungeduldig.

»Bitte sprechen Sie leise, Fräulein Falkenhayn«, zischte Herr Moltke. »Er kommt geradewegs auf uns zu.«

Wie eine Furie drehte sie sich um. Tatsächlich, mit einem unbekümmerten Lächeln näherte sich der kriminelle Kerl. Was für eine Unverfrorenheit er an den Tag legte!

»Guten Morgen, gnädiges Fräulein.« Spielerisch deutete er eine Verbeugung an. Erst danach schien ihm ihre wütende Miene aufzufallen. »Weshalb so verdrießlich? Ist der Kaviar ausgegangen?«, neckte er.

Ohne auf Herrn Moltkes Protest zu achten, packte Julia ihn grob am Jackettärmel und zog ihn in das Büro hinter dem Empfangstresen. Erst nachdem sie die Tür hinter sich zugeschlagen hatte, ließ sie ihn wieder los.

»Welch stürmische Begrüßung«, grinste er. »Was auch immer diesen Sinneswandel bewirkt hat … darf ich trotzdem auf einen Kuss hoffen?«

Julia stemmte beide Hände in die Taille und ignorierte seine anzüglichen Bemerkungen. »Wo haben Sie den Schmuck versteckt?«, fuhr sie ihn an.

Mit einem perplexen Gesichtsausdruck zog er die Augenbrauen zusammen: »Welchen Schmuck?«

Oh, dieser Lessing war ein guter Schauspieler. Er wirkte glaubhaft überrascht. Doch so leicht ließ sie sich nicht aufs Glatteis führen. »Frau Dr. Goebbels' Juwelen sind heute Nacht gestohlen worden, und ich brauche Ihnen nicht zu sagen, was das für den Ruf des Palais bedeutet. Wahrscheinlich landen wir alle im KZ!« Ihre Stimme zitterte ein wenig bei diesen letzten Worten. Verzweifelt rang sie um Fassung. »Und deshalb appelliere ich an die letzten Reste Ihres sicherlich nur rudimentär ausgeprägten Ehrgefühls: Rücken Sie auf der Stelle den Schmuck heraus!«

»Sie denken, dass … ich Frau Dr. Goebbels' Schmuck gestohlen habe?«, wiederholte Lessing ungläubig.

»Ja, genau das denke ich! Stimmen Sie einer Durchsuchung Ihrer Suite zu, oder muss ich erst die Polizei rufen?«

Er ließ sich auf einer Ecke des Schreibtischs nieder und schien nachzudenken. »Sie haben die Polizei bisher also noch nicht verständigt?«

»Nein, aber …«

Er nickte. »Ich glaube, das war eine gute Entscheidung.«

Was sollte das jetzt wieder bedeuten? »Bekomme ich noch eine Antwort auf meine Frage? Dürfen wir Ihr Zimmer durchsuchen?«, wiederholte sie streng. »Bestimmt gedulden sich die Goebbels nicht ewig.«

Lessing stand auf und machte einen Schritt auf sie zu. »Aufgrund der außergewöhnlichen Umstände will ich mal davon absehen, wegen Ihrer Anschuldigungen beleidigt zu sein. Obwohl es mich ehrlich gesagt tief in meiner Ehre kränkt, dass Sie so schlecht von mir denken«, meinte er und baute sich so nah vor ihr auf, dass sie den Kopf in den Nacken legen musste, um ihm weiterhin ins Gesicht sehen zu können. »Natürlich können Sie mein Zimmer jederzeit durchsuchen lassen. Ich habe nichts zu verbergen. Trotzdem würde ich vorschlagen, dass wir zunächst mit dem für Frau Goebbels' Zimmer zuständigen Personal sprechen und dann mit dem ehrenwerten Opfer.«

»Ha!«, rief Julia. »Sie wissen also, dass Frau Dr. Goebbels ein Einzelzimmer bewohnt?«

»Das hat sie mir gestern selbst erzählt«, erwiderte er mit einem undurchsichtigen Lächeln. »Und ich kenne sogar ihre Zimmernummer.«

War das nicht schon ein halbes Geständnis? Julia wich einen Schritt zurück.

»Also, was jetzt? Spielen wir gemeinsam Detektiv?«, fragte er.

Sie nickte. »Aber eines ist sicher. Ich werde Sie von nun an nicht mehr aus den Augen lassen.«

»Fein, dann folgen Sie ausnahmsweise einmal mir und nicht umgekehrt«, erwiderte er belustigt. »Wollen wir uns auf den Weg machen?«

»Nach Ihnen«, knurrte sie und hielt die Tür auf.

Tatsächlich marschierte er geradewegs zu der Suite von Frau Dr. Goebbels.

»Wo finden wir das zuständige Zimmermädchen?«, fragte er leise.

»Dort hinten. Im Zimmer der Hausdame.«

Als sie dort ankamen und eintraten, sah Julia ausgerechnet Käthe auf einem Stuhl sitzen. Ihr Gesicht war tränenüberströmt, und sie schien gerade von einem grimmig dreinblickenden SS-Mann verhört zu werden. Frau Bruhns, die vollkommen verstört wirkte, war ebenfalls anwesend.

»Aber ich war das nicht!«, beteuerte ihre Freundin schluchzend.

»Das würde doch jeder an Ihrer Stelle behaupten«, erwiderte der SS-Mann. An Julia gewandt, sagte er: »Wann kommt endlich die Polizei? Wir verlieren hier wertvolle Zeit. Diese junge Frau sollte umgehend aufs Revier gebracht und nach allen Regeln der Kunst verhört werden.«

»Nein!«, heulte Käthe auf.

Julia ging zu ihr und legte tröstend einen Arm um ihre Schultern. »Mach dir keine Sorgen, Käthe. Irgendwie boxen wir dich da raus«, flüsterte sie. Aber auch sie war von den rüden Worten des SS-Manns erschüttert.

»Erich, jetzt mach mal halblang«, sagte Lessing plötzlich. Offenbar kannte er den widerlichen SS-Mann. »Was soll denn ein solch unbedarftes Zimmermädchen mit dem Schmuck von Frau Goebbels anfangen? Hier in Bad Doberan gibt es doch gar keinen Hehler dafür.«

»Gelegenheit macht Diebe«, erwiderte der Mann, ohne seinen Blick von Käthe abzuwenden.

»Kann ich mal kurz allein mit dem Mädchen sprechen?«, meinte Lessing in diesem Moment. Seine Stimme klang dabei völlig unbeteiligt, ganz so, als würde er den SS-Mann um ein Streichholz bitten und nicht um die Gelegenheit, sich mit der vermeintlichen Diebin sündhaft teuren Schmucks auszutauschen.

Der SS-Mann zuckte mit den Schultern. »Von mir aus. Aber pass auf, dass sie nicht aus dem Fenster springt, bevor sie dir verraten hat, wo das Zeugs versteckt ist.«

»Ehrensache«, meinte Lessing lässig und lehnte sich an die Wand.

Als der SS-Mann und Frau Bruhns zur Tür gingen, sagte Julia:

»Ich will Käthe nicht allein lassen. Während Herr Lessing mit ihr spricht, bleibe ich hier.«

Lessing und dieser Erich wechselten einen vielsagenden Blick, dann verließ der Uniformierte das Zimmer.

Als sich die Tür schloss, schlenderte Lessing mit einem Lächeln auf Käthe zu, zog ein Taschentuch aus seiner Brusttasche und reichte es ihr. »Sie heißen Käthe?«

Ihre Freundin nickte.

»Sie war es auf gar keinen Fall«, knurrte Julia wütend. »Aber wem sage ich das!«

Lessing beachtete sie nicht und setzte sich auf einen Stuhl. »Also, liebes Fräulein Käthe, wie war das heute? Wann sind Sie zu Frau Dr. Goebbels gerufen worden?«

Käthe schnäuzte sich ausgiebig, während Julia sich fragte, weshalb Lessing annahm, dass ihre Freundin zum Zimmer der Ministergattin gerufen worden war.

»Ich … ich hatte heute Nachtdienst«, setzte Käthe mit bebender Stimme an. »Und gegen Mitternacht gab es einen fürchterlichen Streit im Zimmer von Frau Dr. Goebbels.«

»Sie hat sich vermutlich … mit ihrem Ehemann gezankt?«, erkundigte er sich zu Julias Verwunderung.

Käthe nickte. »Es war schlimm. Ehrlich gesagt hat es mich gewundert, dass sich keiner der anderen Gäste über den Lärm beschwert hat. Einer von beiden muss dann den marmornen Aschenbecher und eine Blumenvase mit voller Wucht gegen die Wand geschmissen haben, denn als sie mich rief, sah das Zimmer völlig verwüstet aus.«

»Um wie viel Uhr war das?«

»Um ein Uhr in der Nacht.«

»Haben Sie verstanden, um was es bei dem Streit ging?«, wollte Lessing von ihr wissen.

Käthe schüttelte den Kopf und zog unschön die Nase hoch. Sie sah noch immer sehr mitgenommen aus.

»Haben Sie zu diesem Zeitpunkt den Schmuck gesehen, der jetzt fehlt? Worum handelt es sich dabei eigentlich?«

»Eine … weißgoldene Halskette mit einem in Diamanten gefassten Smaragd, den dazu passenden Armreif und … mehrere Ringe«, antwortete sie leise. »Und ja, ich habe das alles gesehen, als ich gegen halb zwei Uhr morgens das Zimmer verlassen habe. Frau Dr. Goebbels trug die Kette um den Hals, und die anderen Sachen lagen in einer offenen, mit Samt ausgeschlagenen Schatulle auf ihrem Nachttisch.«

»Seit wann vermisst Frau Dr. Goebbels den Schmuck?«, fragte Lessing.

»Um sechs Uhr dreißig hat sie nach ihrer Assistentin geklingelt, und kurz danach wurden der Ehemann, die Hausdame, Herr Moltke und der Mann von der SS alarmiert.«

»Allmächtiger!«, meinte Lessing und sprach Julia damit aus der Seele. Doch im Gegensatz zu ihr blieb er erstaunlich gelassen. »Hat Frau Goebbels einen Verdacht geäußert, wie der Dieb ins Zimmer gekommen sein könnte?«

Käthe nickte. »Er muss durch die Tür rein sein … die Fenster der Suite waren jedenfalls fest verschlossen«, antwortete sie und verzog weinerlich das Gesicht. »Deswegen verdächtigt man ja auch mich, weil ich den zweiten Schlüssel zu der Suite hatte, aber … aber ich war es nicht!«

»Es gibt keinerlei Einbruchsspuren an der Tür?«

Käthe schüttelte den Kopf. »Nicht einen Kratzer.«

»Gibt Frau Dr. Goebbels an, den Dieb gesehen zu haben?«

»Ich … ich weiß nicht.« Käthes Unterlippe zitterte unkontrolliert. »Aber … aber Herr Dr. Goebbels hat mir eine Ohrfeige gegeben und …« Sie brach erneut in Tränen aus.

Über Lessings Gesicht zog ein Schatten. »Also, das geht wirklich zu weit, was denkt Magda sich da nur …«, sagte er mehr zu sich selbst als zu Käthe oder Julia, die sich wieder um ihre weinende Freundin kümmerte.

»Und was machen Sie jetzt?«, fragte Julia, als er aufstand und zur Tür ging.

»Jetzt spreche ich mit dem Opfer«, sagte er ernst.

Julias Herz krampfte. »Soll ich die Polizei verständigen?«

»Nein«, erwiderte er knapp. »Sie beide warten hier, bis ich wieder zurückkomme.«

Er strahlte plötzlich eine solche Autorität aus, dass Julia sich nicht traute, ihm zu widersprechen.

Lessing kehrte erst nach einer gefühlten Ewigkeit zurück. Julia wollte ihm deswegen gerade Vorwürfe machen, als sie eine schwarze Schatulle in seiner Hand entdeckte.

»Was ist das?«, fragte sie mit klopfendem Herzen.

Er lächelte und klappte die Schatulle unmittelbar vor ihren Augen auf. Auf schwarzem Samt glänzten eine Smaragdkette, ein Armreif und mehrere Ringe.

»Oh!«, rief sie entzückt, während Käthe erneut losheulte. Diesmal offenbar vor Erleichterung.

»Alles wieder da«, erwiderte er grinsend.

»Wie … wo haben Sie den Schmuck entdeckt?«, fragte sie verwundert.

»Lassen Sie uns zurück ins Büro gehen, damit wir die kostbaren Teile einschließen können. Danach erzähle ich Ihnen alles.« An Käthe gewandt, sagte er: »Sie sollten sich jetzt unbedingt schlafen legen … nach einer durchwachten Nacht und der ganzen Aufregung haben Sie sich das redlich verdient. Frau Goebbels entschuldigt sich auch ganz herzlich für alle erlittenen Unannehmlichkeiten.«

»Geht es dir gut genug? Oder soll ich Frau Bruhns Bescheid sagen?«, erkundigte sich Julia bei Käthe.

Die schüttelte matt den Kopf. »*Jetzt* geht's mir wieder gut. Bitte schließ den Schmuck schnell ein, damit so etwas nie wieder passiert.«

Nachdem Julia mit Herrn Moltkes Hilfe den Schmuck im Panzerschrank verstaut hatte, fand sie sich mit Hugo Lessing allein im Büro wieder. »Ich schulde Ihnen nicht nur großen Dank, sondern auch eine Entschuldigung«, murmelte sie verlegen. »Es … es tut mir sehr leid, dass ich Sie des Diebstahls bezichtigt habe.«

Lessing grinste. »Das will ich hoffen.«

Julia errötete. »Können Sie mir bitte vergeben?«

»Wie? Einfach so? Ganz ohne Gegenleistung?« Lessing hob ungläubig eine Augenbraue. »Habe ich Sie nicht gerade aus einer sehr misslichen Lage befreit? Da steht mir doch sicherlich eine kleine Belohnung zu?«

Natürlich! Er war kein Gentleman, der ihr ohne Hintergedanken großherzig aus der Patsche half. Wahrscheinlich erwartete er eine pekuniäre Entschädigung. Trotzdem musste sie ihm dankbar sein. Sie räusperte sich. »An welchen Betrag hatten Sie gedacht?«

Sein Grinsen wurde breiter. »Himmel, manchmal stehen Sie aber wirklich auf der Leitung ... ich will doch kein Geld von Ihnen!«

»Sondern?«, fragte Julia perplex.

»Ein Rendezvous.«

Oje! Was sollte sie darauf nur erwidern? Ob ihre Eltern damit einverstanden wären? Und was, wenn er sich einbildete, dass sie ihm aus Dankbarkeit auch noch einen Kuss schuldete?

Er schüttelte den Kopf. »Wer hätte gedacht, dass ein kleines Abendessen Sie in solche Gewissenskonflikte stürzt? Normalerweise gehen weibliche Wesen auch ohne vorgehaltene Pistole mit mir aus. Es soll sogar schon vorgekommen sein, dass sich jemand dabei amüsiert hat.«

»Ich ... ähm ... ich esse gern mit Ihnen zu Abend«, sagte Julia zögerlich. »Vorausgesetzt, dieses Essen findet im Palais statt und Sie erzählen mir jetzt haarklein, wie Sie den Schmuck wiederbeschafft haben.«

Auf einmal las sie so etwas wie Enttäuschung in seinen Zügen. »Sie mögen mich wirklich nicht besonders, oder?«, fragte er leise.

»Ich ...«, stammelte sie verlegen. »Ich muss mich nur erst an den Gedanken gewöhnen, dass Sie kein Juwelendieb sind.«

»Nein, Sie haben mich schon vor dem Diebstahl wie Luft behandelt«, beklagte er sich.

»Und Sie finden mich nur interessant, weil ich Sie nicht so

wimpernklimpernd anbete wie all die anderen Damen im Hotel«, platzte es aus ihr heraus.

»Ach, das ist Ihnen aufgefallen?«, erkundigte er sich mit einem spöttischen Blick. Dann beugte er sich vor und flüsterte ihr ins Ohr: »Aber soll ich Ihnen mal ein Geheimnis verraten? Ihre These ist leider grundfalsch. Sie gefallen mir ganz einfach, weil Sie so sind, wie Sie sind.«

Plötzlich glühten ihre Wangen. Das war ein wirklich schönes Kompliment. Meinte er das ernst? Oder schmierte er jeder Frau den gleichen Honig ums Maul? Wahrscheinlich war es besser, nicht allzu geschmeichelt darauf zu reagieren. Sie schlug deshalb einen geschäftsmäßigen Ton an, als sie fragte: »Und? Gehen Sie auf meine Bedingungen ein?«

Er zog eine Grimasse. »Sie lassen mir ja keine andere Wahl. Besonders, weil ich heute tragischerweise am Festmahl für den Reichskanzler teilnehmen und morgen abreisen muss. Ich melde mich also wegen des Abendessens bei Ihnen.«

Julia nickte. »Ich freue mich darauf«, sagte sie artig und war selbst überrascht, dass diese Aussage der Wahrheit entsprach. »Und wie haben Sie jetzt das Rätsel um den Schmuck gelöst?«

Hugo Lessing grinste. »Sollte ich Ihnen diese Information nicht besser bis zu unserem Abendessen vorenthalten? Dann haben Sie wenigstens einen Grund, dem Treffen mit mir entgegenzufiebern.«

»Unterstehen Sie sich!«, rief Julia.

»Also gut, ich will mal nicht so sein … ehrlich gesagt lag die Lösung für mich von Anfang an auf der Hand. Sehen Sie … ich hatte ein paar zusätzliche Informationen, die mich in die richtige Richtung geführt haben.«

Sie spitzte neugierig die Ohren. »Ja?«

»Frau Goebbels hat mir gestern Nachmittag ihr Herz ausgeschüttet. Offenbar war sie auch einem kleinen Flirt nicht abgeneigt.«

»Aber … sie ist doch verheiratet und … schwanger!«, empörte sich Julia.

»Tja, das stimmt. Aber die Gute ist sehr verletzt. Sie hat gerade herausgefunden, dass ihr Ehemann sie mit einer Filmschauspielerin betrügt, und da wollte sie es ihm mit gleicher Münze heimzahlen.«

Julia traute ihren Ohren nicht. »Sie wollte ... in ihrem Zustand ... etwas mit Ihnen anfangen?«

»Ich war genauso erstaunt wie Sie«, gab Lessing zu. »Aber da ich weder lebensmüde bin noch generell jemand, der Affären mit verheirateten Frauen anfängt, habe ich meinen Kopf so elegant wie möglich aus der Schlinge gezogen.«

»Und was hat das alles mit dem Diebstahl zu tun?«, erkundigte sich Julia, die immer noch fassungslos war über das unmoralische Angebot von Frau Dr. Goebbels.

»Nun, nachdem sie ihrem Mann keinen eigenen Liebhaber präsentieren konnte, muss sie sich überlegt haben, wie sie es anderweitig hinbekommt ... dass sie wieder im Mittelpunkt seines Interesses steht.«

»Wollen Sie etwa andeuten, dass ... Frau Goebbels ihren eigenen Schmuck entwendet hat?«

Er nickte. »Genauso war es. Die Idee ist ihr wohl nach dem Streit mit ihrem Ehemann gekommen ... aber sie hat dabei nur an sich selbst gedacht und nicht daran, dass jemand anderes für den Diebstahl würde büßen müssen.«

»Wie ... wie unglaublich egoistisch von ihr«, murmelte Julia.

Lessing nickte. »Allerdings muss man ihr zugutehalten, dass sie – als ich ihr die Situation des Zimmermädchens geschildert habe – sofort bereit war, den Schmuck ›wiederzufinden‹.«

Julia schüttelte den Kopf. »Das hat sie doch nur getan, weil Sie sie bei ihrer schändlichen Lüge ertappt haben! Ansonsten hätte sie Käthe sicher ohne mit der Wimper zu zucken ins Gefängnis wandern lassen ...«

Lessing zuckte mit den Schultern. »Das mag sein. Aber ich sage immer: Ende gut, alles gut. Und ich freue mich, dass mir diese Episode die Gelegenheit geboten hat, Ihnen hilfreich zur Seite zu stehen.«

Verwundert musterte Julia sein attraktives Gesicht. »Herr Lessing«, sagte sie leise. »Sie sind ja gar nicht so oberflächlich, wie ich dachte.«

»Zu großzügig, Fräulein Falkenhayn«, erwiderte er trocken. »Und so überaus charmant formuliert.«

»Sie wissen schon, wie ich es meine«, verteidigte sie sich beschämt. Im Nachhinein ging auch ihr auf, dass ihre Worte keine rhetorische Glanzleistung gewesen waren.

Er nahm ihre Hand und führte sie an seinen Mund. »Hm ... vielleicht weiß ich das tatsächlich. Jedenfalls kann ich es kaum erwarten, Sie wiederzusehen.«

***

Mit aufgeschlagener Zeitung saß Paul am Schreibtisch seines Büros im Ministerium. Nachdenklich betrachtete er die Bilder des doppelseitigen Berichts: Hitler auf der Seebrücke in Heiligendamm! Hitler vor dem Eingang des Palais! Hitler mit der kleinen Helga Goebbels auf dem Schoß! Im dazugehörigen Text schwärmte der Reporter in den höchsten Tönen von der erfolgreichen Reise des Reichskanzlers nach Bad Doberan. Wie hatte ihm das Volk zugejubelt, welche Euphorie hatte die blumenbekränzten Mädels und fahnenschwenkenden Knaben erfasst! Unwillkürlich musste Paul an das Telefonat mit seiner Schwester denken. Elisabeth hatte ihm erzählt, wie haarscharf sie an einer Katastrophe vorbeigeschrammt waren. Dass sie es nur der Geistesgegenwart eines Gasts und der furchtlosen Naivität seiner jungen Nichte verdankten, dass der hohe Besuch nicht in einer Tragödie geendet hatte. Wenn Moltke, Goebbels oder die SS eigenmächtig die Polizei gerufen hätten, wäre das Lebenswerk seines Vaters zerstört gewesen. Dann würden die Zeitungen heute über die Unfähigkeit des Palais Heiligendamm und die kriminellen Machenschaften seines Personals schreiben. Von diesem angeknacksten Ruf hätte sich das Hotel sicherlich nie mehr erholt. Seine Schwester hatte allein bei dem Gedanken daran nachträglich fast noch einen Nervenzusammenbruch erlitten. Paul konnte ihr das nur zu gut nachempfinden. Seit dem Abend, an dem er mit knapper Not der Polizeikontrolle im Park entkommen war, lebte er ebenfalls in permanenter Angst.

Gemeinsam waren Anton und er in heller Panik davongerannt und erst stehen geblieben, als sie eine dunkle, schmale Gasse in einem anderen Stadtviertel erreicht hatten. »Puh, das war knapp«, hatte Anton lächelnd gesagt und seine Hände wie nach einem Wettlauf auf den Schenkeln abgestützt.

Paul, der sein fortgeschrittenes Alter gespürt hatte und generell nicht in der besten körperlichen Verfassung war, hatte vor lauter Anstrengung erst gar nicht sprechen können. Am ganzen Körper zitternd hatte er um Atemluft gekämpft und dazwischen nur hervorgepresst: »Danke … dass … du … mich … hinter … dir … hergezogen … hast.«

»Ehrensache, Paul. Übrigens ist mir gerade eingefallen, woher wir uns kennen«, hatte der Liebesjunge geantwortet. »Heißt du nicht mit Nachnamen Kuhlmann und bist Direktor eines berühmten Hotels an der Ostsee?«

Vor lauter Schreck war ihm das Blut in den Adern gefroren. Er hatte in seinem Leben schon zu viel durchgemacht, um nicht auf der Stelle zu kapieren, dass er diesem Mann von nun an auf Gedeih und Verderb ausgeliefert war. Wenn Anton ihn mit seinem Wissen erpresste, würde er bis an sein Lebensende zahlen müssen. »Woher weißt du das?«, hatte er ihn so beiläufig wie möglich gefragt.

Ein Lächeln war über Antons schmales Gesicht gehuscht. »Ich hoffe, du bist mir nicht böse, aber in der Zeit, als du in Bad Doberan warst, habe ich öfter bei Carl übernachtet. Er hat mir gesagt, dass ihr es mit der Treue nicht so genau nehmt, und wir haben auch viel über dich gesprochen, weil ein Bild von dir auf seinem Nachttisch stand.«

Paul hatte plötzlich ein hohles Gefühl im Bauch verspürt. Selbst aus dem Grab heraus machte Carl ihm noch das Leben schwer. Und natürlich hatte er ihn betrogen, wahrscheinlich nicht nur mit Anton.

»Wie geht es Carl eigentlich?«, hatte der junge Mann in diesem Moment gefragt, und Paul hatte es nicht übers Herz gebracht, ihm die Wahrheit zu sagen, sondern lediglich »Ganz gut« gemurmelt.

»Wohnt ihr noch immer in dieser riesengroßen Wohnung?«, wollte er als Nächstes wissen.

Paul hatte genickt, obwohl er wusste, dass ihn auch diese Finte nicht retten würde. Wenn Anton seinen Namen kannte, würde er ihn in jedem Telefonbuch finden. Oder durch einen Anruf im Palais. Und dann war er geliefert.

»Soll ich noch auf einen Sprung mit zu euch kommen?«, hatte Anton mit einem vieldeutigen Grinsen gefragt.

»Du, ich glaube, für heute reicht mir das an Aufregung«, hatte Paul mit vor Angst trockenem Mund erwidert. »Vielleicht ein anderes Mal.«

Anton hatte sich vorgebeugt und ihm einen schnellen Kuss auf die Lippen gedrückt. »Kann ich verstehen. Dann eben ein anderes Mal. Sag Carl einen schönen Gruß von mir!« Mit diesen Worten hatte er sich umgedreht und war in der Dunkelheit verschwunden.

Als er sich sicher gewesen war, ganz allein zu sein, war Paul in Tränen ausgebrochen. Von nun an würde die Möglichkeit, von Anton erpresst oder verraten zu werden, wie ein Damoklesschwert über ihm schweben.

Trotz allem hatte er noch Glück im Unglück gehabt, denn wenn ihn die Polizei mit Anton in flagranti erwischt hätte, wäre er umgehend im KZ gelandet. Am besten ging er nie wieder allein im Dunkeln auf die Straße, um erst gar nicht in Versuchung zu geraten, sich einem bestimmten Park zu nähern. Mit einer energischen Bewegung klappte Paul die Zeitung zu und widmete sich wieder seiner Arbeit. Die Regierung bereitete ein neues Gesetz vor, und er musste dem Duden weitere schreckliche Worte hinzufügen lassen: »Untermensch«, »Volksschädling«, »fremdrassig« und »Rassenschande«. Er ekelte sich vor sich selbst. Aber er wusste auch, dass er keine andere Wahl hatte. Das hatte er begriffen, als er die Hausaufgaben seiner Kinder gesehen hatte. Die beiden hatten seit Kurzem ein neues Unterrichtsfach: Rassenkunde.

Vorgestern hatte Martin die Eigenschaften eines Ariers denen eines Juden gegenüberstellen müssen. Als Paul die dazugehörigen Notizen seines Sohnes gesehen hatte, war ihm beinahe schlecht geworden. Der Prototyp der arischen Rasse war natürlich blond, blauäugig, tatkräftig, ehrlich und treu. Der Jude war dagegen dunkelhaarig, faul, verschlagen und hinterlistig. Als Martin ihn gefragt hatte, wie das denn auf seine Tante Johanna passe, sie sei schließlich blond, blauäugig und trotzdem Jüdin, hatte Paul zunächst nicht gewusst, was er antworten sollte. Wenn er Martin erklärt hätte, dass das alles lediglich antisemitische Vorurteile waren und nichts davon, aber auch rein gar nichts, der Wahrheit entsprach und Martin dann seinem Bruder Thomas davon berichtete, würden sie alle in Teufels Küche kommen. Aber völlig unkommentiert wollte er die Sache auch nicht im Raum stehen lassen: »Martin, deine Tante ist einer der liebsten, treuesten und ehrlichsten Menschen, die ich kenne. Und ganz unter uns gesagt, gibt es bestimmt sowohl unter Ariern als auch unter Juden gute und schlechte Menschen. Das ist auf der ganzen Welt so. Aber dieses Wissen sollten wir momentan besser für uns behalten. Verstehst du das?« Martin hatte ihn mit ernsten Augen angesehen und genickt.

Doch es gab kein Entrinnen vor der schulischen Indoktrination. Schon am nächsten Tag hatte Sophie einen sogenannten »Rasseatlas« mit nach Hause gebracht, in dem Abbildungen von Ariern und Juden waren. Die Arier sahen alle aus wie blonde Helden, die Juden wie finstere Verbrecher. Unter einem besonders furchteinflößenden Bild hatte gestanden: »Aus diesem Gesicht spricht die Seele der Rasse.« Kein Wunder, dass Sophie nachts von Alpträumen gequält wurde. Das einzige Ziel des Lehrplans schien es zu sein, die Kinder glauben zu machen, dass die Juden für sie eine Bedrohung darstellten.

Paul rieb sich müde die Augen. In den letzten Wochen hatte er noch einmal ernsthaft darüber nachgedacht, mit seinen beiden jüngeren Kindern nach Paris zu fliehen. Dann würden sie sich wenigstens untereinander wieder die Wahrheit sagen können. Und Martin und Sophie würden anständige Sachen in der Schule lernen. Er seufzte. Allerdings ließ ihn Johannas neuester Brief vor diesem drastischen Schritt zurückschrecken. Sie schrieb darin, dass die französischen Behörden inzwischen vielen Deutschen ein Visum verwehrten. Diese abgelehnten, unerwünschten Emigranten würden dann entweder umgehend über die Grenze abgeschoben, oder sie fristeten in der französischen Metropole ein unsicheres Schattendasein, in ständiger Angst, von der Polizei erwischt zu werden. Das war auch kein besseres Leben. Was blieb ihm also anderes übrig, als weiter in Berlin zu bleiben? Er schuldete seinen Kindern eine sichere Zukunft. Aber war so etwas im »neuen Deutschland« überhaupt noch möglich, ohne alle moralischen Werte über Bord zu werfen? Manchmal konnte er kaum glauben, wie sich seine Heimat in den letzten achtzehn Monaten verändert hatte.

11. Kapitel

September 1935

Während der hektischen Sommermonate im Hotel hatte Julia ihre beste Freundin viel zu lange nicht gesehen. Dabei hatte sich Ava im Juli offiziell mit ihrem Karl verlobt. Julia, die sich zuvor bei mehreren Treffen vom Glück des zukünftigen Brautpaars hatte überzeugen können, freute sich sehr für die beiden. Der ruhige und liebenswerte Postbote schien ihr nachträglich doch genau der Richtige für ihre Freundin zu sein. Auch Avas Eltern hatten ihre Einwilligung gegeben, obwohl sie sich wegen der fortwährenden Hetze der Nazis gegen die sogenannte Blutschande immer noch sorgten. Die Trauung war für Anfang Oktober angesetzt worden, und Julia erwartete, dass sich das Gespräch bei ihrem heutigen Spaziergang rund um Gut Bellhagen hauptsächlich um das Brautkleid und die Feierlichkeiten drehen würde. Stattdessen eröffnete ihre Freundin die Unterhaltung mit einer traurigen Nachricht: Die Hochzeit war abgesagt!

»Aber … aber warum?«, stammelte Julia verwirrt.

Ava senkte den Kopf. »Die Standesämter dürfen seit Kurzem keine Ehen zwischen Nichtjuden und Juden mehr schließen.«

»Und das können die einfach so bestimmen?«

Ihre Freundin zuckte ratlos mit den Schultern. »Ich verstehe es ja auch nicht. Aber das Standesamt hat angerufen und gesagt, dass die Hochzeit nicht stattfinden darf.«

»Könnt ihr euch nicht nur …?« Julia hatte »kirchlich trauen lassen« sagen wollen, aber das war falsch. Juden heirateten in einer Synagoge. Wie Tante Johanna. Hieß es dann »synagogisch«? Sie wusste es nicht. »Ich meine … ähm … ihr könntet in einem Gotteshaus heiraten«, murmelte sie.

»Das haben Karl und ich auch schon überlegt, aber erstens hätte eine solche Ehe vor dem Gesetz keine Gültigkeit. Jede Behörde verlangt einen offiziellen Trauschein. Und zweitens wollen wir weder unserem Rabbi noch Karls Priester zusätzliche Probleme bereiten.«

Julia schüttelte den Kopf. »Das tut mir alles so entsetzlich leid, Ava. Was sagt Karl denn nur dazu?«

»Er ist zum Standesamt gegangen und hat versucht, mit den Beamten zu diskutieren. Aber sie haben ihm gesagt, dass er sich besser eine ›anständige Ehefrau‹ suchen soll.« Ava, sonst immer so still und gesittet, trat auf dem sandigen Feldweg wütend gegen einen Stein, sodass er einige Meter durch die Luft flog.

Julia verstand sie nur zu gut. »Und wenn ihr ins Ausland geht?«, schlug sie vor. »Ich will dich nicht verlieren, aber momentan scheint hier alles aus den Fugen zu geraten und …« Plötzlich wusste sie nicht mehr, wie sie den Satz beenden sollte. War denn wirklich ganz Deutschland verrückt geworden? Wie hatte sich alles sicher Geglaubte und Gewohnte so rasch verabschieden können? Überall hingen inzwischen Hakenkreuzfahnen, selbst vor dem Palais. Ihnen war gar keine Wahl geblieben. Andernfalls hätte der Ortsgruppenführer ihnen Probleme bereitet. Alle öffentlichen Institutionen schienen von den Nazis unterwandert und ausgehöhlt worden zu sein, bis ihre vormalige Funktion ins Gegenteil verkehrt wurde. Hatte sie nicht selbst erst kürzlich Angst gehabt, die Polizei zu rufen? Dabei war es doch deren ureigenste Aufgabe, für Gerechtigkeit und Schutz zu sorgen! Und nun gab es tatsächlich Standesämter, die sich weigerten, Trauungen durchzuführen?

»Ehrlich gesagt haben wir auch schon darüber nachgedacht auszuwandern«, antwortete Ava. »Aber Karls Mutter ist krank, und er will sie nicht allein lassen … möglicherweise in ein paar Monaten, wenn sie hoffentlich wieder gesund ist.«

Julia ergriff ihre Hand. »Vielleicht ist das wirklich das Beste.«

Ava nickte. »Ja, vielleicht.«

Der restliche Spaziergang verlief in melancholischem Schweigen. Beide hingen ihren eigenen Gedanken nach. Julia hätte gern etwas Schlaues gesagt, um ihre Freundin zu trösten. Aber sie wusste, dass Ansprachen – egal, wie gut sie gemeint waren – momentan nichts brachten. Sie versuchte, sich vorzustellen, wie es ihr in Avas Situation gehen würde. Früher wäre sie sicherlich auf die Barrikaden gegangen und hätte ihren Vater gebeten, alle Hebel in Bewegung zu setzen, um einen solchen Widerstand aus dem Weg zu räumen. Aber heute verstand sie, dass Ava diese Möglichkeit schlicht versagt blieb ... es war einfach zu gefährlich, sich gegen das Regime und seine Schergen aufzulehnen.

Als sie schließlich zum Gutshof zurückkehrten und sich bei einer Tasse Kakao in der Küche gegenübersaßen, sagte Ava: »Bitte entschuldige, ich bin so mit der abgesagten Hochzeit beschäftigt, dass ich gar nicht gefragt habe, wie dein Abendessen mit Hugo Lessing verlaufen ist.«

»Ach, das ist jetzt nicht wichtig«, wiegelte Julia ab.

»Doch. Bitte erzähl es mir. Ich kann momentan etwas Ablenkung gut gebrauchen«, erwiderte Ava mit einem schiefen Lächeln.

Julia räusperte sich verlegen. »Also, ich würde dir gern etwas richtig Spektakuläres berichten. Dass wir diesmal tatsächlich einen Dieb dingfest gemacht haben oder eine Frau bei seinem Anblick vor Entzücken in Ohnmacht gefallen ist, aber ehrlich gesagt war der Abend mit ihm ... ganz nett.«

»*Ganz nett?*«, erkundigte sich Ava erstaunt. »Aber du hältst ihn doch für einen charakterlosen Aufschneider und Schönling, oder etwa nicht?«

Julia nickte verlegen. »Eigentlich ja ... doch an dem Abend war er irgendwie anders. Gar nicht so ironisch wie sonst. Sogar mein Vater hat einen guten Eindruck von ihm gewonnen. Er hält ihn für einen ›patenten Kerl‹.«

Ava zog die Augenbrauen hoch. »Wirklich?«

»Ja, Papa ist seit einer Woche aus Amerika zurück, und er hat Lessing vor dem Abendessen auf einen Aperitif in die Wohnung eingeladen, um ihm für seine Unterstützung zu danken.«

»Wie war es, als du mit ihm im Restaurant allein warst?«

Julia sog hörbar Luft ein. »Ich hatte Schlimmeres erwartet. Dass er mit seiner Heldentat angibt und sich mir gegenüber aufspielt. Doch er war unerwartet freundlich und unterhaltsam.«

»Worüber habt ihr denn den ganzen Abend geredet?«, erkundigte sich Ava.

Sie zuckte mit den Schultern. »Er hat sich für meine Arbeit im Hotel interessiert und …«

»Ui … glaubst du, dass er ein Mitgiftjäger ist?«, fragte Ava plötzlich wie elektrisiert. »Immerhin bist du eine sehr gute Partie.«

Julia musste herzlich lachen. »Jetzt übertreibst du aber! Da friert wohl eher die Hölle zu, als dass ich Hugo Lessing heirate. Außerdem kann er mit seinem Aussehen unter den guten Partien Berlins wahrscheinlich frei wählen. Dafür müsste er nicht extra nach Bad Doberan reisen. Nein, ich glaube, dass ihm sein anfänglich überhebliches Auftreten leidgetan hat und er diesen Fehler wieder ausbügeln will.«

»Und du meinst … *dafür* lohnt es sich, extra nach Bad Doberan zu kommen?«

»Keine Ahnung. Das ist mir auch egal. Wir hatten einen schönen Abend, und jetzt ist er wieder in Berlin. Fertig. Ich werde ganz sicher keine schlaflosen Nächte wegen ihm haben. Dafür herrscht im Hotel gerade zu viel Chaos.«

»Wirklich? Ich dachte, die Hauptsaison ist vorbei?«, meinte ihre Freundin.

»Das ist sie auch. Aber erstens gibt es immer wieder Ärger mit dem Personal, und zweitens ist ein guter Freund meiner Mutter gerade aus England eingetroffen. Onkel Charlie ist ein waschechter Lord und hält uns alle ganz schön auf Trab. Er ist unter die Politiker gegangen und mit einigen Freunden und Kollegen angereist, um sich das ›neue Deutschland‹ anzusehen.«

»Wie interessant.«

»Na ja … vor allem viel Arbeit für die Küche. Der arme Herr Jensen wollte eigentlich ein paar Tage Urlaub nehmen, stattdessen muss er jetzt für diese anspruchsvollen Gäste schuften.«

»Besser zu viel als gar keine Arbeit«, erwiderte Ava traurig.

Sofort hatte Julia ein schlechtes Gewissen. »Laufen eure Geschäfte immer noch nicht besser?«

Ava schüttelte den Kopf. »Leider nein. Es kaufen hauptsächlich andere Juden bei uns ein, und wie du weißt, gibt es davon in der Umgebung nicht allzu viele. Außerdem ist der Ortsgruppenleiter neulich zu uns gekommen und hat uns ein lächerlich niedriges Kaufangebot für das Ladenlokal und die Wohnung gemacht. Das ist seine neue Masche. Erst bedroht er uns jüdische Geschäftsleute mit irgendwelchen Paragraphen oder angeblichen Vergehen, und dann lässt er sich die Mietverträge und das Inventar überschreiben. Aber uns gehört das Haus, in dem der Laden untergebracht ist, nur deshalb steht uns noch nicht das Wasser bis zum Hals. Trotzdem bewundere ich meinen Vater, dass er bei dem Gespräch mit diesem Verbrecher so ruhig geblieben ist.«

»Das ist wirklich unanständig. Eigentlich müsste man ihn anzeigen, aber ...«

Ava nickte. »Ich weiß ... er würde uns das Wort im Mund umdrehen und nur noch mehr Probleme bereiten.«

»Das befürchte ich auch«, sagte Julia und nahm sich fest vor, bei nächster Gelegenheit einen Einkaufsbummel mit ihrer Mutter zu machen. Bestimmt würden sie etwas Schönes im Geschäft der Cohens finden und die Familie auf diese Weise unterstützen.

Als Julia ins Hotel zurückkehrte – Ava und sie gingen inzwischen grundsätzlich nur noch auf dem Land spazieren, weil ein Bummel durch das mit Hakenkreuzfahnen und blumenumkränzten Hitlerbildern geschmückte Bad Doberan ihnen Bauchschmerzen bereitete – lief sie im Foyer Onkel Charlie in die Arme.

»Mein schönes Fräulein, darf ich wagen, meinen Arm und Geleit Ihr anzutragen?«, begrüßte er sie mit einem verschmitzten Grinsen.

Julia wusste nie, ob sich der grau melierte Lord Northcliffe einen Scherz erlaubte oder ob seine deutschen Sprachkenntnisse eingerostet waren und er deshalb so oft Goethe zitierte. »Oje, muss ich jetzt auch in Reimform antworten?«, fragte sie lächelnd.

»Nein, nicht nötig«, beschwichtigte er. »Außerdem würde Margaretes Antwort gar nicht passen … denn du bist ja schön und solltest niemals ungeleitet nach Hause gehen.«

Julia fühlte, wie sie errötete. An solch blumige Komplimente würde sie sich nie gewöhnen.

»Aber genau deshalb warte ich hier auf dich. Heute Abend trifft noch ein weiterer Freund von mir ein. Fabian von Schlenzdorf. Ein famoser Kerl, und ich möchte dich bitten, seine Tischdame zu sein. Würdest du mir diese Ehre erweisen?«

Sie schluckte. Eigentlich war heute ihr freier Tag, und sie hatte sich darauf gefreut, gleich mit einem guten Buch in die Badewanne zu steigen. Und jetzt sollte sie ausgerechnet einen von seinen stocksteifen, hochbetagten, aristokratischen Freunden unterhalten? Das versprach, ein ausgesprochen langweiliger Abend zu werden. Doch Onkel Charlies Dackelblick brachte sie dazu, ihre eigenen Pläne über den Haufen zu werfen. »Sehr gern. Habt ihr für acht Uhr reserviert?«

»Genau. *Thank you and see you then!*« Mit einem erfreuten Gesichtsausdruck spazierte Onkel Charlie, der ohne seine vornehme Frau Victoria und die vier Kinder angereist war, in Richtung Bar davon.

Julia blickte auf die wunderschöne silberne Armbanduhr, die ihr ihre Eltern letzte Woche zu ihrem neunzehnten Geburtstag geschenkt hatten. Mist, jetzt musste sie sich beeilen. In weniger als einer Stunde wurde sie – gestriegelt und gebügelt – im Restaurant erwartet.

Ihre Eltern nahmen natürlich auch an dem Dinner von Onkel Charlie teil. Kurz vor acht Uhr schritten sie gemeinsam in Abendgarderobe die Treppe hinab. Julia, die nicht so viele eigene Abendkleider besaß, hatte sich eines aus Tante Luises Schrank ausgeliehen. Das türkisgrüne Satinkleid war zwar eine halbe Handbreit zu kurz, schmiegte sich aber ansonsten perfekt an ihren Körper. »Allmächtiger, jetzt bist du wirklich erwachsen«, hatte ihr Vater halb erfreut, halb entsetzt ausgerufen, als sie auf hohen Schuhen ins Wohnzimmer gestöckelt kam. Auch ihre Mutter hatte anerkennend genickt. »Wunderschön, meine kleine Große! Aber wie gesagt ... du musst nicht an dem Essen teilnehmen. Ich hatte Charlie gesagt, dass heute dein freier Tag ist. Aber dieser Schlawiner hält sich ja nie an die Spielregeln.« Julia hatte nur gelächelt und gemeint, dass sie sich inzwischen auf den Abend freue.

Im Restaurant war mithilfe eines Paravents ein Separee abgeteilt und darin ein Tisch für zwanzig Personen gedeckt worden. Allerdings würden ihre Mutter und sie die einzigen Damen an der Tafel sein. Der Etikette entsprechend, nahmen sie als Erste Platz. Julia war nur milde gespannt, welcher der älteren Herren sich neben sie setzen würde, als auf einmal ein weiterer Gast das Separee betrat. Der dunkelhaarige, hoch aufgeschossene Smokingträger hätte der Enkelsohn der anderen Gäste sein können. Wahrscheinlich war er erst Mitte zwanzig. Doch trotz seines jugendlichen Alters strahlte er eine große Ernsthaftigkeit aus. Ob dies womöglich Fabian von Schlenzdorf war?

Interessiert beobachtete sie, wie der neue Gast auf Onkel Charlie zusteuerte und die beiden sich herzlich begrüßten. Anschließend legte der Lord seine Hand auf die Schulter des Unbekannten, und dann – ihr Herz klopfte plötzlich schneller – schienen die beiden tatsächlich in ihre Richtung zu kommen. Unwillkürlich drückte sie den Rücken durch, um noch ein wenig gerader zu sitzen.

»Meine liebe Julia, darf ich dir Fabian von Schlenzdorf vorstellen? Er ist Jurist und schreibt gerade an seiner Promotion«, stellte Onkel Charlie sie einander vor. »Fabian, das ist Julia Falkenhayn, die Tochter meiner liebsten und ältesten deutschen Freunde, denen darüber hinaus noch das Palais Heiligendamm gehört.«

Herr von Schlenzdorf küsste förmlich ihre Hand. »Schön, Sie kennenzulernen, Fräulein Falkenhayn.«

Als er neben ihr Platz nahm, musterte Julia ihn verstohlen. Man sah Herrn von Schlenzdorf die vornehme Abstammung direkt an. Sein ganzes Auftreten wirkte distinguiert, selbst der Griff nach der gefalteten Serviette und deren einhändiges Ausbreiten auf dem Schoß. Diese lässige Selbstverständlichkeit imponierte ihr. Dabei war sein schmales Gesicht mit der hohen Stirn und den ausgeprägten Wangenknochen nicht im klassischen Sinn schön zu nennen, doch seine Züge strahlten eine solch feinsinnige und intelligente Kultiviertheit aus, dass sie sich unwillkürlich zu ihm hingezogen fühlte. »Und wo kommen Sie gerade her?«, fragte sie, um die Unterhaltung zu eröffnen.

»Aus Berlin«, erwiderte er kurz, aber nicht unhöflich.

Das kleine Lächeln, das um seine Lippen spielte, ermutigte sie zu einer weiteren Frage. »Sind Sie das erste Mal in Heiligendamm?«

Er schüttelte den Kopf. »Nein, meine Familie hat vor dem Krieg jeden Sommer hier verbracht. Allerdings war ich bei unserer letzten Reise erst sechs Jahre alt, weshalb ich nur sehr bruchstückhafte Erinnerungen daran habe.«

Julia rechnete schnell. Er musste also doch schon sechs- oder siebenundzwanzig sein. Genauso alt wie Hugo Lessing. Aber bei ihm störte sie der Altersunterschied merkwürdigerweise nicht. »Sind Sie damals im Grand Hotel abgestiegen?«, erkundigte sie sich.

Er zog bedauernd die dunklen Augenbrauen hoch. »Das hätte ich in Ihrem Beisein lieber unerwähnt gelassen, aber ich hatte damals auch noch kein Mitspracherecht, sonst hätte ich bestimmt Ihr Hotel bevorzugt.«

Julia strahlte ihn an. »Herzlichen Dank. Es ist schön, dass Sie diesmal Ihren Urlaub bei uns verbringen.«

Über sein Gesicht flog ein Schatten. »Urlaub? Nein, Lord Northcliffe und ich sind weiß Gott nicht hier, um uns auszuruhen.«

»Ach, und was machen Sie dann?«, fragte sie überrascht.

»Wir versuchen, die angereisten Herrschaften vom Unsinn der englischen *Appeasement*-Politik zu überzeugen«, erwiderte er leise.

»*Appeasement?*«, wiederholte sie perplex. »Was soll das sein?«

In diesem Moment klopfte Onkel Charlie gegen sein Glas und sagte: »Ich freue mich, dass wir so viele aufgeweckte und ehrwürdige Geister in diesem schönen Hotel versammeln konnten, und ich bin sehr gespannt auf die nächsten Tage. Doch zunächst wünsche ich Ihnen allen einen guten Appetit.« Er wiederholte die Ansage noch einmal auf Englisch und gab dann dem Chefkellner ein Zeichen, dass er mit dem Servieren beginnen könne.

Julia wartete, bis die Vorspeisenteller vor ihnen abgestellt waren, und fragte dann erneut: »Was bedeutet das ... *Appeasement*-Politik?«

Von Schlenzdorf blickte ihr ernst ins Gesicht. »Eigentlich sollten wir vor den neugierigen Ohren des Personals nicht darüber reden, Fräulein Falkenhayn. Man weiß nie, wes Geistes Kind sie sind, aber ...« Er senkte seine Stimme zu einem Flüsterton. »... da Ihr Herr Vater uns dieses Treffen überhaupt erst ermöglicht hat, will ich es Ihnen gern erklären.«

Ihr Vater hatte dieses Treffen ermöglicht? Wie merkwürdig. Er hatte gar nichts davon erzählt. Neugierig sah Julia zu, wie ihr Tischherr eine Garnele aufspießte und seine Gabel auf halbem Weg zum Mund stehen blieb.

»Sie sollten auch etwas essen«, murmelte er. »Es fällt sonst auf, wenn unsere Teller beim Abräumen noch ganz voll sind.«

Gehorsam befüllte sie ihre Gabel und führte diese zum Mund.

Er schenkte ihr ein Lächeln. »Sehen Sie, in groben Zügen geht es darum, wie das Ausland, allen voran England und Frankreich, auf die Errichtung einer Diktatur in Deutschland reagieren sollte. Einerseits gibt es unter den Siegermächten durchaus Verständnis dafür, dass die wirtschaftlichen Auflagen des Versailler Vertrages zu hart waren und die Deutschen dadurch wirtschaftlich unnötig in die Enge getrieben wurden. Andererseits bricht Hitler eine Vereinbarung nach der anderen, ohne sich vorher mit den Siegermächten abzustimmen: Er rüstet massiv die Wehrmacht auf und führt erneut die allgemeine Wehrpflicht ein. Dadurch wächst die Gefahr eines neuen Krieges in Europa und ...«

»Es gibt wieder Krieg?«, fragte Julia und verschluckte sich fast an einem Salatblatt.

Er musterte sie aufmerksam mit seinen klugen dunkelbraunen

Augen. »Wenn wir es nicht rechtzeitig verhindern können, scheint es wohl darauf hinauszulaufen.«

Kaltes Entsetzen breitete sich in ihrem Körper aus. Obwohl Julia in den Kriegsjahren noch ein Kleinkind gewesen war, waren ihr die schrecklichen Erzählungen von Minna und ihrer Mutter über Leid und Hunger sehr präsent. Außerdem wusste sie, dass die Väter vieler ihrer ehemaligen Klassenkameradinnen im Krieg geblieben oder wie Onkel Paul an Körper und Seele versehrt worden waren. »Aber *wie* kann man das verhindern?«

»Indem man ausländischen Politikern und Wirtschaftskapitänen die Gefahren ihrer derzeitigen *Appeasement*-Politik aufzeigt«, antwortete er. »*Appeasement* bedeutet auf Deutsch so etwas wie Beschwichtigung. Man hat Hitler schon viel zu lange mit Samthandschuhen angefasst. Besonders der englische Premierminister und sein Kabinett haben sich mit Kritik an seinem undemokratischen Regime vornehm zurückgehalten. Auf die diversen Provokationen hat man nicht reagiert, weil man wahrscheinlich hoffte, Hitler durch internationale Verträge in ein geeintes, föderalistisches Europa einzubinden. Doch in unseren Augen ist so etwas reines Wunschdenken und ermutigt ihn nur zu neuen Vertragsbrüchen. Er versteht leider nur eine Sprache … die der Überlegenheit und Stärke. Deswegen versuchen wir – gemeinsam mit Politikern wie Winston Churchill –, England dazu zu bewegen, ebenfalls aufzurüsten und sich mit anderen Ländern gegen Hitler zu verbünden, um ihn von einem weiteren Krieg abzuhalten.«

»Und glauben Sie, dass Ihnen das gelingen wird?«, fragte Julia gespannt.

Er zuckte mit den Schultern. »Ehrlich gesagt? Ich weiß es nicht. Es kommt wohl darauf an, wie die von Lord Northcliffe eingeladenen Gäste auf die hiesigen Verhältnisse reagieren. Ob die Verfolgung von Andersdenkenden und Juden sie genauso mit Abscheu erfüllt wie mich.« Er umklammerte seine Gabel plötzlich so fest, dass seine Handknöchel weiß hervortraten.

Julia hatte das Gefühl, ihn beschützen zu müssen: »Sie selbst sind doch nur einer unter ganz vielen Deutschen. Da kann es doch nicht allein Ihre Aufgabe sein, das Ausland vor Hitler zu warnen.«

»Wissen Sie, Fräulein Falkenhayn, mein Beitrag ist in Anbetracht der Gefahr, die von diesem Mann ausgeht, erschreckend klein. Wenn Sie – so wie ich – wüssten, wie die Nazis seit der Machtergreifung das deutsche Justizsystem umbauen, würde Ihnen auch angst und bange werden.«

»Erzählen Sie es mir«, drängte Julia leise.

Er schüttelte den Kopf. »Das hier ist nicht der richtige Rahmen für ein solches Gespräch.«

Spontan erwiderte sie: »Haben Sie vielleicht Lust, morgen früh mit mir auszureiten? Dann wären wir ganz ungestört.« Julia erkannte sich selbst nicht wieder. Lud sie tatsächlich gerade einen Unbekannten ein, mit ihr auszureiten? Das verstieß doch gegen jede gesellschaftliche Konvention! Würde Herr von Schlenzdorf sie nun für unerzogen oder, noch schlimmer, für forsch gegenüber Männern halten? Außerdem sollte sie morgen früh eigentlich arbeiten …

Zwischen seinen Augenbrauen bildete sich eine steile Falte. »Theoretisch würde ich das sehr gern tun, aber unser Programm mit Lord Northcliffe fängt bereits um neun Uhr morgens an und …«

»Warum reiten wir dann nicht bereits gegen sechs Uhr früh aus?«, fiel Julia ihm ins Wort. »Das ist doch sowieso die beste Zeit dafür.«

Er lächelte. »Da haben Sie recht. Also gut. Wo und wann treffen wir uns?«

»Um halb sechs Uhr vor dem Hotel?«

»Sehr gern. Ich freue mich darauf.«

Luise nahm einen Schluck Champagner und ließ ihren Blick verliebt auf Willy ruhen. »Geht es dir gut, mein Schatz?«

»Es könnte mir nicht besser gehen«, erwiderte er lächelnd und legte seine Hand auf ihre.

Gemeinsam saßen sie an diesem lauen Septemberabend auf der Terrasse des Luxusrestaurants Gustav am Kurfürstendamm, und Luise war von einem nie gekannten Glück erfüllt. Zum ersten Mal in ihrem Leben fühlte sie sich zutiefst geliebt, verstanden und sicher. Am liebsten hätte sie ihre Karriere als Schauspielerin umgehend an den Nagel gehängt und jede wache Minute mit Willy verbracht. Doch das ging leider nicht, denn erstens befand sie sich mitten in den Vorbereitungen zu einem neuen Film, und zweitens musste er jeden Tag sowohl ins Ministerium als auch in seine Firma. Außerdem hatte er sie immer noch nicht gebeten, seine Frau zu werden, obwohl sie seit jener schicksalhaften Nacht in Bad Doberan mehr oder weniger bei ihm eingezogen war.

Genießerisch schloss sie die Augen. Nach wie vor bekam sie eine Gänsehaut, wenn sie an diese erste Umarmung zurückdachte. Es war sogar noch schöner gewesen, als sie es sich vorher ausgemalt hatte. Willy war ein wundervoller und aufmerksamer Liebhaber. Seine sensiblen Hände und sein Mund hatten ihren Körper dermaßen verwöhnt, dass sie hatte an sich halten müssen, um nicht vor Ekstase laut aufzuschreien. Jeden Tag zählte sie die Stunden, bis sie wieder in seinen Armen liegen durfte, weshalb sie inzwischen äußerst ungern abends ausging. Nur Willy zuliebe, der gern eine gute Mahlzeit aß, hatte sie dem Abendessen im Gustav zugestimmt. Ihr hätten ein Spiegelei und ein Glas Wein gereicht. Sie brauchte auch keine Gesellschaft außer Willy. Mit niemandem unterhielt sie sich lieber, keinen Rat schätzte sie mehr als seinen.

Er lächelte. »Was gäbe ich dafür, deine Gedanken lesen zu können.«

»Ich denke daran, wie glücklich ich gerade bin«, erwiderte sie wahrheitsgemäß und nahm noch einen Schluck Champagner, um ihre Verlegenheit zu überspielen. Da saß sie tatsächlich im Restaurant und konnte an nichts anderes denken als an ihr Liebesspiel!

»Ist der Champagner tatsächlich so gut?«, fragte er leichthin.

»Es ist doch nicht der Champagner«, widersprach sie. »Ich bin glücklich wegen dir ... wegen uns.«

»Das ist schön«, erwiderte Willy zurückhaltend. Er schien ihr ihre Gefühle immer noch nicht hundertprozentig abzunehmen und fest davon auszugehen, dass sie sich jeden Moment in jemand anderen vergucken könnte. Obwohl sie dieses Misstrauen störte, war sie sicher, dass die gemeinsam verbrachte Zeit ihn irgendwann von ihrer Liebe überzeugen würde.

Um auf andere Gedanken zu kommen, wechselte sie das Thema. »Meine Schwester ist übrigens auch überglücklich. Seit sie mit Oskar bei dem von dir empfohlenen Spezialisten war, scheint der Kleine zum ersten Mal wirklich Fortschritte zu machen. Sie absolviert täglich die empfohlenen Sprechübungen und meint, dass das Stottern sich deutlich gebessert hat.«

»Das ist wunderbar«, antwortete Willy, und dieses Mal klang seine Freude echt.

»Sobald die englischen Gäste abgereist sind, möchte sie uns nach Bad Doberan einladen, damit sie dir ihre Dankbarkeit auch höchstpersönlich zeigen kann.«

»Das braucht sie nicht. Ich freue mich doch, wenn es deinem Neffen besser geht.«

»Elisabeth möchte es aber gerne«, insistierte Luise. »Hast du nicht Lust auf einen kleinen Urlaub, bevor die Dreharbeiten wieder anfangen?«

»Warum nicht? Wenn du das mit den Proben vereinbaren kannst.« Willys Blick schien sich plötzlich an etwas hinter ihrem Rücken festzusaugen. Neugierig drehte sie sich um und bereute es im selben Moment.

»Luise!«, rief Heinz Brabeck, ihr ehemaliger Geliebter, und eilte freudestrahlend auf sie zu. »Wie herrlich, dich hier zu sehen!«

Unwillig verzog sie das Gesicht. Jetzt würden Willy und sie wahrscheinlich noch später nach Hause kommen. »Hallo, Heinz«, erwiderte sie tonlos.

Mit einem in Willys Richtung gemurmelten »Es macht Ihnen doch nichts aus, wenn ich mich kurz dazusetze« nahm Heinz an ihrem Tisch Platz, wobei er ihrem Begleiter rüde den Rücken zudrehte. »Ach, Luiselein, wie du mir gefehlt hast«, säuselte er und hob an, eine langatmige Geschichte über einen gemeinsamen Bekannten zu erzählen.

Luise konnte Willy ansehen, dass er sich über Heinz' Unverfrorenheit ärgerte. Aber was sollte sie tun? Sie konnte ihren Kollegen ja schlecht des Tisches verweisen. Oder doch? Hilfesuchend blickte sie quer über den Tisch zu Willy, doch er erwiderte ihren Blick nicht.

»Wo ist denn deine aktuelle Flamme abgeblieben?«, fragte sie schließlich in eine von Heinz' seltenen Atempausen.

»Ach, Mäuschen«, erwiderte er mit einem gespielt sehnsuchtsvollen Augenaufschlag. »Je älter ich werde, desto mehr begreife ich, dass Qualität eben doch über Quantität geht … und meine einzig wahre Liebe bleibst für immer du!«

»Jetzt red doch nicht so einen Blödsinn«, schimpfte Luise, die Willys erschrockenen Blick gesehen hatte. »Du hast dich noch nie ernsthaft für eine Frau interessiert. Dir geht es doch immer nur um dich selbst!«

»Welch grausame Worte«, meinte Heinz, griff sich theatralisch ans Herz und mimte den zu Tode Verletzten.

Jetzt hatte sie endgültig die Nase voll. »Du verdirbst uns den ganzen Abend, Heinz. Willy und ich wären jetzt lieber wieder allein.«

Heinz drehte sich um und musterte Willy interessiert. »Ach, ich dachte, du hättest hier eine geschäftliche Besprechung, Kindchen … mir war gar nicht bewusst, dass dieses Abendessen romantischer Natur ist.« Er stand auf und drückte ihr einen schnellen Kuss auf die Wange. »Früher hattest du aber einen besseren Geschmack in Bezug auf Männer«, raunte er gut hörbar. Mit einem Nicken verabschiedete er sich von Willy. »Bitte entschuldigen Sie die Störung!«

»Was für ein Idiot«, murmelte Luise, als er endlich weg war.

Willy erwiderte nichts auf ihre Worte, doch sein Gesicht sprach Bände.

»Bitte lass ihn uns nicht den schönen Abend kaputtmachen«, sagte Luise besorgt.

»Nein, natürlich nicht«, antwortete Willy merkwürdig emotionslos. Dann blickte er auf die Uhr. »Es ist sowieso schon spät. Am besten zahle ich, und wir fahren nach Hause.«

»Och, bitte ja«, flüsterte sie erleichtert.

Doch als sie endlich in Willys Automobil saßen, schlug er nicht wie erwartet den Weg zu seiner Wohnung ein, sondern fuhr zu ihrer Adresse.

Nachdem er ihr den Schlag geöffnet hatte und sie ausgestiegen war, wartete Luise darauf, dass er den Wagen absperrte und mit ihr zur Tür ging. Doch stattdessen sagte er: »Ich bin müde, Liebes. Am besten gehen wir heute getrennt zu Bett.«

Auf einmal schien eine eiskalte Hand ihr Herz zu umklammern. »Ach, bitte komm doch mit hoch zu mir«, bettelte sie.

Er schüttelte den Kopf. »Nein, glaub mir, es ist besser so. Ein bisschen Abstand kann manchmal sehr heilsam sein.«

»Abstand?«, wiederholte sie fassungslos und fühlte, wie ihr umgehend Tränen in die Augen schossen. »Aber ich will keinen Abstand zu dir!«

Er reichte ihr sein Taschentuch, doch selbst ihre Tränen konnten ihn nicht erweichen. Stattdessen murmelte er: »Gute Nacht. Träum schön, Luise.«

»Was hast du nur, Willy?«, weinte sie und versuchte vergeblich, ihn am Ärmel seines Jacketts festzuhalten. »Du wirst doch nicht wegen diesem dummen Heinz …«

»Bitte mach es mir nicht noch schwerer, als es ohnehin schon ist«, brummte er, drehte sich ruckartig um und ging.

Als wäre ihre ganz persönliche Sonne gerade untergegangen, fühlte sie sich schlagartig kalt und einsam.

Der Tag war kühl, aber sonnig. Die perfekten Bedingungen für einen ausgedehnten Geländeritt. Während sich der morgendliche Nebel über den Feldern und Wegen allmählich im warmen Licht auflöste, jagten Julia und Fabian im gestreckten Galopp über eine kürzlich abgemähte Wiese am Waldesrand. Von der körperlichen Anstrengung heftig atmend, sog Julia den sanften Geruch nach frischem Gras ein. Obwohl Arco und sie sich nach Kräften bemühten, Armagnac und seinem dunkelhaarigen Reiter in diesem forcierten Tempo zu folgen, fielen sie immer weiter hinter den riesigen Wallach ihres Vaters zurück. Erst ganz am Ende der Wiese zog Fabian die Zügel an und drehte sich lachend zu ihr um: »Ja, wo bleibt ihr denn?«

»Das ist ein unfairer Wettkampf«, keuchte sie, als sie Arco durchparierte. »Ihr beide habt viel längere Beine als wir.«

»Das stimmt allerdings«, lenkte er gutmütig ein.

Am langen Zügel schlugen sie, im Schritt und gemächlich plaudernd, den Rückweg zum Gutshof ein.

Heute war ihr vierter Ausritt, aber sie duzten sich bereits seit dem ersten gemeinsamen Morgen. »Das ist unter Sportsleuten so üblich«, hatte Fabian kurzerhand behauptet, doch Julia vermutete, dass er ihr – bescheiden, wie er war – nicht hatte zumuten wollen, ihn mit seinem ellenlangen Titel anzusprechen. Sie hatte erst vor Kurzem herausgefunden, dass er mit vollem Namen Freiherr von Schlenzdorf und Waren hieß und der jüngste Spross eines uralten Adelsgeschlechts war. Ihren Eltern schien der gebildete junge Mann genauso zu gefallen wie ihr selbst. Als Julia die beiden am Abend des Dinners gefragt hatte, ob sie am nächsten Morgen mit ihm einen Ausritt machen dürfe, hatten sie sofort zugestimmt. Ihr Vater hatte ihr sogar seinen Autoschlüssel ausgehändigt, damit Fabian sie zum Gut kutschieren konnte. Doch der Freiherr bevorzugte es, seinen eigenen kleinen Wagen zu nehmen.

Julia hätte ihm stundenlang zuhören können, wenn er über Politik oder das deutsche Rechtssystem referierte. Er war so beeindruckend klug, dass seine Sätze noch lange in ihr nachhallten. Gestern hatte er ihr beispielsweise erklärt, dass jede Diktatur versuche, den Schein von Anstand und Moral zu wahren. Deshalb würden alle kriminellen Gaunereien, die der Aufrechterhaltung der Macht dienten, grundsätzlich durch neue Gesetze legitimiert. Auch das Hitler-Regime handhabe das so, wenn auch in manchen Fällen mit Verspätung. Denjenigen, der angeblich den Reichstag in Brand gesetzt hatte, oder auch die Putschisten rund um Ernst Röhm habe man aufgrund von Gesetzen zum Tode verurteilt, die es zum Zeitpunkt der Ereignisse noch gar nicht gab. Damit würde das Prinzip, dass es ohne ein entsprechendes Gesetz kein Verbrechen und keine Strafe geben könne … etwas, das jeder Jurastudent im ersten Semester lerne … ad absurdum geführt und politische Gegner auf nur scheinbar legale Weise beseitigt. Fabian war ein wunderbarer Lehrmeister. Nie verlor er die Geduld, und wenn sie etwas nicht auf Anhieb verstand, scheute sie sich nicht, ihn um eine Erklärung zu bitten.

Auch jetzt sprach er wieder über die Regierung: »Übrigens hat Hitler schon 1933 erklärt, dass das Rechtswesen in erster Linie der Erhaltung der Volksgemeinschaft dienen soll. Nicht das Individuum sei der Mittelpunkt der gesetzlichen Fürsorge, sondern das Volk.« Er schnaubte durch die Nase. »Das hört sich im ersten Moment gar nicht schlecht an … doch wer oder was dem Volk dient, bestimmt natürlich allein er selbst.«

Julia nickte. Sie konnte selten etwas Gescheites zur Unterhaltung beisteuern, aber das störte weder sie noch schien es ihm etwas auszumachen. Eine Sache interessierte sie jedoch: »Wie hast du eigentlich Onkel Charlie … ähm, ich meine Lord Northcliffe, kennengelernt?«

»Er ist ein alter Freund der Familie«, erwiderte Fabian und strich sich eine dunkle Locke aus der Stirn, die sich bei dem schnellen Galopp gelöst hatte. »Mein Vater und er haben gemeinsam in Oxford studiert.«

Arco scheute vor einem unmittelbar vor ihnen auffliegenden Vogel, und Julia strich beruhigend über das nasse Fell an seinem Hals. »Und wie seid ihr auf die Idee mit dem Deutschlandbesuch gekommen?«

»Nicht nur Deutschland und Italien haben eine faschistische Partei, Julia. Auch in England gibt es leider Anhänger dieser Ideologie. Ich glaube, Charlie macht sich große Sorgen und hat mich deshalb um Hilfe gebeten.«

»Warum nicht deinen Vater?«, erkundigte sie sich neugierig.

»Mein Vater ist tot. Er ist im Krieg gefallen«, sagte Fabian. Man konnte seiner Stimme die Trauer über diesen Verlust anhören.

»Das tut mir leid«, erwiderte Julia und grämte sich, dass sie ihn darauf angesprochen hatte.

»Danke.« Fabian wandte ihr das Gesicht zu und lächelte sie an.

Julia ging das Herz auf, und nicht zum ersten Mal fragte sie sich, wie es wohl wäre, wenn er sie mit seinen sanft geschwungenen Lippen küssen würde. In der Stallgasse beim Aufsatteln zum Beispiel. Doch bislang hatte Fabian mit keinem Wort und keiner Geste angedeutet, dass er in ihr irgendetwas anderes sah als die minderjährige Tochter einer Freundin von Lord Northcliffe. Er hatte ihr nicht ein einziges Kompliment gezollt. Weder für ihr Aussehen noch für ihre Reitkünste. Im Grunde behandelte er sie wie eine jüngere Schwester. Unwillkürlich kam ihr Hugo Lessing in den Sinn. Obwohl die beiden Männer gleich alt waren, schienen sie so unterschiedlich zu sein wie Tag und Nacht. Julia seufzte. Fabian war rundum perfekt, nur in einer Hinsicht hätte er sich etwas von Hugo Lessing abschauen können: beim Flirten. Lessing schrieb ihr seit seiner Abreise unentwegt lustige Postkarten. Ein oder zwei Mal hatte er sie sogar angerufen und gemeint, er würde sie bald besuchen kommen. Warum war Fabian nur so anders? Oder war er vielleicht schon verlobt oder gar verheiratet? Sie wusste über sein Privatleben so gut wie gar nichts. Ob sie Onkel Charlie diesbezüglich einmal ausquetschen sollte?

In diesem Moment erreichten sie Gut Bellhagen. Die Hufeisen der Pferde klapperten auf dem Kopfsteinpflaster des Hofs und lockten Herrn Petersen, den Stallknecht, herbei.

»Wir erledigen das Absatteln selbst«, rief Julia ihm zu.

»Ist recht, gnädiges Fräulein«, erwiderte der alte Petersen und tippte grüßend an seine Schirmmütze.

Als sie abgestiegen waren, führten sie die Pferde in den Stall und sattelten sie ab. Anschließend rieben sie sie trocken. Dabei stieß Julia mehrfach wie zufällig gegen Fabians Brust – er war einen ganzen Kopf größer als sie –, doch er zeigte keinerlei Reaktion. Es war, als ob sie für ihn als Frau nicht existierte. Fand er sie hässlich? Oder machte er nur adeligen jungen Damen den Hof? Verwirrt führte sie Arco zurück in seine Box.

»Bist du bald fertig?«, rief Fabian in diesem Moment. »Ich muss mich beeilen, sonst verpasse ich das Frühstück mit unseren Gästen.«

»Komme schon!«, rief Julia und gab Arco zum Abschied schnell einen Kuss auf die samtige Nase. Dass sie selbst seit Tagen ihre Arbeit vernachlässigte und dabei nicht wie er nur ein Frühstück verpasste, erwähnte sie besser nicht. Er brachte es glatt fertig, die restlichen für diese Woche geplanten Ausritte abzusagen.

Auf dem Rückweg saß sie nachdenklich neben Fabian im Auto. Wie sollte sie ihm die Antworten auf all ihre Fragen entlocken? In zwei Tagen reisten Onkel Charlie und seine Gäste ab, würde auch er dann umgehend zurück nach Berlin fahren?

»Du bist so still«, meinte Fabian, während er einen Gang höher schaltete. »Hast du Hunger?«

»Ach, ich denke nur daran, dass mir unsere Ausritte fehlen werden, wenn du nicht mehr da bist«, erwiderte sie kokett.

»Ja, die werden mir auch fehlen«, versicherte er höflich.

»Reitest du manchmal in Berlin mit Freunden … oder Freundinnen aus?«, erkundigte sie sich.

»Nein, dazu fehlt mir leider die Zeit«, gab er wenig aussagekräftig zur Antwort. »Meine Promotion schreibt sich ja leider nicht von selbst.«

»Kannst du nicht noch ein paar Tage länger in Bad Doberan bleiben?«, fragte sie und überlegte im selben Moment, ob sie damit nicht ein bisschen zu weit gegangen war.

Fabian warf ihr einen überraschten Seitenblick zu und räusperte sich. »Leider nein, liebe Julia. Ich reise am selben Tag ab wie Lord Northcliffe, da ich am darauffolgenden Wochenende zu einer Hochzeit eingeladen bin.«

Julia zuckte innerlich zusammen. Mit wem er wohl zu dieser Hochzeit ging? Welche Frau war gut genug, um an seiner Seite zu sitzen? Mit ihm zu tanzen? Seinen interessanten Bemerkungen zu lauschen? Sie versuchte, sich nichts anmerken zu lassen, und sagte so beiläufig wie möglich: »Ach ja, wer heiratet denn?«

»Ein Studienfreund.«

Schon wieder so eine abwiegelnde Antwort. Es war, als wollte er sie nicht in sein Leben lassen. Bestimmt würde sie ihn nie mehr wiedersehen! Julia war selbst überrascht, wie sehr sie dieser Gedanke schmerzte. Um ihre plötzliche Traurigkeit zu überspielen, sagte sie schnippisch: »Hoffentlich findet diese Hochzeit überhaupt statt. Die meiner besten Freundin Ava ist vom Standesamt völlig grundlos abgesagt worden.«

»Was?«, fragte er überrascht und schenkte ihr auf einmal seine volle Aufmerksamkeit.

»Ja, Ava und Karl wollten diesen Oktober heiraten und …«

»Deine Freundin ist Jüdin?«, unterbrach er sie.

»Ja«, bestätigte sie. »Wieso?«

»Und ihr Ehemann ist Nichtjude?«

Julia nickte.

»Dann hat das Standesamt die Ehe nicht grundlos, sondern wegen eines vor Kurzem erlassenen Gesetzes abgesagt.« Er klang ungewohnt aufgewühlt. »Du musst deine Freundin warnen. Sie und ihr Verlobter müssen unbedingt auswandern. Wenn sie weiterhin miteinander verkehren, könnte man sie einsperren.«

»Wie bitte?«, fragte Julia. »Wieso das denn?«

»Das ›Blutschutzgesetz‹, das der ›Reinhaltung des deutschen Blutes‹ dienen soll, verbietet die Eheschließung und … jeglichen körperlichen Kontakt zwischen Juden und Nichtjuden. Wenn Paare dagegen verstoßen, kann der männliche Partner – egal, ob Jude oder nicht – mit Gefängnis und Zuchthaus bestraft werden.«

»Aber …«, stammelte Julia. »… das ist doch nicht möglich.«

»Leider doch«, erwiderte er grimmig. »Deswegen muss ich ja auch …« Er sprach nicht weiter, sondern umklammerte lediglich das Lenkrad fester. »Versprichst du mir, dass du deine Freundin warnst?«

Julia hob die Hand wie zum Schwur. »Natürlich, ich gehe gleich, wenn wir am Palais ankommen, zu ihr.«

»Gut.« Er löste eine Hand vom Lenkrad und fuhr sich durch die Haare. »Momentan kann man für seine Freunde leider nichts anderes tun.«

⁂

»Papa, ich kann wirklich nicht. Ich hab ganz schreckliche Halsschmerzen«, erklärte Sophie mit einem herzzerreißenden Dackelblick. »Siehst du nicht? Mein Hals ist ganz rot! Aaaah!«

Paul tat so, als starre er angestrengt in ihren weit aufgerissenen Mund. Doch er wusste natürlich, warum nicht nur ihr Hals scharlachrot gefärbt war, sondern auch ihre Zähne. Seine vierzehnjährige Tochter hatte Rote-Bete-Saft getrunken. In Wahrheit war sie kerngesund und hatte einfach keine Lust, zu dem BDM-Treffen zu gehen.

»Liebes«, sagte er vorsichtig. »Ich kann dir leider nicht jedes Mal eine Entschuldigung schreiben. Es fällt doch auf, wenn dir morgens in der Schule immer pudelwohl ist und du dann plötzlich abends unter Halsbeschwerden leidest.«

»Aber, Papa …«, protestierte sie und änderte mitten im Satz ihre Strategie: »… es ist so schrecklich dort. Wir hocken dauernd nur in Giselas dunklem Keller rum und stricken blöde Topflappen. Ich sterbe vor Langeweile, wenn ich da heute hingehen muss.«

»Also gut. Ausnahmsweise werde ich dich noch einmal entschuldigen. Aber ab nächste Woche trittst du brav dort an. Ihr werdet ja nicht ewig stricken. Du wirst sehen, bald kommt das Frühjahr, und dann könnt ihr auch wieder draußen schöne Dinge unternehmen.«

»Papa, es ist Anfang Dezember«, erwiderte seine Tochter vorwurfsvoll. Doch dann umarmte sie ihn. »Danke, dass ich wenigstens heute nicht zu diesen dummen Puten muss!«

Sophie war eine ehrliche Haut. Das wusste Paul durchaus zu schätzen. Doch er konnte ihr die BDM-Abende leider nicht ersparen. Sie gehörten zu seiner Tarnung, genau wie die Arbeit im Ministerium. Wenn er seine Kinder nicht in die Jugendorganisationen der Partei schickte, würden seine Kollegen an seiner Gesinnung zweifeln. Und das konnte er sich schlichtweg nicht leisten.

Gerade als er sich mit einem Buch in seinem Lesesessel niederließ, klingelte das Telefon. Martin, der unmittelbar neben ihm seine Hausaufgaben verrichtete, nahm den Hörer ab. »Papa, für dich«, verkündete er.

»Wer ist es denn?«, fragte Paul, der sich wunderte, wer ihn so spät noch anrief.

Martin presste stirnrunzelnd den Hörer ans Ohr und gab die Frage weiter.

Von einer düsteren Vorahnung gepackt, sprang Paul auf. »Kannst du mir bitte kurz das Zimmer überlassen«, sagte er zu seinem Sohn.

»Klar, Papa. Es ist ein Herr Anton«, erwiderte Martin.

Paul hatte das Gefühl, ohnmächtig zu werden. Als Martin die Tür hinter sich geschlossen hatte, griff er mit zitternden Fingern nach dem Hörer. »Ja?«, sagte er tonlos.

»Paul?«, fragte eine Stimme, die er zweifelsfrei dem Liebesjungen zuordnen konnte.

»Ja?«

»Die Gestapo ist bei mir im Haus! Sie suchen mich! Vielleicht hat mich einer meiner Freier verpfiffen, um seine eigene Haut zu retten. Vielleicht war es auch ein Nachbar. Egal, es ist nur eine Frage der Zeit, bis sie mich erwischen …«, flüsterte Anton hörbar verzweifelt.

»Um Gottes willen«, entfuhr es Paul. Obwohl er die Panik des Jungen nachvollziehen konnte … warum musste der ihn da hineinziehen?

Als hätte er seine Gedanken telepathisch gelesen, sagte Anton: »Es tut mir leid, dass ich ausgerechnet dich anrufe … aber eure alte Nummer hat nicht mehr funktioniert, und ich habe Carl nicht im Telefonbuch gefunden. Hast du nicht auch gute Beziehungen zu dem braunen Haufen und kannst irgendwas für mich tun?«

Pauls Herz klopfte. In seinem Kopf schwirrten die Gedanken durcheinander.

»Sag schon! Sie sind bereits vor meiner Tür!«

Tatsächlich konnte Paul am anderen Ende ein wütendes Donnern hören. Es schien von einem Rammbock zu stammen! Seine Stimme bebte, als er flüsterte: »Anton ... ich kann leider nichts tun. Carl ist tot. Er gehörte zu dem Kreis um Ernst Röhm, und ich ... ich kämpfe selbst an allen Fronten. Meine Kinder brauchen mich und ...«

Durch die Leitung vernahm Paul das Splittern von Holz. Kurz darauf knarrte eine unbekannte Stimme: »Dahinten versteckt sich das Päderastenschwein! Los, Männer, packt ihn!«

Mit einem Klick war die Leitung tot. Anton musste aufgelegt haben.

Fassungslos starrte Paul auf den Hörer in seiner Hand. In seinen Ohren rauschte das Blut. Bedeutete dies nun auch sein Ende?

12. Kapitel

Januar 1936

»Komm, kleine Prinzessin, lass uns das Parkett zum Glühen bringen.« Hugos blaue Augen blitzten sie an, während er ihr die Hand entgegenstreckte.

»Ich weiß nicht, Hugo. Es ist schon spät, vielleicht sollten wir besser zu Bett gehen«, meinte Julia und täuschte ein Gähnen vor. Gemeinsam mit ihren Eltern, die etwas Geschäftliches mit ihrer Bank zu besprechen hatten, war sie in der Hoffnung nach Berlin gefahren, dort auf Fabian zu treffen. Stattdessen hatte Hugo Lessing sie alle zu einem Ball im Hotel Adlon eingeladen.

»Schlafen können wir auch noch, wenn wir auf dem Friedhof liegen«, antwortete er flapsig. »Dazu ist unsere wertvolle Lebenszeit zu schade.« Mit einem frechen Grinsen zog er sie vor den Augen ihrer Eltern vom Stuhl und in seine Arme.

Kurz darauf wirbelten sie ausgelassen über das Tanzparkett. Hugo war ein meisterhafter Tänzer, und Julia spürte die neidischen Blicke der anderen Damen wie Dolche in ihrem Rücken. Jede von ihnen war eifersüchtig auf die ungeteilte Aufmerksamkeit, die ihr dieser attraktive Mann zollte. Wenn die Furien gewusst hätten, dass sie sich insgeheim nach einem anderen Paar Arme sehnte, hätten sie wahrscheinlich ungläubig den Kopf geschüttelt.

Julia war selbst verwundert darüber, wie schnell Hugo Lessing zu einem festen Bestandteil ihres Lebens geworden war. Er hatte sich schlicht und ergreifend nicht abschütteln lassen. Egal, wie oft sie ihm in der Vergangenheit abgesagt hatte, er meldete sich immer wieder oder stieg gleich für ein ganzes Wochenende im Palais ab. Irgendwann im Oktober – Fabian hatte sich seit seiner Abreise weder postalisch noch telefonisch bei ihr gemeldet –, war Julia schwach geworden und hatte Hugos erneute Einladung zu einem Abendessen angenommen. Die Zeit, die sie mit ihm verbrachte, war völlig anders als die mit Fabian. Während sie mit Letzterem meist ernste Gespräche geführt hatte, brachte Hugo sie durch seine drolligen Scherze fast gegen ihren Willen zum Lachen. Gemeinsam gingen sie ins Lichtspielhaus, besuchten Konzerte oder unternahmen lange Spaziergänge.

In seiner Gegenwart fühlte sich Julia nicht wie die wissbegierige Schülerin eines anbetungswürdigen Professors, im Gegenteil, ihm teilte sie frei von der Leber weg ihre Meinung mit, die seiner oft widersprach. Heißblütig kritisierte sie seinen opportunistischen Umgang mit den Nazis, was er zumeist mit einem überlegenen Lächeln quittierte. Lediglich ein einziges Mal war er auf ihre Vorwürfe eingegangen und hatte gesagt, dass man sich als Mensch in schwierigen Zeiten nun mal immer selbst am nächsten stehe. Das hatte ihr Urteil über seinen fragwürdigen Charakter nur bestätigt.

Trotzdem konnte man sich wunderbar mit ihm amüsieren. Es tat einfach gut, ihre ganzen Sorgen für ein paar Stunden zu vergessen. Und obwohl er ihr die abenteuerlichsten Komplimente machte und sie abwechselnd »Göttin der Morgenröte« oder »Prinzessin meines Herzens« nannte, hatte er noch nie versucht, sich ihr auf unschickliche Weise zu nähern. Auch jetzt, beim Tanzen, umfingen seine Hände sie genauso artig, wie es die Etikette vorschrieb. Nur in seinen Augen konnte sie manchmal lesen, dass er einem Kuss nicht abgeneigt wäre. Doch dann senkte sie jedes Mal schnell den Blick.

Es gab nur einen einzigen Punkt, in dem sie sich einig waren: Sie liebten beide die überwältigende Schönheit der Natur rund um Bad Doberan. Nachdem Julias Eltern sich davon überzeugt hatten, dass Hugo keine unlauteren Absichten hegte, hatten sie ihr erlaubt, mit ihm auszureiten. Und das taten sie nun ausgiebig in jeder freien Minute, und zwar nicht nur rund um Gut Bellhagen, so wie mit Fabian, sondern richtig weite Touren: Sie galoppierten durch die Buchenwälder im Hinterland von Heiligendamm oder durch die Gischt am menschenleeren Strand. Hugo war technisch kein so versierter Reiter wie Fabian, der bereits große Springturniere gewonnen hatte. Doch was ihm an Technik fehlte, glich er durch Wagemut und ein halsbrecherisches Tempo wieder aus. Kurz gesagt, die Ritte mit ihm waren herrlich, weshalb sie auch nicht allzu sehr protestiert hatte, als er vorschlug, sich zu duzen.

»Und du bist wirklich nicht in ihn verliebt?«, hatte Ava sich erkundigt, nachdem sie ihr gemeinsam mit Hugo einen Besuch abgestattet hatte. »Er ist doch ein Bild von einem Mann.«

»Nicht die Spur«, hatte sie mit einem belustigten Lächeln bestätigt. »Aber lass uns lieber über deine Ausreisepläne sprechen.«

Obwohl das Orchester ein neues Stück anstimmte, führte Hugo sie nicht zurück zu ihrem Tisch, sondern tanzte einfach weiter. Julia war es recht. Auf diese Weise konnte sie unbehelligt ihren Gedanken nachhängen. Und die strenge Regel, dass man als unverheiratete Frau nur maximal zwei Tänze mit demselben Herrn tanzen durfte, galt heutzutage sowieso nicht mehr.

Als Fabian ihr von dem neuen Blutschutzgesetz erzählt hatte, war sie tatsächlich sofort zu Ava gerannt, um sie zu warnen. Doch ihre Freundin hatte zu diesem Zeitpunkt schon Bescheid gewusst. »Der Ortsgruppenleiter hat uns bereits ermahnt. Nicht nur wegen Karls und meiner Verlobung ... wir müssen auch unserem Stubenmädchen kündigen.«

»Eurem Stubenmädchen?«, hatte Julia gefragt. »Wieso das denn?«

»Lena ist Arierin und noch keine fünfundzwanzig Jahre alt«, hatte Ava mysteriös geantwortet.

»Ja, und?«

»Der Ortsgruppenleiter hat uns im Beisein meiner Mutter mit einem hämischen Grinsen darüber aufgeklärt, dass wir vom ersten Januar an nur deutschblütige Dienstmädchen über fünfundvierzig Jahre beschäftigen dürfen, da sich mein Vater ja ansonsten sicherlich an ihnen vergehen würde ...«

»Das ist nicht dein Ernst«, hatte Julia gestammelt und an Avas Vater denken müssen, der eine Seele von einem Menschen war.

»Doch! Genau das hat er gesagt und dass ich – wenn ich Karl aufrichtig lieben würde – meine Verlobung mit ihm umgehend lösen solle. Er müsse frei sein für eine arische Braut.«

Julia hatte heftig den Kopf geschüttelt. »Ihr müsst so bald wie möglich weg von hier!«

Ava hatte traurig genickt, doch nichts erwidert.

Erst vor Kurzem hatte Julia herausgefunden, dass den beiden jungen Leuten das Geld für eine Auswanderung fehlte. Karls karger Lohn wurde fast zur Gänze von der medizinischen Behandlung seiner Mutter aufgefressen, und das Geschäft der Cohens war seit dem zweiten Januar geschlossen: In einem weiteren Paragraphen des Blutschutzgesetzes wurde es Juden ausdrücklich verboten, die Reichs- oder Nationalflagge zu hissen, und der Ortsgruppenleiter hatte dies zum Anlass genommen, ihnen die Geschäftsgenehmigung zu entziehen. Zwar hatten die Cohens selbst keine Flagge vor ihrem Geschäft hochgezogen, aber vor den beiden Nachbarläden hing jeweils eine Hakenkreuzfahne, was dem Geschäft der Cohens »zu Unrecht« den Anschein eines ehrwürdigen arischen Etablissements gäbe. Jeder Widerstand, einschließlich des Einlegens von Rechtsmitteln, war zwecklos.

Ihr Vater – über diese Umstände in Kenntnis gesetzt – hatte Ava und Karl sofort einen großzügigen »Zuschuss« gewähren wollen, aber ihre Freundin hatte das lieb gemeinte Angebot ausgeschlagen. Karl wollte seine Mutter nicht im Stich lassen und Ava ihren Eltern helfen, einen gutwilligen Käufer für das Geschäftslokal und ihre Wohnung zu finden. Doch jedes Mal, wenn sich die beiden Verlobten nun trafen, meist an einem geheimen Platz in der freien Natur, riskierten sie, denunziert und festgenommen zu werden. Julia, die deswegen außer sich vor Angst war, überlegte seitdem Tag und Nacht, wie sie ihrer Freundin helfen könnte.

»Na, kleine Prinzessin«, flüsterte ihr Hugo plötzlich zärtlich ins Ohr. Julia, die tief in ihre Gedanken versunken gewesen war, schreckte auf und bemerkte verlegen, dass sie ihren Kopf an seine Brust gelehnt hatte. Wie hatte das nur passieren können? War sie tatsächlich müde? So schnell sie konnte, stellte sie wieder den gebotenen Abstand zu ihm her.

»Schade. Es hat mir gefallen, dass du dich vertrauensvoll an mich gekuschelt hast.«

»So?«, erwiderte sie in Ermangelung einer gescheiteren Antwort.

Hugo blickte zu ihr hinunter. »Ja, das hat sich schön angefühlt.«

»Hm.«

»Für dich nicht?«, wollte er augenblicklich wissen.

»Ach, frag mich doch bitte nicht solche Sachen«, antwortete sie unwirsch und trat ihm absichtlich auf den Fuß.

»Aua!« Trotz allem ließ Hugo sich nicht aus dem Takt bringen. »Na gut, dann frage ich dich eben etwas anderes. Hast du vielleicht Lust, Anfang Februar mit mir zur Winterolympiade nach Garmisch-Partenkirchen zu fahren? Ich habe drei Karten für die Eröffnungsfeier geschenkt bekommen. Wir könnten also entweder deine Tante oder deine Mutter als Anstandswauwau mitnehmen.«

Julia musterte ihn mit zusammengekniffenen Augen. »Meinst du das etwa ernst?«

»Ja, natürlich. Warum nicht?«, erwiderte er, aber in seinem Blick loderte schon wieder ein Funke seiner ewigen Ironie.

»Weil ich nicht mit einem Mann verreise, der weder mein Ehemann noch mein Verlobter ist.«

»Aber das ließe sich doch im Handumdrehen ändern«, flüsterte er.

So ein Frechdachs! Manchmal vergaß sie glatt, was für ein unglaublich eingebildeter Hallodri er war. »Pff, mach dich doch nicht lächerlich. Wir sind Freunde. Das reicht mir vollauf«, zischte sie.

»Tja, wenn das so ist ... muss mir das wohl oder übel auch reichen.« Er bog sie urplötzlich in der Taille nach hinten und machte eine Art Hollywood-Tanzschritt.

»Was soll das! Lass das sofort bleiben, oder ich marschiere allein zum Tisch zurück«, knurrte sie wütend.

Im selben Augenblick blieb er stehen, reichte ihr wortlos seinen Arm und führte sie zu ihren Eltern. Gott sei Dank! Trotz ihres zur Schau gestellten Unwillens hatte Hugos Frage ihr eine wundervolle Idee beschert. Was, wenn sie mit Avas Hilfe einen Olympia-Ball im Palais veranstalten und den Gewinn für Avas und Karls Ausreise verwenden würde? Wenn ihre Freundin das Fest mitorganisierte, wäre das auch kein Almosen. Mit neuer Energie nahm sie auf ihrem Stuhl Platz und schaute sich im Ballsaal des Adlon um. So etwas Ähnliches würden sie auch im großen Bankettsaal ausrichten können. Es war sowieso viel zu lange her, dass im Palais ein schöner Ball stattgefunden hatte.

Luise legte den Hörer auf und stieß einen tiefen Seufzer aus. Seit dem Restaurantbesuch auf dem Kurfürstendamm, bei dem Heinz ungebeten an ihrem Tisch aufgetaucht war, hielt Willy sie auf Abstand. Auch jetzt am Telefon war er zwar herzensgut gewesen und hatte sich äußerst liebevoll nach ihrem Befinden erkundigt, aber die intime Nähe, die sich zwischen ihnen entwickelt hatte, gehörte der Vergangenheit an. Er schien auch wesentlich öfter als zuvor auf Geschäftsreise zu gehen. Doch selbst wenn er, so wie heute, in Berlin weilte, sahen sie sich nicht mehr jeden Abend. Was war nur geschehen? Mehrfach hatte sie versucht, sich mit ihm über das Vorgefallene auszusprechen. Hatte ihn gefragt, ob sie etwas falsch gemacht oder er sich lediglich über Heinz geärgert habe? Aber sie hatte keine konkreten Antworten erhalten. Fest stand nur, dass Willy wieder zum Status quo vor Bad Doberan zurückkehren wollte, und das brach ihr das Herz. Seit sie Ende November die Dreharbeiten zu ihrem letzten Film abgeschlossen hatte, konnte sie an nichts anderes denken, als wie sie die Beziehung zu ihrem Geliebten kitten könnte.

Schließlich hatte sie sich zu einem riskanten Schritt durchgerungen: Um Willy zu gefallen, der das Theater über alles liebte, hatte sie eine Rolle am Preußischen Staatstheater angenommen. Dies hatte sich ganz zufällig ergeben, als die in der *Hamlet*-Inszenierung als Ophelia vorgesehene Schauspielerin kurz vor der Premiere überraschend krank geworden war und Gustav Gründgens, mit dem sie seit gemeinsamen Dreharbeiten eine lockere Freundschaft verband, sie gefragt hatte, ob sie nicht einspringen wolle.

Obwohl ihre Rolle nur eine Vielzahl relativ kurzer Textstellen umfasste und damit ein Fünftel der Bühnenleistung Gründgens', war Luise noch niemals in ihrem Leben so aufgeregt gewesen wie vor dieser Premiere. Sie hatte ihren Herzschlag bis in die Fingerspitzen gespürt. Aber alles war gut gegangen, und als Willy mit einem riesigen Strauß roter Rosen freudestrahlend die Garderobe betreten und ihr überschwänglich gratuliert hatte, hatte sie gewusst, dass ihre Entscheidung richtig gewesen war. Doch seitdem gab es keinerlei Fortschritt zwischen ihnen. Und das, obwohl Willy jede ihrer Aufführungen besuchte.

Parallel zu ihrem eigenen Drama hatte auch Gustav Gründgens ein Riesenfiasko erlebt. Seine Darstellung, obgleich künstlerisch großartig, wurde von mehreren Nazi-Parteistrategen kritisiert, weil er Shakespeares Sätze »Die Zeit ist aus den Fugen« und »Dänemark ist ein Gefängnis« angeblich tendenziös vortrüge. Und dies ausgerechnet in dem Jahr, in dem die ganze Welt wegen Olympia auf Deutschland blickte. Als auch im *Völkischen Beobachter*, dem Sprachrohr der Partei, mehrere kritische Artikel erschienen waren, hatte sich ihr Schauspielkollege zur Flucht entschlossen und war überstürzt in die Schweiz gereist.

Nachdem die Aufführung am Tag darauf aus diesem Grund abgesagt werden musste, hatte ausgerechnet Willy eine zündende Idee gehabt, um die Produktion zu retten. Er hatte seine guten Kontakte zu Hermann Göring spielen lassen und diesen überredet, den berühmten Schauspieler kurzerhand zum preußischen Staatsrat zu ernennen. Auf diese Weise wäre Gründgens vor einer

Verhaftung durch die Gestapo geschützt, da ihm sein neuer Titel Immunität zusicherte und er nur mit ausdrücklicher Genehmigung des preußischen Ministerpräsidenten, also Göring selbst, angeklagt und eingesperrt werden könnte.

Als Gründgens kurz darauf erleichtert aus der Schweiz zurückgekehrt war und die Vorstellungen wieder aufgenommen werden konnten, war Luise vor Stolz auf Willys Leistung fast geplatzt.

»Willy, du wunderbares Genie«, hatte sie gehaucht und sein Gesicht in beide Hände genommen. »Ich liebe dich von ganzem Herzen.«

Obgleich seine Augen bei ihren Worten kurz aufgeleuchtet hatten, hatte er ihr Liebesbekenntnis nicht erwidert, sondern nur gemurmelt: »Ach, Luise, du übertreibst wie immer maßlos. Das war mir doch selbst eine Herzensangelegenheit. Auf diese Weise kann ich dich endlich wieder auf der Bühne bewundern.«

Das Einzige, was ihr in diesen schweren Tagen Zuversicht schenkte, war die Tatsache, dass es in seinem Leben wenigstens keine andere Frau zu geben schien. Vielleicht musste sie, wie Elisabeth ihr schon früher geraten hatte, einfach abwarten und die Ruhe bewahren. Auch wenn ihr das furchtbar schwerfiel.

Nachdenklich griff sie nach ihrem Weinglas. Ob sie ihm ihre Gefühle in einem Brief kundtun sollte? Würde Willy dann endlich verstehen, dass sie sich nichts sehnlicher wünschte, als Frau Luise Darboven zu werden?

Mit jedem Tag, der verging, ohne dass er verhaftet wurde, schöpfte Paul neue Hoffnung. Hatte Anton tatsächlich nicht versucht, seinen eigenen Kopf aus der Schlinge zu ziehen, indem er der Gestapo seinen Namen nannte? Immerhin wusste der Stricher, dass er jahrelang der Partner eines hochgestellten Nazis gewesen war. Wenn er trotzdem schwieg, stand Paul tief in seiner Schuld. War es da nicht seine Pflicht herauszufinden, wie es dem jungen Mann in der Haft erging? Gab es vielleicht irgendetwas, das er für Anton tun konnte? Aber wie sollte er Erkundigungen über ihn einziehen? Er kannte ja niemanden bei der Berliner Polizei.

Schließlich hatte er eine Idee, und während seine Kinder eines Samstagmorgens beim BDM und in der HJ weilten, ging er auf den Speicher, um in der Truhe zu kramen, in der er Carls persönliche Sachen verwahrte. Kurz darauf hielt er das Gesuchte in den Händen: Carls Adressbuch.

Neugierig blätterte er durch die mit einem Goldrand versehenen Seiten. Sein Geliebter war ein disziplinierter Mann gewesen, dem es sehr wichtig war, sich in der Partei gut zu vernetzen und diese Kontakte auch zu pflegen. Unter jedem Eintrag fand Paul deshalb nicht nur den Namen seiner vorwiegend männlichen Bekanntschaften, sondern auch noch deren Adresse, Geburtsdatum und … berufliche Stellung.

Er steckte das Adressbuch ein, sicherte die Truhe erneut mit dem schweren Vorhängeschloss und ging zurück in seine Wohnung. Dort schrieb er die Bekanntschaften von Carl heraus, die bei der Polizei arbeiteten. Allerdings nur jene, bei denen ein kleiner Stern neben dem Eintrag auf ihre gleichgeschlechtlichen Neigungen hinwies. Carl hatte auch dieses Detail akkurat vermerkt, und Paul vertraute darauf, dass die Informationen korrekt waren. Nachdem er das ganze Büchlein durchforstet hatte, standen insgesamt vier Namen auf einem Stück Papier: Bodo Clausen, Hans Klimke, Lutz Meerholz und Alexander Offermann. Einer arbeitete bei der Kriminalpolizei, zwei waren einfache Schutzpolizisten, und einer arbeitete sogar bei der Sitte! Nachdenklich betrachtete er die kurze Liste. Mit wem sollte er anfangen? Spontan entschied er sich dafür, alphabetisch vorzugehen. Doch weder Clausen noch Klimke nahmen ab, als das Fräulein vom Amt anklingelte. Lutz Meerholz' Anschluss war abgemeldet, und bei Alexander Offermann ging eine Frau ans Telefon, weshalb Paul sich entschloss, besser unverrichteter Dinge aufzulegen.

Am darauffolgenden Abend, als die Kinder zu Bett gegangen waren, griff Paul zum Telefon und ließ sich erneut mit der Nummer von Polizeikommissar Bodo Clausen verbinden.

Diesmal hatte er Glück. Der gewünschte Gesprächspartner meldete sich mit einem ruppigen »Clausen«.

»Guten Abend, Herr Clausen. Mein Name ist Paul Kuhlmann. Wir kennen uns leider nicht persönlich, aber wir haben … beziehungsweise hatten … einen gemeinsamen Freund und …«

»Was für ein Freund?«, knurrte Clausen unfreundlich.

»Carl von Herrhausen«, flüsterte Paul.

»Der ist tot.«

»Ich weiß, aber ich hätte Sie trotzdem gern gesprochen. Könnten wir uns nicht auf ein Bier treffen?«

Clausen versuchte, ihn mit allerlei Ausreden abzuwimmeln. Doch Paul ließ nicht locker, und eine Viertelstunde später gab sich der Polizeikommissar mit einem genervten Seufzen geschlagen: »Also gut … Alexanderplatz, an der Litfaßsäule vor Hertie, morgen um siebzehn Uhr.«

»Einverstanden«, stimmte Paul erleichtert zu. »Dann bis morgen.«

Am nächsten Nachmittag um Punkt fünf Uhr stand Paul – trotz der Februarkälte schwitzend – an der Litfaßsäule vor dem Kaufhaus und tat so, als betrachtete er die angeschlagenen Plakate. Was, wenn Clausen ihm eine Falle gestellt hatte und ihn als homosexuellen »Bekannten« von Carl verhaften ließ?

Als ihm jemand von hinten auf die Schulter tippte, machte er unwillkürlich einen Sprung zur Seite. Dann drehte er sich um.

»Kuhlmann?«, fragte ein kleiner, drahtiger Mann in einem unscheinbaren braunen Mantel.

Paul nickte beklommen, während sein Gegenüber ihn nachdenklich musterte.

»Folgen Sie mir«, sagte der Mann, von dem er vermutete, dass es sich um Clausen handelte.

Gemeinsam wanderten sie zwanzig Minuten durch immer schmaler werdende Gassen, bis sie schließlich vor einem kleinen Café namens Paula stehen blieben. Als sie eintraten, nickte Clausen der dicken Dame hinter dem Kuchentresen zu. »Guten Tag,

Bodo«, grüßte die Kuchenmamsell und nickte ihm wohlwollend zu. Kurz darauf führte Bodo ihn in ein durch einen Vorhang abgetrenntes Hinterzimmer. Dort setzte er sich an einen der zwei Tische, deutete vielsagend auf den Platz neben sich und zündete sich eine Zigarette an. »Also ... worum geht's?«

»Ähm ...« Zu Hause hatte Paul sich eine kleine Rede zurechtgelegt, aber nach der ganzen Aufregung wollten ihm die Worte partout nicht mehr einfallen.

»Na, wird's bald?«, knurrte Clausen. »Ich hab nicht ewig Zeit.«

»Ich ... ich ...«, begann er, und plötzlich sprudelte die Geschichte mit allen Details, die er eigentlich gar nicht hatte verraten wollen, aus ihm heraus.

Clausen hörte mit unbewegter Miene zu. Als Paul geendet hatte, sagte der Polizeikommissar: »Sie haben großes Glück, dass Sie an mich geraten sind. Jemand anderes würde Sie ohne viel Federlesens auf die Wache schleppen.«

»Ich ... ich weiß, dass Sie auch ... ein ›Freund‹ sind. Deswegen habe ich mich an Sie gewandt«, stotterte Paul.

»Woher glauben Sie das zu wissen?«, erkundigte sich Clausen scharf.

»Carl ...« Eigentlich wollte Paul das Adressbuch erwähnen, aber dann entschied er sich kurzerhand dagegen. »Carl hat es mir gesagt.«

»So?«, fragte Clausen. Es klang drohend.

»Bitte, Sie brauchen keine Angst vor mir zu haben. Wir sitzen doch sowieso alle im selben Boot«, flüsterte Paul eindringlich.

Plötzlich schien alle Aggressivität von Clausen abzufallen. »Da haben Sie allerdings recht.« Er seufzte. »Also gut. Wenn die Gestapo bisher nicht bei Ihnen aufgekreuzt ist, scheint der Stricher tatsächlich dichtgehalten zu haben. Und dafür können Sie dem lieben Gott danken, denn die Verhörmethoden sind ...« Er verzog das Gesicht zu einer grimmigen Maske. »... gelinde gesagt ... äußerst gründlich. Und der Name von jedem Mann, den sie auf diese Weise herauspressen, wird sofort überprüft. Sie scheinen also Glück gehabt zu haben.«

Paul spürte, wie ihn ein Gefühl der Dankbarkeit durchflutete. Anton war offenbar ein anständiger Kerl. »Und was passiert jetzt mit ihm? Wann wird er wieder freigelassen?«

Clausen schaute ihm mitleidig ins Gesicht. »Wenn er die Verhöre überlebt hat, hat man ihn ins KZ Columbia in Tempelhof überstellt, und das ist auch nicht gerade ...« Sein Gesichtsausdruck verfinsterte sich. »... ein Kuraufenthalt.«

»Aber er braucht doch einen Anwalt, wenn man ihm den Prozess macht!«

Clausen schüttelte den Kopf. »Vergiss es«, sagte er gepresst. »Da drin gibt es keine Gerechtigkeit mehr. Da wird die Haftzeit alle drei Monate automatisch verlängert und ...« Seine Stimme stockte. »Sagen wir es so ... ich wäre überrascht, wenn du diesen Anton noch einmal wiedersiehst.«

Paul traute seinen Ohren nicht. »Aber die Gerichte ... die gibt es doch noch und ...«

»Nein. Vor zwei Tagen ist ein neues Gesetz in Kraft getreten, das der Gestapo alle Freiheiten lässt. Selbst nach der Entlassung aus rechtmäßiger Haft können unliebsame Personen von denen abgefangen und wieder in ein KZ gesperrt werden.«

Paul starrte ihn fassungslos an. »Einfach so ... ohne Prozess?«

Clausen, der offenbar froh war, sich die aufgestaute Wut von der Seele zu reden, nickte. »Und das ist noch nicht alles ... der Reichsführer SS, Heinrich Himmler, arbeitet gerade an einer Neustrukturierung der Kriminalpolizei. Er will deren Selbstständigkeit beseitigen und sie einem zentralen Vollzugsdienst der sogenannten Reichskriminalpolizei unterstellen. Das bedeutet, dass ich wohl bald selbst für die Gestapo arbeiten werde. Für denselben Verein, der Leute wie dich und mich am liebsten ausrotten würde.«

Paul ließ den Kopf auf die Brust sinken. »Das ... ist ja fürchterlich.«

Clausen blieb still.

Als er wieder aufblickte, sagte Paul aufgewühlt: »Wir müssen zusammenhalten, Bodo. Hörst du? Wenn die sich gegen uns zusammenrotten, müssen auch wir eine Einheit bilden. Ich schreibe dir meine Telefonnummer und meine Adresse auf. Wenn ich irgendetwas für dich tun kann, lass es mich wissen. Ich habe zwar keine gehobene Stellung, aber ich arbeite im Reichspropagandaministerium ... und wenn ich in dieser Funktion irgendwie helfen kann ... dann mache ich es gern.« Er biss sich auf die Lippen.

»Ja«, erwiderte Clausen leise. »Wir bleiben in Kontakt.«

Paul nickte. »Ich bin froh, dass ich dich angerufen habe.«

»Ja ... ich auch.«

13. Kapitel

April 1936

Der von Julia angedachte Ball anlässlich der Winterolympiade hatte leider nicht stattgefunden, obwohl Hugo sofort Feuer und Flamme gewesen war und bereits angefangen hatte, eine Gästeliste mit all seinen Bekannten vorzubereiten. Doch sowohl ihr Vater als auch Ava waren dagegen gewesen. Ersterer wollte nicht die »Propagandaspiele des Führers« unterstützen, und ihre Freundin hatte Angst, zusätzliche Aufmerksamkeit auf sich und ihre Familie zu ziehen. Offenbar hatten die Cohens inzwischen ein seriöses Angebot für ihr Wohnhaus und das Ladenlokal bekommen und wollten den Geschäftsabschluss nicht durch unbedachtes Handeln gefährden.

Trotzdem gab es große Neuigkeiten: Gauleiter und Reichsstatthalter Friedrich Hildebrandt hatte die Wiedervereinigung von Bad Doberan und Heiligendamm herbeigeführt. Darüber hinaus war das Kurbad kurzerhand in ein »Kraft durch Freude«-Bad umgewandelt und der KdF-Ferienorganisation unterstellt worden. Über Nacht wimmelte es deshalb auch in Bad Doberan von zusätzlichen Gästen, doch es war nicht die Klientel, an die sie gewöhnt waren. Statt der oberen Zehntausend kamen nun Angestellte und Arbeiter. Demnächst würden sie wohl auch ins Palais einziehen.

»Sie zwingen uns, die Zimmer zu einem Schleuderpreis herzugeben«, klagte ihre Mutter beim gemeinsamen Abendessen. »Die Zuschüsse, die wir dafür bekommen sollen, gleichen unsere Einbußen bei Weitem nicht aus. Wir müssen also den Service drastisch zusammenstreichen, um keine Verluste zu machen. Ich habe mich heute schon mit Herrn Jensen beraten, wie wir die Menüs umstellen könnten.«

Julia nickte. »Mich hat heute ein Mann vom Amt für Reisen, Wandern und Urlaub angerufen und mir einfach eine Liste mit Namen diktiert. Die betreffenden Personen sollen nächste Woche Montag mit einem Sonderzug ankommen. Allesamt angeblich ›verdiente Volksgenossen und Parteidiener‹. Unsere anderen Buchungen sollen wir größtenteils stornieren. Stell dir vor, sogar die Pauschalgäste! Bis die KdF-Wohnheime und -Herbergen in Heiligendamm fertig gebaut sind, könnten wir nur noch über ein Drittel der Suiten selbst verfügen, den Rest würden sie belegen«, erklärte sie atemlos.

Ihr Vater, der erst gegen Abend aus Berlin zurückgekehrt war und deshalb von den Ereignissen des heutigen Tages nichts mitbekommen hatte, legte seine Gabel neben den Teller und schob den Stuhl zurück. »Jetzt geht es also ernsthaft los.«

»Was meinst du, Liebling?«, erkundigte sich ihre Mutter.

»Es ist wie im alten Rom«, erklärte ihr Vater aufgebracht. »Damals hat man das Volk auch mit Brot und Spielen bei Laune gehalten, damit es nicht merkt, wie es von den Machthabern ins Verderben geführt wird. Und jetzt setzt Hitler alles daran, eine Wohlfühldiktatur einzurichten, damit die Deutschen nicht gegen seine politischen Ziele rebellieren.« Angewidert starrte er auf seinen Teller, auf dem sein erklärtes Leibgericht lag, Kartoffelpuffer mit Apfelmus. »Während die Deutschen unbeschwert Urlaub machen und sich die Olympischen Spiele wie moderne Gladiatorenkämpfe anschauen, bereitet er in aller Ruhe seinen Krieg vor.«

»Seinen Krieg?«, wiederholte ihre Mutter irritiert.

»Er testet immer weiter die Grenzen des Machbaren aus. Wie ihr wisst, sind im März deutsche Truppen in das entmilitarisierte Rheinland einmarschiert und haben mit dem Bau von Befestigungsanlagen begonnen. Doch wo blieb der Aufschrei der Entrüstung? Weder im Inland noch im Ausland haben sich die Leute dagegen aufgelehnt.«

»Die Menschen haben Angst«, erwiderte ihre Mutter leise. »Schicksale wie das von Herrn Sollich, der sich noch immer nicht von seiner Schutzhaft erholt hat, machen sie gefügig.«

»Das stimmt, Elisabeth. Aber für manche Dinge lohnt es sich zu kämpfen. Zum Beispiel dafür, dass es nicht schon wieder Krieg gibt.«

»Was ... was genau meinst du eigentlich mit Wohlfühldiktatur?«, fragte Julia eingeschüchtert.

Ihr Vater hob erregt die Hand. »All die Errungenschaften, die von den brutalen Zuständen in den KZs und der Pressezensur ablenken sollen: die Verlängerung des bezahlten Urlaubs, die bessere Mutter-Kind-Betreuung, die nationalsozialistische Volkswohlfahrt, die verbilligten Kraft-durch-Freude-Reisen, der Mieterschutz für Einberufene ... die Liste ist endlos.«

»Aber das sind doch alles gute Dinge, Papa. Oder nicht?«

»Für sich betrachtet ... sicherlich. Aber wenn man gleichzeitig sieht, wie Juden oder Menschen mit gesundheitlichen Problemen ausgegrenzt und vertrieben werden, wie die Regierung kritische Journalisten und Regimegegner einsperrt ... da offenbaren sich die wahren Absichten des Führers: Er will ein vom vermeintlichen Aufschwung verblendetes und geeintes Volk, das für ihn ohne Wenn und Aber in den Krieg zieht.« Nach diesen Worten herrschte für einige Minuten angespannte Stille. Schließlich fügte ihr Vater hinzu: »Ich befürchte, dass es hier demnächst auch noch deutlich judenfeindlicher zugehen wird. Der Antisemitismus eint das Volk im Negativen genauso wie die eigentlich positiven sozialen Errungenschaften.«

Julia schluckte. »Ich würde Ava und ihrer Familie von nun an gern täglich Essen vorbeibringen, Papa. Karls Mutter ist ja letzte Woche gestorben. Eigentlich könnten er, Ava und ihre Eltern also jetzt auswandern. Aber ihnen fehlt das Geld dazu. Der Verkauf ihres Hab und Guts zieht sich, und sie haben keinerlei Einnahmen mehr.«

Ihr Vater stöhnte auf. »Und trotzdem wollen sie noch immer kein Geld von uns annehmen?«

Julia schüttelte den Kopf. »Ich habe sie noch einmal gefragt. Aber sie sind zu stolz.«

Unvermittelt stand ihr Vater auf und warf seine Serviette neben den kaum angerührten Teller. »Mir ist der Appetit vergangen. Nicht nur die Cohens sollten schleunigst Deutschland verlassen, sondern auch wir.«

»Aber Julius ...«, beschwichtigte ihre Mutter. Doch er stürmte aus dem Zimmer und schlug die Tür hinter sich zu.

»Was, wenn Papa recht hat?«, fragte Julia kleinlaut.

»Wahrscheinlich hat er recht. Aber selbst wenn es uns in Amerika finanziell besser gehen würde als den vielen unerwünschten Emigranten in Frankreich ... ich habe einfach Angst vor dieser ungewissen Zukunft. Was würde mit Oskar geschehen, wenn wir nicht mehr den Spezialisten in Berlin konsultieren könnten? Er hat so wunderbare Fortschritte gemacht, und nun soll er eine völlig neue Sprache erlernen? Und was würde in unserer Abwesenheit aus dem Palais? Sicher würde sich der Ortsgruppenleiter oder irgendein anderer gieriger Nazi das Hotel mit einem juristischen Winkelzug unter den Nagel reißen. Schau doch nur, wie es dem Besitzer des Grand Hotels ergeht. Baron Rosenberg hat mir erst kürzlich einen Brief geschrieben.« Ihre Mutter seufzte. »Die Banken zwingen ihn immer noch, die Schulden des Hotels auszugleichen, dabei hat man ihn längst aus dem Aufsichtsrat der Heiligendamm GmbH gedrängt, und in sein Hotel hat er seit Jahren keinen Fuß mehr gesetzt. Verstehst du, dass mir eine solch weitreichende Entscheidung nicht leichtfällt?«

Julia nickte nachdenklich.

»Weißt du, mein Kind ... vieles im Leben ist nicht einfach nur schwarz oder weiß. Die meisten Dinge sind grau, und manchmal ist es schrecklich schwer zu entscheiden, was in einer Situation die richtige Haltung ist. Einerseits könnte ich vor Wut schreien, dass man die Cohens so ungerecht behandelt, andererseits würde ich mich für feige halten, wenn ich das Hotel jetzt im Stich ließe. Ich würde mir für den Rest meines Lebens Vorwürfe machen, dass ich euer Erbe verspielt hätte.« Ihre Mutter stand auf – wahrscheinlich, um nach ihrem Vater zu sehen – und strich ihr im Hinausgehen liebevoll über den Kopf.

Sie selbst blieb wie betäubt am Tisch sitzen. Was für eine verzwickte Lage! Wie gern hätte sie mit Fabian darüber gesprochen, ihn nach seiner klugen Meinung gefragt. Doch die treulose Tomate hatte sich nicht mehr bei ihr gemeldet. Wahrscheinlich musste sie der Tatsache ins Gesicht sehen, dass sie ihn nie wiedersehen würde, dabei las sie seit ihrer Begegnung die Zeitungen mit einem neu erwachten juristischen Interesse, um sich für zukünftige Gespräche mit ihm zu wappnen.

»Du weißt, dass wir ab nächster Woche mit KdF-Gästen ausgebucht sind, oder? Da werden wir wahrscheinlich keinen Platz mehr für dich haben«, sagte Julia schlecht gelaunt, als sie einen Tag später mit Hugo durch den Nieselregen ritt. Inzwischen kam er fast jedes zweite Wochenende, um sie zu sehen.

»Keine Sorge. Ich habe bei Herrn Moltke bis in den Juli hinein ein Zimmer in dem euch verbleibenden Drittel reserviert«, verkündete er fröhlich. »Da kann ich kommen und gehen, wann ich will.«

Julia zog hart die Zügel an. Arco, überrascht von ihrer ungewohnten Derbheit, blieb unvermittelt stehen. »Was versprichst du dir davon?«

Hugo parierte Armagnac ebenfalls durch, allerdings wesentlich sanfter. »Gar nichts. Ich bin einfach gern in Bad Doberan und verbringe Zeit mit dir.«

»Aber ich bin nicht in dich verliebt, Hugo. Wir stehen auf unterschiedlichen Seiten, und ich glaube kaum, dass einer von uns diesen Graben überwinden kann.«

Über sein attraktives Gesicht flog ein Schatten. Doch dann erwiderte er in dem gleichen flapsigen Ton wie immer: »Armagnac springt sicherlich höher und weiter als Arco mit seinen kurzen Beinen. Für ihn ist so ein kleiner Graben kein Problem.«

Wütend biss sie sich auf die Unterlippe. »Jetzt hör schon auf, dich lustig zu machen. Ich mag dich, aber ich könnte mich niemals damit abfinden, dass du die Nationalsozialisten unterstützt. Wahrscheinlich ist es besser, wenn wir uns nicht mehr sehen.«

Er nahm die Füße aus den Steigbügeln und ließ seine Beine baumeln. »Aber wer sagt denn, dass ich die Nazis unterstütze«, erwiderte er ernst.

»Du machst mit ihnen Geschäfte, bist in der Partei und hältst dich in ihrem Dunstkreis auf«, erklärte sie. »Wie würdest du das denn bezeichnen?«

Hugo zuckte mit den Schultern. »Ich habe diese Zeiten nicht gemacht … und sehe die Partei vielleicht sogar noch kritischer als du. Aber ich will und werde mir von denen nicht die Lebensfreude stehlen lassen, mein Schatz. Ich eigne mich nicht als Märtyrer. Wir haben alle nur eine begrenzte Zeit auf Erden, und ich habe mir geschworen, meine nicht zu vergeuden. So einfach ist das.«

»Das ist so unglaublich … *egoistisch*«, schimpfte sie, weil ihr kein besseres Wort einfiel. »Ich könnte mich niemals in einen Mann verlieben, der so herzlos ist wie du.«

Er lächelte grimmig. »Nun, wir werden sehen, ob du dich in mich verliebst oder nicht. Jedenfalls werde ich im Palais ein und aus spazieren wie es mir passt.« Ohne die Füße zurück in die Bügel zu stellen, drückte er Armagnac seine Beine in die Flanken und galoppierte los.

⁂

»Die haben dich tatsächlich befördert? Wie ist es denn dazu gekommen?«, fragte Bodo Clausen und nahm noch einen Schluck Kaffee.

»Keine Ahnung. Wahrscheinlich wird man nach einer gewissen Zeit automatisch eine Stufe höhergestellt. Oder keiner meiner Kollegen wollte die Position übernehmen.« Paul griff nach der Zuckerdose und beförderte mit der dazugehörigen Zange zwei Stück Zucker in seine Tasse. Seit ihrer ersten Begegnung trafen Bodo und er sich regelmäßig im Café Paula, das praktischerweise der Schwester des Polizeikommissars gehörte. Diese meist mittäglichen Begegnungen gaben ihm Auftrieb und waren der Höhepunkt jeder Woche. Nur im hiesigen Hinterzimmer konnte er offen über die Dinge sprechen, die ihn bewegten.

»Wieso? Was machst du denn in deiner neuen Funktion?«, erkundigte sich Bodo.

»Ich bin dem Abteilungsleiter Schrifttum unterstellt und zuständig für die neuen Abkürzungen«, erwiderte Paul mit einem schiefen Grinsen. »Es gibt mittlerweile so viele davon, dass die Regierung Angst hat, den Überblick zu verlieren. Und so lese ich den ganzen Tag parteiinterne und andere offizielle Dokumente und versuche, die Abkürzungen alphabetisch zu ordnen. Von AHS für ›Adolf-Hitler-Schule‹ über LSR für ›Luftschutzraum‹ bis zu z.F.d.W. für ›zur Förderung der Wissenschaft‹. Langweilig, aber wenigstens muss ich mir keine bösartigen Propagandasprüche einfallen lassen.«

»Sachen gibt's«, meinte Bodo mit einem Achselzucken.

»Und bei dir?«

Sein Gegenüber zog eine Grimasse. »Die Neuausrichtung schreitet voran. Es sieht so aus, als ob wir bald alle für die Gestapo arbeiten.«

»Das ist schlimm«, sagte Paul betroffen. »Trotzdem wollte ich dich etwas fragen. In der Etage, in der ich jetzt arbeite, gibt es meines Erachtens einen weiteren ›Freund‹. Er heißt Markus Fritsche. Sollten wir ihn nicht in unseren Kreis aufnehmen und vielleicht sogar die anderen homosexuellen Freunde von Carl und mir kontaktieren? Es ist schrecklich, wenn jeder von uns mit seiner Angst allein bleibt.«

Bodo schüttelte energisch den Kopf. »Auf gar keinen Fall! Das ist viel zu riskant. Ich habe gehört, dass es auch in unserer Gemeinschaft Gestapo-Spitzel gibt, und wenn wir nicht im KZ landen wollen, gehen wir besser auf Nummer sicher.«

»Aber das könnte auch eine Lüge sein, um uns einzuschüchtern«, wandte Paul ein.

»Mag sein. Mir ist das Risiko, dass wir dabei an den Falschen geraten, jedenfalls zu groß. Ich bin froh, dass ich mich mit dir austauschen kann … auf weitere Experimente verzichte ich lieber.«

Paul nickte. »Wahrscheinlich hast du recht.«

»Du musst sowieso extrem vorsichtig sein … mit einem fanatischen NSDAP-Anhänger als Sohn bist du besonders gefährdet.«

»Das stimmt leider.« Es fiel Paul schwer, das zuzugeben. Früher hatte er alle seine drei Kinder gleich lieb gehabt, aber Thomas war ihm in der letzten Zeit fremd geworden. Die Wochenenden, die er bei ihm und den beiden jüngeren Kindern in der Wohnung verbrachte, waren eine Anstrengung sondergleichen. Jedes Wort seiner Geschwister wurde von Thomas auf die Goldwaage gelegt und bewertet. Oft kanzelte er Martin und Sophie wegen irgendwelcher Kleinigkeiten ab. Außerdem belehrte er sie und ihn selbst in glühenden Reden über die neuesten Errungenschaften der Regierung und die Vorzüge der arischen Rasse. Wenn er am Sonntagabend in seine Schule zurückfuhr, hätte Paul am liebsten die Wohnung ausgeräuchert, um sie von seinem braunen Gedankengut zu reinigen.

Bodo trank den Rest seines Kaffees in einem Zug. »Ich muss wieder ins Präsidium. Sehen wir uns nächsten Dienstag?«

»Gern«, sagte Paul und hob zum Abschied die Hand. »Geh ruhig, ich übernehme die Rechnung.«

»Danke!«

Am selben Nachmittag, während Paul über seinen Dokumenten brütete, betrat ausgerechnet Markus Fritsche sein Büro. Der unverheiratete Kollege, von dem er vermutete, dass er ebenfalls homosexuelle Neigungen hatte, schloss die Tür hinter sich und blieb schüchtern davor stehen.

»Kann ich etwas für Sie tun?«, fragte Paul freundlich.

»Ich weiß nicht …«, begann er zögerlich und blickte auf seine Schuhspitzen.

»Beschäftigen Sie sich ebenfalls mit Abkürzungen?«, versuchte Paul, ihn aus der Reserve zu locken, obwohl er wusste, dass Fritsche in der Abteilung Rundfunk arbeitete.

»Nein … ich …« Er machte einen Schritt auf ihn zu. »Ich glaube … werden Sie … werden Sie auch von der Gestapo beobachtet?«

Pauls Herz schien plötzlich stillzustehen. »Wie meinen Sie?«

»Sie sind doch auch …«, stammelte der Mann. »Ich habe Sie doch früher auch in den einschlägigen Lokalen gesehen … ich meine … wir lieben doch beide … Männer?«

War das eine Falle? Paul dachte an Bodos Worte und wollte es lieber nicht darauf ankommen lassen. »Aber, Herr Fritsche«, sagte er so sanft wie möglich. »Da muss Sie Ihre Erinnerung trügen … ich bin Witwer und habe drei Kinder …«

»D-das hat doch nicht im-m-mer etwas zu bedeuten«, stotterte Fritsche und wurde rot.

Paul erwiderte leise: »Bei mir aber schon. Wie kommen Sie darauf, dass die Gestapo Sie beobachtet? Meinen Sie nicht, dass Sie sich das nur einbilden?«

Fritsche schüttelte den Kopf. »Vor meiner Wohnung steht jeden Abend ein Auto mit zwei Männern. Wer soll das sonst sein … außer der Gestapo?«

»Und die sollen ausgerechnet Sie beobachten, einen braven Angestellten des Ministeriums? Das klingt nicht sehr wahrscheinlich«, versuchte er, ihm Mut zuzusprechen.

»Ich … ich habe einen Fehler gemacht und … und meinen Exfreund getroffen«, flüsterte Fritsche. »Aber man ist so einsam und …«

»Versuchen Sie, sich keine unnötigen Sorgen zu machen«, sagte Paul. »Bestimmt geht es um jemand anderen in ihrem Wohnhaus.«

»Meinen Sie?«

Paul nickte.

»Und Sie? Werden Sie mich jetzt verraten?«, fragte sein Kollege ängstlich.

Was sollte er darauf erwidern? Wenn Fritsche tatsächlich für die Gestapo arbeitete … machte er sich dann strafbar, wenn er ein solches Geständnis nicht meldete? Doch er brachte es nicht fertig, dem armen Kerl noch mehr Angst zu machen, und so murmelte er: »Lassen Sie uns einfach nie wieder über das Vorgefallene sprechen.«

Fritsche nickte. Dann verließ er ohne ein weiteres Wort das Büro.

⁓⸻⸻⸻⸻⁓

»Hoppe, Hoppe, Gründgens, die kriegen keine Kindgens, und das hat seine Gründgens. Hoppe, Hoppe, Gründgens, die kriegen keine Kindgens, und kriegt die Hoppe Kindgens, dann sind die nicht von Gründgens.«

Der Gesang der Kinder drang durch die weit geöffneten Fenster des Berliner Standesamts. Doch der beißende Spott konnte der im Trauzimmer vorherrschenden Atmosphäre von Liebe und Glück nichts anhaben. Nur Luise schien sich daran zu stören. Die Menschen in Deutschland, selbst die Kleinsten, schienen verächtlicher geworden zu sein. Früher wäre ein solcher Gesang undenkbar gewesen. Da hatten die Leute noch Respekt voreinander gehabt. Kurz entschlossen stand sie auf und drückte die Fenster zu. Jetzt hörte man nichts mehr. Als Luise, die als Trauzeugin fungierte, kurz darauf vom Standesbeamten gebeten wurde, sich neben die Braut zu stellen, strich sie sich verstohlen das von der Hitze zerknitterte Kostüm glatt. Schließlich wollte sie auf den Fotos, die sicherlich in allen Magazinen abgedruckt werden würden, gut aussehen.

Erneut wohnte sie einer prominenten Eheschließung bei. Allerdings wurde sie diesmal nicht von Willy begleitet, obwohl sie ihn gefragt hatte. Statt wie erwartet freudig zuzusagen – immerhin vermählte sich heute sein großes Idol –, hatte er sich erkundigt, ob Heinz ebenfalls eingeladen sei. »Ich weiß es nicht, aber es ist mir auch vollkommen egal«, hatte sie ihm in einer Mischung aus Verärgerung und Trauer geantwortet, woraufhin er nur ablehnend den Kopf geschüttelt hatte.

Gustav Gründgens, ihr Hamlet, heiratete heute seine Kollegin Marianne Hoppe. Obwohl allgemein vermutet wurde, dass

341

der berühmte Schauspieler lediglich eine Scheinehe einging, um seine Homosexualität vor den Gestapo-Häschern zu verbergen, wusste Luise, dass er Marianne auf platonische Art aufrichtig liebte. Sie hatte deshalb auch auf weitere Auftritte als Ophelia verzichtet und ihre Rolle an die zukünftige Frau Gründgens abgetreten. Ihr eigentliches Ziel, Willy durch ihre Theaterauftritte zurückzugewinnen, hatte sie schließlich nicht erreicht, und die allabendlichen Vorstellungen zehrten an ihren Kräften.

Bei Mariannes Ja-Wort bemerkte sie aus den Augenwinkeln, wie Heinz – natürlich verspätet – durch die Tür des Trauzimmers trat. Auch das noch! Aber sie würde sich nicht den Spaß verderben lassen. Unmittelbar nach der Trauung wollte die Hochzeitsgesellschaft aufs Land fahren, in einem See schwimmen und gemeinsam zu Mittag essen. Abends würde Marianne dann zum ersten Mal die Ophelia spielen. Das versprach ein schöner Tag zu werden, trotz Willys Sturheit und Heinz' Anwesenheit. Sie hob das Kinn und lächelte, als sich das Brautpaar nach dem Ringtausch küsste.

»Ist hier noch frei?«, fragte Heinz und legte sein Handtuch neben ihres auf den Rasen.

»Nein! Hier ist belegt«, verkündete sie und schirmte ihre Augen mit einer Hand vor der Sonne ab. Sie hatte sich, um ein Zusammentreffen mit Heinz zu vermeiden, extra ein Plätzchen in einiger Entfernung vom Holzsteg gesucht, auf dem die anderen Hochzeitsgäste dicht gedrängt lagen.

Er lachte nur und legte sich trotzdem neben sie. »Dasselbe kratzbürstige Kätzchen wie immer. Wo ist eigentlich dein romantischer Dinner-Gefährte vom Ku'damm?«

»Halt die Klappe«, knurrte sie.

»Wie? Hat es sich schon wieder ausgeliebt, mein Schatz?«

Sie warf ihm einen bösen Blick zu, setzte sich auf und zog das Bustier ihres Badeanzugs zurecht. »Das geht dich nichts an.«

Er richtete sich ebenfalls auf und schlang die Arme um seine Knie. »Doch, das tut es. Auch wenn du es mir nicht glaubst, ich mag dich sehr, Luise. Und ich finde es sehr schade, dass wir …«

Er löste eine Hand und strich ihr sanft über den nackten Arm. »… nicht mehr zusammen sind.«

Luise schlug ihm auf die Finger. »Lass das!«

»Schatz, dieser Kerl hat nicht zu dir gepasst. Du bist ein aufregender Filmstar, und er versprüht den Charme …« Er überlegte kurz. »… eines Küchenmessers. Sicher praktisch, handlich und gut, doch keinerlei Sexappeal.«

Wütend stand sie auf. »Aber du bist ein Geschenk Gottes an alle Frauen, richtig?«, zischte sie. »Lass dir eins gesagt sein … du kannst Willy nicht das Wasser reichen. Er ist ein wunderbarer Mann. Gütig, intelligent und verlässlich. Dieses … ›Küchenmesser‹ ist die Liebe meines Lebens, und jetzt halt dich gefälligst von mir fern!«

Luise hatte nicht gerade leise gesprochen. Als sie nach ihrem Handtuch griff und wütend Richtung Restaurant marschierte, war ihr bewusst, dass die Blicke aller Hochzeitsgäste auf ihr ruhten. Und wenn schon! Sollten sie sich doch das Maul über sie zerreißen. Wenigstens würde dieser notorische Casanova sie beim anschließenden Mittagessen in Ruhe lassen. Plötzlich schoss ihr ein Gedanke durch den Kopf. Sie blieb abrupt stehen und drehte sich um. Warum musste immer sie die Flucht ergreifen? Schließlich hatte nicht sie ihn belästigt, sondern er sie. Beim Anblick des majestätischen Sees ging ihr das Herz auf. Wie wunderbar das tiefblaue Wasser im Sonnenlicht schimmerte. Eigentlich hatte sie gar nicht schwimmen gehen wollen, aus Sorge um ihre Frisur. Doch nach diesem Befreiungsschlag war ihr alles egal. Sie ließ ihr Handtuch genau dort fallen, wo sie gerade stand, und betrat hoch erhobenen Hauptes den überfüllten Steg. Mit langen Schritten ging sie an den Sonnenanbetern vorbei und sprang kopfüber ins kühle Nass.

Als Luise wieder auftauchte und zurück ans Ufer schwamm, applaudierten die anderen Hochzeitsgäste stürmisch. Lachend verneigte sie sich. Zum ersten Mal seit langer Zeit fühlte sie sich frei und optimistisch.

14. Kapitel

Ende Juli 1936

Julia und ihre Mutter standen mit einem etwas gezwungenen Lächeln neben dem Restauranteingang und beobachteten den morgendlichen Frühstücksrummel. Es ging eindeutig lauter zu als vor dem Eintreffen der KdF-Gäste, die munter schnatternd an ihren Tischen saßen. Einige der Herren hatten sich ihre Serviette wie ein Lätzchen in den Hemdkragen gestopft und schaufelten sich das Rührei mithilfe eines Löffels in den Mund. Ein besonders dicker Gast hielt soeben einen livrierten Kellner am Ärmel fest und rief in rheinischer Mundart: »He, Köbes, jeeve se mr noch a Ei op d'r Teller!« Woraufhin die vornehme Ehefrau eines Bankdirektors am Nebentisch ihre an einer Goldkette befestigte Lorgnette zückte und ihn mit derselben Abneigung betrachtete wie ein lästig summendes Insekt.

»O Gott«, flüsterte Julias Mutter, die sich von Anfang an mit Händen und Füßen gegen die Vermischung der neuen mit den alten Gästen ausgesprochen und vorgeschlagen hatte, den Speisesaal mit mehreren Paravents so abzutrennen, dass die jeweiligen Gruppen unter sich waren. Aber da hatte sie die Rechnung ohne Julias Vater gemacht: »Nein, Elisabeth. Wenn die Regierung meint, auf diese Weise eine klassenlose Gesellschaft erschaffen zu können, werden wir uns dem nicht verweigern. Alle Hotelbewohner werden mit der gleichen zuvorkommenden Höflichkeit behandelt.«

»Aber, Julius«, hatte ihre Mutter erwidert. »Natürlich werden wir höflich zu ihnen sein. Aber all diese Menschen im selben Raum ... das kann doch nicht gut gehen. Sie sind doch in Bezug auf Bildung, Kultur und Erziehung völlig verschieden.«

»Das mag sein, aber auch die KdF-Gäste arbeiten hart für ihren Lohn, bestimmt sogar härter als die Damen und Herren der sogenannten feinen Gesellschaft. Deshalb haben sie auch die gleiche Erholung verdient, und die sollten wir ihnen gönnen, ohne sie durch eine künstliche Separierung zu verprellen.«

Genauso hatten sie es dann auch gehandhabt … mit den zu erwartenden Folgen: Einige der betuchteren Gäste waren sofort empört abgereist, da ihnen weder die ungewohnte Gesellschaft noch der reduzierte Service gepasst hatten. Gleichzeitig hatten viele Einheimische ihre ursprüngliche Schwellenangst abgelegt. Plötzlich tafelten der Bad Doberaner Lebensmittelhändler und seine Gattin mit der gleichen Selbstverständlichkeit bei ihnen wie der pensionierte Universitätsprofessor aus Berlin. Julia wusste nicht, wie sie das finden sollte, aber ihre Mutter beklagte sich über »den Verfall des guten Rufs unseres Hotels«. Eines Abends hatte Julia sogar ihre Freundin Käthe und deren Verlobten, den Zimmermann Hermann, im Restaurant entdeckt und war schnurstracks zu ihnen marschiert. Käthe, in ihrem besten Sonntagsstaat, war auf der Stelle rot angelaufen. »Ich hoffe, es ist dir recht, wenn wir hier essen … ich meine, wo ich doch im Hotel arbeite und …« Mit einem Lächeln hatte Julia sie unterbrochen und ihr versichert, dass sie beide herzlich willkommen seien im Palais. Dann war ihr Blick auf das karierte Jackett von Käthes Begleiter gefallen, und um ein Haar wären ihr die Gesichtszüge entgleist: Hermann trug nicht nur eine äußerst selbstbewusste Miene zur Schau, sondern das gleiche kreisrunde Parteiabzeichen am Revers wie so viele andere Gäste. Was sagte ihre Freundin nur dazu? Käthe hielt doch von den Nazis genauso wenig wie sie selbst. Aber Julia hatte sich nichts anmerken lassen, um das Stubenmädchen nicht in aller Öffentlichkeit zu brüskieren.

Außerdem hatte ihre Familie mit viel schlimmeren Sorgen zu kämpfen. Wirtschaftsminister Hjalmar Schacht hatte die Industrie dazu aufgerufen, ihre Gewinne für Reichsanleihen zu benutzen. Auch ihr Vater wurde von Gauleiter Hildebrandt und anderen Bad Doberaner Honoratioren massiv unter Druck gesetzt, solche Anleihen zu erwerben. Er lehnte dies jedoch kategorisch ab. »Mit meinem Geld werden verdammt noch mal keine Rüstungsgüter finanziert«, erklärte er. Doch gleichzeitig befürchtete er weitere Repressalien, auch für das Palais. Deshalb übertrug er kurzerhand seine Mehrheitsanteile am Hotel zu gleichen Teilen auf ihre Mutter und sie selbst – ohne sie vorher davon in Kenntnis zu setzen.

Als ihre Mutter dies erfuhr, entluden sich ihre Sorgen in einem Streit. »Was soll das, Julius? Willst du jetzt allein nach Amerika gehen? Glaubst du nicht mehr an die Zukunft des Palais?«, ging sie ihren Mann an.

»Ich glaube nicht mehr an eine Zukunft in diesem Land, Elisabeth«, erwiderte er. »Die Anteilsübertragung ist sowieso nur eine kurzfristige Lösung, um das Palais aus der Schusslinie zu nehmen. Und ja: Wenn es nach mir ginge, würden wir das Hotel verkaufen, unsere Koffer packen und abreisen. Aber ...« Er seufzte. »... ich habe verstanden, wie schwer Julia und dir dieser Abschied fiele, und nur deshalb versuche ich – trotz meiner Befürchtungen –, die weiteren Entwicklungen abzuwarten.«

»Bestimmt werden die KdF-Gäste bald Geschichte sein. Die Organisation hat soeben eine große Pension in Heiligendamm gekauft und wird sie bis zum nächsten Sommer in ein KdF-Heim umwandeln. Dann können wir in unseren eigenen Wänden wieder schalten und walten, wie wir wollen«, konterte ihre Mutter.

»Und wenn schon. Was glaubst du, wie lange der Frieden noch hält? Die Arbeitslosenzahlen sinken doch nur so rapide, weil die Regierung immer mehr Menschen in der Rüstungsindustrie beschäftigt.«

Daraufhin schwieg ihre Mutter.

Um die bedrückte Atmosphäre aufzulockern, sagte Julia: »Übrigens hat Tante Luise eben angerufen. Sie hat Karten für die Eröffnungsfeier der Olympiade am ersten August ergattert und lässt fragen, ob jemand von uns mitmöchte.«

»So weit kommt es noch«, murmelte ihr Vater.

Doch ihre Mutter antwortete mit einem mitleidigen Blick: »Julia-Schatz, ich kann mich währenddessen gern allein um das Hotel kümmern. Wenn du also nach Berlin fahren möchtest, dann tu das bitte. Du hast schon so lange keinen rechten Urlaub mehr gehabt.«

»Meinst du wirklich?« Julia konnte ihr Glück kaum fassen. Ein paar unbeschwerte Tage in Berlin! Vielleicht würde sie dort ja sogar zufällig auf Fabian treffen.

»Soll ich dich mit dem Auto hinbringen?«, bot ihr Vater brummig an.

»Nein, ich fahre mit dem Zug. Oder Hugo nimmt mich mit. Er kommt ja ohnehin fast jedes Wochenende.«

»Apropos ... wie stehst du eigentlich zu dem jungen Mann?«, erkundigte sich ihre Mutter.

»Er ist ein netter Kerl«, antwortete Julia leichthin. »Es macht Spaß, ab und an mit ihm auszugehen.«

»Aber du kannst dir nicht vorstellen, dass mehr daraus wird?«

Errötend schüttelte sie den Kopf.

Ihre Mutter schmunzelte. »Dir hat es dieser ernste Jurist angetan, nicht wahr?«

»Ach, ich finde beide ganz nett«, schwindelte Julia, der das Gespräch furchtbar peinlich war. Besonders vor ihrem Vater.

Doch ausgerechnet der sagte nun: »Es sind schwierige Zeiten, um einen Partner fürs Leben zu finden, Julia. Das tut mir leid.«

»Du bist noch so jung, Liebes. Genieß das Leben!«, meinte ihre Mutter aufmunternd. »Ich finde sowieso, dass sich die jungen Dinger heutzutage viel zu früh binden. Schau dir doch nur Käthe an! Hoffentlich gilt da nicht der Spruch: Früh gefreit, ewig gereut.«

Ihr Vater lachte plötzlich auf. »Hast du mich deswegen so lange auf Abstand gehalten, mein Schatz?«

Die beiden wechselten einen liebevollen Blick. Es war schön, dass sie sich trotz ihrer unterschiedlichen Ansichten zum Thema Auswanderung nie lange böse sein konnten.

»Hhmm«, murmelte Julia verlegen. »Dann sage ich jetzt mal Tante Luise Bescheid.«

Eigentlich hatte Luise – so kurz vor Eintreffen ihrer Nichte in Berlin – gar nicht mitgehen wollen, aber Gustav Gründgens, der inzwischen eng mit Hermann Göring befreundet war, hatte darauf bestanden. »Als Mäzen des Theaters hat er alle Darsteller unseres Stücks zu seinem Empfang geladen, da darfst du doch nicht fehlen«, hatte er gemeint und ihr hinter seiner Nickelbrille zugezwinkert. Diesmal hatte sie Willy gar nicht erst gefragt, ob er mitkommen wolle, sondern von vornherein ihre Freundin und Kollegin Nina als Begleiterin gewählt.

Nina war eng mit der Frau des Oberbefehlshabers der neu gegründeten Luftwaffe befreundet und schon öfter auf dem Landsitz der Görings gewesen. Bereits im Auto konnte sie ihre Begeisterung kaum zurückhalten. »Glaub mir, da wirst du Augen machen … so etwas Feines wie Carinhall hast du noch nicht gesehen«, schwärmte sie. »Der Bau und die Einrichtung müssen Millionen verschlungen haben. Im Grunde ist es kein Landsitz, sondern ein Schloss. Die Kamine sind so groß, dass man aufrecht darin stehen kann, die hohen Decken mit den edelsten Hölzern getäfelt und die Kunstwerke …« Sie verdrehte verzückt die Augen.

»Konzentrier dich besser auf die Straße«, meinte Luise und hielt sich ängstlich am Griff der Autotür fest, als ihre Freundin erneut viel zu schnell in eine Kurve raste.

Nina schüttelte den Kopf. »Angsthase! Du solltest dich lieber freuen, dass ich dich kutschiere. Es gibt nämlich keine Busverbindung in diese Einöde«, meinte sie beleidigt.

Luise verzichtete darauf, ihrer Freundin zu sagen, dass sie genauso gut mit den Gründgens hätte fahren können. Allerdings hätte sie dann schon gestern anreisen müssen, da Gustav und Göring einen ganzen Abend reserviert hatten, um mit der Märklin-Modelleisenbahn des Hausherrn zu spielen.

Eine Stunde später trafen sie in Carinhall ein, und Luise verstand, warum Nina so beeindruckt war. Allein die Eingangshalle wirkte wie ein überdimensioniertes Museum. Wertvolle Bilder schmückten die Wände, und in den davon abgehenden, scheinbar endlos langen Gängen konnte man kostbare Wandteppiche und Skulpturen bewundern. Das Mobiliar bestand offenbar aus Maßanfertigungen, derart gigantische Möbel gab es sicherlich in keinem Geschäft zu kaufen. Bei ihrem Anblick musste sie unvermittelt an Willy und seine Möbelfabrik denken. Hatte er den Görings diese übergroßen Sitzgruppen verkauft?

Da sie fast zeitgleich mit den meisten anderen Gästen eintrafen, wurden sie von der adrett gekleideten Hausherrin und ihrem Ehemann höchstpersönlich begrüßt. Im Gegensatz zu seiner eher biederen Frau wirkte Göring selbst wie ein Bühnendarsteller. Zur Feier des Tages hatte er seinen dicken Wanst in ein merkwürdiges Ledergewand gezwängt, das wohl seine Rolle als oberster Jäger und Reichsförstermeister unterstreichen sollte. Er plauderte kurz mit Luise, kannte sogar ihren Namen, dann verlor er schnell das Interesse. Andere neu ankommende Gäste waren offenbar wichtiger, aber sie machte sich nichts daraus. Weiß livrierte Kellner reichten Erfrischungen herum, und Luise nahm sich ein Glas Champagner vom Tablett. Ihre Freundin Nina war bereits in eine Unterhaltung mit einigen Bekannten vertieft, und so konnte Luise ganz ungestört die Kunst an den Wänden betrachten.

»Schön, nicht wahr?«, sagte plötzlich eine vertraute Stimme hinter ihr, und sie fuhr wie von der Tarantel gestochen herum. Es war tatsächlich Willy!

»Was ... was machst du denn hier?«

Er lächelte sie an. »Ich hatte gehofft, bei dieser Feierlichkeit auf dich zu treffen.«

»Aber ... warum hast du nicht einfach angerufen? Wir hätten uns doch genauso gut in Berlin sehen können.«

Willy räusperte sich verlegen. »Erstens war es eine relativ spontane Entscheidung, und zweitens wollte ich dir etwas zeigen. Komm bitte mit.« Er griff nach ihrer Hand und zog sie in einen der langen Gänge.

»Dürfen wir in diesem fremden Haus einfach so herumwandern?«, fragte sie atemlos, denn sie konnte mit seinen langen

Schritten kaum mithalten. Oder war es die überraschte Glückseligkeit, die ihr die Luft nahm?

»Ich habe die Genehmigung des Hausherrn für diesen Ausflug«, erklärte Willy mit einem Schmunzeln. Kurz darauf öffnete er eine Tür und betrat den dahinterliegenden Raum.

Interessiert schaute Luise sich um. Sie befanden sich in einem luxuriös eingerichteten Salon mit weinroten, samtbezogenen Chaiselongues und bequemen Sesseln. »Was machen wir hier?«

»Das wirst du gleich sehen«, erwiderte Willy geheimnisvoll. Er drehte sich um und rief: »Simba! Momo!«

Im nächsten Moment tapsten zwei goldfarbene Tiere auf dicken Tatzen durch einen Rundbogen.

»Sind das etwa …«, stammelte Luise und versteckte sich erschreckt hinter Willys Rücken.

»Ja, es sind Löwen. Aber noch völlig ungefährliche Welpen. Du brauchst keine Angst zu haben. Schau, sie sind ganz zahm.« Er beugte sie zu dem ersten kleinen Löwen hinunter, streichelte ihn und erntete ein erstaunlich tiefes Brummen.

»Görings halten sich Löwen als Haustiere? Was passiert mit ihnen, wenn sie groß sind?«, erkundigte sich Luise und hielt noch immer einen Sicherheitsabstand zu den schönen Tieren, die sich, fast wie gewöhnliche Hauskatzen, drollig um Willys Beine schlängelten.

»Wenn es zu gefährlich wird, mit ihnen zu spielen, werden sie in den Berliner Zoo gebracht«, antwortete Willy und setzte sich auf den Boden. Sofort versuchten die Löwenkinder, seinen Schoß zu erklimmen.

Luise fasste sich ein Herz und kniete sich neben ihn. Vorsichtig streckte sie die Hand aus und begann, eines der Tiere zu streicheln. Das Fell des Kleinen war wesentlich drahtiger, als sie vermutet hätte.

»Sind sie nicht wunderschön?«, strahlte Willy, als Luise sich neben ihn setzte.

Sie lächelte. »Wenn sie mir nicht wie gerade eben die Seidenstrümpfe zerkratzen … sind sie bezaubernd.«

»Wer so schöne Beine hat wie du, braucht doch gar keine Strümpfe«, sagte er im Brustton der Überzeugung und blickte ihr unverwandt ins Gesicht. In seinen Augen lag ein merkwürdiger neuer Ausdruck.

»Danke, Willy«, erwiderte sie. »Auch für die schöne Überraschung, dich hier zu sehen.«

»Ich ... ich danke *dir*.«

Luise lächelte. »Wofür? Ich habe doch gar nichts gemacht.«

Er griff nach ihrer Hand. »Dafür, dass du mich an unsere Liebe glauben lässt.«

Plötzlich hatte sie eine Gänsehaut. »Ich liebe dich, Willy«, sagte sie leise. »Das wird sich auch nie ändern.«

Ohne Vorankündigung schlang er beide Arme um sie. Das Löwenkind, das es sich auf seinem Schoß gemütlich gemacht hatte, sprang – von der plötzlichen Enge erschreckt – auf den Boden. »Man ... man hat mir zugetragen, was du bei der Hochzeit der Gründgens zu Heinz Brabeck gesagt hast. Einer der Gäste hat es mir erzählt.«

Luise zog die Stirn kraus. »Dieser Idiot hat dich mit ... mit einem Küchenmesser verglichen, da habe ich ihm natürlich Bescheid gesagt.«

Willys Mundwinkel zuckten. »Den Teil meinte ich eigentlich nicht ... obwohl der auch großartig ist ...« Seine Stimme stockte. »Stimmt es, dass ich ... die Liebe deines Lebens bin?«

Zärtlich nahm sie sein Gesicht in ihre Hände. »Aber natürlich stimmt das, du Sturkopf! Was muss ich denn noch sagen oder tun, damit du das verstehst?«

Er blickte zu Boden. »Aber warum genierst du dich dann, mit mir in der Öffentlichkeit gesehen zu werden?«

»Bitte was?«, fragte sie konsterniert.

»Seit wir ... ein richtiges Paar geworden sind, wolltest du plötzlich nicht mehr mit mir ausgehen, sondern alle Abende nur noch zu Hause verbringen. Das hat mich verwirrt. Als dann auch noch dieser gut aussehende, berühmte Brabeck im Restaurant aufgetaucht ist und dich – in meinem Beisein – becirct hat ... da wollte ich dir … *euch* nicht im Weg stehen. Er hatte doch recht, als er gesagt hat, dass ich nicht zu dir passe.« Er atmete heftig aus. »Selbst wenn es mir das Herz gebrochen hat.«

»Aber, Willy«, flüsterte sie bestürzt. »Ich wollte lediglich unsere Zweisamkeit genießen! Der schönste Platz auf der Welt … ist doch der an deiner Seite. Nur mit dir kann ich wirklich ich selbst sein und mich geborgen fühlen. Hast du das immer noch nicht verstanden?«

Plötzlich standen Tränen in seinen Augen. »Ab jetzt werde ich es nie mehr vergessen, Luise. Das verspreche ich dir. Denn das Gleiche gilt für mich … da, wo du bist, ist mein wahres Zuhause.«

Sie küssten sich, während die kleinen Löwen versuchten, an ihnen hinaufzuklettern.

***

Lautes Geschrei auf dem Flur ließ Paul von seinem Schreibtisch hochschrecken. »Was ist das, Herr Hansen?«, fragte er irritiert.

Sein Chef, der gerade auf eine spontane Besprechung zu ihm hereingeschneit war, zuckte mit den Schultern. »Keine Ahnung. Schauen Sie halt nach.«

Paul sprang auf, erreichte mit zwei Schritten die Tür und öffnete sie. Was er sah, als er den Gang entlangblickte, ließ ihn unwillkürlich zusammenfahren: Drei schwarz gekleidete Gestapo-Männer versuchten, den Kollegen Fritsche aus seinem Büro zu zerren, doch der wehrte sich mit Händen und Füßen und hielt sich mit einer Kraft am Türrahmen fest, die Paul dem Mann gar nicht zugetraut hätte. Dabei brüllte er: »Nein! Das ist ein Irrtum! Sie haben den Falschen! Lassen Sie mich in Ruhe!«

»Also, was ist da los?«, fragte sein Abteilungsleiter, ohne sich vom Stuhl zu erheben.

»Man … man scheint Herrn Fritsche zu verhaften«, stammelte Paul und drehte den Kopf weg. Einer der Gestapo-Männer hatte seine Pistole gezogen und zielte nun mit dem kurzen, harten Metallgriff auf Fritsches Finger.

»Na endlich«, erwiderte Herr Hansen. »Dieses perverse Schwein war längst überfällig. Ich bin froh, wenn ich mich nicht mehr jeden Morgen von dieser Schwuchtel grüßen lassen muss.«

Fritsches gellender Schrei, als der Pistolenkolben ihm die Finger brach, fuhr Paul durch alle Glieder. Im selben Moment, in dem sein Kollege vor Schmerzen wimmernd den Türrahmen losließ, packten die Gestapo-Leute zu und zerrten ihn auf den Gang. Gleich würden sie auf dem Weg zum Fahrstuhl an seinem Büro vorbeikommen.

Paul war wie erstarrt. Sein Verstand sagte ihm, dass er umgehend die Tür schließen musste. Es war zu gefährlich. Wenn sein Kollege ihn erblickte und der Homosexualität bezichtigte, drohte ihm vielleicht dasselbe Schicksal. Trotzdem brachte er es nicht übers Herz. Wie gebannt starrte er auf die bizarre Formation aus vor Schweiß triefenden Gestapo-Männern und dem sich wie ein Aal windenden Fritsche.

Als sie sein Büro erreichten, blickte Fritsche ihn aus halb irren, vor Angst weit aufgerissenen Augen an. »So helfen Sie mir doch, Kuhlmann«, ächzte er, während die Männer ihn unerbittlich weiterzogen. »Warum helfen Sie mir nicht?«

Paul war schlecht vor Aufregung und beißenden Schuldgefühlen. Aber was sollte er tun? Er hatte doch keinerlei Macht in diesem Ministerium, war selbst nur ein Spielball seiner Vorgesetzten.

Die Gestapo-Männer zogen Fritsche aus seinem Sichtfeld, aber er konnte ihn immer noch rufen hören: »Warum hilft mir niemand? Was seid ihr nur für Menschen! Wo bleibt eure Nächstenliebe!« Dann verstummte er auf einmal. Wahrscheinlich hatten sie den Fahrstuhl erreicht und fuhren darin zum Ausgang hinunter.

Entsetzt stellte Paul fest, dass er der einzige Kollege gewesen war, der seine Tür geöffnet hatte. Um Himmels willen, würde Hansen ihm daraus womöglich einen Strick drehen?

Abrupt wandte er sich um und sah in das lächelnde Gesicht seines Vorgesetzten. »So ist es recht, Kuhlmann. Das lob ich mir. Man darf vor Recht und Ordnung nicht die Augen verschließen.

Diesen Hundertfünfundsiebzigern muss endlich das Handwerk gelegt werden. Die haben lange genug unseren Staat unterwandert und die Moral unseres geliebten Volkes geschändet. Hoffentlich bringt ein KZ-Aufenthalt diesem Fritsche Manieren bei.«

Paul sah sich nicht imstande, etwas zu erwidern. Er hatte einen fauligen Geschmack im Mund und das Gefühl, sich gleich übergeben zu müssen. Deshalb nickte er nur halbherzig.

»Kein Mann großer Worte, was?«, meinte Hansen.

»Nein.« Paul rang sich ein Lächeln ab, während er fieberhaft überlegte, wie er Fritsche helfen könnte. Ob Bodo ihm einen Tipp geben konnte? Er würde ihn gleich nach Feierabend anrufen.

Hansen blickte auf die Uhr. »Ich muss mich beeilen, meine Frau hat heute Karten fürs Olympiastadion. Also, wo waren wir stehen geblieben?«, fragte Hansen. »Sie wollen Ihre Abkürzungsliste als eine Art Standardwerk veröffentlichen?«

Paul riss sich zusammen. »Ja. Ja, genau.«

Hansens Blick wurde streng. »Haben Sie eine ungefähre Vorstellung, was das kosten würde?«

Paul atmete tief ein. »Sicher. Wenn Sie sich einmal diese Aufstellung anschauen mögen ...«

Gemeinsam beugten sie sich über die von Paul vorbereitete Kalkulation.

Sofort nachdem die Kinder im Bett waren, eilte Paul zum Telefon. »Bodo?«

»Was gibt es, Paul?«, brummte der Kommissar am anderen Ende der Leitung.

»Können wir uns kurz sehen?«

»Wie? Jetzt?«

Paul holte tief Luft. Es war gefährlich, aber es musste sein. »Ja.«

Bodo schien ihm seine Entschlossenheit an der Stimme anzuhören. »Na, gut. Dann komm ausnahmsweise auf ein Glas bei mir vorbei.«

»Danke!« Ohne sich zu verabschieden, legte Paul auf.

Eine halbe Stunde später saßen sie sich an Bodos Küchentisch gegenüber. Hektisch flüsternd berichtete er ihm von den Vorkommnissen des heutigen Tages.

»Hast du eine Idee, wie ich meinem Kollegen helfen kann … ohne mich selbst in Gefahr zu bringen?«, fragte er anschließend.

Bodo nahm einen großen Schluck Bier und wischte sich den Schaum von der Oberlippe, bevor er antwortete: »Paul, der Mann ist so gut wie tot. Dem ist nicht mehr zu helfen.«

»Aber du … du hast mir doch erzählt, dass du jetzt im Innendienst mit der Verwaltung der Verhafteten beschäftigt bist. Da muss es doch irgendeine Möglichkeit geben?«

Bodos Züge verhärteten sich, und Paul glaubte, den Grund dafür zu kennen. Sein Freund war – weil er sich standhaft weigerte, der Partei beizutreten – von den neuen Machthabern degradiert worden. Tatsächlich erwiderte Bodo sarkastisch: »Wenn ich jetzt, nach zwanzig Jahren Dienst bei der Kriminalpolizei, im Zuge der Neuorganisation eine Schreibtischstelle zugewiesen bekommen habe, hat sich das sicher nicht gerade günstig auf meine Machtbefugnisse ausgewirkt.«

»Ich meinte ja auch nicht, dass du ihn selbst laufen lässt. Aber wenn du für den Papierkram und die Überstellung der Häftlinge in die KZs zuständig bist … könnte dann nicht ein Transport schiefgehen? Und dabei ein ganz bestimmter Häftling fliehen?«

»Die haben Spezialtrupps für solche Fälle. Wenn ein Häftling flüchtet, bleibt er meistens keine drei Stunden auf freiem Fuß.«

Paul überlegte angestrengt. »Wie läuft das eigentlich ab … die Festgenommenen werden zuerst bei euch in Behelfszellen untergebracht, verhört und dann in die KZs überstellt?«

Bodo rieb sich müde die Augen. Es war offensichtlich, dass es ihm schwerfiel, über seine Arbeit zu sprechen. »Das ist unterschiedlich, manche werden auch erst in den KZs verhört. Wir sind im Grunde nur für die erkennungsdienstliche Behandlung zuständig. Fingerabdrücke nehmen, die Gesichter fotografieren, die Akte anlegen und solche Sachen. Denn selbst wenn die Nazis geltendes Recht mit Füßen treten, kann ihnen keiner vorwerfen, dass sie nicht akkurat mit ihrer Verwaltung sind.«

»Bringst du auch manchmal selbst Häftlinge ins KZ?«

Bodo schüttelte den Kopf. »Nein. Gott sei Dank nicht.«

»Und wie lange bleiben sie im Schnitt bei euch?«

»Je nach ... Andrang zwischen ein paar Stunden und mehreren Tagen.«

»Dann befindet sich Fritsche also immer noch in eurem Gewahrsam?«

»Paul, da müsste ich erst nachschauen ... ich habe nicht die Namen aller Häftlinge im Kopf und bin auch nicht für alle selbst zuständig. In meiner Abteilung arbeiten zwanzig Kollegen im Schichtbetrieb. So viel ist bei uns zu tun!«

»Könntest du überprüfen, ob Fritsche noch vor Ort ist?«

Bodo nickte unglücklich. »Das kann ich machen ... aber noch mal: Was soll das bringen? Du kannst deinem Kollegen nicht helfen. Es ist zu spät.« Er blickte stumpf in sein halb leeres Bierglas. »Ich habe noch nicht einmal eigene Freunde retten können.«

»Und was, wenn der Häftling bei einem Unfall stirbt? Ich meine, dann würde der Sondertrupp doch sicher keine Nachforschungen anstellen.«

Bodo sah ihn an, als hätte er nicht mehr alle Tassen im Schrank. »Solange sie keine Leiche haben, gibt es auf jeden Fall eine Untersuchung.«

Nachdenklich trommelte Paul mit den Knöcheln seiner verbliebenen Hand auf den Küchentisch.

»Lass das. Du machst mich ganz nervös«, schimpfte Bodo.

»Entschuldige, aber ich denke nach ... Wir bräuchten also quasi nicht nur einen Unfall, sondern auch eine Leiche, die man nicht identifizieren kann.« Er blickte auf. »Eine verbrannte Leiche zum Beispiel.«

»Wenn du weiterhin solch einen Blödsinn quatschst, nehme ich dich gleich selbst fest. Du kannst doch nicht jemand Fremdes umbringen, um einen anderen Mann zu befreien!«

Paul ging nicht darauf ein. Stattdessen fragte er: »Würde es dir etwas ausmachen, wenn ich morgen einmal auf dem Präsidium bei dir vorbeischaue?«

Bodo kniff die Augen zusammen. »Aber du baust keinen Mist, hörst du? Unsere Sicherheit geht vor, verstanden?«

Paul hob die Hand wie zum Schwur. »Ich verspreche es dir.« Unvermittelt stand er auf. »Danke, Bodo. Das war sehr aufschlussreich. Wir sehen uns dann morgen.«

»Wenn's unbedingt sein muss«, knurrte Bodo. »Aber denk dran: Ich gehe nicht selbst über die Wupper, nur damit du reinen Gewissens in den Spiegel schauen kannst.«

Paul nickte. »Das habe ich verstanden.«

15. Kapitel

August 1936

»Du möchtest *was* von mir?« Friedrich sah ihn an, als hätte er sich verhört.

Sie standen sich in einem kleinen Behandlungszimmer der Charité gegenüber. Sein Bruder, der als junger Mann unglaublich charmant, lustig und attraktiv gewesen war, wirkte nur noch wie ein Schatten seiner selbst. Paul hatte sich bei seinem Anblick regelrecht erschrocken, so verhärmt und müde sah Friedrich aus. Lag das wirklich nur an seiner anstrengenden Arbeit als Chirurg? Oder grämte er sich, weil er nicht die Karriere gemacht hatte, die ihm vorhergesagt worden war? Weil er es nie bis zum Chefarzt der chirurgischen Abteilung geschafft hatte? Aber Paul hatte jetzt keine Zeit, den Ursachen für die Veränderung seines älteren Bruders auf den Grund zu gehen.

»Ich hab's dir doch erklärt … ich überlege, wie ich einem verhafteten Kollegen zur Seite stehen kann«, wiederholte er angespannt.

Letzte Nacht hatte Paul erneut Fritsches Stimme in den Ohren geklungen: »*So helfen Sie mir doch, Kuhlmann. Warum helfen Sie mir nicht?*« Welche Verzweiflung aus diesen Worten gesprochen hatte! In den frühen Morgenstunden war ihm schließlich eine aberwitzige Idee gekommen. Er wusste zwar nicht, ob er Fritsche auf die Art – ohne ein Risiko für sich selbst und seine Kinder einzugehen – befreien konnte, aber er wollte zumindest ausloten, ob sein Plan durchführbar war. Nachdem die Kinder in die Schule gegangen waren, hatte er sich krankgemeldet und war in die Charité geeilt.

»Aber das ist doch völlig abstrus, Paul«, murmelte Friedrich und rieb sich müde die Augen. »Ich kann dir nicht einfach eine Schachtel Veronal und zwei Leichname überlassen. Ich komme ja in Teufels Küche, wenn das rauskommt.«

»Aber wie sollen sie uns auf die Spur kommen?«, fragte Paul. »Du hast mir doch mal erzählt, dass die Leichen, an denen eure Studenten zu Lehrzwecken herumoperieren, anonym beerdigt werden. Ich nehme einfach zwei von denen. Das fällt doch gar nicht auf.«

»Natürlich fällt das auf. In unserer Pathologie wird sorgfältig gearbeitet«, widersprach sein Bruder.

»Trotzdem. Was werden sie schon tun, wenn zwei Leichen fehlen? Die Polizei rufen?«

Friedrich seufzte. »Ich weiß es nicht, aber du kannst trotzdem nicht von mir verlangen, dass ich dir bei einer solchen Schnapsidee behilflich bin. Ich befinde mich sowieso schon in einer prekären Lage und …«

»Wieso das?«, hakte Paul erschrocken nach.

Friedrich schien kurz mit sich zu kämpfen, dann sagte er: »Margot und ihr Vater sind überzeugte Nazis, wie du weißt. Sie gehen medizinisch gerade in eine Richtung, in die ich ihnen nicht guten Gewissens folgen kann. Und seitdem ich diese Meinung kundgetan habe, stehe ich unter verschärfter Beobachtung.«

»Wie? Von deiner eigenen Familie?«

Friedrich nickte unglücklich. »Ehrlich gesagt wollte ich dich auch schon um Hilfe bitten. Margot und ich haben ein gemeinsames Konto, und ich muss bei jeder Abbuchung extrem vorsichtig sein, damit sie nicht Lunte riecht.«

»Aber weshalb sollte sie Lunte riechen?«

»Weil ich das Geld nicht für alltägliche Dinge brauche, sondern für etwas ganz Bestimmtes verwenden will.«

Ins Blaue hinein erkundigte sich Paul: »Du … willst auswandern?«

Friedrich schüttelte den Kopf. »Nein, ich nehme mir einen Anwalt, um die Scheidung vorzubereiten, aber wenn Margot davon Wind bekommt, wird sie fuchsteufelswild werden. Und …«

Er schluckte. »Sie kennt sehr wichtige Personen, die mir meine weitere medizinische Arbeit unmöglich machen könnten.«

»Aber wird sie nicht erst recht wütend werden, wenn du die Scheidung ohne Vorwarnung einreichst?«

Sein Bruder senkte den Kopf. »Ich weiß, dass mein Plan fast genauso löchrig ist wie dein verrückter Einfall mit den Leichen, aber ich halte es nicht mehr aus mit ihr.«

Er und Friedrich waren nie besonders liebevoll miteinander umgegangen. Aber in diesem Moment konnte Paul nicht anders … er machte einen Schritt auf seinen Bruder zu und umarmte ihn. Friedrich ließ es wortlos geschehen.

Schließlich gab Paul ihn unbeholfen wieder frei. »Wir sind Brüder, Friedrich. Wir können uns gegenseitig aus der Patsche helfen. Ich gebe dir das Geld, das du benötigst, und du überlegst dir, wie du mir eine Schachtel Veronal und den Schlüssel für die Pathologie verschaffen kannst. Abgemacht?« Er streckte seine Hand aus.

Friedrich zögerte. »Ich weiß nicht. Es gibt nur ganz wenige Generalschlüssel in der Charité. Wenn man dich damit erwischt, wird jeder sofort vermuten, dass du ihn von mir hast.«

Paul dachte einen Moment nach. »Und wenn du einfach die Außentür selbst aufschließt und sie die Nacht über offen stehen lässt? Daraus kann dir niemand einen Strick drehen.«

Friedrich nickte. »Ja, das könnte ich tun.« Er ergriff Pauls ausgestreckte Hand und schüttelte sie. »Und du willst dieses nicht unbeträchtliche Risiko für einen … Kollegen aus dem Ministerium eingehen?«

Sein Bruder und er hatten nie offen über seine Homosexualität gesprochen. Aber als Paul jetzt verlegen murmelte, dass es sich dabei um einen »Freund« handele und er deshalb zumindest über einen Fluchtplan nachdenken müsse, nickte Friedrich verständnisvoll. Nachdem Paul ihm einen Scheck ausgestellt hatte, machte er sich auf den Weg zu Bodos Arbeitsstelle, um ihm seine Idee zu unterbreiten.

Das Geheime Staatspolizeihauptamt in der Prinz-Albert-Straße war ein beängstigender Ort. Paul spürte, wie sich ihm beim Anblick der unzähligen uniformierten Polizisten und schwarz gekleideten Gestapo-Leute die Nackenhaare aufstellten. Die Stiefelabsätze der Männer hallten wie das Stakkato einer vorbeimarschierenden Armee auf dem Steinboden der Eingangshalle wider, an deren Wänden überdimensionierte Hakenkreuzfahnen hingen. Mit einem beklommenen Gefühl stieg er die Treppe in die zweite Etage hoch. Auf dem letzten Absatz hielt er inne. Plötzlich kam ihm sein Plan nicht nur wahnwitzig, sondern auch lächerlich und naiv vor. Wie sollte er sich erfolgreich mit einer solchen Menge bewaffneter und gut ausgebildeter Männer anlegen? Er würde lediglich selbst im KZ landen. Friedrich hatte recht: Es war eine Schnapsidee, Fritsche helfen zu wollen.

Nachdenklich verharrte er auf dem Treppenabsatz. Seine Gedanken kreisten. Irgendwie konnte er sich zu keiner Entscheidung durchringen. Sollte er wieder umkehren? Oder doch herauszufinden versuchen, ob Fritsche überhaupt noch im Haus war? Auf einmal bemerkte er, wie einige Männer, die an ihm vorbeigingen, ihn misstrauisch beäugten. Wahrscheinlich machte er sich mit seinem Zaudern verdächtig. Also fasste er sich ein Herz und schleppte sich Stufe um Stufe weiter nach oben.

Schließlich stand er vor der Amtsstube 214. Vor Angst schwitzend klopfte er an und trat ein. Sein Freund war einer von sechs Männern, die in Uniform hinter ihren Schreibtischen saßen. Paul zog – wie abgemacht – einen leeren Umschlag aus seinem Jackett und reichte ihn Bodo.

»Ach, da bist du ja. Danke, dass du mir die Unterlagen von meiner Schwester vorbeibringst. Kann ich dir eine Tasse Kaffee anbieten?«

Paul räusperte sich. »Gern.« Er folgte Bodo, der an ihm vorbei aus der Tür ging, einige Meter den Gang entlang und betrat dann hinter ihm eine kleine Kammer. Darin befanden sich eine Spüle und ein offener Schrank mit Tassen und Tellern.

Als Bodo die Tür geschlossen hatte, drehte er sich zu ihm. »Ich habe leider schlechte Nachrichten, Paul.«

»Was ist passiert?«

Mit ernster Miene sagte Bodo: »Vor einer Stunde wollten sie Fritsche erneut vernehmen ... doch da hatte er sich bereits in seiner Zelle erhängt. Er ist leider tot.«

»Nein!« Das war tatsächlich eine schreckliche Neuigkeit. Doch in Pauls Fassungslosigkeit mischte sich auch die Erleichterung, dass er seinen verrückten Plan nun doch nicht würde umsetzen müssen.

»Leider ist es wahr. Er hat sich mit seinem eigenen Hemd an der Deckenlampe aufgeknüpft.«

Paul schüttelte den Kopf. »Er muss schreckliche Angst gehabt haben.«

Sein Freund nickte. »Sensible Menschen wie er ertragen diese Verhörmethoden nicht.«

Bevor Paul sich selbst bremsen konnte, fragte er: »Was für Verhörmethoden?«

Bodos Miene verhärtete sich. »Alles, was du dir in deinen schlimmsten Albträumen vorstellen kannst: Erpressung, Erniedrigung, Konfrontation mit echtem oder gefälschtem Beweismaterial ... und natürlich jede Art von Folter.«

Paul war plötzlich schummerig zumute. »Folter?«, wiederholte er flüsternd. »Nicht nur im KZ, sondern sogar hier im Polizeigewahrsam?«

»Na, was dachtest du denn? Dass sie mit den Häftlingen Skat spielen?«, sagte Bodo grob. »Im Amtsdeutsch heißt das ›verschärfte Vernehmung‹. Verstehst du jetzt, warum ich dir nur äußerst ungern behilflich gewesen wäre ... ich weiß einfach zu viel.«

Pauls Gehirn fühlte sich ganz taub an. So, als hätte er mächtig einen über den Durst getrunken.

»Lass uns nicht mehr darüber reden«, meinte Bodo.

Paul nickte. Er wollte nur noch raus aus diesem schrecklichen Gebäude. »Also dann, Bodo. Nichts für ungut und bis nächste Woche.«

»Bis dann.«

Paul trat aus der Kammer und strebte mit langen Schritten dem Treppenhaus am anderen Ende des Flurs zu. Er bog um die Ecke und wollte gerade die erste Stufe betreten, als er um ein Haar mit einigen Männern zusammengestoßen wäre: zwei bullige Gestapo-Leute, die einen Häftling nach oben führten. Als Paul den Festgenommen trotz seiner blutunterlaufenen Augen und wirren Haare erkannte, blieb sein Herz stehen.

Es war Robert.

Es war schwierig, ein vernünftiges Gespräch mit ihrer Tante Luise zu führen. Sie war verliebt wie ein Backfisch. Entweder hing sie mit verzücktem Blick an den Lippen ihres Verlobten Willy Darboven, oder sie sprach unentwegt von ihm. Willy dies und Willy das. Julia hätte nie geglaubt, dass sie sich einmal darüber freuen würde, dass Hugo sich ihnen spontan anschloss. Als er sie bei ihrer Tante in Berlin abgeliefert hatte, hatte er hundsfrech gefragt, ob sie nicht auch noch eine Karte für ihn habe. Natürlich hatte er Tante Luise genauso um den kleinen Finger gewickelt wie alle anderen Menschen, denen er begegnete, und sie hatte sämtliche Hebel in Bewegung gesetzt, um Karten für die Eröffnungsfeier im Olympiastadium und die ersten Tage der Wettbewerbe für ihn aufzutreiben, was ihr auch gelungen war. Wie gesagt, Julia hieß Hugos Verhalten keineswegs gut. Aber unter den erschwerten Bedingungen war seine Gegenwart eine wohltuende Abwechslung.

»Schau, gleich laufen sie los.« Hugo deutete nach unten auf die Aschenbahn, wo einige Sportler anfingen, sich aufzuwärmen.

»Ich kann es kaum erwarten. Hoffentlich gewinnt wieder dieser wunderbare Jesse Owens«, schwärmte Julia und beugte sich vor, um die Teilnehmer des Hundert-Meter-Laufs in Augenschein zu nehmen.

Pikiert drehte sich eine rundliche, schlecht blondierte Dame in der Reihe unter ihnen zu ihr um. »Was sind denn das für Töne, junges Fräulein! Warum drücken Sie ausgerechnet diesem amerikanischen Neger die Daumen? Haben Sie kein Herz für unsere tapferen deutschen Sportler?«

Julia war zu empört, um etwas darauf zu erwidern. Ging es bei einer Olympiade nicht darum, dass der beste Athlet gewann? Und Jesse Owens lief nun mal wie der Wind.

»Aber verehrte gnädige Frau«, sagte Hugo in diesem Moment mit seinem charmantesten Zahnpasta-Lächeln. »Selbstverständlich hat meine junge Freundin ein Herz für deutsche Sportler, aber wir haben voller Bewunderung das ehrwürdige Ausmaß Ihrer Begeisterung zur Kenntnis genommen und konnten uns nicht vorstellen, mit Ihnen zu konkurrieren.«

Es war natürlich vollkommener Unsinn, den Hugo da von sich gab. Aber die Dame schien sich trotzdem gebauchpinselt zu fühlen. Sie strahlte ihn an. »Ach so.« Offenbar begriff sie nicht, dass er sich über sie lustig machte.

Im nächsten Augenblick tat Hugo so, als würde er auf seiner Sitzkante das Gleichgewicht und damit die Kontrolle über den Wasserbecher in seiner Hand verlieren. Das bereits lauwarme Wasser schwappte über und ergoss sich in hohem Bogen über das üppige Dekolleté der Dame.

»Ja, um Gottes willen! Ich bitte Sie recht herzlich um Verzeihung!«, rief er, zog ein Taschentuch hervor und reichte es seinem laut zeternden Opfer. Als die Dame sich schließlich – nach wiederholten Entschuldigungsbeteuerungen seinerseits – beruhigt und wieder umgedreht hatte, lächelte Hugo Julia schelmisch zu.

Sie wusste nicht, ob sie ihm dankbar sein oder ihn ausschimpfen sollte. Was war er nur für ein Filou! Selbst Tante Luise, die das ganze Spektakel natürlich mitbekommen hatte, konnte sich ein ungläubiges Grinsen nicht verkneifen.

Es war bereits der vierte Tag der Wettkämpfe, und sie saßen zu dritt im neuen Olympiastadion, das mehr als hunderttausend Zuschauer fasste und bis auf den letzten Platz ausverkauft war. Die

Eröffnungsfeier hatte alle ihre Erwartungen übertroffen. Wie aufregend es gewesen war, als die olympische Flamme mit einer Fackel entzündet wurde, die zu Fuß von Griechenland bis nach Berlin getragen worden war. Durch sieben Länder und über eine Strecke von mehr als dreitausend Kilometern! Umgeben von seinen engsten Gefolgsleuten, hatte Adolf Hitler huldvoll den Einmarsch der Nationen abgenommen.

Begeistert, zuweilen auch verwundert hatte Julia zugesehen, wie die Mannschaften aus aller Herren Länder eine Ehrenrunde durch das Stadion gedreht hatten. Aber warum waren nur so viele ausländische Sportler mit zum Hitlergruß erhobenem Arm einmarschiert? Wollten sie sich den Nazis anbiedern oder nach dem Motto »Andere Länder, andere Sitten« einfach nur freundlich sein? Anschließend war der Führer ans Mikrophon getreten und hatte in martialisch-knarrendem Tonfall die elften olympischen Spiele der neuen Zeitrechnung für eröffnet erklärt. Unzählige Friedenstauben waren in den Himmel aufgestiegen, einstudierte Tänze von der Hitlerjugend aufgeführt worden. Über dem Stadion hatte der Zeppelin *Hindenburg* geschwebt. Die Zuschauer waren vor lauter Ah- und Oh-Rufen gar nicht mehr zur Ruhe gekommen.

Hugo, der sich in Berlin wie in seiner Westentasche auskannte, hatte ihr auf der Rückfahrt erklärt, dass man die Stadt extra für die ausländischen Gäste herausgeputzt hatte. »Siehst du, überall hängen Blumengirlanden und Hakenkreuzfahnen«, hatte er gesagt und erläutert, dass viele ansonsten verpönte oder gar verbotene Swing-Bands wieder in den Lokalen spielen durften. Antisemische Schmierereien und Schilder mit der Aufschrift »Juden unerwünscht« waren entfernt worden. Ja, man habe sogar die blutroten Aushangkästen des nationalsozialistischen Kampfblattes *Der Stürmer* abmontiert. Offenbar wollte man sich vor dem internationalen Publikum weltoffen und freundlich geben. »Oder könnte das nicht doch ein echter Richtungswechsel sein?«, hatte Julia hoffnungsfroh gefragt. »Könnte Hitler nicht erkannt haben, dass er als Reichskanzler viel erfolgreicher wäre, wenn er nicht einen Teil des Volkes auf so brutale Weise ausschließen würde? Was meinst du?« Statt einer Antwort hatte Hugo nur leise »Vielleicht« gemurmelt, was nicht besonders überzeugend geklungen hatte.

In diesem Moment ertönte der Startschuss. Das Rennen begann, und die Athleten liefen in geradezu entfesseltem Tempo los. Plötzlich bemerkte Julia, dass sie offenbar nicht die Einzige war, die Jesse Owens den Sieg wünschte. Viele deutsche Zuschauer riefen begeistert seinen Namen und erhoben sich von ihren Plätzen, um den dunkelhäutigen Läufer anzufeuern, der sich sogleich an die Spitze gesetzt hatte und kurz darauf gewann. Die Leute jubelten ihm zu.

Atemlos nahm Julia wieder Platz und meinte sehnsüchtig: »Ach, ich hätte so gern ein Autogramm von ihm, dann könnte ich es mir als Erinnerung in mein Zimmer hängen.«

»Tja, das wird wohl schwierig, Julia«, meinte Tante Luise. »Schau dir nur die Menschentraube an, die sich bereits um ihn drängt. Außerdem ist es viel zu heiß, um all die Stufen bis zur Aschenbahn runter- und wieder raufzuklettern.« Sie setzte sich ihren breitkrempigen Hut auf, den sie aus Rücksicht auf die anderen Zuschauer während des Rennens abgenommen hatte. Auch sie hatte bereits Autogramme schreiben müssen, als einige Leute sie hinter ihrer dunklen Sonnenbrille erkannt hatten.

In diesem Moment stand Hugo auf und verkündete: »Ich besorg dir eins.« Bevor Julia etwas erwidern konnte, hatte er sich bereits an den Knien der anderen Zuschauer in ihrer Reihe vorbeigedrückt und war in der Menschenmenge verschwunden.

»So warte doch, ich komme mit!«, schrie sie ihm hinterher und drängte sich ebenfalls an den protestierenden Sitznachbarn vorbei. Sie ignorierte die Ermahnungen ihrer Tante, ja vorsichtig zu sein, und bahnte sich einen Weg durch die schwitzenden Leiber auf der Treppe. Als sie sich an einem besonders fettleibigen Mann vorbeischieben wollte, kollidierte sie mit einem spitzen Ellbogen. Der jähe Schmerz trieb ihr die Tränen in die Augen. Sie blieb stehen und hielt sich mit zusammengebissenen Zähnen die Hüfte, während sie vom Sog der nach unten und oben wogenden Menschen fast umgeworfen wurde. Plötzlich packte sie jemand am Arm und zog sie in eine der Sitzreihen.

»Was erlauben Sie sich!«, rief Julia entrüstet. Als sie sich umdrehte, um dem frechen Kerl die Meinung zu geigen, blickte sie in das überraschte Gesicht von … Fabian von Schlenzdorf. Er trug einen grauen Anzug und sah noch schlaksiger aus, als sie ihn in Erinnerung hatte.

Bei ihrem Beinahe-Zusammenprall auf der Treppe hatte Robert mit keinem Wimpernschlag zu erkennen gegeben, dass sie sich kannten. War er bereits so jenseits von Gut und Böse, dass er ihn gar nicht bemerkt hatte? Oder hatte er ihn durch seine geistesgegenwärtige Teilnahmslosigkeit schützen wollen? Paul war jedenfalls von ihrem unerwarteten Treffen vollkommen überwältigt. Seine Knie hatten begonnen, unkontrolliert zu schlottern, und für einen Moment hatte er das Gefühl gehabt, sich übergeben zu müssen. Kraftlos hatte er sich zurück in den Gang geschleppt und war dort zu Boden gesunken. Erst nach und nach war ihm aufgegangen, was diese Begegnung bedeutete: Robert kam ebenfalls in ein KZ! Diese Erkenntnis, so erschreckend sie auch war, hatte ihn auf einen Schlag wieder klar denken und einen Beschluss fassen lassen: Er würde die Liebe seines Lebens aus der Haft befreien … und wenn er dabei selbst ums Leben käme. Noch immer körperlich geschwächt, hatte er sich aufgerappelt und war schnurstracks zu Bodo geeilt.

Zurück in der Küchenkammer, hatte sein Freund sich jedoch standhaft geweigert, erneut über die Befreiung eines Häftlings zu sprechen.

»Du verstehst nicht. Robert war meine große Liebe und wird es immer bleiben. Ich kann einfach nicht verantworten, dass er in ein KZ kommt«, hatte Paul versucht, die Dringlichkeit seines Ansinnens zu erklären. »Das würde er nicht überleben. Er sah ohnehin schon mehr tot als lebendig aus, als sie ihn die Treppe hochgeschleppt haben.«

»Man kann nicht jeden retten«, hatte Bodo kühl erwidert. »Wenn es mir mit meinen Freunden schon nicht gelungen ist …«

»Aber Robert werde ich retten! Koste es, was es wolle!« Paul legte alle ihm zur Verfügung stehende Überzeugungskraft in seine Worte, und tatsächlich schien seine Entschlossenheit auf Bodo Eindruck zu machen.

Er seufzte. »Ich kann ja mal schauen, was gegen ihn vorliegt. Warte hier.« Kurz vor der Tür drehte er sich noch einmal um. »Wie heißt er mit vollem Namen, und wie lautet sein Geburtsdatum?«

»Robert Breitschneider, geboren am sechzehnten Mai 1888«, antwortete Paul.

Die Wartezeit in der kleinen Kammer kam ihm schier endlos vor. Immer wieder trat Roberts ramponiertes Gesicht vor sein inneres Auge und ließ ihn erschaudern.

Irgendwann kehrte Bodo zurück. »Breitschneider ist tatsächlich als Hundertfünfundsiebziger festgenommen worden. Er wurde von einem gewissen Gernot Hufnagel verpfiffen, der sich wahrscheinlich seinen Anteil am gemeinsamen Restaurant unter den Nagel reißen wollte.«

Robert war Mitbesitzer eines Restaurants? Aber darüber würde er später nachdenken, zunächst galt es, ihn in Sicherheit zu bringen.

»Und was machen wir jetzt?«, fragte Paul, da er Bodo letztlich gar nicht in die Details seines Plans zur Befreiung von Fritsche eingeweiht hatte.

»Das fragst du ausgerechnet mich?« Bodo blickte ihn kopfschüttelnd an. »Ich dachte, *du* hättest dir etwas einfallen lassen.«

Jetzt musste er also die Karten auf den Tisch legen. Plötzlich genierte er sich, dieses fast kintoppartige Vorhaben zu offenbaren, das vielleicht doch nur seiner überbordenden Fantasie zuzuschreiben war. »Also … ich dachte, man könnte bei Roberts

Transport ins KZ ansetzen. Dass du den vorgesehenen Fahrer mit einem Schlafmittel unschädlich machst und ich stattdessen den Wagen fahre … vielleicht mit einer geliehenen Uniform … und dann könnten wir einen Unfall vortäuschen, bei dem Robert und ich offiziell verbrennen, wobei das in Wirklichkeit zwei Leichen aus der Charité wären und …« Er hielt inne, als er Bodos fassungslosen Blick bemerkte. »Was ist?«

»Sag mal, spinnst du?«, fragte sein Freund. »Du hast ja nicht mehr alle Tassen im Schrank! Und keine Ahnung von nichts! Die Häftlinge werden zu mehreren in einem Mannschaftswagen transportiert und von etlichen Gestapo- oder SS-Männern bewacht. Dein Plan würde hinten und vorne nicht aufgehen. Ich dachte, du hättest vielleicht eine Frau gefunden, die bereit ist auszusagen, dass sie ein Verhältnis mit ihm hat und sich die Gestapo in Bezug auf Roberts Sexualität geirrt habe.«

»Das würde funktionieren?«, fragte Paul, fassungslos angesichts der Einfachheit dieser Lösung.

»Na ja, die Frau müsste halbwegs im selben Alter sein und absolut glaubwürdig agieren. Bestenfalls wäre die betreffende Dame natürlich schwanger … aber wie soll man an so jemanden herankommen?«

Luise! Paul fuhr sich nachdenklich übers Kinn. Ob sich seine Schwester nach der Geschichte mit Carl bereit erklären würde, ihm noch einmal zu helfen? Allerdings war sie jetzt offiziell verlobt – das hatte in allen Zeitungen gestanden –, und mit ihrer Aussage würde sie ihrem Willy, zumindest in den Augen der Gestapo, Hörner aufsetzen. Trotzdem kam es auf einen Versuch an.

»Ich muss mit meiner Schwester telefonieren«, sagte Paul. »Kannst du mir sagen, wie viel Zeit uns ungefähr noch bleibt? Wann wird Robert ins KZ überführt?«

»Schwer zu sagen. Er ist schon seit vorgestern hier. An deiner Stelle würde ich mich beeilen.«

Wie von der Tarantel gestochen, sprang Paul auf. »Ich komme wieder, sobald ich Luise gefunden habe.«

Von einer nahe gelegenen Telefonzelle aus rief er in der Wohnung seiner Schwester an. Dort meldete sich nur ihre Haushälterin, die ihm mitteilte, dass Frau von Herrhausen ausgegangen sei. Sie habe keine Ahnung, wann die gnädige Frau wieder nach Hause komme oder wohin sie in Begleitung ihrer Nichte und eines jungen Mannes gegangen sei. Umgehend ließ Paul sich mit Willys Wohnung verbinden. Doch dort nahm niemand ab.

Mit Schweißperlen auf der Stirn wählte er die Nummer der UFA, wo man ihn mehrmals vertröstete und weiterverband, bis man ihm schließlich versicherte, dass seine Schwester sich nicht auf dem Gelände befinde. Paul musste sich für einen Moment am Telefonapparat festhalten, er hatte das Gefühl, den Verstand zu verlieren. Wo zum Teufel steckte Luise? Schließlich kam ihm die glorreiche Idee, in Willys Firma anzurufen. Die Sekretärin ließ ihn wissen, dass Herr Darboven gerade zum Olympiastadion gefahren sei, wo er sich gemeinsam mit seiner Verlobten die Nachmittagswettkämpfe anschauen wolle. Gegen acht Uhr am Abend seien die Herrschaften mit Freunden zu einem Abendessen im Hotel Adlon verabredet. Bestimmt würden sie sich davor noch umziehen.

Was nun? Sollte er auf Verdacht zum Stadion fahren? Würde man ihn dort überhaupt einlassen? Schließlich waren die Karten seit Monaten ausverkauft. Oder sollte er vor Luises Wohnung warten, bis sie zurückkehrte, um sich umzuziehen? Unschlüssig blickte er auf die Uhr. Es war bereits vierzehn Uhr dreißig! Was, wenn man Robert noch an diesem Nachmittag ins KZ brachte? Es war ein Wettlauf gegen die Zeit. Schließlich war es keineswegs sicher, dass er Luise überreden konnte, für Robert auszusagen. Obwohl … eigentlich hatte ihn seine Schwester noch nie hängen gelassen. Außerdem war sie als Jugendliche selbst einmal in Robert verliebt gewesen. Einen Versuch war es also auf jeden Fall wert!

Paul stellte sich an den Straßenrand und hielt das nächste Taxi an. Irgendwie musste er sich ins Stadion mogeln.

»Julia? Was machst du denn hier?«, fragte Fabian überrascht.

Schlagartig war der Schmerz nach dem unsanften Zusammenstoß mit dem Ellbogen wie weggeblasen. In diesem Durcheinander ausgerechnet auf Fabian zu treffen, war das nicht ein Wink des Schicksals? Trotzdem bemühte sie sich um einen möglichst abgeklärten Tonfall, als sie erwiderte: »Guten Tag, Fabian. Was für ein schöner Zufall.« Er brauchte schließlich nicht zu wissen, wie sehr sie einem möglichen Wiedersehen mit ihm entgegengefiebert hatte.

Sein schmales Gesicht drückte noch immer ungläubiges Staunen aus. »Bist du mit deinen Eltern hier?«

»Nein, meine Tante hat mich eingeladen.«

Er nickte, als ob plötzlich alles Sinn ergeben würde. »Darf ich dich zurück auf deinen Platz bringen?«, fragte er höflich.

»Eigentlich wollte ich mir gerade …«, begann Julia, doch dann unterbrach sie sich selbst. Das Autogramm war jetzt Nebensache. Außerdem würden sie dort unten garantiert auf Hugo treffen, und das wollte sie lieber vermeiden. Der Kerl war schlichtweg unberechenbar. Nicht dass er Fabian mit seiner unkonventionellen Art vergraulte. Sie strahlte ihn an: »Sehr gern. Vielen Dank.«

Nachdem sie sich gemeinsam durch die Menge gekämpft hatten, stellte Julia ihn ihrer Tante vor.

»Wie schön, Ihre Bekanntschaft zu machen«, sagte Fabian und beugte sich formvollendet über Tante Luises Hand, um einen Kuss anzudeuten. »Julia hat mir gar nicht erzählt, dass sie mit einer berühmten Schauspielerin verwandt ist.«

Tante Luise winkte ab. »Ach, das ist doch auch nicht der Rede wert, Herr von Schlenzdorf. Bitte nehmen Sie Platz und leisten Sie uns ein wenig Gesellschaft. Sie schreiben also gerade an Ihrer Promotion?«

Während Fabian mit ihrer Tante plauderte, dachte Julia darüber nach, wie sie ein weiteres Treffen mit ihm arrangieren könnte. Ob sie sich auf den siebten Sinn von Tante Luise verlassen durfte? Zögernd murmelte sie: »Was hast du eigentlich am späteren Nachmittag oder heutigen Abend vor, Fabian? Es wäre wunderbar, wenn wir uns noch einmal in einer ruhigeren Umgebung unterhalten könnten.« Julia sah ihm die Verwunderung darüber an, dass sie so spontan und eigenmächtig die Initiative ergriff. Doch was blieb ihr anderes übrig?

»Eigentlich … nichts. Aber ich möchte dich nicht von deiner Tante fernhalten, außerdem sollte ich …«, stotterte er verlegen.

»Lieber Herr von Schlenzdorf«, unterbrach ihn Tante Luise geistesgegenwärtig. Julia hätte sie in diesem Moment aus Dankbarkeit küssen können. »Ich habe für acht Uhr heute Abend einen Tisch im Adlon reserviert. Kommen Sie doch einfach mit.« Sie schenkte ihm einen ihrer berühmten durchdringenden Blicke: »Ich würde mich wirklich freuen.«

Es war offensichtlich, dass Fabian von ihrem Charme völlig überrumpelt war. Seine Wangen röteten sich, und er sagte: »Aber ich möchte mich Ihnen und Ihrer Gesellschaft keinesfalls aufdrängen.«

Tante Luise schüttelte lächelnd den Kopf. »Welcher Gesellschaft? Es ist doch nur ein kleines intimes Abendessen unter Freunden.«

Fabian blieb gar keine andere Wahl, als seinen Widerstand aufzugeben. »Dann komme ich sehr gern, gnädige Frau. Herzlichen Dank für die Einladung«, sagte er förmlich.

Sein reservierter Ton war Julia egal, am liebsten hätte sie vor Freude jubiliert!

Plötzlich räusperte sich jemand neben ihnen. »Ich glaube, Sie sitzen auf meinem Platz«, meinte Hugo kühl.

Umgehend stand Fabian auf. »Bitte entschuldigen Sie, ich wollte nur kurz Julias Familie begrüßen. Ich bin schon wieder weg.«

»Sie können sich für ein Weilchen auch neben mich setzen«, schlug Tante Luise vor. »Ich erwarte meinen Verlobten erst in einer Viertelstunde.«

»Nein danke. Ich will Ihnen wirklich keine Umstände machen«, erwiderte Fabian höflich.

Hugo, der mitbekommen hatte, dass Fabian Julia duzte, musterte den Adeligen interessiert. Dann streckte er seine Hand aus. »Hugo Lessing. Angenehm.«

Fabian schlug ein. »Fabian von Schlenzdorf. Ganz meinerseits.«

Die Atmosphäre war auf einmal frostig. Als ob eine dunkle Wolke über ihrer kleinen Gruppe aufgezogen wäre. Julia suchte verzweifelt nach einem rettenden Gesprächsthema.

»Ach, übrigens … hier ist deine Autogrammkarte, Julia«, sagte Hugo in dem Moment, zog eine rechteckige Postkarte aus dem Jackett und reichte sie ihr.

Mehr aus Reflex als vor Begeisterung griff Julia danach. Wahrscheinlich hatte Hugo selbst etwas auf eine Serviette gekritzelt. Sie hätte ihm das ohne Weiteres zugetraut. Doch dann riss sie die Augen auf. Es war tatsächlich eine Postkarte mit Jesse Owens' Konterfei! In roter Tinte stand darauf: *For Julia! Jesse Owens.* Sprachlos starrte sie auf das Autogramm. »Danke, Hugo. Das ist … wundervoll.«

Fabian nickte anerkennend. »Ein Autogramm von einem mehrfachen Goldmedaillengewinner. Sehr gut!« Er verbeugte sich in Tante Luises Richtung. »Dann bis heute Abend, gnädige Frau. Ich wünsche Ihnen allen noch einen schönen Tag.«

Tante Luise musste Hugos Verdrossenheit bei Fabians Worten bemerkt haben, denn bevor Julia ihr ein Zeichen geben konnte, es nicht zu tun, sagte sie: »Herr Lessing, Sie sind heute Abend natürlich auch ganz herzlich eingeladen. Wir treffen uns um acht Uhr im Adlon. Passt Ihnen das?«

»Aber selbstverständlich. Mit dem größten Vergnügen«, beteuerte er und lächelte, als ob er kein Wässerchen trüben könnte.

Innerlich stöhnte Julia auf. Dieser Abend zu dritt würde anstrengend werden. Zumal nur Fabian ihr Herz rührte und Hugo sie garantiert trotzdem nicht kampflos ziehen lassen würde.

Nachdem Paul den Taxifahrer entlohnt und vor lauter Eile sogar auf das Wechselgeld verzichtet hatte, machte er sich auf den Weg zum Haupteingang des imposanten, kreisrunden Bauwerks.

»Verstehen Sie? Ich will gar nicht im Stadion bleiben, sondern nur meiner Schwester eine äußerst wichtige Nachricht zukommen lassen«, erklärte Paul dem ersten Kartenabreißer, der seinen Weg kreuzte.

»Haben Sie eine Eintrittskarte?«

Paul schüttelte hilflos den Kopf.

»Dann kann ich Sie nicht durchlassen. Am besten wenden Sie sich an meinen Aufseher.« Er zeigte mit dem ausgestreckten Zeigefinger auf einen Mann in Uniform, der, keine fünfzig Meter entfernt, unmittelbar neben der Kasse stand.

»Kennen Sie die Platznummer Ihrer Frau Schwester?«, fragte der Uniformierte, als Paul ihm sein Anliegen vorgetragen hatte.

»Leider nein.« Die Angst, dass Robert in diesen Minuten bereits in einen Mannschaftswagen verfrachtet werden könnte, saß ihm wie ein wildes Tier im Nacken.

Doch dem Aufseher schien seine offensichtliche Panik gleichgültig zu sein. Er rollte die Augen und sagte von oben herab: »Wir sind ausverkauft, guter Mann. Wenn Sie mir nicht sagen können, wo Ihre Schwester sitzt, sehe ich leider keine Möglichkeit, Ihnen behilflich zu sein.«

»Und wenn Sie eine Durchsage veranlassen würden, dass sie zum Eingang kommen soll? Die Nachricht, die ich meiner Schwester zukommen lassen muss, ist wirklich sehr wichtig.« Paul überlegte einen Moment und fügte dann beschwörend hinzu: »Es geht um Leben und Tod.«

Der Mann schaute ihn an, als hätte er einen Schwachsinnigen vor sich. »Wo denken Sie hin! Wenn wir das für jeden machen würden, müssten wir alle naselang irgendwas durchsagen. Nein, tut mir leid. Sie werden sich einfach gedulden müssen, bis die Veranstaltung zu Ende ist.«

In Paul stieg eine nie gekannte Verzweiflung auf. »Ach ja? Und was würden Sie machen, wenn es um das Leben eines Ihrer Liebsten ginge?«

Der Mann zuckte mit den Schultern. »Manchmal braucht man eben ein gesundes Gottvertrauen.«

Um sich nicht dazu hinreißen zu lassen, dem Kerl vor Wut und Verzweiflung ins Gesicht zu schlagen, wandte Paul sich abrupt ab. Was jetzt? Sollte er sich doch vor Luises Wohnung postieren? Oder kannte er noch eine andere Frau, die Robert aus dieser dramatischen Lage retten könnte? Doch sosehr er sein Gehirn durchforstete … ihm kam niemand anderes in den Sinn. Und eine Fremde zu fragen wäre viel zu riskant. Nicht auszudenken, wenn er dabei an eine fanatische Nationalsozialistin geriete. Vollkommen niedergeschlagen drehte er sich um und schlug den Weg nach Charlottenburg ein. Was, wenn er Robert nicht mehr rechtzeitig helfen konnte? Würde Luises Aussage auch noch etwas bewirken, wenn er erst im KZ saß?

Unterwegs fielen ihm seine Kinder ein, und er rief sie von einem Münzfernsprecher aus an, um ihnen zu sagen, dass er sich heute Abend verspäten würde. Glücklicherweise waren Sophie und Martin schon groß genug, um sich das Abendessen selbst zuzubereiten, die Hausaufgaben zu machen und danach ins Bett zu gehen.

Martin nahm bereits beim ersten Tuten ab: »Kuhlmann.« Es klang sehr erwachsen.

»Ich bin's … Papa. Geht's euch gut?« Seine Stimme hörte sich selbst in seinen eigenen Ohren rau an.

»Ja. Aber Sophie hat die Kohlrouladen von Frau Holländer anbrennen lassen.« Die Haushälterin kam jeden Morgen und bereitete den Kindern ein Mittagessen vor, das diese sich später aufwärmten.

»Das tut mir leid«, versuchte Paul zu trösten. »Sonst ist alles in Butter?«

»Hhmm. Übrigens hat vorhin jemand für dich angerufen. Du sollst dich umgehend bei einem Herrn Clausen melden. Es sei sehr wichtig.«

Pauls Herz fing an zu rasen. Hatte man Robert bereits verlegt? »Danke, mein Junge. Es kann heute Abend recht spät werden. Du kümmerst dich darum, dass zu Hause alles klappt und Sophie beizeiten ins Bett geht?«

»Na klar, Papa. Du kannst dich auf mich verlassen.«

»Das weiß ich doch. Hab eine gute Nacht. Und grüß Sophie lieb von mir«, sagte Paul und legte auf.

Kurz darauf war er mit Bodos Dienststelle verbunden. »Ich hätte gern Herrn Clausen gesprochen«, teilte er einer unbekannten Sekretärin mit und hoffte, dass sie ihn nicht nach seinem Namen fragte.

»Einen Moment, bitte.«

Kurz darauf meldete sich Bodo. »Ja?«

»Ich bin's«, sagte Paul knapp.

Bodo schien die gleiche Vorsicht walten zu lassen, denn er erwiderte: »Ach, es geht um das kaputte Fahrrad?«

Obwohl Paul nicht verstand, was er meinte, bejahte er die Frage.

»Ich bin zwar gerade auf der Arbeit, aber ich kann mich wohl einige Minuten freimachen, um es Ihnen zu übergeben. Heute früh war Ihre Werkstatt ja leider noch geschlossen.«

»Gut«, murmelte Paul heiser. »Wo wollen wir uns treffen?«

Bodo nannte ihm den Eingang eines Parks, der ganz in der Nähe seiner Arbeitsstelle lag.

»Ich kann in einer Viertelstunde dort sein.« Unverzüglich legte Paul auf und winkte ein Taxi heran.

Bodo wartete bereits auf ihn. Er hatte tatsächlich ein Fahrrad mit einem platten Reifen dabei. »Wo hast du nur den ganzen Nachmittag gesteckt?«, begrüßte er ihn grollend.

»Ich habe versucht, meine Schwester ausfindig zu machen.«

»Und?«

»Sie ist im Olympiastadion«, erwiderte Paul entnervt. »Ich kann sie nicht vor heute Abend sprechen.«

Bodo atmete tief durch. »Dann bleibt uns nur eine Möglichkeit …«

»Und welche?«

Sein Freund senkte die Stimme zu einem Flüstern: »Letzte Woche hat man den Kommandanten des KZ Columbia suspendiert, weil bei den Verhören zu viele Häftlinge gestorben sind. Dabei war das wegen der Olympiade ausdrücklich untersagt. SS-Sturmbannführer Klein, der für unsere Häftlinge verantwortlich ist, geht deshalb gerade der Arsch auf Grundeis. Gestern Nacht hat sich dein Herr Fritsch umgebracht, und jetzt hat auch noch Breitschneider vor einer Stunde versucht, sich die Pulsadern aufzuschneiden ...«

Der Boden unter Pauls Füßen schien zu schwanken. »Robert ist ... tot?«

Bodo schüttelte den Kopf. »Nein! Der arme Tropf wusste anscheinend nicht, dass man längs der Adern schneiden muss. Wenn man quer schneidet ...«

»Wie geht es ihm?«, unterbrach Paul den makabren Exkurs.

»Er ist so weit stabil, aber Klein will ihn so schnell wie möglich loswerden.«

»Man will ihn ... entlassen?«, stammelte Paul.

»Natürlich nicht ... sie wollen ihn in das neue KZ Sachsenhausen abschieben, das gerade erst eröffnet wurde, und zwar ... mit einem Krankenkraftwagen, damit er auf dem Weg dorthin nicht den Löffel abgibt.« Bodo machte ein Gesicht wie an Weihnachten.

Paul verstand seinen Optimismus nicht. »Und ... wie hilft uns das?«

»Herrgott, stehst du auf der Leitung? Breitschneider wird nicht von der Gestapo im Mannschaftswagen ins KZ gebracht, sondern von zwei Sanitätern in einem Rettungsfahrzeug.«

»Und diese Sanitäter soll ich mit vorgehaltener Pistole überfallen?«, fragte Paul unsicher.

»Unsinn. Du wirst selbst einer der Sanitäter sein!« Bodo schob das Fahrrad mit dem platten Reifen ein Stück in den Park und ließ es unsanft unter einen Busch fallen. »Komm, ich erkläre es dir.«

16. Kapitel

Das »kleine, intime Abendessen« von Tante Luise entpuppte sich in Wahrheit als dreißigköpfige Gesellschaft, der auch einige bekannte Filmschauspieler angehörten. Julia, die darum gebeten hatte, dass Fabian ihr Tischherr wurde, hatte verlegen herumgedruckst, als ihre Tante sie fragte, ob sie Hugo an ihrer rechten Seite platzieren solle. »Ähm ... besser nicht. Ich habe Fabian lange nicht gesehen und würde gern in aller Ruhe mit ihm sprechen. Vielleicht kann Hugo ja eine von deinen Schauspielfreundinnen beglücken?« Genauso war es dann auch gekommen.

Falls Hugo über den Umstand, dass sie an entgegengesetzten Enden der Tafel saßen, verärgert war, ließ er es sich nicht anmerken, sondern plauderte so amüsant mit seiner attraktiven Tischdame, dass sie unentwegt über seine Bemerkungen lachte. Da auf ihrer anderen Seite Tante Luises Verlobter saß, der sowieso nur Augen für seine Zukünftige hatte, konzentrierte sich Julia erleichtert auf Fabian. Er war als Letzter zu ihnen gestoßen, im schwarzen Smoking, und bei seinem Anblick hatte ihr Herz vor Freude unwillkürlich einen Sprung getan. Forschend blickte sie ihn jetzt von der Seite an, musterte seine dunklen Haare und sein Profil mit den hohen Wangenknochen und der schmalen Nase. Trotz der sommerlichen Temperaturen war seine Haut winterlich blass. Unter seinen schönen Augen lagen bläuliche Schatten, die von zu wenig Schlaf zeugten. Was war es nur, das sie an ihm so unwiderstehlich fand? Aber sie spürte es auch in diesem Augenblick: Er hatte eine geradezu magnetische Anziehungskraft, der sie sich nicht entziehen konnte.

»Und? Wie geht es deiner Freundin und ihrem arischen Verlobten?«, eröffnete Fabian die Unterhaltung.

»Du hast dir die Geschichte gemerkt«, erwiderte Julia überrascht. Immerhin hatten sie sich seit über einem Jahr nicht gesehen.

»Natürlich. Sind die beiden inzwischen aus Deutschland fortgegangen?«

»Leider nicht.« In kurzen Zügen erläuterte Julia die Umstände, die Avas Abreise verhinderten.

Fabian schüttelte den Kopf. »Das sind alles keine Gründe. Sie sollte flüchten. Geld kann man neu verdienen, das Leben wird einem nicht noch einmal geschenkt.«

»Das *Leben?* Du glaubst, sie befindet sich in Lebensgefahr?«

Fabian nickte und senkte seine Stimme. »Die Nazis gehen immer brutaler gegen Juden vor. Es wird nicht darüber berichtet, aber es ist so.«

Julia zog perplex die Augenbrauen zusammen. »Jetzt gerade scheint sich die Situation doch wieder entspannt zu haben. Alle bösen Schilder sind entfernt worden und …«

»Lass dich bitte nicht von diesen oberflächlichen Zugeständnissen blenden.« Seine ernsten dunklen Augen musterten sie eindringlich. »Nur wenige Kilometer außerhalb von Berlin hat man erst vorgestern ein neues Konzentrationslager namens Sachsenhausen eröffnet. Außerdem wurden sechshundert Sinti und Roma aus dem ganzen Land zusammengetrieben und in Marzahn, am Standrand von Berlin, interniert. Nein, das ist keine Entspannung. Das ist lediglich Schönfärberei. Propaganda, um sich vor den Augen der Welt als friedliebend in Szene zu setzen. Doch auf den Treffen der Hitlerjugend singen sie bereits: ›Nach der Olympiade schlagen wir die Juden zu Marmelade.‹«

»Um Gottes willen«, erwiderte Julia erschrocken. »Woher … woher weißt du das eigentlich alles, wenn es nicht in der Zeitung steht?«

Er zuckte mit den Schultern. »Ich habe da meine Quellen.« Es war offensichtlich, dass er kein weiteres Wort darüber verlieren wollte.

Um das Thema zu wechseln, fragte sie: »Wie lange schreibst du eigentlich noch an deiner Promotion?«

Auch diese Frage schien Fabian nicht genehm zu sein. »Ich weiß es nicht«, antwortete er und stocherte verlegen auf seinem Teller herum.

»Wenn ich nicht mit meinen Eltern das Palais leiten würde, würde ich wahrscheinlich ebenfalls Jura studieren«, behauptete Julia vollmundig und ließ großzügig unter den Tisch fallen, dass sie dafür erst einmal die Matura nachholen müsste. »Seit unseren gemeinsamen Ausritten lese ich regelmäßig alles, was mir an juristischen Themen in die Finger kommt.«

Plötzlich lächelte Fabian sie an. Sein sonst so ernstes Gesicht wirkte in diesem Moment jung und unbeschwert. »Ach ja? Und was ist dir davon im Gedächtnis geblieben?«

Mit klopfendem Herzen versuchte sie, sich an ihr in Wahrheit doch eher bruchstückhaftes Wissen zu erinnern. »Der Volksgerichtshof, der zunächst nur für politische Fälle zuständig sein sollte, ist seit April auch für ganz normale Verfahren zur letzten Instanz erhoben worden«, behauptete sie forsch, um ihre Unsicherheit zu überspielen.

»Das stimmt. Und warum ist das ein Problem?«, wollte Fabian – wieder ganz der strenge Professor – von ihr wissen.

Julia biss sich auf die Unterlippe. »Weil die Richter des Volksgerichtshofs direkt von Hitler ernannt werden und samt und sonders überzeugte Nationalsozialisten sind?«

»Sehr gut«, lobte Fabian. »Aber das ist noch nicht die ganze Wahrheit. Dieses Gericht missachtet die rechtsstaatlichen Grundsätze. Alles, was früher selbstverständlich war, ist jetzt außer Kraft gesetzt. Man kann zum Beispiel gegen ein Urteil dieses Gerichts keinen Einspruch einlegen. Und als Angeklagter darf man sich noch nicht einmal seinen Verteidiger selbst aussuchen.«

»Man muss sich von jemandem verteidigen lassen, den man gar nicht kennt?«, fragte Julia erstaunt.

Im Eifer des Gefechts wurde Fabian lauter: »Der Verteidiger weiß oft noch nicht einmal, was seinem Mandanten überhaupt vorgeworfen wird. Meistens darf er sich mit dem Angeklagten erst wenige Stunden vor der Verhandlung austauschen. Es ist eine

Farce! Man spielt dem Volk lediglich vor, eine anständige Gerichtsbarkeit zu haben.«

»Ist das *wirklich* so?«, fragte Tante Luises Verlobter in seinem sonoren Bariton und drehte sich zu ihnen um.

Julia merkte, wie Fabian unwillkürlich zusammenzuckte. Auch ihr war dieser hitzige Diskurs plötzlich unangenehm. Immerhin arbeitete der Verlobte ihrer Tante für die Nazis. Hoffentlich schwärzte er sie nicht bei irgendjemandem an.

»Bitte entschuldigen Sie, Herr Darboven«, sagte Fabian höflich. »Ich wollte auf keinen Fall zu politisch werden.«

Ihr Sitznachbar beugte sich noch ein wenig weiter vor. »Lieber Herr von Schlenzdorf, ich teile Ihre Meinung. Voll und ganz. Trotzdem würde ich Sie bitten, sich mit Fräulein Julia über etwas weniger Verfängliches zu unterhalten. Das Adlon scheint mir nicht ganz das richtige Ambiente für eine solche Lehrstunde zu sein.«

Fabians blasse Wangen färbten sich rot. »Da haben Sie selbstverständlich recht. Bitte entschuldigen Sie, Herr Darboven.«

»Kein Problem«, erwiderte der Unternehmer und widmete sich wieder seiner Verlobten.

Für einen Moment herrschte betretenes Schweigen zwischen ihnen. Dann fing Fabian an, von seiner Kindheit in Blankenese zu erzählen. Von dem Badevergnügen in der Elbe und den bunte Funken sprühenden Feuern aus Treibholz, die er als Kind mit seinen Freunden am Strand entzündet hatte. Von der am Hang gelegenen schneeweißen Villa, in der er aufgewachsen war, und den Streichen, die er und seine Geschwister ausgefressen hatten. Überrascht von seiner plötzlichen Freimütigkeit, fragte Julia sich, wann und vor allem warum der von ihm beschriebene übermütige Junge sich zu dem ernsten jungen Mann gewandelt hatte, der gerade neben ihr saß. Doch stattdessen erklärte er ihr, weshalb er zum Studieren nach Berlin gegangen und nicht in Hamburg geblieben war und was er an der Reichshauptstadt vor der Machtergreifung so geliebt hatte. Obwohl Julia ihm mit großem Interesse lauschte, hätten sie andere Themen ebenfalls brennend interessiert. Zum Beispiel, wann er endlich wieder nach Bad Doberan kommen würde. Und warum er sich nach ihrem letzten Treffen nicht bei ihr gemeldet hatte.

Nach dem Nachtisch wollte Fabian plötzlich wissen, woher Hugo und sie sich eigentlich kannten.

»Ach, er war vor einiger Zeit Gast im Palais«, erklärte sie leichthin.

»Ich kann mich gar nicht erinnern, dass du dich von allen euren Gästen duzen lässt«, meinte Fabian.

War er etwa eifersüchtig? Das erschien ihr mehr als unwahrscheinlich … wenn er irgendein romantisches Interesse an ihr gehabt hätte, hätte er ihr doch seit seiner Abreise irgendwann einmal geschrieben! Nur einem wunderbaren Zufall hatte sie es zu verdanken, dass sie ihn nach dieser langen Zeit überhaupt wiedergetroffen hatte. Trotzdem erwiderte sie: »Nein, du hast recht. Inzwischen ist Hugo mehr als nur ein Gast. Wir sind Freunde geworden, und er steigt öfter im Palais ab.«

»So, wie er dich gerade mit Blicken verschlingt, sieht mir das aber nicht nach einer reinen Freundschaft aus«, bemerkte ihr Tischherr spitz.

Julia warf einen prüfenden Blick Richtung Hugo und stellte erfreut fest, dass er sie tatsächlich ziemlich intensiv musterte. Ob sie das zu ihrem Vorteil nutzen konnte? »Na ja, ein wenig flirtet er schon mit mir«, flötete sie. »Aber das ist ganz und gar harmlos.«

Fabian blickte erneut zu Hugo. »Er ist übrigens ein ausgesprochen gut aussehender Mann … das kann dir doch nicht entgangen sein?« Seine Stimme klang sachlich, doch er rückte unvermittelt seinen Stuhl ein Stückchen von ihr ab.

Oh Gott, sie hatte den Bogen überspannt. »Also, von meiner Seite ist da nichts … uns verbindet nur eine lose Freundschaft«, versicherte Julia hastig.

Fabian ging nicht auf ihre Bemerkung ein, sondern meinte bloß: »Wenn man vom Teufel spricht … dein Verehrer hat sich soeben erhoben und scheint an deine Seite eilen zu wollen.«

Mist! Na ja, mit Hugo würde sie schon fertigwerden. Aber wie sollte sie jetzt das Gespräch mit Fabian retten?

»Hallo, ihr zwei Hübschen«, sagte Hugo, der in diesem Moment zu ihnen stieß und sich viel zu vertraut neben Julias Stuhl kauerte. »Sonja hat mir gerade erzählt, dass ein paar Straßen weiter ein neuer Nachtklub aufmacht und sie uns auf die Gästeliste setzen könnte. Kommt ihr mit?«

Erwartungsvoll blickte Julia zu Fabian. Sie war zwar noch nicht volljährig und durfte eigentlich noch gar keine Nachtklubs besuchen, aber irgendwie würde sie sich da schon reinschummeln.

Doch ihr Tischherr schüttelte den Kopf. »Leider kann ich euch nicht begleiten. Ich habe morgen früh einen Termin.«

Seine Worte schienen Hugo nicht besonders traurig zu stimmen. »Aber du, Julia, gibst uns doch sicherlich die Ehre, nicht wahr?«

»Mach dich nicht lächerlich«, fauchte sie ihn – aufgebracht über Fabians Absage – an. »Ich bin noch minderjährig.«

»Ach, das ist doch kein Problem«, meinte Hugo mit einem verschmitzten Augenzwinkern. »Es gibt kaum etwas, das ein dezent überreichter Geldschein nicht regeln kann.«

»Nein danke«, erwiderte sie wütend. »Ich möchte dir weder finanziell noch anderweitig zur Last fallen.«

»Du wärst mir aber eine ausgesprochen süße Last«, erwiderte Hugo.

In diesem Moment erhob Fabian sich von seinem Stuhl. »Liebe Julia, es tut mir sehr leid, aber ein Blick auf die Uhr hat mir gerade gezeigt, dass es schon viel später ist, als ich gedacht habe. Herzlichen Dank für den schönen Abend. Ich werde mich von deiner Tante verabschieden, und dann muss ich leider gehen.«

Eine Welle der Enttäuschung durchflutete sie. »Ach, bitte bleib doch noch ein wenig, Fabian. Wir könnten für einen Moment in die Bar gehen.«

Er schüttelte den Kopf. »Bitte entschuldige. Aber ich habe, wie gesagt, morgen früh einen wichtigen Termin.«

»Reisende soll man nicht aufhalten«, meinte Hugo. »Ich wünsche Ihnen eine gute Nachtruhe, Herr von Schlenzdorf.«

Julia hätte ihm am liebsten vors Schienbein getreten. Doch sie musste Fabian noch unbedingt etwas fragen, bevor er endgültig verschwand: »Es war ein so schöner Abend, lieber Fabian. Versprichst du mir, dass du uns ganz bald in Bad Doberan besuchen kommst?«, fragte sie mit bebender Stimme.

Er richtete seine schönen Augen auf sie und räusperte sich. »Leider wird mir das nicht möglich sein, Julia. Ich habe in den nächsten Monaten unendlich viel zu tun. Bitte leb wohl und grüß deine werten Eltern von mir.« Er nickte Hugo und ihr zum Abschied zu und ging mit gemessenen Schritten zu ihrer Tante.

Seine Stimme hatte traurig geklungen, trotzdem waren seine Worte eine schallende Ohrfeige für sie. Er wollte noch nicht einmal versuchen, sie wiederzusehen? Hätte er nicht schon allein aus Höflichkeit sagen müssen, dass es ihm ein Anliegen sei, sie so bald wie möglich besuchen zu kommen? Seine Absage hatte so endgültig geklungen. So als wäre er sich absolut sicher, dass sie niemals wieder aufeinandertreffen würden.

»Na, der nimmt aber kein Blatt vor den Mund«, sagte sogar Hugo überrascht. »Habt ihr ihm im Palais einmal die Suppe versalzen, oder warum ist er so unfreundlich zu dir?«

»Ach, sei doch still«, knurrte Julia und blickte dem entschwindenden Fabian hinterher.

»Dann liegt dir tatsächlich etwas an diesem blassen, adeligen Knilch?«

Es war mehr eine Feststellung als eine Frage, und Julia gab darauf keine Antwort.

»Jetzt komm schon, sei kein Trauerklößchen. Lass uns tanzen gehen«, forderte Hugo sie auf und fuhr sich mit einer Hand durch den dichten blonden Schopf. Sein braun gebranntes Filmstargesicht lächelte, und plötzlich ertrug sie ihn nicht länger.

»Ach, Hugo. Du bist so ein oberflächlicher Mensch. Alles muss immer lustig und schön für dich sein. Immer nur heller Sonnenschein und bloß kein Regen. Tanz du nur weiter durch deine

Traumwelt! Aber ich bin anders. Ich verschließe meine Augen nicht vor den Problemen der heutigen Zeit.« Wütend stand sie auf und griff nach ihrer Abendtasche.

»Wohin gehst du?«, erkundigte er sich ruhig, ganz so, als hätte sie ihn nicht gerade wüst beleidigt.

»Mir die Nase pudern«, erwiderte sie mürrisch, weil das der einzige Ort zu sein schien, wo sie die nächsten fünfzehn Minuten vor ihm sicher wäre, um ungestört über Fabians Worte nachzugrübeln.

Als Paul gegen einundzwanzig Uhr dreißig durch das geöffnete Tor in den Innenhof des Geheimen Staatspolizeihauptamts rollte, zitterte seine Hand so stark, dass er Mühe hatte, das Fahrzeug zu lenken. Durch die Vorbereitungen für Roberts Rettung waren die letzten Stunden wie in einem Rausch vergangen. Aber würde ihr Plan von Erfolg gekrönt sein? Er hoffte es so sehr …

Noch im Park hatte Bodo ihn im Flüsterton darüber aufgeklärt, dass sein Kollege Timpe den Krankentransport von Robert organisierte. Wahrscheinlich würde er das Deutsche Rote Kreuz damit beauftragen, das den Nazis seit der politischen Gleichschaltung sehr verbunden war. »Das Einzige, was ich zu Breitschneiders Befreiung beitragen werde, ist, dass ich den Transport heimlich wieder absage … um dir die Möglichkeit zu geben, ihn selbst mit einem Krankenwagen abzuholen. Verstehst du? Mehr kann ich nicht tun, sonst geht es mir selbst an den Kragen.«

Paul hatte genickt und gefragt: »Aber wie komme ich an ein solches Fahrzeug?«

»Was weiß ich … vielleicht musst du eins klauen«, hatte Bodo erwidert. »Ruf mich an, wenn du weißt, wann du Breitschneider abholen kommst.« Damit war er abmarschiert und hatte ihn seinem Schicksal überlassen.

Paul war nichts Besseres eingefallen, als seinem Bruder zum zweiten Mal an diesem Tag einen Besuch abzustatten.

»Es geht um Robert? Unseren alten Oberkellner Robert?«, hatte Friedrich überrascht ausgestoßen. »Warum hast du das nicht gleich gesagt? Ich wusste gar nicht, dass ihr noch in Kontakt steht.«

Paul hatte es dabei belassen und ihn nicht darüber aufgeklärt, dass er heute Morgen tatsächlich noch einem Kollegen hatte helfen wollen. »Glaubst du, du kannst mir dabei zur Hand gehen, einen Krankenwagen auszuleihen?«

Friedrich hatte die Lippen aufeinandergepresst und eine ganze Weile nachgedacht, bevor er den Kopf geschüttelt hatte. »Leider nein. Ich habe weder Kontakt zu den Fahrern, noch weiß ich, wo diese Fahrzeuge verwahrt werden. Ich meine mich aber zu erinnern, dass sie gar nicht der Charité, sondern der Feuerwehr gehören.«

»Kennst du jemanden bei der Feuerwehr?«

Erneut hatte sein Bruder bedauernd den Kopf geschüttelt. »Tut mir leid, Paul. Ich hätte dir wirklich gern geholfen und wünsche dir viel Glück!«

Niedergeschlagen und völlig ratlos hatte er sich auf den Rückweg zu Bodo gemacht, als er plötzlich an einem Geschäft vorbeigekommen war, dessen schwarz umrandete Fenster ihn erneut auf eine kühne Idee brachten: Glichen die Fahrzeuge eines Beerdigungsinstituts nicht den Rettungsfahrzeugen der Feuerwehr? In beiden Gefährten konnte ein Mensch auf einer Liege transportiert werden.

Schlagartig voller Energie, hatte er das Geschäft betreten, und als er wieder hinausgetreten war, hatte er tatsächlich einen Bestattungswagen gemietet. Angeblich als lustigen Scherz für eine Geburtstagsfeier. Er hatte dem Mann einen solch fürstlichen Mietzins gezahlt, dass der keine weiteren Fragen gestellt hatte. Der einzige Wermutstropfen war, dass er als Pfand für die Rückgabe seinen Personalausweis hatte hinterlassen müssen. Aber wie sollte die Gestapo davon je erfahren? Anschließend hatte er nur noch einige Besorgungen machen müssen und dann das Fahrzeug abgeholt und zu seinen Zwecken umgestaltet.

Der Wachmann, der ihn soeben durch das Tor gewinkt hatte, trat neben den Wagen und bedeutete Paul, das Fenster hinunterzukurbeln. Jetzt ging es ums Ganze. Er umklammerte das Steuerrad so fest er konnte, damit seine Hand aufhörte zu zittern.

»Was wollen Sie hier?«, fuhr ihn der Wachmann an.

Paul griff nach einem Blatt, das er nach dem Telefonat mit Bodo vorbereitet hatte. »Krankentransport 7/RB-1356 in das Konzentrationslager Sachsenhausen«, las er so gelangweilt wie möglich vor.

»Wollen Sie mich verarschen?«, sagte der Wachmann. »Das ist doch ein Leichenwagen!«

Paul zuckte mit den Schultern. »Gab ziemlich viele Unfälle heute. Wir hatten keine Krankenkraftwagen mehr frei.« Hoffentlich kam der Wachposten nicht auf die Idee, beim Deutschen Roten Kreuz anzurufen und seine Angaben zu überprüfen. Dann würde der Schwindel mit den aufgeklebten roten Kreuzen und dem mit schwarzem Klebeband veränderten Kennzeichen sofort auffliegen.

Doch es war schon spät, und der Mann hatte wohl – wie Paul gehofft hatte – keine Lust mehr, der Sache auf den Grund zu gehen. »Und wo ist Ihr Kollege? Krankentransporte werden doch immer zu zweit ausgeführt«, sagte er stattdessen und leuchtete mit seiner Taschenlampe ins leere Wageninnere. Paul beglückwünschte sich innerlich dazu, dass er in eine echte weiße Sanitätermontur investiert hatte.

»Die sind auch alle beschäftigt. Wie gesagt, heute war viel los. Aber wir können den Kranken hinten auf der Liege festschnallen … dann brauche ich keinen Kollegen, um ihn die kurze Strecke nach Sachsenhausen zu fahren.«

Paul hatte tatsächlich drei kräftige Ledergurte besorgt und diese an der fest montierten Bahre befestigt, auf die man sonst die Särge stellte.

Der Wachmann ging einmal um den Wagen herum und leuchtete auch in die hinteren Fenster. »Verstehe. Dann werde ich mal den Kollegen Bescheid sagen.« Er ging zurück zu seinem Häuschen und schien dort zu telefonieren.

Unwillkürlich hielt Paul den Atem an. Was, wenn der Wachmann doch misstrauisch geworden war? Dann saß er in der Falle, denn das Tor hinter ihm war wieder geschlossen.

Zehn endlos lange Minuten passierte gar nichts. Dann ging in einem der hinteren Gebäude plötzlich das Licht an. Angespannt stieg Paul aus dem Wagen und öffnete mit klopfendem Herzen die beiden rückwärtigen Türen.

In dem beleuchteten Gebäude wurde ebenfalls eine Tür geöffnet, und zwei Wärter schleppten einen leblos wirkenden Mann in den Hof. Robert! Um beide Handgelenke trug er dicke, durchgeblutete Verbände. Für einen Moment dachte Paul voller Panik, er sei zu spät gekommen … doch dann sah er, wie sich Roberts Brustkorb hob und senkte.

»An Ihrer Stelle würde ich mich beeilen«, grinste der Wachmann und deutete auf den Verletzten. »Sonst verreckt er Ihnen noch auf der Fahrt.«

Paul nickte und löste einhändig die Schnallen der Lederriemen.

»Wie? Darauf wollen Sie ihn festbinden?«, fragte einer der Wärter ungläubig.

»Ja, dann muss ich mir während der Fahrt keine Sorgen machen, dass er sich befreit«, murmelte Paul und schluckte gegen den übergroßen Kloß in seinem Hals an.

Die Männer hoben Robert, der leise wimmerte, mit vereinten Kräften hoch und schoben ihn anschließend mit dem Kopf zuerst auf die Bahre. Mit zittrigen Fingern schloss Paul die Schnallen über seinen Armen, der Hüfte und den Beinen. Es schien viel zu lange zu dauern, doch glücklicherweise hatten die Wärter sich draußen bereits eine Zigarette angezündet. Paul traute sich trotzdem nicht, ein Wort mit Robert zu wechseln. Er stieg aus und schloss die beiden Wagentüren hinter sich.

»Haben Sie noch irgendwelche Papiere für mich?«, fragte er so beiläufig wie möglich.

Einer der Wärter fasste sich mit der Hand an den Kopf. »Himmel, der Passierschein liegt noch in meinem Büro.«

»Dann nimm mal die Beine in die Hand«, sagte der andere Wärter feixend, während er seinem davonpreschenden Kollegen nachsah.

Die erneute Verzögerung überstieg beinahe Pauls Kräfte. So zu tun, als wäre alles in Ordnung, während Robert vielleicht gerade im Wageninneren verblutete, verlangte ihm Übermenschliches ab. Doch er wusste von Bodo, dass ein ordnungsgemäßer Transport nur mit diesem elendigen Passierschein stattfinden durfte.

Schließlich kam der Wärter mit dem erforderlichen Papier zurück und drückte es in Pauls ausgestreckte Hand. Er steckte den Wisch ein, setzte sich in den Wagen und startete den Motor, ohne ihn abzuwürgen. Langsam fuhr er auf das geschlossene Tor zu, das in diesem Moment vom Wachmann geöffnet wurde.

Erst als er sich auf der Straße in den Verkehr einfädelte, wurde ihm bewusst, dass er Robert tatsächlich befreit hatte. Jetzt musste er nur noch überleben! Obwohl Paul nicht wusste, ob sein Passagier ihn hören konnte, murmelte er beruhigend: »Alles wird gut, Robert. Hörst du? Alles wird gut.«

Damit er nicht zu viel Aufmerksamkeit auf den Bestattungswagen mit den aufgeklebten roten Kreuzen lenkte, fuhr Paul so bedächtig und konzentriert wie möglich. Nicht auszudenken, wenn er jetzt in einen Unfall verwickelt würde! Außerdem drehte er sicherheitshalber noch eine zusätzliche Schleife in Richtung Sachsenhausen, um zu überprüfen, ob die Gestapo ihm folgte. Erst als er sich vergewissert hatte, dass dies nicht der Fall war, steuerte er den Wagen in heimatliche Gefilde.

In einer unbelebten, dunklen Seitenstraße in der Nähe seiner Wohnung stellte er das Fahrzeug ab und wartete, bis sich eine Gestalt aus dem Schatten eines Lindenbaums löste und auf ihn zukam.

»Es hat tatsächlich funktioniert?«, flüsterte Friedrich, der trotz der sommerlichen Temperaturen einen Regenmantel über dem Arm trug, um seine Arzttasche zu verbergen.

Paul streifte sich die weiße Sanitäterjacke ab und sprang aus dem Wagen. »Ja, aber es scheint ihm nicht gut zu gehen. Komm schnell!«

Gemeinsam öffneten sie die hinteren Türen.

»Ach, du lieber Gott«, stieß Friedrich aus, als er den leichenblassen Patienten sah. Vorsichtig überprüfte er Roberts Puls. »Schwach, aber einigermaßen regelmäßig«, konstatierte er.

»Wir müssen uns beeilen«, sagte Paul. »Bitte hilf mir, die Schnallen zu öffnen.«

Nachdem sie Robert von der Bahre gehoben hatten, zogen sie ihm den Regenmantel über, um die Bandagen darunter verschwinden zu lassen. Dann nahmen sie ihn in die Mitte, legten sich jeweils einen seiner Arme über die Schultern und gingen los.

Sie erreichten Pauls Wohnhaus, ohne eine Menschenseele zu treffen, aber als sie Robert bis zum ersten Treppenabsatz hochgeschleppt hatten, öffnete ausgerechnet Frau Knechtsteden ihre Wohnungstür und lugte heraus. »Was ist denn mit dem los?«, fragte die notorische Klatschbase misstrauisch.

»Einen über den Durst getrunken«, antwortete Friedrich geistesgegenwärtig.

»Hat mein seliger Egon auch immer gemacht«, meinte Frau Knechtsteden amüsiert und beobachtete, wie sie Robert Stufe um Stufe nach oben transportierten. »Am besten kuriert man das mit Rollmops und einem ordentlichen Schluck Schnaps zum Frühstück.«

»Das werde ich mir merken«, gab Paul, unter Roberts Gewicht ächzend, zurück. Mit Erleichterung hörte er, wie seine Nachbarin leise glucksend die Tür schloss.

Schließlich standen sie zu dritt vor seiner eigenen Tür. Paul zog den Schlüssel hervor und schloss auf.

»Und wenn die Kinder noch wach sind?«, fragte Friedrich.

»Morgen früh werden sie ihn so oder so zu Gesicht bekommen«, gab Paul zur Antwort und half seinem Bruder, Robert in den Korridor zu manövrieren. »Lass ihn uns ins Gästezimmer bringen«, meinte er leise.

Eine halbe Stunde später lag Robert frisch gewaschen, neu verbunden und in einem Schlafanzug von Paul im Bett. Friedrich hatte ihm ein leichtes Schlafmittel und eine den Kreislauf stärkende Lösung gespritzt, und der Patient hatte alles ruhig über sich ergehen lassen. Robert schien noch immer nicht verstanden zu haben, dass er seinen Häschern entkommen war. Zwar hatte er kurzzeitig die Augen geöffnet, doch sein Blick war leer und unfokussiert über sie hinweggeglitten. Konnte sein Geist durch die Haft gelitten haben? Friedrichs Prognose war trotzdem ermutigend: »Gib ihm Zeit, sich zu erholen. Mit genügend Ruhe und gesundem Essen wird er schon wieder werden.« Sein Bruder hatte sich auch die anderen Verletzungen angesehen, die von der Gestapo-Folter stammen mussten, und diese entsprechend versorgt. »Das sind keine Menschen, das sind Tiere«, hatte er dabei sichtlich schockiert gemurmelt. Paul hatte ihm widersprochen: »Du tust der Tierwelt unrecht. Es gibt kein Tier, das eine solch sinnlose Grausamkeit an den Tag legt.«

Anschließend bereitete Paul, der den ganzen Tag über kaum etwas gegessen hatte, seinem Bruder und sich noch ein paar Butterbrote zu, die sie im Stehen in der Küche verspeisten.

»Und wie geht es jetzt weiter?«, fragte Friedrich mit sorgenvollem Gesicht und trank einen Schluck Bier. »Du wirst den neuen Hausgenossen ja weder deinen Kindern noch deiner Haushälterin verheimlichen können.«

»Ich dachte, ich stelle Robert als alten Kriegskameraden vor, der harte Zeiten durchgemacht hat und dem ich deshalb für einige Zeit Unterkunft gewähre.«

Friedrich nickte. »Auf welcher Seite steht deine Haushälterin?«

»Du meinst, politisch?«

Sein Bruder nickte.

Paul zuckte hilflos mit den Schultern. »Ich weiß es nicht.«

»Bitte sei vorsichtig. Nicht dass sie sich bei Außenstehenden über Roberts merkwürdige Verletzungen auslässt.« Er rieb sich nachdenklich übers Kinn. »Übrigens ... wie will dein Polizeifreund die Tatsache vertuschen, dass Robert gar nicht im KZ angekommen ist?«

Paul biss sich auf die Unterlippe. Das war der Punkt, der auch ihn am meisten sorgte. »Bodo meint, da der offizielle Transport abgesagt wurde, wird man der Sache nicht so schnell auf die Spur kommen. Die Verwaltung des neuen KZs steckt wohl noch in den Kinderschuhen. Aber es ist natürlich nicht ausgeschlossen, dass die Gestapo nach Robert sucht, wenn sie sein Fehlen bemerkt.«

»Bitte sei vorsichtig«, wiederholte sein Bruder eindringlich.

Paul nickte. »Wenn du noch kurz in der Wohnung bleibst, entferne ich die roten Kreuze und das schwarze Klebeband vom Bestattungswagen. Morgen bringe ich ihn dann ordnungsgemäß zurück und besorge ein paar Anziehsachen für Robert.«

»Gut, dass du ihn auch ohne die Leichen aus der Charité befreien konntest«, meinte Friedrich mit einem Lächeln. Dann fügte er ernst hinzu: »Du darfst ihn erst allein lassen, wenn er wach genug ist, um zu verstehen, wo er sich befindet.«

»Natürlich.« Plötzlich musste Paul ausgiebig gähnen. Das aufpeitschende Adrenalin, das ihn bislang weder Hunger noch Müdigkeit hatte spüren lassen, schien sich auf einen Schlag aus seinem Körper verflüchtigt zu haben. Außerdem brach für ihn bereits die zweite schlaflose Nacht in Folge an. Doch er hatte keine andere Wahl. Er musste wach bleiben für den Fall, dass sich Roberts fragiler Gesundheitszustand verschlechterte.

»Möchtest du ein Aufputschmittel?«, fragte Friedrich, der ihm seine Erschöpfung anzusehen schien.

»Ja, das ist wahrscheinlich eine gute Idee«, erwiderte Paul und krempelte den Ärmel über seiner künstlichen Hand hoch.

Nachdem Friedrich ihm eine Spritze gegeben und Paul mit wenigen Handgriffen das geliehene Fahrzeug wieder in seinen Urzustand versetzt hatte, verabschiedete sich sein Bruder. »Ich wünsche dir und Robert alles Gute. Bitte sag Bescheid, wenn ich noch etwas für euch tun kann.«

»Danke.« Paul schloss die Tür hinter ihm und ging zurück ins

Gästezimmer. Hoffentlich würde Robert wieder vollständig genesen. An eine andere Möglichkeit wollte er jetzt nicht denken.

Zärtlich kuschelte sich Luise in Willys Umarmung. Nackt und von tiefem Glück erfüllt schmiegte sie den Kopf an seine Brust. Obwohl sie unbedingt die Nacht bei ihm hatte verbringen wollen, wurde sie von einem schlechten Gewissen geplagt. »Hoffentlich ist Julia mir nicht böse, dass ich sie in meiner Wohnung allein gelassen habe«, flüsterte sie kleinlaut.

»Mach dir keine Sorgen. Erstens bist du zum Frühstück wieder zurück, und zweitens hat deine Nichte einen wunderschönen Tag erlebt und schläft bestimmt schon tief und fest«, tröstete Willy.

»Hm, ich weiß nicht«, erwiderte Julia. »Ist dir auch aufgefallen, dass sie auf der Rückfahrt vom Adlon merkwürdig still war?«

Willy räusperte sich. »Vielleicht hat sie sich über Fabian von Schlenzdorfs frühen Abschied gegrämt.«

»Ach, meinst du wirklich?«, fragte Luise überrascht.

»Ist dir nicht aufgefallen, wie glückselig sie in seiner Gegenwart strahlt?«

»Hm. Jetzt, wo du es sagst … ich habe mich auch schon gewundert, warum sie ausgerechnet neben ihm sitzen wollte. Dabei hat sie doch diesen entzückenden Hugo Lessing, der ihr sein Herz auf einem Silbertablett serviert.«

»Dann findest du, dass Lessing besser zu ihr passt?«

»Auf jeden Fall. Er ist charmant, ganz offensichtlich wohlsituiert und trägt sie geradezu auf Händen.«

Willy rückte unruhig ein Stückchen höher im Bett. »Oder sagst du das nur, weil er äußerlich wesentlich attraktiver ist als dieser von Schlenzdorf?«

Luise stützte sich auf einen Ellbogen und sah ihn an. »Hältst du mich wirklich für so oberflächlich? Nein, ich finde nur, dass Lessings fröhliche, unbeschwerte Art besser zu meiner Nichte passt. Dieser Adelige macht auf mich eher einen grüblerischen, düsteren Eindruck.«

»Damit könntest du recht haben. Wobei deine Nichte geradezu fasziniert zu sein scheint von seinen politischen Ansichten.« Willys Gesicht wurde ernst. »In dieser Hinsicht sollte von Schlenzdorf sich in der Öffentlichkeit besser mäßigen. Einige seiner Standpunkte könnten ihn in arge Schwierigkeiten bringen.«

»Um Gottes willen«, sagte Luise und setzt sich vollständig auf. »Er hat ausgerechnet im Adlon über Politik gesprochen?«

»Allerdings. Aber mach dir keine Sorgen, ich habe es rechtzeitig unterbunden.«

»Vielleicht sollte ich trotzdem mit meiner Nichte reden und sie warnen. Es ist ja schön und gut, wenn man kritisch ist und mit offenen Augen durch die Welt geht, aber derzeit werden immer mehr meiner Kollegen aufgrund irgendwelcher ›Hinweise‹ von der Gestapo verhört. Gerade in den von der oberen Naziriege frequentierten Etablissements sollte man extrem vorsichtig sein.«

»Das stimmt, obwohl …« Willy verstummte.

Luise blickte ihn neugierig an. »Ja?«

»Obwohl ich mich immer öfter frage, bis zu welchem Punkt man schweigen darf, und ab wann es zur Pflicht wird, sich öffentlich über gewisse Missstände zu äußern.«

»Was für Missstände? Meinst du, wie die Regierung die armen Juden behandelt?«

»Ja, das auch. Aber auch bei meiner Arbeit für das Ministerium sind mir einige Dinge aufgefallen, die …« Erneut unterbrach er sich mitten im Satz. »Ach, was rede ich da nur. Ich will dich nicht mit solchen Sachen belasten.«

Luise strich mit einer Hand liebevoll über seine Brust. »Aber ich will alles mit dir teilen, mein Schatz. Auch die nicht so schönen Dinge. Wenn wir erst verheiratet sind, können wir doch keine Geheimnisse mehr voreinander haben.«

»Findest du?«, erkundigte er sich lächelnd. »Na, dann sollten wir vielleicht erst einmal unsere Verlobungsfeier planen.«

Obwohl Luise wusste, dass er sie durch den abrupten Themenwechsel lediglich ablenken wollte, ging sie darauf ein. Immerhin dachte sie schon seit Wochen über nichts anderes nach. »Was meinst du …«, begann sie zögerlich, da sie sich nicht sicher war, wie Willy auf ihren Vorschlag reagieren würde. »Wollen wir vielleicht im Palais feiern? Nur mit unseren engsten Freunden und Verwandten? Dann kommen wir erst gar nicht in die Verlegenheit, irgendwelche Leute vom Ministerium, von deiner Firma oder der UFA einladen zu müssen.«

Willy nickte anerkennend. »Das ist eine großartige Idee, Luise. Aber du hast ja eigentlich nur großartige Ideen.«

»Machst du dich etwa über mich lustig?«, fragte sie und zwickte ihn in den Bauch.

»Ganz im Gegenteil. Ich kann noch immer nicht glauben, dass eine so schöne und kluge Frau wie du sich ausgerechnet mich zum Ehemann erkoren hat.« Er senkte seine Lippen leidenschaftlich auf ihre. Und plötzlich wurde alles andere zur Nebensache.

Paul fuhr in seinem Sessel hoch. Jetzt war er also doch eingeschlafen! Unruhig schaute er erst auf die Uhr – es war halb sieben und damit fast Zeit, die Kinder zu wecken –, dann wanderte sein besorgter Blick zu seinem Hausgast. Robert atmete ruhig und gleichmäßig. Sein Gesicht schien eine gesündere Farbe angenommen zu haben, jedenfalls war er nicht mehr so leichenblass wie gestern. Wahrscheinlich konnte Paul es wagen, ihn für ein paar Minuten allein zu lassen.

Gerade als er aus Sophies Zimmer kam, hörte er, wie ein Schlüssel im Schloss gedreht wurde: Frau Holländer, die Haushälterin, erschien zur Arbeit. Wahrscheinlich sollte er sie als Erste über Roberts Anwesenheit informieren.

»Frau Holländer?«, meinte er leise, als die fünfzigjährige Kriegswitwe den Korridor betrat. »Auf ein Wort, bitte?«

Nachdem die grauhaarige, verhärmt aussehende Frau abgelegt

hatte, gingen sie gemeinsam in die Küche, wo er und die Kinder jeden Morgen das Frühstück einnahmen.

»Wir haben seit gestern einen Hausgast. Mein Freund hat ...« Paul senkte die Stimme, damit Sophie und Martin, die sich in ihren Zimmern für die Schule fertig machten, nicht mitbekamen, was er der Haushälterin mitteilte. »... vor kurzer Zeit einen Selbstmordversuch unternommen.«

Frau Holländer schlug die Hand vor den Mund. »Ja, um Gottes willen«, entfuhr es ihr.

Paul, der sich seine kleine Rede bereits gestern Abend zurechtgelegt hatte, fuhr fort: »Es war eine Kurzschlusshandlung. Seine Frau hat ihn wegen eines anderen verlassen, und da hat er plötzlich nicht mehr weitergewusst.« Mit einem Blick überprüfte er, wie diese Sätze bei Frau Holländer ankamen. Da sie nicht an seinen Worten zu zweifeln schien, fuhr er fort: »Wie Sie wissen, habe ich meine Ehefrau und meine Kinder ihre Mutter auf dieselbe Weise verloren, deshalb habe ich mich entschieden, meinem Freund Unterschlupf zu gewähren, bis er wieder vollständig genesen ist und auf eigenen Füßen stehen kann.«

Frau Holländer blickte ihn mit großen Augen an. »Das ist sehr großzügig von Ihnen, Herr Kuhlmann.«

»Danke. Aber ich möchte die Probleme meines Freundes nicht an die große Glocke hängen und wäre Ihnen deshalb sehr dankbar, wenn Sie die genauen Umstände seiner Erkrankung für sich behalten könnten.«

»Aber selbstverständlich, Herr Kuhlmann.«

»Den Kindern sage ich dann heute Abend Bescheid. Könnten Sie ihnen jetzt das Frühstück zubereiten und sie auf den Weg bringen? Ich werde mir einen Tag freinehmen und mich um meinen Freund kümmern.«

»Sehr gern«, sagte Frau Holländer und begann, den Frühstückstisch zu decken. »Soll ich auch etwas für Ihren Freund ... Entschuldigung, wie heißt der Herr eigentlich?«

Für einen Moment wusste Paul nicht weiter. Robert konnte unmöglich seinen richtigen Namen verwenden! Papiere hatte er sowieso keine mehr. Nur sein Vorname musste gleich bleiben, sonst würde er sich gewiss mehrmals täglich versprechen. Deshalb antwortete er schließlich: »Mein Freund heißt Robert. Robert Müller.«

»Soll ich auch etwas für Herrn Müller herrichten?«

»Nein, darum kümmere ich mich später selbst.«

»Ist recht.«

Mit einem Kopfnicken verließ Paul die Küche und ging zurück zum Gästezimmer. Als er die Tür öffnete, sah er auf den ersten Blick, dass sein Patient erwacht war.

»Wie geht es dir?«, flüsterte er und eilte an sein Bett.

Robert blickte ihn mit großen Augen an. Trotz der erlittenen Qualen und der langen Zeit, die seit ihrem letzten Treffen verstrichen war, sah er bis auf die wirren, ergrauten Haare und einige Falten genauso aus wie früher. »*Paul?* Wo … wo bin ich?« Seine Stimme klang heiser, so als hätte er sie schon länger nicht benutzt.

Paul strich vorsichtig über Roberts Wange. Sein Exfreund schien endlich wieder bei vollem Bewusstsein zu sein. »Du bist in Sicherheit, mein Schatz. Ich habe dich mit einer List aus dem Gefängnis befreit und in meine Wohnung gebracht.«

»Aber das … das muss doch eine Finte sein. Hat dich die Gestapo dazu angestiftet, mir etwas vorzuspielen?«, flüsterte er anklagend. »Diese Schweine wollten unbedingt den Aufenthaltsort von Johannes aus mir herausfoltern … ist das nun eine neue Methode?«

Verletzt über diese Anschuldigungen, schwieg Paul. Hatte Robert sich die Pulsadern aufgeschnitten, damit er nicht verraten konnte, wo sich sein Partner versteckte? Dann waren die zwei also immer noch ein Paar?

»Warum sagst du nichts? Wirst du ebenfalls unter Druck gesetzt?« Mit einem gehetzten Blick schaute sich Robert im Zimmer um. Seine Hände, mit denen er die Bettdecke umklammerte, zitterten wie Espenlaub.

Paul versuchte, sich zusammenzureißen. Schließlich konnte er nicht erwarten, dass die Verhöre der Gestapo spurlos an Robert vorbeigegangen waren. Ruhig sagte er: »Du kannst mir vertrauen, Robert. Du bist tatsächlich in Sicherheit, allerdings musst du dich von nun an Robert *Müller* nennen. Ich habe dir eine Alibigeschichte erfunden. Als alter Kriegskamerad helfe ich dir wieder auf die Beine, weil dich deine Frau verlassen hat.«

»Meine … Frau?«, fragte Robert verwirrt.

»Wir sprechen später darüber«, meinte Paul, der sich bewusst war, dass er seinen Patienten gerade heillos überforderte. Robert musste sich erst an die neue Situation gewöhnen.

»Ist Johannes auch in Sicherheit?«, wollte er im nächsten Moment wissen.

Paul zuckte mit den Schultern. »Leider weiß ich nichts über sein Schicksal. Aber wir sprechen später darüber. Du musst erst wieder zu Kräften kommen.«

»Nein, ich muss sofort wissen, wie es ihm geht.« Mit schmerzverzerrtem Gesicht versuchte Robert, die Bettdecke zurückzuschlagen und aufzustehen.

»Bist du verrückt?«, zischte Paul und drückte ihn sanft zurück aufs Laken. »Du bist noch zu geschwächt, und die Gestapo wartet wahrscheinlich nur darauf, dass du ihnen wieder in die Fänge gerätst. Wenn überhaupt, werde ich Erkundigungen über Johannes einziehen.«

»Das würdest du tun?«, fragte Robert. Plötzlich standen Tränen in seinen Augen.

Paul schluckte. »Ich tue es für dich, nicht für ihn.«

Robert wischte sich mit dem Verband, der sein rechtes Handgelenk bedeckte, über die Augen. »Danke. Ich … ich bin dir sehr dankbar.«

»Du schuldest mir keinen Dank. Wir haben doch … auch in der Vergangenheit … gut füreinander gesorgt«, erwiderte Paul stockend. Er hätte Robert gern gefragt, ob er in den letzten Jahren manchmal an ihn gedacht hatte. Aber er spürte, wie unpassend diese Frage in der gegenwärtigen Situation gewesen wäre.

In diesem Moment klopfte es an der Tür des Gästezimmers. Augenblicklich verzerrten sich Roberts Züge zu einer Maske aus blanker Angst. »Wer …«, flüsterte er heiser, »… kann das sein?«

»Ja?«, fragte Paul laut, damit der oder die Anklopfende es hören konnte.

»Dürfen wir deinen Freund begrüßen, Papa? Frau Holländer hat es uns verboten, aber ich würde so gern ...« Sophies kleinlaute Frage endete mit einem ärgerlichen »Lass mich!«, das wahrscheinlich an ihren Bruder gerichtet war.

»Lieber nicht ... vielleicht heute Abend«, antwortete er seiner Tochter, bevor sie die Tür öffnen konnte.

»Lass sie doch ... ich bin ja auch gespannt auf deine Kinder«, meinte Robert, dem man den Schreck immer noch ansehen konnte.

»Bist du sicher?«, erkundigte sich Paul leise.

Robert nickte.

»Na gut, aber nur für einen kurzen Moment. Unser Gast ist müde«, sagte Paul.

Keine Sekunde später öffnete sich die Tür einen Spaltbreit, und Sophies Gesicht blinzelte neugierig herein. Martin stand unmittelbar hinter ihr.

»Guten Tag, Herr Müller«, sagten die beiden artig, und Paul ging vor Rührung das Herz auf. Er hatte zwei wunderbare Kinder, und es berührte ihn tief in der Seele, dass sie jetzt mit Robert, der einzig wahren Liebe seines Lebens, Bekanntschaft schlossen.

17. Kapitel

Dezember 1936

Die gestrige Verlobung von Tante Luise war ein warmherziges Fest gewesen, für das sich die ganze Mühe gelohnt hatte. Es war nicht einfach gewesen, sich die vulgären KdF-Gäste, die inzwischen einen Großteil der üblichen Kundschaft vertrieben hatten, vom Hals zu schaffen und das ganze Restaurant für die kleine Feier zu reservieren, aber mit der Unterstützung ihrer Eltern hatte es funktioniert. Gemeinsam hatten sie Busse angeheuert, die die Gäste zu einem »Tagesausflug« in ein auswärtiges Restaurant gekarrt hatten. Anschließend hatten die Kellner unter ihrer Aufsicht den großen Raum mittels Paravents halbiert und mit Tannenzweigen und ausgesuchter Weihnachtsdekoration liebevoll geschmückt.

Eine Kapelle hatte alle Lieblingslieder des Paares gespielt, und sowohl ihr Vater als auch der zukünftige Bräutigam hatten wunderbare Reden über die Liebe und das Leben gehalten. Mit der Zubereitung des Essens hatte sich Herr Jensen, der durch die frühzeitige Pensionierung von Herrn Sollich inzwischen zum Chefkoch aufgestiegen war, selbst übertroffen. Er hatte ein Büfett aus lauter Gerichten gezaubert, die an die Heimat des zukünftigen Paares erinnerten. Willy Darboven, der gebürtig aus Schlesien stammte, waren fast die Augen übergegangen, als er seine Lieblingsspeise – schlesische Weißwürste mit Lebkuchensoße – entdeckt hatte. Und zum Nachtisch hatte es eine mecklenburgische Sanddorntorte gegeben, mit einer Nachbildung des Paares aus weißem Schokoladenguss obendrauf. Bis auf die Torte und die schlesischen Speisen würden die reichhaltigen Reste des Büfetts heute an Ava und ihre Eltern geliefert werden, bei denen sich der Verkauf des Geschäfts leider durch irgendwelche Formalitäten weiter hinzog.

Von Onkel Willys Seite – er hatte sie gebeten, ihn bereits jetzt so zu nennen, obwohl er noch gar nicht mit ihrer Tante verheiratet war – waren nur zwei Personen erschienen. Ein alter Schulfreund und eine hochbetagte Tante, die beide aus Breslau angereist waren. Dafür waren von Tante Luises Seite viele Freunde, darunter auch das berühmte Ehepaar Gründgens, sowie sämtliche in Berlin ansässige Familienmitglieder anwesend. Nur die Kinder von Onkel Paul hatten nicht mitkommen können, weil Martin und Sophie an einer Weihnachtsbescherung im Berliner Sportpalast teilnehmen mussten und Thomas für seinen Schulabschluss büffelte. Tante Johanna und Minna hatten lange, liebe Briefe geschickt. Von Tante Margot hatten sie weder eine Absage noch Glückwünsche erhalten, worüber sich niemand besonders grämte. Selbst Onkel Friedrich hatte seine Ehefrau mit keinem Wort erwähnt. Nach der Feier hatten ihre Tante und ihr neugewonnener Onkel erst ihre Eltern und dann sie umarmt und ihnen mit Tränen in den Augen für alles gedankt.

Jetzt saßen das frisch verlobte Paar, das gerade seine Gäste verabschiedet hatte, ihre Eltern und sie selbst bei einem verspäteten Frühstück beisammen. Onkel Paul und Onkel Friedrich hatten wegen ihrer Arbeit leider ebenfalls umgehend wieder abreisen müssen. Julia, die sich die heutige Post mit nach oben genommen hatte, lauschte mit einem Ohr der Unterhaltung, während sie mit wachsendem Staunen den gerade geöffneten Brief las.

»Was soll das denn jetzt schon wieder?«, stieß sie überrascht aus.

»Was ist denn, mein Kind?«, fragte ihre Mutter, auf deren Schoß Oskar mit marmeladeverschmiertem Gesichtchen saß und auf beiden Bäckchen an seinem Frühstücksbrot kaute.

»Der Brief ist von Hugo. Er möchte für seine Geschäftsfreunde einen Silvesterball im Palais veranstalten.«

»So kurzfristig?«, fragte ihr Vater erstaunt. »Warum hat er seine Pläne denn nicht schon bei seinem letzten Besuch vor zwei Wochen kundgetan?«

Dazu hätte Julia zwar eine ziemlich genaue Vermutung anstellen können, aber sie behielt ihr Wissen lieber für sich: Hugo hatte sie bei dieser Gelegenheit erneut auf Fabian angesprochen und sich ironisch erkundigt, ob der »steife Nobelmann« sich noch einmal bei ihr gemeldet habe. Daraufhin hatte sie ihm gesagt, dass ihn das einen feuchten Kehricht angehe und er seine Nase nicht in fremde Angelegenheiten stecken solle. Als Hugo erwidert hatte, dass ihm diese spezielle Angelegenheit gar nicht so fremd sei, weil er sich – trotz des zumindest »in absentia erfolgreicheren« Nebenbuhlers – immer noch Hoffnung auf ihre Liebe mache, hatte sie ihm eine Ohrfeige verpasst. Seitdem hatte er sie nicht mehr angerufen und nun das …

»Die KdF-Reisen setzen doch glücklicherweise zwischen Weihnachten und Mitte Januar aus. Meinst du nicht, dass wir es trotzdem schaffen könnten?«, fragte ihre Mutter und reichte Oskar einen Bleistift, mit dem er in einem Notizbuch herumkritzelte und seine heiß geliebten »Töfftöffs« zeichnete. Im Familienkreis stotterte ihr kleiner Bruder immer weniger – eigentlich nur noch, wenn er über Gebühr aufgeregt war.

»Die Organisation schon … obwohl es sich um siebzig Personen handelt … aber was machen wir mit dem Essen? Es gibt doch trotz …« Julia blickte kurz zu Onkel Willy, aber schließlich gehörte er jetzt zur Familie, und sie entschied sich, frei von der Leber weg zu sprechen. »… trotz der *tollen* Regierung schon wieder schreckliche Nahrungsmittelengpässe. Wenn wir nicht auf die illegalen Reserven von Gut Bellhagen zurückgreifen könnten, hätte unsere Butter noch nicht einmal für die Speisen der Verlobungsfeier gereicht.«

»Wieso illegal?«, erkundigte sich Tante Luise.

»Eigentlich gibt es einen strikten Milchablieferungszwang, und es ist verboten, für den Eigenbedarf zu buttern«, erklärte Julia.

Tante Luise schüttelte den Kopf. »Merkwürdig. In Berlin stehen auch schon wieder Menschenschlangen vor den Geschäften. Dabei sind wir doch gar nicht im Krieg.«

»Noch nicht«, sagte ihr Vater düster. »Goebbels und Rudolf Heß benutzen aber bereits jetzt das Schlagwort ›Kanonen statt Butter‹. Die Bevölkerung soll Verzicht üben, damit der Führer seine ehrgeizigen Aufrüstungspläne durchsetzen kann.«

Ihre Mutter wirkte perplex. »Was hat denn das eine mit dem anderen zu tun?«

»Darf ich darauf antworten?«, fragte Onkel Willy und legte seine Serviette neben den Teller. »Es gibt schon seit Jahren eine sogenannte Fett- und Eiweißlücke in Deutschland, was nichts anderes bedeutet, als dass unsere Landwirtschaft trotz aller Regulierungsmaßnahmen zu wenig produziert, um den Bedarf von Bevölkerung und Industrie zu decken. Um diese Lücke zu schließen, müssen entsprechende Güter aus dem Ausland eingeführt werden. Und genau hier liegt das Problem. Für solche Importe braucht man Devisen, vor allem amerikanische Dollar. Doch unter anderem wegen der zunehmenden politischen Isolation Deutschlands hat die Regierung Schwierigkeiten, das Geld ausländischer Investoren ins Land zu locken. Und deshalb importiert sie mit den knappen Devisen, die ihr zur Verfügung stehen, lieber für die Aufrüstung benötigte Güter als Eiweiß und Fett.«

»Weil Hitler tatsächlich einen Krieg anzetteln will?«, fragte ihre Mutter leise.

Willy zuckte mit den Schultern. »Offiziell heißt es, dass man Deutschland durch die Aufrüstung vor Angriffen aus dem Ausland schützen will. Letztlich kann man nur hoffen, dass auf jeder Seite die Vernunft siegt.«

»Amen«, sagte ihr Vater. Aber es klang eher ironisch als überzeugt.

»Und was antworte ich jetzt Hugo?«, fragte Julia in die plötzlich stille Runde. »Dass wir den Ball ohne ein Festmahl stattfinden lassen müssen?«

Tante Luise lächelte. »So umtriebig wie dieser Hugo Lessing ist, kann er doch bestimmt Fett auftreiben. Meinst du nicht?«

»Das ist eine hervorragende Idee, Lulu«, erwiderte ihre Mutter. »Schreib ihm einfach, dass wir für einen Ball noch einige Kilo Butter und Öl benötigen. Wenn er uns das vorher anliefern lässt, gewähren wir ihm einen Rabatt auf die Zimmer.«

Obwohl Julia alles andere als begeistert war von der Idee, mit Hugo und seinen Geschäftsfreunden das neue Jahr einzuläuten – im Grunde schämte sie sich, weil sie schon wieder ihre Enttäuschung über Fabians offensichtliches Desinteresse an ihm ausgelassen hatte –, würde sie die Einnahmen, die dem Palais durch einen solchen Ball zugutekämen, nicht einfach ausschlagen. Immerhin musste das Personal auch in den Wochen ohne KdF-Gäste seinen Lohn erhalten.

»Einverstanden. Ich schreibe ihm.«

Wie erwartet hatte Hugo umgehend geantwortet, dass die zusätzliche Belieferung mit Fett überhaupt kein Problem darstelle, und Julia begann mit der Hilfe ihrer Mutter, den Silvesterball vorzubereiten. Als kurz darauf die Liste mit den Namen der zu erwartenden Gäste eintraf, erlebte sie eine seltsame Überraschung, denn auch ein Fabian von Schlenzdorf sollte an dem Ball teilnehmen.

»Das muss doch ein Versehen sein«, meinte ihre Mutter irritiert. »Woher sollte Hugo Lessing ausgerechnet Charlies jungen Freund kennen?«

»Die beiden haben sich im Sommer bei einem Abendessen im Adlon getroffen«, gab Julia mechanisch zur Antwort. »Aber sie haben sicherlich nicht das Geringste miteinander zu tun. Glaubst du, dass es in Berlin zwei Männer mit diesem Namen gibt?«

Ihre Mutter schüttelte den Kopf. »Also, das halte ich für völlig ausgeschlossen. Warum fragst du nicht bei Herrn Lessing nach, was es damit auf sich hat?«

Doch Julia wollte Hugo nicht die Genugtuung verschaffen, ihn deswegen anzurufen. Außerdem bereitete ihr allein die Aussicht, dass es sich tatsächlich um *ihren* Fabian handeln könnte, einen ungeheuren Auftrieb. Plötzlich freute sie sich auf die Veranstaltung. Und dann gab es noch eine weitere wunderbare Überraschung: Minna würde über Weihnachten und Neujahr aus Paris zu Besuch kommen! Julia, die schon seit Jahren davon träumte, ihre Ziehmutter endlich wieder in die Arme schließen zu können, war überglücklich. Briefe, egal wie lang und ausführlich, waren eben doch nur ein fader Ersatz für ein persönliches Treffen.

Minna, die es abgelehnt hatte, dass man sie am Bahnhof in Berlin abholte, traf am Tag vor Weihnachten mit Onkel Friedrich im Palais ein und sah eigentlich noch genauso aus wie bei ihrer Abreise vor so vielen Jahren: adrett, blond und etwas rundlich. Julia, die schon den ganzen Vormittag fieberhaft auf sie gewartet hatte, umarmte sie so fest, als wollte sie sie nie mehr loslassen. Darüber hätte sie beinahe vergessen, Onkel Friedrich gebührend zu begrüßen. Die beiden würden über Weihnachten die einzigen Gäste sein, denn Tante Luise und Onkel Paul feierten mit ihren nächsten Angehörigen in Berlin.

»Julia-Kind, was bist du nur für eine schöne junge Frau geworden«, rief Minna, als sie gemeinsam die Wohnung von Onkel Paul betraten. »Kein Wunder, dass die jungen Männer dich umschwärmen wie Motten das Licht.«

»Wie kommst du denn auf so einen Unsinn?«, fragte Julia verlegen.

»Nun … deine Mutter hat mir von einem gewissen Hugo und einem gewissen Fabian geschrieben. Du selbst lässt solche interessanten Details ja leider immer weg. Wer liegt denn gerade vorn in deiner Gunst?«

»Keiner von beiden«, erwiderte Julia peinlich berührt. Sie würde ein ernstes Wort mit ihrer Mutter reden müssen. Es ging doch nicht an, dass sie hinter ihrem Rücken Gerüchte in die Welt setzte. »Erzähl mir bitte lieber etwas über dich. Und wie es Tante Johanna, Onkel Samuel und Gabriel geht.«

Minna lächelte und wirkte dabei noch jünger, als sie ohnehin schon aussah. »Dein Cousin hat vor zwei Monaten seine Bar Mizwa gefeiert. Er ist ein lieber und hübscher Junge und macht seinen Eltern viel Freude. Und deine Tante war ja schon immer mehr Engel als Mensch. Sie und ihr Ehemann scheinen, zumindest privat, das Glück für sich gepachtet zu haben.«

»Und was gibt es bei dir Neues?«, fragte Julia. »Hast du Nachrichten von Albert?«

Minnas Gesicht wirkte auf einmal verschlossen. Es war offensichtlich, dass sie nicht über ihren Ehemann sprechen wollte. Vielleicht lag das auch an Onkel Friedrich, der gerade mit den Koffern die Wohnung betrat. Leise erklärte sie: »Albert ist immer noch in Russland, soweit ich weiß … er ist wütend, dass ich ihm nicht dorthin folge, aber ehrlich gesagt … nach allem, was ich in Paris von russischen Emigranten über das Leben in diesem Land gehört habe, bringen mich keine zehn Pferde dorthin. Außerdem habe ich mir mein Leben in Paris ganz gemütlich eingerichtet. Das Restaurant geht gut und …«

»Soll ich dich vielleicht einmal durchs Hotel führen?«, unterbrach Julia sie, da sie lieber ohne ihren Onkel mit Minna geplaudert hätte.

»Ach, ich weiß nicht …«, erwiderte Minna. »Ehrlich gesagt bin ich schon ein wenig entsetzt über die ganzen Veränderungen, die ich in Deutschland seit meiner Ankunft bemerkt habe. Überall diese schrecklichen Schilder und die vielen Hakenkreuzfahnen … sogar vor dem Palais. Wie kann sich ein Land in so wenigen Jahren nur so grundlegend verändern? Außerdem … würde ich gern deinen kleinen Bruder kennenlernen.«

»Oskar hält gerade seinen Mittagsschlaf. Und im Hotelinneren gibt es auch keine Hitlerbilder oder Fahnen«, erwiderte Julia, gekränkt über die Kritik. »Dafür aber viele Neuerungen in der Küche, die dir gefallen werden.«

Minna seufzte. »Na gut, du hast mich überredet.« Sie wandte sich an Onkel Friedrich: »Bis später, Herr Dr. Kuhlmann. Danke fürs Mitnehmen.«

»Mit dem größten Vergnügen, Minna«, erwiderte ihr Onkel. »Amüsiert euch gut.«

Roberts körperliche Verletzungen waren inzwischen wieder vollständig ausgeheilt, aber seelisch schien es ihm nach wie vor nicht gut zu gehen. Wenn er ein lautes Geräusch hörte – beispielsweise die Fehlzündung eines Fahrzeugs –, sprang er mit einem derart gequälten Blick vom Stuhl auf, als wäre eine Bombe explodiert. Auch wenn es an der Tür klingelte, erblasste er schlagartig, denn er war jedes Mal überzeugt, dass es die Gestapo war, die kam, um ihn zu holen. Natürlich war es in dieser schwierigen Situation eine zusätzliche Belastung, dass weder Bodo noch er selbst herausfinden konnten, wo Johannes steckte.

Einige Wochen nach der gefährlichen Rettungsaktion hatte Paul erneut all seinen Mut zusammengenommen und war zu Johannes Bergers letzter Adresse gegangen, genau jener Anschrift, die Robert der Gestapo nicht hatte verraten wollen. Berger und Robert hatten bereits seit Herbst 1934 in getrennten Wohnungen gelebt, um nicht als Paar aufzufallen. Doch weder der Hauswart noch die befragten Anwohner wussten, wo sich der Schreiner inzwischen aufhielt, dabei hatte sich Paul als Anwalt ausgegeben und angedeutet, dass es um eine Erbschaftsangelegenheit ging. Der Hauswart war sogar so freundlich gewesen, ihm Bergers Wohnung aufzuschließen, doch Paul hatte keinerlei Anzeichen für dessen Anwesenheit finden können. Alles hatte aufgeräumt und unberührt ausgesehen, so als wäre Berger in den Urlaub gefahren. Und ein Anruf bei seinem Arbeitgeber hatte ergeben, dass er schon seit Monaten nicht mehr in der Werkstatt erschienen war.

»Aber man geht doch in Deutschland nicht einfach so verloren«, hatte Robert geklagt, als er diese Hiobsbotschaften erhalten hatte. »Irgendwer muss doch wissen, wo Johannes steckt!«

Paul hatte genickt und ihm wohlweislich vorenthalten, was Bodo vermutete: dass Berger längst in ein KZ gesteckt worden war. Nicht alle Homosexuellen wurden offiziell von der Gestapo festgenommen. Es gab auch Freiwilligen-Suchtrupps, die sich zusammenrotteten, um aus Spaß schwule Männer zu verprügeln und vor einem KZ abzuladen. Diese armen Kerle tauchten sicher in keiner Akte auf.

Überhaupt wurde Paul das Berliner Pflaster langsam zu heiß. Nachdem ein zweiter angeblich homosexueller Mann im Ministerium verhaftet worden war, hatte er ständig das Gefühl, unter Beobachtung zu stehen. Selbst wenn er sich das vielleicht nur einbildete, war die Gefahr durchaus real. Immerhin gab es in der Stadt Menschen, die zweifelsfrei wussten, wie es um ihn stand. Und das Regime ging immer rücksichtsloser gegen seine Gegner vor. Sogar gegen Deutschlands berühmteste Söhne und Töchter: Anfang Dezember hatte man dem Literaturnobelpreisträger Thomas Mann im schweizerischen Exil die deutsche Staatsbürgerschaft entzogen. Die Lage wurde immer beängstigender, weshalb er Robert gebeten hatte, die Wohnung nur im absoluten Notfall zu verlassen.

Eines Abends hatte Paul – zermürbt von der ständigen Angst – das Gefühl, es nicht länger auszuhalten. Flüsternd, damit die Kinder ihn nicht hörten, sagte er zu Robert: »Ich kündige, und wir gehen alle nach Bad Doberan. Dort sind wir sicherer. Auf dem Land ist die Polizei mit anderen Dingen beschäftigt.«

Robert, der sich inzwischen im Haushalt nützlich machte, stammelte: »Aber wir … wir können doch nicht ohne Johannes von hier weggehen.«

Paul seufzte. »Robert, ich will dir nicht wehtun, aber es besteht leider die Möglichkeit, dass wir nie erfahren werden, was mit ihm geschehen ist.«

»Du glaubst, er wurde ebenfalls verhaftet?«, flüsterte Robert mit bebenden Lippen.

Seine Verzweiflung brach Paul das Herz. Er wollte nicht, dass Robert so litt … und schon gar nicht wegen dieses anderen Mannes. »Wir sollten realistisch sein. Ich würde alles in meiner Macht Stehende tun, um Johannes zu helfen. Aber da wir nicht wissen, wo er sich befindet, müssen wir in diesen schweren Zeiten auch an uns selbst denken. Es nützt ihm doch nichts, wenn wir den Nazis zum Opfer fallen.«

Robert blickte ihn mit traurigen Augen an. »Ich bin dir so dankbar, Paul. Für alles, was du für mich getan hast, und ich verstehe, dass du in Bad Doberan bei deiner Familie besser aufgehoben bist.« Er schluckte. »Aber ich kann Berlin unmöglich verlassen, ohne zu wissen, was mit Johannes geschehen ist. Verstehst du das? Wenn du also mit den Kindern nach Bad Doberan gehen willst, müssen sich unsere Wege leider trennen. Ich werde mich schon irgendwie allein durchschlagen.«

Paul hätte ihn am liebsten geschüttelt, um ihn zur Vernunft zu bringen. Doch Robert war schon immer ein Dickkopf gewesen, und tief in seinem Inneren wusste Paul, dass er in einer ähnlichen Situation seinen Partner auch nicht im Stich gelassen hätte. Trotzdem unternahm er noch einen letzten Versuch, Robert umzustimmen: »Du hast doch gesehen, wie misstrauisch mein Sohn Thomas auf dich reagiert hat. Jetzt, wo du wieder gesund bist, werden die Leute sich fragen, warum du noch immer bei uns wohnst.«

»Thomas hat mich bei seinem ersten Besuch in erster Linie über meine Erlebnisse im Krieg ausgefragt. Wahrscheinlich wollte er lediglich überprüfen, ob wir wirklich ehemalige Kriegskameraden sind. Und auch Frau Holländer hat verstanden, dass ich psychisch noch nicht wieder auf dem Damm bin. Sie ermahnt mich ständig, nicht vorschnell in mein eigenes Leben zurückzukehren.« Er senkte den Kopf. »Aber wenn du vor dem Gerede der Leute Angst hast, werde ich deine Wohnung gleich morgen früh verlassen.«

»Red doch bitte keinen Unsinn«, erwiderte Paul unwirsch. Es fiel ihm schwer, Robert in diesem Moment nicht in die Arme zu nehmen, aber er ahnte, dass diese vertraute Geste seinen Exfreund in Gewissenskonflikte gestürzt hätte. »Dann bleiben wir eben noch ein wenig länger in Berlin. Aber sobald wir Johannes gefunden haben, ziehen wir nach Bad Doberan. Versprochen?«

Robert nickte. »Versprochen. Und danke für dein Verständnis.«

Der Silvesterball war in vollem Gange. Auf der Tanzfläche im großen Ballsaal drehten sich junge und ältere Paare im Walzerschritt. Die Abendkleider der Damen waren ausgesprochen elegant, selbst wenn sie dieses Mal nicht aus Paris stammten, da es inzwischen als verpönt galt, sich mit edlen Stoffen aus dem Ausland zu schmücken. Julia, die gerade mit Onkel Friedrich tanzte, gefiel sich in einer von Tante Luise geborgten weißen Robe, die einen sehr raffinierten, aber eigentlich zu großzügigen Rückenausschnitt hatte. Das Festessen, das an acht weiß eingedeckten Zehnertischen rund um das Tanzparkett stattgefunden hatte, war nicht zuletzt wegen Hugos Fett- und Fleischlieferungen ein Gedicht gewesen. Dankenswerterweise hatte ihre Mutter die federführende Leitung des Abends übernommen und ihr auf diese Weise gestattet, den Ball unbeschwert als Gast zu genießen.

Hugo war bereits vor zwei Tagen angereist, und Julia war selbst überrascht, wie sehr sie sich gefreut hatte, ihn nach dieser längeren Pause wiederzusehen. Hatte sie ihn tatsächlich vermisst? Es kam ihr fast so vor. Die Frage, ob er sich nach der eigentlich ungerechten Ohrfeige ihr gegenüber reservierter verhalten würde, war ebenfalls schnell beantwortet: Er war genauso vergnügt wie eh und je. Gestern Abend hatte er ihr mit einem Grinsen die von ihm erstellte Sitzordnung überreicht und hinzugefügt: »Dein Tischherr sollte dir gefallen.« Obwohl sie bereits damit gerechnet hatte, schlug ihr Herz schneller, als sie sah, dass sie tatsächlich zwischen Fabian und ihm sitzen sollte. Konnte das gut gehen?

Wie sich zeigte, stellte die unmittelbare Nachbarschaft der beiden Herren kein Problem dar. Julia hatte sich umsonst gesorgt. Fabian, der erst anderthalb Stunden vor Beginn des Balls im Palais eingetroffen war, hatte sie freundlich begrüßt und ebenso nett, wenn auch etwas nichtssagend mit ihr geplaudert. Obwohl sie verstanden hatte, dass sie in Hörweite von Hugos Geschäftsfreunden, von denen viele das goldene Parteiabzeichen trugen, nicht über die gleichen Themen sprechen konnten wie sonst, war sie ein wenig enttäuscht. Oder lag Fabians Zurückhaltung lediglich an Hugos Nähe? Als Gastgeber der Veranstaltung hatte er vor dem Hauptgang eine kleine Rede gehalten und den Anwesenden für ihr zahlreiches Erscheinen und die großzügigen Spenden für das Winterhilfswerk gedankt. Anschließend hatte Hugo sich fast ausschließlich um seine eigene Tischdame gekümmert, eine dunkelhaarige Schönheit, der die Herzen aller versammelten Herren zuzufliegen schienen. Doch obwohl ihn die männlichen Gäste ganz offensichtlich um seine rassige Tischdame beneideten, schien Hugo – zumindest mit einem Ohr – ihrer Unterhaltung mit Fabian zu lauschen. Als sie ihren Tischherrn nach der Uhrzeit fragte, antwortete Hugo, bevor Fabian auch nur auf seine Uhr sehen konnte.

Nachdem das Festessen beendet war und der Ball begonnen hatte, erwartete Julia, dass Fabian sie umgehend auf die Tanzfläche bitten würde, aber da hatte sie sich leider geirrt. Als Erstes forderte er die Dame zu seiner Linken auf, eine ältere Matrone, deren Ehemann ein Holzbein hatte und nicht tanzen konnte. Mit einem aufgesetzt heiteren Lächeln schaute Julia den beiden hinterher und sah kurz darauf auch Hugo mit seiner Tischdame entschwinden. Sie war Onkel Friedrich überaus dankbar, dass er sie dann nicht mutterseelenallein am Tisch mit dem Kriegsversehrten hatte sitzen lassen.

Inzwischen war über eine Stunde vergangen, und Julia, die bereits in den Armen von mehreren ihr unbekannten Herren über das Parkett geschwebt war, hatte noch immer kein einziges Mal mit Fabian getanzt. Mied er sie absichtlich? Es hatte fast den Anschein. Wobei es sonderbar war, dass ein wohlerzogener junger Mann einen solchen gesellschaftlichen Fauxpas beging. Immerhin war sie seine Tischdame! Sehnsüchtig blickte sie über die Schulter ihres aktuellen Tanzpartners und beobachtete, wie Fabian mit einer unscheinbaren jungen Dame tanzte. Gefiel ihm diese blasse Pute etwa besser als sie?

Plötzlich hörte sie eine vertraute Stimme »Darf ich?« murmeln. Als sie sich umwandte, gab ihr Tanzpartner sie mit einer Verbeugung frei und überließ sie dem charmant lächelnden Hugo. Kurz darauf wirbelte der sie – wie schon so oft – geradezu virtuos herum. Hugo konnte es sich nicht verkneifen, mit seinen Künsten auf dem Parkett anzugeben.

»Und?«, fragte er und zog sie ein wenig fester in seine Arme. »Amüsierst du dich?«

»Geht so«, antwortete sie wahrheitsgemäß.

Sein Lächeln wurde breiter. »Bist du arg eifersüchtig?«

Julia presste die Lippen aufeinander. »Auf wen sollte ich denn eifersüchtig sein?«

»Na, auf das arme Fräulein, das du gerade mit deinen Blicken durchlöcherst.«

Julia wandte ihre Augen von Fabians Tanzpartnerin ab. »Ich habe keine Ahnung, wovon du sprichst.«

»Ach, wirklich nicht?« Hugos Hände berührten plötzlich die nackte Haut in ihrem Rückenausschnitt.

Obwohl es sich nicht unangenehm anfühlte, fauchte sie: »Lass das!«

Trotz ihres Protests ließ er seine Hände dort liegen und fing sogar an, sie sanft mit dem Daumen zu streicheln.

»Hör sofort auf, oder ich gehe umgehend zurück an unseren Tisch«, sagte sie ärgerlich. Hatte er getrunken? Er benahm sich doch sonst immer tadellos.

»Ach, kleine Julia. Was findest du nur an diesem blutleeren Kerl? Ist es seine hochwohlgeborene Abstammung? Ist dir der Sohn eines gescheiterten Kaufmanns nicht gut genug?« Sie spürte seinen Blick und sah zu ihm auf. Hugos Gesicht wirkte ungewohnt ernst.

Es war das erste Mal, dass er über seine Familie sprach, und es überraschte sie, dass er seinen eigenen Vater als gescheiterten Kaufmann bezeichnete. Sein selbstsicheres Auftreten hatte Julia vermuten lassen, er sei mit dem sprichwörtlichen goldenen Löffel im Mund geboren worden. Seine frechen Hände für einen Moment ignorierend, erwiderte sie: »Aber, Hugo, ich weiß doch überhaupt nichts über deine Familie. Was meinst du mit ›gescheitert‹? Du selbst scheinst doch in allen geschäftlichen Dingen überaus erfolgreich zu sein. Hast du dieses Talent nicht von deinem Vater geerbt?«

Sein Blick wurde hart. »Als ich zehn Jahre alt war ... unmittelbar nach Kriegsende ... ist das vormals florierende Unternehmen meiner Familie quasi über Nacht bankrottgegangen ... und mein Vater hat sich kurz darauf erschossen. Er hat mir also weder seine zweifelhaften kaufmännischen Fähigkeiten noch sein Vermögen vermacht.«

Unwillkürlich blieb sie stehen. »Das ... das tut mir entsetzlich leid, Hugo.«

»Das braucht es nicht«, erwiderte er leichthin und schob sie erneut über das Parkett. »Ich habe mir, wie du weißt, inzwischen eine eigene Existenz aufgebaut.«

Plötzlich hatte sie einen kleinen blonden Jungen vor Augen, der nach den schrecklichen Kriegsjahren – nach all dem Hunger und Leid – seinen Vater mitsamt dem Familienunternehmen verloren hatte. »Wie ... wie ging es danach weiter? Wovon haben deine Mutter, du und deine Geschwister gelebt?«

»Ich bin Einzelkind, und meine Mutter ... ach, lass uns von etwas anderem sprechen. Der Abend ist zu schön, um diese alten Geschichten aufzuwärmen.«

Für einige Minuten tanzten sie stumm weiter. Hugo führte sie endlich wieder in einer anständigen Tanzhaltung, und Julia hing ihren Gedanken nach. War er wegen seiner traurigen Kindheit so lebenslustig und oberflächlich? Wollte er das Erlittene auf die Art vergessen?

»Du hast meine Frage gar nicht beantwortet«, unterbrach er ihre Träumerei. »Was findest du an diesem Adeligen nur so anziehend?«

Julia wollte gerade wieder eine unwirsche Bemerkung machen, zügelte sich jedoch in letzter Sekunde. Konnte es sein, dass Hugo die Frage ernst meinte? Hatte er sich womöglich in sie verliebt? Er, der an jedem Finger zehn Gespielinnen haben konnte? Der sonnige Hansdampf in allen Gassen? Schuldete sie ihm unter diesen Umständen nicht eine aufrichtige Antwort? Zögernd erwiderte sie: »Ich weiß nicht … Fabian ist so verlässlich und … so …«

»Verlässlich?«, wiederholte Hugo höhnisch. »Suchst du einen zweiten Arco? Einen gutmütigen, sanften Partner für kleine Ausflüge? Oder einen aufregenden Komplizen, der dir die Liebe und das Leben in all seiner Schönheit zeigt?«

Seine Stimme hatte so erregt geklungen, dass sie sich nicht traute, ihre Antwort weiter auszuführen. Außerdem … war es nicht unmöglich, Gefühle in Worte zu kleiden, die sie sich selbst kaum einzugestehen vermochte?

»Du schweigst? Hast du dir noch keine Gedanken darüber gemacht, wie dein zukünftiges Leben aussehen soll? Dass dir ein solch ernster Geselle jeden Spaß daran nehmen wird?« Plötzlich veränderte sich sein aufbrausender Tonfall. Eindringlich sagte er: »Julia, ich will dir die Welt zu Füßen legen. Dich allzeit beschützen und ehren. Bitte, gib mir eine Chance! Ich weiß, dass ich dich glücklich machen kann, wenn du mich lässt.«

Die unterdrückte Leidenschaft, die aus seinen Worten sprach, ließ Julia erröten. Verlegen murmelte sie: »Hugo, ich … ich weiß nicht, was ich sagen soll.«

Die Enttäuschung über ihre Reaktion stand ihm ins Gesicht geschrieben. Die Muskeln seiner Wangen schienen sich zu verhärten, und sein Blick wurde finster. Doch seine Stimme war sanft, als er erwiderte: »So, so. Nun, da kann man nichts machen.«

Auf einmal schien ein Schaudern durch seinen Körper zu laufen, und mit einer neu gefundenen Entschlossenheit lenkte er sie zwischen den anderen Tanzpaaren hindurch. Julia vermutete, dass er sie schnellstmöglich loswerden und zu ihrem Platz zurückbringen würde … als er sie mitten auf der Tanzfläche losließ und zu jemandem hinter ihr sagte: »Wollen wir nicht unsere wundervollen Tanzpartnerinnen tauschen, von Schlenzdorf? Ich habe noch gar nicht die Freude gehabt, mit Fräulein Kettering zu tanzen.«

Fabian und sie musterten sich verlegen, während Hugo mit der glücklich lächelnden blassen Pute loslegte.

»Wenn du nicht mit mir tanzen magst, musst du nicht«, beeilte Julia sich zu sagen. »Du kannst mich auch einfach zu unserem Tisch zurückbegleiten.«

»Nein«, erwiderte Fabian steif. »Ich freue mich.« Er nahm ihre Hand und zog sie in seine Arme. Seine Freude schien sich allerdings in Grenzen zu halten. Peinlich genau hielt er ihren Körper auf Abstand. Nur seine Hände berührten sie. Auch sein Gesicht wirkte verschlossen und unnahbar.

Trotzdem stellte Julia ihm die Frage, die ihr schon so lange auf der Seele brannte. »Wie kommt es eigentlich, dass ausgerechnet du hier auf dem Ball bist?« Plötzlich stockte sie. Jetzt, wo sie die Worte ausgesprochen hatte, war sie schockiert, wie unhöflich sie klangen. Schnell fügte sie hinzu: »Ich meine, es ist wunderbar, dass du da bist … aber du hast doch sicherlich nichts mit Hugo und seinen Geschäftsfreunden zu tun? Oder?«

Fabian räusperte sich. Seine dunklen Augen wirkten überrascht. »Ehrlich gesagt dachte ich … dass *du* hinter dieser Einladung steckst. Dass du Herrn Lessing vielleicht gebeten hast, mich einzuladen.«

Julia spürte, wie ihre Wangen knallrot anliefen. »Ich?«, stammelte sie. Hatte er allen Ernstes geglaubt, dass sie nach seiner rüden Absage in Berlin noch einmal versuchen würde, ihn nach Bad Doberan einzuladen? »Nein, das tut mir leid. Ich war im Gegenteil sehr überrascht, als ich deinen Namen auf der Gästeliste entdeckt habe.«

»Hm«, erwiderte er. Es klang, als glaubte er ihr nicht.

»Frag doch Hugo … ich habe ihn jedenfalls ganz sicher nicht gebeten, dich einzuladen.«

Fabian musterte sie mit einem schwer zu deutenden Blick. Dann sagte er leise: »Schade.«

Jetzt war sie vollends verwirrt. Was war denn das nur für ein Wechselbad der Gefühle? Erst die glühende Liebeserklärung von Hugo, dann die kühle Ablehnung von Fabian, und nun sein »Schade«. Was war nur mit diesen Männern los?

»Es war so … Herr Lessing hat mich völlig unerwartet angerufen und mich zu diesem Ball zugunsten des Winterhilfswerks eingeladen«, erklärte Fabian. »Er meinte, die Veranstaltung diene einem guten Zweck, und dass ich den doch sicherlich unterstützen wolle …« Fabian verlangsamte seine Tanzschritte. »Und wie du weißt, ist es gefährlich, einem Parteimitglied eine solche Spende abzuschlagen. Deswegen bin ich nach Bad Doberan gekommen.«

Ob Hugo ihr mit dieser Einladung tatsächlich eine Freude hatte machen wollen? Das wäre ihm durchaus zuzutrauen, dachte sie. Vor Enttäuschung, dass Fabian sie nicht aus eigenem Antrieb hatte besuchen wollen, konnte sie kaum klar denken, trotzdem stellte sie seine Annahme richtig: »Hugo ist kein überzeugter Nazi. Er hätte dir sicherlich keinen Strick daraus gedreht, wenn du die Spende abgelehnt hättest.«

»Kein überzeugter Nazi?«, entgegnete Fabian. »Dafür umgibt er sich aber mit erstaunlich vielen Trägern des goldenen Parteiabzeichens.«

»Er verkehrt geschäftlich mit ihnen«, nahm Julia ihn in Schutz.

»Dann macht er sich trotzdem die Finger schmutzig«, meinte Fabian abfällig. »Und diese lächerliche Spendenaktion kann er sich ebenfalls schenken.«

»Was hast du gegen das Winterhilfswerk?«, erkundigte sie sich erstaunt. »Das ist doch vielleicht die einzige Regierungsorganisation, die etwas Gutes zu bewirken scheint.«

»Wieso? Weil sie den Ärmsten der Armen eine warme Mahlzeit oder ein paar Kohlen zum Heizen spendiert?«, flüsterte Fabian. »Wenn die Regierung sich selbst um die Bedürftigen kümmern würde, statt für den nächsten Krieg aufzurüsten, bräuchte es diese propagandistischen Aktionen des Winterhilfswerks nicht. Weißt du, wie die arme Bevölkerung Berlins das WHW insgeheim nennt?«

Sie schüttelte den Kopf.

»Wir hungern weiter«, sagte er leise.

»Traurig.«

Er nickte. »Allerdings.«

Kurz darauf brachte er sie zurück an ihren Tisch, wo auch Hugo und seine wieder aufgetauchte Tischdame gerade eine Tanzpause einlegten. Das blasse Fräulein Kettering war glücklicherweise nirgendwo zu sehen. Hugo hatte zwei neue Flaschen Champagner bestellt und goss ihnen allen großzügig ein. »In einer halben Stunde ist es so weit … dann können wir auf 1937 anstoßen«, verkündete er und trank sein Glas in einem Zug leer. »Wird bestimmt ein großartiges Jahr!«

Plötzlich wünschte sich Julia, woanders zu sein. In der vertrauten Wohnung mit ihren Eltern und Minna. Trotz der vielen Menschen um sie herum fühlte sie sich einsam. Selbst Onkel Friedrich schien zum Anstoßen nach oben gegangen zu sein.

Während Fabian sich quer über den Tisch mit einem Herrn unterhielt, drehte Hugo sich zu ihr um. »Freust du dich auf das Feuerwerk?«

Wenn sie vorhin nicht diese merkwürdige Unterhaltung geführt hätten, hätte Julia glauben können, dass er genauso war wie immer. Doch nun meinte sie ein beschwipstes Glänzen in seinen Augen wahrzunehmen. Wie viel Champagner hatte er wohl schon intus? Sie zwang sich zu einem Lächeln. »Ja, sicher.«

Schließlich war es so weit. Die letzten Sekunden wurden vom Leiter der Tanzkappelle heruntergezählt. »Zehn, neun, acht …«

Genau um Mitternacht stieß Julia zuerst mit Fabian, dann mit Hugo an. »Frohes neues Jahr«, sagte sie. Doch die Stimmen ihrer Tischnachbarn gingen im allgemeinen Tumult unter, und sie sah nur, wie die beiden die Lippen bewegten.

Plötzlich stand Hugo auf und rief: »Von der Terrasse sieht man das Feuerwerk am besten. Trotzen wir der Kälte!« Die bodentiefen Fenster und Türen wurden vom Personal geöffnet, und eisige Luft flutete in den Ballsaal. Den zu den Ausgängen strömenden Gästen wurden Decken gereicht, und Hugo legte zunächst seiner Tischdame, dann ihr eine über die Schultern. Kurz darauf begann das Schauspiel, zum begeisterten »Ah« und »Oh«

der Gäste explodierte ein bunter Funkenschauer nach dem anderen. Es war wunderschön anzusehen, trotzdem verspürte Julia eine nie gekannte Traurigkeit. Bestimmt reiste Fabian morgen früh wieder ab, und dann würden sie sich garantiert niemals wiedersehen. Außerdem ... wie sollte sie auf Hugos Geständnis reagieren? Konnten sie wirklich Freunde bleiben, wenn er in sie verliebt war? Sah sie auch ihn heute Abend zum letzten Mal?

Mit dem Verhallen des letzten Feuerwerkskörpers strömten die Gäste zurück in den warmen Ballsaal. Julia, die noch einige achtlos abgelegte Decken aufgesammelt hatte, ging als Letzte auf die geöffnete Tür zu, als sich aus dem Schatten der Hauswand ein Mann löste: Hugo.

»Warum machst du diese Arbeit selbst, anstatt einen deiner Angestellten damit zu beauftragen?«, fragte er sie mit merkwürdig rauer Stimme.

Julia lächelte. »Das muss mir in die Wiege gelegt worden sein. Meine Mutter kann auch an keiner unerledigten Aufgabe vorbeigehen.«

Sie wollte gerade den Ballsaal betreten, als Hugo ihr den Weg verstellte. »Leg die Decken ab«, sagte er. »Ich will dir vorn an der Balustrade noch etwas zeigen.«

»Ach ja ... und was?«, erkundigte sich Julia. »Haben die Gäste ihre Gläser wieder in den Park geworfen? In manchen Kulturen soll das ja Glück bringen, aber ich finde es einfach ungehörig. An dem zerbrochenen Glas hat sich schon manch einer geschnitten.«

Hugo packte ihre Hand, sodass sie die Decken notgedrungen loslassen musste, und zog sie unsanft über die Terrasse.

»Bitte mach langsam«, protestierte sie. »Immerhin trage ich Schuhe mit Absatz.«

Als sie die Balustrade erreichten, wirbelte er sie herum und schlang beide Arme um ihre Taille. »Julia, mir ist gerade etwas aufgegangen. Du kannst dich ja gar nicht in mich verlieben, wenn du mich lediglich als platonischen Freund kennst.« Seine blauen

Augen glitzerten in der Dunkelheit, die nur durch das aus dem Ballsaal scheinende Licht erhellt wurde. »Das werden wir jetzt ändern.«

»Hugo, nein … das ist keine gute …« Sie konnte den Satz nicht beenden, denn im nächsten Moment presste er seine Lippen auf ihre und begann, sie voller Leidenschaft zu küssen.

Julia war so perplex, dass sie ihn sekundenlang gewähren ließ … doch dann wehrte sie sich aus Leibeskräften. »Lass mich sofort los, du Idiot«, gurgelte sie undeutlich, während seine Hände auf einmal überall auf ihrem Körper zu sein schienen. Völlig außer Atem ballte sie ihre Hände zu Fäusten und trommelte gegen seine Brust. »Bist du völlig verrückt geworden! Hugo, hör … sofort … damit auf!«

In diesem Moment vernahm sie Schritte, und plötzlich drang Fabians Stimme an ihr Ohr: »Verstehen Sie nicht, was Fräulein Falkenhayn sagt? Lassen Sie sie umgehend los, oder Sie werden es bereuen.«

Hugos Griff wurde fester, aber er löste seine Lippen lange genug von ihrem Mund, um zu erwidern: »Machen Sie, dass Sie fortkommen, von Schlenzdorf. Sie hatten Ihre Chance. Jetzt werde ich meine nutzen!«

Julia schnappte empört nach Luft. Sie konnte nicht glauben, was sie da hörte, und trat Hugo mit aller Kraft vors Schienbein.

Doch er ignorierte den Schmerz, und sein Mund näherte sich erneut dem ihren.

»Ich habe Sie gewarnt«, sagte Fabian dicht neben ihrem Ohr. Er packte Hugos Arm und zog energisch daran, und in dem Augenblick, in dem Hugos Gesicht sich von ihrem entfernte, holte Fabian aus und versetzte ihm einen zielgenauen Haken aufs Kinn.

Hugo ließ sie los und taumelte einige Schritte nach hinten. Für eine Sekunde dachte Julia, dass er zu Boden gehen würde. Aber dann fing er sich wieder und rieb sich das Kinn. »Nicht schlecht für eine adelige Memme.«

Fabian stellte sich schützend zwischen Hugo und sie. »Ich will keine Prügelei, Lessing. Gehen Sie einfach zurück in den Ballsaal, und wir vergessen das Ganze.«

Hinter seinem Rücken murmelte Julia: »Ich glaube nicht, dass ich dir das je verzeihen werde.«

Hugo grinste, obwohl seine Unterlippe dick anschwoll. »War der Kuss so unvergesslich, meine Schöne?«

»Das wirst du mir büßen!«, schrie Julia und versuchte, sich an Fabian vorbeizudrängen, um sich auf ihn zu stürzen.

Doch ihr Retter hielt sie erbarmungslos fest. »Ziehen Sie jetzt besser Leine, Lessing«, knurrte er.

Übertrieben langsam machte Hugo sich auf den Weg zur Tür. Mit einer spielerischen Verbeugung, die durch sein ramponiertes Gesicht einen theatralischen Anstrich erhielt, sagte er: »Na dann … wünsche ich euch beiden noch einen schönen Abend.«

Als er im Ballsaal verschwunden war, ließ Fabian ihren Arm los.

Schwer atmend stützte Julia ihre Hände in die Taille. »Was für ein Blödmann«, keuchte sie.

»Bitte entschuldige, dass ich dir so spät zu Hilfe geeilt bin«, erwiderte Fabian leise. »Aber ich musste mich erst davon überzeugen, dass er dich tatsächlich gegen deinen Willen küsst.«

»Selbstverständlich … war das gegen meinen Willen!«, schnaubte Julia. Als ihr Atem ruhiger ging, fügte sie hinzu: »Nicht dass ich diesen Affen verteidigen will … aber ich glaube, Hugo ist sternhagelvoll. Trotzdem bin ich dir unendlich dankbar, dass du meine missliche Lage erkannt und mir geholfen hast.«

»Gern geschehen«, murmelte er und rieb sich verlegen die Knöchel der rechten Hand.

»Guter Schlag übrigens.«

Er verzog den Mund zu einem schiefen Lächeln. »Wahrscheinlich hatte ich nur Glück, dass Lessing sich nicht gewehrt hat. Er sieht ja ziemlich kräftig aus.«

Julia ließ den Blick über seine schlaksige Gestalt gleiten, und dann fragte sie plötzlich: »Aber … wie kam es überhaupt, dass du uns an der Balustrade gesehen hast? Du bist doch als einer der Ersten zurück in den Ballsaal gegangen.«

»Ich habe mich gewundert, wo du bleibst«, antwortete er leise.

»Wirklich?«, fragte sie. »Aber du hast dich den ganzen Abend kaum um mich gekümmert. Warum ausgerechnet jetzt?«

Er musterte sie schweigend und wirkte dabei irgendwie unglücklich.

Unwillkürlich fing ihr Herz an, schneller zu klopfen. »Warum, Fabian?«

»Weil ich wissen wollte, was du so lange auf der Terrasse machst.«

»Aber … *warum?*«, wiederholte sie störrisch.

Er stieß einen tiefen Seufzer aus.

Mit verschränkten Armen blickte sie ihn an.

»Weil ich mich in dich verliebt habe … dabei darf das doch nicht sein.«

Fassungslos blickte sie ihn an. Sie öffnete die Lippen zu einem weiteren Warum, aber sie bekam keinen Ton heraus. Fabian war … in sie verliebt? Und was zum Teufel meinte er mit, dass das nicht sein dürfe?

Luise setzte sich an ihren Schminktisch und nahm die diamantenen Ohrstecker heraus, die Willy ihr zu Weihnachten geschenkt hatte. Sie waren gerade erst von einem Silvesterball im Adlon in Willys Wohnung zurückgekehrt, und eine stille Freude breitete sich in ihr aus, als sie im Spiegel beobachtete, wie ihr Verlobter sein Smoking-Jackett auszog und es fein säuberlich über einen Stuhl hängte. Lebten sie nicht jetzt schon wie ein vertrautes, glückliches Ehepaar?

Willys Augen trafen ihren Blick im Spiegel. »Was?«, fragte er mit einem Lächeln.

»Ich liebe dich«, sagte Luise und warf ihm eine Kusshand zu.

»Ich liebe dich auch.« Willy trat hinter sie und legte zärtlich seine Hände auf ihre Schultern. »Hattest du einen schönen Abend, Liebes?«

Sie nickte. »Das Essen war hervorragend, und sogar unsere Tischnachbarn waren einigermaßen amüsant. Am besten hat mir allerdings das Tanzen mit dir gefallen.« Plötzlich zog sie die Stirn kraus. »Alles war wunderbar. Bis auf ...« Sie wusste nicht, ob sie weitersprechen sollte. Schließlich wollte sie nicht die schöne Stimmung verderben.

»Bis auf was?«, erkundigte sich Willy ruhig.

»Was hast du nur heute Abend mit diesem Meeräcker besprochen?«

»Du meinst, als wir uns kurz ins Foyer zurückgezogen haben?«

»Ja, genau. Danach sahst du plötzlich so besorgt aus.«

Willy seufzte. »Du kennst mich gut, Luise.«

Sie legte ihre Hand auf seine. »Wir sollten keine Geheimnisse voreinander haben.«

Er nickte, doch an seinem Blick konnte sie erkennen, dass ihn etwas bedrückte.

»Also ... worüber habt ihr gesprochen?«

»Meeräcker arbeitet wie ich als Berater des Wirtschaftsministeriums. Und ich habe ihm mitgeteilt, dass ich mir große Sorgen um die deutsche Wirtschaft mache.«

»Aber wieso denn?«, erkundigte sich Luise erleichtert. Solange es nur um die Wirtschaft ging und nicht um etwas Privates wie eine Krankheit, konnte es ja nicht so schlimm sein.

»Weil sämtliche Arbeitsbeschaffungs- und Aufrüstungsprogramme der Regierung auf Pump finanziert sind. Ich habe da einige Papiere entdeckt, die mich glauben lassen, dass der deutsche Reichshaushalt völlig überschuldet ist.«

Luise zog überrascht die Augenbrauen zusammen. »Und ... das ist nicht bekannt?«

Willy schüttelte erregt den Kopf. »Die Veröffentlichung des Haushalts ist schon seit 1934 strengstens verboten.«

»Wirklich?«

»Leider ja. Doch das, was ich gesehen habe, ist wirklich haarsträubend und zeugt von großer Unfähigkeit. Selbst den so hochgelobten Autobahnausbau, der in Wahrheit bereits von früheren Regierungen geplant wurde, kann sich unser Land gar nicht leisten.«

Sie musterte ihn besorgt. Es war selten, dass sich ihr Verlobter derart über etwas echauffierte. »Und was hat Meeräcker dazu gesagt?«

»Ach, dieser Parteisoldat hat natürlich den größten Unsinn behauptet. Angeblich nimmt die Regierung allein durch die Enteignung von emigrierenden Juden solche Unsummen ein, dass das Defizit ausgeglichen wird.«

Luises Augen weiteten sich. »Das … ist die Finanzstrategie der Nazis?«

»Es ist eine Praxis, die man als denkender und fühlender Mensch nur verurteilen kann«, erwiderte Willy ernst. »Eine moralische Bankrotterklärung.«

»Kannst du irgendwie darauf Einfluss nehmen?«

Er schüttelte den Kopf. »Nein, dazu bin ich als Berater ein zu kleines Licht. Ich überlege aber …« Er brach mitten im Satz ab, und sein Gesicht nahm einen verschlossenen Ausdruck an.

»Ja?«

»Das besprechen wir ein anderes Mal. Das neue Jahr ist ja erst eine knappe Stunde alt, und nun ist es erst mal Zeit, ins Bett zu gehen.« Liebevoll strich er über ihre Schultern. »Ich möchte dich in meinen Armen spüren.«

Seine Worte machten sie trotz des traurigen Themas glücklich. »Ja, ich dich auch.«

Julia zitterte, aber sie hätte nicht sagen können, ob sie fror oder ob es eine Reaktion auf Fabians unerwartete Eröffnung war. Wie angewurzelt stand sie in der Eiseskälte und konnte sich keinen Reim auf seine Worte machen.

Wortlos schlüpfte er aus seinem Smoking-Jackett und reichte es ihr.

»Du ... du bist in mich verliebt?«, fragte Julia mit bebenden Lippen, während sie sich das Jackett über die Schultern legte und den dezenten Duft von Fabians Cologne einatmete. Fieberhaft dachte sie darüber nach, weshalb er sie anlügen sollte, doch ihr wollte keine rationale Begründung einfallen.

Fabian nickte.

»Aber ... seit wann?«

Er blickte sie unglücklich an. »Seit unserer ersten Begegnung, Julia.«

»Niemals!«, sagte sie und rümpfte die Nase.

»Doch ... glaub mir ... ich hatte deinetwegen unendlich viele schlaflose Nächte.«

»Aber warum hast du dann so getan, als könntest du mich nicht ausstehen?«, fragte sie und musste wieder an seine rüde Abfuhr in Berlin denken.

»Das habe ich doch gar nicht. Ich habe lediglich versucht, dir so gut wie möglich aus dem Weg zu gehen ... obwohl es mir selbst das Herz gebrochen hat«, verteidigte er sich.

»Und meine Gefühle ... haben da gar keine Rolle gespielt?«

»Bis wir uns in Berlin wiedergesehen haben, war ich fest davon ausgegangen, dass du in mir lediglich eine Art großen Bruder siehst, jemanden, mit dem du gern ausreitest und plauderst. Im Grunde ... bist du doch auch noch viel zu jung für die Liebe, Julia.«

Sie schüttelte den Kopf. »Das könnte dir so passen.«

Fabian blickte sie überrascht an. »Wieso sollte mir das passen?«

»Du willst es dir nur leichtmachen. Wenn ich zu jung für die Liebe bin, musst du mir nicht erklären, warum du dich nicht in mich verlieben darfst«, erklärte sie spitzfindig.

Er seufzte. »Es wäre einfach falsch, dich da hineinzuziehen«, sagte er.

»Wo hinein ... zum Teufel?«

Trotz seines besorgten Gesichtsausdrucks entlockte ihm ihr Fluch ein Lächeln.

»Komm mit«, sagte sie, nahm seine Hand und zog ihn eilig hinter sich her in Richtung Garten.

Wenig später standen sie vor dem Dienstboteneingang des Palais. Julia drückte die unverschlossene Tür auf und marschierte mit Fabian im Schlepptau durch die Kellergänge und an der Küche vorbei zu der Treppe, die ins leere Restaurant führte. Sie kümmerte sich nicht um die neugierigen Blicke der Angestellten, sondern ging schnurstracks weiter, bis sie das Büro hinter der Pförtnerloge erreicht hatten. Dort ließ sie Fabian zuerst eintreten und schloss dann hinter sich die Tür ab.

»So … jetzt können wir erstens nicht mehr erfrieren. Und zweitens sind wir ungestört.« Sie blickte ihn durchdringend an. »In was willst du mich nicht hineinziehen, Fabian?«

Seine intelligenten Augen waren unmittelbar auf sie gerichtet. Doch diesmal wirkte sein Blick nicht unbeteiligt oder lediglich milde interessiert. Julia glaubte, loderndes Verlangen darin lesen zu können, und sie bekam eine Gänsehaut.

»Wir leben in gefährlichen Zeiten«, begann er.

»Ja, aber was hat das mit uns zu tun?«

Sein Blick wurde noch intensiver. »Also gut, Julia. Ich gehöre dem geheimen Widerstand gegen die Nazis an. Eigentlich will ich nicht zu viel darüber sprechen, weil ich dich ansonsten auch in Gefahr bringe, aber es ist so: Ich vermittle zwischen unterschiedlichen Personen des öffentlichen Lebens, die heimlich Streiks ermutigen, Anti-Nazi-Propaganda drucken und regierungskritische Menschen anwerben.«

»Bist du … Kommunist?«, stotterte Julia, überwältigt von dieser unerwarteten Neuigkeit. Sie hatte befürchtet, dass er vielleicht eine heimliche Verlobung eingegangen war und sie deswegen nicht lieben durfte.

»Nein, ich teile nicht die politischen Überzeugungen der Kommunisten, obwohl wir in bestimmten Bereichen durchaus kooperieren. SPD und KDP versuchen ebenfalls, Untergrundnetzwerke aufrechtzuerhalten, aber die Gestapo hat es schon mehrfach geschafft, Spione in ihre Organisationen einzuschleusen, woraufhin viele Frauen und Männer verhaftet und hingerichtet wurden. Ich kämpfe deswegen für einen internationalen Kreis aus Intellektuellen und Aristokraten ...«

»Hingerichtet?«, echote Julia erschrocken.

Er nickte. »Verstehst du mich jetzt? Wenn wir ... ein Paar wären und die Nazis würden mich erwischen ... dann ginge es auch dir an den Kragen, und mit dieser Vorstellung kann ich einfach nicht leben.«

Es fiel ihr schwer, die auf sie einstürmenden Informationen einzuordnen. In ihrem Kopf herrschte ein einziges Chaos. Doch eine Erkenntnis kristallisierte sich aus diesem Durcheinander heraus und entflammte ein Freudenfeuer in ihrem Herzen: Fabian liebte sie, und er war frei.

»Julia, verstehst du, dass ich dir nicht die Sicherheit bieten kann, die eine wunderbare Frau wie du verdient?«

Fieberhaft dachte sie nach. Sie wollte nicht vorschnell urteilen, sonst würde Fabian ihre Meinung nicht respektieren. Es war wichtig, dass sie die richtigen Worte fand, um ihn zu überzeugen.

»Julia!« In einer verzweifelten Geste hob er beide Hände. »Bitte sag mir, dass du mich verstehst!«

Langsam schüttelte sie den Kopf. »Nein, Fabian. Du hast unrecht. Es gibt in diesem Leben keine Sicherheit. Niemand kann uns versprechen, dass das Morgen genauso schön und behütet sein wird wie das Heute. Nur Gott kennt unser Schicksal.«

»Wie meinst du das?«, flüsterte er.

»Uns bleibt nur unser freier Wille, Entscheidungen im Hier und Jetzt zu treffen, und ...« Sie schluckte gegen die aufsteigenden Tränen an. »... ich will dich bei deiner wichtigen und wertvollen Arbeit nach Kräften unterstützen.« Sie fühlte, wie sich eine Träne löste und über ihre Wange rann.

Bewegt nahm er ihre Hände in seine. »Julia, du darfst die Gefahr nicht unterschätzen. Es ist wichtig, dass du dir darüber im

Klaren bist, dass du an meiner Seite … im Fall der Fälle den Nazi-schergen nicht entkommen könntest.«

Sie biss sich auf die Unterlippe. »Das ist mir bewusst, Fabian.«

»Ich werde auch nicht immer für dich da sein können … meine Promotion ist nur ein Vorwand für meine Arbeit und erlaubt mir, Papiere zwischen London, Berlin und Paris zu transportieren.«

»Fabian, ich weiß, dass es nicht einfach sein wird … aber … was soll ich machen … ich liebe dich.«

Seine Augen leuchteten. »Ist das wahr?«

Julia nickte.

Voller Leidenschaft drückte er ihre Hände. »Das bedeutet mir mehr, als ich dir sagen kann, aber …« Schlagartig wurde sein Gesicht wieder ernst. »Aber du weißt nicht, worauf du dich da einlässt. Wir sollten unsere Gefühle füreinander noch so lange vor der Außenwelt geheim halten, bis du einen Eindruck von meinem Leben gewonnen hast und von der Gefahr, in die du dich begibst. Auf diese Weise bist du geschützt und …«

»Nein, Fabian«, widersprach sie vehement. »Das will ich nicht. Ich will keine Geheimnisse vor meinen Eltern haben. Außerdem bin ich mir sicher, dass meine Liebe stark genug ist, um den Nazis – gemeinsam mit dir – die Stirn zu bieten.«

»Ach, mein Liebling«, sagte er gerührt. »Du bist noch so jung und idealistisch. Also gut … dann sag deinen Eltern in Gottes Namen die Wahrheit über uns, aber lass uns unsere Liebe vor allen anderen Menschen noch eine Weile verstecken. Glaub mir, es ist besser so.«

Julia seufzte. Sie spürte instinktiv, dass Fabian in diesem Punkt hart bleiben würde. Aber was genau sollte sie ihren Eltern nun sagen? Er hatte sie ja gar nicht gebeten, seine Frau zu werden … also waren sie noch nicht einmal heimlich verlobt. Trotzdem sprach er von ihr »an meiner Seite« … war das nicht zumindest ein halbes Eheversprechen?

»Sind wir uns einig, mein Liebling?«, fragte er in diesem Augenblick.

Und plötzlich wurde alles andere unwichtig. Sie liebte ihn, und er schien sie ebenfalls aufrichtig zu lieben. Nur darauf kam es an.

»Ja, Fabian … wir sind uns einig«, flüsterte sie.

»Julia … liebe geliebte Julia!« Fabian hauchte ihren Namen wie eine Lobpreisung. Er zog sie in seine Arme. Als er sie im nächsten Moment küsste, war sie sich sicher, noch nie in ihrem Leben so glücklich gewesen zu sein.

18. Kapitel

Januar 1937

Die nächsten Tage kamen Julia vor, als wandelte sie durch die Seiten eines Märchenbuchs: Das blonde Mädchen hatte endlich seinen Prinzen gefunden, und ihre Mutter war wie sie selbst vollkommen aus dem Häuschen vor Aufregung und Glück. Doch ausgerechnet ihr Vater schien nicht begeistert von ihrem und Fabians Liebesgeständnis zu sein. Mit ernster Miene bat er sie um ein privates Gespräch.

»Julia, ich verstehe es einfach nicht. Was hat das zu bedeuten, dass ihr eure Liebe noch geheim halten wollt?«, meinte er irritiert. »Wiederholt sich da die traurige Geschichte meiner Eltern? Will er als Adeliger nicht zu dir als Bürgerlicher stehen? Ist seine Familie gegen eure Verbindung? Was hat er zu verbergen?«

»Papa, es gibt kein Problem«, beteuerte Julia geistesgegenwärtig. »Er will mich nur nicht einengen, weil ich noch so jung bin.«

Ihr Vater legte die Stirn in sorgenvolle Falten. »Und was ist mit Hugo Lessing? Bis vor Kurzem hat er in deinem Leben doch eine viel größere Rolle als Fabian gespielt. Hast du dich mit ihm gestritten?«

Julia wollte auf keinen Fall den erzwungenen Kuss erwähnen und sagte deshalb: »Ich liebe Fabian, Papa. Hugo ist nur ein Freund.« Wobei sie gar nicht wusste, ob Hugo nach dem Silvesterball noch mit ihr befreundet sein wollte, und auch sie hegte diesbezüglich erhebliche Zweifel. Schließlich war er, ohne sich bei ihr zu entschuldigen, direkt am nächsten Morgen abgereist. Glücklicherweise nachdem er die Rechnung für den Ball beglichen hatte.

»Warum muss Fabian denn dann überhaupt schon von Liebe

sprechen?«, wollte ihr Vater wissen. »Warum geht ihr nicht ganz unvoreingenommen miteinander aus, so wie du es mit Hugo Lessing gehalten hast? Auf diese Weise bist du frei, auch noch andere Herren kennenzulernen. Es geht hier doch nicht um Leben und Tod.«

Das kam des Pudels Kern leider ziemlich nahe, und Julia wusste nicht, was sie darauf erwidern sollte. Dass Fabian sich nur deswegen nicht mit ihr verloben wollte, weil er durch seine Arbeit im Widerstand in Lebensgefahr schwebte? Sie bezweifelte, dass diese Information ihren Vater milder gestimmt hätte.

»Aber, Papa …«, begann Julia, doch dann wusste sie nicht mehr weiter.

Ihr Vater räusperte sich. »Schau, sag ihm einfach, dass du dich momentan noch nicht festlegen kannst. Das wird er wohl verstehen, oder nicht? Er lebt doch sowieso in Berlin und du in Bad Doberan!«

»Aber …« Julia biss sich ratlos auf die Unterlippe. Auch darüber hatten Fabian und sie lange diskutiert. Es war ihnen beiden bewusst, dass sie sich auf absehbare Zeit nur wenig sehen würden. Ihre Arbeit war in Bad Doberan und seine führte ihn auf Reisen durch ganz Europa. Doch auch das konnte sie ihrem Vater nicht auf die Nase binden. Sie seufzte. Letztlich kam es sowieso nur darauf an, dass sie Fabian vertraute und sie beide an ihrer gemeinsamen Zukunft festhielten.

Ihr Vater nickte. »Glaub mir, mein Schatz, etwas mehr Unverbindlichkeit wäre besser. Du weißt, ich wünsche mir nichts mehr, als dich glücklich zu sehen.«

Julia zog eine Grimasse. »Dann solltest du nicht an unserer Liebe zweifeln.«

»*Langfristig* glücklich zu sehen«, ergänzte er mit einem schiefen Lächeln.

Sie rollte mit den Augen. »Sonst noch etwas? Muss Fabian erst zwei Jahre nach Timbuktu auswandern oder einen Drachen töten, bevor du ihm seine Gefühle für mich abnimmst?«

»Das wird wohl kaum notwendig sein, mein Schatz. Wenn ihr

euch in einigen Jahren sicher seid, kann er dich bitten, seine Frau zu werden.« Er streckte die Hand aus. »Komm, gib deinem alten Vater einen Kuss. Er meint es ja nur gut mit dir.«

Julia drückte ihm einen Schmatzer auf die Wange. »Glaub mir, Papa. Wenn du Fabian erst näher kennst, wirst du verstehen, dass ich keinen besseren Mann finden könnte.«

Ihr Vater nickte versöhnlich. »Das hoffe ich von ganzem Herzen.«

Julia verließ die Stube und machte sich auf den Weg zu Minna. Es war eine Fügung Gottes, dass ihre geliebte Ziehmutter ausgerechnet jetzt im Palais weilte. So hatte auch sie Fabian kennenlernen können und ihn umgehend gemocht. Nach einem ersten Treffen hatte sie seinen bescheidenen, freundlichen Charakter und sein gutes Aussehen gelobt und ihr abschließend ins Ohr geflüstert, »Freiherrin Julia von Schlenzdorf und Waren« höre sich unglaublich schick an.

Eilig huschte Julia über den Flur und öffnete leise die Tür zu Onkel Pauls Wohnung. Manchmal legte sich Minna nach dem Mittagessen noch für eine Stunde aufs Ohr, schließlich war dies ihr Jahresurlaub, und sie musste sich von den Strapazen ihrer Arbeit in Paris ausruhen. Julia wollte sie auf keinen Fall wecken und betrat die Wohnung auf Zehenspitzen. Als sie an der einen Spaltbreit geöffneten Wohnzimmertür vorbeitippelte und eher zufällig hineinschaute, blieb sie wie angewurzelt stehen. Mitten im Raum standen Minna und Onkel Friedrich dicht beieinander, offensichtlich in ein vertrauliches Gespräch vertieft.

»Ich verstehe Sie sehr gut, Minna«, sagte ihr Onkel in diesem Moment. »Meine eigene Ehe besteht auch nur noch auf dem Papier. Margot ist zu einer radikalen Anhängerin dieser schrecklichen Ideologie mutiert, und wir haben keinerlei Gemeinsamkeiten mehr. Im Gegenteil. Jeden Abend, wenn ich die Haustür öffne, habe ich das Gefühl, keine Luft mehr zu bekommen.«

»Das tut mir sehr leid«, erwiderte Minna mitfühlend. »Haben Sie unter diesen Umständen nicht schon einmal über eine Scheidung nachgedacht? Heutzutage ist das doch auch in Ihren Kreisen möglich.«

Ihr Onkel nickte. »Allerdings, das habe ich ... aber bitte, liebe Minna, lass uns einander duzen. Wir kennen uns schon fast ein halbes Leben, und ich habe diesen lächerlichen Standesdünkel so satt.«

Während Julia beobachtete, wie sich die Wangen ihrer Ziehmutter zartrot färbten, war ihr bewusst, dass es ungehörig war, diese Geständnisse zu belauschen. Aber sie liebte Minna wie ihre leibliche Mutter und konnte sich nicht von ihrem Anblick lösen.

»Bitte lass mich wissen, ob ich dir irgendwie helfen kann ... Friedrich«, flüsterte Minna leise.

Ihr Onkel nickte. »Ja, es muss etwas geschehen. Ich halte es nicht mehr lange aus.«

»Warum nimmst du dir nicht Urlaub und besuchst deine Schwester in Paris? Ein Tapetenwechsel tut immer gut.«

»Meinst du?«, fragte er mit einem zögerlichen Lächeln.

»Ja«, antwortete sie lebhaft. »Paris ist eine so wunderschöne Stadt, und ich ... ich würde mich sehr freuen, dir an meinem freien Nachmittag die schönsten Plätze zu zeigen.«

»Das würdest du für mich tun, Minna? Das ist eine wirklich schöne Idee ...« Ihr Onkel räusperte sich und blickte urplötzlich zur Tür.

Hatte er etwas gehört? Vorsichtig trat Julia den Rückweg an. Sie wollte auf keinen Fall von Minna und ihm beim Lauschen erwischt werden.

Nachdenklich wartete sie in ihrem Zimmer auf Fabians Rückkehr und beschloss, das Gesehene für sich zu behalten. Wenn Minna und Onkel Friedrich sich gut verstanden, ging das niemanden außer die beiden etwas an. Minna war ein guter Mensch und hatte auch ein wenig Lebensfreude verdient. Schließlich war ihr Albert damals nach einer Prügelei mit der SA ohne ein Wort nach Russland geflüchtet, und sie hatte monatelang in Unwissenheit über sein Schicksal gelebt. Und dass ihr Onkel unglücklich in seiner Ehe war, wusste sie ja bereits. Warum sollten sich die beiden unter diesen Umständen nicht gegenseitig Trost spenden.

Als sie Fabian in groben Zügen über das Gespräch mit ihrem Vater informierte, gab er ihm umgehend recht: »Es ist besser, alles unverbindlich zu halten. Du musst die Chance bekommen, es dir gut zu überlegen und vielleicht doch noch abzuspringen.«

»Niemals«, antwortete sie und küsste ihn auf die Nasenspitze. »Du entkommst mir nicht mehr!«

»Dann bin ich der glücklichste Gefangene der Welt«, grinste er, und Julia freute sich über die ungewohnte Leichtigkeit in seiner Stimme.

Die restliche Zeit, die sie miteinander verbringen konnten, waren sie unzertrennlich. Sie ritten aus, gingen mit Minna spazieren und besuchten Ava und ihre Eltern. Bei diesem Besuch betonte Fabian noch einmal, wie wichtig es sei, dass die Familie umgehend das Land verließ. Als Herr Cohen entgegnete, der Anwalt sei bereits dabei, den Kaufvertrag aufzusetzen, ermunterte er sie, den Verkauf von einem Treuhänder zu Ende führen zu lassen und sofort auszureisen. Die Cohens dankten ihm für seinen Rat und versicherten, sie würden ernsthaft darüber nachdenken.

Käthe, ihrer lieben Freundin aus Lehrzeiten, stellte sie Fabian dagegen nicht vor. Sie stand inzwischen leider vollkommen unter der Fuchtel ihres frisch angetrauten Zimmermanns und war sogar selbst in die Partei eingetreten. Julia hatte sich dermaßen darüber geärgert, dass sie Käthes Hochzeit mit einer Ausrede ferngeblieben war. Kurz nach ihrer Vermählung war das Zimmermädchen schwanger geworden und hatte gekündigt. Ein Verlust, den Julia unter diesen Umständen verschmerzen konnte.

Mitte Januar, zwei Wochen nach seiner Ankunft, reiste Fabian – am selben Tag wie Minna und Onkel Friedrich – zurück nach Berlin, um seine Arbeit im Widerstand wieder aufzunehmen. Julia war untröstlich, und einzig sein Versprechen, sie so oft wie möglich anzurufen und baldmöglichst zurückzukommen, gab ihr die Kraft, sich ihrer Arbeit im Palais zu widmen. Dort erwartete sie kurz darauf eine neue Herausforderung: der vierte Jahrestag von Hitlers Machtübernahme.

Der Gauleiter hatte ihnen bereits im Dezember brieflich mitgeteilt, dass dieser Anlass im Hotel groß gefeiert werden sollte. Doch Julia und ihre Eltern hatten die Anweisung geflissentlich ignoriert. Als jetzt jedoch die anwesenden Gäste von Herrn Moltke erfuhren, dass es am 30. Januar ein ganz normales Abendessen und keineswegs eine Gala geben würde, gingen sie auf die Barrikaden.

»Ist das hier etwa ein judenfreundliches Etablissement?«, keifte eine Dame im violetten Kleid. »Dann reise ich aber sofort ab!«

»Ich verstehe nicht, warum man die wunderbare Wandlung Deutschlands nicht gebührend würdigt, immerhin hat unser Führer die Massenarbeitslosigkeit beendet und für einen nie gekannten Wohlstand gesorgt«, sagte ein Herr aus Bremen. Eine Handvoll weiterer Gäste murmelte ihre Zustimmung.

»Endlich gibt es wieder Arbeit für alle und ein neues nationales Selbstbewusstsein!«, schrie der Sohn des Bremers fanatisch.

Julia, die von Herrn Moltke verständigt worden war, versuchte, die Gästeschar zu beruhigen: »Sehen Sie, wir sind ein privates Hotel und feiern solche politischen Anlässe grundsätzlich nicht.«

»*Politische Anlässe?*«, höhnte die Dame von eben. »Der dreißigste Januar sollte zum nationalen Feiertag erklärt werden! Unser Führer ist viel zu bescheiden!«

In diesem Moment kam ihr Vater, wohl von dem Lärm angelockt, die Treppe herunter. »Was ist denn hier los?«, fragte er ungewöhnlich streng.

»Wir erklären diesem verzogenen Fräulein gerade, dass wir es uns nicht nehmen lassen werden, des Führers Machtübernahme im Palais angemessen zu feiern.«

»Das steht Ihnen selbstverständlich frei«, erwiderte ihr Vater kühl. »Wir haben eine schöne Auswahl an Schaumweinen und französischem Champagner, die Sie sich à la carte an den Tisch bestellen können.«

»Nix da! Wir verlangen eine von der Hotelleitung organisierte Veranstaltung. Mit Fahnen und allem Pipapo!«, kreischte die Anführerin.

»Es ist Ihr gutes Recht, eine solche Feier zu verlangen«, meinte ihr Vater ruhig. »Aber Sie werden auch verstehen, dass wir uns so etwas von unseren Gästen nicht vorschreiben lassen können. In diesem Zusammenhang kann ich Ihnen verbindlich bestätigen, dass es im Palais keinen Festakt für den dreißigsten Januar geben wird.«

Für einen Moment herrschte empörte Stille. Dann rief der Sohn des Bremer Gastes: »Man sollte der Gestapo melden, dass das Palais das Ansehen des deutschen Führers mit Füßen tritt!«

Die Augenbrauen ihres Vaters zogen sich ärgerlich zusammen, aber selbst diese Androhung ließ ihn nicht die Beherrschung verlieren. »Wenn Sie das aus meinen Worten entnehmen … tun Sie sich keinen Zwang an. Und jetzt wünsche ich allerseits noch einen schönen Tag.« Mit einem Kopfnicken ging er an Julia vorbei und bedeutete ihr, ihm zu folgen.

Als sie das Büro betreten hatten, schloss er die Tür und drehte sich zu ihr um: »Verstehst du jetzt, warum ich mit euch wegwill aus diesem Land?«

Julia, die das leidige Thema absichtlich aus ihren Gedanken verbannt hatte, erschrak: »Papa! Ich kann doch unmöglich Fabian zurücklassen. Dann müsst ihr ohne mich gehen!«

»Als ob wir das jemals tun würden! Aber siehst du nicht selbst ein, dass es zu gefährlich ist hierzubleiben? Ganz gewöhnliche Bürger werden zunehmend fanatisch«, sagte er ernst. »Und diese Gefahr betrifft auch Fabian und dich. Wenn es ihm wirklich ernst ist mit dir, sollte er ebenfalls nach Amerika auswandern. Dort kann er zwar nicht als Jurist arbeiten, aber wir finden bestimmt eine geeignete Beschäftigung für ihn.«

Julia schüttelte den Kopf. »Ich muss bei meinem … ähm … zukünftigen Mann bleiben, Vater. Aber wenn ihr – Mutter, du und Oskar – gehen wollt, dann könnt ihr das gerne tun. Ich bin ja bald versorgt.«

Ihr Vater setzte sich hinter den Schreibtisch und stützte müde den Kopf in beide Hände. »Jetzt muss ich also nicht nur deine Mutter von meinen Plänen überzeugen, sondern auch noch dich und Fabian?« Er seufzte. »Was für eine Sisyphusarbeit.«

Paul hatte sowohl das Weihnachtsfest als auch Silvester mit seinen Kindern und Robert in der Wohnung verbracht. Die Feiertage waren größtenteils harmonisch verlaufen, obwohl Thomas einige haarsträubende Lobreden auf die nationalsozialistische Bewegung und den Führer gehalten hatte und Paul in der ständigen Angst lebte, Robert könnte deswegen die Hutschnur reißen. Zudem sorgte er sich, dass man ihm die immer stärkeren Gefühle für seinen ehemaligen Partner anmerken könnte. Jetzt, wo Johannes offenbar dauerhaft von der Bildfläche verschwunden war, keimte in ihm die Hoffnung auf, ihre Beziehung erneuern zu können. Und dann hatte ausgerechnet Thomas am letzten Abend vor seiner Rückkehr in die Napola eine Bemerkung gemacht, die ihn in einen schweren Gewissenskonflikt stürzte: »Demnächst besucht unsere Klasse übrigens eine Irrenanstalt, die Wittenauer Heilstätten. Unser Lehrer will, dass wir das Gebrabbel der Insassen mit eigenen Ohren hören, damit wir eine Vorstellung bekommen, wie viele unnütze Esser es allein in der Reichshauptstadt gibt.«

Paul war bei Thomas' Worten regelrecht zusammengefahren, doch Robert hatte bis auf einen zusammengekniffenen Mund keine Reaktion gezeigt. Ihm schien nicht aufzugehen, dass dies der einzige Ort war, an dem sie noch nicht nach Johannes gesucht hatten. Sollte er ihn darauf aufmerksam machen und riskieren, dass Johannes tatsächlich zurückkehrte? Zwei Wochen lang hatte Paul mit seinem schlechten Gewissen gekämpft. Dann hatte er Bodo angerufen und ihn gebeten herauszufinden, ob Johannes vielleicht in den Wittenauer Heilstätten festgehalten wurde. Seitdem wartete er jeden Abend auf einen Rückruf.

In diesem Moment klingelte das Telefon.

Robert, der neben ihm Zeitung las, blickte auf: »Wer ruft dich denn so spät noch an?«

Paul zuckte mit den Schultern und griff nach dem Hörer. »Kuhlmann?«

Es war Elisabeth, die ihm empört berichtete, dass Hitler den Bau einer Napola in Heiligendamm beschlossen hatte und bereits morgen die Erschließung des zwölf Hektar großen Baugeländes zwischen dem Grand Hotel und den Bahnschienen beginnen sollte. »Stell dir vor, fast unmittelbar neben dem Grand Hotel heben sie Baugruben aus und errichten Behelfsstraßen und -hütten. Im Sommer werden die armen Gäste dann jeden Morgen vom Hämmern und Bohren der Bauleute geweckt!«

»Schrecklich«, bestätigte Paul kopfschüttelnd. »Sicherlich eine Schikane gegenüber dem jüdischen Besitzer des Luxushotels.«

»Natürlich ist es das«, sagte seine Schwester. »Als ob man ausgerechnet im ersten Seebad Deutschlands eine von diesen Kaderschmieden bräuchte!«

Paul seufzte. »Wenigstens hat Goebbels heute in einer Rede bekräftigt, dass durch das militärische Wiedererstarken Deutschlands keine Kriegsgefahr mehr besteht. Die Aufrüstung und die plötzliche Lebensmittelknappheit fingen an, mir Angst zu machen. Schließlich habe ich gleich zwei Söhne, die im Ernstfall eingezogen werden würden.«

Seine Schwester schwieg für einen Moment. Dann sagte sie: »Julius hält das für eine Lüge. Er hat mich heute naiv genannt, als ich die Rede als Argument angeführt habe.«

»Robert würde dem leider zustimmen«, antwortete Paul und hatte wie immer ein ungutes Gefühl, wenn er den geliebten Namen in ihre Unterhaltung einflocht. Seine Schwester wusste zwar, dass ein ehemaliger Armeefreund namens Robert Müller bei ihm eingezogen war, aber nicht, dass es sich dabei um *seinen* Robert handelte, den ehemaligen Oberkellner des Palais. Friedrich hatte ihm hoch und heilig versprochen, Stillschweigen darüber zu bewahren.

»Warten wir es ab«, murmelte Elisabeth.

»Uns bleibt leider nichts anderes übrig. Habt ihr gehört, ob Minna wieder gut in Paris angekommen ist? Ich habe sie ja leider nur auf der Durchreise kurz gesehen.«

»Glücklicherweise ja. Gestern ist ein Brief von ihr eingetroffen. Übrigens duzt Friedrich sich jetzt mit ihr.«

»Ach, wirklich?«

»Ja, tatsächlich«, erwiderte seine Schwester mit einem Schmunzeln in der Stimme. »Ich weiß nicht, ob du dich noch daran erinnerst … aber unser Bruder hat schon immer ein wenig für sie geschwärmt.«

»Was willst du damit andeuten?«, erkundigte er sich verwirrt. »Immerhin sind die beiden mit anderen Leuten verheiratet.«

»Ach … nur so«, sagte sie mysteriös.

»Und wie geht es Julia?«

Seine Schwester schnalzte mitleidig mit der Zunge. »Mein armes Kind hat es schwer erwischt, und ihr Auserwählter kann wohl erst Ende Februar wieder nach Bad Doberan kommen. Deshalb hat es gestern sogar Tränen gegeben.«

»Die Arme. Grüß sie schön von mir.«

»Mach ich. Bitte sag Martin und Sophie einen lieben Gruß und unbekannterweise auch deinem Bekannten. Bis demnächst!«

»Schlaf gut.«

Im selben Moment, in dem Paul den Hörer auflegte, klingelte das Telefon erneut. Mit einem Grinsen nahm er ab. Seine impulsive Schwester! Was hatte sie jetzt schon wieder vergessen, ihm mitzuteilen? »Ja, Elisabeth?«

»Ich bin es«, sagte Bodo am anderen Ende der Leitung.

Pauls Herz setzte einen Schlag aus. »Ja?«, krächzte er leise.

Bodo räusperte sich. »Ich habe ihn gefunden. Er ist tatsächlich dort, wo du ihn vermutet hast.«

»Hhmm«, machte Paul, der sich bewusst war, dass Robert jedes seiner Worte hören konnte. Johannes war also tatsächlich in den Wittenauer Heilstätten! Diese Nachricht würde er erst einmal verdauen müssen, bevor er mit Robert darüber sprechen konnte. »Vielen Dank. Ich melde mich dann morgen bei dir.«

»Nicht so schnell«, wurde er von Bodo unterbrochen. »Ich habe noch eine wichtige Nachricht für dich. Das … ähm … *Fahrrad*, nach dem du neulich so verzweifelt gesucht hast, wurde jetzt offiziell vermisst gemeldet. Es ist also äußerste Vorsicht angesagt!«

Paul nickte entgeistert, obwohl Bodo ihn gar nicht sehen konnte. Diese kryptische Nachricht konnte nur bedeuten, dass der Schwindel rund um Roberts Rettung aufgeflogen war und die Gestapo jetzt nach ihm suchte!

»Hast du mich verstanden?«

»Ja.« Mehr brachte er nicht hervor.

»Gut, dann melde dich morgen bei mir. Guten Abend!« Bevor Paul einen klaren Gedanken fassen und antworten konnte, legte Bodo auf.

»Ist was?«, erkundigte sich Robert besorgt. »Du bist auf einmal ganz weiß im Gesicht.«

»Keine Ahnung … wahrscheinlich bin ich einfach nur müde«, stammelte Paul, bemüht, sich seine Sorge nicht anmerken zu lassen. Ab jetzt mussten sie noch vorsichtiger sein. Mit oder ohne Johannes sollten sie so bald wie möglich nach Bad Doberan übersiedeln.

»Guten Morgen, Schönheit!«

Julia, die gerade auf dem Weg ins Restaurant war, um zu überprüfen, ob für das Mittagessen alles vorbereitet war, zuckte zusammen. Sie war so in Gedanken gewesen, dass sie den großen blonden Mann vor der Empfangstheke gar nicht bemerkt hatte. »Ähm … guten Morgen … Hugo.«

»Ist von Schlenzdorf noch im Hotel?«, erkundigte er sich beiläufig.

Sie schüttelte den Kopf. »Nein, Fabian kommt erst Ende Februar wieder.«

»Schön, da habe ich dich ja ein paar Tage für mich allein«, grinste er.

Julia wusste nicht, wie sie reagieren sollte. Eigentlich hätte sie ihm wegen des Vorfalls auf dem Ball ja böse sein müssen. Auf der anderen Seite … ohne Hugos Missetat hätte sie nie erfahren, dass Fabian sie liebte. Ob sie ihm also vergeben sollte?

»Macht dich mein Anblick sprachlos?«, fragte er verschmitzt. »Oder überlegst du, wie du mir beichten sollst, dass von Schlenzdorf und du jetzt ein Paar seid?«

»Woher weißt du das?«, zischte sie und zog ihn in den Gang, der zum noch leeren Restaurant führte. Hugo hatte nicht gerade leise gesprochen. Hoffentlich hatte niemand vom Personal mitgehört! Fabian hatte sie doch gebeten, diesen Umstand geheim zu halten. Im Restaurant angekommen fuhr sie zu ihm herum: »Also?«

Hugo setzte eine überlegene Miene auf. »Erstens habe ich im Gegensatz zu dir keine Tomaten auf den Augen, und zweitens habe ich doch das Ganze eigenhändig eingefädelt.«

»Bitte?«, entgegnete sie verwirrt. »*Was* hast du eingefädelt?«

»Na, du glaubst doch nicht im Ernst, dass dieser verschlossene Bedenkenträger ohne meine kleine Schauspieleinlage von seinem hohen Ross gestiegen wäre und dir seine Liebe erklärt hätte …«

»Du … du hast mich geküsst … damit Fabian mich … rettet?«, stotterte Julia.

Hugo verzog den Mund zu einem schiefen Lächeln. »Also, bis auf die dicke Lippe … hat das doch hervorragend funktioniert.«

»Aber … aber … wieso hast du das gemacht?«

Plötzlich wurde sein Gesicht ernst. »Je schneller du begreifst, dass dieser steife Intellektuelle nicht zu dir passt, desto besser. Er wollte seine Gefühle für dich ja partout nicht offenbaren, dabei konnte man ihm die auf hundert Meter Entfernung ansehen.« Er lehnte sich feixend gegen die geschlossene Tür. »In einem hübschen Frauenköpfchen hält sich leider nichts so lange wie vermeintlich unerfüllte Liebe, deshalb habe ich ein bisschen nachgeholfen. Ohne den kleinen Flirt, der hoffentlich nicht allzu lange währt, würdest du dir diesen Langweiler sonst wohl niemals aus dem Kopf schlagen.« Hugos Gesicht hellte sich auf. »Außerdem war es keine unangenehme Strategie, dich zu küssen.«

»Hugo …«, setzte Julia an. Sie wollte ihn korrigieren und ihm sagen, dass es sich bei ihrer Beziehung mit Fabian keineswegs um einen »kleinen Flirt« handelte, sondern dass sie einander ernsthaft zugetan waren. Doch dann ging ihr auf, dass er all das nur arrangiert hatte, weil er sich selbst für den richtigen Mann für sie hielt. Großer Gott, war die Liebe kompliziert! Wie konnte sie ihm nur möglichst behutsam erklären, dass seine Strategie nicht so aufgegangen war, wie er es sich erhofft hatte?

»Julia? Bist du böse mit mir, oder warum schweigst du so beharrlich?«

»Nein, überhaupt nicht«, erwiderte sie schnell. »Ich … ich muss dir nur etwas Wichtiges sagen und … das wird dich nicht unbedingt freuen.«

»So?«, sagte er gedehnt. »Dann lass mal hören.«

»Also, ich bin dir wirklich sehr dankbar für deine ›schauspielerische Einlage‹, und ich möchte, dass wir auch weiterhin Freunde sind, aber …« Sie holte tief Luft. Eigentlich hätte sie ihn lieber noch ein paar Tage im Ungewissen gelassen, um ihre gemeinsamen Ausritte dramenfrei zu genießen, aber sie wusste, dass das feige gewesen wäre. Besser, sie gestand ihm gleich die volle Wahrheit. »Hugo, es ist kein Flirt. Fabian und ich … wir sind so gut wie verlobt.« Julia wusste nicht genau, mit welcher Reaktion sie gerechnet hatte. Empörung vielleicht oder auch Wut, aber niemals damit, dass er sich ausschüttete vor Lachen.

»Großartig«, rief er und wischte sich die Lachtränen aus den Augen. »Ist der Mann noch zu retten? Wenn ihm die Pferde durchgehen … dann aber richtig!«

»Was ist für dich daran so komisch?«, fragte Julia pikiert, aber auch irgendwie erleichtert. Sie hätte nicht gewusst, wie sie mit einem todtraurigen Hugo hätte umgehen sollen.

»Na, zuerst macht der Kerl aus seinem Herzen monatelang eine Mördergrube … und kurz darauf meint er, quasi vor dir auf die Knie gehen zu müssen. Das ist ziemlich lustig … besonders, wenn man bedenkt, dass du diesen blassen Adelsfritzen sowieso niemals heiraten wirst.«

»Ach ja?«, sagte Julia und spürte, wie Ärger über seine unfassbare Arroganz in ihr aufstieg. »Und wieso werde ich ihn niemals heiraten?«

»Na, weil du *meine* Ehefrau wirst.« Er sagte das mit einer Bestimmtheit, die über jeden Zweifel erhaben zu sein schien.

Julia lachte laut auf. »Da irrst du dich, Hugo. Ich will und ich werde Fabian heiraten. Also … bald jedenfalls.«

Ihre Worte schienen seine gute Laune in keinster Weise zu beeinträchtigen. »Lass es uns abwarten«, meinte er salomonisch.

»Du bist wirklich ein unverbesserlicher …«, setzte Julia an, doch in diesem Moment betrat Herr Moltke das Restaurant.

»Gott sei Dank, hier sind Sie ja! Ich habe einen Herrn Cohen am Telefon … er ist völlig aufgelöst und will unbedingt mit Ihnen sprechen.«

Julias Herz krampfte sich zusammen. Ava! Was war mit ihrer Freundin passiert? »Ich komme.« Im Laufschritt eilte sie zum Büro und war sich nur schemenhaft bewusst, dass Hugo ihr auf dem Fuß folgte.

Sie hatte das Büro kaum betreten, als Herr Moltke das Gespräch zu ihr durchstellte. »Ja, Herr Cohen?«, fragte Julia ängstlich.

Die Stimme von Avas Vater zitterte, als er in den Hörer flüsterte: »Julia, die Kerle haben meine Tochter und Karl erwischt und …« Herr Cohen schluchzte heftig und konnten einen Moment lang nicht weitersprechen. »… und stellen sie gerade auf dem Marktplatz aus. Meine Frau hat dagegen protestiert und wurde von der Polizei zu Boden geschlagen.« Erneut versagte ihm die Stimme. »Ich … ich habe keine Ahnung, ob du irgendetwas für meine arme Tochter tun kannst, Julia. Aber ich wollte, dass du weißt, was diese Männer mit ihr machen …« Es klickte in der Leitung. Offenbar hatte er aufgelegt.

Mit klopfendem Herzen legte Julia den Hörer auf die Gabel und atmete tief durch. Was war jetzt zu tun? Sollte sie einen Anwalt verständigen? Aber was sollte der schon ausrichten? Die Nazis beugten das Gesetz schließlich nach Gutdünken.

Sie zuckte zusammen, als Hugo sich hinter ihr räusperte. »Ähm … ist etwas passiert?«

»Das kann man wohl sagen«, fauchte sie. »Deine Nazifreunde haben Ava und Karl erwischt und …« Beim Gedanken an ihre arme Freundin brach sie in Tränen aus.

Weder ihre Wut noch ihre Tränen schienen Hugo etwas auszumachen. Vollkommen sachlich fragte er: »Wo sind die beiden jetzt?«

»Auf dem Marktplatz«, schluchzte Julia.

Hugo packte ihre Hand. »Komm, wir gehen sofort dorthin. Hast du hier einen Mantel?«

Julia nickte. »Hinter der Tür.«

Er zog ihren Mantel vom Haken und warf ihn ihr zu. Er selbst schien nur in seinem Anzug in die Kälte gehen zu wollen. »Jetzt komm schon. Beeil dich! Kann man dorthin laufen, oder müssen wir den Wagen nehmen?«

»Laufen«, keuchte Julia, die Mühe hatte, ihm durch das Foyer zu folgen.

Als Hugo und sie auf dem Marktplatz eintrafen, sahen sie zunächst nur eine Gruppe Schaulustiger. Sie mussten sich erst durch die Menschenansammlung nach vorne kämpfen, bevor sie Ava und Karl erblickten. Für einen Moment wünschte sich Julia, dass ihr das erspart geblieben wäre. Ava, die von einem SS-Mann am Arm festgehalten wurde, hatte blutige Striemen auf der Wange, ihre Augen waren vor Scham niedergeschlagen und ihre Frisur zerstört, die dunklen Haare hingen ihr wild ins Gesicht. Doch das war nicht das Schlimmste: Man hatte ihr und Karl große Schilder um den Hals gehängt. Auf Karls stand nur ein Wort: »Rassenschänder.« Auf Avas hatte man gekritzelt: »Ich bin hier das größte Schwein, lass mich nur mit Ariern ein.«

Entschlossen machte Julia einen Schritt auf ihre Freundin zu.

Hugo ergriff ihren Arm. »Was hast du vor?«, flüsterte er.

»Ich muss Ava das Schild abreißen … sonst sterbe ich«, krächzte Julia heiser.

»Nein«, sagte er bestimmt und hielt sie fest. »Das würde ihre Situation nur verschlimmern. Es ist besser, wenn wir das unter der Hand klären.«

»Lass mich los!«

Doch Hugo zog sie unerbittlich immer weiter weg, bis sie Ava und Karl nicht mehr sehen konnte. Erst jetzt merkte sie, dass ihr Gesicht tränennass war. »Was bist du nur für ein Mensch«, schluchzte sie. »Wie kann dir so etwas nicht das Herz brechen? Du kennst die beiden doch auch.«

»Und genau deswegen gehen wir jetzt zurück ins Hotel, wo ich einige Anrufe tätigen werde, um ihnen zu helfen«, sagte er ruhig. »Kann ich mich darauf verlassen, dass du so lange stillhältst und deine Freunde und dich nicht in Gefahr bringst?«

Julia versuchte, seine Miene zu deuten, aber Hugos sonst so freundliches Gesicht wirkte verschlossen. »Glaubst du wirklich, dass du sie aus dieser schrecklichen Lage befreien kannst?«

»Zumindest glaube ich, eine Chance zu haben.«

Sie zog die Nase hoch. »Dann werde ich stillhalten.«

»Gut«, meinte Hugo.

»Darf ich wenigstens Fabian davon berichten?«, erkundigte sie sich leise.

Über sein Gesicht zog ein Schatten, und unvermittelt ließ er ihren Arm los. »Wenn es unbedingt sein muss … tu dir keinen Zwang an.« Mit Siebenmeilenstiefeln marschierte er los in Richtung Palais.

Julia musste sich beeilen, um ihn nicht zu verlieren.

»Es gibt etwas, das ich mit dir besprechen muss«, sagte Paul und lehnte sich an den Türrahmen der Küche. Die Kinder waren soeben zu ihren abendlichen Aktivitäten mit dem BDM und der HJ aufgebrochen. Für mindestens zwei Stunden würden sie ungestört sein.

Robert, der am Waschbecken die Teller von den Abendbrotresten reinigte, drehte sich überrascht zu ihm um. »Was ist los?«

Paul hatte sich entschieden, nicht groß um den heißen Brei herumzureden: »Ich habe Johannes gefunden.«

Der noch mit Seifenlauge nasse Teller glitt aus Roberts Händen und zerschellte am Boden. Sein Freund scherte sich nicht darum. »Wo?«, fragte er heiser.

»In den Wittenauer Heilstätten.« Paul ging zum Waschbecken, bückte sich und sammelte die Scherben auf. Dann richtete er sich auf und nahm Robert den tropfenden Schwamm aus der Hand.

»Woher ... woher weißt du das?«

»Bodo hat ihn auf einer Insassenliste gefunden. Da habe ich mir eine Ausrede überlegt und mich dem Napola-Klassenausflug meines Sohnes angeschlossen«, erwiderte Paul leise. »Ich habe Johannes mit eigenen Augen gesehen.«

»Bitte ... was?« Robert starrte ihn fassungslos an. »Und das erzählst du mir nicht direkt?«

»Ich kenne dich zu gut. Du wärst Hals über Kopf aufgebrochen, um ihn da rauszuholen, und dann womöglich erwischt worden und im KZ gelandet.«

»Aber siehst du nicht ein, dass ich ihm helfen *muss?* Weiß der Himmel, was die dort mit ihm anstellen!«

»Robert, ich fürchte, dass es Johannes sehr schlecht geht. In der Stunde, in der ich ihn beobachten konnte, saß er die ganze Zeit in einer Ecke und faselte wirres Zeug.« Er seufzte. »Und eines musst du auch noch wissen: Die Gestapo hat entdeckt, dass du ihnen entwischt bist. Sie suchen nach dir! Und du weißt, was es bedeutet, wenn sie dich ein zweites Mal in die Finger bekommen.«

Roberts ohnehin schon leichenblasses Gesicht färbte sich grünlich. »Das ist mir egal.«

»Du willst es also unbedingt riskieren? Selbst auf die Gefahr hin, dass es dich das Leben kostet?«

Robert nickte. Er wirkte zu allem entschlossen, und nur sein wild auf und ab hüpfender Adamsapfel zeigte Paul, wie nervös er in Wahrheit war.

»Das habe ich mir leider schon gedacht«, erwiderte er. »Und deshalb habe ich mir das Hirn zermartert, wie wir Johannes retten könnten. Ich glaube, es gibt eine Möglichkeit, die klappen könnte … die Sache ist aber unglaublich riskant.«

»Was muss ich tun?«, flüsterte Robert.

»In dem Bereich, in dem die forensischen Patienten untergebracht sind, werden gerade Bauarbeiten durchgeführt. Die Sicherheitsvorkehrungen sind nicht besonders streng – außer den Krankenpflegern gibt es nur zwei Wachmänner –, und die Firma, die die Arbeiten durchführt, setzt viele Tagelöhner ein, die sich untereinander offenbar nicht kennen. Wenn du dich also in einem Malerkittel unter diese Leute mischst, könntest du ohne große Kontrollen zu Johannes gelangen.«

Robert nickte. »Und wie kriege ich ihn dort raus?«

»Das ist der schwierigere Teil … zumal ich nicht einschätzen kann, wie er auf dich reagieren wird. Ob er dich in seinem aktuellen Zustand überhaupt erkennt und mit dir kooperiert.«

»So schlimm?« Roberts Mundwinkel zuckten.

Paul biss sich auf die Unterlippe. »Leider ja. Weißt du, ich wollte es zunächst allein machen … ohne dir vorher davon zu erzählen. Aber die Firma beschäftigt keine kriegsversehrten Männer, und da wäre ich mit meinem Arm zu sehr aufgefallen.«

»Das hättest du für mich getan?«, fragte Robert mit auf einmal feucht glänzenden Augen.

»Für dich würde ich durchs Feuer gehen«, erwiderte Paul schlicht.

Robert kam näher und legte die Arme um seine Schultern. »Ich weiß gar nicht, womit ich einen … Freund wie dich verdient habe«, sagte er leise.

Das Wort »Freund« versetzte Paul einen schmerzhaften Stich,

trotzdem genoss er die Umarmung. Er wollte jetzt nicht an eine Zeit denken, in der Johannes wieder zwischen ihnen stehen würde.

Nach einem langen Drehtag kehrte Luise endlich zurück zu Willys Wohnung. Die Arbeit an ihrem neuen Film fiel ihr zunehmend schwer. Es war nicht so sehr die komödiantische Rolle der Mutter von sechs Kindern, die sie anstrengte, als die ganze Atmosphäre im Atelier der UFA: Jeder schien plötzlich Angst zu haben, etwas zu äußern, das ein fanatischer Anhänger der Partei fehlinterpretieren könnte. Es gab keine Scherze und keine gemeinsamen Essen mehr in den Drehpausen. Stattdessen eilten alle so schnell wie möglich zurück in die Abgeschiedenheit ihrer Garderoben. Es war einfach zu viel geschehen in ihrer kleinen Filmwelt: Zuerst waren alle jüdischen Kollegen ausgewandert oder verhaftet worden, dann hatten die Denunziationen angefangen. Plötzlich waren auch einige der verbliebenen Schauspieler wegen einer flapsigen Bemerkung angezeigt, verurteilt und mit Berufsverbot belegt worden. All dies vergällte Luise den Spaß an der Arbeit und ließ sie ernsthaft an ihrem Beruf zweifeln.

»Willy?«, rief Luise, nachdem sie die Haustür aufgesperrt hatte.

Doch niemand antwortete. Ob er noch in der Firma war? Kurz entschlossen zog sie die Tür wieder zu und stieg hastig die Treppe hinab. Vielleicht stand das Taxi noch unten. Sie konnte und wollte jetzt nicht allein sein. Wenn Willy nicht nach Hause kam, würde sie ihn eben in seinem Büro aufsuchen.

Seine Sekretärin, Frau Vogt, war bereits gegangen, doch in Willys Büro brannte noch Licht. Voller Vorfreude klopfte sie an die einen Spaltbreit geöffnete Tür.

»Herein.« Willys sonore Stimme ließ ihr Herz schneller klopfen.

»Hallo, mein Schatz«, sagte sie mit einem fröhlichen Lächeln und trat ein. Doch dann sah sie das besorgte Gesicht ihres Verlobten. »Was hast du?«

Er stand von seinem Stuhl auf, kam um den Schreibtisch herum und küsste sie. »Ach, Liebling. Wie schön, dich zu sehen!«

Luise schmiegte sich an seine breite Brust. »Hast du einen Auftrag verloren?« Das war in der Vergangenheit schon einmal passiert.

Er schüttelte den Kopf. »Nein, eigentlich ist genau das Gegenteil passiert.«

»Man hat dir einen Auftrag in Aussicht gestellt? Aber das ist doch wunderbar!«

»Ja, allerdings wurde dieser Auftrag von Meeräcker vermittelt – du erinnerst dich, das war der sture Parteisoldat vom Silvesterball –, und ich habe die Befürchtung, dass gewisse Erwartungen daran geknüpft sind.«

»Welche Erwartungen denn?«, fragte Luise beklommen.

Willy machte sich von ihr los, ging zur Tür und schloss sie ab. »Sicher ist sicher.« Anschließend machte er eine ausladende Geste in Richtung Sofaecke. »Bitte setz dich. Ich will dir alles erklären, aber dazu muss ich weit ausholen.«

Luise setzte sich. Plötzlich hatte sie einen Kloß im Hals.

Willy nahm nicht wie erwartet neben ihr Platz, sondern in einem Sessel ihr gegenüber. Nachdem er sie um Erlaubnis gebeten hatte, zündete er sich eine Zigarre an und begann mit seinen Ausführungen: »Man hat mir angeboten, das Mobiliar für alle neuen KdF-Pensionen zu produzieren. Das ist eine unglaublich lukrative Offerte, aber ich glaube, ich werde sie trotzdem ablehnen.«

»Wegen Meeräcker?«, fragte Luise.

»Mehr wegen dem, wofür er steht«, erwiderte Willy. »Ich glaube, man will sich durch diesen Auftrag mein Stillschweigen über gewisse Dinge erkaufen.«

»Und *worüber* sollst du stillschweigen?«

»Ich habe dir doch erzählt, dass die Regierung sämtliche Maßnahmen der Arbeitsbeschaffung und die Aufrüstung durch Kredite finanziert?«

Luise nickte. »Du warst besorgt, dass sich der Staat zu sehr verschuldet.«

»Genau«, bestätigte Willy. »Doch jetzt habe ich noch etwas Schlimmeres herausgefunden. Zusätzlich zu dieser immensen Verschuldung mobilisiert die Regierung weitere Unsummen für die Aufrüstung. Und zwar keineswegs durch normale Inanspruchnahme des Geld- und Kapitalmarkts … sondern durch zusätzliche Geldschöpfung.«

Luise blinzelte verwirrt. »Und was bedeutet das?«

»Die Regierung finanziert die Aufrüstung der Wehrmacht nicht mit Krediten, sondern durch Wechsel, die von der Rüstungsindustrie ausgestellt werden. Dabei spielt eine Scheinfirma namens Metallurgische Forschungsgesellschaft mbH – kurz Mefo – eine wichtige Rolle … ach, das wird jetzt zu kompliziert.« Er lächelte sie entschuldigend an. »Auf die Art lässt sich jedenfalls die vorgeschriebene Begrenzung der Staatsverschuldung umgehen. Wenn man diese Wechsel in den Reichshaushalt einrechnen würde, wäre unser Land längst bankrott!« Willy sog aufgewühlt an seiner Zigarre.

»Und wer weiß alles davon?«, erkundigte sich Luise. Sie hatte ein hohles Gefühl im Magen. In was für ein Wespennest hatte Willy da nur gestochen!

»Nun, ich vermute, dass der Reichsbankpräsident das Betrugsmodell überhaupt erst entwickelt hat und dass die oberste Riege der Partei eingeweiht ist.«

»Also auch Hitler?«

Willy nickte.

»Göring?«

»Natürlich. Wie habe ich mich in diesem Mann getäuscht! Sein Motto ›Geld spielt keine Rolle‹ ist vollkommen verrückt. Wie konnte Hitler nur ausgerechnet einen Morphinisten mit der Leitung des Vierjahresplans betrauen!«

Luises Augen weiteten sich. »Göring ist ein Morphinist?«

»Aber ja. Hast du mal auf die Größe seiner Pupillen geachtet? Die sind maximal stecknadelkopfgroß.« Er blies eine Rauchwolke aus. »Aber ich vermute noch etwas anderes hinter dieser Alles-oder-nichts-Strategie. Meines Erachtens bereitet Hitler tatsächlich einen Krieg vor. Nur so lässt sich die brachiale Aufrüstung mithilfe einer derart riskanten Finanzierungsstrategie erklären: Er rechnet fest damit, sich in Kürze am Vermögen anderer Völker schadlos halten zu können.«

»Um Gottes willen.« Luise knetete nervös ihre Hände. »Und die wissen, dass du das alles weißt?«

»Ich gehe davon aus. Irgendwo im Ministerium oder vielleicht auch in meinem Unternehmen muss es einen Spitzel geben, der die Papiere bei mir gesehen und ihnen das gesteckt hat.«

»Du glaubst also, dass dir dieser lukrative Auftrag angetragen worden ist, um dein Stillschweigen zu erkaufen?«

»Ja, das vermute ich.«

»Aber wäre es dann nicht riskant, wenn du den Auftrag ausschlagen würdest?«

Willy sog minutenlang an seiner Zigarre. Dann nickte er langsam. »Wenn du unsere Verlobung auflösen möchtest, Luise, habe ich dafür Verständnis.«

Sie schüttelte den Kopf. »Niemals! Nein, ich dachte eher daran, dass wir gleich morgen das Aufgebot bestellen sollten. Wenn du tatsächlich Probleme bekommst, will ich ganz offiziell an deiner Seite sein dürfen.«

»Was ist mit den Planungen für unsere große Hochzeitsfeier?«

»Das brauche ich alles nicht … wir heiraten standesamtlich.«

»Bist du sicher?«

Sie nickte. »Hauptsache, wir sind vor dem Gesetz Mann und Frau. Gott wird uns seinen Segen auch so schenken.«

»Mein Liebling!« Er drückte die Zigarre im Aschenbecher aus und griff über den niedrigen Tisch hinweg nach ihrer Hand. »Ich liebe dich.«

»Und ich liebe dich.« Sie drückte seine Hand, ließ sie dann wieder los und sah ihn ernst an. »Du hast also Beweise für all das, was du mir erzählt hast?«

Willy nickte.

»Und was willst du damit machen?«

»Ich weiß es noch nicht. Wahrscheinlich wäre das Material besonders für ausländische Regierungen interessant. Man kann daraus die neue militärische Stärke Deutschlands erahnen. Aber ich scheue mich, sie jemand Fremdem auszuhändigen.«

»Glaubst du, das wäre zu gefährlich?«

»Ja, das auch. Aber in erster Linie scheue ich mich, weil ich Deutscher bin und meinem Vaterland verbunden. Da kann ich doch nicht einfach zum Verräter werden.«

Luise nickte nachdenklich. »Und wo sind die Papiere jetzt?«

»In der Wohnung«, antwortete Willy gepresst. »In der Diele gibt es eine lose Bodenplanke, darunter habe ich sie versteckt.«

Luise sah ihn erleichtert an. »Das war sicher schlau, wenn es hier in der Firma wirklich einen Spitzel gibt ...«

»Aber was mache ich jetzt mit diesem Auftrag?«, fragte Willy. »Meeräcker hat mich heute dreimal deswegen angerufen.«

Einerseits sorgte Luise sich um Willy, andererseits war sie gerührt, dass er ausgerechnet sie nach ihrer Meinung fragte. Sie, die von ihrer ganzen Familie immer wie ein Dummchen behandelt worden war. »Ehrlich gesagt würde ich den Auftrag annehmen«, antwortete sie nach reiflicher Überlegung.

»Aber ist das nicht unmoralisch?«

»Liebling, alles, was wir momentan tun, ist unmoralisch. Das sind diese neuen Zeiten. In meinem aktuellen Film gaukele ich den Leuten vor, dass ich spielend mit sechs Kindern fertigwerde, dabei könnte ich wahrscheinlich nicht einmal eins richtig aufziehen.«

»Das kann man doch nicht vergleichen.«

Sie nickte. »Bestimmt nicht ... aber ich kann Hitler durch die Niederlegung meiner Arbeit ebenso wenig von weiteren Rüstungskäufen abhalten wie du durch die Ablehnung des Auftrags. Und wenn du diesen widerlichen Spitzel und seine Auftraggeber erst einmal in Sicherheit wiegen kannst ... umso besser.«

»Glaubst du wirklich?«, fragte Willy zögerlich.

»Ja. Bitte begib dich nicht in Gefahr und nimm den Auftrag an.«

»Gut, dann werde ich das machen.« Er griff wieder nach ihrer Hand. »Mein schöner, kluger Liebling. Was würde ich nur ohne dich tun.«

»Und ich ohne dich«, erwiderte Luise erleichtert.

19. Kapitel

Paul saß in einem gemieteten Wagen vor den Wittenauer Heilstätten, keine zweihundert Meter von dem Seiteneingang entfernt,
den die Handwerker benutzten. Sein Herz pochte wie wild. Robert war bereits seit einer Viertelstunde auf dem Gelände der Irrenanstalt. Was, wenn ihn ein Gestapo-Mann erkannt und fest-
gesetzt hatte? Ein zweites Mal würde er ihn sicher nicht befreien
können!

Auch Bodo hatte ihn ausdrücklich vor der heutigen Rettungsaktion gewarnt: »Euer Plan ist vollkommen hirnrissig! In die
Wittenauer Heilstätten werden nur die KZ-Häftlinge eingewie-
sen, die nicht mehr richtig ticken. Wenn ihr euch so einen ins
Haus holt, könntet ihr alle drei im KZ landen. Diese Leute sind
unberechenbar!«

Doch Paul hatte es trotzdem nicht geschafft, Robert seinen
Wunsch abzuschlagen. Schließlich wusste er selbst, wie es sich anfühlte, wenn ein geliebter Mensch in Gefahr war. Genauso wenig,
wie er es hatte ertragen können, dass Robert in ein KZ gebracht
wurde, konnte dieser seinen langjährigen Partner im Stich lassen.
Außerdem war Robert fest davon überzeugt, dass Johannes sein
Irresein lediglich vorgespielt hatte, um dem KZ zu entkommen.
»Ich kenne keinen Mann, der nervlich robuster ist als er«, hatte er
gesagt. »Es muss sich dabei um eine Scharade handeln.«

Mit jeder Minute, die verging, ohne dass etwas geschah, wurde
Paul nervöser. Unruhig wippte er mit den Füßen. Wo blieb Robert
nur? Sie hatten ausgemacht, dass er Johannes – wenn der zu verwirrt war, um heute mitzukommen – an Ort und Stelle belassen
würde und sie es zu einem späteren Zeitpunkt erneut versuchen
würden. Robert, der, mit einer schwarzen Perücke auf dem Kopf
und in einen grauen Malerkittel gehüllt, völlig fremd ausgesehen

hatte, hatte eine ähnliche Verkleidung auch für Johannes mitgenommen. Doch wenn er sich weigerte, die Sachen überzuziehen, wären sie aufgeschmissen.

Da! Plötzlich tat sich etwas am Seiteneingang! Der Wachmann blickte desinteressiert auf und nickte. Kurz darauf drückte ein Mann mit Malermütze die Gittertür auf und trat auf die Straße. Pauls Herzschlag setzte aus. Sollte er den Motor des Automobils starten? Doch im nächsten Moment bemerkte er, dass es keinesfalls Robert war, der ihm entgegenkam: Der Mann hatte einen völlig anderen Gang und war auch ein gutes Stück kleiner. Verdammt!

Weitere zehn Minuten später bekam Paul kaum noch Luft. Immer wieder fragte er sich, ob er Robert auf das Gelände der Anstalt folgen sollte. Schließlich konnte er sich als Angestellter eines Ministeriums ausweisen und Interesse an der Unterbringung der Häftlinge heucheln. Das hatte zwar nichts mit seiner Arbeit zu tun, die sich lediglich um Abkürzungen und Sprache drehte, aber das brauchte ja keiner zu wissen. Sollte er? Entschlossen öffnete er die Fahrertür und setzte gerade einen Fuß auf den Asphalt, als er zusammenzuckte.

Eine männliche Stimme schrie im Befehlston: »Heil Hitler! So nehmen Sie doch Haltung an!« Der Wachmann, der sich gerade eine Zigarette angesteckt hatte, warf diese ungeraucht zu Boden und salutierte. Kurz darauf trat ein bulliger Mann im Regenmantel und mit tief in die Stirn gezogenem Hut durch das Tor. Konnte das Johannes sein? Tatsächlich folgte ihm der verkleidete Robert. War ihr Plan aufgegangen?

Vorsichtshalber ließ Paul den Motor an. Robert überholte seinen Begleiter und zog den hinteren Wagenschlag auf.

»Ist alles glattgelaufen?«, erkundigte sich Paul leise.

»Wir sprechen gleich«, sagte Robert sichtlich angespannt und wandte sich dann an seinen Begleiter. »Heil Hitler, Herr Berger! Wenn Sie sich bitte in den Wagen setzen wollen.«

Johannes salutierte übertrieben zackig und kletterte in das Automobil. Was sollte das? Robert siezte ihn? Hatten sich die beiden dieses Schauspiel zur Ablenkung des Wachmanns ausgedacht?

Robert stieg auf den Sitz neben ihm und murmelte: »Fahr los, Paul.«

Das ließ er sich nicht zweimal sagen. Er presste den Fuß auf das Gaspedal und schwenkte zügig auf die Fahrbahn ein. »Und?«, erkundigte er sich neugierig. »Ist alles problemlos über die Bühne gegangen?«

In diesem Moment brummte Johannes in schnarrendem Militärton: »Fahren wir jetzt zum Sitz der Geheimen Staatspolizei? Ich möchte gern meinen Beitrag für das neue Deutschland leisten.«

Paul und Robert wechselten einen überraschten Blick. Dann antwortete Robert: »Wir haben das doch besprochen, Herr Berger. Sie müssen sich erst an einem geheimen Ort von den erlittenen Strapazen erholen, bevor Sie sich in den Dienst der Gestapo stellen können.«

Im Rückspiegel sah Paul, wie die breitschultrige Gestalt hinter ihm enttäuscht zusammensackte. »Ach ja, das hatte ich vergessen. Wissen Sie, die Nationalsozialisten sind allmächtig. Sogar die Wolken und die Vögel gehorchen ihren Anweisungen. Ich habe mit eigenen Augen gesehen, wie einer von ihnen die Sonne ausgeknipst und dem Regen befohlen hat, die Schleusen zu öffnen.« Johannes bekam einen starren Blick, so als sähe er diese Dinge vor seinem geistigen Auge.

»Um Himmels willen«, flüsterte Paul. »Was ist mit ihm?«

»Ich weiß nicht«, erwiderte Robert mit gepresster Stimme. »Er hat überall Brandmale. Ich schätze, man hat ihn als homosexuellen Mann bis zur Besinnungslosigkeit misshandelt.«

»Aber was machen wir jetzt? Wir können ihn unmöglich in diesem Zustand mit in die Wohnung nehmen.«

Roberts Stimme nahm einen bettelnden Tonfall an. »Die Kinder kommen doch heute erst spät nach Hause. Sophie macht Hausaufgaben bei einer Freundin, und Martin hat Geigenstunde. Glaubst du nicht, dass dein Bruder nach Johannes sehen könnte? Vielleicht ist er ja mit einer Spritze schnell wieder der Alte.«

Paul bezweifelte das zwar stark, aber er wollte Robert jetzt nicht mit der Wahrheit konfrontieren. »Einverstanden. Wir bringen ihn in die Wohnung, und ich rufe Friedrich an. Aber ... wenn der ihm nicht helfen kann, was passiert dann?«

Robert zuckte verloren mit den Schultern. »Ich weiß es nicht.«

»Gut«, erwiderte Paul seufzend. »Dann treffen wir eine Entscheidung, sobald wir wissen, woran wir sind.«

Friedrich schloss die Tür von Roberts Zimmer und trat auf den Gang.

Robert, der dort die letzte Viertelstunde auf und ab getigert war, konnte sich nicht länger beherrschen. »Und?«

Das Gesicht seines Bruders war ernst, als er antwortete: »Körperlich kann ich bis auf die Brandwunden keine Schädigungen feststellen.«

»Gott sei Dank«, meinte Robert und atmete erleichtert auf.

»Psychisch geht es dem Patienten allerdings alles andere als gut. Ich bin kein Experte auf diesem Gebiet, obwohl ich aus Interesse mehrere Kongresse besucht habe ... aber meines Erachtens leidet er an einem akuten Schub von Schizophrenie.«

»Schizophrenie?«, wiederholte Paul erstaunt. »Was bedeutet das? Ich dachte, daran litten nur hysterische Frauen?«

Friedrich schüttelte den Kopf. »Nein, schizophrene Psychosen kommen sowohl bei Frauen als auch bei Männern vor. Im akuten Stadium treten dabei Störungen der Wahrnehmung, des Denkens und des Fühlens auf. Häufig hören diese Menschen auch Stimmen und glauben, dass sie ...«

»Was kann man dagegen machen?«, unterbrach Robert ihn aufgeregt.

Friedrich seufzte. »Leider nicht viel. Ich habe gelesen, dass man in Ungarn begonnen hat, bei solchen Patienten eine elektrische Krampftherapie anzuwenden. Man versucht, dadurch einen epileptischen Anfall auszulösen, um sie von ihren Halluzinationen zu befreien. Aber ich weiß nicht, wie erfolgreich diese Therapie ist.«

»Was glaubst du, wodurch sein Zustand ausgelöst wurde?«, fragte Paul.

»Wahrscheinlich durch eine hochtraumatische Erfahrung. Er ist ganz offensichtlich wochenlang schwer misshandelt worden.«

Roberts Lippen zuckten. »Und das … bedeutet, dass er weiterhin glauben wird, für die Nazis arbeiten zu müssen?«

Friedrich zog die Stirn in Falten. »Ich habe ihm ein starkes Beruhigungsmittel gegeben, das ihn für die nächsten zwölf Stunden durchschlafen lassen sollte. Aber ich habe keine Ahnung, in welchem Zustand er dann aufwacht. Bei den meisten Patienten wechseln manische Phasen und tiefste Depression ab. Leider muss ich euch sagen, dass die wenigsten von ihnen wieder ganz gesund werden.«

»Aber es *gibt* Leute, die wieder normal werden?«, erkundigte sich Robert ängstlich.

»Na ja, ›normal‹ ist in solchen Fällen eher relativ«, erwiderte Friedrich nüchtern.

Paul räusperte sich. »Glaubst du, dass wir Johannes in der Wohnung belassen können, ohne das Aufsehen der Nachbarn zu erregen?«

Friedrich schüttelte den Kopf. »Das halte ich für ausgeschlossen. In seinen manischen Phasen wird er sich kaum bändigen lassen.«

»Aber wir können ihn unmöglich wieder in die Anstalt bringen«, erklärte Robert entschieden. »Und eine neue Wohnung anzumieten birgt auch zu viele Risiken.«

»Dann bleibt euch wahrscheinlich nur eins«, meinte Friedrich nachdenklich. »Ihr bringt ihn nach Bad Doberan. Dort wird er sicher weniger Aufsehen erregen.«

»Ins Hotel?«, fragte Paul skeptisch. »Aber da wimmelt es doch von Parteigenossen.«

»Nein, in deine Wohnung. Die liegt vergleichsweise abgeschieden im ersten Stock, und es gibt genügend Leute, die euch helfen können, sich um ihn zu kümmern.«

Paul war nicht überzeugt. »Meinst du?«

»Erstens kennt ihn dort niemand, und zweitens hat Elisabeth mir gesagt, dass es immer noch viele Angestellte im Hotel gibt, die den Nazis keineswegs freundlich gesinnt sind. Unter diesen suchst du dir Hilfe.«

»Aber vielleicht wacht er ja auch kerngesund auf«, insistierte Robert.

»Ich lasse euch in jedem Fall noch weitere Beruhigungstabletten da«, erwiderte Friedrich, ohne auf Roberts Einwand einzugehen.

»Danke, Friedrich.«

»Keine Ursache. Passt gut auf euch auf.« Friedrich nahm Hut und Mantel vom Haken und verabschiedete sich.

Schweren Herzens hatte Paul sich bereit erklärt, Johannes für einige Zeit in Roberts Zimmer schlafen zu lassen. Den Kindern gegenüber hatten sie ihn als Roberts exzentrischen Bruder ausgegeben. Martin schien der Besuch egal zu sein, er interessierte sich glücklicherweise nur für seine Musik. Doch Sophie hatte ein erstauntes Gesicht gemacht, als sie erfuhr, dass nun ein weiterer »Onkel« bei ihnen leben sollte. Sein ältester Sohn würde sie dagegen in den nächsten Wochen nicht besuchen dürfen. Ihm würde sicher sofort auffallen, dass mit dem neuen »Onkel« etwas nicht stimmte. Darauf konnten sie es nicht ankommen lassen.

Paul, der sich noch einen Schlummertrunk gegönnt hatte, wankte müde in sein Schlafzimmer. Es war bereits gegen Mitternacht, und in Roberts Zimmer war alles still. Er betete, dass Johannes tatsächlich morgen früh gesund aufwachte. Den Schreiner zu verstecken barg schließlich große Gefahren auch für ihn und seine Familie. Paul schlug die Bettdecke auf und legte sich auf die Matratze. Sein Kopf hatte kaum das Kissen berührt, als er spürte, wie ihm die Glieder schwer wurden. Es war ein anstrengender Tag gewesen.

Er konnte noch nicht lange geschlafen haben … als ein anhaltender, gellender Schrei ihn weckte. Johannes!

Julias Stimme fühlte sich heiser an, als sie in den Hörer sagte: »Ava und Karl haben gestern die vierzehn Rosen bekommen. Sie danken dir dafür.«

Einen Moment lang herrschte angespannte Stille am anderen Ende der Leitung. Dann schien Fabian verstanden zu haben: »Danke, dass du mir ihre Grüße ausrichtest.« Er räusperte sich. »Es tut mir so unendlich leid, Julia, dass ich in diesen schweren Stunden nicht bei dir sein kann«, sagte er besorgt. »Aber ich arbeite gerade an einer äußerst wichtigen Sache und bin leider unabkömmlich.«

»Ich weiß«, murmelte Julia traurig. Sie hatte mit dieser Antwort schon gerechnet.

Bevor Fabian abgereist war, hatten sie ein ernstes Gespräch geführt. »Du musst verstehen, dass wir gerade versuchen, unser Netzwerk zu erweitern. Wir strecken unsere Fühler nach hohen Wehrmachtsangehörigen aus, um sie von der Unsinnigkeit von Hitlers Plänen zu überzeugen. Auf die Art wollen wir helfen, doch noch einen drohenden Krieg zu verhindern, der erneut Millionen von Menschen das Leben kosten könnte. Deshalb hat meine Arbeit für mich oberste Priorität. Hinter ihr muss alles Private zurückstehen, selbst wenn es meine große Liebe und meine Familie betrifft«, hatte er gesagt. »Das bedeutet aber nicht, dass ich mich nicht mit jeder Faser meines Herzens nach dir sehne.« Julia hatte genickt und erwidert, dass ihr bewusst sei, wie wichtig seine Arbeit für den Widerstand sei. »Und dann ist da noch etwas«, hatte er fortgefahren. »Am Telefon können wir nicht offen miteinander sprechen. Es besteht leider die Möglichkeit, dass wir abgehört werden. Deshalb sollten wir uns einige Schlüsselwörter zulegen, damit wir trotzdem wissen, was gerade beim anderen vor sich geht. Wenn du also das Gefühl hast, dass die Gestapo dich beobachtet, dankst du mir für die vierzehn Rosen, die ich dir geschickt habe. Und wenn absolute Gefahr droht, bittest du mich, dir das Lebkuchenrezept meiner Mutter zu schicken. Einverstanden?« Damals hatte Julia erneut genickt, allerdings nicht damit gerechnet, dass sie eines dieser Schlüsselwörter schon so bald auf Ava und Karl würde ummünzen müssen.

»Gibt es denn gar keine Hoffnung mehr für die beiden?«, unterbrach Fabian ihre Gedanken.

»Hugo …«

»Bitte keine Namen«, warf Fabian warnend ein.

»Gut.« Sie überlegte kurz. »Unser Silvesterfreund sagt, dass er sich darum kümmern will. Aber außer ein paar Telefonaten hat er nicht viel zustande gebracht.«

Fabian seufzte. »Es ist nicht gerade leicht, in einen solchen Prozess einzugreifen. Dass er sich überhaupt damit beschäftigt, sollten wir ihm hoch anrechnen.«

»Hm«, erwiderte Julia geringschätzig. Sie selbst hatte kaum schlafen können aus Sorge um Ava und Karl. Hugo hatte sich hingegen, dem Barmann zufolge, bis in die frühen Morgenstunden mit einigen Uniformträgern und Gästen des Palais amüsiert. Während ihre Freundin und deren Verlobter im Gefängnis einer unbekannten Strafe entgegensahen, hatte er mit diesen Kerlen Champagner gesoffen.

»Und wie geht es den Eltern deiner Freundin?«, erkundigte sich Fabian.

»Sie sind am Boden zerstört. Mein Vater, der einen Bittbrief an den Gauleiter geschrieben hat, und ich sind gestern Abend noch zu ihnen gegangen, um sie zu trösten, aber das ist unter diesen Umständen wohl kaum möglich.«

»Ja, ich weiß. Liebling, ich würde dich jetzt so gern in meinen Armen halten«, flüsterte Fabian.

»Komm zurück, so schnell du kannst«, bat Julia. »Du fehlst mir so sehr.«

»Du mir auch. Ich versuche mein Bestes«, versicherte er.

Nach zehn weiteren sehnsuchtsvollen Minuten, in denen sie sich gegenseitig Mut zugesprochen hatten, legte Julia auf. Manchmal wusste sie gar nicht, ob sie sich nach den liebevollen Telefonaten mit Fabian besser oder schlechter fühlte. Es war schrecklich, so lange von ihm getrennt zu sein. Ausgerechnet heute Abend waren ihre Eltern auch noch auf eine Informationsveranstaltung über den Napola-Bau in Heiligendamm eingeladen. Der Architekt wollte den Anwohnern seine Pläne erläutern, und sie hatten dem Besitzer des Grand Hotels versprochen, sich darüber zu informieren.

Unruhig ging Julia im Büro auf und ab. Jetzt waren bereits zweiunddreißig Stunden vergangen, seit sie Ava und Karl mit diesen widerlichen Schildern gesehen hatte, doch sie fühlte noch immer dieselbe Verzweiflung über die schandvolle Behandlung ihrer Freundin. Am liebsten hätte sie den Revolver ihres Vaters an sich genommen und die beiden mit vorgehaltener Pistole eigenhändig aus dem Gefängnis befreit.

Noch konnte niemand sagen, was Ava bevorstand. Eigentlich sollten Frauen gemäß Blutschutzgesetz straffrei ausgehen, wenn sie ihre Vergehen gestanden. Aber Avas Vater hatte gehört, dass Jüdinnen trotzdem monatelang in Schutzhaft genommen wurden. Himmel, was sollte sie bloß tun?

In diesem Moment öffnete sich die Bürotür, und Hugo trat ein. Seine hohe, breitschultrige Gestalt schien den Raum umgehend kleiner zu machen.

Missmutig sagte Julia: »Du hältst wohl nichts von anklopfen.«

»Nicht, wenn Eile nottut.«

»Wieso? Wartet bereits eine neue Batterie gekühlter Champagnerflaschen auf dich?«

Seine Augen verengten sich ärgerlich. »Nein. Kannst du mir bitte kurz nach draußen folgen? Es dauert nicht lange.«

»Damit du mir wieder eine deiner Schauspieleinlagen zeigen kannst? Besten Dank, einmal reicht mir voll und ganz«, antwortete sie voller Sarkasmus.

»Herrschaftszeiten. Jetzt mach aber mal halblang, Julia! Deine Freundin Ava wartet am Dienstboteneingang, um sich von dir zu verabschieden. Normalerweise hätte ich ihr diese unvorsichtige Bitte abgeschlagen, aber wir brauchen Geld, damit ich sie über die Grenze bringen kann … und ihre Eltern haben keins.«

Julia öffnete den Mund, um ihm zu antworten, aber ihr Gehirn war wie leer gefegt. Er hatte Ava aus dem Gefängnis befreit?

»Hast du verstanden, was ich gesagt habe?«, fragte Hugo.

Sie nickte.

»Dann komm endlich mit, bevor sie von einem eurer Angestellten erkannt wird und erneut im Gefängnis landet.«

»Wie … wie hast du das geschafft?«, stammelte Julia.

»Ich habe gestern Abend einen SS-Untersturmführer unter den Tisch gesoffen und ihn heute mit dem ganzen Bargeld bestochen, das ich für die zwei Wochen in Bad Doberan mitgebracht hatte.«

»Und daraufhin hat er sie freigelassen?«

Hugo schüttelte den Kopf. »Nein, er hat dafür gesorgt, dass ihre Wache vorzeitig abgelöst wurde, und ihr eine Leiter in die Zelle geschoben, damit sie den Lichtschacht unter der Decke erreichen und rausklettern konnte. Ich habe sie dann auf der anderen Seite erwartet.«

Oh Gott, sie hatte ihm schon wieder unrecht getan. Er hatte als Einziger wirklich etwas unternommen, um Ava zu befreien.

»Können wir jetzt gehen? Oder willst du noch andere unnötige Fragen stellen?«

Sie nahm seine Hand und zog ihn ungeduldig zur Tür. Kurz davor drehte sie sich noch einmal um: »Danke, Hugo.«

Ava hatte sich – eingehüllt von der Dunkelheit – eng an die Wand des Dienstbotenhauses gepresst. Selbst als Julia fast unmittelbar vor ihr stand, konnte sie nur einen obskuren Schatten ausmachen. »Ava?«, flüsterte sie.

Ihre Freundin trat hervor und umarmte sie. »Julia! Danke, dass du mir einen Engel geschickt hast.«

»Ich wusste gar nichts von Hugos Hilfe, aber ich habe gebetet, dass du gerettet wirst«, erwiderte Julia bewegt. »Was passiert eigentlich mit Karl?«

Hugo, der in einiger Entfernung stehen geblieben war, trat zu ihnen. »Der SS-Untersturmführer meinte, er wird in einigen Tagen mit einer Verwarnung freigelassen. Arische Männer würden schließlich im Land gebraucht.«

»Und wohin flüchtet ihr jetzt?«, fragte Julia, die plötzlich mit den Tränen kämpfte, denn ihr wurde bewusst, dass sie ihre Freundin für sehr lange Zeit nicht wiedersehen würde.

»Ich bringe Ava bis an die holländische Grenze, und dann geht es mit einem meiner Kontaktmänner über Belgien nach Frankreich«, antwortete Hugo, da Ava ebenfalls angefangen hatte zu weinen. Sie ließ ja noch viel mehr als eine Freundin in der Heimat zurück.

»Meine Tante lebt in Paris. Soll ich dir ihre Adresse aufschreiben?«

»Ja, das wäre gut. Ich selbst habe zwar auch einige Freunde dort, aber man kann nie genug Anlaufstellen haben«, erklärte Hugo. »Und wie gesagt ... Geld bräuchten wir auch noch. Ich kann hier in Bad Doberan jetzt nicht in eine Bank spazieren und eine größere Summe von meinem Konto abheben. Damit würde ich mich nur verdächtig machen.«

»Das ist kein Problem. Ich habe ausreichend Bares im Tresor«, antwortete Julia.

»Aber was sagen deine Eltern, wenn du das alles für mich verschwendest?«, schniefte Ava.

»Sie werden sagen, dass es keinen besseren Verwendungszweck geben könnte.« Sie umarmte Ava, so fest sie nur konnte. »Pass gut auf dich auf und telegrafiere uns, sobald du in Paris eingetroffen bist. Ich gebe die Nachricht dann umgehend an deine Eltern weiter.«

»Liebste Julia, ich ... ich danke dir für alles. Bitte pass du auch gut auf dich auf!«

Julia nickte. »Brauchst du noch irgendetwas, außer Geld?«

»Herr Lessing meinte, es ist besser, ohne Gepäck zu reisen. Dann können wir uns als verirrte Wanderer ausgeben, wenn sie uns in der Nähe der Grenze erwischen.«

»Wir sollten allmählich los«, drängte Hugo. »Wir können ja nur nachts mit meinem Wagen fahren. Tagsüber ist die Gefahr zu groß, in eine Straßenkontrolle zu geraten.«

»Auf Wiedersehen«, flüsterte Ava und löste sich aus Julias Umarmung.

»Bis ganz bald!«

Im Gehen wischte Julia sich die Augen trocken. Auch sie musste jetzt schauspielern. Niemand durfte wissen, dass sie sich gerade von ihrer besten Freundin verabschiedet hatte. Hugo folgte ihr auf dem Fuß, als sie das Hotelgebäude umrundete, um es durch den vorderen Eingang zu betreten.

Kurz darauf standen sie erneut gemeinsam im Büro. Ohne Umschweife schloss Julia die Tür ab und öffnete den Tresor. »Bitte nimm dir, so viel du willst«, sagte sie.

»Das hat noch nie jemand zu mir gesagt«, grinste Hugo. Er stellte sich neben sie und begutachtete fachmännisch den Inhalt des Geldschranks. Anschließend nahm er vier mit Banderolen gesicherte Notenbündel heraus. »Das dürfte bis Paris reichen.«

»Hoffentlich«, murmelte Julia. »Wie lange wird sie bis dorthin brauchen?«

Hugo zuckte mit den Schultern. »Keine Ahnung. Das hängt von so vielen Faktoren ab … eine Woche vielleicht?«

»Oh Gott! Und du tust das alles völlig uneigennützig? Ich weiß gar nicht, wie ich dir danken soll.«

Er lächelte. »Also, ich wüsste da etwas.«

»Wirklich?«, fragte Julia. »Dann sag es mir bitte. Es ist wirklich unglaublich, dass du Ava höchstpersönlich an die Grenze bringst.« In diesem Moment hätte sie ihm bedenkenlos Fabians und ihren eigenen Erstgeborenen versprochen, so erleichtert war sie über die unerwartete Hilfe.

Plötzlich nahm sein Gesicht einen ernsten Ausdruck an. »Julia, selbst diese erste Etappe ist eine gefährliche Reise. Mit einer aus dem Gefängnis entflohenen Frau erwischt zu werden ist kein Kavaliersdelikt. Ich kann dir nicht versprechen, dass alles gut gehen wird.«

Julia erschauderte. »Bitte, Hugo, sag mir, was ich tun kann, um eure Reise sicherer zu machen. Soll ich dir meinen Pass mitgeben?

Ich sehe Ava nicht ähnlich, aber wenn es hilft, melde ich ihn erst in einer Woche als gestohlen.«

»Das wird nicht nötig sein ... ich kenne da jemanden, der uns gute Papiere besorgen kann.« Plötzlich leuchteten seine Augen auf. »Aber bitte küss mich. Das wird mir Glück bringen.«

Julia blickte ihn ungläubig an. Meinte er das ernst? Doch sie wollte sich jetzt nicht mit ihm streiten. Deshalb stellte sie sich auf die Zehenspitzen und drückte ihm einen scheuen Kuss auf die Wange.

Hugos Gesicht verfinsterte sich. »So ein lächerlicher Kuss bringt mir doch im Leben kein Glück. Wenn du mit deinen Küssen so geizig bist, werden Ava und ich es eben ausbaden müssen.« Seufzend drehte er sich zur Tür.

»Aber, Hugo«, rief sie empört. »Ich kann dich nicht anders küssen, schließlich bin ich so gut wie verlobt!«

»Tja, da kann mal wohl nichts machen. Leb wohl.« Er griff nach der Türklinke.

In diesem Moment schien etwas in ihrem Inneren zu explodieren. Sie wusste, dass sie ihr Verhalten unmittelbar danach bereuen würde, aber sie griff nach seiner warmen Hand und zog ihn zu sich herum. »Dann küss mich halt, in Gottes Namen.«

Seine Augen suchten ihren Blick. »Nein, du willst mich nicht küssen, und ich werde den Teufel tun und mich dir ein zweites Mal aufdrängen.«

Julia schüttelte den Kopf. Dieser Mann trieb sie noch in den Wahnsinn. Da hatte sie sich durchgerungen, seiner Bitte nachzukommen, und dann sollte sie ihn davon überzeugen, dass sie ihn küssen *wollte?* Lief ihnen nicht die Zeit davon? Ava wartete schließlich auf ihn. In einer ungestümen Geste packte sie sein Gesicht mit beiden Händen und küsste ihn mitten auf den Mund.

Zunächst verhielt er sich abwartend. Kühl und fast desinteressiert ließ er sich von ihr küssen. Doch plötzlich ... gerade als sie sich zurückziehen wollte ... flammte etwas in Hugos halb geschlossen Augen auf, und seine Hände umschlangen ihre Taille.

Sanft und gleichzeitig fordernd presste er seinen Mund auf ihren, bis sie die Lippen öffnete und seiner Zunge Einlass gewährte.

Auf einmal schien sie seinen Kuss in ihrem ganzen Körper zu spüren. Bis in die Fußspitzen. Es war ein überwältigendes, nie gekanntes Gefühl. Ihre Haut kribbelte. Und bevor sie es sich versah, erwiderte sie seinen Kuss mit der gleichen Leidenschaft.

Minutenlang küssten sie einander und vergaßen die Welt um sich herum. Es gab nur noch ihre Körper, die sich aneinanderklammerten, ihre stürmischen, nicht enden wollenden Küsse und das Verlangen, das sie immer stärker zueinandertrieb.

Auf einmal stieß Hugo sie mit einer heftigen Bewegung von sich. »Du kleine Hexe«, keuchte er. »Was machst du nur mit mir? So viel Leidenschaft, und dann willst du ausgerechnet den einzigen Mann heiraten, der dieses Feuer nicht zu schätzen weiß?«

Auch Julia atmete schwer. Sie konnte keinen klaren Gedanken fassen, geschweige denn, etwas auf seine ungebührlichen Worte erwidern.

Hugo strich sich das Jackett glatt. »Ich muss los. Wir sehen uns.« Mit einer für seine Verhältnisse geradezu sanften Geste strich er ihr über die Wange. »Und heirate diesen Schnösel ja nicht, bevor ich zurück bin.« Er öffnete die Tür und verschwand mit schnellen Schritten im Korridor.

Wie konnte er sie ausgerechnet jetzt allein zurücklassen? Mitten in diesem Gefühlschaos aus Leidenschaft, Schuld und Angst?

Nein, so einen selbstvergessenen, wilden Kuss hatte sie mit Fabian noch nie getauscht. Dabei hatte sie bislang geglaubt, seine Zärtlichkeiten seien ebenfalls voller Sinnlichkeit. Aber Hugo hatte sie geradezu mit Haut und Haaren verspeist, und das Schlimmste war, dass ihr das nicht nur gefallen, sondern sie seine Begierde erwidert hatte. Lag es daran, dass Hugo so viel mehr Erfahrung auf dem Gebiet hatte? Die Frauen lagen ihm schließlich zu Füßen. Himmel, sogar die schwangere Frau Goebbels hatte eine Affäre mit ihm beginnen wollen!

Doch was war nun mit ihrem Fast-Verlobten? Sie liebte ihren zärtlichen und warmherzigen Fabian doch abgöttisch. Er war der beste Mann, den sie sich nur vorstellen konnte. Man konnte seinen wunderbaren, intelligenten und verständnisvollen Charakter überhaupt nicht mit Hugos unbezähmbarem Draufgängertum vergleichen. Der Mann war ein Filou. Wie hatte es nur dazu kommen können, dass sie ausgerechnet ihn bei der erstbesten Gelegenheit auf diese Weise küsste? Sie fühlte sich so schuldig.

Mitten in ihre quälenden Selbstzweifel platzte der Gedanke an Ava. Wie oberflächlich und dumm waren ihre Kümmernisse im Vergleich zur Flucht ihrer Freundin! Nein, sie durfte jetzt nicht an sich selbst denken. Diese zerstörerischen Gedanken musste sie in den hintersten Teil ihres Gehirns drängen und erst dann wieder hervorholen, wenn Ava sicher in Paris angekommen war. Hinter diesen Sorgen musste alles andere zurückstehen.

Julia richtete ihre Frisur, die von Hugos Händen zerwühlt worden war. Mit durchgedrücktem Rücken ging sie an den Schreibtisch und setzte sich. Statt sich mit ihren schrecklich unsteten Gefühlen zu beschäftigen, musste sie darüber nachdenken, wie ihr Vater und sie dem Buchhalter den Fehlbetrag in der Kasse erklären sollten. Ob er sich mit einer gefälschten Spendenbescheinigung des Winterhilfswerks zufriedengeben würde?

⁂

Luise betrachtete verzückt ihren Ehering, der golden in der Aprilsonne funkelte, während sie auf einem unbequemen Klappstuhl darauf wartete, dass der Aufbau für die nächste Szene fertiggestellt wurde. Sie machten heute Außenaufnahmen am Kurfürstendamm, und Luise hatte darauf bestanden, dass sie in diesem neuen Film ihren eigenen Ehering trug und nicht die billige Imitation aus dem Kostümfundus.

Willy und sie hatten unmittelbar nach Ablauf der Aufgebotsfrist geheiratet. Außer ihnen waren nur ihre Brüder Paul und Friedrich sowie Willys langjährige Sekretärin, Frau Vogt, als Trauzeugen anwesend gewesen. Nach einem gemeinsamen Mittagessen hatten sie die aufgrund von Terminschwierigkeiten leider nur dreitägige Hochzeitsreise nach Bad Doberan angetreten, wo ihnen Elisabeth einen Aufenthalt in der größten und luxuriösesten Suite des Palais spendiert hatte. Es waren wunderschöne Tage gewesen, in denen sie auch Julias Fabian näher kennengelernt hatten. Besonders Willy hatte sich regelrecht mit dem jungen Mann angefreundet.

Nach ihrer Rückkehr hatte Willy mit der Abwicklung des neuen Auftrags für die KdF-Pensionen begonnen, der zusätzliche Materialeinkäufe erforderlich machte. Doch die Annahme des Auftrags schien nicht die erhoffte besänftigende Wirkung auf seine Kontakte im Wirtschaftsministerium zu haben. Jedenfalls hatte ihr Ehemann noch immer das Gefühl, dass man ihm dort misstraute und ihn von einigen wichtigen Besprechungen fernhielt. Luise hatte versucht, seine Befürchtungen zu zerstreuen: »Wahrscheinlich denken sie lediglich, dass du mit der zusätzlichen Arbeit in der Firma vollkommen ausgelastet bist.« Doch Willy hatte nur müde den Kopf geschüttelt: »Das glaube ich weniger, Liebes. Aber warten wir es ab.«

In diesem Moment trat ein junger Mitarbeiter der UFA an sie heran und sagte: »Frau Darboven? Frau Göring würde sie gern sprechen ... darf ich die Dame zu Ihnen geleiten?«

»Die Ehefrau von Hermann Göring?«, erkundigte sich Luise überrascht. Sie kannte Emmy Göring zwar, aber befreundet waren sie eher nicht.

Als der junge Mann zustimmend nickte, erwiderte sie mehr aus Neugier als aus ernsthaftem Interesse: »Sicher. Bitte führen Sie sie zu mir.«

Als Luise Emmy Göring auf sich zukommen sah, fiel ihr sofort auf, wie wenig sich die neuen Eliten an ihre eigene Maxime von Genügsamkeit und Opferbereitschaft hielten: Görings Ehefrau hatte nicht nur einige Wohlstandskilos zugenommen, sondern schwelgte ganz offensichtlich im Luxus. Trotz des warmen Wetters hatte ihr Mantel einen Pelzbesatz, ihr Kostüm war maßgeschneidert, und der reichliche Schmuck sah kostbar aus.

»Liebe Frau Darboven«, rief sie überschwänglich. »Ich habe

gerade von einem Ihrer Kollegen gehört, dass Sie unseren Freund Willy Darboven geheiratet haben, und da wollte ich Ihnen ganz herzlich gratulieren. Wird es demnächst noch ein großes Fest geben?«

Luise war von ihrer Herzlichkeit völlig überrumpelt. »Wir sind momentan beide zu sehr mit unserer Arbeit beschäftigt«, antwortete sie. »Vielleicht im nächsten Jahr.«

Frau Göring hob schelmisch den Zeigefinger. »Da müssen Sie aber unbedingt auch Hermann und mich einladen. Wir sind beide ganz versessen darauf, Ihrem Ehemann seinen berühmten Renoir abzukaufen. Aber bislang hat er ja jede unserer Offerten abgelehnt.«

Dass die Görings sich für Willys Gemälde interessierten, hatte Luise gar nicht gewusst. Aber es passte zu ihm, dass er das Geschenk seiner verstorbenen Mutter auch nicht gegen Höchstgebot verscherbelte. Sie tauschte noch einige Belanglosigkeiten mit Frau Göring aus, dann rief der Regisseur sie wieder zur Arbeit, und sie verabschiedete sich.

Während Luise mit Willy privat einige der schönsten Wochen ihres Lebens verbrachte, zogen politisch immer dunklere Wolken auf. Seit Alfred Hugenberg auf Druck der Nationalsozialisten Anfang Mai die Aktienmehrheit der UFA an ein Konsortium unter staatlicher Aufsicht veräußert hatte, wurden die Filme zunehmend politischer. Auch ihr neuer Film war davon betroffen. Der Regisseur hatte den angestammten Drehbuchautor entlassen und einen neuen gebeten, das Drehbuch so umzuschreiben, dass die Nazis nichts zu beanstanden haben würden. Jetzt musste plötzlich auch Luise vor der Kamera Dinge sagen, die ihr innerlich gegen den Strich gingen. Willy, der sich mit Propaganda auskannte, erklärte ihr, dass die Regierung sich davon erhoffte, die Zuschauer zu ihren Gunsten zu beeinflussen und auf einen möglichen Krieg vorzubereiten. Daraufhin überlegte sie zum ersten Mal, ihren geliebten Beruf an den Nagel zu hängen.

Der Entschluss verfestigte sich, als Willy eines Abends aufgewühlt von einem Treffen mit Fabian nach Hause kam und ihr von ihrer Unterhaltung berichtete.

»Erinnerst du dich noch an den Luftangriff auf die Stadt Guernica durch deutsche Kampfflugzeuge Ende April?«, fragte er heiser.

Luise nickte. »Ja, ich habe mich damals gewundert, warum unser Militär eine Stadt in Spanien angreift.«

»Uns dumme Bürger will man glauben machen, die rebellischen Basken hätten Guernica selbst angezündet und die Deutschen lediglich militärische Ziele angegriffen, um Francos Regime zu unterstützen.« Willy schüttelte den Kopf. »Aber Fabian, der aufgrund seiner adeligen Herkunft Verbindungen in die höchsten Wehrmachtskreise hat, meinte heute, der Angriff sei von vorherein darauf angelegt gewesen, möglichst viele Zivilisten, also auch Frauen und Kinder zu töten.«

»Was?«, rief Luise entsetzt. »Warum das denn?«

»Einerseits sei es darum gegangen, den Widerstand gegen Franco zu brechen, andererseits wollte man herausfinden, wie weit die Ausbildung der Luftwaffe unter Görings Aufsicht gediehen ist. Dieser menschenverachtende Angriff wird von der Wehrmachtsspitze allgemein als Erfolg gewertet und Hitlers Wunsch nach einem möglichst raschen Krieg wohl noch verstärken.«

Für einen Moment hielt Luise die Luft an. »Meinst du, es wird tatsächlich wieder Krieg geben?«

Willy nickte ernst. »Davon geht Fabian aus.«

»Um Gottes willen. Und was bedeutet das für uns?«, fragte sie ängstlich.

Ihr großer, stattlicher Ehemann, der bislang in allen Situationen immer so viel Zuversicht ausgestrahlt hatte, zuckte mit den Schultern. »Sicherlich nichts Gutes.«

20. Kapitel

Am Mittagstisch las Julia einen weiteren Brief von Ava. Ihre Freundin, die nach einer abenteuerlichen Reise sicher in Paris angekommen war, lebte nun schon seit einigen Monaten bei Tante Johanna. Ihre Befreiung hatte in Bad Doberan hohe Wellen geschlagen. Auf Hugo und den bestochenen SS-Untersturmführer war zu keiner Zeit auch nur der Schatten eines Verdachts gefallen. Doch einige Tage lang hatte man Avas Eltern der Beihilfe verdächtigt und diese sogar interniert. Aber dann hatte ein netter arischer Nachbar den Cohens ein Alibi für die Tatzeit gegeben, und die Gestapo hatte sie zähneknirschend freilassen müssen. Glücklicherweise hatte der schreckliche Vorfall mit ihrer Tochter und ihre eigene Internierung den Cohens endlich den aufrüttelnden Schock verpasst, den es gebraucht hatte, um ihre Flucht vorzubereiten. Nachdem ihnen ihr Vater einen Vorschuss auf den Verkauf des Ladens ausgezahlt hatte, waren sie noch in derselben Nacht zur Grenze aufgebrochen.

»Und?«, fragte ihre Mutter und nahm sich noch etwas Püree.

»Sie ist niedergeschlagen, weil Karl, den die Nazis ebenfalls freigelassen haben, sich weigert, ihr nach Paris zu folgen. Er meinte, dass ein deutscher Briefträger, der kein Wort Französisch spricht, dort nichts verloren hätte. Aber glücklicherweise hat sie eine Anstellung als Kinderfräulein bei einer reichen jüdischen Familie gefunden. Nur ihre Eltern hängen immer noch in Belgien fest, doch wenigstens sind sie dort in Sicherheit«, fasste Julia den Brief zusammen.

»Ich werde heute noch einmal nach dem Laden sehen«, sagte ihr Vater. »Wie gut, dass sie nicht erfahren haben, dass der geplante Verkauf schon wieder geplatzt ist.«

»Bitte pass auf! Hugo meint, die Polizei hätte inzwischen schon viele Leute im Zusammenhang mit solch unerlaubten Fluchten verhaftet«, murmelte Julia. Sie war immer noch peinlich berührt, wenn sie über Hugo sprach. Dabei war er schon mehrfach wieder im Hotel gewesen und hatte – seit einer kurzen Aussprache – den Kuss, der sie immer noch beschäftigte, nie wieder erwähnt. Stattdessen behandelte er sie mit der gleichen lustig-ironischen Liebenswürdigkeit wie vorher.

»Wie macht sich der neue Empfangschef?«, wechselte ihr Vater das Thema und legte sein Besteck auf dem noch halb vollen Teller ab. In letzter Zeit schien ihm sein Appetit abhandengekommen zu sein. Jedenfalls wirkte sein Gesicht deutlich hagerer als sonst.

»Soweit ich es beurteilen kann, ist Herr Eigenbrot zumindest fachlich äußerst kompetent«, erwiderte Julia. »Er ist zu allen Gästen höflich und beherrscht die Buchungsvorgänge aus dem Effeff.« Es war für sie alle ein Schock gewesen, dass Herr Moltke so urplötzlich gekündigt hatte. Doch sosehr sie ihn auch bekniet hatten, das Palais nicht mitten in der Hauptsaison zu verlassen, hatte sich der alte Portier unerbittlich gezeigt.

»Und wie ist er … politisch eingestellt?«

Julia zuckte mit den Schultern. »Schwer zu sagen. Er scheint sich sowohl mit den Parteianhängern unter dem Personal als auch mit den anderen zu verstehen.«

Oskar schrie mit vollem Mund: »Ist er ein Na-a-azi?«

Erschreckt schauten sie einander an. Ihre Mutter reagierte als Erste: »Liebling, das sagt man nicht.«

»Aber Papa sagt im-m-mer, dass er keine Na-a-azis mag«, nuschelte er rechthaberisch. Sein Stottern wurde wie immer stärker, wenn er sich ungerecht behandelt fühlte oder anderweitig aufgeregt war. Dann glitzerten seine Augen unter dem blonden Wuschelkopf.

»Du hast recht, Oskar«, sagte ihr Vater leise. »Ich mag keine Nazis. Aber es gibt Sachen, die spricht man vor Fremden nicht laut aus.«

»Warum?«

Ihr Vater schwieg einen Moment. »Weil wir durch gesellschaftliche Normen dazu verurteilt sind.« Es war nicht gerade eine kindgerechte Antwort, und Oskar runzelte fragend seine kleine Stirn.

»Erinnerst du dich, wie ich dich gebeten habe, Minna nicht ›dick‹ zu nennen?«, sprang ihre Mutter ihm zur Seite. »Das hier ist so ähnlich. Wir wollen anderen Leuten mit solchen Bezeichnungen nicht wehtun.«

»Sind a-a-alle Nazis dick?«, wollte ihr vierjähriger Bruder nun wissen und wischte sich mit dem Handrücken die Bratensoße vom Mund, bevor die eilig hervorgezogene Serviette ihrer Mutter ihn erreichen konnte.

»Oskar!«, meinte Julia streng. »Bitte sag das nicht mehr. Es ist ein böses Wort.« Ihrer Meinung nach übertrieben es ihre Eltern manchmal mit den Erklärungen. Der Dreikäsehoch war noch viel zu klein, um ihre Logik zu verstehen.

»Darf man bö-öse Sachen nur zu bö-ösen Menschen sagen?«, erkundigte sich Oskar interessiert.

Ihr Vater nickte und meinte abschließend: »Aber wir hoffen, dass du in deinen jungen Jahren noch keine bösen Menschen treffen musst.«

Ihr Bruder strahlte. »Doch! Ich will die He-e-xe aus ›Hä-änsel und Gretel‹ besiegen.« Kämpferisch fuchtelte er mit seiner Gabel. »Dann können die Kinder das ganze Lebkuchenhaus aufessen und zu ihren Eltern zurücklaufen.«

»Na toll«, murmelte Julia. »Ich sag dir Bescheid, wenn ich sie sehe.«

Nach einer Besprechung mit ihrem Vater ließ Julia sich von Herrn Eigenbrot mit der Geschäftsleitung des Grand Hotels verbinden. Sie hatten von der Reichskanzlei eine Anfrage bezüglich eines Besuchs des Führers und seines Staatsgastes Mussolini erhalten, doch diesmal hatte ihr Vater entschieden, alles daranzusetzen, diese Gäste im Grand Hotel unterbringen zu lassen. Glücklicherweise stimmte der Geschäftsführer der Konkurrenz ihrem Anliegen sofort zu. »Wir würden uns sehr freuen, die hohen Herren Ende September bei uns begrüßen zu dürfen.«

Erleichtert setzte Julia einen Brief an die Reichskanzlei auf, in dem sie sich vielmals entschuldigte und erklärte, dass notwendige Umbaumaßnahmen einen Besuch in ihrem Hotel leider unmöglich machten, sie aber bereits einen Aufenthalt im Grand Hotel Heiligendamm organisiert habe. Dann klingelte sie nach Herrn Eigenbrot, um ihm das Schreiben für die Post zu übergeben.

Der leicht untersetzte Portier nahm den Brief mit gerunzelter Stirn entgegen: »Bedeutet das, dass wir den Führer nicht bei uns beherbergen werden?«

»Wie kommen Sie denn darauf?«, fragte Julia scharf.

»Nun, ich habe nur eins und eins zusammengezählt. Sie erhalten die Anfrage, besprechen sich mit Ihrem Herrn Vater, rufen im Grand Hotel an und senden danach einen Brief an die Reichskanzlei, ohne weitere Vorbereitungen in Auftrag zu geben.« Die braunen Knopfaugen des Portiers bohrten sich in ihre. »Liege ich falsch?«

»Nein, Sie haben recht. Wir planen für Ende September einige Bauarbeiten, die wir dem Führer ersparen wollen.«

»Bauarbeiten? Ja, was für welche denn? Wenn der Herr Gauleiter das erfährt, wird er nicht gerade erfreut sein.«

Versteckt unter ihrem Schreibtisch wippte Julia mit den Füßen. Was hatten sie sich da nur für einen Luchs an den Empfang gesetzt? Jetzt musste sie wohl oder übel tatsächlich Bauarbeiten in Auftrag geben. »Lieber Herr Eigenbrot«, setzte sie betont höflich an. »Da Sie noch neu bei uns sind, können Sie noch nicht über alle Pläne informiert sein. Und den Herrn Gauleiter überlassen Sie getrost mir. Er wird sicher Verständnis haben für meine Umdisposition.«

Herr Eigenbrot verbeugte sich wortlos und entschwand mit dem Brief aus ihrem Büro.

Nachdenklich rollte Julia ihren Füller zwischen den Fingern.

Sollte sie Hugo fragen, ob Eigenbrot ein engagierter Nazi war? Er würde ihr das sicher sagen können, denn er hatte hervorragende Verbindungen. Aber wollte sie ihn wirklich um einen weiteren Gefallen bitten, nach allem, was zwischen ihnen vorgefallen war? Unwillkürlich kam ihr ihre Aussprache wieder in den Sinn.

Obwohl Hugo ihr wie vereinbart ein Telegramm geschickt hatte, als sein Kontaktmann und Ava fünf Tage später in Paris eingetroffen waren, hatte Julia es kaum erwarten können, alle Einzelheiten über die Flucht zu erfahren. Deshalb hatte sie ihn bei seiner Ankunft im Palais sofort mit Fragen bestürmt. »Wenn du die Details hören willst, komm heute Abend in den Park. Gegen zehn Uhr im Pavillon«, hatte er mit einem Zwinkern geantwortet. »Hier im Hotel haben die Wände Ohren.«

Wenngleich sie ihm recht geben musste, war es ihr peinlich, sich erneut mit ihm allein zu treffen. War das nicht geradezu eine Einladung zu weiteren Küssen? Trotzdem war Julia pünktlich zu ihrem Stelldichein erschienen. Sie hatte sich vorgenommen, Hugo – nachdem er ihr Avas Rettung geschildert hatte – unmissverständlich klarzumachen, dass sie ihn als Freund schätze, aber mehr auch nicht.

Sein überlebensgroßes Charisma erfüllte den kleinen Pavillon, der schon länger nicht mehr als Champagnerbar benutzt wurde, weil ihre von der Nazi-Ideologie beeinflussten Gäste dies unmoralisch fanden. Unwillkürlich musste sie bei seinem Anblick schlucken. Die Erinnerung an den Kuss war immer noch frisch.

»Hugo, du bist wirklich ein Held! Ich weiß gar nicht, was ich sagen soll ... außer, dass ich dir von ganzem Herzen danke«, brach es aus ihr heraus.

Er lächelte. »Wie du weißt, liebe ich es, deinen Dank entgegenzunehmen.«

Sie versuchte, seiner Anspielung auszuweichen. »Bitte erzähl mir, wie es euch ergangen ist.«

Hugo ließ sich nicht zweimal bitten und schilderte, wie Ava und er an der deutsch-holländischen Grenze nur deshalb der Entdeckung durch die Grenzpolizei entgangen waren, weil sie sich auf einem morschen Hochsitz versteckt hatten. »Sobald ich Ava meinem Kontakt übergeben hatte, war alles nur ein unglaublich langer Fußmarsch«, erklärte er und griff nach ihrer Hand. »Und wie geht es dir? Hast du von Schlenzdorf unseren Kuss gebeichtet?« Forschend blickte er sie an.

Julia spürte, wie sie errötete. Sie hatte tatsächlich vorgehabt, Fabian alles zu erzählen. Schließlich sollte ihr gemeinsames Leben nicht mit einer Lüge beginnen. Doch als sie in seine reinen, ernsten Augen geblickt hatte, hatte sie es nicht übers Herz gebracht. Seine Arbeit war so viel wichtiger als ihre lächerlichen amourösen Verstrickungen, und sie wollte ihn nicht unnötig damit belasten.

»Du hast ihm nicht davon erzählt?«, fragte Hugo ungläubig.

Kleinlaut schüttelte sie den Kopf.

»Und was passiert nun mit uns?«

Sie blickte ihm fest in die Augen. »Hugo … es gibt kein ›uns‹. Du bedeutest mir viel als Freund und … Retter meiner besten Freundin, aber darüber hinaus darf es …«

Gelassen winkte er ab. »Du hast also immer noch nicht verstanden. Aber keine Sorge, das wirst du. Und ich bin geduldig.«

»Was meinst du damit?«

»Du hast selbst gemerkt, wie viel Leidenschaft in dir steckt. Leidenschaft, die von Schlenzdorf nicht erwidern kann, weil er sich anderen Zielen verschrieben hat … irgendwann wird selbst dir aufgehen, dass er nicht der richtige Partner für dich ist. Und dann kommt meine Zeit.«

Sie schüttelte den Kopf. Seine Selbstsicherheit ging ihr gegen den Strich. »Verlass dich besser nicht darauf.«

»Wieso? Ihr seid ja noch nicht einmal verlobt und …«

Sein Optimismus nahm ihr den Wind aus den Segeln. »Ach, Hugo. Das hat andere Gründe. Bitte mach dir deswegen keine Hoffnungen. Ich … ich bin mir sicher, dass du ganz bald auch deine große Liebe findest.«

Sein Lächeln nahm umgehend einen sarkastischen Zug an. »Mach dir um mich keine Sorgen, mein Schatz. Ich komme schon klar. Am besten suche ich mir in der Bar des Palais gleich jetzt eine neue Braut, was meinst du?« Er drehte sich um und verließ den Pavillon ohne ein weiteres Wort.

Julia seufzte bei der Erinnerung und legte den Füller auf ihren Schreibtisch. Hugo hatte ja recht. Manchmal träumte sie nachts von einer weiteren sinnlichen Begegnung mit ihm. Dann wachte sie mit einem noch schlechteren Gewissen auf. Aber vielleicht führte sie ja bloß die eigene Unerfahrenheit in Versuchung? Hugo war ihr in diesen Dingen haushoch überlegen. Er hätte sie niemals auf diese Weise küssen dürfen! Denn obwohl sie sich absolut sicher war, dass ihr Herz und ihr Kopf nur Fabian gehörten, schien er in ihrem Inneren eine geheime Tür aufgestoßen zu haben. Seither sehnte sie sich nach … Dingen, die sie vorher nicht vermisst hatte. Doch wenn Fabian und sie erst einmal miteinander verheiratet wären, würde er diese körperlichen Wünsche stillen. Daran zweifelte sie keine Sekunde. Fabian passte in jeglicher Hinsicht besser zu ihr, und sie verstand nicht, wie Hugo sich immer noch in ihre nächtlichen Träume schleichen konnte. Gab es ein ihr unbekanntes Gesetz der Liebe, das dies möglich machte? Sie hätte so gern mit Ava über all das gesprochen. Oder mit Minna. Aber sie traute sich nicht, ihre Gedanken zu Papier zu bringen. Nicht auszudenken, wenn diese Briefe jemand anderem in die Hände fielen. Nein, selbst wenn diese einsame Zeit ohne Fabian eine große Herausforderung war, würde sie schon irgendwie damit fertigwerden.

⁓⁓⁓

Obwohl draußen der erste Schnee fiel, schwitzte Paul von der körperlichen Anstrengung beim Zusammenpacken seines Hausstandes. Ächzend drückte er den letzten Koffer zu und wuchtete ihn auf den Korridor. Jetzt konnten die Möbelpacker kommen und der Umzug beginnen. Seine Gefühle schwankten bei diesem Gedanken zwischen Erleichterung, dass er endlich den Mut aufgebracht hatte, seine Stelle im Ministerium zu kündigen, und schrecklichsten Zukunftsängsten. Wie würde sich ihr Leben mit dem unberechenbaren Johannes in Bad Doberan gestalten?

Sein Vorgesetzter und seine Kollegen hatten auf sein Kündigungsschreiben gelassen reagiert. »Ich habe mich sowieso gewundert, warum Sie sich lieber mit langweiligen Abkürzungen beschäftigen als im Palais Heiligendamm den Generaldirektor zu geben«, meinte Herr Hansen. »Einige Kollegen haben schon gemunkelt, dass Sie das schwarze Schaf Ihrer Familie seien, aber das kann ich mir bei einem so kulanten Menschen wie Ihnen gar nicht vorstellen. Ich wünsche Ihnen viel Glück für die weitere Karriere. Heil Hitler und Gottes Segen!«

Ein Wermutstropfen war, dass Martin nicht mit ihnen kommen würde: In Mecklenburg könnte er nicht die gleiche musikalische Ausbildung genießen wie in Berlin. Deshalb hatte er darum gebeten, bis zur Matura in ein Internat mit musikalischem Schwerpunkt gehen zu dürfen. Da Paul seine Ambitionen nur zu gut verstehen konnte – schließlich hatte er vor seiner kriegsbedingten Amputation auch mit dem Gedanken geliebäugelt, Pianist zu werden –, hatte er schweren Herzens zugestimmt.

Martin verdiente diese Chance. Schließlich waren die letzten Monate nach Johannes' Befreiung aus den Wittenauer Heilstätten für keinen von ihnen ein Zuckerschlecken gewesen. Roberts langjähriger Partner war durch die brutalen Gestapo-Verhöre verrückt oder – wie Friedrich sagte – schizophren geworden. Seine häufigen Albträume, bei denen er die ganze Wohnung zusammenschrie, ließen sich nur mit starken Beruhigungsmitteln halbwegs in den Griff bekommen. Tagsüber schwankte er zwischen manischen Phasen, in denen er glaubte, den vermeintlich allmächtigen Nazis zu Diensten sein zu müssen, und Phasen, in denen er nur noch vor sich hin dämmerte. Robert, der ihn trotz seiner Krankheit sehr liebte, tat alles, um ihm das Leben so angenehm wie möglich zu machen. Doch selbst er kam als Rundum-die-Uhr-Pflegekraft an seine Grenzen. Er sah bleich und mit den dunkelblauen Schatten unter den Augen vollkommen übernächtigt aus.

Nachdem sich Frau Knechtsteden, Pauls klatschsüchtige Nachbarin, Anfang Dezember zum dritten Mal beim Hausmeister über die nächtliche Ruhestörung beschwert hatte, hatte dieser ihm mit der Polizei gedroht. Das hatte Paul veranlasst, ein ernstes Gespräch mit Robert zu führen. Obgleich Robert argumentiert hatte, dass sie in einer anonymen Großstadt wie Berlin weniger auffielen als auf dem Land, hatte er schließlich eingesehen, dass ihnen keine andere Wahl blieb, als die Segel zu streichen … eine Kontrolle durch die Gestapo wäre einer Katastrophe gleichgekommen. Daraufhin hatte Paul Elisabeth angerufen.

»Wie? Robert? Unser Robert?«, hatte sie gestammelt. »Aber selbstverständlich könnt ihr bei uns unterkommen. Ihr seid jederzeit willkommen.«

Da Paul ihr unmöglich am Telefon erklären konnte, dass Robert von der Gestapo gesucht wurde und sie zusätzlich dessen psychisch kranken Partner mitbringen würden, musste er es darauf ankommen lassen, dass seine Schwester auch über diese Umstände großzügig hinwegsah. Das Umzugsunternehmen hatte er angewiesen, sämtliche Möbel einzulagern. Wenn Thomas nächsten Mai die Schule beendete, konnte er sich damit eine eigene Wohnung einrichten. Sein Sohn wollte unmittelbar nach der Reifeprüfung die Führerschule der Sicherheitspolizei besuchen.

Er selbst würde Berlin ohnehin keine Tränen nachweinen. Die Stadt hatte ihm kein Glück gebracht. Besonders seine anfangs so glückliche Beziehung mit Carl hatte sich als Trauerspiel entpuppt. Bis auf seinen treuen Freund Bodo würde er nichts am Leben in der Großstadt vermissen. Er hatte Bodo angeboten, sich ihnen anzuschließen, aber der hatte aus Rücksicht auf seine eigene Schwester abgesagt. »Außerdem … vielleicht kann ich ja noch ein paar ›Freunde‹ retten«, hatte er gemeint. Und sich anschließend gewohnt ruppig von Paul verabschiedet: »Jetzt geh schon, bevor sich die Schleusen öffnen.«

Die Fahrt im Leihwagen ging ohne größere Vorkommnisse vonstatten. Sophie saß vorn neben ihm, Robert und Johannes teilten sich die Rückbank. Als sie vor dem Palais vorfuhren, stürzten ihnen sofort zwei Pagen entgegen, um ihnen das Gepäck abzunehmen. Sophie sprang aus dem Wagen und lief voraus, um ihren Lieblingsneffen Oskar zu begrüßen. Sie hatte bereits telefonisch mit Elisabeth vereinbart, dass sie in deren Wohnung leben würde. Das tat Paul zwar leid, war aber in Anbetracht der schwierigen Situation mit Johannes wahrscheinlich sowieso das Beste. Außerdem wohnten sie ja trotzdem Tür an Tür.

»Glaubst du, dass jemand vom Personal mich von früher kennt?«, flüsterte Robert ängstlich, dabei hatte er ihm diese Frage schon hundert Mal gestellt.

Paul schüttelte den Kopf. »Es sind fast zwanzig Jahre vergangen, seitdem du das letzte Mal in Bad Doberan warst. Und seit dieser Zeit hast nicht nur du dich äußerlich verändert, sondern das Palais gleich mehrfach das Personal gewechselt. Mach dir keine Sorgen und denk nur daran, dass du Robert Müller heißt.«

Robert nickte und half Johannes aus dem Wagen, der sich wegen der Beruhigungsmittel etwas unbeholfen bewegte.

Zu dritt marschierten sie ins Hotel und steuerten auf die breite Treppe zu, die in den ersten Stock führte.

Wie ein geölter Blitz kam ihnen in diesem Moment ein untersetzter Mann entgegen und verstellte ihnen den Weg. »Gestatten, Eigenbrot, Empfangschef. Kann ich Ihnen behilflich sein?«

Robert erblasste. Doch Paul sagte ruhig: »Mein Name ist Kuhlmann. Ich bin Anteilseigner des Palais und werde demnächst wieder hier arbeiten.«

Eigenbrot runzelte überrascht die Stirn, aber bevor er irgendetwas erwidern konnte, schrie Johannes: »Seid ihr alle bekloppt hier? Warum begrüßt ihr euch nicht mit einem anständigen ›Heil Hitler‹?« Er riss den Arm hoch und hätte Paul dabei um ein Haar den Hut vom Kopf gestoßen.

»Heil Hitler«, erwiderte Eigenbrot und hob ebenfalls den Arm.

Sein Blick fiel auf die Speichelfäden, die aus Johannes' Mundwinkeln geflogen waren und nun an dessen Kinn hingen. »Ihre Gäste, Herr Kuhlmann?«

»Ganz genau, Herr Eigenbrot. Wenn Sie uns nun bitte entschuldigen würden, ich möchte gern meine Schwester begrüßen und meine Wohnung beziehen.« Mit entschlossener Miene ging er die Treppe hinauf, dicht gefolgt von Robert und Johannes.

Das Weihnachtsfest hatte Julia still und zurückgezogen mit ihrer Familie gefeiert. Ohne Fabian. Leider hatte er über die Festtage zu Onkel Charlie, dem alten Freund ihrer Mutter, nach England reisen müssen. Dabei hatte er ihr eigentlich hoch und heilig versprochen, dass sie den Jahrestag ihres Liebesgeständnisses gemeinsam bei seiner Familie in Blankenese feiern würden, schließlich wollte Julia unbedingt ihre zukünftige Schwiegermutter kennenlernen. Doch in letzter Minute hatte er die Reise telegrafisch abgesagt. Ihm sei etwas Wichtiges dazwischengekommen, hatte er geschrieben, und sie hatte sich denken können, dass es etwas mit seiner Arbeit zu tun hatte. Obwohl seine Absage sie sehr enttäuscht hatte, konnte sie sich über den liebevollen Inhalt seiner Briefe nicht beschweren. Fast jeden zweiten Tag schrieb er ihr sehnsuchtsvolle Worte, und zumindest auf dem Papier schien er sie genauso zu vermissen wie sie ihn.

An Heiligabend hatte ihre Familie noch nicht einmal einen Gottesdienst besucht: Einerseits gingen Onkel Paul und seine beiden etwas seltsamen Freunde nicht unter Menschen, andererseits ertrug ihr Vater die nazifreundlichen Predigten des protestantischen Priesters nicht mehr. Auch im Hotel war es erstaunlich still für die Jahreszeit: Das sonst ausgebuchte Palais stand zu sechzig Prozent leer. Noch nicht einmal Hugo war nach Bad Doberan gekommen. Wahrscheinlich schmollte er. Oder er befürchtete – wie einige andere Gäste auch –, dass man die Lebensmittelknappheit im Hotel stärker spüren würde als zu Hause. Dabei retteten die auf Gut Bellhagen erwirtschafteten Reserven das Palais wie immer vor dem Schlimmsten. Jeden Abend, wenn Julia in ihrem Bett lag, verfluchte sie die Nationalsozialisten, die ihren Lebensweg und den von so vielen Menschen mit Steinen pflasterten. Wenn Deutschland eine vernünftige Regierung gehabt hätte, wäre das Hotel rappelvoll gewesen, Ava und ihre Eltern in Bad Doberan, Fabian längst ein angesehener Anwalt und sie seine liebende Ehefrau. Stattdessen zuckte sie jedes Mal zusammen, wenn das Telefon klingelte. Die Angst um ihren zukünftigen Mann war ihr ständiger Begleiter.

Und selbst im Hotel musste sie aufpassen, was sie sagte oder tat. Mit Argusaugen hatte der neue Portier die von ihr in Auftrag gegebenen Renovierungsarbeiten in den Badezimmern im ersten Stock überwacht, die natürlich streng genommen gar nicht notwendig gewesen wären und ein unschönes Loch in ihr jährliches Kostenbudget gerissen hatten. Außerdem fragte Eigenbrot sie immer wieder Dinge, die ihn eigentlich nicht betrafen. Erst neulich hatte er von ihr wissen wollen, warum Onkel Paul und die beiden anderen Herren keiner geregelten Arbeit nachgingen. Ihr geschätzter Onkel hätte doch eigentlich in der Hotelleitung mithelfen wollen? So knapp wie möglich hatte sie erwidert, dass sich die drei noch von ihrer anstrengenden Arbeit in Berlin erholen müssten und wegen der momentanen Gästeflaute erst in der Hauptsaison benötigt würden.

Jetzt war es bereits Anfang Februar, und es war noch immer viel zu wenig Betrieb im Palais. Aus akutem Beschäftigungsmangel kontrollierte Julia gerade die Weinvorräte, als sich plötzlich zwei Hände von hinten auf ihre Augen legten.

»Fabian?«, rief sie hoffnungsfroh, und als sie sich umdrehte, stand er dort tatsächlich. Lächelnd öffnete er seine Arme, und Julia warf sich übermütig und viel zu schwungvoll an seine Brust. »Wie … wie lange kannst du bleiben?«, fragte sie atemlos und studierte jedes Detail des geliebten Gesichts.

»Bis übermorgen«, erwiderte er. »Aber ich habe es nicht einen Tag länger ohne dich ausgehalten.«

Sie versuchte, sich die Enttäuschung über seinen viel zu kurzen Aufenthalt nicht anmerken zu lassen. »Wunderbar«, meinte sie tapfer und lächelte ihn an.

»Meinst du, dass du alles stehen und liegen lassen kannst, um einen kleinen Ausritt mit mir zu machen?«, fragte er mit einem verlegenen Grinsen.

»Liebend gern«, versicherte sie ihm. »Ich sag nur schnell meinen Eltern Bescheid.«

Kurze Zeit später, nach der Anfahrt und dem Satteln der Pferde, saßen sie auf Arco und Armagnac und galoppierten Seite an Seite über die verschneiten Felder rund um Gut Bellhagen.

Atemlos parierte Julia ihr Pferd durch. »Wohin möchtest du reiten?«

»Wie weit ist es bis zum Meer?«, fragte Fabian, dessen blasse Wangen Farbe angenommen hatten.

»Sieben Kilometer.«

»Dann reite du voraus und zeig mir den Weg ...«

Sie war überrascht über seinen Vorschlag, ausgerechnet bei dieser Kälte einen solch ausgiebigen Ritt zu machen. Aber vielleicht brauchte Fabian nach all seinen Reisen eine Auszeit. Deshalb nickte sie und gab Arco die Sporen.

Auch wenn sie auf jeder freien, unvereisten Strecke galoppierten oder trabten, dauerte es über eine Stunde, bis sie schließlich von einer kleinen Anhöhe aus das Meer erblickten, das schiefergrau und vom Sturm aufgewühlt vor ihnen lag.

»Wie wunderschön«, flüsterte Fabian gegen den Wind an. Er sprang ab und band Armagnac an einer Buche fest. »Komm bitte, ich will dir etwas erzählen.«

Obwohl ihre Wangen von der Kälte brannten, ließ sie sich das nicht zweimal sagen. Was hatte Fabian ihr zu berichten? Musste er sich in noch größere Gefahr begeben? Sie spürte, wie sich ihr Herzschlag vor Angst beschleunigte.

Als sie nebeneinander standen, griff Fabian nach ihrer behandschuhten Hand. »Liebes, bitte sieh mich nicht so verschreckt an. Es sind frohe Nachrichten, die ich dir überbringe. Es hat tatsächlich den Anschein, als würden einige der von mir kontaktierten Offiziere Hitlers Kriegspläne ebenfalls kritisch sehen. Die Gründe dafür sind zwar nicht die von mir erhofften – sie meinen, Deutschland sei noch nicht gut genug gerüstet, um seine Gegner angreifen zu können –, aber wenn die Kriegsgefahr vorerst gebannt ist, kann ich endlich wieder mehr Zeit mit dir verbringen.«

»Das sind ja großartige Neuigkeiten«, erwiderte sie voller Freude und machte einen Schritt auf ihn zu, um sich in seine Arme zu schmiegen.

Doch Fabian wehrte ab. »Warte bitte ... das ist noch nicht alles, was ich dir sagen will.«

Julia glaubte zu träumen, als er im nächsten Moment vor ihr auf ein Knie ging.

»Julia ...«, sagte er und schien kurzzeitig von seinen Emotionen überwältigt zu werden.

»Ja?«, flüsterte sie heiser, als ihre Blicke sich trafen.

»Willst du meine Frau werden und mir erlauben, dich zu lieben und zu ehren ... bis dass der Tod uns scheidet?«

Konnte das wirklich wahr sein? Nach der unendlich langen Zeit, in der ihr Vater immer wieder an Fabians Absichten gezweifelt hatte, war sie am Ziel all ihrer Wünsche und Hoffnungen. Mit zitternder Stimme antwortete sie: »Ja, Fabian. Ja, ich will deine Frau werden.« Die Worte kamen tief aus ihrem Herzen. Endlich gab es keine Zweifel mehr, nur überschäumendes Glück.

Fabian sprang so hastig auf und riss sie so stürmisch in seine Arme, dass die angebundenen Pferde scheuten. Doch in der kleinen Ewigkeit, in der sie sich anschließend küssten, kamen diese wieder zur Ruhe.

»Wir sollten meinen Eltern erzählen, dass wir verlobt sind«, sagte Julia schließlich, obwohl es ihr schwerfiel, sich aus Fabians Umarmung zu lösen.

»Du hast recht«, murmelte er und schien sie trotzdem nicht

loslassen zu wollen. Es dauerte noch eine ganze Weile, bis sie wieder aufsaßen und in gemächlichem Tempo zurückritten. Diesmal spürte Julia die schneidende Kälte nicht.

Jetzt war auch ihr Vater überzeugt von ihrer Entscheidung und gratulierte sowohl Fabian als auch ihr überschwänglich. Ihrer Mutter standen sogar Freudentränen in den Augen. Gemeinsam mit Onkel Paul tranken sie Champagner und fingen an, erste Pläne für die Hochzeit zu schmieden. Fabian schwebte ein Termin im Mai vor.

Die Zeit verging wie im Flug, und bald hieß es leider schon wieder Abschied nehmen.

»Meinst du, ich kann bereits die offizielle Verlobungsanzeige aufgeben und Karten für unsere Freunde und Verwandten drucken lassen?«, fragte Julia, als sie eng umschlungen mit Fabian vor der Haustür stand.

»Aber natürlich. Jetzt, wo der Termin feststeht, sollten wir nicht unnötig Zeit verstreichen lassen«, meinte er lächelnd und küsste sie auf die Nasenspitze.

Kurz darauf fiel die Tür hinter ihm ins Schloss. Doch diesmal war Julia voller Hoffnung auf ein baldiges Wiedersehen.

Nach Rücksprache mit ihrem Vater gab sie die Verlobung in der lokalen Presse und im *Berliner Tageblatt* bekannt, das sich Fabians Mutter zustellen ließ. »Wenn ich sie schon vor der Hochzeit nicht kennenlerne, möchte ich ihr wenigstens auf diese Weise Respekt zollen«, meinte sie nachdenklich. Bislang hatte sie erst einmal mit Sidonie von Schlenzdorf telefoniert, und Fabians Mutter war bei diesem Anlass sehr zurückhaltend gewesen. Doch Julia machte sich diesbezüglich keine Sorgen, sie würde sie schon für sich einzunehmen wissen.

Eine Woche später lag bereits ein ganzer Stapel beschrifteter Umschläge auf dem Schreibtisch vor ihr. Julia war extrem fleißig gewesen und hatte jeder gedruckten Verlobungskarte noch eine persönliche, handgeschriebene Nachricht beigefügt. Unschlüssig starrte sie nun auf das kleine schwarze Adressbuch, das aufgeschlagen vor ihr lag. Sollte sie auch Hugo eine Anzeige schicken? Oder war das keine gute Idee? Er hatte sich in den letzten Wochen nur ein einziges Mal sehen lassen, noch dazu in Begleitung einiger Freunde, sodass sie keine Zeit allein miteinander verbracht hatten. Wenn er sie tatsächlich vergessen wollte, würde ein solcher Brief nur alte Wunden aufreißen. Julia seufzte. Oder wäre er beleidigt, wenn sie ausgerechnet ihm keine Anzeige schickte? Schweren Herzens griff sie nach einer Karte, steckte sie in einen Umschlag und schrieb seine Adresse darauf. Dann hielt sie inne. Es fühlte sich falsch an, wie das weiße Kuvert da vor ihr lag. Unwillkürlich kam ihr wieder sein Kuss in den Sinn. Sie stöhnte auf, griff nach dem Umschlag und zerriss ihn. Doch selbst nachdem sie die Fetzen im Papierkorb entsorgt hatte, fühlte sie sich schlecht. Vielleicht war das die Strafe dafür, dass sie noch immer nicht reinen Tisch mit Fabian gemacht hatte. Aber jetzt war der rechte Moment dafür längst vergangen …

Atemlos verfolgte Luise gemeinsam mit Willy den »Anschluss« Österreichs am Radio. Es war schier unglaublich, was der Sprecher da über den Äther verkündete: Am 12. März waren rund achtzigtausend bewaffnete Wehrmachtssoldaten, Sicherheitsleute und deutsche Polizisten in Österreich einmarschiert. Doch anstatt von der lokalen Bevölkerung als feindliche Invasoren beschimpft oder gar bekämpft zu werden, wurden die Männer mit spontanem Jubel begrüßt!

Willy, der viele Kunden in Österreich hatte, verbrachte Stunden am Telefon, um sich genauer zu informieren. Doch das, was er zu berichten hatte, bestätigte lediglich seine früheren Vermutungen: »Es geht ihnen um die Goldreserven, Luise. Offenbar hat bereits heute, einen Tag nach dem Einmarsch, ein Sonderkommando der Reichsbank das Gold der österreichischen Nationalbank sichergestellt. Ohne diese Devisen hätten reichsdeutsche

Beamte schon nächste Woche nicht mehr bezahlt werden können, munkelt man im Reichswirtschaftsministerium.«

»Aber deswegen kann man doch nicht einfach ein anderes Land besetzen. Ist das nicht ein kriegerischer Akt?«

Ihr Ehemann zuckte mit den Schultern. »Wenn die Österreicher Hitler quasi den roten Teppich ausrollen, kann man zumindest in diesem Fall kaum von Krieg sprechen. Außerdem soll es wohl einen Volksentscheid geben … wobei man sich unschwer vorstellen kann, wie das ablaufen wird.«

Luise blickte ihn fragend an.

»Die Nazis werden kurzen Prozess machen: ihre Gegner unter fadenscheinigen Anschuldigungen verhaften und die Schlüsselstellen in Politik und Wirtschaft neu besetzen. Wer sollte sich da noch trauen, gegen Hitler zu stimmen?«

»Schrecklich«, stammelte Luise, die mehrfach zu Premieren nach Wien gefahren war und der diese wunderschöne, geschichtsträchtige Stadt sehr gefiel.

Obwohl es erst vier Uhr nachmittags war, ging Willy zu ihrer Wohnzimmerbar und schenkte sich und Luise Whiskey ein. »Liebling, ich muss dir jetzt etwas sagen, was dir nicht gefallen wird.«

Ihr Herz krampfte sich zusammen. »Ja?«

»Ich habe lange genug gute Miene zu diesem bösen Spiel gemacht. Jetzt … geht das leider nicht mehr. Ich kann es nicht mehr mit meinem Gewissen vereinbaren, wohin unser Land unter dieser Regierung steuert.«

Luise griff mit zitternden Fingern nach dem Glas, das er ihr reichte. »Und was bedeutet das?«

»Letzte Tage habe ich mich erneut wegen der unsauberen Finanzierung des Reichshaushalts mit einem Staatssekretär angelegt, und …« Er musterte sie besorgt. »… ich habe mich entschieden, die Produktion der KdF-Möbel an einen Konkurrenten abzugeben.«

»Aber wie wird man das im Ministerium aufnehmen?«, fragte Luise leise.

»Ich weiß es nicht. Wahrscheinlich werden viele Leute mich oder vielleicht sogar uns beide schneiden. Das wird deiner Karriere schaden und …«

»Das ist mir egal, Willy«, unterbrach sie ihn. »Ehrlich gesagt trage ich mich schon länger mit dem Gedanken, mit der Schauspielerei aufzuhören. Ich fühle mich unwohl, die Menschen mit meinen seichten Filmchen von der traurigen Wirklichkeit abzulenken.«

»Aber mein Liebling!« Willy stellte mit besorgtem Gesichtsausdruck sein Glas ab. »Was geschieht dann mit deinem Talent?«

Sie zwang sich zu einem Lächeln. »Ach, das bisschen Talent lässt sich doch ohne Weiteres konservieren. Wenn wieder bessere Zeiten kommen, hole ich es aus der Mottenkiste.«

»Und … das macht dir nichts aus?«, erkundigte er sich zweifelnd.

»Solange wir zwei zusammen sind, ist alles in bester Ordnung«, versicherte sie ihm.

»Wirklich? Und was würdest du sagen, wenn ich …« Willy hielt abrupt inne.

»Wenn du *was?*«, hakte sie nach.

Seine Stirn war plötzlich zerfurcht von Sorgenfalten. »Wenn ich die geheimen Papiere, die ich unter der Flurdiele versteckt habe, doch dem Ausland zuspielen würde?«

Luise musste schlucken. Das war etwas anderes, als einen Auftrag auszuschlagen. Damit würde er Hochverrat begehen, und darauf stand die Todesstrafe. Das hatte sie zumindest in der Zeitung gelesen. »Bist du sicher, dass du das tun willst?«, flüsterte sie.

»Ich halte es für meine Pflicht.«

Obwohl ihr die Angst um ihn fast den Atem nahm, nickte Luise. »Dann mach das. Anschließend ziehen wir uns aus dem öffentlichen Leben zurück.«

Willys Augen füllten sich mit Tränen. »Ach, Luise … du mutigste und tapferste aller Frauen! Ich bin so froh, eine Kameradin wie dich an meiner Seite zu wissen.«

21. Kapitel

April 1938

Es herrschten frühlingshaft kühle Temperaturen in Heiligendamm, aber der Himmel über ihnen war weit und wolkenlos. Der malerische Kontrast zwischen den schneeweißen Bauten, dem ersten zarten Grün der Rasenflächen davor und dem schaumgekrönten Blau der Ostsee ließ Julias Herz trotz der schwierigen Zeiten für einen Augenblick leicht werden. Das vertraute Meeresrauschen, nur gelegentlich übertönt vom Schrei einer Möwe, war Balsam für ihre Seele. Es bedeutete ein Stück unbeschwerte Kindheit. Die reinste Form von Glück. Leider schien Fabian, der für ein verlängertes Wochenende nach Bad Doberan gekommen war, die Schönheit der heimischen Natur diesmal nicht zu bemerken. Während sie Hand in Hand den Strand entlangspazierten, konnte er nicht aufhören, über den »Anschluss« Österreichs und die nun auch dort grassierende brutale Verfolgung von Juden zu sprechen.

Seine Worte machten sie traurig, und ihre eben noch ungetrübte, verliebte Stimmung verflog. Würde diese neue Entwicklung es in Fabians Augen erforderlich machen, ihre für Mai geplante Hochzeit erneut zu verschieben? Sie steckte bereits mitten in den Vorbereitungen, und es wäre ein Trauerspiel, wenn sie alle Leute wieder ausladen müssten, weil der Bräutigam nicht zur Verfügung stand. Ihre Hand umfasste die seine ein wenig fester. Würde Fabian sich erneut in Gefahr begeben müssen? Sie hielt diese ständige Angst um ihn nicht mehr aus. Trotzdem traute sie sich nicht, ihm diese Gedanken anzuvertrauen. Stattdessen sprach sie aus, was sie heute von ihrer Mutter gehört hatte: »Für den Besitzer des Grand Hotels, Baron Rosenberg, der bislang in der Nähe von Wien gelebt hat, ist der Anschluss auch eine Tragödie. Niemand weiß, wie es jetzt mit ihm und dem Hotel weitergeht.«

Fabian blickte sie mit einem schiefen Lächeln an: »Die meisten wohlhabenden Menschen kommen schon irgendwie klar. Ich habe auch Verwandte in Wien, die sich gegen das deutsche Regime ausgesprochen haben, aber sie sind glücklicherweise rechtzeitig in die Schweiz geflüchtet. Ich mache mir mehr Sorgen um ganz normale jüdische Familien.«

Unwillkürlich musste Julia daran denken, wie Hugo Ava aus dem Gefängnis befreit hatte. Fabian, dem sie damals alles brühwarm erzählt hatte, war so begeistert gewesen von Hugos Mut und gewieften Bestechungskünsten, dass er sich in Berlin mit ihm hatte treffen wollen, um ihm persönlich zu gratulieren und ihn vielleicht für den Widerstand zu gewinnen. Doch Hugo hatte aus Termingründen abgesagt, wofür Julia ihm insgeheim sehr dankbar gewesen war.

»Liebling«, sagte Fabian in diesem Moment und strich ihr eine Strähne aus dem Gesicht. »Du bist so nachdenklich. Geht es dir gut?«

»Ich frage mich nur, wann endlich alles wieder normal wird. Es ist so traurig, dass weder Ava zu unserer Hochzeit kommen kann noch meine Pariser Verwandtschaft.«

Ihr Verlobter machte ein ernstes Gesicht. »Irgendwann wird man diese Männer, die unser Land momentan regieren, zur Rechenschaft ziehen … aber bis dahin ist es wahrscheinlich noch ein weiter Weg. Wir müssen einfach so lange durchhalten und, so gut es geht, auf uns aufpassen.«

Julia nickte und freute sich insgeheim, dass er eine Verschiebung der Hochzeit mit keiner Silbe erwähnte.

Fabian war noch keine vier Stunden abgereist, als Julia erneut Besuch bekam.

Diesmal allerdings von einem schlecht gelaunten Racheengel namens Hugo. Mit einer Ausgabe des *Berliner Tageblatts* wedelnd betrat er ohne anzuklopfen ihr Büro. »Du willst im Mai heiraten?«, sagte er wütend.

»Ja«, erwiderte sie schlicht.

»Dann bist du immer noch nicht zur Vernunft gekommen?«, knurrte er. »Was muss denn noch geschehen, damit du begreifst, dass er der Falsche ist?«

Julia sah ihm an, dass er verletzt war, und tief in ihrem Inneren drängte sie etwas, aufzustehen und ihn in den Arm zu nehmen. Doch sie unterdrückte diesen Impuls. Sonst würde Hugo sie erneut küssen und die Situation nur noch schlimmer machen.

»Warum antwortest du nicht?« Erregt fuhr er sich mit einer Hand durch das volle Haar. »Oder geht es dir einfach darum, so früh wie möglich unter die Haube zu kommen? Dann kann auch ich dir einen Antrag ...« Er machte Anstalten, vor ihr auf die Knie zu gehen.

Julia schnellte auf. »Hugo!«, rief sie beschwörend. »Bitte tu das nicht. Es macht mich unglücklich, dich leiden zu sehen. Du bist ein wunderbarer Mann und ...« Sie sprang über ihren Schatten. »... du hast recht, ich fühle mich auf gewisse Weise zu dir hingezogen. Aber ich heirate Fabian.«

Schwer atmend stand er vor ihr. »Du brauchst mehr Zeit, um dich zu entscheiden. Bitte verschieb die Hochzeit um ein Jahr.«

Störrisch schüttelte sie den Kopf.

»Was hat er nur ... was ihn so unwiderstehlich für dich macht?«

Das Gleiche hatte sie sich auch schon tausendmal gefragt. »Ich ... ich weiß es nicht, aber ich fühle es.«

Hugo biss sich auf die Lippe. »Ich kann dir die gleiche Stabilität bieten wie er.«

Wütend über seine Hartnäckigkeit stemmte sie die Hände in die Taille. »Du, Hugo, du tanzt doch auf dem Vulkan. Du verdienst Geld mit den Nazis, und gleichzeitig rettest du Juden, das kann nicht mehr lange gut gehen.«

»Aber wenigstens lasse ich dich nicht andauernd allein wie dein dämlicher Möchtegern-Widerstandskämpfer.«

Zu Tode erschrocken fuhr sie zusammen. Woher konnte Hugo diese Information haben? »Was sagst du da?«

»Meinst du, das ist so schwer zu erraten? Seit wie vielen Jahren schreibt er an seiner Promotion? Aber keine Sorge, ich werde schon niemandem davon erzählen.« Plötzlich schien er ganz ruhig zu werden. »Julia, ich liebe dich, und ich bin mir sicher, dass ich dich glücklicher machen kann als er. Bitte heirate mich.«

Sie hatte das Gefühl, keine Luft mehr zu bekommen. »Ich … ich kann nicht, Hugo«, flüsterte sie heiser. Gleich würde sie in Tränen ausbrechen.

Wortlos starrte er sie an.

»Bitte, Hugo, mach es dir und mir nicht so schwer.«

»Dann ist dies also das Ende? Du willst, dass wir uns niemals wiedersehen?«

Ausgerechnet jetzt liefen ihr die ersten Tränen über die Wangen. »Ich … ich würde dich gern als Freund behalten«, schluchzte sie.

Hugo schüttelte den Kopf. »Das, liebe Julia, ist das Einzige, was ich nicht für dich tun kann.« Er drehte sich um, öffnete die Tür und verschwand.

Julia wollte ihm nachlaufen, aber ihre Beine gehorchten ihr nicht. Weinend lehnte sie sich gegen den Schreibtisch. Sie wusste, dass sie das Richtige getan hatte, aber warum war sie dann so traurig?

Paul seufzte, als er nach einem Gespräch mit Elisabeth die Tür zu seiner Wohnung aufschloss. Seine Schwester war wirklich eine Heilige, dass sie ihn mit all seinem Ballast im Schoß ihrer Familie aufnahm, denn auch in Bad Doberan war es alles andere als einfach, mit dem kranken Johannes zusammenzuleben: In seinen manischen Phasen wollte er sich noch immer den Nazis andienen. Vor wenigen Tagen wäre es deshalb um ein Haar zu einer Katastrophe gekommen. Johannes hatte dem tief schlafenden Robert den Wohnungsschlüssel entwendet und war im Hotel auf Wanderschaft gegangen. Als er auf den Nachtportier traf, hatte er diesem erzählt, dass Robert und Paul zwei widerliche homosexuelle Schweine seien und er dies unbedingt dem zuständigen Blockwart melden müsse. Es war schier unglaubliches Glück, dass der junge Nachtportier, der seine Stelle noch nicht lange innehatte, Johannes für einen überdrehten Schlafwandler gehalten und ihn unverrichteter Dinge zurück in die Wohnung gebracht hatte. Wäre Johannes stattdessen tagsüber ausgebüxt und auf den neugierigen Eigenbrot getroffen, wäre die Geschichte sicher anders ausgegangen.

Seit dieser Episode ließen Robert und er noch größere Vorsicht walten: Einer von ihnen wachte abwechselnd die Nacht durch, um Johannes am Fortlaufen zu hindern. Dabei war der gemütskranke Schreiner in einer seiner rar gesäten klaren Phasen selbst entsetzt über sein Verhalten gewesen. Unter Tränen hatte er ihnen versichert, dass er niemandem, schon gar nicht Robert, schaden wolle und dass er sich lieber umbringen würde, als sie noch einmal einer solchen Gefahr auszusetzen. Robert hatte ihn umarmt und ihm gesagt, dass er dies niemals zulassen würde. Es waren rührende Szenen gewesen, doch knapp zwei Stunden später hatte Johannes wieder das Horst-Wessel-Lied und andere Nazi-Kampflieder angestimmt. Obwohl Friedrich ihnen immer neue Beruhigungsmittel zuschickte, war Paul kurz davor, selbst verrückt zu werden.

Deshalb fehlte ihm auch die Kraft, seine Tochter davon abzuhalten, die Schule abzubrechen. Sophie, die sich liebevoll um ihren kleinen Cousin kümmerte, wollte Kinderkrankenschwester werden und deshalb ein einjähriges, obligatorisches Haushaltspraktikum bei einem Arzt in Bad Doberan beginnen. Elisabeth hatte ihm diesbezüglich gut zugeredet und gemeint, Sophie sei für den Beruf wie geschaffen. Seine Tochter habe als Einzige herausgefunden, dass Oskar niemals stotterte, wenn er Kinderlieder sang. Seit dieser Entdeckung musizierten die beiden stundenlang gemeinsam, und seine Sprachentwicklung habe deutlich profitiert.

Am meisten litt Paul unter der beruflichen Untätigkeit, aber an eine geregelte Arbeit im Hotel war nicht zu denken. Das konnte er Robert nicht antun, der, allein mit Johannes, vollkommen überfordert gewesen wäre. Deshalb übernahm er lediglich einige repräsentative Aufgaben: Beispielsweise vertrat er die Hotelführung bei der Grundsteinlegung für die Napola in Heiligendamm. Auf diese Weise nahm er auch den Klatschbasen vor Ort – die sich schon seit einiger Zeit fragten, warum er nicht wieder die Hotelleitung übernahm – den Wind aus den Segeln.

Zwei Wochen später fand die Hochzeit seiner Nichte statt. Es war ein prachtvolles Fest, trotz des relativ kleinen Rahmens, in dem die Vermählung stattfand. Julia sah bezaubernd aus in ihrem schneeweißen Kleid, und die Brautleute wirkten vor dem Altar so verliebt, dass er auf der harten Kirchenbank des Münsters unwillkürlich ins Grübeln geriet. Vor fünfundzwanzig Jahren hatten Robert und er die gleichen Gefühle füreinander gehegt. Sie hatten dieselben tiefen Blicke und zarten Berührungen getauscht, auch wenn es eine Weile gedauert hatte, bis er selbst zu seinen – vor dem Gesetz verbotenen – Gefühlen für einen Mann hatte stehen können. Wie hoffnungsfroh hatten sie damals ihre Beziehung begonnen, und wie hart waren sie vom Schicksal gebeutelt worden. Seine Augen füllten sich mit Tränen. Wie hatte er damals nur so gedankenlos und freiwillig in den Krieg ziehen können! Warum hatte er nicht sein Glück mit beiden Händen festgehalten und war mit seiner großen Liebe ausgewandert? Er wischte sich über die Augen und hoffte, dass man seinen Gefühlsausbruch der allgemeinen Rührung zuschreiben würde.

Trotz der vielen Jahre, die sie getrennt voneinander verbracht hatten, und der Verzweiflung über die verfahrene Situation mit Johannes war Robert ihm noch immer vertraut. Sie kamen gut miteinander aus. Nach dem nächtlichen Ausflug ihres Patienten hatten sie einander sogar tröstend in den Arm genommen, und Paul hatte dabei den gleichen inneren Seelenfrieden verspürt wie früher. Es war ein Gefühl des Nachhause-Kommens, wie ein Seemann, der nach einer beschwerlichen und gefahrvollen Reise in den heimischen Hafen zurückkehrt. Als Robert ihn wieder losließ, um nach Johannes zu sehen, war er sich nackt und hilflos vorgekommen.

Bei dem Essen nach der Trauung saß Paul zwischen Friedrich und Luise. Da sich seine Schwester hauptsächlich um ihren Ehemann kümmerte, konnte er sich in aller Ruhe mit seinem Bruder unterhalten, der noch blasser aussah als sonst.

»Wie geht es dir?«, erkundigte er sich leise.

Friedrich schüttelte den Kopf. »Ich habe mich mit einem befreundeten Anwalt besprochen, aber er glaubt nicht, dass ich mich ohne großes Aufsehen aus meiner Ehe verabschieden kann.«

»Aber wieso denn nicht? Ihr scheint doch sowieso jeder euer eigenes Leben zu leben.«

»Das stimmt, aber Margot leitet inzwischen eine Einrichtung, in der von den Nazis als erbkrank eingestufte Menschen zwangssterilisiert werden.«

»So etwas hatte sich ja leider schon abgezeichnet ...«, sagte Paul nachdenklich.

»Ja, genau. Und mein Anwalt meint, dass ihr in dieser Position das Aufsehen, das eine Scheidung auslösen würde, sicherlich ungelegen käme. Und dass ich mir ihren Unwillen nicht leisten könne.«

»Wieso?«

»Sie ist mit wichtigen Parteigrößen befreundet ... ein Wort von ihr, und ich bekomme die größten Schwierigkeiten, werde vielleicht sogar verhaftet.«

»Und wenn du dich ins Ausland absetzt?«

»Ich spiele Tag und Nacht mit diesem Gedanken, aber ...« Friedrich verzog unglücklich das Gesicht. »Erstens ist es derzeit so gut wie unmöglich, eine reguläre Aufenthaltsgenehmigung für Frankreich zu bekommen ...«

»Hast du mit Johanna korrespondiert?«

Sein Bruder nickte. »Ja, und mit Minna. Beide meinen, ich soll illegal über die Grenze gehen ... aber als einer der wenigen Ärzte, dem der hippokratische Eid noch etwas zu bedeuten scheint, fällt es mir schwer, meine Patienten im Stich zu lassen. Verstehst du das?«

Paul nickte. »Natürlich ist das nicht leicht, aber …« Er hielt inne, denn in diesem Moment war die Mutter des Bräutigams, eine dunkelhaarige, hagere Witwe, aufgestanden, um eine Rede zu halten.

»Wir sprechen gleich weiter«, flüsterte Paul.

⁂

Julia lag nackt neben Fabian im Bett und beobachtete ihn im Schlaf. Ihr Ehemann sah jung, entspannt und glücklich aus. Ganz anders, als wenn er die Zeitung las oder mit ihr über seine Arbeit sprach. Vorsichtig, um ihn nicht zu wecken, strich sie ihm über die Wange. Ihre Hochzeitsnacht, die sie in einer Suite des Palais verbracht hatten, und alle Nächte seitdem waren wunderschön gewesen und hatten all ihre geheimen Wünsche und Sehnsüchte befriedigt. Fabian hatte sich als zärtlicher Liebhaber herausgestellt, und sie hätte nicht glücklicher sein können. Wenn er nur öfter an ihrer Seite wäre!

Selbst ihre Hochzeitsreise hatten sie verschieben müssen, weil er überraschend nach Sachsen und Bayern hatte aufbrechen müssen. Kurz nach der Trauung war er telegrafisch darüber informiert worden, dass der tschechoslowakische Geheimdienst Truppenbewegungen der Wehrmacht gemeldet hatte und alles auf einen bevorstehenden Angriff der Deutschen hinzudeuten schien. Onkel Charlie, der seit Jahren versuchte, die englische Regierung vor Hitlers Kriegsplänen zu warnen, hatte Fabian daraufhin telegrafisch gebeten, selbst zu überprüfen, ob die Meldungen über die Mobilmachung der Wahrheit entsprachen. Obwohl Julia traurig war, dass die geplante Reise ins Wasser fiel, freute sie sich, als Fabians Ehefrau endlich in all seine Aktivitäten eingeweiht zu sein. Nichts war schlimmer als die Ungewissheit, wo er gerade steckte und welches Risiko er dabei auf sich nahm. In ihrer Fantasie war alles noch viel gefährlicher gewesen, als es ohnehin schon war.

Glücklicherweise hatte sich die Meldung über einen unmittelbar bevorstehenden Angriff als falsch herausgestellt, und vorerst schien die Kriegsgefahr erneut gebannt zu sein, auch wenn Fabians geheime Kontakte berichteten, dass Hitler sich durch die Angelegenheit massiv provoziert fühlte und angeblich im Beisein seiner militärischen Berater davon gesprochen hatte, die Tschechoslowakei »beseitigen« zu wollen. Kurz darauf war Fabian nach England gereist, um sich mit Onkel Charlie von Angesicht zu Angesicht über die weitere Vorgehensweise abzustimmen, weshalb er erst mitten in der Hauptsaison Zeit für ein paar Tage Urlaub hatte.

Da aber Ende Juli der Besuch von Kronprinzessin Juliana von Oranien-Nassau und Prinz Bernhard ins Haus stand, die mit ihrer im Januar geborenen Tochter Beatrix ihre deutsche Verwandtschaft in Heiligendamm besuchen wollten, hatte Julia kurzerhand entschieden, ihre Flitterwochen im Palais zu verbringen. Schließlich gab es auf der ganzen Welt keinen schöneren Ort als Bad Doberan und Heiligendamm im Sommer. Auf diese Weise konnte sie auch ihrer Mutter zumindest stundenweise bei den Vorbereitungen für den königlichen Besuch helfen. Fabian unterstützte ihre Entscheidung voll und ganz. »Selbstverständlich kommt die Arbeit vor dem Vergnügen«, hatte er auf ihre vorsichtig formulierte Frage geantwortet. »Und wir werden uns hier mindestens genauso wohl fühlen wie in einem Hamburger Hotel.«

Julia wackelte bei dem Gedanken an seine Antwort nervös mit den Zehen. Sie hatte diese Entscheidung noch aus einem anderen Grund begrüßt: Auf diese Weise entging sie dem geplanten Besuch bei ihrer Schwiegermutter in Blankenese. Deren Anwesenheit hatte sich leider als der einzige Wermutstropfen während ihrer Hochzeit herausgestellt. Freiherrin Sidonie von Schlenzdorf und Waren war eine kalte, harte Frau und sichtlich nicht begeistert über die Wahl ihres Sohnes. Das hatte sie Julia auch deutlich spüren lassen. Nichts hatte sie ihr recht machen können, alles hatte ihre Schwiegermutter kritisiert. Ihr Kleid, der Blumenschmuck und sogar die Menüfolge waren ihr zu kostspielig, zu üppig und zu aufwändig gewesen. »Du gehörst jetzt zum deutschen Adel, liebe Julia, und da gilt: *Noblesse oblige*. Als Adelige verabscheuen wir überflüssigen Luxus und konzentrieren uns auf unsere Vorbildfunktion für das gewöhnliche Volk.« Selbst ihr Vater hatte hinter dem Rücken von Fabians Mutter die Augen verdreht. Und Oskar hatte sich beim Zubettgehen bei ihr erkundigt, ob die böse Tante auch ein »Na-a-zi« sei. Wie konnte eine so schreckliche Frau nur einen so wunderbaren Sohn großziehen! Aber aller Voraussicht nach würden sie einander glücklicherweise nur sehr selten begegnen.

Nach diesen ersten Ehemonaten war sie sich ansonsten sicher, dass ihre Entscheidung, Fabian zu heiraten, genau richtig gewesen war. Er war derselbe hochanständige und wertvolle Mensch, in den sie sich verliebt hatte. Julia strich nachdenklich die Bettdecke glatt. Sie hatte keine Ahnung, warum sie trotzdem manchmal an Hugo denken musste, der ihrer Hochzeit – trotz nachträglich ausgesprochener Einladung – schmollend ferngeblieben war. Fehlten ihr sein Humor und seine Leichtigkeit? Oder …

»Aber liebe Frau von Schlenzdorf«, murmelte Fabian in diesem Moment verschlafen. »Was machen Sie denn so weit weg von mir?«

Julia kicherte erleichtert. Sie war froh, dass ihr Ehemann endlich aufgewacht war. »Ehrlich gesagt weiß ich das auch nicht, Herr von Schlenzdorf.«

Seine Hand schlängelte sich unter der Bettdecke zu ihrer Taille. »Jedenfalls sollten wir das schleunigst ändern.« Mit einem Ruck zog er sie an seine Brust und bedeckte ihr Gesicht mit Küssen. »Siehst du«, meinte er dann zufrieden. »So ist es schon viel, viel besser.«

Mit einem gezwungenen Lächeln steuerte Luise auf die Gastgeberin zu. »Vielen Dank für die Einladung, liebe Frau Göring«, sagte sie überschwänglich. »Ein Besuch auf Carinhall ist doch immer wieder ein Erlebnis.«

»Haben Sie schon unseren neuen van Gogh gesehen?«, fragte die Dame des Hauses, die vor vier Monaten – mit Mitte vierzig – zum ersten Mal Mutter geworden war. Zur Geburt der kleinen Edda hatte Luise in weiser Voraussicht ein Geschenk geschickt, obwohl Willy und sie sich ansonsten aus dem gesellschaftlichen Leben zurückgezogen hatten. Man wusste nie, wann man diese Leute um einen Gefallen bitten musste, und Frau Göring stand immerhin einer wichtigen Künstlerstiftung vor.

»Ich glaube, mein Mann bewundert das neue Gemälde gerade«, erwiderte Luise. »Aber selbst aus dieser Entfernung sieht es herrlich aus.«

»Der Schelm! Er lehnt noch immer unser großzügiges Angebot für seinen Renoir ab, dabei fehlt uns dieser Maler noch in unserer Sammlung.« Frau Göring schnalzte bedauernd mit der Zunge.

»Sie müssen verstehen … es ist ein Geschenk seiner verstorbenen Mutter«, bemerkte Luise mit gespieltem Bedauern in der Stimme.

»Ja, ja, das schon … aber ich würde es so gern meinem Mann zur Taufe unserer Tochter schenken. Können Sie nicht ein gutes Wort für mich einlegen?«

Luises Lächeln gefror. Die Impertinenz dieser Frau kannte wirklich keine Grenzen. »Ich werde sehen, was ich tun kann«, erwiderte sie leichthin.

Emmy Göring kam einen Schritt näher und senkte die Stimme: »Sagen Sie Ihrem Mann einfach, dass wir alle tief in Hermanns Schuld stehen. Hitler wollte Krieg! Den anhaltenden Frieden verdanken wir nur meinem Hermann.«

Luise fühlte, wie ihr ein Schauer über den Rücken lief. Also stimmten die Gerüchte! Ende September hatte in München ein Krisentreffen zwischen Hitler, Mussolini, dem französischen Premierminister und seinem englischen Pendant stattgefunden, bei dem versucht worden war, den drohenden Krieg des Deutschen Reichs gegen die Tschechoslowakei abzuwenden. Obwohl in allen Zeitungen der Führer als der große Friedensbewahrer gefeiert wurde, hieß es inoffiziell, die Westmächte hätten nur auf Vermittlung Görings nachgegeben und der Abtretung des Sudetengebiets zum 1. Oktober zugestimmt. Hitler sei darüber bitter enttäuscht gewesen.

Während Emmy Göring über weitere wichtige Errungenschaften ihres Mannes für das deutsche Volk plapperte, versuchte Luise, mit Willy Augenkontakt aufzunehmen. Ob er mit seinem Anliegen Erfolg gehabt hatte?

In den letzten Monaten hatte sich sowohl ihr eigenes als auch das Leben ihres Ehemanns dramatisch verändert. Sie selbst hatte bereits im Frühsommer ihren letzten Film beendet und in allen Magazinen verkündet, dass sie sich von nun an ausschließlich ihrem Gatten widmen wolle. Willy hatte seine Beraterstelle im Ministerium gekündigt und den KdF-Auftrag an einen Konkurrenten abgetreten. Er arbeitete jetzt nur noch in der Möbelfabrik und kopierte in seiner Freizeit die aus dem Ministerium entwendeten Papiere von Hand, um sie nach England zu schaffen. Er konnte schließlich nicht riskieren, auf der Reise mit den Originaldokumenten erwischt zu werden. Doch kurz nachdem er diese anstrengende Kopierarbeit beendet hatte, war ihm aufgefallen, dass sein Pass seit einigen Tagen abgelaufen war. Als er sich daraufhin um einen neuen bemüht hatte, war sein Antrag ohne Angabe von Gründen abgelehnt worden. Letztlich hatten sie die Einladung nach Carinhall nur angenommen, damit er bei Hermann Göring persönlich wegen eines neuen Passes vorsprechen konnte.

Als sich Luise endlich von der Gastgeberin befreit hatte, ging sie umgehend zu Willy, der mutterseelenallein vor einem Bild von Franz Marc stand.

Sie griff nach seiner Hand. »Und? Was hat er gesagt?«

Willy räusperte sich. »Er will sich persönlich darum kümmern,

dass ich einen neuen Pass bekomme. Allerdings war er so vollge-
pumpt mit Morphium, dass ich nicht weiß, wie viel ihm von unserem Gespräch in Erinnerung bleiben wird.«

»Verdammt und zugenäht«, zischte Luise leise.

Ihr Ehemann lächelte. »Wer weiß ... vielleicht ist es ja eine Fügung des Schicksals, dass ich nicht nach England reisen kann. Die
Wege des Herrn sind unergründlich. Eventuell will er mich vor
einer Dummheit bewahren und mich lieber an der Seite meiner
schönen Frau alt werden lassen.«

»Liebling, für mich musst du ganz sicher nicht den Helden spielen. Ich weiß auch so, dass du das Herz auf dem rechten Fleck hast.«

Über sein Gesicht flog ein Schatten. »Das ist wunderbar, aber
die politische Lage lässt mir einfach keine Ruhe. Hitler ist so unberechenbar!« Unwillkürlich war seine Stimme lauter geworden.

»Psst«, sagte Luise. »Aber egal, was mit diesen Papieren passiert ... du hast mir fest versprochen, dass wir im neuen Jahr unsere Wohnung in Berlin aufgeben und nach Bad Doberan ziehen.
Dabei bleibt es doch, oder?«

Er nickte. »Auf jeden Fall. Selbst wenn Hitler doch noch einen
Krieg vom Zaun bricht, werden wir das Ganze in Bad Doberan
schon irgendwie überstehen. Schließlich bin ich zu alt, um noch
einmal eingezogen zu werden, und muss meine geliebte Frau ganz
sicher nicht im Stich lassen.«

»Du wirst sehen, wir werden eine wunderschöne Zeit haben.
Vielleicht mieten wir uns ein kleines Häuschen und gehen täglich
am Meer spazieren«, frohlockte Luise.

»Das wäre auch mein größter Wunsch«, bestätigte Willy. »Ich
werde noch einen Versuch unternehmen, meinen Pass zu erneuern, und wenn das nicht klappt, machen wir uns umgehend auf
den Weg in deine Heimat.«

Zufrieden, dass sie wie immer einer Meinung waren, blickte
Luise sich in dem protzigen, überdimensionierten Eingangs-
bereich des Göringschen Landsitzes um. Überall standen ver-
sprengte Grüppchen von Gästen, aber unter ihnen war – bis auf
die Gastgeber – niemand, den sie kannte. »Glaubst du, wir kön-

nen uns jetzt davonschleichen? Oder müssen wir diese Meute noch länger aushalten?«, flüsterte sie.

»Lass uns gehen«, sagte Willy bestimmt. »Ich kenne einen Schleichweg, der durch einen Hinterausgang unmittelbar zu unserem Wagen führt.«

Jeden zweiten Monat besuchte Paul seine beiden Söhne in Berlin – meistens unter der Woche, damit er gleichzeitig noch einige Besorgungen machen konnte. Manchmal ergab sich dabei sogar ein kurzes Treffen mit Bodo, der noch immer in derselben Amtsstube wie vorher arbeitete. Während seiner Abwesenheit unterstützte sein Schwager Robert bei der Betreuung des kranken Schreiners. Julius war gleich bei ihrem Einzug von Elisabeth über dessen Zustand informiert worden und hatte sich von Anfang an hilfsbereit gezeigt. Auf diese Weise konnte der arme Robert wenigstens tagsüber einige Stunden schlafen.

Kurz nach Pauls Ankunft in einer kleinen Pension erreichte ihn eine Nachricht seines Erstgeborenen. Thomas, der sich inzwischen die Haare militärisch kurz abrasiert und durch den vielen Sport zehn Kilogramm Muskelmasse zugenommen hatte, ließ ihn wissen, dass er das geplante Abendessen leider absagen müsse, weil er mit seinen Kameraden eine »Aktion« vorbereite. Pauls Enttäuschung hielt sich in Grenzen, und er beschloss, stattdessen zu Martin zu fahren, der sich mit drei anderen Musikstudenten eine Wohnung teilte.

Martin hatte im Mai die Schule abgeschlossen und ein Studium an der Staatlichen akademischen Hochschule für Musik aufgenommen. Als Paul an der Wohnungstür klingelte, öffnete ihm zu seiner Überraschung ein junges Fräulein. Sie war klein und schwarzhaarig und benahm sich so selbstverständlich, als wäre sie ständig hier zu Gast.

Paul zog seinen Hut. »Guten Abend, ich bin der Vater von Martin Kuhlmann. Wissen Sie, ob er gerade zu Hause ist?«

Ohne sich vorzustellen, deutete sie den Korridor entlang und sagte gelangweilt: »Martin und Bernhard proben gerade für das Studentenkonzert … ich bin mir nicht sicher, ob man sie dabei stören darf.«

»Und Sie sind?«, erkundigte sich Paul pikiert. Warum sollte der eigene Vater seinen Sohn nicht überraschen dürfen?

»Milli Bäumler, Sopran«, stellte sich das Fräulein vor. »Ich mache auch bei dem Konzert mit.«

»Angenehm.« Paul nickte und ging an ihr vorbei zu Martins Zimmer. Er klopfte und öffnete die Tür. Als seine Augen die Szene erfassten, erstarrte er für einen Augenblick.

Die beiden jungen Männer, Martin und sein Freund, standen sich mit aufgeknöpften Hemden gegenüber und berührten die Brust des jeweils anderen!

Doch bevor Paul sich diskret zurückziehen konnte, sagte Martin: »Siehst du, Bernhard, der Ton muss aus deinem Bauch und nicht aus deinem Hals kommen. Hier, fühl mal bei mir …« Er sang einen hohen Ton und drückte dabei Bernhards Hand fest an seinen Rippenbogen.

Paul räusperte sich. »Ähm … Martin?«

Überrascht drehte sein Sohn sich um. »Oh, guten Abend, Papa. Wollten wir uns nicht erst morgen Mittag sehen?«

»Thomas hatte keine Zeit, und da dachte ich, dass ich dich vielleicht zum Essen einladen könnte.«

Martin wechselte einen Blick mit Bernhard, der daraufhin mit den Achseln zuckte und sagte: »Von mir aus können wir morgen weitermachen … aber hattest du nicht deiner Freundin versprochen, nach der Probe mit ihr auszugehen?«

Martins Wangen färbten sich rot, und er schwieg betreten.

Wollte sein Sohn den Umstand, dass er liiert war, vor ihm verheimlichen? Handelte es sich dabei um diese Milli? »Wenn du magst, kann ich auch gern euch alle drei einladen«, versuchte Paul, die Stimmung aufzulockern.

»Nee, danke. Ich muss weiterproben … die Töne sitzen noch nicht. Aber unser Herr Virtuoso spielt seine Sonate bereits perfekt.«

»Ähm … gern, Papa. Kannst du einen Moment warten? Ich frag Milli, ob sie Lust hat.«

Als Paul am frühen Mittwochmorgen nach Bad Doberan zurückreiste, ließ er den gemeinsamen Abend mit seinem Sohn und dessen Freundin in Gedanken noch einmal Revue passieren. Milli war entgegen seinem ursprünglichen Eindruck eine warmherzige junge Frau voller hochfliegender Pläne und Ambitionen. Sie hatte sich aus einem kleinen oberschlesischen Kaff bis in die Reichshauptstadt durchgeschlagen, um ihre – wie Martin meinte – außergewöhnlich schöne Stimme professionell ausbilden zu lassen. Das Studium finanzierte sie sich durch Auftritte in Tanzcafés und auf privaten Feiern. Es war offensichtlich, dass nicht nur Martin bis über beide Ohren in sie verschossen war, sondern diese Gefühle von ihr erwidert wurden.

Während die Landschaft wie ein endloser Streifen vor dem Zugfenster vorbeizog, geriet Paul ins Grübeln. Für einen Moment hatte er tatsächlich gedacht, sein Junge wäre homosexuell. Und das hatte ihn über die Maßen schockiert. Dabei hatte er sich selbst längst mit seinen angeborenen Neigungen arrangiert. Seiner Vaterliebe hätte Martins Neigung selbstverständlich keinen Abbruch getan … trotzdem war er heilfroh, dass sein Sohn sein Liebesleben nicht im Verborgenen leben musste. Dass er nicht von der gleichen grausamen Verfolgung bedroht sein würde wie Robert, Johannes, Bodo und er selbst. Dass er einmal Kinder würde haben dürfen, ohne gleichzeitig eine Lüge zu leben.

An diesem trüben Novembertag ging die Sonne früh unter, und als Paul gegen achtzehn Uhr das Hotel betrat, war es draußen bereits dunkel. Er hob die Hand, um Herrn Eigenbrot am Empfang zu grüßen, dann schritt er langsam die Treppe hoch. Kurz überlegte er, ob er zuerst in Elisabeths Wohnung gehen sollte, um Julius für seine Unterstützung zu danken, aber dann überwog seine Sehnsucht nach Robert. Er zog den Schlüssel und öffnete die Tür. Als er den Korridor betrat, war er erstaunt über die Stille, die in der Wohnung herrschte. Normalerweise stellte Robert das Radio an, wenn er das Abendessen vorbereitete. Er bevorzugte, selbst zu kochen und zu putzen, damit niemand vom Hotelpersonal ihre Wohnung betreten musste und – konfrontiert mit Johannes' verstörendem Verhalten – womöglich die Gerüchteküche zum Brodeln brachte.

Doch als er an der offenen Wohnzimmertür vorbeilief, verstand er plötzlich und musste schmunzeln: Robert schlief tief und fest auf dem Sofa. Im Sitzen! Sein Kopf war über die Lehne nach hinten gefallen, und sein Mund stand leicht offen, trotzdem ging Paul bei seinem Anblick das Herz auf. Für ihn würde Robert immer der schönste und liebste Mensch auf der ganzen Welt sein. Im nächsten Moment lief ihm ein Schauer über den Rücken … wo zum Teufel steckte Johannes?

Während er mit zunehmender Unruhe erst in der Küche und dann in den Schlafzimmern nach ihm suchte, versuchte er, sich selbst Mut zuzusprechen: Die Wohnungstür war doch eben noch verschlossen gewesen, Johannes musste also hier irgendwo sein. Oder hatte er Robert erneut den Schlüssel weggenommen? Nicht auszudenken, wenn er in Bad Doberan unterwegs war und dort sein Unwesen trieb! Eigentlich müsste er Robert umgehend wecken und sich mit ihm auf die Suche machen. Er würde nur noch schnell im Badezimmer nachsehen und dann …

Johannes lag mit geschlossenen Augen und wachsbleichem Gesicht in der randvollen Badewanne, das Wasser scharlachrot von dem Blut, das aus seinen aufgeschnittenen Venen sickerte.

22. Kapitel

November 1938

Pauls entsetzter Aufschrei musste Robert geweckt haben, jedenfalls stand er plötzlich hinter ihm in der Tür. »Nein!«, flüsterte er. »Sag mir, dass das nicht wahr ist!«

»Bitte schau ihn dir nicht an!« Paul versuchte, Robert aus der Tür zu drängen, doch der war stärker und kämpfte sich an ihm vorbei. Weinend kniete er sich neben die Wanne und fühlte verzweifelt nach Johannes' Puls. Seine hektischen Bewegungen ließen das blutige Wasser aufspritzen, und sein ganzer Oberkörper wurde nass.

»Er ist tot, Robert«, sagte Paul leise. »Wir können nichts mehr für ihn tun.«

»Aber ... aber das kann nicht sein! Ich ... ich habe doch nur ein kurzes Nickerchen gemacht. Keine fünf Minuten ... da kann er doch nicht ...«

»Dich trifft keine Schuld«, versuchte Paul, ihn zu beruhigen. »Wir wissen beide, wie krank er war. Es hätte genauso gut unter meiner Aufsicht passieren können.«

»Ist es aber nicht!«, schrie Robert und stieß Pauls Hand weg, die er ihm sanft auf die Schulter gelegt hatte.

»Bitte lass mich dich trösten. Ich weiß, wie sehr du Johannes liebst ... aber du hast alles für ihn getan, was man nur tun konnte.«

»Trotzdem war es nicht genug.« Robert sah mit tränenverhangenem Blick zu ihm hoch. »Wir müssen einen Arzt rufen ... vielleicht kann man doch noch irgendetwas ...« Er schluchzte auf. Offenbar war ihm schlagartig bewusst geworden, dass jede Hilfe zu spät kam.

Der Tod von Johannes und Roberts Verzweiflung schnitten

Paul ins Herz. In seinem ganzen Leben hatte er sich noch nie so hilflos gefühlt. »Kann ich dir eine Tasse Tee machen?«, fragte er.

»Glaubst du, davon wird Johannes wieder lebendig?«, fragte Robert wütend. Er sprang auf, stieß Paul zur Seite und lief zur Eingangstür. Auf dem Weg griff er nach seinem Mantel.

»Wo willst du hin?«

»Ich brauche frische Luft!«, schrie Robert und zog sich den Mantel über das klitschnasse Hemd.

»Du wirst dir in der Kälte auch den Tod holen«, sagte Paul beschwörend und ging langsam auf den Trauernden zu. »Außerdem sucht dich die Gestapo!«

»Das ist mir egal.« Robert griff nach der Klinke.

»Bitte bleib hier!«

Bevor Paul einschreiten konnte, öffnete Robert die Tür und rannte den Korridor entlang. Da er ihm im Hotelgebäude unmöglich hinterherschreien konnte, zog sich Paul in aller Eile ebenfalls seinen Mantel über und folgte ihm. Im Foyer angekommen blickte er sich um. Der Portier fertigte gerade zwei neue Gäste ab. In Pauls unmittelbarer Nähe tranken zwei Paare Champagner. Robert war wie vom Erdboden verschluckt. Er musste schnurstracks zum Ausgang gerannt sein. Mit einem unguten Gefühl ging Paul hinterher.

Er hatte den Türsteher gefragt, wohin der große blonde Mann gegangen sei, und der hatte nach rechts gedeutet. Als Paul jetzt die Richtung einschlug und sich dem Marktplatz näherte, glaubte er zu träumen. Albzuträumen! Um ihn herum spielten sich geradezu apokalyptische Szenen ab. Uniformierte Männer liefen in Trupps – teilweise mit Fackeln, Schaufeln und Gewehren bewaffnet – durch die vor einer Stunde noch verlassenen Straßen und schlugen offenbar alles, was ihnen irgendwie jüdisch vorkam, kurz und klein. Neben ihm gingen gerade die Scheiben eines Geschäfts zu Bruch. Wie besessene Teufel verschafften die Männer sich Einlass, rannten durch die Räume und zündeten mit ihren Fackeln die Einrichtung an. Alles brannte sofort lichterloh.

»Seid ihr wahnsinnig?«, schrie Paul und versuchte, sich zum Eingang durchzukämpfen. »In diesem Haus leben doch bestimmt Menschen!«

Ein Kerl in SS-Uniform hielt ihn am Arm fest. »Nein, da leben keine Menschen, du Idiot ... da leben Juden!«

»Aber wenn du die so liebst, können wir dir gern auch ein Feuerchen unter dem Arsch machen!«, rief sein Kollege, der eine SA-Uniform trug, und lachte.

Der SS-Mann stieß Paul zu Boden und trat ihm brutal in die Rippen. »Los ... mach, dass du wegkommst!«

Benommen setzte Paul sich auf und hielt sich die Seite. Als er zu den Fenstern im ersten Stock hochblickte, meinte er, das panische Gesicht einer Frau hinter der Gardine auszumachen. Irgendwie musste er ihr helfen! Das schien ihm plötzlich noch wichtiger zu sein, als Robert wiederzufinden, der hoffentlich in diesem Chaos nicht erkannt und festgenommen wurde.

So schnell ihm das mit seinen schmerzenden Rippen möglich war, rannte er zur Feuerwehr. Vor dem Gebäude hatten sich bereits mehrere Menschen versammelt, die alle durcheinanderschrien. Jeder von ihnen wollte einen Brand melden. Doch der Chef der Einsatzleitung winkte ab. »Bitte gehen Sie alle nach Hause! Wir haben Anweisung von ganz oben, dass wir heute nicht eingreifen dürfen.« Seine Aussage erntete entrüstete Empörung, aber weder öffneten sich die Tore, hinter denen die Löschfahrzeuge standen, noch gab es sonst irgendwelche Anzeichen, die auf einen baldigen Einsatz hindeuteten.

Paul rannte zurück zu dem brennenden Haus. Aber es war zu spät. Fassungslos blickte er auf die Fenster, hinter denen er eben noch das Gesicht einer Frau gesehen zu haben glaubte. Die Scheiben waren geborsten, und in den Räumen dahinter loderten die Flammen. Die uniformierten Brandstifter schienen sicher zu sein, ihre mörderische Arbeit beendet zu haben, und waren bereits weitergezogen.

Paul sank vor dem Gebäude auf die Knie. Was war das nur für eine Welt? Damals, im Krieg, hatte er lernen müssen, dass man aus jedem Mann einen Mörder machen konnte, wenn man ihn auf einen vermeintlichen Gegner hetzte … aber dass ein solches Grauen im zivilen Leben, in einem so friedlichen Ort wie Bad Doberan, ja, in seiner unmittelbaren Nachbarschaft stattfinden konnte, ließ ihn an der Menschheit verzweifeln. Plötzlich sprang er auf. Wo um Himmels willen steckte Robert? Er musste ihn unbedingt finden, bevor auch ihm noch etwas zustieß!

Wie ein Untoter taumelte Paul durch die Straßen und versuchte, das Elend, die vielen Verletzten auszublenden. Mit jeder Sekunde, die er Hinterhöfe und kleine Gassen durchkämmte, ohne seinen Exfreund zu entdecken, wurde er panischer. Schließlich kam ihm der Gedanke, dass Robert sich vielleicht in Sicherheit bringen wollte und auf dem Weg zum Hotel zusammengebrochen war. Unwillkürlich schlug er die bekannte Straße ein und blickte hinter jede Hecke und in jeden Hauseingang.

Tatsächlich. Keine zweihundert Meter vom Hotel entfernt, fand er ihn. Robert kauerte mit umschlungenen Beinen hinter einer Kehrrichttonne und zitterte unkontrolliert. Seine rußverschmierten Züge waren vollkommen apathisch.

Paul war so erleichtert, ihn wiedergefunden zu haben, dass er keinen Ton hervorbrachte.

Plötzlich murmelte Robert: »Vielleicht ist es besser, dass Johannes dieses Inferno nicht mehr miterleben muss.«

»Wahrscheinlich«, erwiderte Paul und hockte sich vor ihn hin. »Wir …«, setzte er an. »Wir sollten jetzt besser nach Hause gehen.«

Robert nickte. Doch sein Körper schien ihm nicht mehr zu gehorchen. Paul musste ihn hochziehen, um ihm auf die Beine zu helfen.

Am anderen Ende der Leitung sagte eine dunkle, warme Stimme: »Und? Wie geht es dir, liebe Frau von Schlenzdorf?«

Julia, die abwesend den Hörer aufgenommen hatte, erschrak. Hugo! Sie hatte seit Monaten nichts von ihm gehört, und nun rief er einfach so an ... mitten in der schrecklichsten Woche ihres Lebens? Vorgestern in den frühen Morgenstunden, nach der »Kristallnacht«, hatte ihr Vater Onkel Pauls verstorbenen Freund in einem abschließbaren Teil der Eiskammer aufgebahrt. Doch wie sollten sie den Toten, der sich als Geflohener aus einer Heilanstalt entpuppt hatte, nun beerdigen?

»Bist du noch dran?«, erkundigte er sich spöttisch. »Oder hat dir die freudige Überraschung die Sprache verschlagen?«

»Hugo ... ja, ich bin noch da ... aber ehrlich gesagt kann ich momentan nicht mit dir telefonieren. Hier geht alles drunter und drüber und ...« Sie schluckte krampfhaft gegen die Tränen an. »Und ich ... ich muss gerade eine Beerdigung organisieren.«

Sofort klang er vollkommen nüchtern. »Beerdigung? Was für eine Beerdigung?«

»Ein Freund meines Onkels ist vor Kurzem auf schreckliche Weise zu Tode gekommen.«

»Und wo steckt dein Ehemann gerade? Kann er dir diese traurige Aufgabe nicht abnehmen?«

»Nein, er schreibt in Berlin an seiner Promotion.« Sie leierte den Satz herunter. Es war die Standardlüge, die sie jedes Mal am Telefon verbreiten musste. In Wahrheit war Fabian schon wieder in Charlies Auftrag in die Ostmark – das frühere Österreich – gefahren.

»So, so«, meinte Hugo. »Na, dann komme ich morgen nach Bad Doberan, um dir zu helfen.«

»Nein!«, rief sie erschrocken. »Auf keinen Fall.«

»Und warum nicht?«

»Weil ich ... weil ich jetzt eine verheiratete Frau bin. Da kann ich doch keinen Herrenbesuch empfangen, wenn Fabian in Berlin ist.«

»Papperlapapp, wenn ich schon über meinen Schatten springe

und trotz allem mit dir befreundet bleiben will, wirst du mir das doch nicht aus kleinlichen Erwägungen abschlagen … oder?«

Julia wusste nicht, was sie darauf antworten sollte.

»Dachte ich mir es doch«, meinte er zufrieden. »Dann bis morgen.« Und bevor sie ihm widersprechen konnte, hatte er bereits aufgelegt.

Und tatsächlich war seine Hilfe eine Wohltat. Er arrangierte für den traurigen Selbstmörder, der offenbar über keinerlei Papiere verfügt hatte, ein Grab auf den Namen Johannes Müller. Und auch in moralischer Hinsicht verhielt er sich ihr gegenüber einwandfrei.

»Wieso … tust du das alles für mich?«

»Weil ich dich gern habe. Und weil ich weiß, dass alles bald noch viel schlimmer kommen wird«, erwiderte er ungewöhnlich ernst.

»Schlimmer als diese entsetzliche Reichskristallnacht?«, fragte sie ungläubig. »Überall in Deutschland haben Synagogen gebrannt, Juden sind verletzt worden oder gar zu Tode gekommen! Und das alles offenbar mit ausdrücklicher Duldung der Regierung. Was kann da noch Schlimmeres kommen?«

Er strich ihr eine Strähne aus dem Gesicht. »Liebes, das war erst der Auftakt. Es wird Krieg geben.«

Sie schluckte. Bislang hatte sie geglaubt, dass nur Fabian, der recht schwarzseherisch veranlagt war, so dachte. Aber wenn Hugo, der geschäftlich eng mit den Nazis zusammenarbeitete, die Lage ebenfalls so einschätzte, musste es stimmen.

»Und da du dich nicht für mich entschieden hast, werde ich wohl oder übel aus der Ferne auf dich aufpassen müssen«, fuhr Hugo fort, als sie stumm blieb und ihn nur mit großen Augen ansah.

»Wieso denn auf mich aufpassen?«

»Julia, ich muss dir leider noch etwas Wichtiges mitteilen. Ehrlich gesagt bin ich unter anderem hierhergekommen, um dich zu warnen. Ich habe ein Gespräch belauscht, in dem es um einen erklärten Gegner der Nazis ging. Es hieß, man werde sich bald um ihn ›kümmern‹ und habe deswegen schon jemanden in seiner Nähe ›installiert‹.«

Julia fasste sich an die Brust. »Fabian?«

»Nein, Julia. Bei dem Gespräch ging es … um deinen Vater.«

***

Luise fühlte erneut dieses Ziehen in der Magengrube. Es war ihrer wachsenden Sorge um Willy geschuldet, der sich wegen der Passangelegenheit am frühen Morgen zu einem weiteren Behördengang aufgemacht hatte und vier Stunden später noch immer nicht zurückgekehrt war. Wo steckte er nur? Sie hatte bereits in seiner Firma angerufen, obwohl er ihr ausdrücklich versprochen hatte, zunächst nach Hause zu kommen. Doch Frau Vogt, seine Sekretärin, hatte ihr lediglich bestätigen können, dass er noch nicht im Büro eingetroffen war. Auf Luises Frage, ob heute wichtige geschäftliche Termine anstünden, hatte sie gemeint, Willy sei vielleicht direkt in die Fabrikhalle gegangen, wo gestern eine Maschine ausgefallen sei. Obwohl es Willy nicht ähnlich sah, seine Pläne zu ändern, ohne sie darüber zu informieren, rief Luise sich ein Taxi, um in die Firma zu fahren. Sie hielt es einfach nicht länger aus, allein in der Wohnung auf ihn zu warten.

»Tja, wenn er nicht in der Fabrikhalle ist, weiß ich auch nicht weiter«, murmelte Frau Vogt, die wie immer durchdringend nach Maiglöckchen duftete. »Ich hatte ihm den Termin im Passamt für acht Uhr dreißig gemacht, und jetzt ist es bereits fünfzehn Uhr. Das ist schon ungewöhnlich.« Sie blickte Luise bei diesen Worten nicht ins Gesicht, so als wäre es ihr unangenehm, dass sie der Gattin ihres Chefs nicht weiterhelfen konnte.

»Schon gut, Frau Vogt. Es ist ja nicht Ihre Schuld. Vielleicht ist er längst in die Wohnung zurückgekehrt. Am besten gehe ich in sein Büro und rufe zu Hause an.«

»Aber bitte lassen Sie mich Ihnen doch helfen, Frau Darboven.« Frau Vogt griff eilig nach dem Hörer ihres eigenen Apparats. Doch Luise schüttelte den Kopf. »Nein, ich mache das lieber selbst.« Ohne auf die weiteren Hilfsangebote von Willys Sekretärin einzugehen, öffnete sie die Tür zu seinem Büro und ging zum Schreibtisch. Merkwürdigerweise standen die drei Schubladen auf der linken Seite offen … hatte Willy seinen Arbeitsplatz gestern Abend in aller Eile verlassen? Oder hatte Frau Vogt etwas gesucht? Ob sie unbedingt von ihrem Apparat hatte telefonieren wollen, weil ihr die Unordnung peinlich war? Aber das war jetzt auch egal. Hauptsache, Luise fand heraus, wo Willy abgeblieben war. Mit klopfendem Herzen griff sie nach dem Hörer und bat das Fräulein vom Amt, sie mit dem Anschluss ihrer Wohnung zu verbinden. Kurz darauf hörte sie das vertraute Tuten … doch niemand nahm ab.

»Irgendetwas muss da passiert sein«, sagte sie, nachdem sie Frau Vogt über das Ergebnis ihres Anrufs informiert hatte.

»Ob Herr Darboven vielleicht einen Unfall hatte?«, meinte die Sekretärin. »Meine Tante ist einmal gegen die Straßenbahn gelau…«

Aber Luise wollte jetzt keiner Schreckensgeschichte lauschen. Sie war ohnehin schon halb wahnsinnig vor Angst um ihren Ehemann. »Ich gehe jetzt zur Polizei und melde ihn als vermisst«, unterbrach sie den Redefluss der Sekretärin.

»Ist es dazu nicht zu früh?«, meinte Frau Vogt skeptisch. »Vielleicht hat er auch nur einen kleinen Schwächeanfall erlitten und ist bei seinem Arzt.«

»Nein«, entschied Luise. »Dann hätte er sich längst bei mir gemeldet. Ich … ich will jetzt endlich wissen, wo er ist. Und wenn es einen Unfall oder sonst etwas gegeben hat, erfährt die Polizei das sicher zuerst.«

Es war bereits dunkel, als Luise die Treppe zu ihrer Wohnung hinaufstieg. Sie hatte ohne Unterlass nach Willy gesucht, war sogar im Passamt vorstellig geworden, wo man ihr bestätigte, dass er den vereinbarten Termin wahrgenommen hatte. Doch seitdem schien er wie vom Erdboden verschluckt zu sein. Nachdem sie alle Krankenhäuser abgeklappert hatte, war sie schließlich erneut zur Polizei gegangen. Doch auch dort hatte man ihr, wie bereits am Nachmittag, nicht weiterhelfen können. Es hatte keinen Unfall mit nicht identifizierten Opfern gegeben, und obwohl man sie als bekannte Schauspielerin respektvoll behandelte, hatten die Beamten durchscheinen lassen, dass Willy sich vielleicht heimlich mit einer anderen Frau getroffen habe und sich deshalb verspäte. Man hatte ihr gut zugeredet und sie gebeten, zu Hause auf ihn zu warten. Doch Luise wusste, dass diese Andeutungen nicht der Wahrheit entsprachen. Immer wieder hatte sie mit Frau Vogt telefoniert, die jedoch auch keine Neuigkeiten hatte. Mit jeder Stunde, die verging, ohne dass sie ihn ausfindig machten, hatte sich Luise in immer größere Panik hineingesteigert. Völlig benommen vor Angst steckte sie den Schlüssel in das Schloss der Wohnungstür. Wie sollte sie die Nacht überstehen, wenn ihr über alles geliebter Ehemann spurlos verschwunden blieb und ihm womöglich etwas zugestoßen war?

Sie stieß die Tür auf ... und blieb wie angewurzelt stehen. Jemand war während ihrer Abwesenheit in der Wohnung gewesen! Sie stürzte über die Schwelle und rannte atemlos durch alle Zimmer. Kurze Zeit später hatte sie die traurige Gewissheit, dass zwar jemand die ganze Wohnung auf den Kopf gestellt und vollkommen verwüstet hatte ... aber von Willy weiterhin jede Spur fehlte. Die Diebe, die sich mithilfe eines Schlüssels Zutritt verschafft haben mussten – jedenfalls gab es keinerlei Hinweise auf einen gewaltsamen Einbruch –, hatten Sofakissen aufgeschlitzt, sämtliche Schubladen durchwühlt und ganze Schrankwände umgekippt.

Nachdem sich Luise mit flatterndem Herzen einen Überblick verschafft hatte, kam sie zu dem Schluss, dass eine hochprofessionelle Bande am Werk gewesen sein musste. Es fehlten nur äußerst wertvolle Sachen. Am gravierendsten war wohl der Verlust des Gemäldes von Renoir, das sie kurzerhand aus dem Rahmen geschnitten hatten. Auch bei ihrem Schmuck und ihrer Garderobe waren die Diebe wählerisch gewesen: Sie hatten lediglich das teure Diamantcollier, das Willy ihr zur Hochzeit geschenkt hatte, und einen fast ungetragenen Nerzmantel mitgehen lassen. Sogar Willys alte Militärpistole lag unberührt in der Schublade seines Nachtschränkchens. Dabei hatte er ihr vor nicht allzu langer Zeit erzählt, dass solche Waffen auf dem Schwarzmarkt hoch gehandelt wurden. Aber warum nur hatten die Einbrecher ein derartiges Chaos angerichtet und in der ganzen Wohnung das Oberste zuunterst gekehrt?

Plötzlich schnürte es Luise die Kehle zu. Konnte Willys Verschwinden mit diesem merkwürdigen Einbruch zusammenhängen? Und war der womöglich nur vorgetäuscht … weil sie in Wahrheit auf der Suche nach den von ihm gebunkerten Beweisen für den Finanzierungsskandal waren?

Sie vergewisserte sich, dass die Eingangstür abgeschlossen war. Dann zog sie in der ganzen Wohnung die Vorhänge zu und holte einen Schraubenzieher aus Willys Werkzeugkiste. Sie zerrte den Teppich in der Eingangshalle beiseite und kniete sich neben die Diele, unter der Willy die Papiere versteckt hatte. Atemlos hebelte sie die Parkettplanke hoch und starrte in das darunterliegende Loch.

Dort lagen – vollkommen unangetastet – die Papiere mit dem Amtswappen. Die Einbrecher hatten sie also nicht entdeckt! Hoffentlich meldeten sie sich bald bei ihr, damit Luise ihnen die Dokumente im Austausch gegen Willy aushändigen konnte. Auf nichts anderes kam es jetzt an! Sie ließ die Diele wieder zurückschnappen und zog den Teppich darüber. Dann setzte sie sich neben das Telefon und wartete.

Julia knetete verzweifelt ihre Hände. »Bitte, Papa, du musst dich, Mama und Oskar aus der Schusslinie bringen. Hugo hat gerade noch einmal angerufen und betont, dass die Gefahr leider sehr real ist. Länger als bis zum Weihnachtsfest solltet ihr nicht mehr warten, meinte er.«

»Und denk nur an die schreckliche Sache mit Willy«, fügte ihre Mutter leise hinzu. »Luise hat noch immer keine Nachricht von seinen Entführern. Seit zweiundsiebzig Stunden sitzt sie bereits am Telefon und ist vollkommen verzweifelt.«

Ihr Vater nickte. »Ja, ich bin ganz eurer Meinung. Wie schnell könnt ihr packen? Wann kann Fabian in Bad Doberan sein? Ich werde die Billets für die Schiffspassage kaufen und mit Paul sprechen. Jetzt, wo Johannes begraben ist, müsste er die Hotelleitung wieder übernehmen können. Als ehemaliger Angestellter des Propagandaministeriums sollte er vor Übergriffen geschützt sein.«

Julia seufzte. »Papa, Fabian und ich werden hierbleiben. Das hatten wir doch schon besprochen. Er … er will seine Promotion nicht im Stich lassen.« Sie hatte sich noch immer nicht dazu durchringen können, ihren Eltern die Wahrheit über Fabians Arbeit im Widerstand zu sagen.

»Warum kommst dann nicht wenigstens du mit?«, jammerte ihre Mutter. »Fabian lässt dich doch sowieso die meiste Zeit allein.«

Das war ein heikles Thema. Ihre Eltern hatten in ihrer Wohnung zwei Zimmer zusammengelegt und wunderschön einrichten lassen. Es war eines ihrer Hochzeitsgeschenke gewesen, dass Fabian und sie so etwas wie ein eigenes Reich hatten. Aber ihr Ehemann war tatsächlich kaum anwesend. So wenig, dass sie sich manchmal fast noch unverheiratet fühlte. Trotzdem liebte sie ihn und konnte jetzt nicht mit ihren Eltern nach Amerika flüchten. »Ich werde noch einmal mit Fabian sprechen«, sagte sie zögerlich. »Er will, dass wir gemeinsam das Weihnachtsfest bei seiner Mutter feiern. Aber wahrscheinlich ist es das Beste, wenn ihr so schnell wie möglich losfahrt und wir nachkommen.«

Ihre Mutter schüttelte den Kopf. »Ich lasse doch meine eigene Tochter nicht im Stich!«

»Mama, du musst an Papa und Oskar denken. Fabian und ich sind nicht in Gefahr. Wir haben uns nicht mit den lokalen Behörden angelegt. Mir wäre es lieber, wenn ihr eure Abreise sofort in die Wege leitet«, sagte Julia bestimmt. »Ich muss auch noch etwas Zeit einplanen, um Onkel Paul in die Geschäftsleitung einzuarbeiten.«

»Ach was«, meinte ihre Mutter. »So etwas verlernt man doch nicht. Und ohne dich fahre ich sowieso nicht.«

Ihr Vater seufzte. »Also gut … ich buche eine Schiffspassage für Anfang Januar. Dann hast du, Julia, genug Zeit, Fabian von der Notwendigkeit einer Flucht zu überzeugen. Und vielleicht braucht Luise ja auch noch unsere Hilfe. Es muss entsetzlich sein, so hilflos auf etwas zu warten, was vielleicht nie eintritt.«

»Bitte sag das nicht, Liebling. Willy muss zurückkommen, sonst …« Ihre Mutter sprach nicht weiter, aber sie wussten alle, wie viel dieser herzensgute Mann ihrer Tante bedeutete. Wortlos nahm ihr Vater ihre Mutter in den Arm.

Das herrschaftliche Haus in Blankenese war dunkel, vollgestellt mit Erbstücken aus dem vorigen Jahrhundert und so gut wie ungeheizt. Julia fror den ganzen Tag über erbärmlich, zumal sie die meiste Zeit mit ihrer Schwiegermutter im Salon verbrachte, während Fabian in Hamburg seine Kontaktpersonen traf.

»Und du bist noch immer nicht schwanger?«, fragte Frau von Schlenzdorf in diesem Moment und blickte von ihrer Stickarbeit auf. Sie saß so aufrecht auf ihrem Stuhl, als hätte sie einen Stock verschluckt.

Peinlich berührt schüttelte Julia den Kopf.

»Du bist dir aber bewusst, dass dies deine wichtigste Aufgabe ist und nicht etwa die Arbeit im Luxushotel? Fabians verheiratete Schwestern können unseren Namen nicht weitergeben.«

Mit flammenden Wangen nickte sie. »Ja, ich weiß.«

»Das bedeutet, dass du ihm einen Sohn schenken musst oder besser noch zwei«, sagte ihre Schwiegermutter mit Nachdruck.

Versteckt hinter der hohen Seitenlehne ihres Stuhls ballte Julia eine Hand zur Faust und wiederholte störrisch: »Ja! Ich weiß.«

Der Blick von Sidonie von Schlenzdorf sprach Bände. Noch nie war sich Julia so unzureichend vorgekommen. So wertlos. In Fabians standesbewusstem Zuhause schien nur ihre Abstammung zu zählen. Die Tatsache, dass ihr Vater als unehelicher Bastard des Grafen von Seitz auf die Welt gekommen und ihre Mutter in eine eher mittelständische Hoteliersfamilie hineingeboren worden war, bedeutete in den Augen ihrer Schwiegermutter, dass sie Fabian nicht ebenbürtig war.

Gemeinsam waren sie am 22. Dezember in Blankenese angekommen, wo sie bis auf Fabians Mutter und deren ebenfalls verwitwete Schwester die einzigen Besucher blieben. Die Schwestern ihres Ehemanns feierten alle mit ihren eigenen Familien. Der Weihnachtsbaum war bereits geschmückt und das Menü mit dem Koch abgesprochen. Für Julia gab es nichts zu tun, als ihre Geschenke unter den Baum zu legen und ihrer Schwiegermutter beim Sticken zuzusehen, denn auch die Frage, ob sie ihre eigenen Handarbeiten mitgebracht habe, hatte sie verneinen müssen. Nur die langen Spaziergänge an der zugefrorenen Elbe und die Nächte, in denen sie sich wärmesuchend an ihren Ehemann kuschelte, versöhnten sie mit den unerträglich langen Stunden mit ihrer Schwiegermutter.

Erst am Abend nach dem anstrengenden Weihnachtsfest fand Julia den Mut, mit Fabian über die Pläne ihrer Eltern zu sprechen. Wie erwartet, reagierte er mit liebevoller Unterstützung und … Ablehnung. »Liebling, ich verstehe dich voll und ganz«, antwortete er und küsste ihre Nasenspitze. »Und ich finde auch, dass du mit deinen Eltern nach Amerika gehen solltest. Dann weiß ich, dass du in Sicherheit bist, selbst wenn ich dich sehr vermissen werde. Aber mein Land braucht mich, und deshalb steht mein Plan leider fest.«

»Und wie sieht der aus?«, fragte sie besorgt.

»Ich kann nicht wegschauen, wenn meine Heimat in den Abgrund zu stürzen droht. Ich muss etwas dagegen unternehmen. Und deshalb werde ich mich, wenn der Krieg ausbricht, direkt am ersten Tag als Freiwilliger melden.«

»Das ist nicht dein Ernst!«, rief Julia.

Sein Blick wurde weich. »Ich weiß, dass das im ersten Moment unlogisch klingt, aber ich hoffe, dass ich die zumeist adeligen Militärführer auf diese Weise eher von der Notwendigkeit des Widerstands überzeugen kann.«

»Und dafür lässt du dich totschießen?«, erwiderte sie erregt. »Die Leute, die die NSDAP gewählt haben, haben es doch nicht besser verdient. Lass sie doch selbst ausbaden, was sie da angerichtet haben!«

Traurig schüttelte Fabian den Kopf. »Viele haben nicht gewusst, was da auf sie zukommt. Schau doch nur deinen Onkel Willy an.«

Er wollte Julia in seine Arme ziehen, aber sie kämpfte sich frei. »Und was wird dann aus mir?«

»Entweder du gehst mit deinen Eltern nach Amerika, oder du bleibst hier bei mir. Ich bin nicht militärisch ausgebildet, was bedeutet, dass ich wohl eher eine Schreibtischstelle zugeteilt bekommen werde und nicht in der Kaserne schlafen muss. Dann könnten wir – falls du nicht nach Amerika gehst – beide in Berlin leben.«

Sie blickte in sein geliebtes Gesicht. Er war so pflichtbewusst und gut. Ein wertvoller Mensch. Aber zum ersten Mal verstand sie, warum Hugo sie vor einer Verbindung mit Fabian gewarnt hatte. Ihr Ehemann konnte – wenn es um seine Ziele ging – auch sehr rücksichtslos sein. Gegen sich selbst und gegen andere.

Er strich ihr über die Wange. »Und? Wofür entscheidest du dich, mein Engel?«

»Ich liebe dich, Fabian. Deshalb habe ich dich geheiratet. Und deshalb werde ich, wenn möglich, immer dort sein, wo du bist.«

»Meine Julia«, wisperte er ergriffen. »Meine über alles geliebte Julia.«

Robert litt schrecklich unter dem Tod seines langjährigen Partners. An manchen Tagen kam er kaum aus dem Bett, an anderen saß er vor dem Kaminfeuer und starrte stundenlang in die Flammen. Obwohl es ihm schwerfiel, versuchte Paul, ihn nicht mit Trostfloskeln zu bedrängen, sondern einfach da zu sein, wenn er von selbst das Gespräch suchte. Er war ebenfalls traurig, dass sie es nicht geschafft hatten, den Schreiner von den Folgen der erlittenen Qualen zu heilen oder zumindest von seiner furchtbaren Tat abzuhalten. Doch glücklicherweise hatte Paul seine Kinder, die ihn ablenkten und … die erneute Arbeit im Hotel. Seit sein Schwager mit den Ausreisevorbereitungen beschäftigt war, hatte er wieder einige Aufgaben von ihm übernommen. Obwohl es ihm manchmal geradezu unwirklich vorkam, dass die Menschen trotz der schrecklichen Ereignisse in der Reichskristallnacht immer noch in den Urlaub fuhren und im Palais abstiegen, um sich zu amüsieren. Aber das Leben ging überall im gewohnten Trott weiter, mit großen und kleinen Alltagsfreuden und -kümmernissen.

Herr Jensen, der Koch des Palais, befürchtete beispielsweise eine weitere Verknappung der Lebensmittel. »Seit es diesen Landarbeitsdienst für unbeschäftigte Frauen gibt, wimmelt es auf Gut Bellhagen von zusätzlichen Arbeiterinnen, und es wird immer schwieriger, Milch, Butter und Fleisch an ihnen vorbei ins Palais zu schmuggeln«, hatte er gestern Abend geklagt. Weder Julia noch er selbst hatte eine befriedigende Lösung für dieses Problem gefunden. »Wahrscheinlich müssen wir lernen, mit den Dingen zu kochen, die es auf dem Markt zu kaufen gibt«, hatte seine Nichte mit einem Achselzucken gemeint. »Und wenn die Gäste sich dann über den mangelnden Luxus beschweren, raten wir ihnen, einen Beschwerdebrief an den Führer zu schicken«, hatte Paul sarkastisch hinzugefügt und entsetzte Blicke geerntet.

Heute würde er nach Rostock fahren, um einige Behördengänge zu machen. Sophie hatte sich bei einer Krankenpflegeschule beworben und musste unter anderem nachweisen, dass sie Arierin und politisch zuverlässig war. Um sie bei diesem bürokratischen Prozess zu unterstützen, wollte er die notwendigen Formulare persönlich abholen. Auf dem Weg zum Bahnhof traf er überraschend einen alten Bekannten: ihren früheren Empfangschef.

»Herr Moltke«, rief Paul erfreut. »Wie geht es Ihnen?«

»Es muss, Herr Kuhlmann. Es muss.« Der Portier hatte deutlich abgenommen und sah alles andere als gut aus.

»Aber ich dachte, Sie hätten eine neue Stelle angetreten. Hatten Sie nicht deswegen so überraschend gekündigt?«

Herr Moltke blickte sich nervös um, so als hätte er Angst, jemand könnte seine Antwort belauschen. »Ich … ich wurde dazu gezwungen. Jetzt lebe ich mehr schlecht als recht von Hilfsarbeiten.«

»Um Himmels willen … wer hat Sie dazu gezwungen? Und warum?«, fragte Paul überrascht.

»Die rechte Hand des Gauleiters«, flüsterte der ehemalige Portier. »Sie wollten einen neuen Mann bei Ihnen am Empfang haben, weil ich mich geweigert hatte, Herrn Falkenhayn auszuspionieren.«

Paul atmete heftig ein. »Aber warum haben Sie uns das denn nicht gesagt?«

Herr Moltke senkte den Kopf. »Sie müssen entschuldigen, aber man hat mir gedroht, meine Schwester zu verhaften. Aus irgendwelchen fadenscheinigen Gründen … diese Leute sind in der Hinsicht ja sehr erfinderisch.«

»Das ist fürchterlich. Dann ist Ihr Nachfolger also ein Spitzel des Gauleiters?«

Herr Moltke nickte. »Sie müssen Herrn Falkenhayn warnen. Er hat sehr einflussreiche Feinde.«

»Machen Sie sich keine Sorgen, das werde ich umgehend tun«, versicherte Paul. »Wie kann ich Sie erreichen, wenn demnächst eine Stelle bei uns frei wird?«

»Bei meiner Schwester, Marlies Moltke. Sie steht im Telefonbuch.«

»Gut.« Paul lüpfte eilig seinen Hut. »Ich muss mich beeilen, sonst verpasse ich meinen Zug.«

Nach seiner Rückkehr aus Rostock ging er schnurstracks zu Elisabeths Wohnung, um seinem Schwager diese neueste Ungeheuerlichkeit zu berichten. Doch als er das Wohnzimmer seiner Schwester betrat, erwartete ihn dort eine weitere Überraschung: sein Bruder Friedrich.

»Was machst du denn in Bad Doberan?«, fragte Paul und umarmte ihn zur Begrüßung.

Friedrich lächelte gepresst. »Ich bin hier, um mich zu verabschieden. Ich breche morgen früh in Richtung Paris auf.«

»Paris?«

Sein Bruder nickte. »Ich habe Margot gesagt, dass ich zu einem Kongress nach Wien fahre, aber stattdessen werde ich mich nach Frankreich absetzen.«

»Brauchst du Geld?«, erkundigte sich Julius, der neben Elisabeth auf dem Sofa saß. »Ich kann …«

Friedrich winkte ab. »Minna hat mir eine Vollmacht über ein Bankkonto gegeben, auf das seit Jahren die Einnahmen einer gut vermieteten Wohnung fließen … diese Summe reicht mir.«

»Minna?«, wiederholte Elisabeth perplex.

Friedrich richtete sich in seinem Sessel auf. »Ja, Minna und ich korrespondieren öfter miteinander, aber ich werde ihr das Geld selbstverständlich in der Zukunft zurückerstatten. Ich habe vor meiner Abreise die Scheidung von Margot eingereicht. Bestimmt wird es noch eine Weile dauern, bis diese in meiner Abwesenheit vollzogen ist … aber dann bin ich frei und hoffe, in Paris als Arzt Fuß fassen zu können.«

»Du schreibst Minna Briefe?«, wiederholte Elisabeth ungläubig. »Unserer Minna?«

Friedrich lächelte. Er wirkte geradezu fröhlich und selbstsicher, als er antwortete: »Ja, genau. Wir mögen uns. Findest du das so schockierend?«

»Nein, im Gegenteil. Ich weiß, dass du schon früher von ihr recht angetan warst. Schon damals, als wir jung waren.«

»Hast du bereits eine Idee, wie du über die Grenze kommst?«, fragte Julius besorgt.

»Ich werde mithilfe eines Schleppers schwarz rübergehen und dann mein Glück bei den französischen Behörden versuchen.«

»Ich wünsche dir alles Glück der Welt, Friedrich«, sagte Paul und räusperte sich. »Auch wenn ich sehr traurig bin, dass nun gleich zwei unserer Geschwister in Paris leben werden.«

»Das macht es doch umso einfacher, uns zu besuchen«, scherzte Friedrich, der sich darüber zu freuen schien, dass sie seine Neuigkeiten so gut aufgenommen hatten.

»Wollen wir darauf ein Glas Champagner trinken?«, schlug Elisabeth vor.

Paul hob die Hand. »Es tut mir leid, aber ich muss euch vorher noch etwas Wichtiges mitteilen.« Er schilderte, wie Herr Moltke zu seiner Kündigung gezwungen worden war, damit der Spitzel Eigenbrot eingestellt werden konnte.

»So, so«, meinte Julius betreten. »Hugo Lessing hatte mich ja bereits vor Eigenbrot gewarnt. Aber Herr Moltkes Aussage gibt dieser Warnung natürlich noch einmal ein ganz anderes Gewicht.«

Leider dauerte es länger als erwartet, die Ausreise ihrer Eltern und ihres Bruders vorzubereiten. Ihr Vater musste sich unter anderem darum kümmern, dass die Reichsfluchtsteuer entrichtet, der Geschäftsführervertrag erneuert und die Hotelanteile auf Onkel Paul übertragen wurden. Doch ihr langjähriger Notar und die zuständigen Behörden waren vor lauter ähnlichen Anfragen von Ausreisewilligen überlastet, und so verstrichen wertvolle Wochen, ja, Monate ungenutzt. Mit jedem weiteren Tag riskierten sie, dass der Spitzel Eigenbrot noch vor ihrer Abreise zuschlug. Julia hatte deshalb empfohlen, ihn zu feuern, um etwas Zeit zu gewinnen. Aber ihr Vater hatte dies abgelehnt: »Wahrscheinlich würde uns die rechte Hand des Gauleiters nur mit irgendwelchen Auflagen zwingen, ihn umgehend wieder einzustellen.« Doch Julia hasste es, mit diesem hinterhältigen Scheusal zusammenzuarbeiten.

Auch jetzt, als sie mit Eigenbrot hinter dem Tresen stand, um die Zimmerbelegung für die neu anreisenden Gäste zu planen, musste sie an sich halten, um ihm nicht mit der schweren Buchungskladde eins überzuziehen.

Plötzlich zuckte sie zusammen. Vor dem Hoteleingang schnarrte eine ungewöhnlich laute Stimme: »Heil Hitler! Machen Sie umgehend den Weg frei!«

Als Julia aufblickte, sah sie einen ganzen Trupp schwarz gekleideter Männer auf den Empfang zumarschieren. Um Gottes willen! Ihr Vater saß nichtsahnend im Büro. Wie sollte sie ihn jetzt nur warnen? Doch bevor sie ihren Posten verlassen konnte, standen die Männer bereits vor ihr.

»Sie wünschen?«, fragte sie und dankte dem lieben Gott, dass sie ihre Stimme unter Kontrolle hatte.

»Wir sind hier, um einen gewissen Julius Falkenhayn festzunehmen«, sagte der untersetzte Anführer des Trupps.

Ihr Magen verwandelte sich schlagartig in einen Eisklumpen. Trotzdem versuchte sie, zumindest äußerlich Ruhe zu bewahren: »Das ist mein Vater. Was wirft man ihm vor?«

»Das erfährt er schon noch früh genug. Bringen Sie uns umgehend zu ihm.«

Julia hielt sich mit einer Hand am Tresen fest. Was sollte sie nur tun? Sie konnte ihren Vater diesen Leuten doch unmöglich ausliefern. In diesem Augenblick hörte sie eine sonore Stimme hinter sich.

»Ich bin Julius Falkenhayn«, sagte ihr Vater. »Was kann ich für Sie tun?«

»Wir nehmen Sie hiermit wegen Beihilfe zur Steuerhinterziehung fest«, bellte der Anführer. »Kommen Sie umgehend hinter dem Tresen hervor.«

»Da muss ein Missverständnis vorliegen«, sagte ihr Vater und blieb an seinem Platz. »Ich hinterziehe keine Steuern. Mein Buchhalter kann Ihnen das bestätigen.«

»Es geht auch gar nicht um Ihre Steuern«, brummte der untersetzte Mann.

»Sondern?«

»Sie haben das Inventar der jüdischen Familie Cohen gekauft, die sich ins Ausland abgesetzt hat, ohne die Reichsfluchtsteuer von fünfundzwanzig Prozent zu zahlen. Damit haben Sie sich in den Augen des Gesetzes der Beihilfe schuldig gemacht.«

Julia stand wie festgefroren neben ihrem Vater. Also daher hatten die Cohens das Geld gehabt, um die Fluchthelfer zu bezahlen! Aus den Augenwinkeln konnte sie sehen, wie sich Herr Eigenbrot, dieses widerliche Wiesel, mit gesenktem Kopf aus dem Staub machte.

Ihr Vater räusperte sich. »Entschuldigen Sie, Herr …?«

»Lohmann, Gestapo.«

»Entschuldigen Sie, Herr Lohmann. Aber ich würde Ihnen wärmstens empfehlen, mich nicht aus diesem Grund festzunehmen.«

»So? Würden Sie das?«, meinte Lohmann mit einem höhnischen Lächeln.

Ihr Vater nickte. »Allerdings. Weil Sie ansonsten auch den Ortsgruppenleiter und den Gauleiter festnehmen müssten.«

Lohmanns Lächeln fiel in sich zusammen. »Wieso?«

»Weil mir die Kopien zweier unterschriebener Kaufverträge vorliegen, die bestätigen, dass die beiden Herren ebenfalls das Ladenlokal samt Inventar der Cohens erstehen wollten.«

»Das ist doch völliger Humbug! So eine Kopie ist schnell gefälscht«, knurrte Lohmann.

»Die Originale liegen bei meinem Notar«, erwiderte ihr Vater ruhig. »Deshalb würde ich Ihnen raten, erst mit den hohen Herren Rücksprache zu halten oder … mich aus einem anderen Grund zu verhaften.«

Lohmanns Gesicht nahm Farbe an. »Ich verbitte mir Ihre Impertinenz.« Er schien fieberhaft nachzudenken. Dann straffte er die Schultern und sagte: »Sie hören von uns.« Er gab seinen Männern ein Zeichen und trat den Rückzug an.

Neben sich hörte Julia, wie ihr Vater erleichtert aufatmete. Er war also auch bei Weitem nicht so abgeklärt, wie es den Anschein gehabt hatte.

»Woher…?«, fragte Julia mit bebender Stimme.

Ihr Vater schüttelte den Kopf. »Lass uns im Büro weitersprechen.«

Sie nickte und folgte ihm in den Raum hinter dem Tresen. Als die Tür hinter ihr ins Schloss fiel, rannte sie zu ihm und schlang beide Arme um ihn. »Um Gottes willen, Papa. Ich hatte solche Angst um dich.«

Er streichelte ihren Rücken. »Es ist ja alles gut gegangen, Sternchen. Mir zittern zwar auch ein wenig die Knie. Aber Ende gut, alles gut. Hoffentlich haben wir durch diese erfolglose Aktion etwas zusätzliche Zeit gewonnen, um unsere Ausreiseformalitäten zu beenden. So schnell werden sie nicht noch einmal versuchen, mich festzunehmen. Sie wissen jetzt, dass ich vorbereitet bin.«

»Aber woher wusstest du, dass sie dir ausgerechnet aus der Sache mit dem Kaufvertrag einen Strick drehen würden?«

Ihr Vater lächelte. »Eigenbrot hat das Inventar der Cohens in einem der Lagerräume gesehen und mich gefragt, was ich mit diesen Sachen vorhabe. Er hat wohl nichts anderes gegen mich gefunden, und da musste eben diese haarsträubende Geschichte herhalten. Aber er wusste nicht, dass der Gauleiter und der Ortsgruppenleiter versucht hatten, die Cohens mit einem viel zu niedrigen Angebot übers Ohr zu hauen.«

»Ich bin trotzdem so froh, dass sie dich nicht verhaftet haben«, sagte Julia und umklammerte ihn noch ein wenig fester.

»Ja, ich auch. Bestimmt wird Eigenbrot für die nächsten Wochen stillhalten, um Gras über die Sache wachsen zu lassen.«

»Dann willst du ihn immer noch nicht entlassen?«

Er schüttelte den Kopf. »Nein, Sternchen. Besser nicht. Vielleicht wäre sein Nachfolger ja geschickter darin, mich dingfest zu machen. Und bald sind wir zum Glück sowieso alle in Amerika.«

Julia errötete, aber sie traute sich nicht, ihm ausgerechnet nach dieser schrecklichen Erfahrung zu widersprechen und ihm zu beichten, dass Fabian und sie hierbleiben wollten.

Trauer hat einen seltsamen Einfluss auf die Art, wie man Zeit wahrnimmt, dachte Luise, als sie zurück ins Bett kroch und unter die Decke schlüpfte. Manche Stunden und Tage kommen einem schier endlos vor, doch die Wochen und Monate vergehen trotzdem wie im Flug. Sie konnte jedenfalls kaum glauben, dass es bereits Ende Januar war. Letzte Woche hatte ihre Schwester sie zum dritten Mal in Berlin besucht, um ihr Mut zuzusprechen. Aber Willy war und blieb verschwunden. Und es kam ihr vor, als wäre alles Schöne und Gute in ihrem Leben mit ihm gegangen. Ohne ihn fühlte sie sich kraftlos und leer. Der Schmerz über sein Verschwinden war nicht nur seelisch spürbar, sondern auch körperlich. Alle Glieder taten ihr weh, und sie hatte das Gefühl, als klaffe eine riesige Wunde in ihrer Brust, die es ihr schwermachte zu atmen.

Niemand hatte sich wegen der Papiere bei ihr gemeldet. Sie lagen noch immer unangetastet unter der lockeren Planke im Flur. Es hatte auch keinen weiteren Einbruchsversuch gegeben. Weder die Polizei noch der von ihr engagierte Privatdetektiv hatten irgendeine Spur von Willy gefunden. Manchmal kam es ihr vor, als hätte sie die wunderschöne Zeit mit ihm nur geträumt. Als hätte er niemals wirklich existiert.

Was konnte nur hinter seiner Entführung stecken? Und wo hielt er sich jetzt, in diesem Moment, auf? Manchmal träumte sie, dass er abgemagert in einer dunklen Gefängniszelle saß und darauf wartete, dass sie ihn befreite. Dann wachte sie tränenüberströmt auf und fühlte sich schuldig, dass sie keinen Weg fand, ihm zu helfen. Doch was sollte sie tun? Alle offiziellen und inoffiziellen Mittel waren ausgeschöpft. Aber die Ungewissheit über sein Schicksal trieb sie in den Wahnsinn.

Frau Vogt informierte sie von Zeit zu Zeit über die Vorgänge in Willys Firma, die inzwischen von einem kaufmännischen Angestellten namens Nagelmann geleitet wurde. Irgendwann hatte die Sekretärin angedeutet, dass es wohl besser wäre, das Unternehmen zu verkaufen, doch Luise wollte nichts davon hören. Solange sie nicht wusste, wo Willy abgeblieben war, würde sie keine weitreichenden Entscheidungen treffen.

Plötzlich setzte Luise sich wie elektrisiert in ihrem Bett auf. In diesem Moment war ihr eingefallen, dass sie eine Möglichkeit bislang völlig außer Acht gelassen hatte: die mächtigen Görings um Hilfe zu bitten! Immerhin waren sie mit Willy befreundet und hatten sich auch für das gestohlene Bild interessiert. Sie konnte nicht glauben, dass sie nicht früher auf diese Idee gekommen war. Kurz entschlossen griff sie nach dem Telefonhörer und meldete ein Gespräch nach Carinhall an. Emmy Göring rief sie innerhalb weniger Minuten zurück und lud sie zu einem kleinen Essen ein, das sie für den Abend geplant hatten. Luise, die Willy mit keinem Wort erwähnt und nur ihrem Wunsch nach einem Treffen mit der Dame des Hauses Ausdruck verliehen hatte, bedankte sich artig. Sie würde ihr Hilfegesuch persönlich und wenn irgend möglich direkt an den Hausherrn richten.

Von neuer Hoffnung erfüllt, sprang Luise aus dem Bett, um sich für die Einladung fertig zu machen. Die Aufgabe würde viel Zeit in Anspruch nehmen, denn sie hatte sich in den letzten Wochen und Monaten keinen Deut um ihr Aussehen geschert. Als sie sich zum ersten Mal seit Langem wieder bewusst im Spiegel betrachtete, erschrak sie. Ihre Wangen waren hohl, die Augen von schwarzen Schatten umrahmt und ihr Dekolleté knochig. Sie würde einiges an Schminke und ein hochgeschlossenes Kleid benötigen, um halbwegs präsentabel auszusehen. Die Haare steckte sie am besten hoch, damit niemand sah, dass ihr letzter Besuch beim Frisör schon eine halbe Ewigkeit zurücklag.

Gegen achtzehn Uhr machte sie sich, in eine Wolke ihres Lieblingsparfüms gehüllt, mit einem Taxi auf den Weg nach Carinhall. Während der Fahrt starrte sie angespannt aus dem Fenster. Durfte sie es wagen, neue Hoffnung zu schöpfen?

Auf dem Gut angekommen wurde sie von einem Bediensteten eingelassen. Er führte sie auf direktem Weg zu Frau Göring, die sie – inmitten einer Gruppe von Gästen stehend – überschwänglich begrüßte. »Frau Darboven, wie schön, Sie zu sehen! Bitte nehmen Sie doch einen Aperitif ... in wenigen Minuten gehen wir zu Tisch.«

Luise streckte die Hand nach einem der Champagnercocktails aus, die von livrierten Kellnern gereicht wurden. Doch sie nippte nur an dem Getränk. Heute Abend würde sie einen klaren Kopf benötigen, um ihrer Bitte mit den richtigen Worten Nachdruck zu verleihen. Wie sollte sie sich Hermann Göring gegenüber nur verhalten? Sollte sie ihm die hilflose, kleine Frau vorspielen oder als Vamp mit ihm flirten? Welcher Weg führte eher ans Ziel?

Während sie in der Menge nach ihm Ausschau hielt – das »kleine Abendessen« umfasste sicherlich hundert Gäste –, betrachtete sie aus den Augenwinkeln die erneut angewachsene Kunstsammlung der Görings. Die wertvollen Gemälde hingen inzwischen so dicht beieinander, dass man kaum noch die Wand dahinter erkenn...

Das Cocktailglas, das sie vor wenigen Sekunden noch fest umklammert hatte, entglitt ihrer Hand und zerschellte auf dem Steinboden. Sie hatte das Gefühl, jeden Moment ohnmächtig zu werden. Gleichzeitig sah sie ihre Umgebung gestochen scharf. Jedes einzelne Detail ... als würde sie durch eine Lupe blicken: In der hinteren Ecke der Eingangshalle hing Willys Bild! Der Renoir, den er von seiner Mutter geschenkt bekommen hatte. Das Gemälde, von dem er einmal gesagt hatte, dass er es niemals weggeben würde. Dass sie – wenn sie es irgendwann woanders sehe – wisse, dass es ihn nicht mehr gebe.

Und plötzlich spürte sie es ganz deutlich: Willy war tot. Er war nicht entführt worden, und er wartete auch nirgendwo auf seine

Rettung. Ihr Unterbewusstsein hatte sie genau an den Ort geführt, an dem sich die einzelnen Puzzleteile zu einem großen Ganzen zusammenfügten: Willys Kritik an den horrenden Rüstungsausgaben und an der Art der Finanzierung hatte den Parteioberen nicht gepasst. Sie mussten mitbekommen haben, dass er Unterlagen als Beweis beiseitegeschafft hatte. Und da hatten sie ihn kurzerhand aus dem Weg geräumt. Wie so viele andere ihrer Gegner. Um an die belastenden Papiere zu kommen, hatten sie in Willys Wohnung alles auf den Kopf gestellt und ihrem obersten Boss das Gemälde mitgebracht, nach dem er sich schon so lange verzehrte. Den Nerzmantel und ihren Schmuck würde sie wahrscheinlich in den Gemächern von Emmy Göring finden. So und nicht anders musste es gewesen sein. Dieser üblen Verbrecherbande traute sie alles zu.

Willy war tot. Der Schmerz über diese Erkenntnis raubte ihr den Atem, und sie fühlte, wie sie kraftlos zu Boden sank, mitten hinein in die Splitter des zerbrochenen Cocktailglases. Zwei Kellner eilten auf sie zu und fragten, ob sie Hilfe benötige. Als sie nickte, hakte man sie unter und geleitete sie zu einem nahe gelegenen Zimmer. Ob es dasselbe war, in dem sie mit Willy einst die kleinen Löwen gestreichelt hatte? Sie wusste es nicht.

»Möchten Sie, dass wir einen Arzt rufen?«, erkundigte sich einer der Kellner, nachdem er und sein Kollege sie auf einer Chaiselongue abgelegt hatten.

Luise schüttelte den Kopf. »Nur ein Glas Wasser«, krächzte sie.

»Sie bluten ... das Glas hat Ihre Beine aufgeschnitten ... meinen Sie, dass Sie trotzdem am Essen teilnehmen können?«, wollte der andere Kellner wissen.

»Wahrscheinlich besser nicht«, wisperte Luise. »Es ist ... zwar nur ein kleiner Schwächeanfall ... aber ich fahre wohl besser nach Hause. Könnten Sie mir einen Wagen rufen und mich bei den Görings entschuldigen?«

»Aber selbstverständlich, gnädige Frau. Wir kommen sofort mit dem Glas Wasser und Ihrem Mantel zurück.«

Während Luise darauf wartete, dass sie endlich diesen entsetzlichen Landsitz verlassen konnte, wirbelten tausend Gedanken gleichzeitig durch ihren Kopf. Doch einer von ihnen trat immer mehr in den Vordergrund: Göring und seine Männer hatten ihr das Liebste genommen, das sie auf der Welt gehabt hatte. Willy war die große, die einzige Liebe ihres Lebens gewesen. Wie sollte sie nur ohne ihn weiterexistieren?

In diese allumfassende Trauer mischte sich plötzlich ein rasender Durst nach Rache. Wie eine Stichflamme schoss der Wunsch nach Vergeltung in ihr hoch. Sämtliche Nazis, die für Willys Tod verantwortlich waren, würden dafür bezahlen: angefangen von der Person, die ihn verraten haben musste, über diesen fanatischen Parteisoldaten Meeräcker bis hin zu Göring selbst. Sie alle würden ihre unsägliche Tat noch bereuen!

Als die beiden Kellner sie schließlich zu dem eilig herbeigerufenen Wagen begleiteten – Frau Göring ließ sich vielmals entschuldigen und wünschte ihr eine rasche Genesung –, hielt sie allein der Gedanke an Rache aufrecht. Nur wenn sie sich vorstellte, wie sie dem fetten Göring durch die mit Orden geschmückte Brust schoss, hatte sie nicht Willys leblose, zerschundene Gestalt vor Augen. Es war das Einzige, das ihr in diesem Moment den Willen gab weiterzuleben.

23. Kapitel

Februar 1939

Luise vermisste Willy Tag und Nacht. Der Schmerz wurde mit der Zeit nicht etwa dumpfer, sondern verstärkte sich im Gegenteil noch. Doch das allgegenwärtige Leid beflügelte sie auch, ihre Rachepläne nicht aufzugeben. Und wenn sie damit Erfolg haben wollte, musste sie auf der Höhe ihrer körperlichen und psychischen Kräfte sein. Deshalb hatte Luise sich in den letzten Wochen dazu gezwungen, ausreichend und gut zu essen. Sie war in den Wald gefahren, um lange Märsche zu absolvieren und ihre Ausdauer zu verbessern und um mit Willys alter Militärpistole auf leere Milchflaschen zu schießen. Sie musste in der Lage sein, sich selbst zu verteidigen. Man konnte schließlich nie wissen, ob die Görings auch einen Anschlag auf sie geplant hatten. Jeden Abend sah sie die versteckten Papiere durch und versuchte zu verstehen, worum es dabei genau ging. Bevor sie sich an den Mördern ihres Ehemanns rächte, wollte sie noch seinen letzten Wunsch in Erfüllung gehen lassen und die Papiere einer ausländischen Regierung zuspielen.

Als Mitte März im Radio verkündet wurde, dass Hitler die »Rest-Tschechei« besetzt und das neue Reichsprotektorat Böhmen und Mähren zum Bestandteil des Großdeutschen Reichs hatte erklären lassen, wusste Luise, dass sie jetzt handeln musste. Doch weder kannte sie ausländische Politiker, noch wusste sie, wie gefährlich es war, mit diesen Papieren ins Ausland zu reisen. Sie brauchte Hilfe. Und außer Julius fiel ihr niemand ein, der intelligent und zuverlässig gegen die Nationalsozialisten war. Konnte sie es wagen, ihn um Unterstützung zu bitten? Wahrscheinlich musste sie es darauf ankommen lassen.

Am nächsten Tag reiste sie – die Pistole und Willys Geheimpapiere im Futter einer Hutschachtel versteckt – nach Bad Doberan. Jedes Mal, wenn ein SS-Angehöriger oder auch nur der Fahrkartenkontrolleur auf sie zukam, starb sie tausend Tode und umklammerte die Hutschachtel auf ihrem Schoß noch etwas fester. Doch die Männer setzten sich zumeist lediglich in ihr Abteil, manche baten sie auch um ein Autogramm oder gingen ihrer rechtmäßigen Aufgabe nach und fragten sie nach ihrem Billett. Als sie im Palais eintraf, war Luise mit den Nerven am Ende. Trotzdem ging sie auf direktem Weg zu ihrem Schwager, der gerade mit Elisabeth, Julia und Fabian von Schlenzdorf zu Abend aß. Nachdem sie alle begrüßt hatte, bat sie ihn um eine private Unterredung.

»Worum geht es?«, fragte Julius überrascht.

Mit einem unsicheren Blick auf von Schlenzdorf sagte sie: »Ich glaube, jetzt zu wissen, was mit Willy passiert ist … und würde gern mit dir besprechen, wie ich darauf reagieren soll.«

»Luise, ich habe vor dieser Runde keine Geheimnisse. Du kannst uns ruhig allen von deinen Sorgen erzählen. Ich sehe dir an, dass es keine guten Nachrichten sind.«

Sie zögerte.

»Ich kann auch gern das Zimmer verlassen«, bot Julias Ehemann an.

Seine rücksichtsvollen Worte überzeugten sie. »Nein, Sie … oder vielmehr du gehörst jetzt auch zur Familie. Wahrscheinlich sind wir gemeinsam stärker.«

Unter Tränen erzählte sie von den geheimen Papieren, Willys Verschwinden und seinem Gemälde, das sie bei den Görings entdeckt hatte. Auch ihr Vorhaben, die Papiere an eine ausländische Regierung weiterzugeben, ließ sie nicht unerwähnt. Nur die Rachepläne gegenüber Willys Mördern behielt sie für sich.

»Du Armes«, wisperte Elisabeth, als sie geendet hatte. Während ihrer Ausführungen war ihre Schwester aufgestanden und hatte beide Arme um sie gelegt.

In die anschließende Stille murmelte Fabian: »Ich bin mir sicher, dass der britische Ministerpräsident in wenigen Tagen das Ende der *Appeasement*-Politik gegenüber Hitler verkünden wird. Wenn Sie das wirklich wollen, Frau Darboven, kann ich Sie mit jemandem in Kontakt bringen, der die Papiere sicher nach London bringt.«

Julius warf seinem Schwiegersohn einen eindringlichen Blick zu. »Das habe ich mir schon fast gedacht. Mich überrascht nur, dass du sie nicht selbst nach England transportierst.«

»Papa!«, rief Julia empört.

Elisabeth blickte verständnislos zwischen ihnen hin und her. »Wieso sollte Fabian …? Oder meinst du etwa …?«

»Willst du es ihnen erklären, Fabian? Oder soll ich?«, fragte Julius. »Ich ahne bereits seit Längerem, was hinter deiner häufigen Abwesenheit steckt.«

Sein Schwiegersohn nickte. »Wahrscheinlich sollte ich dieses Eingeständnis nicht länger hinauszögern. Ich fürchte, meine liebe Schwiegermutter fängt bereits an, an meiner Liebe für ihre wunderbare Tochter zu zweifeln.«

Julia stieß einen unterdrückten Laut aus, als wollte sie ihn am Weitersprechen hindern.

Fabian griff nach Julias Hand. »Bitte mach dir keine Sorgen, mein Liebling. Deine Eltern werden Deutschland ohnehin ganz bald verlassen, da kann ihnen dieses Wissen nicht mehr schaden.« Er holte tief Luft. »Ich arbeite im Widerstand gegen die Barbaren, die gerade unser Land ins Verderben stürzen. Und der einzige Grund, weshalb ich die Papiere nicht persönlich nach London bringe, ist, dass ich in letzter Zeit zu oft international gereist bin und sicherheitshalber eine Weile im Land bleiben sollte. Doch ich kenne jemanden, der schon mehrere Male für uns tätig war und absolut zuverlässig ist.«

»Du … du bist im Widerstand?«, flüsterte Elisabeth. Ihre Augen waren voller Angst.

Julius klopfte seinem Schwiegersohn auf die Schulter. »Ich bin stolz auf dich, mein Junge. Unsere Tochter hat eine gute Wahl getroffen.«

»Julia wusste das alles vor unserer Hochzeit. Ich habe ihr nichts verheimlicht«, rechtfertigte sich Fabian. »Und ich verspreche, bei allen Einsätzen so vorsichtig wie möglich zu sein.«

Elisabeth nickte stumm. Es war offensichtlich, dass sie über seine Eröffnung alles andere als erfreut war.

»Bitte, Mama, mach dir keine Sorgen«, sagte auch Julia. »Wenn ihr erst in Amerika seid, wird schon alles gut.«

Elisabeth schüttelte den Kopf. »Aber ich gehe nicht ohne dich von hier weg.« Sie kämpfte erneut mit den Tränen.

»Lass uns das später besprechen, Liebling«, versuchte Julius, sie zu besänftigen.

Fabian stand auf. »Liebe Frau Darboven, ich möchte Ihnen mein aufrichtiges Beileid aussprechen. Es tut mir unendlich leid um Ihren Mann. Aber … darf ich trotzdem einen Blick in diese Papiere werfen, um abschätzen zu können, wie wertvoll sie für unsere Sache sind?«

Luise schluckte. »Ich bitte darum.«

***

Im April besuchte Paul die Abschlussfeier seines ältesten Sohns an der Führerschule der Sicherheitspolizei. Anschließend lud er ihn in ein gutbürgerliches Gasthaus ein, weil Thomas »eine anständige Mahlzeit und keinen überteuerten Firlefanz« essen wollte.

»Und was hast du jetzt vor? Wirst du in Berlin zur Polizei gehen?«, fragte er, während sein Sohn sich über sein Kasseler mit Sauerkraut hermachte. Er war ein großer, schwerer junger Mann geworden, der eher nach Helenes Familie geraten zu sein schien als nach seiner.

»Nein«, erwiderte Thomas zwischen zwei Bissen. »In einer Woche fange ich im KZ Dachau an.«

»Bitte was?« Paul verschluckte sich an der sämigen Erbsensuppe und rang hustend nach Luft.

»Ich werde in Dachau im KZ arbeiten«, wiederholte Thomas, als wäre es das Normalste von der Welt.

»Aber … warum?«

»Es ist *das* Vorzeige-KZ des Deutschen Reichs. Die Bezahlung ist gut, und ehrlich gesagt will ich auch mal aus dem Berliner Mief raus und mir die bayerische Landluft um die Nase wehen lassen. Außerdem sollen die Frauen dort viel Holz vor der Hütte haben, wenn du verstehst, was ich meine …« Er grinste anzüglich.

»Und was wirst du dort tun?«, fragte Paul entgeistert. »Wirst du auch unschuldige Menschen quälen?«

Thomas warf ihm einen scharfen Blick zu. »Was redest du da nur für einen Blödsinn, Papa. Wir erziehen diese Gefangenen zu anständigen Bürgern! Das ist eine große Aufgabe, inzwischen sind es ja bereits mehr als dreihunderttausend und …«

Während sein Sohn ihm die Sinnhaftigkeit seiner neuen Aufgabe schilderte, überlegte Paul fieberhaft, mit welchen Argumenten er ihn umstimmen könnte. Sollte er ihm von Johannes' schrecklichem Schicksal erzählen? Doch dann würde er ihm auch den Grund für dessen Festnahme nennen müssen – und Thomas sich wahrscheinlich an fünf Fingern ausrechnen können, dass auch sein Erzeuger ein Straftäter gemäß Paragraph 175 war.

Thomas' Augen leuchteten fanatisch. Er hatte sich in Rage geredet und sprach von seiner innigen Vaterlandsliebe und den schändlichen Propagandalügen der ausländischen Presse, denen Paul keinen Glauben schenken dürfe.

Paul erstarrte innerlich, als er sich eingestehen musste, dass er seinen Sohn endgültig an die Nazis verloren hatte. Für Thomas gab es kein Zurück mehr. Er würde nie Verständnis für die menschlichen Tragödien haben, die dieses Regime zu verantworten hatte. Plötzlich wusste Paul, dass auch er selbst große Schuld auf sich geladen hatte: Warum hatte er nicht besser auf Thomas' junge, unschuldige Seele aufgepasst? Wie hatte es nur so weit kommen können?

»Verstehst du, Papa?«, fragte Thomas abschließend und säbelte sich ein großes Stück Kasseler ab.

Mit erstickter Stimme erwiderte Paul: »Ja, mein Sohn … ich verstehe. Möge Gottes Segen dich trotzdem allzeit begleiten.«

»Gottes Segen?«, spottete Thomas grinsend. »Wie altmodisch. Weißt du nicht, dass die Tüchtigen das Glück sowieso für sich gepachtet haben? Ich komme in Dachau schon klar, und eines Tages wirst du sehr stolz auf mich sein.«

Paul biss sich auf die Lippe. »Wenn du es sagst ... bestimmt.«

Thomas blickte von seinem Teller auf und lächelte zufrieden. »Wie lange bleibst du eigentlich? Sollen wir uns morgen gemeinsam die Parade zur Feier des fünfzigsten Geburtstags unseres Führers ansehen?«

Paul räusperte sich. »Leider wird das nicht möglich sein, Thomas. Ich werde im Hotel gebraucht und muss gleich nach dem Essen wieder abreisen.«

Thomas nickte. »Gut, dass endlich mit dieser Weiberwirtschaft im Palais Schluss ist. Onkel Julius lässt sich viel zu oft von Julia und Tante Elisabeth unterbuttern.«

Paul öffnete den Mund, um ihm zu widersprechen ... aber dann schloss er ihn wieder. Was hätte es für einen Sinn, jetzt auch noch einen Streit über dieses Thema heraufzubeschwören? Wer wusste schon, wann er seinen ältesten Sohn wiedersehen würde ... da gingen sie besser im Frieden auseinander. »Wann fährst du nach Dach..., ähm, Bayern?«

»Anfang nächster Woche.«

»Brauchst du Geld oder sonst irgendetwas?« Auf einmal konnte Paul seinem Sohn nicht mehr in die Augen schauen.

»Nee, lass mal stecken, Papa. Ich werde dort wirklich glänzend bezahlt«, meinte Thomas großzügig. »Wahrscheinlich braucht Martin als demnächst brotloser Künstler deine Hilfe dringender.«

Als Paul nach Bad Doberan zurückfuhr, war er vollkommen desillusioniert. Er dachte über verpasste Chancen, Fehler in der Erziehung seiner Kinder und die schreckliche Einbahnstraße nach, in der sich das Land und seine Bürger zu befinden schienen. Gab es denn wirklich kein Zurück mehr? Eine Art Handbremse, um diesen Höllenritt noch aufzuhalten? Doch es war, als hätte Hitler mit den freien Wahlen auch den gesunden Menschenverstand abgeschafft.

Nachdem er am Bahnhof mit schwerem Herzen aus dem Eisenbahnwaggon gestiegen war, dirigierte er seine Schritte nicht, wie ursprünglich beabsichtigt, zum Hotel, sondern schlug den Umweg über den Friedhof ein. Er hatte nur leichtes Gepäck dabei und wollte in der nächtlichen Dunkelheit noch schnell Johannes' Grab besuchen. Manchmal verspürte er an diesem Ort eine innere Ruhe, die er im hektischen Alltag des Palais nicht mehr empfinden konnte.

Es überraschte ihn nicht, dort auf Robert zu treffen, der sich seit einiger Zeit wieder für kurze Ausflüge zum Friedhof aus dem Hotel traute. Als blondem Mann drohte ihm von der hiesigen Polizei tatsächlich keine allzu große Gefahr. Aufrecht und einsam stand er vor dem einfachen Grabstein. Paul ließ seinen Koffer sinken, blickte sich vorsichtig um und nahm dann schweigend Roberts Hand in seine.

»War es so schlimm in Berlin?«, fragte Robert leise.

»Entsetzlich«, flüsterte Paul. Er würde ihm später von Thomas' Zukunftsplänen erzählen. Momentan hatte er nicht die Kraft dazu.

»Das tut mir sehr leid«, meinte Robert und drückte sanft seine Hand. »Du hast Besseres verdient.«

»Habe ich das?«, fragte Paul selbstkritisch. »Habe ich das wirklich? Oder bin ich genauso schuldig wie alle anderen auch?«

Roberts Augen leuchteten im diffusen Licht einer Laterne. »Doch ... du bist ein guter Mensch, Paul«, sagte er mit Nachdruck.

»Meinst du?«

Robert drückte seine Hand. »Ja.«

Plötzlich wurde Paul von einem überwältigenden Hoffnungsgefühl durchflutet. Die Frage, ob ein Neuanfang zwischen ihnen möglich wäre, brannte ihm auf der Zunge ... aber er wusste, dass es zu früh dafür war.

»Du musst geduldig mit mir sein«, sagte Robert in diesem Moment, als hätte er seine Gedanken gelesen. »Momentan bin ich einfach froh, dass ich einen so guten Fr...« Er korrigierte sich: »Nein, ich bin einfach froh, dass ich *dich* habe.«

Noch nie zuvor hatte ihn ein einziger Satz so glücklich gemacht.

Luise blickte sich so unauffällig wie möglich um. Nichts hier erinnerte an einen Spionagefilm, in dem sich Agenten in dunklen, nebelverhangenen Straßen konspirativ zusammengerollte Zeitungen überreichten. Im Gegenteil. Die Sonne schien hell auf die üppige Flora des Tiergartens, Kinder spielten im Gras, und sie selbst saß in einem Sommerkleid zu Füßen des Preußenkönig-Denkmals. Auf ihren Knien ruhte die Kuchenschachtel einer bekannten Konditorei, ganz so, als plante sie ein Picknick. Doch das kleine, gut verschnürte Paket enthielt keine sahnigen Leckereien, sondern Willys Papiere, die sie gleich an den unbekannten Kontaktmann übergeben würde.

Zunächst hatte sich Fabian selbst um die Übergabe kümmern wollen. Aber das hatte Luise strikt abgelehnt: »Wenn wegen dieser Sache jemand seinen Hals riskiert, dann bin ich das! Bitte arrangiere das Treffen und überlass alles weitere mir.« Paul und Elisabeth waren ebenfalls dagegen gewesen, dass sie sich als Amateurspionin betätigte, doch sie hatte auch deren Einwände nicht gelten lassen. Schließlich hatte Julias Ehemann klein beigegeben und sie über den Treffpunkt und das Codewort des Kontaktmanns informiert, das in diesem Fall ein ganzer Satz war: »Wie schön, dass du an den Erdbeerkuchen für meine Mutter gedacht hast.« Woraufhin sie sagen musste: »Erdbeer war ausverkauft. Es ist leider nur ein Sandkuchen.« Daraufhin sollte sie aufstehen, dem Mann das Paket übergeben und gemeinsam mit ihm bis zum Brandenburger Tor schlendern. Danach würde jeder wieder seiner eigenen Wege gehen. Eigentlich ein Kinderspiel.

Luise blickte auf und erstarrte. Krampfhaft versuchte sie, ihren Sonnenhut tiefer ins Gesicht zu ziehen. Vergeblich. Heinz, ihr ehemaliger Geliebter, hatte sie bereits gesehen und steuerte unmittelbar auf sie zu. Was war das nur für ein unglücklicher Zufall! Was tat denn ausgerechnet Heinz am helllichten Tag hier im Park? Warum drehte er nicht? Seine Komödien liefen doch nach wie vor in den Kinos.

»Luise?«, fragte er in diesem Moment ungläubig.

»Hallo, Heinz«, erwiderte sie notgedrungen freundlich, weil sie jetzt keine Szene machen, sondern ihn so schnell wie möglich wieder loswerden wollte. »Es ist schön, dich wiederzusehen, aber ich habe jetzt leider keine Zeit, mit dir zu plaudern. Ich warte auf jemanden.«

»Ach so.« Sein Blick fiel auf die Kuchenschachtel in ihrer Hand, und sein Gesichtsausdruck änderte sich schlagartig, wechselte von konsterniert zu überrascht.

»Ähm …«, begann Luise, als er sich nicht vom Fleck wegbewegte. »Ich will nicht unhöflich sein, aber es wäre besser, wenn du mich jetzt allein lassen würdest.«

Er zog eine Grimasse. »Bist du sicher … wo du doch meiner Mutter extra einen Erdbeerkuchen mitgebracht hast?«

Fassungslos starrte sie ihn an. Gut, es waren nicht exakt die Worte gewesen, die Fabian ihr ausgerichtet hatte, aber doch so ähnlich, dass ein Zufall ausgeschlossen war. »Du?«, stammelte sie verwirrt.

»Willst du mir nicht erst antworten, bevor wir uns aussprechen?«

»Erdbeer war ausverkauft. Es ist leider nur ein Sandkuchen«, erwiderte sie mechanisch.

Heinz setzte sich neben sie und blickte sich unauffällig um: Niemand war in Hörweite. »Also, das ist ja ein Ding! Das hätten wir auch einfacher haben können.«

»Bestimmt. Aber sollten wir nun nicht doch besser zum Brandenburger Tor schlendern?«, meinte Luise nervös.

»Liebes, ehrlich gesagt glaube ich nicht, dass das jetzt noch eine Rolle spielt. Jeder, der uns kennt, weiß, dass wir miteinander bekannt sind. Da würde es meines Erachtens mehr auffallen, wenn wir nicht eine Weile miteinander sprechen würden. Oder?«

Sie überlegte kurz. Dann nickte sie. »Ja, ich glaube, du hast recht.«

Heinz schüttelte den Kopf. »Also, du überraschst mich immer wieder, Luise. Wann bist du denn unter die Widerstandskämpfer gegangen?«

Luise zögerte. Sollte sie ihm wirklich von Willy erzählen? Bevor sie eine Entscheidung treffen konnte, sagte er ruhig: »Ich bringe die Papiere übrigens morgen selbst nach London. Wie du weißt, lebt Elsie, meine geschiedene Ehefrau, dort. Sie und Lord Northcliffe haben entsprechende Kontakte aufgebaut und werden sie an die richtige Stelle weiterleiten.«

»Du kennst Charlie?«

»Ja, natürlich. Er hat Elsie eine Stelle als Sekretärin besorgt.«

»Und die Nazis lassen dich einfach so nach London reisen?«, fragte sie skeptisch.

Er lächelte. »Sie zahlen mir sogar die Reise. Als völlig unpolitischer Filmstar bin ich doch das beste Aushängeschild für die deutsche Filmindustrie.«

»Unglaublich«, meinte Luise.

»Du kannst mir ruhig vertrauen, denn jetzt weißt du genug über mich, um mich nicht nur bei der Gestapo anzuschwärzen, sondern wegen Hochverrats vor den Volksgerichtshof zu zerren.«

»Das stimmt allerdings«, bestätigte sie. Und dann fing sie leise an, ihm von Willys Zweifeln zu erzählen, die mit der Zeit immer stärker geworden waren ... bis er schließlich die Geheimpapiere an sich genommen hatte und kurz darauf für immer verschwunden war. »Verstehst du? Ich würde alles tun, um mich an diesen Leuten zu rächen«, endete sie.

»Das tut mir so leid für dich«, sagte er mitfühlend. »Hast du eine Idee, wer deinen Ehemann verraten haben könnte?«

»Ja, aber ich muss diesen Verdacht erst hundertprozentig absichern, bevor ich etwas gegen die Person unternehme.«

Heinz griff nach ihrer Hand und drückte sie. »Wenn ich dir irgendwie dabei behilflich sein kann, lass es mich wissen.«

»Ich werde darüber nachdenken. Wann kommst du aus London zurück?«

»Anfang nächster Woche.«

»Gut.« Luise reichte ihm die verschnürte Kuchenschachtel. »Ich wünsche dir eine gute und sichere Reise.«

»Du, Luise … ich meine das Hilfsangebot wirklich ernst. Bitte zögere nicht, mich anzurufen.«

Sie nickte. »Danke, Heinz.«

***

Seitdem die Gestapo versucht hatte, ihren Vater festzunehmen, konnte Julia kaum an etwas anderes denken, als dass sie es Eigenbrot mit gleicher Münze heimzahlen wollte. Doch wie sollte sie dem widerlichen Portier eine Falle stellen? Sie sprach darüber mit Fabian, der sie seit Weihnachten endlich regelmäßig besuchte. Doch ihr Ehemann hielt das Ganze für eine Schnapsidee: »Am besten unternimmst du gar nichts. Wenn der Empfangschef deinen Plan durchschaut, wird er seinen Auftraggeber umgehend informieren, und dann bekommt ihr noch größere Schwierigkeiten. Und selbst wenn dein Plan funktionieren sollte und Eigenbrot tatsächlich gehen müsste, würde er anschließend sofort durch einen anderen Spitzel ersetzt.«

Das klang zwar logisch, trotzdem war es Julia unmöglich, Eigenbrots Verrat zu ignorieren. Und als ihr Vater ihr einige Wochen nach dem Vorfall mitteilte, dass er endlich alle Formalitäten erledigt und sämtliche Bescheinigungen für die Ausreise erhalten habe, hatte sie keinerlei Hemmungen mehr, ihre Rachegelüste in die Tat umzusetzen … im Notfall konnte ihre Familie nun innerhalb kürzester Zeit das Land verlassen.

»Und was wird jetzt aus dir und Fabian? Kommt ihr mit nach Amerika?«, fragte er und blickte sie erwartungsvoll an.

»Ich …«, begann Julia.

Ihr Vater unterbrach sie mit einer ungeduldigen Geste. »Bitte erzähl mir jetzt nicht wieder, dass Fabian noch darüber nachdenkt. Wir wissen doch beide, dass er als Widerstandskämpfer hierbleiben muss. Die eigentliche Frage ist, ob du mit dieser ständigen Gefahr leben kannst. Und vielleicht wäre es auch für Fabian leichter, wenn du mit uns nach Amerika kommst und er dich in Sicherheit weiß.«

Wie immer las ihr Vater in ihrem Innenleben wie in einem offenen Buch. »Er hat mir ja vorgeschlagen, dass ich mit euch gehen soll, aber …« Julia schluckte. »… ich kann doch meinen frischangetrauten Mann nicht alleinlassen.«

Er seufzte. »Es ist deine Entscheidung … aber du wirst sie bald treffen müssen, Sternchen … deine Mutter gerät schon wieder ins Zaudern … doch diesmal müssen wir Nägel mit Köpfen machen. Die politische Situation spitzt sich immer weiter zu, und eine weitere Verzögerung kann und will ich nicht akzeptieren.«

Julia nickte kleinlaut. »Ich sage dir spätestens Ende der Woche Bescheid.«

Ihr Vater umarmte sie. »Du weißt, dass ich dich am liebsten eigenhändig in meinen Koffer packen würde.«

»Ich weiß, Papa«, sagte sie kleinlaut und wünschte sich in diesem Moment nichts sehnlicher, als wieder ein kleines Mädchen sein zu dürfen, das sich nicht mit solch folgenreichen Entscheidungen herumschlagen musste.

Um sich abzulenken, beschloss Julia – mit angemessen schlechtem Gewissen –, Hugo in ihre Rachepläne gegen Eigenbrot einzuweihen.

Hugo, der noch immer von Zeit zu Zeit im Palais abstieg, um nach seiner »lieben Freundin« zu schauen, war sofort Feuer und Flamme. Und er hatte auch gleich eine großartige Idee: »Warum willst du eigentlich nur dem Portier eins auswischen, wenn doch eigentlich der Gauleiter verantwortlich ist? Noch besser wäre es, sie beide in die Pfanne zu hauen. Oder nicht?«

Der Gauleiter und Reichsstatthalter von Mecklenburg, Friedrich Hildebrandt, war ein vielgehasster Mann, selbst unter Nationalsozialisten. Er bereicherte sich, wo es nur ging, und sicherte so manchem hochrangigen Parteigenossen einen günstigen Hauskredit oder ein Grundstück in bester Lage. Da Julia wusste, dass der fettleibige Kerl vor Jahren sogar ihrer Mutter aufs Unangenehmste nachgestiegen war, stimmte sie sofort zu: »Klasse. Aber wie stellen wir das an?«

Hugo schmunzelte. »Bist du bereit, auch etwas … sagen wir mal … Pikantes in die Wege zu leiten?«

»Ich … bin zu allem bereit«, bekräftigte sie. »An was hast du gedacht?«

Leise flüsterte er ihr seinen Plan ins Ohr, und Julia klatschte begeistert in die Hände. »Aber das ist wundervoll! Und was kann ich dazu beitragen?«

»Du müsstest Eigenbrot ins Vertrauen ziehen und ihm sagen, dass an dem betreffenden Wochenende eine enge Freundin deines Vaters, eine Jüdin, inkognito im Hotel absteigen wird. Da das offiziell nicht gestattet ist, bittest du ihn um Diskretion, wenn er sich den Pass der Dame für die Anmeldeformalitäten aushändigen lässt. Wenn er die Information an seine Vorgesetzten weiterleitet, wovon wir ausgehen können, müsst ihr mit einer Kontrolle rechnen, und die erwischen dann … den Gauleiter und seine Geliebte!«

»Genial«, bestätigte sie. »Und wann soll das Ganze steigen?«

»Sobald ich alles eingefädelt habe. Ich rufe dich an.«

»Großartig!«

In Wahrheit ging es Julia in dieser Zeit alles anderes als großartig. Ihr machte Onkel Willys Verschwinden – sein mehr als wahrscheinlicher Tod – schwer zu schaffen. Zum ersten Mal wurde die Gefahr, in die sich Fabian durch seine Arbeit im Widerstand begab, greifbar und real. Es war ein schreckliches Gefühl.

»Ich habe solche Angst um dich«, hatte sie ihm gestanden, nachdem Tante Luise wieder abgereist war.

Fabian hatte sie liebevoll in den Arm genommen und gesagt: »Ich verspreche dir, dass ich vorsichtig bin.«

Seine Worte hatten sie nicht beruhigt. Im Gegenteil. »Aber Onkel Willy war bestimmt auch vorsichtig. Kannst du … nicht mit dieser Arbeit aufhören? Bitte!«

»Julia, das geht nicht. Ich werde gebraucht und …«

»Aber ich brauche dich auch! Unversehrt und an meiner Seite.«

Sein Blick wurde traurig. »Ich kann nicht, Julia. Bitte versteh doch. Zivilcourage ist in diesen Zeiten kein leeres Wort.«

»Aber warum gerade du?«

»Weil … ich nicht von jemand anderem verlangen kann, etwas zu tun, wozu ich selbst nicht bereit bin.«

»Und wenn ich dich anflehe, damit aufzuhören?«

»Liebling, du hast doch bei unserer Eheschließung gewusst, was auf dich zukommt … bitte mach mir jetzt nicht das Herz schwer.«

Sie hatte keinen Streit mit ihm gewollt und statt zu antworten ihren Kopf an seine Brust geschmiegt, aber manchmal zweifelte sie an der Aufrichtigkeit seiner Liebe. Würde er, wenn er sie wirklich von ganzem Herzen liebte, ihr Glück fast täglich aufs Spiel setzen?

Heute sollte der verräterische Empfangschef endlich vorgeführt werden. Hugo, der bereits vor einigen Tagen eingetroffen war, hatte alles generalstabsmäßig vorbereitet.

»Und wenn die Polizei herausfindet, dass das Schreiben eigentlich von dir stammt?«, fragte sie, als er ihr Büro betrat.

»Ach was, der Briefkopf ist so wundervoll gefälscht, dass er vom Original nicht zu unterscheiden ist«, erwiderte Hugo beleidigt.

»Dann sollte wohl alles glattgehen«, sagte Julia hoffnungsvoll. Sie hatte ihn nicht gefragt, woher er die junge Geliebte des Gauleiters kannte. Jedenfalls hatte er der Dame einen Brief mit dem gefälschten Amtswappen des Würdenträgers geschrieben, in dem Hildebrandt sie am heutigen Tag zu einem Schäferstündchen ins Palais einlud. Gleichzeitig hatte er dem Gauleiter schwülstig abgefasste Zeilen von seiner Geliebten geschickt, in denen sie ihm mitteilte, dass sie ihn in Zimmer 257 erwarten werde.

»Und wie hat sich Eigenbrot verhalten, als er den Pass der Geliebten kontrolliert hat?«, fragte Hugo neugierig.

Wie vereinbart hatte Julia dem Portier vor einigen Tagen die Mär von einer incognito reisenden Jüdin aufgetischt. »Er hat den Pass gegen das Licht gehalten, um herauszufinden, ob sie das rote ›J‹ irgendwie gelöscht hat. Aber dann musste er sie das gebuchte Zimmer beziehen lassen«, antwortete sie. »Und keine fünf Minuten später hat er den Empfang verlassen, vermutlich, um zu telefonieren.«

»Wir sollten im Foyer warten, damit wir nichts verpassen«, meinte Hugo und blickte auf die Uhr. »Hoffentlich kommt der Gauleiter rechtzeitig.«

»Nein«, widersprach Julia. »Wir warten im Dienstbotentrakt, hinter einer der tapezierten Türen, die auf den Gang führen, dann können wir alles haargenau beobachten. Komm mit!«

Sie führte ihn durch das Restaurant, an der im Keller gelegenen Küche vorbei und über die Dienstbotentreppe in den zweiten Stock. Dort öffnete sie die Tür einen Spaltbreit und kauerte sich auf den Boden. Hugo tat es ihr nach.

In diesem Moment hörten sie auch schon schwere Schritte auf dem Gang: Friedrich Hildebrandt war im Anmarsch!

Julia öffnete die Wohnungstür und ließ Hugo eintreten. Im Wohnzimmer angekommen sahen sie sich an und brachen gleichzeitig in prustendes Gelächter aus.

»Hast du Hildebrandts Gesichtsausdruck gesehen?«, schnaubte Hugo.

»Zum Brüllen komisch«, bestätigte sie lachend. »Und als er dann Eigenbrot hat antanzen lassen und ihn gefragt hat, wie er dazu käme, ausgerechnet ihm Rassenschande zu unterstellen!«

Alles hatte wie am Schnürchen geklappt. Die von Eigenbrot verständigte Polizei hatte den Gauleiter tatsächlich in flagranti mit seiner vermeintlich jüdischen Geliebten erwischt und sowohl den vor Wut schäumenden Hildebrandt als auch seine dralle Gespielin in Unterwäsche verhaftet. Es hatte eine ganze Weile gedauert, bis alles aufgeklärt war … und man den Gauleiter wieder freigelassen hatte.

»Glaubst du, dass er Eigenbrot jetzt feuert?«, fragte Julia, nachdem sie sich wieder beruhigt hatten.

»Ich hoffe es. Wichtig ist, dass du ganz gelassen reagierst, wenn er dich auf die jüdische Gästin anspricht. Du musst ihm absolut glaubhaft versichern, dass dein Vater deren Anreise in letzter Minute verboten hat.«

Julia nickte und hörte in diesem Moment, wie die Wohnungstür geöffnet wurde. Ihre Eltern mussten von ihrem Einkaufsbummel in Bad Doberan zurück sein, und sie konnte es kaum erwarten, ihnen die Geschichte vom halb nackten Gauleiter zu erzählen. Doch als ihre Mutter das Wohnzimmer betrat, blieben ihr die Worte im Hals stecken: Sie sah so aus, als ob sie die ganze Rückfahrt über geweint hätte. Auch ihr Vater wirkte vollkommen niedergeschlagen.

»Was hast du, Mama?«, fragte Julia bestürzt.

Ihre Mutter sah zu Hugo, der den Wink sofort verstand. »Ich werde in Heiligendamm erwartet … wenn ich mich verabschieden darf?«, sagte er höflich.

Julia warf ihm einen dankbaren Blick zu. »Bis später.« Als die Tür ins Schloss fiel, fragte sie: »Also?«

»Sie wollen uns Oskar wegnehmen«, flüsterte ihre Mutter, die bei diesen Worten erneut in Tränen ausbrach.

»Was?« Julia glaubte, sich verhört zu haben.

»Wir haben durch einen bösen Zufall ausgerechnet den Kinderarzt getroffen, der Oskar schon damals den Behörden melden wollte. Und als er ihn mit seinen Fragen gelöchert hat, hat dein Bruder angefangen zu stottern. Jetzt will er ihn in ein Heim für erbkranke Kinder einweisen.«

»Nein!«, rief sie entsetzt. »Das dürft ihr nicht zulassen. Wo ist Oskar?«

Ihr Vater hob beruhigend die Hände. »Er ist mit dem Kindermädchen im Park. Wir wollten erst in Ruhe mit dir reden, um ihn nicht noch mehr aufzuregen.«

Julia atmete tief durch. »Natürlich.«

»Leider gibt es nur eine Möglichkeit, wie wir Oskar vor dem Zugriff der Behörden retten können …«, sagte ihr Vater ernst. »… wir müssen umgehend das Land verlassen. Die Gretchenfrage ist … kommst du mit, Julia?« Auch die Augen ihres Vaters waren jetzt voller Tränen.

Julia war, als lege sich eine eiskalte Faust um ihr Herz. »Ich … ich kann nicht, Papa«, erwiderte sie leise. »Ich muss bei meinem Mann bleiben.«

»Nein! Du musst mitkommen!«, rief ihre Mutter leidenschaftlich. »Der Krieg kann jeden Tag ausbrechen, und dann dürft ihr nicht mehr ausreisen.«

»Und was soll aus dem Palais werden?«, fragte sie. »Irgendjemand muss doch Onkel Paul helfen, auf alles aufzupassen.«

»Paul und sein Kriegskamerad werden sich schon gut um das Palais kümmern«, erwiderte ihr Vater. »Die beiden kommen auch ohne dich zurecht.«

Julia sah ihren Eltern, die plötzlich um Jahre gealtert zu sein schienen, die Verzweiflung darüber an, womöglich eines ihrer geliebten Kinder zurücklassen zu müssen, und sie beschloss, ihnen den Abschied so leicht wie möglich zu machen. Selbst wenn das eine barmherzige Lüge erforderte, die zumindest ihr Vater sicher sofort durchschauen würde.

»Wisst ihr, was?«, sagte sie und zwang sich zu einem Lächeln. »Ihr habt recht. Onkel Paul bleibt hier, und ich werde Fabian davon überzeugen, dass wir auch nach Amerika müssen. Seit Kurzem gibt es von London aus diese regulären Passagierflüge über den Atlantik. Am besten bucht ihr gleich morgen früh eine Schiffspassage für euch und Oskar, und Fabian und ich kommen ganz bald mit dem Flugzeug nach. Wer weiß, vielleicht erreichen wir das gelobte Land sogar noch vor euch.«

Es war kurz vor Mitternacht, und Luise stand wartend in einem dunklen Waldstück. Trotz der warmen Witterung trug sie einen langen Trenchcoat und eine eng anliegende Kappe, um ihre auffälligen blonden Haare zu verstecken. In der weiten Manteltasche umschlossen die Finger ihrer rechten Hand Willys alte Militärpistole. In einiger Entfernung hörte sie ein Auto heranpreschen. Jetzt war es so weit! Heinz hatte ihr tatsächlich geholfen, den Schuldigen am Tod ihres Mannes zu überführen, und jetzt würde dieser seine gerechte Strafe erhalten.

Luises Vermutung hatte sich bestätigt: Es war tatsächlich Frau Vogt, Willys Sekretärin. Und Trauzeugin! Heinz hatte sich – mit einem falschen Bart und einer Perücke getarnt – als potenziellen Käufer der Möbelfirma ausgegeben, der allerdings sehr besorgt war, dass der als vermisst geltende Besitzer womöglich doch noch wieder auftauchen könnte. Nachdem er einige Male mit Frau Vogt geschäkert hatte, hatte sie ihm im Vertrauen zugeflüstert, dass er sich da absolut keine Sorgen machen müsse ... Herr Darboven könne schließlich nicht von den Toten auferstehen.

Als er Luise von diesem Geständnis erzählt hatte, hätte sie die Schlange am liebsten auf der Stelle erwürgt. Doch Heinz ermahnte sie, vernünftig zu sein. Deshalb hatten sie sich folgenden Plan zurechtgelegt: Heinz würde Frau Vogt, die das Büro immer als Letzte verließ, anbieten, sie mit dem Wagen nach Hause zu bringen. Doch anstatt sie auf direktem Wege zu ihrer Wohnung zu fahren, würde er noch einen romantischen Umweg über Wannsee machen.

Da! Wenige Meter von ihr entfernt hielt der von Heinz gemietete Wagen. Luise hörte durch das heruntergelassene Fenster, wie er sagte: »Ein Abendspaziergang wird uns guttun. Steigen Sie ruhig schon aus. Ich parkiere nur noch den Wagen.«

»Na, Sie sind mir aber ein Schlawiner«, flötete Frau Vogt. Trotzdem öffnete sie die Beifahrertür und stieg aus. Als sie sie wieder zuklappte, gab Heinz Gas und fuhr davon.

»He, was soll das?«, rief Frau Vogt, doch ihre Stöckelschuhe hinderten sie daran, ihm hinterherzulaufen.

Luise trat zwischen den Bäumen hervor, zog die Pistole aus

der Manteltasche und zielte auf die Verräterin. »Tja, Frau Vogt …
manchmal entwickeln sich die Dinge anders als gedacht, nicht
wahr?«

Die Sekretärin fuhr herum. »Frau Darboven!«, murmelte sie
konsterniert.

»Warum haben Sie meinen Mann an die Gestapo verraten?«,
fragte Luise kühl.

Man konnte der Sekretärin ansehen, dass sie überlegte, alles
abzustreiten. Doch dann streckte sie bockig das Kinn vor: »Ich
habe nur meine Pflicht getan. Ihr Mann hatte diese Papiere un-
rechtmäßig an sich genommen.«

»So, so«, flüsterte Luise. »Ihre Pflicht … Sie haben meinen
Willy also aus Pflichtgefühl ans Messer geliefert?«

Frau Vogt nickte. »Die Leute im Ministerium hatten ihn ja bereits in Verdacht.«

Luise war, als ob etwas Heißes in ihrem Kopf explodierte.
»Wahrscheinlich hat man Sie gut dafür bezahlt …«, krächzte sie.
»Wenn nicht … ist das hier Ihr Judaslohn.« Sie spannte ihren Zei-
gefinger um den Abzug und drückte ab.

Der Schuss zerriss überlaut die nächtliche Stille. Frau Vogt
blickte überrascht auf den roten Fleck, der sich rasend schnell auf
dem Oberteil ihres hellen Sommerkleids ausbreitete. »Sie … Sie
haben auf mich geschossen«, murmelte sie anklagend, bevor sie
auf beide Knie fiel und schließlich zur Seite sackte.

Zehn Minuten später hielt Heinz erneut am Straßenrand, und
Luise stieg ein, ohne ein Wort zu sagen.

»Was hast du mit der Waffe gemacht?«, fragte er.

»In einen kleinen Tümpel geworfen«, antwortete sie und starrte
durch die Windschutzscheibe. Noch nie hatte sie Willy mehr vermisst als in diesem Moment.

Heinz nickte anerkennend. »Ich hätte nicht gedacht, dass du
das so eiskalt durchziehst. Wahrscheinlich solltest du dich tatsächlich dem aktiven Widerstand anschließen. Ich bin mir sicher,
wir könnten jemanden wie dich gut gebrauchen.«

»Mich … eine Mörderin?«, wisperte sie kaum hörbar.

»Jetzt komm … wie heißt es schon in der Bibel? Auge um Auge, Zahn um Zahn.«

Eine Weile blieb Luise still. Dann sagte sie: »Ich glaube, du hast recht … vielleicht ist Widerstand das Einzige, was in diesen Zeiten einen Sinn hat.« Sie unterdrückte ein Seufzen. Mit der Schuld, einen Menschen umgebracht zu haben, würde sie allein fertigwerden müssen.

Am 1. September marschierte die deutsche Wehrmacht in Polen ein, womit de facto zwischen beiden Ländern Krieg herrschte. Diesem feindseligen Akt war wochenlanges Säbelrasseln vorausgegangen, sodass Paul, wie die meisten anderen Deutschen, schon länger mit dem Schlimmsten gerechnet hatte: Viele Gäste des Palais waren bereits Anfang August abgereist oder hatten ihren geplanten Aufenthalt kurzfristig annulliert. Ab sofort mussten nachts wieder alle Häuser und Straßen verdunkelt werden, und das Hören von ausländischen Rundfunksendern war bei Strafe verboten. Für jüdische Bürger galt ein striktes Ausgangsverbot. Man munkelte, dass es vereinzelt bereits zu Erschießungen von vermeintlichen Kriegsgegnern gekommen war. Die Grenzen waren geschlossen. Seine Schwester, Julius und Oskar waren tatsächlich in letzter Minute geflohen. Sie hatten telegrafiert, dass sie gut in Amerika angekommen seien und nun in ihrem Haus auf Long Island lebten. Auch sie waren in großer Sorge. In ihrem letzten Schreiben hatte Elisabeth angedeutet, dass sie alles versuchen wolle, um Julia, Fabian und die Verwandtschaft aus Paris ebenfalls nach Amerika zu holen.

Heute, eine Woche nach Kriegsbeginn, war Paul zu einem Spaziergang nach Heiligendamm aufgebrochen, um sich mit eigenen Augen davon zu überzeugen, wie sich diese neuen Zeiten auf das Seebad auswirkten. Jetzt stand er auf der berühmten Seebrücke und schirmte mit einer Hand seine Augen gegen die Sonne ab. Es war ein herrlicher Tag. Majestätisch und ruhig lag das Meer vor und unter ihm. Der Horizont schien endlos. Der Natur konnte der verdammte Krieg glücklicherweise nichts anhaben, nachfolgende Generationen würden auch noch in hundert Jahren das wunderschöne Panorama genießen können. Er drehte sich um und betrachtete die wie Perlen aufgereihten weißen Gebäude des Seebads. Hier hatte der Krieg allerdings schon erste Spuren hinterlassen: Das Grand Hotel war beschlagnahmt worden und sollte demnächst als Reserve-Lazarett genutzt werden. Der Eigentümer, Baron Rosenberg, hatte, als er diese Nachricht erhielt, Selbstmord begangen. Sein Vermögen in Heiligendamm war von Gauleiter Hildebrandt – das Intermezzo mit seiner Geliebten war folgenlos geblieben – kurzerhand unter den Günstlingen der Nationalsozialisten aufgeteilt worden. Auch er selbst hatte mit seiner Ehefrau eine Villa in Besitz genommen.

Niemand konnte im Moment sagen, wie dieser neue Krieg ausgehen würde. Ob er kurz oder lange dauern, welche Nationen darin verwickelt sein würden. Aber seine Erfahrungen hatten Paul eines gelehrt: Jeder Krieg brachte unermessliches Leid und Elend über die Menschheit. Er bedeutete Tod, Hunger, Entbehrungen und Schmerzen. Wann würden die Völker der Welt das nur begreifen? Und was würde der Krieg mit seinen armen Kindern machen? Mit Thomas, der blind die Befehle der Nazis befolgte? Was mit Martin, der gerade so glücklich mit seinem Studium und seiner ersten Freundin war? Sophie, die an der Krankenpflegeschule lernte, wollte sich künftig um kranke Kinder kümmern. Aber war es nicht wahrscheinlicher, dass sie demnächst in einem Feldlazarett Soldaten mit zerfetzten Gliedern und Wundbrand würde pflegen müssen?

Er atmete die gute Seeluft tief ein. Bereits Ende August hatte er sich mit Julia darauf geeinigt, das Hotel bis auf Weiteres zu schließen. Über das kostbare Mobiliar waren Laken gebreitet worden, um es vor Staub zu schützen. Besonders wertvolle Gegenstände – Gemälde und Lüster – hatten sie im Keller eingeschlossen. Jeder Angestellte hatte eine großzügige Abfindung erhalten, trotzdem meldeten sich viele Männer gleich am 1. September als Kriegsfreiwillige. Seine Nichte war mit ihrem Fabian nach Gut Bellhagen übergesiedelt, um das Einbringen der Ernte zu überwachen. Sie plante, vorerst dort zu bleiben und dafür zu kämpfen, dass ihre geliebten Pferde nicht von der Armee beschlagnahmt wurden.

Er selbst würde weiterhin mit Robert in seiner Wohnung im geschlossenen Hotel leben. Das war ihnen sehr recht, besonders weil sie seit einiger Zeit keine Polizeikontrollen mehr fürchten mussten: Hugo Lessing hatte Robert einen gefälschten Kriegsversehrtenausweis auf den Namen Robert Müller besorgt. Das bedeutete, dass er, genau wie Paul mit seinem amputierten Arm, nicht eingezogen werden konnte. Außerdem kannte ihn hier im Ort jeder als Witwer und dreifachen Familienvater, weshalb niemand daran Anstoß zu nehmen schien, dass er mit seinem ebenfalls versehrten Kriegskameraden unter einem Dach wohnte.

Auch wenn es keinen Betrieb mehr im Palais gab, wurde Robert und ihm die Zeit nicht lang. Sie spazierten durch den Hotelpark und hatten das Gärtnern für sich entdeckt. Manchmal kam es Paul so vor, als hätte er die ereignisreichen Jahre zwischen 1912 und 1939 nur geträumt. An Roberts Seite fühlte er sich, zumindest innerlich, so jung wie damals, als noch der Kaiser das Land regiert hatte. Niemand wusste, was die Zukunft bringen würde, aber sie hatten einander und lebten im Palais, das momentan einem verwunschenen Schloss glich, hinter dessen weißer Fassade die Zeit stillzustehen schien.

⁂

Der Abschied von ihren Eltern war tränenreich gewesen. Immer wieder hatten sie einander umarmt und geherzt. Selbst Oskar hatte seine kleinen Arme um ihren Hals gelegt und geflüstert: »Ich hab dich lieb, Dei-da!« Als sie den alten Kosenamen hörte, den er benutzt hatte, als er »Julia« noch nicht aussprechen konnte, hatte es ihr das Herz zerrissen. Wann würde sie den kleinen Kerl, wann ihre geliebten Eltern wiedersehen?

»Du kommst ganz bald nach, ja?«, hatte ihre Mutter geflüstert und sie so fest umarmt, dass sie kaum noch Luft bekommen hatte.

Julia hatte lediglich genickt, sonst wäre sie vielleicht doch noch schwach geworden und hätte sich einfach zu ihrer Familie in den Wagen gesetzt.

Fabian und ihr Vater hatten einander die Hände geschüttelt. »Bitte pass gut auf unsere geliebte Tochter auf!«

»Ich verspreche, mein Bestes zu geben.«

Als Letztes hatte ihr Vater ihr einen Kuss auf die Stirn gedrückt. »Du bist eine starke junge Frau«, hatte er gemurmelt. »Bitte vergiss nie, wie sehr ich dich liebe.«

»Danke, Papa. Ich liebe dich auch«, hatte sie geschluchzt und sich in Fabians Arme geflüchtet.

Bereits im Abfahren hatte ihre Mutter sich umgewandt und zuerst sie und dann lange das Palais angeschaut. Julia wusste, was ihr das Hotel bedeutete und was für ein Opfer dieser Abschied – vielleicht für immer – war. Sie riss sich von Fabian los und rannte winkend dem Wagen hinterher. »Mach dir keine Sorgen, Mama. Onkel Paul wird sich gut um das Palais kümmern!«

Der 1. September war nicht nur wegen des Kriegsbeginns ein wichtiger Tag in Julias Leben. Ausgerechnet an diesem Morgen bestätigte Dr. Lauscher, ihr Frauenarzt, was sie schon seit einiger Zeit vermutete: Sie war schwanger. Die Nachricht löste gemischte Gefühle in ihr aus. Einerseits freute sie sich unbändig darauf, in weniger als acht Monaten Fabians und ihr Baby in den Armen halten zu dürfen. Andererseits fragte sie sich, ob dies wirklich der richtige Zeitpunkt war, um ein Kind in die Welt zu setzen. Wie sollte sie die Schwangerschaft und die Geburt ohne die Hilfe ihrer Mutter durchstehen? Und wie würde Fabian auf diese Neuigkeiten reagieren?

Als Julia aus Bad Doberan auf den Gutshof zurückkehrte, wusste sie immer noch nicht, wie sie Fabian die frohe Botschaft mitteilen sollte. Immer wieder ging sie verschiedene Sätze in ihrem Kopf durch. Schließlich stand sie ihrem Ehemann in der

Stube gegenüber, doch bevor sie den Mund öffnen könnte, sagte er: »Hast du schon gehört? Deutschland ist im Krieg! Kannst du mir bitte helfen, ein paar Sachen zusammenzupacken? Ich muss unbedingt nach Berlin fahren und mich als Freiwilliger melden.«

»Ich ... ich bin im zweiten Monat schwanger«, brach es aus ihr heraus.

Fabian, der bereits angefangen hatte, einige Schriftsachen aufeinanderzulegen, hielt abrupt inne. »Wie bitte?«

»Ich bin schwanger, Fabian«, sagte sie und konnte die Tränen nicht mehr zurückhalten.

Mit wenigen Schritten war er bei ihr und nahm sie in den Arm. »Aber das ist doch großartig. Dann kommst du gleich mit nach Berlin. Bestimmt geben sie mir eine Schreibtischstelle und ...«

Obwohl sie zutiefst erleichtert über seine freudige Reaktion war, sagte sie: »Bitte melde dich nicht als Kriegsfreiwilliger. Ich habe zu große Angst um dich.«

Er blickte ihr ins Gesicht. »Julia, wir hatten das alles doch bereits besprochen. Ich muss zum Militär, um die Oberen dort von unseren Ideen zu überzeugen. Außerdem befreit mich der Militärdienst davon, der Partei beitreten zu müssen.«

Sie stampfte wie ein kleines Kind mit dem Fuß auf. »Aber ich brauche dich hier. Ich will mein Baby nicht in der Fremde bekommen!«

Diesmal meinte sie, so etwas wie Unverständnis in seinem Blick zu lesen. Doch seine Stimme war sanft, als er erwiderte: »Liebling, es ist vollkommen ausgeschlossen, dass ich hierbleibe. Wenn du nicht nach Berlin gehen möchtest, will ich versuchen, das zu verstehen. Aber für mich kommt die Pflicht an erster Stelle, und deswegen werde ich mich gleich morgen zum Militärdienst melden. Bitte sei mir nicht böse, aber das ist mein letztes Wort.«

Julia hatte ihm nicht widersprochen. Ihr Verstand sagte ihr, dass er recht hatte. Aber ihr Herz blutete. Niemals hätte sie sich vorstellen können, allein und schwanger auf Gut Bellhagen zurückzubleiben. Wäre sie unter diesen Umständen nicht doch besser mit ihrer Familie nach Amerika gereist? Unter Tränen hatten sie gemeinsam seine Sachen gepackt, unter Tränen hatten sie sich nur Stunden später voneinander verabschiedet, da Fabian den Nachtzug nach Berlin nehmen wollte. Er fuhr allein mit dem Wagen zum Bahnhof, da Julia zu aufgewühlt war und ihr ungeborenes Kind nicht gefährden wollte. Einer der Knechte würde den Wagen demnächst in Bad Doberan abholen.

Es war die schlimmste Nacht ihres Lebens. Nie zuvor hatte sie sich in den vertrauten Mauern so einsam gefühlt. Immer wieder haderte sie mit ihrer Entscheidung. Hätte sie ihn doch nach Berlin begleiten sollen? War ihr Verhalten egoistisch? Warum liebte Fabian sie nicht genug, um bei ihr zu bleiben? Hatte Hugo etwa doch richtig gelegen, als er meinte, dass sie und Fabian nicht zusammenpassten? Die Minuten bis zum Sonnenaufgang schienen unendlich langsam zu vergehen.

Sobald es draußen hell wurde, zog Julia sich an. Sie hielt es im viel zu großen Ehebett einfach nicht mehr aus. Plötzlich hörte sie Motorengeräusche näher kommen und blickte überrascht auf die Uhr. Es war gerade erst fünf Uhr dreißig. Wer konnte das um diese Zeit sein? Doch sie hatte recht gehört, jemand fuhr gerade durch das Tor und auf den Kies im Hof. Von einer irrwitzigen Hoffnung erfüllt, rannte sie die Treppe hinunter und riss die Haustür auf.

Es war tatsächlich der Wagen ihres Ehemanns! Fabian stieg gerade aus.

Der Kies knirschte unter ihren nackten Füßen, als sie ihm entgegeneilte. »Was machst du hier? Hast du etwas vergessen?«

Er nickte. »Ja … dich.«

»Mich?«, sagte Julia und schluckte gegen den Kloß in ihrem Hals an. »Aber ich kann nicht …«

Fabian schüttelte den Kopf. »Ich will dich gar nicht nach Berlin entführen.«

»Nicht?«

»Nein, mir ist einfach klar geworden, dass ich dich und unser Kind nicht allein lassen will, bevor ich dazu gezwungen werde. Meine Einberufung kommt wahrscheinlich schneller, als mir lieb ist, und da bringe ich es nicht übers Herz, auf diese kostbaren

Stunden und Tage mit dir zu verzichten. Ich liebe dich, Julia. Du bedeutest mir alles auf dieser Welt.«

Sie spürte, wie ihr erneut Tränen über die Wangen rannen, nur dass es diesmal Tränen des Glücks waren. Fabian war der einzig richtige Mann für sie. »Ich liebe dich auch, mein Liebling. Mehr als du dir vorstellen kannst.« Das war alles, was jetzt zählte. Sie fiel in seine Arme.

Michaela Grünig erzählt mit Einfühlsamkeit und Wucht von Schuld, Verlust und Menschlichkeit in dunklen Zeiten

Michaela Grünig
BLANKENESE -
ZWEI FAMILIEN
Licht und Schatten
Roman

496 Seiten
ISBN 978-3-7857-2817-8

Hamburg, 1919. John Casparius glaubt nicht mehr an das Gute im Menschen. Die grausamen Erfahrungen des Krieges verfolgen ihn, die einst so florierende Reederei, seit Jahrzehnten in Familienbesitz, ist durch die politischen Turbulenzen angeschlagen. Von Schuldgefühlen geplagt kreisen seine Gedanken darum, ins Wasser zu gehen. Nach einer durchgrübelten Nacht trifft er im Morgengrauen am Elbufer auf die junge Leni Hansen. Zwei Fremde, die der Zufall für einen kurzen, aber schicksalshaften Moment zusammenführt und die nicht ahnen, dass von nun an ihr Leben und das ihrer Familien über Generationen miteinander verwoben sein wird.

Lübbe

Das Licht am Horizont

Michaela Grünig
BLANKENESE -
ZWEI FAMILIEN
Schwere Entscheidungen
Roman

528 Seiten
ISBN 978-3-7857-2861-1

Hamburg 1939. Trotz ihrer Jugend steht Sonja Casparius der Mutter in der Reederei zur Seite, denn der politische Druck wächst. Als sich ein hochrangiger Nazi für sie interessiert, ist sie zunächst geschmeichelt. Doch dann verliebt sie sich in den französischen Zwangsarbeiter Jacques. Der Krieg hat auch die Jugendfreunde Kurt und Fanni auseinandergerissen. Kurt, der mit einem Kindertransport nach England verschickt wurde, wächst im Heim auf. Über Umwege gelingt es ihm, der Royal Air Force beizutreten. Eines Tages soll Kurt an einem Luftangriff auf seine alte Heimat teilnehmen. Doch in Hamburg lebt seine Familie und auch die Frau, die er seit Kindertagen liebt ...

Lübbe